长安新咏(上)

主 编 武复兴

副主编 张君宽 任学启

西北大学出版社

图书在版编目(CIP)数据

长安新咏：全2册/武复兴主编．—西安：西北大学出版社，2017.12
（崇文丛书/徐晔主编）
ISBN 978-7-5604-4119-1

Ⅰ．①长… Ⅱ．①武… Ⅲ．①诗词—作品集—中国—现代 ②诗词—作品集—中国—当代 Ⅳ．①I226

中国版本图书馆CIP数据核字(2017)第319173号

陕西省人民政府参事室（陕西省文史研究馆） 编

长 安 新 咏

全 2 册

主编 武复兴

副主编 张君宽 任学启

西北大学出版社出版发行

（西北大学校内 邮编：710069 电话：029-88302621 88303593）
http://nwupress.nwu.edu.cn E-mail：xdpress@nwu.edu.cn

新华书店经销　陕西博文印务有限责任公司印刷

开本：787毫米×1092毫米　1/16　印张：73.5

2017年12月第1版　2017年12月第1次印刷

字数：1200千

ISBN 978-7-5604-4119-1　定价：198.00元

崇文丛书编委会

主 任

徐春华

副主任

徐 晔 郭伯权 张 剑 任学启

编 委

石兴邦 何炼成 阎景翰 牛致功 彭树智
毛 锜 刘文西 吴三大 武复兴 张锦秋
茹 桂 陈全方 萧 焕 苗重安 钟明善
江文湛 肖云儒 方鄂秦 黄留珠 戴希斌
郭全忠 雷珍民 王西京 路毓贤 贾平凹
刘学智 许建秦 马 来 徐 进 姜 捷
王美凤 郝润华 杨乐生 许 宁 陈战峰
李 杰 梁亚莉 杨晓蔚 陈俊光 陈 青

主 编

徐 晔

本卷执行主编

任学启

序

武复兴

《长安新咏》是陕西省人民政府参事室（陕西省文史研究馆）组织编选的一部当代大型中国格律诗词集。编选者依据中国格律诗词的基本要求，从全球华人诗词作者征集到的13000多首诗词中，遴选出近800位作者的4900余首作品，可谓洋洋洒洒，蔚为大观。

诗歌是形象思维的产物，是心灵火花在画面中的迸发。作者的感受融入客观物象，形成美的意境，闪烁着激情、智慧和灵光。使欣赏者眼前有胜景，耳中有雅声，得到美的享受。有无"意境"，是诗作高下成败的关键，编选者在这方面是比较重视的。如牛彦红的"驰车千里赏春光，鸟献新歌花送香。绿浪连云沙浪退，还林还草破天荒"（《七绝·乙酉暮春漫游陕北》）。以及"怡神秦岭数峰重，耳畔雷鸣雨带风。曲径通幽舒望眼，楼台烟雨图画中"；"书香引我上楼来，雨霁斜阳照画台。惊见名家挥彩笔，春风乍起百花开"（《七绝·秦岭山中访画师》）。前一首中沙漠之地所出现的无限春光，使作者大为动心，又极其自然地赞颂了"退耕还林"这一政策。后两首则使人感到眼前风光如画、画家妙笔生花；人在景中、景在画中，作者与主人都成为图景中有机的组成部分。从内容到形式，都可见作者心情的愉悦和情感的投入。

陕西是文化大省，人文景观荟萃，文物古迹居全国首位，当代许多重大事件也发生于此，这些都成为游客和诗家来陕流连忘返的缘由。广泛的历史题材，也使得作家作品有了很大的时间跨度。许多诗人以高超的技巧和独特的风格，表达了他们对这片热土的依恋和感受。如田汉造访延安毛泽东等领导人住过的窑洞时感慨："艰难创业几高邻，写到人民笔有神。桃李芳时歌舞夜，至今争羡枣园春。"一语双关，极为自然地颂扬了他们为国为民的崇高境界和出众文采。而在《七绝·登宜君梁过哭泉云是孟姜女遗迹》中云："古柳荒祠断碣眠，当年姜女走三边。长城万里功千古，莫忘民间有哭泉。"短短几句，就把秦修长城的功与过概括出来。借民女前往长城寻夫途中泪流成泉，至今不干这一自然景致的传说，鞭挞了秦始皇残暴的一面。

结合现实重大题材而又倾注作者真情的优秀作品，往往能产生巨大震撼力。如于右任的"梦绕关西旧战场，迂回大队过咸阳。白头夫妇白头泪，亲见阿婆作艳装"（《七绝·思念内子高仲林》）。诗写于1959年，是于老暮岁急切地思念故里，思念老妻，以致如梦境般恍惚神游。读到这里，仿佛听到了他《望大陆》中"葬我于高山之上兮，望我大陆；大陆不可见兮，只有痛哭。……葬我于高山之上兮，望我故乡；故乡不可见兮，永不能忘"那苍凉悲愤、企盼国家统一的呼号声。诗人声泪俱下的倾诉，全球华人谁能不为之动容！

新中国成立后，特别是改革开放以来，陕西各地与全国同步，发生了巨大变化。如位于关中咸阳地区北端、陕北黄土高原南端的旬邑县，山、原交错，历来属于贫困山区。但如今山林茂密，果树连片，水草丰腴，工农业发展，百姓生活大为改善，已有"渭北高原上的西双版纳"之美称。文子在《渔歌子·旬邑农家乐（四首）》中所概括的："槐绿桃红戏紫燕，榆钱杨柳杏花天。蜂采蜜，蝶迎兰，和风丽日太平年。"（《春》）"莺唱蝉鸣麦气浓，荷香梅熟物繁丰。鸦噪柳，燕啼空，榴花妖娆醉熏风。"（《夏》）"凝露飞霜傲菊黄，人欢马叫采收忙。银满柜，谷盈仓，安居乐业赛天堂。"（《秋》）"冷月寒梅幸福家，火红屋暖足鱼虾。斟美酒，煮香茶，红颜白首话桑麻。"（《冬》）信哉！农家乐。满眼物阜民熙，光风霁月的诱人图景，令人心醉神迷。此时此刻，耳边不由地响起腾格尔《天堂》歌中的旋律。

诗在山川胜迹中，诗在身临其境中，诗在对社会、人物深刻理解中。没有深切体验，实际感受，无疑是写不出好作品的。宋人杨万里曾说："闭门觅句非诗法，只是征行自有诗。"（《下横山滩头望金华山》）元代元好问更是结合情与景的关系指出："眼处心生句自神，暗中摸索总非真。画图临出秦川景，亲到长安有几人？"（《论诗三十首》其十一）可以看出，《长安新咏》中的作者或为当地人，或为外来客，绝大多数都是亲自参观陕西各地风物后所抒发的感慨，因而不乏描绘贴切、形象鲜明、画面动人的作品，时见佳句警策。很多篇章，都能让你领略"千古雄风在，登临话汉唐"（王天兴《五律·登西安城墙》）；"琼楼鳞次九霄外，胜迹星罗一览中"（丁林《七律·大唐古韵焕新声》）的境界和情趣。即便一些小诗，也往往使读者耳目一新。如女诗人王荣华的《七绝·偶过广仁寺》："翻飞蝶雀闹春庭，惊落榴花复几层？何论晓来风早紧，古墙窃倚数钟声。"写貌传神，图景流光。面对纷纷落花和阵阵催人的钟响，也似乎听到作者轻轻的一声叹息，透露出她对春色易老，韶光匆匆的忧心，同时给读者留下想象的空间。

在本诗集即将付梓之际，我要衷心感谢陕西省人民政府参事室（陕西省文史研究馆）徐春华主任、徐晔馆长的关心与指导。感谢张君宽、任学启两位副主编，张静责任编辑以及杨建辉、刘白杨、刘双龙等同志为本书的编辑出版所付出的心血，他们的敬业精神令人感佩！

《长安新咏》可以说是熔历史、现实于一炉，多角度、全方位地表现了陕西的自然、人文风貌，也展示了诗人的丰富感悟，具有较高的审美价值。相信本诗集的出版将为传承中华民族优秀传统文化，繁荣诗词创作，坚定文化自信作出积极贡献。

2017年10月1日于西安后宰门寓所

目 录

序　言…………………武复兴 1

二画

丁　林……………………… 1
丁　量……………………… 4
丁广惠……………………… 5
丁俊杰……………………… 8
丁保东……………………… 9
丁清赋…………………… 10
丁德恒…………………… 11
刁永泉…………………… 12
卜仁亮…………………… 14

三画

万　军…………………… 16
万　鹤…………………… 17
万文武…………………… 18
万迪芝…………………… 20
万拴成…………………… 20
万荣保…………………… 21
万裕屏…………………… 22
于　水…………………… 24

于右任…………………… 28
马　兑…………………… 29
马万钟…………………… 30
马千希…………………… 30
马孔良…………………… 31
马国征…………………… 32
马英芳…………………… 33
马祖毅…………………… 36
马家骏…………………… 38
马振篱…………………… 41
马骏英…………………… 42
马深培…………………… 43

四画

孔凡章…………………… 44
孔渡生…………………… 45
戈学泉…………………… 47
文　子…………………… 49
文　文…………………… 52
方任安…………………… 54
方纪申…………………… 55
方俊民…………………… 56

1

月　人	57	王业镇	103
毛系瀛	61	王正华	105
毛定波	62	王充闾	106
牛　捷	65	王全有	108
牛东立	65	王兴一	108
牛怀东	69	王兴华	109
牛国良	71	王如平	110
牛彦红	73	王庆芳	111
王　力	75	王成林	112
王　宇	75	王观民	113
王　安	76	王克中	113
王　斌	77	王克荣	114
王　甫	77	王志伟	115
王　锋	78	王志敏	120
王　颖	79	王补石	122
王　毅	79	王辛铭	123
王　澍	82	王其明	124
王　磊	82	王其祎	124
王　黎	83	王学勤	127
王义钫	85	王建奎	128
王大烈	86	王宗厚	132
王云侠	87	王明渊	132
王元童	89	王泗江	133
王凤鸣	89	王若林	133
王化生	91	王述士	134
王天兴	93	王俨思	137
王天性	94	王养龄	138
王太吉	94	王思明	140
王文学	97	王春之	141
王长顺	101	王春霖	142
王长福	102	王荣华	145

王贵民	148
王复忱	149
王显儒	149
王家广	150
王振权	150
王铁铮	154
王维第	155
王绵厚	158
王喜萍	159
王景河	159
王智忠	160
王裕蓉	162
王赎回	162
王德宗	163
王德镜	164
王燕治	165
王曙光	165
王耀林	166
王耀斌	168
计公谟	169
车天启	170
邓光礼	172
邓宝丞	174
邓明清	178
邓俊云	179
邓晋运	180
邓清福	182
韦铁辉	182
韦德祥	183
尹贤	183

五画

丘幼宣	184
丛丹	185
乐学注	185
冯友兰	186
冯金平	186
冯启明	187
冯晓白	187
冯萌献	189
包清	193
北地梅香	194
卢位俫	197
卢诚之	199
古为今	199
史洪久	201
叶一苇	204
叶友孝	204
叶良方	205
叶放青	207
叶逢荣	207
叶鹏飞	208
宁太其	210
甘荫村	210
田汉	211
田稼	213
田尔斯	214
田志平	216
田俊江	219
田家谷	220
白洪理	220

白焕宗	221	刘正义	261
白雉山	222	刘生忠	262
石汉城	224	刘白杨	263
石廷秀	225	刘仲弟	266
石道达	227	刘兆远	267
边　强	228	刘全福	269
龙安清	229	刘向荣	269
艾　平	230	刘成学	270
		刘庆云	272
		刘成果	274

六画

乔孚海	231	刘华钢	274
乔建海	231	刘佑勋	276
乔树宗	233	刘宏章	276
任广玉	237	刘作云	277
任本命	238	刘希波	278
任步武	238	刘志敏	279
任学启	239	刘抗争	280
任照华	244	刘扬忠	280
刘　平	244	刘身平	283
刘　迈	245	刘国柱	284
刘　昭	247	刘国襄	284
刘　钟	250	刘学耕	287
刘　章	251	刘宝和	290
刘　彪	251	刘建国	294
刘广贤	253	刘建国	295
刘友竹	253	刘建威	295
刘天正	258	刘念先	296
刘天柱	259	刘明锋	297
刘少华	259	刘亮如	298
刘世福	260	刘俊华	299
刘文芳	260	刘星灿	299

刘星魁	300	朱 元	353
刘海棠	303	朱 帆	356
刘谊生	304	朱 泽	357
刘情玉	305	朱 诚	358
刘惠恕	306	朱 洁	359
刘粤基	307	朱中英	362
刘麟素	311	朱奇斌	364
刘勤新	312	朱宝全	365
华钟彦	313	朱家琪	366
危惠如	313	朱润宽	367
同志亮	315	朱培高	368
向成国	315	朱鸿翔	368
向英蒲	316	权路舆	369
吕达贤	321	毕天生	373
吕孝敬	322	毕彩云	374
吕宏锦	324	江 婴	375
吕忠汉	325	江丹枫	376
回宗义	328	江开暄	376
孙一今	331	江渭川	380
孙丕任	332	江腾文	382
孙民随	333	汤 曙	383
孙传礼	337	汤和伟	385
孙传松	338	汤林尧	386
孙传熙	340	米小囤	387
孙临清	341	纪国盛	389
孙海宁	342	许 铭	391
孙移泰	343	许孔璋	394
安迪光	343	邬佰勋	394
师 纶	345	邬树华	397
成达楚	348	邬惕吾	398
成佑贤	352	齐佛来	400

七画

严　永	402
何　文	402
何　伟	404
何　烨	404
何　祥	405
何　渊	407
何元元	410
何永宁	412
何生辉	414
何佩则	414
何国林	415
何国瑞	415
何宗玉	416
何泽华	417
何俭钊	418
何继凤	419
何野枫	419
何鸿谟	421
何焱林	421
何瑞澄	423
余子彤	426
余文祥	429
余远鉴	433
余忠扬	433
余明侠	436
余养仲	439
余秋阳	439
余善云	440
吴　云	440
吴　空	445
吴　俊	446
吴　晶	447
吴　展	449
吴丈蜀	450
吴久桂	450
吴大经	451
吴广怀	453
吴为华	453
吴仁仁	454
吴戈华	455
吴玉凡	456
吴玉海	459
吴亚卿	460
吴军平	465
吴竹溪	465
吴至华	468
吴学贤	470
吴忠忱	472
吴拙侬	473
吴冠民	474
吴恒泰	477
吴恩荣	479
吴振安	481
吴振兵	482
吴烨南	484
吴淮生	486
吴鹭山	488
园稻林	488
宋　红	489
宋　邺	491

宋贞汉	494	张宏德	530
宋建元	496	张寿华	531
宋育东	496	张怀民	531
宋清江	499	张步学	536
张　岳	499	张进义	536
张　明	501	张远齐	538
张　波	503	张国基	538
张　屏	504	张学志	541
张　涛	504	张学理	541
张　锐	505	张宗明	543
张　蓁	506	张定平	545
张一凡	507	张宜武	547
张一彬	507	张采庵	550
张中和	508	张金立	551
张之翔	509	张绍诚	554
张天健	509	张京文	554
张开翙	510	张养吾	555
张方义	512	张勃兴	556
张占一	514	张厚川	558
张世武	514	张恒相	559
张世楷	517	张春启	560
张正清	519	张济亚	564
张玉辉	520	张胜先	566
张石醒	523	张荣泉	567
张伟志	525	张预立	568
张宇光	525	张继鹏	569
张光水	526	张朝玉	569
张光恺	526	张琨明	570
张安民	527	张福安	571
张阳松	528	李　云	574
张启华	529	李　刚	575

李　红	576	李复韵	619
李　洲	579	李树则	619
李　钦	580	李炳南	621
李　涛	581	李相才	624
李　普	581	李荣楹	626
李　琰	582	李哲初	630
李大明	585	李家麟	632
李仕武	587	李振东	633
李必才	587	李桂梓	634
李生文	589	李真龙	637
李任重	592	李祥麟	639
李光清	593	李绥金	640
李存哲	594	李铁城	641
李丽光	595	李能佷	643
李听思	596	李绪宗	646
李声高	598	李清海	648
李寿富	598	李雪莹	649
李志慧	600	李鸿之	650
李沛然	604	李鸿钊	651
李秀南	605	李朝阳	652
李远大	606	李登松	653
李国梁	608	李雄飞	655
李学茂	609	李廉德	658
李承旭	610	李韵芬	660
李昌生	611	李碧媛	660
李明夫	612	李增邑	661
李明智	613	李儒科	661
李经历	615	李耀儒	663
李育文	615	杜开展	666
李虎昌	617	杜传勇	667
李金香	618	杜明甫	668

杜金生	672	杨敏学	710
杨　云	674	杨鸿韬	711
杨　博	675	杨蔚东	713
杨山虎	676	杨德云	714
杨中信	678	汪　平	715
杨太生	678	汪天凤	715
杨文龙	681	汪浩洋	716
杨世光	682	沈正稳	717
杨礼元	684	沈汇丰	718
杨汉鹏	684	沈林春	720
杨传梁	687	狄人毅	721
杨君毅	688	肖伯那	722
杨宏德	688	苏广洲	724
杨志才	689	苏守义	729
杨怀武	690	苏自宽	729
杨秀清	691	苏运钦	731
杨良金	691	苏者聪	732
杨其昌	692	谷光曙	733
杨国材	693	邱春林	735
杨季瑶	695	邹代村	736
杨建辉	695	邹吉玲	736
杨建策	697	陆　茨	737
杨青云	700	陈水源	738
杨保建	701	陈不锈	738
杨思藩	704	陈以光	739
杨春青	705	陈永正	740
杨秋荣	705	陈玉堂	740
杨荣岭	707	陈立松	741
杨重华	707	陈华峰	742
杨钟声	708	陈志岁	744
杨起予	709	陈国豪	745

陈荣吉	745
陈振民	748
陈振虎	749
陈寅斌	750
陈朝葵	751

八画

周枢	753
周禹	754
周山民	755
周世钊	757
周崇纶	758
周明道	759
周若麟	761
周笃文	762
周寅宾	764
尚云	765
明剑舟	766
林平	770
林苑	771
林锴	774
林从龙	775
林声荣	777
林家英	778
林笑天	780
欧阳俊	781
欧阳宏	782
欧阳鹤	783
武箭	787
武复兴	788
武瞻友	793

罗洛	794
罗滨	795
罗平基	798
罗庆芳	799
罗聪文	800
岳芳珍	803
若水	803
范文通	804
范德甫	805
郅敬伟	809
郑正	810
郑凤林	811
郑光明	812
郑孝武	813
郑寿岩	814
郑孟津	815
郑欣淼	816
金中	817
金辉	818
金元宝	819
鱼佩云	820
屈趁斯	820

九画

侯孝琼	821
俞星拱	822
姚平	823
姚永福	827
姚仲孝	828
姚昆田	831
姜国宪	832

姜洪章	833	赵树芗	882
姜鸿谟	833	赵棣浩	884
施蛰存	834	赵德成	885
星　汉	835	赵慧文	886
柳　芸	838	郝一匡	889
柳　烟	841	钟生文	890
柳成栋	844	钟成睿	891
段国超	847	钟家佐	892
段振华	848	钟振振	894
祝注先	848	闻楚卿	896
禹锦洲	849		
胡　绳	850	**十画**	
胡之锦	850	倪士毅	899
胡迎建	853	倪长贵	900
胡宗彦	855	党化民	902
胡爱云	855	党宝玉	903
胡焕章	856	凌朝祥	903
胡喜成	857	唐尚诚	906
茹　桂	858	唐昭学	910
荣西安	860	夏胜千	912
贺　琪	862	徐　元	912
贺晓东	863	徐　英	913
贺润坤	866	徐子开	914
赵文友	870	徐中秋	915
赵必成	871	徐文仲	916
赵玉林	873	徐志诚	918
赵石麟	876	徐秋生	922
赵朴初	876	徐耿华	925
赵仲才	878	徐圆圆	929
赵兴华	879	敖普安	930
赵安志	880	翁维谦	931

殷立孝	931	寇志明	971
莫顺生	932	寇养厚	974
袁炳义	932	崔廷剑	978
袁朗华	934	常省三	979
袁泰鲁	934	梁　东	980
袁第锐	935	梁　柳	981
贾　漫	938	梁　常	982
郭　堡	939	梁文源	984
郭　琳	940	梁安仁	986
郭　鹏	941	梁建邦	987
郭义福	942	梁诗颐	991
郭文元	943	曹伯庸	991
郭庆华	944	屠　岸	992
郭怀瑾	945	章介平	992
郭芹纳	949	萧宜美	994
郭沫若	952	萧浪平	996
郭崇智	955	雪　松	999
郭道鉴	956	黄　钟	1000
顾钦雍	957	黄人仁	1001
高　扬	958	黄千麒	1002
高传杰	958	黄玉奎	1003
高兆鸿	962	黄正襄	1006
高振儒	962	黄存仁	1006
高爱辰	964	黄金肖	1008
钱明锵	967	黄宪章	1008
钱俊瑞	967	黄曾命	1009
钱家骧	968	黄福文	1011
		黄耀武	1012
		黄耀南	1015

十一画

| 商世平 | 968 | 龚　群 | 1016 |
| 商怀祯 | 971 | 龚光戎 | 1017 |

盖秀荣 1019

十二画

储　农 1020
寓　真 1023
彭文扬 1026
彭俊中 1028
曾　刚 1029
曾云湘 1031
曾有才 1032
温祖荫 1033
程三快 1036
程亚林 1038
程稚逵 1038
童庆启 1040
童怀章 1043
童明伦 1046
童炳文 1046
董奇义 1048
焦万利 1049
蒋　菁 1050
蒋松亭 1052
蒋碧昆 1053
谢　瑜 1054
谢孑言 1055
谢绍麟 1057
谢觉哉 1058
韩　义 1059
韩心荣 1061
韩方才 1063
韩志宽 1064

韩景明 1064
韩曙东 1065
鲁　言 1065
鲁　速 1069
斐　智 1069

十三画

蓝礼文 1070
裘惠楞 1071
路毓贤 1073
雍双全 1076
雍文华 1079
雷　岳 1082
雷明尧 1083
鲍传鲁 1084

十四画

廖宇阳 1085
廖绍禹 1085
慕俞超 1085
熊　政 1086
熊　鉴 1088
熊　熊 1089
熊中炽 1090
熊汉川 1091
熊德邻 1092
碧玉箫 1096
缪　英 1100
翟致国 1103
翟增泽 1104
蔡山桂 1107

蔡圣波…………1107
蔡丽水…………1108
蔡厚示…………1108
蔡景文…………1110
蔡期悟…………1114
蔡察草堂………1115
裴　正…………1115
谭克平…………1116
谭博文…………1117

十五画

潘炳煌…………1119
潘培咸…………1121
樊　川…………1123

十六画

薛生德…………1123

薛志君…………1125
薛怀道…………1128
薛祖升…………1129
霍传慧…………1130
霍松林…………1131
霍绍业…………1135

十七画

檀　儿…………1138
戴巍光…………1138
魏义友…………1141
魏长运…………1145
魏本涛…………1146
魏俊斌…………1149
魏荣章…………1150
魏新河…………1151

丁 林

1929年生，河南省邓州市人，离休干部。中华诗词学会、河南省作家协会会员，河南诗词学会、楹联学会副会长，南阳诗词学会会长、《南阳诗词》主编。编著有《伏牛吟草》《当代诗词选萃》等。

七绝·观西安新建钟鼓楼广场

古都新出一奇观，平坦斑斓赛玉盘。
蓝紫红黄花有序，悠悠钟鼓两相看。

七绝·过商洛（二首）

其一

山穷石乱水湍湍，晓雾氤氲举步艰。
似见闯王阴晦日，甲申更有血光寒。

其二

武关西出最宜人，廛市花村夺目新。
昔日穷乡荒僻地，而今致富幸知春。

七绝·延安杂咏（六首）

其一 偿夙愿

山城几度梦魂牵，夙愿今朝喜得还。
饮上延河一掬水，纵然无味也心甜。

其二 延安情

长道飞车金笛鸣，云开雾散见延城。
追思地覆天翻事，草木山川都有情。

其三　枣园

虔敬盈怀访枣园，联翩浮想谒前贤。
莫看恶水穷山处，竟使神州换地天。

其四　宝塔山

昔日常闻宝塔山，今朝有幸上高巅。
任它沧海几多变，依旧巍巍冲九天。

其五　革命圣地

一从大地起风雷，百战千筹鼓角催。
水水山山浓墨染，延城处处有丰碑。

其六　延河水

日落徜徉延水边，晚霞映照镜中天。
凭栏凝望生佳趣，唯见潺潺起碧澜。

七律·大唐古韵焕新声

六载相违音未通，长安横出物华雄。
琼楼鳞次九霄外，胜迹星罗一览中。
但见工商换旧貌，又闻科技起长虹。
大唐古韵今犹在，新旧神交情更浓。

七律·参观西安大雁塔

擎天一柱煜长安，造访三番结佛缘。
明烛香烟尚依旧，蓝睛黑发共观瞻。
诲人当读取经史，为道应过名利关。
雁塔如今豪气壮，新园古韵永相攀。

七律·秦岭雨景

轻烟弥漫雨纷纷，万壑千山景色新。
立马飞车迎峻险，赏心悦目看归真。
飞流汩汩从天降，乱石层层逐浪奔。
孰料云销雨霁后，晚霞灿烂喜黄昏。

七律·又访西安

几回荣辱几回留，忧乐沉浮系此州。
幼小曾遭颠沛苦①，华年屡试运筹悠。
艺文商贸开新宇，秦俑华汤发古幽。
最喜秋风扫污秽②，生机勃勃映钟楼。

注释

①抗日战争时期，曾随河南省立开封高中西迁，经西安去宝鸡。
②严打、扫黄。

鹧鸪天·西部大开发

大漠尘烟入翠微，东来骏马疾如飞。似痴似醉人潮涌，如火如荼战鼓催。　筹大业，建通途。长风万里起惊雷。可期西部龙腾日，十亿炎黄喜展眉。

丁　量

1918年生，字志澄，河南省罗山县人。1947年秋毕业于国立河南大学文史系，获文学学士学位。先后执教于西平柏城高中、潢川中学等校。系信阳师范离休教师。著有《心声吟》。

五律·瞻仰延安周总理居室

瞻仰周公室，情思绪万千。
生活知俭朴，局面晓艰难。
吐哺勤军政，燃膏草檄篇。
中华今日盛，切莫忘延安。

七绝·无形引力

黄陵赫赫枕桥山，祭祀香烟接九天。
朝拜华人何络绎，无形引力五千年。

七律·辛巳秋游华山乘缆车登北峰租望远镜目游奇峰险岭

西岳华山刀削成，雕墙画壁接机衡。
峰奇落雁人危坐，岭险苍龙手助行。
玉女清幽箫引凤，云台独秀笛留声。
缆车送我重霄里，借镜目游无限情。

七律·过骊山

祖龙功过打分难，数字焉能代酷残。
六国灭亡原好事，荡平四海未谋安。
焚书坑士人心散，暴政敛财民齿寒。
独断专横遗后患，揭竿而起本当然。

七律·辛巳年参观西安碑林

中华文化借留痕，千载风云迹未泯。
历史讹传可勘正，官书隐讳赖存真。
馆藏隶楷书家品，笔走龙蛇艺术珍。
感佩搜存好古士，尤崇事业滥觞人。

七律·谒黄陵感祖德

轩辕建制树丰碑，文字车船律吕医。
算历蚕桑滋后世，积祥辑瑞衍蠡斯。
兵戎涿鹿千秋颂，寝殿桥山万代祠。
天下华人源一脉，弘扬祖德固邦基。

七律·宝塔山上遐思

嘉岭登临一动思，中华命运系于兹。
将军成长摇篮地，民族复兴磐石基。
老范胸中三万甲，毛公笔下亿千师。
古今谁是中流柱，请问山头塔尽知。

丁广惠

1937年生，黑龙江海伦人。哈尔滨师范大学中文系教授、硕士生导师，黑龙江省文史研究馆馆员，著有《红楼梦诗词评注》《中国古代民俗文化史》等。

五律·登大雁塔

我来登雁塔，跃陟十三重。
不为摩穹宇，唯图觅旧踪。

仰闻天上语，俯望市南峰。
未见先贤迹，怅然听晚钟。

五律·登华山

扶摇凌九重，来抚刺天锋。
汹涌云腾海，嶙峋石挂松。
巉崖欲刮耳，陡壁起临胸。
立足最高顶，我为峰上峰。

七绝·秦兵马俑

易水荆轲剑未精，一椎博浪祖龙惊。
孤魂不敢只身卧，塑得泥军做卫兵。

七绝·题华清池

易创江山难守成，升平便有淫奢生。
华清池水洁如许，难洗脏唐臭汉名。

七绝·咸阳道上

柳风飒飒气清新，雨洒千家水墨晨。
造化因予烦燥热，漫飞甘露浥清尘。

七绝·陕北民歌《拉手手》

帝京西出入秦川，千里平畴接地缘。
一曲山歌拉手手，满车游客忆当年。

七绝·览西安城墙

休叹刘郎去不归，唐关汉阙更雄威。
诗魂应绕新盘古，八百秦川尽紫晖。

七绝·游大唐芙蓉园

千年沉郁积雄风,曲水芙蓉向日红。
游伴若非时装束,几疑一梦盛唐中。

七律·参加第二届长安雅集

帝京雄踞久神驰,百二关河今历之。
何惧长安居不易,且寻张籍问时眉。
春风早拭金人泪,冬雪曾旋少帅旗。
大会芙蓉曲水苑,潘江陆海各争奇。

七律·过临潼

风雨敲窗梦里行,临潼初觉半阴晴。
树如玉女离池秀,垄似蟾光透格明。
水漫墀台浮倒影,雾飘原野渡斜莺。
秦川八百浑湿润,尽洗尘妆客远迎。

七律·游兴庆宫公园

础石青苔辨故宫,风光不与旧时同。
御沟苑道草花里,箫鼓歌台想象中。
长叹君臣醉政外,终教车驾走川东。
沉香亭北栏杆在,多少兴衰思未穷。

七律·曲水流觞赠诗友

西出潼关暑未秋,芙蓉苑里会诗俦。
远来观乐囿居鄘,雅集歌诗欲梦周。
未敢推敲惧撞轿,长思吸饮不登舟。
汉唐气韵传千古,化作金声玉振讴。

七律·杏园分韵拈"灰"字

刘郎寂寞三郎去，又有丁郎千载来。
曲水银荷嗔我晚，杏园红药向人开。
只缘国手临坛坐，未敢薛笺随意裁。
吟罢彷徨五百后，阿谁来苑入诗台。

七律·与霍松林教授晤谈

初临松浦说红楼，燕市歌诗又放喉。
三十年间几促膝，八千里外梦从游。
郑玄壮岁笺幽远，庾信耆年笔劲遒。
名苑芙蓉苞欲绽，正宜杯酒醉江头。

七律·乾陵无字碑

翻覆周唐两失筹，讳多谁敢拟文留？
终辞帝号情无奈，忍失六郎意未休。
为后无颜李列祖，于君有愧武家侯。
知心应是碑头雨，化作涓涓恨泪流。

丁俊杰

　　1939年生，陕西省礼泉县人。国家电力公司成都勘测设计研究院高级工程师，已退休。系中华诗词文化研究所研究员，中国电力诗词学会、四川省楹联学会会员。诗词对联作品入选80余种典籍文献。

七绝·西安大雁塔

何处犹存唐气象，西安雁塔耸苍穹。

关中王气终南雾，缔造千秋几代雄！

七绝·马嵬驿

名驿苍凉留至今，西风渭水荡游魂。
六军驻马何诛宠？祸起萧墙问九尊。

七绝·礼泉田野风光（二首）

其一

青纱帐里漫悠行，入夜更闻虫竞鸣。
蛙闹沟渠多雨后，花明草绿小村晴。

其二

夕阳林树浮鸦影，村巷淡烟闻犬声。
四野风来人觉爽，九霄月逗万家灯。

七绝·回乡偶感

渭水北塬何有情？曾为泥土布衣童。
而今城里华巅叟，村口重寻踏雪鸿。

丁保东

1936年生，湖南省双峰县人。中学高级教师。湖南省岳麓诗社社员、邵阳诗词协会会员。

七绝·咏秦兵马俑

挥鞭赵楚轨同嬴，胡马难驱万里城。

千古江山千古颂，声威犹壮俑如生。

七绝·红色延安（二首）

其一

延河饮马尽开颜，整顿征衣话雪山。
义重神州旗共举，狼烟一扫壮秦关。

其二

披荆斩棘创新天，满目风光日照妍。
齐集群贤经满腹，红旗共举仰先贤。

丁清赋

1926年生，重庆市璧山县人，中共党员。中华诗词学会、中国楹联学会会员，璧山金剑山诗书画社社长，中华诗词文化研究所研究员。

七律·西安行

东风送我至长安，为了生平欲了缘。
昨日参观兵马俑，今朝赏叹古城垣。
华清池外骊山翠，兵谏亭旁石洞残。
千古二皇眠一冢，立碑无字武家先。

丁德恒

1942年生安徽省含山县人，中共党员，安徽省劳模。历任小学教师、中心小学和中学校长等职，已退休。1982年开始文学创作，先后在《中国楹联报》《中华诗词》等省内外40余家报刊和专集中发表诗联作品1000余首（副）。系中国楹联学会、巢湖市作家协会会员，马鞍山市太白诗社社员。

七绝·古都长安

长安自古帝王家，市貌城容美似霞。
最是今朝行改革，风光无限五洲夸。

七绝·长安行吟

长安千载帝王乡，汉武秦皇李姓唐。
最是丝绸通万国，中华从此美名扬。

七绝·咏武则天

安邦治国不寻常，千载难逢一女皇。
无字碑中功与过，随人评说赞声扬。

七绝·西安吟

把酒闲聊兴未央，千秋历史话沧桑。
秦楼汉苑唐宫殿，哪及今朝过小康。

七绝·咏刘志丹

革命英雄刘志丹，浑身是胆气冲天。
红心献党歼顽敌，勇敢牺牲万代传。

七绝·咏李自成

义旗高举号称王，道是农家不纳粮。
万众同心归大顺，千军横扫腐明亡。

刁永泉

　　1945年生，陕西省勉县人。毕业于西北大学中文系。国家一级作家，书法家。中国现代格律诗学会、陕西诗词学会、中国作协、中华诗词学会会员，汉中诗词学会会长，原汉中市文联副主席。著有《刁永泉诗选系列》、英汉对照《刁永泉短诗选》《山谣》等新诗集8部，诗词集《虚白室吟稿》等多部。

五律·登汉中天台山

独步青虚上，空蒙大宇开。
清风回汉浦，灵气隐蓬莱。
酹斗呼山月，题诗上玉台。
回看云锦地，杳杳散浮埃。

五言排律·登靖边古长城

塞上登高垒，城墟望逶迤。
暮云驰古道，朔气浸行衣。
白日蔽黄土，冰河映赤旗。
漠风声凄厉，边草语依稀。
疑是荒沙下，征魂泣路歧。

七绝·红石峡摩崖登览

血暗云岩漠草秋，边河迁转自悠悠。

汉戈胡马沉沙海，月上关山照石头。

七绝·登太白山

太白招余上碧霄，千回百折路迢遥。
回眸尘海嚣嚣里，十万山头小似礁。

七律·过金牛道①

金牛旧迹杳难求，杜宇悲啼啼不休。
地隔西南千嶂晦，天开蜀汉一蹊幽。
巴山壁垒摩肩踵，秦国风云上额头。
牛铎蛇嘶潜入韵，吟声一路到羌州。

注释

①古籍载：秦以金牛诱蜀王，王遣五丁开关以迎。山崩，大蛇引之，道通，是谓金牛道。秦乃灭蜀，王化鹃啼血。

七律·《石门颂》国际书法研讨会纪事

栈道烟涛失阁楼，苍苍墨气散荒洲。
水吞褒峡余珍宝，壁立汉台费考究。
一代书坛开眼界，百家喉舌辩名流。
登门不笑人题字，俯首折腰拜石头。

念奴娇·游华清池

天涯浪迹，甚情乡恨土，等闲抛撇。汉苑秦楼歌舞地，绮丽长安城堞。御碑花亭，皇娥柳榭，次第舒眉睫。骊山春染，华清池馆廊阙。　　香液千古风流，玉环去后，空浣唐宫月。青女红娘争照影，尽是蓬莱人物。冷落游踪，陌生颜面，怎耐寻人说？凭栏迎晚，怅观云嶂千叠。

沁园春·瞻华岳

望远凌虚,阅尽沧桑,万世晦明。自枕河襟渭,宾天揖海,参商朋侣,日月逢迎。云发霞襟,风歌雨啸,寥廓鸿蒙适院庭。登临意,逐古今征旅,一快平生! 清霄欲上难凭,正雾障冰峰鸦号声!但危岩独步,直询天道;穷途不返,无悔前盟。身碎尘埃,魂消羽化,比翼鲲鹏朝北溟。休回首,向日观峰上,酌斗扪星!

卜仁亮

1934年生,祖籍广东省梅州市,出生于印尼。1953年回国。1960年从北京师范大学中文系毕业后,先后任天津医科大学学报总编、天津市文化局《天津文学》编辑。随后移居澳门、美国。曾任河北师范学院名誉教授、屈原大学教授、澳门中澳学院教授、国际汉诗协会顾问、国际诗书画学会(美国)会长。在国内外诗词刊物上发表了数百篇诗作。

七绝·陕西行吟(十六首)

其一 渭水赋

柳丝缭绕渭溪湾,风雨交加金鲤翻。
奋起惊涛千里志,龙门跳跃待高攀。

其二 杨贵妃墓

马嵬坡上满苍松,妃子长埋黄土魂。
渭水千年流不断,含冤地下咒昏君。

其三 北原行

秦川洒雨泛春游,皇冢漫漫葬野丘。
旭日高升祥气出,沧桑多变话春秋。

其四　黄帝手植柏

桥山巨柏五千年，拔地参天色愈鲜。
纷向清明同祭奠，龙人原是一根连。

其五　华清池

千载相传信不疑，温泉水滑洗凝脂。
几多痴女来观赏，争效杨妃出浴时。

其六　法门寺

遥遥千里法门寺，佛骨威灵蔑以加。
游子虔诚求赐福，好将法力济中华。

其七　昭陵

九嵕山峰耸碧霄，贞观紫气比天高。
皇臣环岭层层转，黎庶相随拜圣朝。

其八　兴庆宫公园

沉香亭畔蝶玲珑，林茂池清听鸟鸣。
笑看湖波舟倒影，也知进退伴人行。

其九　咸阳公园看荷花

一湖碧水泛涟漪，几个儿童逐蝶嬉。
金粉迷离香阵阵，荷花生日是佳期。

其十　乾陵无字碑

武后石碑如积云，是功是过说纷纷。
一朝空色东流去，杨柳春风为孰赞。

十一　永泰公主墓

墓地墙图仕女妍，华年公主去西天。
青山含泪千秋恨，回眸壮观留世间。

十二　乾陵

细视乾陵颇有情，乳峰一对跃双睛。
试从墓项抬头望，云海漫漫西域行。

十三　玄奘

玄奘西迈献真身，狂舞妖魔难阻行。
获取圣经垂百世，四方八面颂和平。

十四　夫妻出秦岭走丝路

碧草幽花秦岭多，沉浮渭水几经过。
秋云舒卷披红日，踏尽黄尘击壤歌。

十五　西安城墙

登城一览慨而慷，千载华章颂古墙。
断绩浮云今尚在，风流犹自忆前唐。

十六　西安大雁塔

巍巍古塔耸云天，六代风流化暮烟。
滚滚渭川传史话，排空大雁壮人寰！

万　军

鸡鸣诗社社长。

七律·咏华清池

红花绿树护高峰，神女朱唇唾丽宫。
绣岭千姿云路窄，霓裳一曲水波汹。
华汤清澈余香溢，霞阁丹明淑气浓。

细浪轻波妃子笑，骊山俊秀更朦胧。

万　鹤

1936年生，素荣斋主人，湖北省浠水县人。毕业于南京炮兵学院，曾在部队及院校工作。"文革"期间转业铁路系统工作，退休前为部属工厂纪委书记。中华诗词学会、中国毛泽东诗词研究会、中国老年书画研究会会员，湖北诗词学会理事。作品多次获奖。著有《寸草》《素荣斋吟语》。

七绝·游秦陵随想（二首）

其一

东征两伐帝基成，枉说苏秦六国兵。
一统九州兴百业，千秋功罪后人评。

其二

君王死后也扬威，军马层层列阵围。
纵有强兵千百万，阿房宫殿化飞灰。

七绝·黄陵八景新咏（二首）

其一　桥山夜月

桥山古柏接星天，薄罩银辉水色帘。
潋滟波飘晶碧带，嫦娥举袂拜轩辕。

其二　凤岭炊烟

竹笛声声绕翠微，桥山隔水凤凰飞。
深林漫拂轻烟绿，鸟唱车鸣闹晓晖。

万文武

1928年生,湖北省武汉市人。高级会计师。中华诗词学会、湖北省作协会员,中国毛泽东诗词研究会会员暨湖北分会常务理事,中国文化名人研究会副会长,中山文学院客座教授。湖北省、武汉市第四届作家代表大会代表。作品、小传入编多种名人辞典。著有《万文武文集》《旧诗解构》,长篇历史小说《陆放翁》《梁红玉》,诗词集《斯人集》等。

七绝·贵妃荔枝

红裳扯破露香肩,裸出肌肤玉色妍。
发誓将奴含嘴里,却将心掷马嵬前。

水龙吟·咏昭陵六骏

云旗金钺横空,凤鬈电鬣惊涛起。箭飞血雨,刀腾血雾,当之者死!气动山川,回鞍平陇,廓清妖戾。想戎衣乍定,青旌旋处,胸和背,伤难计。　　好个世民高义。筑凌烟、永垂青史。高标六骏,麟龙腾跃,偏留蝗矢。济难承危,布恩好义,受之多矣。看唐兴、岂是偶然,试问孰能如彼!

声声慢·魏徵墓①

陟陂高冈,激荡心潮,人言魏郑公茔②。伟哉人民,如水万古长青。人君德孚相载③,亦须知、怒则相倾。指点出、治国之根本,终使唐兴。　　还忆建成在日,记除秦之语,一再叮咛④。正是胸怀,如海倚仗如膺。每翻狗肚旧账,蕙兰、何问精英?况三镜,⑤铁铮铮、特地生憎!

注释

① 魏徵墓在昭陵西南3公里处。
② 魏徵,人称魏郑公。

③魏徵曾向唐太宗强调："君，舟也；民，水也。水能载舟，亦能覆舟！"
④魏徵曾任太子李建成的洗马，曾力劝太子及早除去时为秦王的李世民。
⑤三镜：魏徵死后，太宗叹曰："以铜为镜，可以正衣冠；以古为镜，可以知兴衰；以人为镜，可以明得失。朕尝保此三镜，内防己过。今魏徵逝，一镜亡矣。"

西江月·马嵬兵变

闻说三军驻马，只缘仇恨娇杨。山盟海誓旧花腔，大难到头早忘。
　　岂不兵多是武，孰知戈倒如霜。而今方识孰为强？纵是愚民难仗！

瑶台聚八仙

　　太白山上有大太爷海、二太爷海、三太爷海，为第四纪冰川碛湖。传说湖边不能击鼓放枪，否则，晴空也会出现暴风雨。

太白奇山，闻说道、金星化石忘还。去天三尺，邀月省却乘鸾。叠嶂层峦云雾里，更奇三海出冰川。水如蓝，日光倒影，人在天间。　　蓬莱未曾比美，是神仙境界，岂许儿喧。孰敢鸣枪，风起定教天翻。何言陈旧事了，似知警、湖边不晏安。追亡日，防褒斜古道，再起烽烟！

喜莺迁·石牛道

　　石牛道，通称南栈道。自今汉水上游的勉县西南行越七盘山入蜀境。

五丁动，秦山开。牵得五牛回。金汤自毁贼归来，方晓悔难追。
　　人狂傲，凭空啸。贪利徒成笑料。敌来软似一摊泥，可怜不及啼！

万迪芝

1925年生,女,湖北省武汉市新洲区人。

七律·秦始皇

一帝开天秦始皇,中央权集建咸阳。
雄心壮志匡全宇,铁马金戈灭六王。
革故文车功灿烂,鼎新度量绩辉煌。
长城万里惊奇迹,俊业宏图盛世彰。

万拴成

1937年生,号渤海钓徒,河北省无极县人。1963年毕业于新疆大学中文系,高级讲师。中华诗词学会理事,新疆诗词学会常务理事。

水调歌头·观秦兵马俑感赋

迢递秦宫阙,忆昔起烽烟。秋风灞水敲岸,画角动骊山。金鼓隆隆震野,铁骑嘶月,嬴氏几挥鞭。旌旆卷寒气,猎猎过崤关。　　扫六合,靖边塞,定江山。齐宫楚苑,转眸皆去旧衣冠。今日只留云阵,尘暗甲衣鞍辔,无语越千年。萧瑟秋风客,功罪任评观。

万荣保

1934年生,江西省南昌县人。樟树市电影公司退休干部,经济师。中华、江西诗词学会会员,市文联委员,清江诗社常务理事、会刊编委。作品、小传入编多种辞典。

七绝·黄帝陵

古墓庄严第一陵,群山环抱柏青青。
当年帝崩桥山葬,万代千秋仰圣明。

七绝·登长城

万里长城古战场,兴衰成败费思量。
英雄豪杰今何在?野史千年说始皇。

七绝·吟韩信

千年纷说小高台,震主功劳命被裁。
鸟尽弓藏成恨事,未央宫里有余哀。

七绝·吟周幽王

绝代佳人百媚妍,高台一笑起烽烟。
犬戎闯入亡周室,重色幽王谁再怜?

七绝·华清池与马嵬驿(二首)

其一

白绫七尺有何哀,莫怨三郎薄幸怀。
自古佳人多命薄,华清池水引灾来。

其二

古驿马嵬秋复春，依然墓草绿如茵。
月明不照长生殿，黄土无情掩丽人。

万裕屏

  1935年生，贵州省贵阳市人，中共党员。原贵州省机械工业厅处长。贵州省诗词学会秘书长，贵阳市诗词学会副会长，赤水市诗词学会名誉会长，《贵州诗词》编委，贵州省作协会员，省社科联委员，中华诗词文化研究所研究员，中华诗词学会理事，作品、小传入编多部典籍。著有《律诗五百及别裁》。

七律·黄陵题咏（十一首）

其一　轩辕庙

重修祖庙祭轩辕，铭勒先宗绩万千。
确保民安兴种植，力平国乱破凶顽。
印池水碧功恩鉴，大殿容尊中外瞻。
德厚泽深融日月，光昭华夏育来贤。

其二　桥山夜月

瑞气萦纡紫气升，清辉入夜照黄陵。
龙池碧水滋山翠，庙殿金光映月明。
载德霜枫千岁赤，铭恩古柏万年青。
承传先祖开基业，乘胜扬帆奔远程。

其三　沮水秋风

秋风先祖驾龙腾，思泪成河情永倾。
沮水粼粼俦帝庙，秋风飒飒爽黄陵。

千年沮水流难断，万籁秋风吹又生。
华夏文明扬百纪，如今后裔倍精明。

其四　南谷黄花

人间美景在何方？南谷奇观名远扬。
庙壮陵威先帝伟，天苍柏茂菊花黄。
不堪霜剑群葩萎，何畏风刀独卉芳。
绚丽多姿开满峪，深秋增色艳西疆。

其五　北岩净石

高尚品行堪启人，北岩净石有丹魂。
千秋坚硬经雷电，万代冰清荡垢尘。
怀缅先贤观夜月，祈昌后辈赏朝暾。
同天同地同长久，共喜中华日日新。

其六　龙湾晓雾

远眺龙湾在画中，景奇有赖色迷蒙。
紫烟缭绕升霄汉，瑞气蒸腾罩秀峰。
龙驭当年存浩气，林封今日葆珍容。
慕名赏美爱游此，兼览桥山品柏枫。

其七　凤岭炊烟

凤岭壮观天下称，炊烟着意绣云屏。
俯观沮水清波漾，仰望桥山紫气蒸。
得赏今朝交响奏，不忘昔日凤凰鸣。
先贤谱就铿锵曲，后裔高歌国振兴。

其八　汉武仙台

汉帝夸功筑土台，万株幼柏满山栽。
历朝英杰留名去，今日胜观招客来。
秋惋秀峰金叶落，春怡峻岭紫花开。
贤明先哲今何在？兴国当须再育才。

其九　黄陵古柏

黄陵千载保尊容，古柏固基称首功。
先帝亲栽形伟壮，后贤续种态宏雄。
万株挂甲幽三夏，百顷麻花翠九冬。
植树造林为国策，中华处处见葱茏。

其十　黄帝手植柏

寥廓苍天一树擎，轩辕汗水润长青。
根基稳固坚桥岭，枝叶昂扬壮帝陵。
夜伴玉盘辉禹甸，日侔金镜暖苍生。
千年古柏今犹茂，绿化江山应有恒。

十一　龙驭阁

轩辕龙驭返天门，帝业辉煌福后昆。
治国抚民施德政，兴耕扶植励功臣。
年逾百岁千机理，事过千年百代尊。
历任君王皆效祖，何愁华夏不超群。

于　水

1946年生，本名于世福，辽宁省复县人。陕西省文史研究馆研究员，中华诗词文化研究所研究员，陕西省老年诗词学会副会长，《秦风》诗刊编辑。自修诗词，著有《诗词对韵》《寸草微吟》诗文集。

七绝·临潼石榴

飞车高路过临潼，万树榴花似火红。
漫道天时春已过，此花不与众花同。

七绝·赞白居易

庐山牯岭迷花径,西子风光赏白堤。
有抱怀中不语女,枯枝满目一园奇。

七绝·张良庙

三万户侯如粪土,六韬神略契天机。
功成急退追松子,看破红尘亘古师。

七绝·安康瀛湖

瑶台王母失龙珠,化作人间锦绣图。
想去思来无可比,纤尘不染胜西湖。

七绝·华山韩愈投书处

泣泪投书绝世悲,天垂石嶂鸟难飞。
苍龙有意度韩老,县令缘何硬救归?

七绝·鲤鱼望苍龙口占

跃出黄河上北峰,恨无双翼比苍龙。
只为西岳添风景,不向游人乞薄功。

七律·骊山怀古

重上骊山二十秋,新楼广厦望无头。
小亭阁记藏龙虎,烽火台标戏凤侯。
误国明皇悲可鉴,替羊佳丽冤无由。
华清池水流千载,欲识废兴先净眸。

七律·谒黄帝陵

沮水桥山护圣茔，瑞云绕柏郁森森。
干戈动地山河肃，韬略回天禹甸新。
两岸同心思一统，五洲共仰酹千樽。
国门今喜早开放，华夏腾飞看子孙。

七律·西安钟楼

洪武千年留凤毛，檐飞角斗势凌霄。
沧桑饱阅云龙卧，日月采昭风虎摇。
动地雷霆歌巨变，摩天广厦涌波涛。
十朝天子云头立，惊叹人间喜折腰。

七律·半坡遗址

时空一步古村墟，走马观花读史书。
刻木结绳磨石器，捕鱼狩猎制陶壶。
刀耕火种腹难饱，兽患天灾病怎除？
生产力微功利少，尊卑长幼共亲疏。

七律·拜祭炎黄（二首）

其一

拜祭炎黄辟华疆，运筹帷幄定沧桑。
呼风唤雨教耕穑，治水兴舟防祸殃。
茅屋修成离洞穴，蚕麻理就织衣裳。
结绳造字功无限，日月长明万丈光。

其二

拜祭炎黄育子孙，万方裔胄系龙根。
人文灿灿辉今古，科技欣欣振国魂。

改革花开香入户，腾飞果硕富连村。
一从港澳珠还浦，更盼台归酒尽樽。

七律·华山（二首）

其一　华山颂

冰期何纪突横空？四岳难争险与雄。
仙掌擎天云竞散，莲花出浴月输容。
苍龙隐隐松涛舞，落雁亭亭风虎从。
跃上翠微观旭日，相思一度两间红。

其二　莲花峰

瑶台玉种绽奇葩，饱吮黄河得月华。
舞翠摇红花照眼，流云泻雾望无崖。
离天三尺莫偷日，拔地千寻纵览霞。
欲抱乾坤穷一跳，茫茫宇宙哪为家？

七律·揽月楼

龙舟快艇雪飞流，诸葛显灵独自游。
遥望青山分浅淡，近观碧树允疏稠。
登临乍觉三分冷，俯首平添几滴愁。
揽月楼头谁揽月？岚烟袅袅意悠悠。

于右任（1879—1964）

原名伯循，字骚心，号髯翁，生于三原县，祖籍陕西省泾阳县。中国近现代政治家、教育家、书法家。祖同盟会会员，参加辛亥革命和反袁、护法等斗争。后回陕任靖国军总司令。大革命时期拥护孙中山"三大政策"，后任南京监察院院长。书法有"当今称第一"之誉，一生诗作甚丰，著有《国殇》《右任文存》《半哭半笑楼诗稿》等。

七绝·思念内子高仲林①

梦绕关西旧战场，迂回大队过咸阳。
白头夫妇白头泪，亲见阿婆作艳装。

注释

①高仲林：陕西省三原县人，1898年与于右任结婚。1949年于去台湾，高留西安。于垂暮之年仍怀乡思亲，故作此诗。

七绝·太华①

太华三峰亦自奇，人间灵秀欲无遗。
髯翁出入三峰下，不赠三峰一首诗。

注释

①太华：华山别称，以别于华县少华山。

马 兑

1932年生，字翰云，广东省电白县人。离休前任湛江市人大常委会委员。中华诗词文化研究所研究员。

七绝·西安行吟（二首）

其一　观陕西历史博物馆

仰韶文化史前章，十代京都博宝藏。
出土煌煌文物展，悠悠华夏创辉煌。

其二　观西安碑林

国粹琳琅过目匆，书碑林立百千重。
欣观雄劲颜勤礼，更赏庭坚笔走龙。

七绝·汉中行吟（三首）

其一　勉县诸葛武侯墓吊古

武略文经三国英，鞠躬尽瘁古垂铭。
定军山下埋忠骨，千载悠悠柏桂荣。

其二　留坝瞻张良庙感赋

佐汉亡秦摧楚霸，功成身退远尘嚣。
留侯仙子今何在，紫柏山青白霭缭。

其三　览汉中博物馆书艺珍藏

幸览汉台藏艺宝，石门崖刻隶精珍。
于书天地园林迹，笔势恢宏奕奕神。

七绝·观乾陵无字碑有感

巾帼称皇破旧纲,权谋治国女豪强。
一生功过碑无字,留给来人论短长。

七绝·瞻楼观台有感

楼观老子五千言,广博精深洞地天。
万物化生恒不息,自然道法有真诠。

马万钟

生平阙略。

七绝·谒黄陵

翻山越岭谒陵魂,古柏鲜花掩映新。
黄帝衣冠齐敬仰,子孙参拜更相亲。

马千希

1919年生,重庆市忠县人,四川大学毕业,高级教师。中华诗词学会会员,新疆诗词学会顾问,哈密诗词学会会长。著有《雪轩词选》等。

五律·桥山行

桥山甚突兀,沮水带声流。
柏罨龙湾翠,花明凤岭秋。

虔诚崇圣殿，豪兴逐诗囚。
帝德何宏广，灵光被九州。

七律·留坝参观张良庙

初汉名臣张子房，一胸韬略计谋强。
几骑敢闯鸿门宴，轻脚能诛韩假王。
安分守常临祸福，知人论事定行藏。
赤松笑看烹功狗，小庙尘封亦太凉。

七律·安康访"空城计"发生处

山回水转小平川，谁料空城万古传。
诸葛才高常设计，众军对垒总投环。
西城布置何惊险，司马张皇胆破寒。
戏曲典型真演事，剧情决没想当然。

马孔良

1934 年生，中南军区军校毕业，曾为湖北省人民政府参事室副主任、党组成员，副研究员。湖北省诗词学会副会长、省楹联学会顾问。

七绝·咏西安大雁塔（二首）

其一

古塔流芳著锦篇，题名赴宴誉千年。
沧桑往事知多少，惟羡今贤胜昔贤。

其二

琼阁巍巍耸碧空，当年胜地盛文风。

诗人十亿堪游赏,却笑题名古塔中。

七绝·贵妃怨(二首)

其一

天生丽质世无双,魂系马嵬事可伤!
受宠分封何足论,奈他一梦付黄粱。

其二

自古娥眉怨恨多,君王召选事蹉跎。
马嵬替罪心何虑?回顾长安未息戈。

七律·唐玄宗鉴

鼙鼓渔阳激战兵,君王耿耿弃都城。
六军不发徒忧叹,百计难平是怒声。
辗转娥眉思故国,徘徊坡下忆华清。
千秋多少兴衰事,留与人间仔细评。

马国征

1933年生,江苏省泰州市人。中共江苏省委宣传部新闻出版处原处长,中国毛泽东诗词研究会理事,中华诗词学会、中国楹联学会、江苏省作协、书协会员,江苏省杂文学会顾问。曾任江苏省诗词协会常务副会长兼《江海诗词》主编。主编《当代江苏千家诗》等,著有《风云集》《清流集》等。

七绝·西安行(四首)

其一 西安事变旧址

止园遗迹耐人思,转折关头布险棋。

抗日终开新局面，周公卓识美名垂。

其二　西安碑林

宝库光芒辉海内，银钩铁画尽玑珠。
欧虞颜柳诸家备，更有昭陵骏马图。

其三　曲江池

笙歌画舫如仙境，黄鸟桃花锦句奇。
胡骑毁城成浩劫，且看今日曲江池。

其四　坑儒谷

犹存洪庆坑儒谷，堪笑祖龙恨读书。
刘项兴师齐伐罪，坑灰未冷又何如！

七律·游临潼华清池有感

拾级骊山往事萦，层峦高耸接沧溟。
一人独霸华清水，万姓同游兵谏亭。
鬼驿坡前徒抱恨，阳明山上柱悲鸣。
秦川满目新天地，北望延安倍有情。

马英芳

1929年生，湖南省湘潭县人，教授。1952年7月毕业于清华大学采矿工程系，先后任教于北京科技大学和西安建筑科技大学。陕西省老年诗词学会、省诗词学会、中华诗词学会会员。著有《湘京秦翁诗稿》。

五绝·游唐大明宫遗址

遗址大明宫，殿基气势宏。
细观文物馆，唐貌晓心中。

五律·游禹门口

黄河天上泻，山圻禹门开！
东晋西秦列，南原北岭排。
水风喧峪谷，铁电灿关台。
悬索殊惊险，扬眉喜过来！

七绝·游西安未央湖公园

云淡风轻夏日临，未央湖苑恋游人。
鹅黄鸭绿无穷美，景点多多富创新。

七绝·2004年元旦游大雁塔北广场

喷泉千态耀天堂，水柱穿空诗乐扬。
浩瀚广场浮雁塔，古香今色极辉煌！

七绝·游青龙寺咏李商隐诗境

青龙寺建于西安乐游原上，是赏樱花佳处，有石碑刻着李商隐名诗《登乐游原》："向晚意不适，驱车登古原。夕阳无限好，只是近黄昏"。

樱花四月盛开天，信步青龙登古原。
赢得夕阳无限好，余晖落照暖人间。

七绝·骊山（二首）

其一 烽火台怀古

登上骊山烽火台，渭河秦岭北南来。
幽王为博褒妃笑，赚得身亡周室衰。

其二　游华清宫感赋

古邑华清白杜吟，西安兵谏炳乾坤。
皇园秀丽温汤滑，今日人民是帝君。

七律·颂黄河

浩怀黄乳母亲河，抚育中华世代歌。
小浪回春除痼疾①，长江调水治新疴②。
悠悠历史人文灿，曲曲龙身画景多。
最是壮观壶口处，瀑风游客共欢呵！

注释

①小浪底工程可防黄河千年一遇的洪水和有效清除泥沙。
②1970年以来，黄河中下游常常水量不足，通过南水北调工程得以解决。

七律·游兴庆宫公园

胜迹开元兴庆宫，玄宗皇苑古城东。
楼台亭榭唐时貌，卉木湖丘现代风。
品树赏花怡悦趣，划船嬉水率兴浓。
彩云间下沉香北，醉子诗情画意中。

马祖毅

1925年生，字士弘，江苏省建湖县人。复旦大学外文系毕业，安徽大学教授，享受政府特殊津贴。中国作协会员，安徽太白楼诗词学会副会长。曾任中国译协理事、中国大洋洲经济研究会理事、中国澳大利亚研究会常务理事。译有外国小说多种，著有《漱石吟草》《四爱居韵语》等。

五绝·登西安大雁塔

风剪雁声寒，天低雾欲漫。
秦关何处是，疏雨洒长安。

五绝·古汉台

远水送残晖，空台对翠微。
飒然风雨至，犹带楚军威。

七绝·勉县道中口占

向午驱车沔水前，数行秋柳碧含烟。
雨云似幔徐徐卷，放出青山洗后妍。

七绝·为南郑陆游纪念馆作（二首）

其一

毕生但冀九州同，羽箭凋零事业空。
老卧江湖梦南郑，短衣射虎血飞红。

其二

铁马冰河入梦中，腥膻尽洗下辽东。
一身正气充天地，万树寒梅化放翁。

七绝·南郑（二首）

其一

南郑兴祠告放翁，山川城郭换新容。
自强未许豪情减，要骋长征化青骔。

其二

不负金秋万里行，喜看南郑气峥嵘。
桑肥麦秀黄花艳，红树青山到处迎。

七绝·南郑南湖[①]（三首）

其一

渴虎临渊思畅饮，潜龙定宅喜澄潭。
深山一夜平湖出，从此鸳鸯戏水酣。

其二

苍山缺水难为媚，碧水无山不算娇。
造个南湖娇媚并，天公傲气顿时消。

其三

淡抹浓勾夕照间，一泓秋水几重山。
荆关再世争来访，定把南湖比玉环。

注释

①湖之北有卧虎岭、苍龙岗，南有鸳鸯山。

马家骏

1929年生，河北省清苑县人。陕西师范大学教授，享受国务院特殊津贴专家。中国作家协会、电影家协会会员，陕西省外国文学学会名誉会长、省高等学校戏曲研究会会长、西安诗词学会顾问。著有《马家骏诗词选》《诗歌探艺》等。

七绝·延安晓思

延波水映枣园灯，汇入黄河四海明。
凝望寰球天欲晓，白云塔影叩钟声。

七绝·过阳平关

嘉陵江水绿如蓝，崇岭采风披微岚。
十载新颜通夜话，长亭晓月抚鸣骖。

七绝·马嵬驿

黄土玉环冷马嵬，残垣荒殿岂徘徊？
泰陵空奏霓裳曲，翠羽明珰入梦来？

七绝·过佛坪

秦山万叠闪明珠，春染椒溪满岸萸。
日映轻岚箫笛脆，花红柳绿绣宏图。

七绝·南郑知青茶场

香飘翠岭茶歌远，雨洒江天育幼林。
绿叶蓁蓁仙马翼，山乡秀处白云深。

七绝·返凤翔

湖水箫声引凤回,十年翠柳旧亭台。
玉颜不改人非昨,莫笑春风吹绿来。

七绝·楼观台

终南烟雨隐仙山,道院帘垂黄卷闲。
白鹤青松一碗酒,垅头耕罢月升还。

七绝·直罗镇(二首)

其一

繁茂当年旧战场,弹痕遥指说沧桑。
天兵浩荡齐争斗,青野稻花四散香。

其二

当年皓月满鄜州,奋战牛湾捕野牛。
白发牧童谈一夜,葫芦河水漫川流。

七绝·安康(二首)

其一

雪垒云峰渺汉江,青峦蓊郁冷溪香。
山村沸腾爆新竹,惊起纯阳养鹤忙。

其二

青江映岭几回旋,大坝巍峨截绿山。
隐炮轰隆车笛吼,飞桥电塔火龙攀。

七律·登华岳

柳枝烟掠罗敷淡,缥缈华山畿下歌。
挂瀑北峰倾爽雨,步云东海涌天波。
弈棋亭上人翻鹞,苶苶船头仙滑靴①。
回踏苍龙飞几遍,莲花高处换新柯。

注释

①苶苶句：华山南峰一景。苶（niè）读"涅"非"茶"字。

七律·壶口瀑布

雾淡秋林柿满峦,飞车笑语走宜川。
訇隆壶口泥翻浪,水汽长虹彩染天。
万马奔腾寰宇震,千年冲跌大河悬。
中华壮烈如斯势,呼啸刚强永向前。

七律·镇巴行

三来定远皆寒食,识旧垂杨拂嫩丝。
旭日消融拦马雪,山歌唱绿柳州枝。
峰巅极目小丘阜,幽谷引吭赋拙诗。
咬笔挑灯风做伴,巴山夜雨涨春池。

醉花间·洋县茅坪

岭妆翠,绕酉水,晨霭新阳里。各处有茅坪,此地山村美。　　铁厂峪烟升,高渠云汉坠。千块镜田明,崖畔盘歌脆。

虞美人·少华山下

春催柳眼梅先醒,何故弄姿影？笑迎山水舞红旗,捷报随风传送放歌时。　　车轮飞转金光道,马啸人欢笑。削原平壑起田畴,喜看华山苍翠渭河流。

水龙吟·飞赴延安

白云飞过天穹,高空俯览延安景:新楼靓立,车流不断,绿盈群岭。机场风轻,笑迎来客,快车驰骋。看繁荣闹市,摩肩接踵,旺经济,花争竞。　　传统精神彪炳,枣园灯、圣光飞永:重求实是,持勤建国,立场坚定。现代延安,工农科教,文明兴盛。颂红旗劲舞,五星照耀,慰人欢庆。

马振篱

　　1931年生于陕西省岐山县,又名恩才,笔名一兵、一民。1947年参加解放军,曾任连指导员、营教导员等职,转业地方。离休前,任贵州省黔南州第二人民医院党委书记、中医院党委书记。贵州省诗词学会、海南省诗词联艺术家协会会员。

五律·登太白山

太白重峦秀,浮云绕翠峰。
空山幽鸟语,断岸瀑飞冲。
九转回肠道,一登入雪冬。
温泉清俗垢,世外访仙踪。

七绝·过秦岭

峡谷行车不见天,盘旋万丈出云端。
抬头遥望高峰处,一缕炊烟绕日边。

七绝·过马嵬坡

禄山鼙鼓震唐基，正是玉环殒命时。
不责君王妃子斥，古今史乘众评讥。

七律·拜祭中华始祖炎黄

始祖炎黄德泽长，子孙万代沐辉煌。
兴农采药滋人类，辟地开疆应上苍。
浩荡江河通四海，纵横道路达八方。
腾飞经济攀科技，双建文明国运昌。

七律·游骊山

骊山美景且来游，今古名胜此岭头。
北有清池唐华殿，东陈兵马始皇丘。
华山秦岭知心伴，渭水黄河远近流。
云影索车飞渡乐，关中胜况醉眸收。

马骏英

1942 年生，陕西咸阳长武人。中华诗词学会会员，陕西省诗词学会和陕西省老年诗词学会理事，咸阳市老年书画诗词研究会常务副会长兼秘书长，《咸阳诗词》主编。

七绝·秦砖汉瓦

青龙白虎赋神韵，朱雀相随寓意深。
玄武图腾承亘古，文明智慧世绝伦。

马深培

1934年生,号苍山退士,浙江省磐安县人。中国文化名人研究会副会长,中华诗词学会、中国楹联学会会员,中华诗词文化研究所研究员,浙江诗词暨楹联学会理事。

七绝·西安大雁塔北广场音乐喷泉

皓月悬空塔影斜,银泉腾跃向天涯。
千条水柱随歌舞,疑是神仙撒百花。

七绝·李世民

一代明君李世民,安邦治国用贤人。
太平盛世唐天下,三鉴宏论敌万军。

七绝·黄陵八景新咏(三首)

其一　北岩净石

北岩净石现奇观,霜不侵身雪不斑。
天外飞来何怪物?游人纵目每频看。

其二　汉武仙台

当年汉武筑仙台,欲望长生避祸灾。
昔日帝王祈祷处,游人观景并肩来。

其三　黄陵古柏

桥山古柏越千秋,黄帝培栽汉武留。
历尽沧桑神韵在,钢枝铁叶纪风流。

七律·赴长安

甲申秋月上长安，一路金风意自闲。
万里黄河腾巨浪，千条沟壑锁潼关。
华池旧梦香风送，盛世中华大道宽。
百代王权荒冢里，古城留作后人看。

孔凡章

  1914年生，四川省成都市人。毕业于上海震旦学院，中央文史研究馆馆员、诗词组组长。著有《风华集》《陇行集》等，抗战尽失。现有《回舟集》《回舟续集》。

七律·车过西安

雉堞参云未可扪，雄关深键国西门。
前秦车骑於菟梦，后蜀旌旗杜宇魂。
万派嘉陵今有向，群峰太华自成尊。
余年竟及清平日，窗外黄河照泪痕。

孔渡生

1927年生，湖南省浏阳市人。解放战争时期参加革命，先后在中南地质局、湖北省地矿局等单位任职，副处级，经济师，1990年离休。著有《诗词曲联选集》、诗文选编《枫林集》、长篇小说《浏阳风云》等。

七绝·咏史（四首）

其一　范雎

英雄冤屈死鞭笞，甦相强秦人莫知。
恋恋绨袍须贾活，可怜魏相独捐躯。

其二　商鞅

法治推行数纪鞅，更勤耕战使秦强。
帝基奠定身遭裂，千古功臣抱恨长。

其三　荆轲

易水相辞慷慨歌，秦廷行刺果如何？
纵然掣得秦王命，难敌雄兵百万多。

其四　李斯

秦代文坛一巨公，帝王治术更称雄。
名篇谏逐留文采，统一神州建伟功。

七律·登西安大雁塔

戎马倥偬过此城，不求丝管与秦声。
且登雁塔看前代，还读碑林辨历程。
秦岭嵯峨关塞远，华山峻峭暮云横。
尘襟独自一潇洒，指点关河话帝京。

七律·西安（三首）

1982年7月我赴鄂西北考察，途中遇特大暴雨，山洪猛涨，前后塌方，进退受阻，困于上津古镇七日之久。后转道到达西安，赋诗以志。

其一

雨阻郧西行路难，今朝辗转到长安。
回看秦岭千峰峻，遥望关中万顷宽。
莽莽黄沙过渭水，亭亭斜日照骊山。
秦川八景无心访，留待重来仔细看。

其二

凭吊登临城上楼，废陴故垒尚残留。
斜阳几道骊山暮，新雁一声灞柳秋。
秦俑犹存看帝业，汉宫已烬指墟丘。
关河百二今何用？倩作诗人胜迹游。

其三

城上秋高夕照残，茫茫渭水复秦山。
兵连祸结三千载，垒废壕荒百二关。
历尽战争犹惨淡，经多风雨尚辛酸。
唐宫汉阙悲欢事，供作游人史料谈。

戈学泉

1930年生,又名戈浚源,湖北省武汉市江夏区人。历任小学、中学、高中文、史、地教师,中学高级教师。江夏诗联学会理事,《松鹤诗联》副主编。

七绝·革命摇篮——延安

延河水急浪滔滔,开国英雄渥发毛。
抗住外侵消内乱,摇篮功绩与天高。

七绝·太史公司马迁(二首)

其一

太史雄才辩李陵,主持正义是先生。
可怜身受宫刑后,《史记》长留万古名。

其二

"负德""孤恩"责两分,敢将公道激人君。
直言触帝身遭腐,《史记》千秋作典文。

七绝·题咏历史人物(二首)

其一 西汉忠良苏武

出使匈奴竟被幽,胁威不降作流囚。
吞毡嚼雪心南国,仗节牧羊十九秋。

其二 中唐贤相韩休

贤相推君大有为,人民贵重主轻微。
为求百姓皆丰腴,累得君王体减肥。

七绝·人文始祖黄帝陵

黄帝陵前仰古松，千秋万古吊遗踪。
衣冠文物开华夏，台陆原来共一宗。

七绝·道教圣地楼观台

秦岭终南圣地山，划分气候两般般。
神仙八洞驱邪法，佳话长留人世间。

七绝·长安花朝扑蝶会

郊原扑蝶渡花相，护卫群芳不动摇。
自是汉唐传古俗，长安士女兴多饶。

七律·王震上将开发南泥湾

度荒开发小江南，建设屯田责有三[①]。
战绩好将前辈录，典型留与后人谈。
泥湾遗得甘棠树，陕北遍存莱果篮。
上将弓身如老圃，屈伸革命不停骖。

注释

①指生产、建设、保卫三责。

文 子

1955年生，本名文武君，号豳州文子，室名白云斋，陕西省旬邑县赤道乡赤道村人。自幼清贫，仅学完高中课程。曾在乡下务农，部队服役，基层政府就职，后弃政从商。中华诗词学会会员，陕西省作家协会会员，西安诗词学会名誉会长，陕西电大词学室顾问，《西安诗词》季刊顾问。著有《文子词选》《文子诗词》《文子词曲》《文子韵语》等。

渔歌子·登西安城墙

汉瓦秦砖忆昔年，腥风血雨换旗幡。云吹散，日光宣，沉浮谁主问苍天？

渔歌子·旬邑农家乐（四首）

其一 春

槐绿桃红戏紫燕，榆钱杨柳杏花天。蜂采蜜，蝶迎兰，和风丽日太平年。

其二 夏

莺唱蝉鸣麦气浓，荷香梅熟物繁丰。鸦噪柳，燕啼空，榴花妖娆醉熏风。

其三 秋

凝露飞霜傲菊黄，人欢马叫采收忙。银满柜，谷盈仓，安居乐业赛天堂。

其四 冬

冷月寒梅幸福家，火红屋暖足鱼虾。斟美酒，煮香茶，红颜白首话桑麻。

踏莎行·西安北郊未央湖

万树桃花，千支荷桨，白杨绿柳烟波荡。画亭幽径水连天，蝉鸣蝶舞黄莺唱。　　燕掠晴空，鱼嬉碧浪，小桥垂钓真清爽。浮香流影醉游人，犹疑梦苑为仙阆。

踏莎行·丙戌年秦岭第一场雪

初绽梨花，乍飘柳絮。玉龙白凤漫天舞。号空落木结寒冰，鹅毛点缀梅松树。　　雪拥山峦，风摇淞雾。琼枝金萼清香馥。莫道天寒少芳菲，又闻灵鹊传春语。

画堂春·兴庆宫公园

沧桑岁月说名园，翠湖绿柳笼烟。红莲画舫紫双鹃，香泻英繁。　　犹记谪仙诗句，风流千古骚坛。如花妃子梦依栏，醉舞云天。

蓦山溪·旬邑秋色

清风送爽，深草林涛莽。高路入云端，汽笛鸣，莺啼鹊唱。满山红透，碧水掬寒烟，飞絮荡。嶂连迷，梦幻游仙阆。　　丰收金果，万顷香波漾。煤黑枣儿红，菊花黄，牛肥马壮。千年城堡，沧海桑田，红日照，秋月朗，国富生机旺。

忆江南·豳州好（六首）

其一

豳州好，最好是清晨。峤岭吐霞林滴翠，天梯小路绕红云。破晓早耕耘。

其二

豳州好，最好是黄昏。野牧牛羊嘻巷口，鸡鸣犬吠笑声闻。小米醉君魂。

其三

豳州好,最好是新春。紫燕双双穿细柳,蜜蜂对对采花津。绿叶拂红尘。

其四

豳州好,最好夏天时。雨洗幽岚杨柳画,风吹绿叶雅荷诗。啼燕诉相思。

其五

豳州好,最好是深秋。碧水蓝天斜日醉,红花绿影暮云收。皓月照芳洲。

其六

豳州好,最好是三冬。雪拥群山松柏翠,冰封大地腊梅红。旭日送春风。

朝中措·旬邑唐家民俗园

青砖碧瓦历辉煌,画栋架雕梁。檐上飞禽走兽,犹思昨日风光。
　　百年岁月,云舒云卷,肠断仙乡。刻石牌坊依旧,锦帏空掩闺床。

柳梢青·看西安兴庆宫郁金香花展

黄似流金,红如霞锦,白比霜禽。玉立亭亭,风姿袅袅,七彩花林。　　欢歌笑语香浸,翠湖畔、莺啼柳荫。美景良辰,神怡心旷,留恋暮临。

剪朝霞·旬邑翠屏湖

岚黛湖光泰塔雄,雕栏画舫吊桥东。弯弯芳径通幽处,滢滢流泉润古松。　　垂柳绿,太阳红,天蓝草碧鸟啼空。和谐盛世人欢乐,国富民安物品丰。

蝶恋花·凤翔春游

天锦湛蓝粘白絮，绿草红花，画阁闻莺语。杨柳青青蜂蝶舞，花溪汩汩东流去。　　淡淡疏风参细雨，烟罩东湖，清雅芳香处。失伴谁家姝丽女，断桥摇伞娇声语？

文　文

1931年生，原名占子木，浙江省青田县人。中华诗词艺术家联合会名誉会长，中华诗词文化研究所、中国对联文化研究院研究员，中国文化名人研究会副会长。善集字，已从历代书法名家的字帖中，集成诗联五百多首（副），被誉为"骚坛一绝"。编著有《神州颂》《马年再唱》等。

七律·九成宫

养神圣地九成宫，绝壑为池造化工。
台榭参差春酒暖，长廊曲折腊灯红。
高宗避暑情难尽，武后游玩乐未穷。
地塌山崩洪水毁，唯留遗迹在寰中。

七律·华山

一路攀登上华山，五峰耸峙插云天。
掌疏黄水仙人法，斧劈悬岩故事传。
太乙池边观胜景，水帘洞外诵佳篇。
岹峣西岳真奇险，"玉女"舒心亿万年。

七律·延安

革命途程闯险关，长征万里此开颜。
连天烽火无宁日，照路明灯宝塔山。
抗战八年全力赴，指挥"三役"凯歌还。
滔滔延水流神韵，我党中央耀宇寰。

七律·咏陕西帝妃将陵（七首）

其一　黄帝陵

文明教化始神君，安息桥山奉至尊。
块块石碑辉岁月，株株古柏秀乾坤。
巍峨陵庙千秋美，伟大功勋万世存。
祭祖后人超十亿，英雄浩气盖昆仑。

其二　秦始皇陵

皇陵座座比辉煌，嬴政安眠土万方。
无息无声兵马俑，有光有色将卒装。
人间巧艺千秋誉，天下奇观四海芳。
遥筑长城留胜迹，骊山脚下尽风光。

其三　茂陵

汉武陵园曰茂陵，如山覆斗似方形。
阙门南北东西立，殉品牛鱼虎豹荧。
金镂玉衣稀世品，专尊儒术入迷津。
卫青去病驱强敌，一代天朝北境宁。

其四　霍去病墓

年轻名将显威风，抗击匈奴立大功。
每次出征皆获胜，屡教要塞利交通。
雕牛刻马还雕像，刻虎雕猪又刻熊。

去病之名难去病，墓园近在茂陵东。

其五　乾陵

合葬陵园气势雄，造型别致内涵丰。
石碑无字留谜语，翼马吞声上碧穹。
李治高宗添气象，武周皇帝展威风。
"曌"如日月当空照，应记昭容辅佐功。

其六　昭陵

山峦起伏壑纵横，墓冢成群数不清。
科举均田行德政，任贤纳谏示开明。
宗亲遵旨通西域，骏骑遭偷至费城。
一代帝王威赫赫，贞观盛世永留名。

其七　杨贵妃墓

墓园长葬貌倾城，塑像娇姿百媚生。
沐浴温泉宫闱乱，册封妃子梦魂惊。
春风拂面桃花色，朔气侵人雨点声。
无奈马嵬兵变日，玄宗赐死了前情。

方任安

1926年生，安徽省桐城市人。毕业于国立政治大学，曾任安庆师范学院政教系教研室主任，教授，已退休。

七律·杨贵妃墓

一代娥眉毙马坡，盛唐从此泣山河。
雨淋铃洒无情泪，风入松吟《长恨歌》。
天宝朝迁沉腐壑，渔阳鼙鼓起洪波。

千秋多少诗人笔，褒贬红颜未免多。

方纪申

1932年生，号方舟，半壁斋主，蒙古族，北京人。中央团校毕业，大专学历。1948年参加革命，1987年离休。中华诗词文化研究所研究员，长阳诗词协会名誉会长，长阳民族文化研究会顾问。中华诗词学会、湖北省诗词学会暨楹联学会会员。主编有《长阳诗词民歌集萃》等。

七绝·大雁塔余晖

慈恩寺内敛霞光，大雁归来恋夕阳。
七级浮屠炫三藏，五千经卷系甘棠。

七律·西安行吟（五首）

其一　列车西行

启程夜半别夷陵，神往长安梦几曾。
一路奇观情激越，千年烽火乱频仍。
车临洛水辰星杳，觉醒潼关旭日升。
西岳三峰弹指过，故都在望烁华灯。

其二　登城远眺

夙慕长安钳五省，十朝霸业苦经营。
登城远眺骊山影，依堞聆听渭水鸣。
关陇崤函呈险固，秦皇汉武见枯荣。
君看百代风云尽，今日雄姿殊世惊。

其三　秦俑馆仰止

天下奇观兵马俑，登峰造极展雄风。

握弓武士披盔甲，按剑将军着锦戎。
陶驷千骑藏垒堡，铜车百乘戍临潼。
骊山渭水遥相映，放眼秦陵叹地宫。

其四　骊山温泉

周秦汉晋曾昌盛，赵魏隋唐几迭更。
别馆香汤倾国政，离宫玉液荡华菁。
渔阳鼙鼓惊昏梦，胡马旌麾摧帝城。
君看苍黄千古事，悲歌一曲彻空明。

其五　乾陵絮语

武后权谋隐黠光，知人善断气轩昂。
从容进退终称帝，冷眼沉浮几度霜。
可叹风流荒国政，当悲奢侈乱朝纲。
上阳宫里惊寥落，无字碑前论短长。

方俊民

1936年生，安徽省安庆市人。复旦大学新闻系毕业，高级编辑。曾任解放军报社时事部主编，现为解放军总政治部老干部学院创作研究员。

七律·壶口瀑布之歌

黄河浩渺一壶收，十里龙槽水竞流。
烟洒晴空虹带雨，雷奔涧壑雨丝稠。
禹除洪患忧天下，鲤跃龙门谋大猷。
吸纳百川掀巨浪，奔腾到海不回头。

月 人

1956年生,本名张君宽,中共党员,西安市东郊田家湾人。文学学士,高级编辑,词人、词学家、编辑出版家。原陕西广播电视大学中华词学研究室主任、学报校报编辑部主任兼总编辑,2016年8月退休。兼任西安诗词学会会长、陕西省文史研究馆研究员、《西安诗词》季刊主编、中国电大编辑记者协会副理事长等职。系中国作家协会、中华诗词学会、中国韵文学会会员等。主编有《百家教授诗词选》《圣代词库丛书》,著有《月人词集》(1979—2010)(共5部100卷,收词5000首,四创中国词史个人存词最高记录)等。

七律·田家湾杂咏赋作辘轳体(五首)

其一 序曲

田湾景色醉游人,菜父清歌信有因。
举首南望秦岭雪,回眸北眺渭河津。
右携西舍长安府,左抚东邻白鹿尘。
春夏秋冬闲日少,年年岁岁庆丰神。

其二 春曲

爆竹声中福满门,田湾景色醉游人。
东家嫁女西家娶,贾府姻缘蒋府亲。
海碗香醪酬俊友,连台大戏待嘉宾。
一年最是春光好,联语传书万事新。

其三 夏曲

麦翻金浪菜花云,律动农家老少身。
浐水风光消夏暑,田湾景色醉游人。
黄瓜赤柿形香美,紫蒜青葱品味真。
忙罢收割忙播种,地头市上往来频。

其四　秋曲

遍插茱萸护月魂，秋高气爽净无尘。
拆除茅屋非夸富，构造琼楼为脱贫。
旧貌新颜欢客户，田湾景色醉游人。
远来近悦歌声妙，旭日金光瓦玉鳞。

其五　冬曲

皇天后土万花银，夜市隆冬恰似春。
十字街头谈笑语，渠边树下恋人身。
轻骑的士斟啤酒，彩电冰箱衣涤纶。
自在逍遥无拘束，田湾景色醉游人。

好事近

汉中古汉台，传为汉王刘邦建立西汉帝业之发祥地。今得一游，遂用秦观韵赋歌。

遥望汉江流，独霸一边春色。登上小楼环顾，笑松鹰千百。　拱桥曲水雁鱼红，芭蕉竹林碧。梦里好思秦地，举鞭通南北。

卜算子·谒汉大将军韩信拜将坛

秋晚访高台，荒草无人问。几棵杨槐树叶稀，风怨声声震。　坛上盛情衰，碑下军魂信。立马横刀乱世雄，万古将军恨。

行香子

沿田家湾浐河大桥南行百余丈，有专营打捞沙石者栖身之茅棚小屋，顺西岸铺排开去，予谓之"沙石庄"也。

临水沙庄，笑语如簧。小沙市、讨价声狂。抢沙夺石，拼命三郎。看空车来，满车去，跑车忙。　港中艇挤，岸上车长。欲争先、逞霸如狼。炊烟缕缕，节节低墙。正朝阳温，午阳热，夕阳凉。

巫山一段云·谒汉太史司马迁祠

翠柏浓阴盛,黄河巨浪宽。祥云瑞气锁芝川,司马卧梁山。 《史记》传千代、光华流万年。高山仰止诵金言,稽首拜先贤。

满庭芳·丁卯岁孟夏兴游西安鲸鱼沟赋得

沟水丘山,云波雾影,自是天设仙乡。半坡驰兔,残壁走羔羊。十万千竿翠竹,曲岸上、占尽春光。空余下,滩头渔叟,倚石钓鱼忙。 难忘。佳丽地,船漂淑女,马寄檀郎。好私卧林边,独作花王。回首一声瀑布,呼美酒、但醉何妨?登高望,夕阳西下,碧水到山庄。

浪淘沙·浐河夏夜曲

桥下晚风凉,月影星光。丽人入夏苦天长。结伴下河花欲醉,横卧沙床。 碧水绿波忙,偷洗红妆。上游高雅下游狂。笑指繁星传故事,织女牛郎。

江城子·拜谒黄帝陵

叠山环水驭桥陵。帝英名,庙威灵。天邀巨柏,万古绿阴荣。华夏臣民朝圣地,寻始祖,祭清明。

菩萨蛮·回文题识长安香积寺本来居士

本来如此因缘准,准缘因此如来本。奇梦感尊师,师尊感梦奇。 拥香烟续洞,洞续烟香拥。行善导高僧,僧高导善行。

菩萨蛮·西安古城赋

城墙铁甲城楼雪,城河银镜城头月。渭灞帝王州,碑林钟鼓楼。 巍巍唐雁塔,赫赫秦兵马。举世颂西安,风流亿万年!

高阳台·西安解放四十周年感赋

花开花落,春秋四十,长安岁岁东风。灞柳催歌,望中楼塔融融。帝王都里环城碧,换新颜,镜影初红。御丰容,城阙巍巍,不老英雄! 人文荟萃惊天地,叹秦砖汉瓦,隋制唐风。休说三秦,满川帝冢王宫。欣看电子轻工盛,任飞机、导弹腾空!挽长弓、先射银笙,再取金钟!

频载酒·感题秦始皇

渭水骊山龙虎蟠,铁车铜马战歌欢,三皇五帝续新篇。 吞并群雄成一统,神州帝制自君传,秦皇威武两千年!

醉梦迷·参观西安水族宫代爱女幼儿临之记事抒怀

玻璃水匣金鱼美,才见红鱼,又见蓝鱼,蝴蝶珍珠燕子鱼! 老龟大蟹蛇鱼美,才说龙鱼,又说狮鱼,军舰轮船大炮鱼!

琼林第一枝·西安碑林礼赞

经石开成,大唐遗宝,宋传元祐珍护!碑林万种风流,墨海千秋独步!搜奇集异,壮京兆、玉雕书库!美世界、书画精良,争惹客心生妒! 汉魏风、浮霞滴露;唐宋韵、星飞月举!先贤百代同堂,后学五洲共主!管城侯幸,圣地老、颜筋柳骨;俊杰永、素醉张癫,墨子墨孙欢舞!

千秋岁·秦赋[①]

西游入陕,近潼关情切,人文惊世!北谒黄陵尊史圣,南索汉高幽迹。华岳神姿,黄河天险,处处宣王气。十三朝代,剩埋七十二帝。 京兆高卧关中,盛名远播,久治长安计。铜鼎商周天下贵,郡县始皇初制。秦汉雄风,隋唐盛世,环宇谁能继?神州青史，半编融入秦地。

注释

①原题作《昨于中华梨园学研究会第九届年会上闻语，当于潼关东门城楼上大书"中国历史博物馆"感作秦赋》。

毛系瀛

1924年生，江苏省沭阳县人。曾任江苏教育学院副院长，兼江苏广播电视大学副校长，江苏钟山教育进修学院院长，名誉教授。江南诗词学会常务副会长，江苏省毛泽东诗词研究会副会长。主编《江南新韵》、省中小学教材80余种，合著有《金陵吟友律诗选》，著有《毛系瀛诗文集》等。

七绝·西行道上

车轮滚滚过群山，西入潼关气不凡。
饱览秦川八百里，浩然渭水枕长安。

七绝·骊山有感

翠柏青松绿满山，明皇当日太颠顸。
二人欢笑千家泪，墙内不知墙外寒。

毛定波

1929 年生，又名毛顺柱，湖南省祁阳县人。退休干部。中华诗词学会、中国诗歌学会、国际炎黄文化研究会会员，衡东诗联书画协会副主席。《华夏当代诗词选》副主编。作品获全国大赛一、二、三等奖 20 余次。著有《心灵春秋》《过影集》。

七绝·轩辕庙

黄帝无心坐庙堂，子孙有意报恩忙。
名山祠庙风光美，治国齐家故事长。

七绝·统一六国好

周赧无能王室微，诸侯坐大不称臣。
春秋战国黎民苦，屈子张良却恨秦。

七绝·咏李白（三首）

其一

傲气豪情才异常，遍游山水壮诗肠。
平生最爱杯中物，醉吐三章供帝皇。

其二

莫道江油县境偏，山灵水秀长青莲。
何甘俯首事权贵，宁做人间诗酒仙。

其三

也曾有意识荆州，痛饮忘封万户侯。
一曲酣歌《将进酒》，任尔率性遣闲愁。

七绝·题咏历史人物（七首）

其一　唐玄宗

明皇一变是昏皇，柳叶芙蓉醉眼量。
锦绣江山抛脑后，马嵬坡上面皮黄。

其二　汉高祖

何能逐鹿定中原，全仗谋臣战将贤。
鸟尽弓藏烹犬兽，消除虎患始安眠。

其三　韩信

从来大树惹风狂，何况邀功自请王。
错把刘邦知己看，未央宫内梦中亡。

其四　张良

教得奇招刎霸王，刘邦惊惧不声张。
若非知趣仙游去，定与齐王丧未央。

其五　黄巢

长期腐败难登岸，只有高山树义旗。
虽是鱼亡兼网破，成功失败后人师。

其六　司马迁

历代史官牛背毛，唯迁名响逐时高。
因沿失马塞翁路，觅把羊毫化作刀。

其七　荆轲刺秦王

几杯烈酒几盘珍，买得荆轲勇刺秦。
岂料图穷寒匕见，飞回碎片刺燕人。

七绝·华清池

华清池里温泉水,曾暖君妃两颗心。
比翼双飞池面上,水中留影到如今。

七绝·马嵬坡

宠臣夺位动干戈,西走军哗若奈何。
应杀昏君酬宇内,贵妃替罪马嵬坡。

七绝·法门寺

法门寺坐扶风县,宝塔遥从东汉来。
佛骨千年刚出土,信徒世界响春雷。

青玉案·电视剧《汉宫秋》中之窦皇后

爹娘已上西天路,竟丢下、孤儿女。泪雨悲风何处去!冻身怀弟,饥啼思母,多少辛酸苦。　　遭逢大难飘轻絮,十六沧桑喜团聚。奈杀官差神鬼恶。汉江山坳,自亲情负,大罪何能恕?

采桑子·周易

伏羲八卦标方位,南北廓清,横纵分明,日夜阴晴好运行。　　文王里羑扬迷信,卜定亏盈,天命风生,语意朦胧骗术兴。

牛 捷

1933年生,号王屋山叟,河南省济源市人。毕业于兰州大学,曾任二野某炮兵司令部参谋。西北文化科学交流促进会副会长,西安市楹联学会会员,西安八仙宫书画院理事、副秘书长。

忆江南·秦川忆

秦川忆,最忆是长安:秦汉隋唐留胜迹,古风今韵继前贤。谁不奋当先?

牛东立

1930年生,字平凡,别号林生,河南省开封市人。西安市雁塔区政府离休干部,陕西省诗词学会会员,陕西省老年诗词学会理事。

五绝·陕北道上

绥德到延州,牛羊满峁沟。
骑驴崖畔走,耳听信天游。

五绝·杜陵早雪

昨夜寒风起,乌云压破天。
鹅毛封沃土,瑞雪兆丰年。

五绝·青龙寺

秋高气爽天,漫步乐游原。
落日晖新寺,霞光照暮年。

五律·曲江即景

冈峦细雨蒙,宅院百花荣。
郊外流溪缓,枝头小鸟鸣。
风轻原野静,气爽太空清。
草茂牛羊壮,农家忙牧耕。

五律·清明节祭黄帝陵

黄帝骑龙去,桥山起冢城。
沮河萦古庙,翠柏拱高茔。
百姓斟清酒,官员献盛牲。
中华遵道义,努力建文明。

五律·游辋川

鹿砦终难见,幽篁故地寻。
山高荒野静,水急辋溪深。
摩诘留诗画,阳关唱玉音。
路边银杏树,枝茂叶森森。

五律·张良庙

为酬亡国恨,博浪刺嬴秦。
黄石兵书授,刘邦谋略臣。
中原逐失鹿,帷幄计如神。
历史千年过,今人赞古人。

五言排律·昭陵怀古

春日郊游,到礼泉县昭陵参观,因感唐太宗李世民纳谏重贤,文治武功,一代英主,历朝仰慕,故为此诗。

太原兴义旅，百战不离鞍。
智广英贤聚，军强众寇歼。
登基承帝业，盛世出贞观。
疆域金汤固，番夷结友欢。
薄徭轻赋税，纳谏辨忠奸。
一代英明主，关心百姓安。

五言排律·游华山

华岳高千仞，神州世所崇。
五峰连险隘，四季现葱茏。
翠柏苍松茂，奇花异草丰。
沟深溪水暗，路窄陡山通。
河渭如飘带，村庄似彩蓬。
巉岩成壁立，寺庙落云中。
宇宙生奇物，中华出俊雄。
吾今登太华，感慨昊天功。

七绝·游终南山

终南高处景清新，三月游山雨洗尘。
百亩梨花飘瑞雪，千枝翠竹笑迎春。

七绝·游秦岭嘉陵江源头

白雪皑皑草木繁，高山寂寂野花喧。
巍巍峻岭千泉汇，汩汩清流江水源。

七绝·春游灞桥

丽日和风万里晴，游人灞水岸边行。
长安郊外三春暖，杨柳枝头百鸟鸣。

七律·无定河怀古

北狄扰边驰上郡,长城内外战争频。
官兵异域捐躯死,父母家中立壁贫。
百代沙场生果菽,千年朽骨化灰尘。
如今华夏成一统,世界和平结友邻。

七律·杜陵怀古

长安郊外有高茔,垒垒荒丘大且平。
石阙湮埋残碣倒,坟头颓废乱蒿生。
当年气势通朝野,今日茫然失姓名。
历史兴衰宜鉴戒,何须碌碌慕前程。

七律·登西安大雁塔

雁塔雄姿耸昊天,高宗孝母起林禅。
慈恩佛事应如昨,华夏文明更胜前。
进士题名成过客,王朝帝业付云烟。
从来造福黎民者,始得英名万古传。

七律·楼观台览胜

东来紫气降西秦,楼观仙山起绣茵。
万亩幽篁添美景,千年古树记风尘。
说经台殿松苍翠,上善池碑字雅神。
道德宏文传四海,聃公笑脸对游人。

牛怀东

1933年生,生于河南省偃师市。1951年8月始,在西安机务段曾任火车司炉、司机、教师、电力工等,1982年退休。陕西老年诗词学会理事、会刊《秦风》编委。

七绝·黄河新貌(五首)

其一

牢修大坝上中游,枢纽工程细计谋。
消患拦洪无水汛,清波翻滚泛新酬。

其二

狂龙戴上紧箍咒,兴利为民听运筹。
百业腾飞惊电翅,丰收稼黍水当头。

其三

沟渠纵横水潺潺,郁郁葱葱尽绿园。
夹岸柳杨翻稻浪,鸟鸣花树赛江南。

其四

峡媚湖平景色幽,明珠串串似杭州。
引来四海五洲客,十峡清流泛舫舟[①]。

其五

忆往览今吟兴动,赞歌千曲涌咽喉。
人民自有回天力,继往开来靠领头。

注释

[①]十峡:指列为黄河流域十大旅游景点的龙羊峡、积石峡、三门峡、盐锅峡、八般峡、桑园峡、红山峡、黑山峡、青铜峡、刘家峡。

七律·母亲河上度华年

黄涛昼夜伴同眠，撒网撑船天下谈。
暮送抗联驱日寇，晨迎刘邓进中原。
搏风斗浪激流过，击电惊雷红日悬。
诉说何时临岸畔，思亲盈泪望慈颜。

七律·为陇海线新灞河桥而作

灞水铁桥遭暴洪，交通中断举邦惊。
同心益智筹谋好，奋力抢修分秒争。
车辆往来皆有序，钻机旋转速无停。
竭诚铸就百年固，放眼新桥绽彩虹。

七律·王顺山

春风铺翠艳阳天，胜日寻芳王顺山。
汩汩清溪依壑淌，层层薄雾横腰缠。
景观台眺千岚秀，孔雀峰观万壑渊。
姹紫嫣红香满路，虫鸣鸟唱送吾还。

七律·太平山

青岚秀水太平山，峻美险奇尤可观。
栈道空摇心胆怯，浮桥影荡魄魂悬。
飞泉下泻两千尺，盘路上旋三六潭。
"虎口"狭低匍匐过，游人拭汗启欢颜。

七律·清明游春（二首）

其一　诗情画意入吟篇

风轻云淡艳阳天，游览终南动物园。

幼鹿嬉玩欢跳跃，雌狮懒怠静安眠。
　　树干巧截雕群兽，涧水喜开飞瀑泉。
　　叠翠峰峦山色美，诗情画意入吟篇。

其二　农家餐

　　千层麦浪菜花黄，彩饰门堂院落长。
　　树碧花红绕绿苑，菇鲜株密植清坊。
　　黄瓜莴笋撷新嫩，玉米面鱼蕴辣浆。
　　膳毕余香唇数敛，入肠餐粒味犹芳。

牛国良

　　1972年生，号凤梧，陕西省武功县人。研究生学历，工学硕士。现就职于西安向阳航天材料股份有限公司环保容器厂，任技术副厂长，高级工程师。1991年师从月人先生学词，1993年加入西安诗词学会，任学会副会长、《西安诗词》季刊编委。曾获陕西省"长岭杯"诗词大奖赛佳作奖。著有《碧云词选》《宋人常用词谱简编》。

五律·登骊山

　　曲槛回廊绕，朱梁画栋迎。
　　拾阶登古道，万木扑颜青。
　　路转石磐立，林深鸟恰鸣。
　　侧身掬晚照，一慰紫尘情。

五律·谒黄帝陵

　　生来廿二行，有幸谒桥陵。
　　祭祀香烟盛，秋风松柏青。
　　功勋先祖著，豪气我胸增。

往事千年在，今期万里程。

七绝·车过马嵬怀古（二首）

其一

车过马嵬起路尘，朦胧望里贵妃坟。
可怜绝代天香色，零落黄泥几度春？

其二

玄宗天子动凡心，荒政寻欢秋复春。
叛乱禄山衰国祚，缘何责难太真魂？

七律·谒黄帝陵（三首）

其一　谒陵

开基建业古今空，初祖功勋谁可穷？
宾服万邦臣闽越，名传千代震寰中。
桥山肃穆凝佳气，古柏青苍起大风。
日月有情应永照，四方裔子踵相踪。

其二　谒陵用张三丰韵

南返途中谒帝陵，时当秋节正云轻。
悠悠沮水清风盛，莽莽桥山柏树青。
平乱有功开治世，驭龙无迹去仙城。
可怜汉武虑尘忘，千古高台故月明。

其三　登汉武祈仙台

登临四望郁苍苍，满目依然龙气张。
沮水萦回波似蛰，桥山跌宕势如翔。
重重松柏青今古，垒垒高台阅沧桑。
对此求仙思汉武，残阳如血倍凄凉。

清平乐·再吊郭子仪墓

我来吊古,直上汾阳墓。猛气当年夸似虎,衰草而今曼舞。　　光阴磨灭勋功,一丘黄土英雄。隐隐斜光返照,可怜半月如弓。

金缕曲·吊郭子仪墓

　　8月24日午后,细雨蒙蒙,余举伞独行,蓦见一土堆,路人道是唐时郭子仪墓。冒雨登览,见酸枣墓边丛生,衰草风中乱舞。因思汾阳旧事,赋成此篇,兼感慨识英雄于末路之谪仙李白。

独走黄尘路,正周围、彤云垂地,雨丝斜度。蓦地土包墙后出,人道汾阳之墓。登览见、全无碑柱。脚下蔓菁空自绿,算玲珑酸枣哀思树。衰草在,夕阳舞。　　当年曾历囚车辱。奈英雄、天将降任,必先辛苦。际会风云浑似虎,平却骄狂胡虏。功盖世、封王裂土。春去秋来千载后,叹人间无复诗仙顾。徒洒下,泪双注。

牛彦红

　　1966年生,黑龙江省哈尔滨市人。中共党员,大学学历。曾在陕西经济年鉴社、省文联《风云人物》杂志社任编辑。现为陕西灵澍文化传播公司总经理、陕西禹龙文化艺术交流传播中心副主任。编著有《情注秦岭》等大型画册。

七绝·秦岭山中访画师(二首)

其一

怡神秦岭数峰重,耳畔雷鸣雨带风。
曲径通幽舒望眼,楼台烟雨画图中。

其二

书香引我上楼来，雨霁斜阳照画台。
惊见名家挥彩笔，春风乍起百花开。

七绝·乙酉暮春漫游陕北（四首）

其一

林带蜿蜒大漠青，化工基地似珠明。
龙腾虎跃春潮涌，西部先开树典型。

其二

驰车千里赏春光，鸟献新歌花送香。
绿浪连云沙浪退，还林还草破天荒。

其三

大夏国都统万城，金戈铁马忆流星。
远来凭吊余荒垒，一抹斜阳万古情。

其四

传意传情任自由，桃花清水润歌喉。
回肠荡气民间曲，不尽声声唱九州。

王　力（1900—1986）

字了一，广西壮族自治区博白县人。曾入清华大学国学研究院，后赴法获博士学位。历任清华大学、西南联大、中山大学、北京大学等校教授，中国科学院哲学社会科学学部委员，中国语言学会、中国音韵研究会名誉会长等职。著有《汉语音韵学》《汉语诗律学》等40余种。

七绝·题霍去病墓石刻

搏兽豪情扛鼎立，驱将骏马踏匈奴。
男儿要有凌云志，不学骠姚非丈夫。

王　宇

原名泽华，字兴之，笔名秦川牛，陕西兴平人。咸阳师范学院《咸阳学苑》编委会副主任，《学馨苑》副执行主编。《星星》诗刊特约通讯员，咸阳诗词学会会员。

七律·车过西安

欲登秦岭过西京，欣访长安意兴浓。
暮鼓惊心歌大雅，晨钟悦耳吟升平。
碑林溢彩书家韵，雁塔呈光玄奘经。
谷雨洗空鸽哨亮，汉唐盛世有回声。

王 安

1930年生，安徽省阜阳市人。1948年进豫皖苏建国学院俄文系学习。1951年调京到中央机关工作。1956年考入北师大中文系。曾任办公室主任，方志办公室主任兼文化艺术志副总编辑。

五绝·南五台

终南有五台，石路雾中开。
最爱秋山上，高高红叶崖。

七绝·汉中南湖琼花阁

阁上琼花取景忙，互相拍照细商量。
老年至此能来几，留住身形在水乡。

七绝·谒圆光寺

重阳结伴陟终南，秋色斑斓好喜欢。
登得圆光绝顶寺，笑看遐迩众丘山。

浣溪沙·岐山诸葛庙

五丈原头建大营，褒斜百里出奇兵。唬晕司马渭河腥。　　天殒卧龙星坠落，汉家大纛有谁擎？孤忠万世享英名！

王 斌

1926年生，安徽省枞阳县人。大专文化，高级经济师。曾任安徽省税务局副局长、顾问，安徽省税务学会副会长，中国税务学会荣誉理事，中华诗词学会理事，省诗词学会顾问，省炳烛诗书画联谊会常务副会长。著有《悦禾轩诗词选》及其续集、诗文集。

七绝·延安颂

延山延水盛名留，砥柱中流抗日酋。
一代天骄怀大略，挥师百万定神州。

七绝·乾陵

千秋难说过和功，为后为皇一女雄。
临死犹能昭后世，归唐弃位侍高宗。

七绝·兵谏亭

旧迹依存亭子高，名为兵谏始今朝。
张杨爱国申民意，一曲骊山捉放曹。

王 甫

陕西周至人。陕西省诗词学会会员，新疆克拉玛依石油子弟中学高级教师。

七律·西安城运村立交桥

心中应有立交桥，千丈红尘无阻挠。

四道旁通虹霓舞，八龙纠斗星河遥。
时空交汇思维系，天地回合文采超。
叵奈人间多界碑，蛛缠茧缚自为牢。

渔家傲·西安城墙

汉冢唐塔朱打圈，皇城绵亘起宫苑。千丈铜墙堪阻断，独头蒜，秦王朱樉一家院。　　守缺破残应万变，儿郎碧血城头溅。雨雪风雷蒙劫难，留长叹，箭楼日暮飞归燕。

王　锋

1975 年生，笔名看剑堂主，陕西合阳人。中国作家协会会员，中华诗词学会会员，陕西省诗词学会常务理事，陕西省文史研究馆研究员。

七律·大唐芙蓉园重阳诗会有感

蒲葵未动已秋凉，寥廓曲江一夜霜。
楼号紫云波正绿，客行古道叶初黄。
登高无限凭栏意，研句有容把酒香。
盛世偏宜多翰藻，漫携诗兴过重阳。

王 颖

女，笔名禾一。黑龙江省哈尔滨市人。大学毕业。曾任哈尔滨机电支术学院院长，高级讲师。中华诗词学会会员，黑龙江省作家协会、诗词协会会员。

七律·游骊山

骊马雄成拂绿茵，登临远眺蝶花春。
华清池水脂凝溢，姜寨俗风寻迹真。
兵马刀枪防六国，皇陵草木壮三秦。
沧桑巨变今朝是，历史长河鉴后尘。

王 毅

1937年生，贵州省剑河县人，侗族。大专学历，贵州省政协机关退休人员，省诗词学会会员。著有《牧童诗文集》等。

七绝·吟黄帝陵（九首）

其一

寻根祭祖陕西行，四海炎黄表激情。
莫道千山连万水，朝天大路已铺平。

其二

沮水新潮荡旧痕，桥山古柏叶常新。
脱贫奔富人争变，不变炎黄爱国忱。

其三

殿堂楼阁展恢宏，亭榭桥湖古色中。

谒祖石前思绪远，千年祭拜望兴隆。

其四

古柏巍然阁影悬，"桥山龙驭"动心弦。
人文初祖盈功德，化作黄龙腾九天。

其五

柏涛韵奏凤鸣春，如管谐和伴律音。
风起烟霞连凤岭，妙弦千古动人吟。

其六

先祖发祥吟壮歌，民思贤帝泪成河。
风清月朗叶如火，倒影青峰浴碧波。

其七

古柏参天碧水蓝，黛山弄影月潜潭。
银辉万点空灵夜，画意诗情景万千。

其八

五千岁月柏葱茏，万里江山展盛隆。
十亿炎黄思一统，早归宝岛慰同宗。

其九

忧伤喜庆五千年，成败兴衰视俊贤。
重振雄风强九域，复兴华夏在今天。

七律·参观陕西历史博物馆

石陶铜铁记沧桑，科技领先曾盛强。
万件物铭珍宝国，千般艺展古华章。
文明源远少欢笑，历史悠长多痛伤。
无数辉煌汗青照，太多遗憾耐思量。

七律·参观秦兵马俑

地下悠悠别有天,八千陵卫立巍然。
车骑步射陈迷阵,伍卒旅军分井田。
作古不忘兵在手,成仙仍畏鬼施奸。
千年胜迹光天日,举世无双壮史篇。

七律·延安(二首)

其一 登延安宝塔山

俯视楼群耀眼花,长虹飞架接千家。
两山绿韵碧霄汉,延水清流壮海涯。
立党为公集俊杰,醒民救国聚英华。
扶贫开发新颜展,圣地风光分外嘉。

其二 参观延安革命纪念馆

边区高唱《东方红》,革命洪流震苍穹。
克敌保边开伟业,强军建党创奇功。
承前启后红旗艳,自力更生衣食丰。
艰苦清廉传统在,史书页页赞毛公。

王　澍

1926年生，字雨时，别署王屋老圃，山西省阳城县人。中央编译局资深翻译家，曾任北京外语学院俄语系翻译教研室副主任、讲师，解放军外语学院俄译汉教材撰写者。中华诗词学会发起人之一、理事兼秘书长，《中华诗词》副主编。

七律·延安宝塔山

六十春秋转瞬间，枣园一改旧时颜。
芳香屯驻杨家岭，笑语频撩延水湾。
真武新通高速道，蟠龙他羡晓妆斑。
荧屏燕省初相识，朝夕风流宝塔山。

王　磊

1934年生，江苏省金坛市人。1995年退休于沛县计经委，会计师。中华诗词学会会员，徐州市诗协理事，沛县诗研会副会长，兼中国振鸣书画院顾问，作品、小传入编《华夏吟友》等刊物。主撰《古沛楹联选》（当今卷），著有《咏花诗稿》。

七绝·黄陵八景（五首）

其一　桥山夜月

桥松饮鹤诣陵前，山麓飞翚惊柏翩。
夜气清新箫管乐，月华酽酊鼎湖莲。

其二　龙湾晓雾

龙首昂扬瑞气丰，湾环万里九州雄。
晓妆未必夜来美，雾馥桥山色倍工。

其三 黄陵古柏

黄河冰泮兆丰年,陵阙辉联尧舜天。
古木逢春生雅韵,柏台齐唱邓公贤。

其四 北岩净石

北苑一奇环宇珍,岩逢吉庆好生氤。
净君也助东邻美,石燕邀来绾住春。

其五 凤岭炊烟

凤鸾翅展柏梁台,岭上兰梅迎客开。
炊累凌空融瑞气,烟霞不负谪仙才。

王 黎

1923年生,辽宁省海城市人。北平华北大学毕业,原九三学社大连市委副秘书长。大连市沧海潮诗社副社长,市诗词学会理事、顾问,辽宁省诗词学会顾问,陕西吴宓研究会、中华诗词学会会员。编有《王荫南爱国诗选》《一叶爱国诗选》等,撰有《吴宓与爱国诗人王荫南烈士诗文交往》《张学良将军教育思想》等有关文史学术论文多篇,著有《山花野草集》。

七绝·止园留影(二首)

其一

宾客止园喜觅亲,画楼留影忆先尊。
高朋云集丹心照,盛世中兴慰烈魂。

其二

莲湖秋菊傲霜妍,神采天姿意态娴。
旅路同游珍邂逅,生平从此忆长安。

七绝·泾阳扫墓祭雨僧伯父①（四首）

其一

秦川五月雨蒙蒙，麦浪清阴浴晓风。
负笈寻师之泾渭，诗魂铮骨傲关中。

其二

衣上泪痕杂雨痕，人间几度共悲亲。
拈花千里躬陵寝，渴慰生平两代魂。

其三

工农子弟仰嵯峨，父老弥留陌似梭。
千古炎黄宗翰墨，声声哀乐念吴陀。

其四

泾阳古道帝陵乡，九曲黄河源远长。
桃李春风光大汉，殉情殉道两辉煌。

注释

①当代著名学者吴宓教授，字雨僧，早年又名陀曼，是本诗作者父亲王一叶先生挚友。

王义钫

1939年生,江西省吉安县人。中共党员,中学高级教师,原吉安地区教研室主任。系中华诗词学会会员、江西诗词学会理事、庐陵诗词学会常务副会长、《庐陵诗词》副主编。近400首诗作散见于《中华诗词》《北京诗苑》等,1000余首诗词入选《华夏吟友》等,荣获全国第四届新田园诗词大赛二等奖。著有《东昌集》《希贤轩吟稿》等。

七绝·观秦兵马俑

龙虎旌旗鼓角雄,皇陵兵马震寰中。
只缘秦制苛于虎,民怨舟沉帝业空。

七绝·华山朝阳峰上观日出

朝阳峰上九秋霜,翘首云间现曙光。
忽见红轮喷薄出,万山暴富着金装。

七绝·访南泥湾

陕北江南名不虚,而今风物胜当初。
转型农业家家富,住有高楼食有鱼。

七律·桥山谒祖

百花怒放竞摇红,翠柏苍松气势雄。
古庙长年香火旺,炎黄千载旧情浓。
九州共赏桥山月,四海同歌始祖功。
盛德长存垂广宇,千秋凭吊仰高风。

王大烈

1923年生,贵州省赤水县人。大专文化,国际汉诗协会、中华诗词学会、陕西毛泽东诗词研究会会员。著有《王大烈诗词选》。

五律·轩辕黄帝

擎天树有荣,始祖诞新城。
秉政诸酋赞,治邦百业兴。
威名惊日月,功德耀辰星。
后裔弥中外,齐心铸汉精。

七绝·悼张学良将军

英雄仙逝地天哀,兵谏西安显壮才。
救国空怀鸿鹄志,长将泪眼望京台。

七绝·轩辕黄帝

始创兴邦农事先,舟车开道拓新天。
律规医药除民瘼,德泽如虹耀大千。

七绝·轩辕手植柏赞

巍巍古柏五千秋,圣木轩辕手泽留。
抗雪傲霜枝盖世,高张巨伞荫神州。

七绝·西安碑林

书坛精品聚碑林,柳骨颜筋造诣深。
晋刻唐雕稀世宝,历朝国粹耀乾坤。

王云侠

1938年生,湖南省衡阳市人。毕业于南京师范大学,客居长沙,从事教育工作。系中华诗词学会会员,在海内外报刊发表诗作300余首。作品荣获1994年"中国民间诗人作品大赛"二等奖,1998年"东方杯"银奖,1999年湖南省政法系统"书画诗歌赛"三等奖,2002年国际艺术节龙之声"西柏坡杯"一等奖。

七律·秦始皇陵感赋

谁兼六国筑城长,一代天骄号始皇。
固垒原为增武备,焚书岂欲作文盲。
风云突变三秦乱,鹿马难分二世亡。
几度沧桑伤往事,澄清渭水鉴咸阳。

七律·过闯王行宫书感

英名久著响玎珰,且继迎祥号八方。
演义难稽生与死,行宫好识殿而堂。
当年走马亡明室,此夕盘龙作闯王。
我责歪才牛相国,功亏一篑实堪伤。

七律·鸿门宴故址凭吊(二首)

其一

风云叱咤万夫雄,塑像赢来造化工。
每羡高皇身极品,惟余霸主目重瞳。
筹谋亚父曾输策,舞剑将军未建功。
慨叹天亡骓不逝,乌江寄语谢江东。

其二

英雄末路折干戈,数载鏖兵走下坡。

欲换无疆秦日月，终成有道汉山河。
咸阳未约三章法，楚帐惊闻四面歌。
霸主伤神灰壮志，虞兮起舞泪痕多。

七律·武侯祠感赋（三首）

其一

大梦谁先觉未闲，兴刘事业正开端。
茅庐待出三分定，汉祚何堪二代殚。
卫国治军常少食，争疆拓土怕偏安。
征旗北指终难合，耿耿唯余一寸丹。

其二

飞舟一叶过江来，舌战群儒笑口开。
对敌还须齐勠力，联盟岂可互疑猜。
周郎假作陶然醉，子翼原非间谍材。
不藉南屏风助火，双乔只怕锁铜台。

其三

黄巾忆昔起风云，尔恃奸雄挟幼君。
古国缘何多国难，瑞人果是卓人群。
轻摇羽扇筹吴策，细抚瑶琴却魏军。
五月平蛮曾七纵，赢来化外举欣欣。

王元童

1930年生,浙江省青田市人。历任中小学教导主任、校长。中华诗词学会、浙江省诗词学会、浙江省老年书画研究会会员。

七律·题黄河壶口瀑布

阅尽沧桑不自哀,海中日月总萦怀。
一川怒吼闻千古,万代黄龙落九垓。
水运灵机同造化,人描大象叹无才。
壮观天地应思进,多少心扉到此开。

王凤鸣

1930年生,河北省赞皇县人。中学高级教师。陕西省诗词学会、安康市诗词学会会员。1995年参加"长岭杯"诗词大赛,套曲《咏汉江》获佳作奖,七律《甲申三百六十年祭》获"中华颂"全国文学大赛一等奖。

七绝·游张良庙(三首)

其一

辟谷幽深隐庙堂,亭台楼阁甚辉煌。
游人如织仰人杰,兴汉丰功数子房。

其二

仙风道骨美容仪,睿智深藏运妙思。
若不圯上恭进履,安能做得帝王师?

其三

功成名就退林泉，初意为民解倒悬。
紫柏青松堪避世，宜随黄石绝尘缘。

七律·过江口拜谒张文津、吴祖贻、毛楚雄三烈士纪念碑

江口东山灵秀地，三雄壮烈此长眠。
连绵峻岭云天护，耸峙丰碑业绩镌。
甘献青春酬革命，长存浩气壮晴川。
英魂怅恨贪风盛，空谷悲鸣泣杜鹃。

七言排律·石泉水库吟

江流筑坝汇成湖，云色岚光美画图。
水域波平铺翡翠，峰峦簇聚嵌珍珠。
和风馥气送舟舸，丽日明霞飞鹭凫。
岸畔红楼环绿树，崖坡翠竹掩茅庐。
逶迤碧岭梳云鬓，荡漾清波润嫩肤。
多彩山花堪插簪，丰盈芳草可镶襦。
清纯闲静美风韵，妩媚娇羞俏丽姑。
佳境幽邃多逸趣，无边春色待君沽。

水调歌头·秋游安康香溪洞

久慕香溪美，今日始登临。青山滴翠，佳境幽邃净无阴。两岸黄花缀彩，一注清流敲韵，岭上逐轻音。恍若在仙界，净化俗庸心。

金风爽，胸襟敞，上高岑。金州乐见崛起，随目耸楼林。天际江流奔涌，兴业高潮滚滚，古韵伴箫琴。发展开篇好，环境更宜钦。

念奴娇·石泉银屏山庄

银屏山下，汉江滨、掩映山庄娇媚。水绕山环，林木秀、万亩涟漪

涵翠。拂面春风，涛声传韵，陶冶游人醉。小楼精巧，蕴含多少青味。　　湖上凫戏鸥翔，波光天影在，摇曳花蕊。妙舞霓裳，姿俏丽、伴有歌声清脆。乘兴飞舟，寄情垂钓忙，却忘尘累。消闲度假，正当游此山水。

念奴娇·戊寅年仲夏登汉中南湖揽月楼

楼名揽月，勇登上、七级顶端凭览。林木葱茏，排翠障、澄碧湖波如染。舴艋穿梭，游人激赏，只恐春光返。湖山似画，芳菲装点堤岸。　　骋目遥望西天，陇山苍莽处，遥把人念。日夜轰鸣，飞弹雨、遍地硝烟弥漫。标榜人权，摧残生命者，世间灾难。眼前美景，还宜心系忧患。

小梅花·题西安大雁塔

大雁塔，名天下，高摩苍穹壮华夏。越千年，受摧残，历经战火，雷震坚如磐。曾怜玄奘译经苦，亦怨明皇迷歌舞。望终南，雪盈山，堪叹曲江，残照笼寒烟。　　迎解放，意舒畅，窃喜古城变新样。画图中，美姿容，宏伟规划，日渐展雄风。新楼古迹招游客，学校书生大功课。飞机城，控卫星，科技领先，新老俱光荣。

王化生

生平阙略。

醉花阴·茂陵吊汉武帝

行雨流云车不歇，路畔棉如雪。岂止示丰收，白絮垂花，似也思刘彻。　　君王自古谁无缺，专制几多孽。汉瓦有余辉，树茂陵幽，铮骨眠仙穴。

南乡子·乾陵吊武则天

神路枉平宽,不见鸾车只见山。并列两边文武将,肃然,默守当年一统天。　　本是一红颜,更处深宫暗斗间。粉黛始皇惊四海,空前,千载乾陵伴帝眠。

一剪梅·华清池

天下行宫尔自尊,夏暑山秋,冬令池春。扬名岂在地宜人。帝韵妃风,夜舞晨昏。　　燕子归来乱玉尘,底裸残砖,泉涸无痕。六宫粉黛化香尘。史话今传,史事何云?

青玉案·咏华山

桃源世上无通路,挽妇幼、华山去。岂料神仙先此住。独桥幽谷,曲溪迷雾,瞬忽阴晴雨。　　几经辗转天中午,急驾"云车"度天宇①,始到群峰高耸处。陡阶斜链,日难穷步,楚楚西山伫。

注释

① 云车:指极高的缆车。

摊破浣溪沙·秦始皇帝陵博物院(二首)

其一　谒陵

地下星河别洞天,浅埋白骨可堆山。才尽血干立催命,建奇观。初统九州兴伟业,焚书烟火反生寒。惨烈奋威无限事,殓陵园。

其二　铜车马及秦俑

远道霜秋谒古坟,铜车一现一车春。五彩花团艺工绝,马传神。兵马精良威武阵,如将战鼓旧时闻。应惜始皇身后暗,失乾坤。

王天兴

1930年生,字瑞屏,笔名练溪,河南省汝阳市人。大专文化,副编审,原河南省科技干部局副局长。中华诗词学会会员,河南诗词学会理事兼《中州诗词》编委,河南老年诗词研究会常务副会长兼《河南老年诗词》主编。编著有《嵩枫集》《当代诗人咏中州》等。

五律·登西安慈恩寺大雁塔

登高雁塔巅,极目廓无边。
积雪封秦岭,骄阳照渭川。
纵横八百里,上下五千年。
锦绣关中地,丹霞艳满天。

五律·登西安城墙

西安多胜迹,壮屹有金汤。
壁垒屏三辅,旌旗耀八方。
文明传播远,教化润滋长。
千古雄风在,登临话汉唐。

五律·游西安大雁塔广场

胜日阳光灿,巍然雁塔高。
广场融诗意,佳气笼群雕。
万柱喷泉壮,千姿彩菌娇。
游人浮笑靥,滚滚涌春潮。

七绝·参观西安半坡遗址

历历先民遗址存,六千寒暑半坡村。
鱼纹栩栩惊陶艺,智慧勤劳华夏魂。

七绝·瞻七贤庄八路军西安办事处纪念馆

卢沟烽火敌倭狂,忍见干戈纷阋墙?
兵谏调停危局转,千秋景仰七贤庄。

王天性

1955年生,陕西洛南人。中华诗词学会、陕西省作家协会、陕西诗词学会会员。

七绝·题骊山晚照

落日骊山万象生,晚霞烟树半分明。
奇观总在亲临处,不到绝巅看不成。

王太吉

1947年生,重庆市合川县人。南开大学中文系毕业,教授,享受政府特殊津贴专家。中国作家协会、中国散文学会、当代诗学会、中国书画家协会会员。在《人民日报》《光明日报》等百余家报刊发表文学作品900万字,1400多首诗词联及若干小说、散文、书法作品入集、转载、馆藏,获奖170次。

七律·轩辕庙

冲霄古柏五千年,辟地亲栽忆祖先。
号令群雄征腐恶,繁荣庶众沃桑田。
香烟祭祀萦仙气,将相题文拜哲贤。

八面四方争敬仰，观光游赏绝空前。

七律·秦始皇

雄才大略数秦皇，策马挥戈灭六邦。
四海归依成一统，中央集权振宏纲。
诗书篆字同书写，尺寸均规共短长。
筑罢长城泯外患，坑儒求仙待思量。

七律·秦兵马俑

泥陶烧制集团鲜，殉葬掩埋廿纪年。
悍壮英姿惊鬼斧，萧森冷面愧天然。
兵丁勇猛堪争斗，剑刃霜锋竞克坚。
尽相穷形真艺术，青丝碧眼正流连。

七律·汉武帝

西征北讨气豪雄，铁马横扫快似风。
运转丝绸开贾路，兴修水坝重桑农。
提拔贤士擎金印，远嫁佳姝止血戎。
汉姓神州腾瑞气，文韬武略建伟功。

七律·唐朝

翻天覆地李隆唐，物阜民丰遍乐康。
市井繁荣招碧眼，人才旺盛起辉煌。
喷珠吐玉留诗句，曼舞轻歌喜霓裳。
弊害陡增安史乱，乾坤颠倒说兴亡。

七律·司马迁

生花妙笔塑流年，《史记》修成苦水煎。

酷狱折磨能忍辱，讥讽蹂躏尚怀安。
仁君义举字行里，暴帝横施著述间。
耿直勤书添异彩，史家司马万人传。

七律·李自成

能征惯战义旗张，百万雄兵扫落黄。
劫富扶贫孚众意，均田免赋顺天良。
含辛茹苦兴神社，竭虑殚精称帝王。
夺利争权失大势，根残杖毁断朝纲。

七律·安塞腰鼓

高原腰鼓靓神州，盖地铺天抖赤绸。
壮汉腾挪生火电，佳姝闪转起温柔。
甩罗晃伞添精气，结队联翩撼壑丘。
紧击咚咚敲猛烈，粗豪劲健竞风流。

七律·秦腔剧

秦川八百吼秦腔，气浊声宏意气扬。
抬腿握拳惊四野，高声响语动八荒。
悲欢离合能宣泄，善义忠诚敢发扬。
喜怒哀怜红白事，冲天锣鼓恸肝肠。

七律·西安碑林

琳琅满目石碑林，汉代绵延迄满清。
隶篆真行齐斗彩，王公贵胄尽留名。
浮雕线刻鬼神斧，图案花纹巨匠能。
逸致闲情皆墨宝，研求摹写遍寰瀛。

王文学

1938年生,西安市蓝田县人。中学高级教师。中华诗词学会、陕西省诗词学会会员。诗词作品发表于几十种专刊上,发表诗词评论及文化研究文章数十篇。集有《蓝上闲吟》

五律·蓝田(二首)

其一　雨后游辋川

谷口风来畅,川间雨过明。
云收螺髻出,径转锦屏迎。
傍舍花成阵,临流鸟竞声。
右丞遗馆近,一步一心清。

其二　题公王岭蓝田猿人遗址

人猿相揖别,吾祖属艰难。
磨石御熊虎,栖岩蔽暑寒。
雷光或施惠,疫疾每呈残。
百万年前事,灞流犹昔湍。

五言排律·白居易逝世一千一百五十周年祭

诗坛教化主①,青琐一男儿。
峻节垂青史,令名荣下邽。
少怀兼济志,壮具诤臣姿。
直谏忧朝暗,哀吟悯野饥。
批鳞违圣意,刺虐发奸私。
乐府涵深诫,秦吟纪足悲。
怀刚遭毁谤,疾恶遘流离。
古道愁侵鬓,秋江泪湿衣。

南宾栽柳日，西子筑堤时。
谪宦常忧国，风尘未息机。
嗟公多命舛，如子世应稀。
德合人臣范，言堪词客师。
遗文留华彩，清操想威仪。
永记晨钟语："人间要好诗"。

注释

①唐张为撰《诗人主客图》，将唐代诗人按作品内容、风格分为六类，各以一人为主。白居易列为第一类诗人之首。尊称为广大教化主。

七绝·法门寺说禅

援经引律对谈禅，大德鸿儒各俨然。
阿耨菩提无定法，得鱼钓叟未忘筌。

七绝·碑林谈艺

颜峻褚妍呈异姿，中华翰墨世称奇。
碑林自有三江水，几滴今贤入砚池？

七绝·华山论剑（二首）

其一

耿耿群飞刺太空，三峰天外一何雄！
云来雾去无时尽，昏晓阴阳变幻中。

其二

一从开辟隔尘寰，立派谁人在雾峦？
瞩目个翁论剑日，华山从此变金山？

七律·蔡文姬墓

孤魂何意系蓝田？一溯行踪一怆然。
血火风沙飘劫怨，胡笳冷月别离煎。
义输肝胆酬英主，文绍典坟赓旧编。
千古文姬声誉显，陈留安得囿高贤！

七律·秦始皇陵

尚余大冢接云霞，四海当年为帝家。
石勒功威穷海角，鞭敲黎庶掠天涯。
一朝玉殿漫荒草，千载金城聚暮鸦。
劫火沧桑经几许？山河放眼绽榴花。

点绛唇·题辋川

银杏水畔山崖，插天常眺如迎迓。古柯苔写，一幅南宗画。　　万扇摇空，绿意分云野。看潇洒，月清风下，高隐君闲暇。

虞美人·春游西安大雁塔

莺啼槐陌朝阳耀，南郭春来早。东风一夜绿秦中，极目乐游原上万花红。　　游春士女倾城动，喧隘千条弄。慈恩塔畔曲江头，一任靓装儿女竞风流。

千秋岁·杜甫诞辰一千二百九十周年

杜陵饥客，残帽长安陌。驴子蹇，生涯迫。无何烽火起，流血川原赤。天狼酷，生民罹难亲人隔。　　为国愁如织，歌哭悲朝夕。凭府吏，文章伯。君臣骊苑乐，瘦马咸桥泣。三吏别，千秋韵史声名赫。

念奴娇·靖边统万城

怀古墩台耸白,问由来、千古几人能对?耗尽蒸黎,脂与血、赢得坚城边地。隐日高隅,际云危堞①,想见恢宏势。赫连当日,枉为王霸私计。　　槐安一梦初酣,北魏兵戈,儿女空垂泪。国破城倾,荒碛冷、堪笑帝王兴废。柳暗晴川,花萦朔漠,世事今朝异。浩歌起处,红墩人跨新纪。

注释

①《统万城铭》有"高隅隐日,崇墉际云"语(见《晋书·赫连勃勃载记》)。

念奴娇·向晚登骊山望关中

大地华清几度,更登临纵目,三秦风物。百二关河烟霭里,万叠青山如壁。渭水流光,毕原锦,太白千秋雪。沉浮谁主?正堂当代英杰。　　高馆遥接虹桥,起琼楼处,灼灼榴花发。银燕铁龙相竞赛,天际云中明灭。改革歌昂,登攀势壮,多少青春发!落霞如火,凤城飞上圆月。

桂枝香·丙子中秋后三日结伴游未央

湖清波漾,正爽气长安,秀湖初赏。双节游人如织,任情狂放。滑翔跃水云端入,更飞刀、划翻银浪。彩舟浮侣,赛车携伴,燕舒鸳畅。　　念汉阙、繁华一晃。甚太液昆明,悉成丘莽。千古皇王盛事,只增惆怅。赏心今日湖山美,放歌喉一曲嘹亮。更期来岁,桂枝香溢,伴君操桨。

永遇乐·陪诸公游辋川得"涧"字

山矗云屏,水环车辆,芳树清涧。古宅逢春,村姑喜俏,款款双飞燕。柏油大道,交通廿里,户户竹篱幽院。一车临、停停望望,远来几许英彦。　　林翁雅兴,姚公豪气,锦绣月人心眼。摩诘遗踪，惟余文杏，对此成哀叹。当年高卧，诗澄画逸，千古文星灿烂。醒沉思、黄鹂叶底，一声巧啭。

沁园春·灞柳

长乐冰消，灞上风和，碧玉染烟。正阳春胜日，游人俊赏；古畿清夜，佳偶轻攀。月洗平堤，花明芳甸，袅袅长条拂管弦。经行处，爱梭穿飞燕，波漾婵娟。　　闲情漫话当年，怅几许长亭离别难。叹秦娥梦断，晓风残月；征夫心碎，暮霭荒滩。折尽纤枝，授残眉叶，无奈分飞难系绵！俱陈迹，望汉陵原上，舞影翩翩。

王长顺

1939年生，笔名蒲风，磨砺斋主人，山西省万荣县人。曾任甘肃诗词学会常务副秘书长，甘肃陇风书画社常务副社长、秘书长，《陇风》诗书画刊主编。系中华诗词学会、甘肃省作家协会会员。散文、诗词曾发表于国内外诗词辑刊。

五律·登西安城墙

攀登频纵目，览胜倚城楼。
挥手云烟乱，怡情宿雨收。
绿围唐塔秀，青护汉碑幽。
四望平畴阔，销魂恣意游。

七绝·黄帝手植柏

古柏之冠九域稀，枝繁叶茂五云飞。
德仁治国兴华夏，一统山河众望归。

七律·骊山怀西安事变张杨二将军

血雨关东草木腥，神州徒慨虎狼行。
英雄报国思长剑，文士忧时哭短檠。
兵谏未酬匡济意，干戈空有御夷情。
虏尘涤净乾坤改，彪炳丰功留盛名。

王长福

  1937年生，笔名莫焦，安徽省凤台县人。合肥师范学院毕业，高级经济师。历任凤台县人事局科员，县总工会秘书等职。系中国楹联学会、中国毛泽东诗词研究会、安徽省诗词学会会员，省楹联学会理事、县诗词学会常务理事、《峡石诗词》编委。作品入选《中国律诗精选》等百多部书。著有《莫焦诗词》《莫焦楹联》。

七绝·拜谒炎帝陵

劲角赤颜玄目神，诚然初祖是龙人。
香烟缭绕千秋续，万代子孙承锦春。

七绝·咏汉武仙台

缅觅源流始祖扬，仙台自古祭辉煌。
万株苍柏威华夏，一统归心向帝乡。

七律·黄帝手植柏

拔地擎天辟大荒，虬枝八极渡云长。
源流万古从兹起，脉系千秋自始扬。

烈烈仙风腾剑气,威威龙态焕灵光。
泽披华夏德恒久,寰宇子孙永世昌。

七律·秦始皇帝陵博物院（二首）

其一　秦始皇陵

仰视高丘卧帝王,当年争霸铸辉煌。
版图整治中华统,民族融通百业昌。
万里长城增国色,几多华殿逊阿房。
劳民岂顾人心怨,功过千秋任典章。

其二　秦兵马俑

地坑布阵捍秦皇,俑展英姿守四方。
兵马威威昭史册,阵容猎猎战玄黄。
精工塑俑传奇彩,环立亲兵御故皇。
智慧中华能且巧,遗风盖世宝庐藏。

王业镇

1933年生,诗人,曾在华中师大学习。

七律·西安吟（五首）

其一　半坡博物馆

半坡遗迹动人寰,文物丰华映锦峦。
生动刊雕呈古朴,象形画绘展奇观。
凿刀铲斧铭珍重,骨笋琼珠佩饰繁。
一代风华光日月,陶山茅舍缀雄关。

其二　大清真寺省心楼

省心楼矗院中央，八面玲珑分地藏。
一座耸霄三级列，重檐翘角五禽扬。
盖天琉瓦椽交桷，立地柱梁拱扣桩。
高入层巅摩碧汉，圆珠宝顶烁金光。

其三　古城赞

朝阳闪闪八河盈，百二秦关景物清。
大雁浮屠荣古堡，长槐翠盖绿唐城。
石榴艳艳红葩丽，泾渭潺潺碧浪腾。
秀态终南珍木郁，星辰灿烂槐花馨。

其四　鼓楼

璃瓦歇山宝顶悠，垂檐三滴水朱楼。
丹窗紫户沿街现，翠嶂青山放眼收。
更鼓咚咚敲夜后，银盘冷冷照城头。
今朝胜境更奇丽，薰得风华美意稠。

其五　环城公园

长安耸翠映苍穹，槐绿榴丹五月红。
翠柏参天冲碧汉，青松苍郁涌青风。
雄浑堡堞连花卉，旖旎风光映昊空。
春夏秋冬四季景，红黄绿紫美凰瞳。

王正华

1933年生,字子正,笔名秦渭,陕西省周至县人。西安外国语学院毕业,后执教于宁夏大学,曾任外语系副主任,副教授。中华诗词学会会员,宁夏诗词学会副会长。作品、小传入编《当代诗人咏宁夏》《中华当代边塞诗词精选》等,多次在诗词大赛中获奖。

五绝·赞秦腔演员肖若兰

露容花绽蕊,移步柳迎风。
音绕三秦地,名扬四海中。

五律·秦川行

远游归故里,旭日伴征程。
渭水含春意,秦川溢盛情。
风吹翻绿浪,雨润美黄屏。
百鸟枝头唱,生民乐太平。

七绝·壶口瀑布

一壶收尽万重波,涡浪雷鸣壮大河。
声震长空秦晋吼,群山撼动转星罗。

七律·关中颂

溯源追远几千年,山水关中旧有缘。
秦岭巍巍舒翠景,渭河滚滚灌良田。
物丰国富兴宏业,地利人和聚俊贤。
汉赋唐音传雅韵,轩辕厚德佑长安。

七律·访乾陵

乾陵二访伴妻行,油菜金黄麦浪青。
渭水遥瞻流海域,乳山近望入云层。
雕禽石兽排神道,鳞柏针松护墓茔。
无字碑前游客众,是非功过任人评。

忆江南·故乡(二首)

其一

关中好,京兆位其间。北水南山增秀色,稻波麦浪菜花妍。能不忆秦川?

其二

山水美,秦岭渭河间。古寺名庵居境内,民勤物阜绣田园。故土占三元。

王充闾

1935年生,辽宁省盘山县人。国家一级作家,中国作协第五、六届主席团委员、第七届名誉委员,辽宁省作家协会主席、名誉主席,南开大学、辽宁大学中文系兼职教授。著有散文集《沧桑无语》等20部,诗词集2部。散文集《春宽梦窄》《一生爱好是天然》分别获首届"鲁迅文学奖"和"冰心散文奖"。

七绝·咏张学良将军

板荡风涛事惯经,冲天一举靖寰瀛。
千秋健旅知多少,喜有将军照汗青。

七绝·高陵远眺泾渭合流

八百秦川几度游,滔滔泾渭叹双流。
人生也似黄河水,浊浪清波一例收。

七绝·黄帝陵

尊宗法祖聚深情,不剪枝柯万柏青。
华夏重光千载业,开来继往拜黄陵。

七绝·昭陵怀古(二首)

其一

关中访古事清游,汉寝唐陵弥望收。
一纸《兰亭》珍万代,皇王速朽剩高丘。

其二

堪笑唐宗忌物深,尘寰撒手不撒心。
平生激赏翻成恨,烂锁《兰亭》直到今。

鹧鸪天·骊山兵谏亭

风雨鸡鸣济世艰,西京义烈震人寰。胸藏海岳居无地,卧似江河立是山。　　今古恨,几千般,功臣囚犯竟同兼!英雄晚岁伤情事,锦绣家乡纸上看。

一剪梅·西安兴庆宫公园即景

借鉴江南构古园,放眼宏观,着手微观。华亭曲槛衬湖山,蝶向花穿,琴向心弹。　　袖里乾坤万顷宽,意绪飘岚,寄慨千端。风光虽好莫流连,检点余欢,且跨征鞍。

王全有

1922年生，河南省郾城县人。1945年入伍，就读于华中军区雪枫大学。曾任西安政治学院工程指挥部副指挥。

七律·公祭黄帝陵

中华史实起轩辕，修德怀柔族健全。
胄裔布分漫世界，精神团结立坤乾。
传承文化五千载，关系亲缘万姓连。
海外寰中同一祭，祖陵肃穆永绵延。

王兴一

1952年生，山东潍坊人。咸阳供电局干部，中华诗词学会会员，陕西诗词学会理事，陕西电力诗词学会副会长，咸阳老年诗书画研究会常务理事，咸阳电力诗词学会秘书长。诗词作品散见于《中华诗词》《陕西诗词》等。

绮罗香·长安牡丹写意

素墨盈池，丹青满地，勾做洛阳花谱。几点雍容，几点水渍离绪。撒上些，雁塔钟声；掬半捧，长安晓雾。让胭脂，瓣瓣香凝，菁蓝湿透终南雨。　　苔枝舒朗一簇，吩咐云莺歇脚，蝶蛱沾露。放任藤黄，信手拨开帷幕。蹭朱磦，新叶扶疏；甩石绿、柔情无骨。任遐思、泼彩揉搓，沉香亭上舞。

王兴华

1946年生,陕西省富平县人,退休教师,陕西省诗词学会会员。

七绝·再谒王翦将军庙

频阳东里重乡谊,老将堪为汉相师。
引阵若非联陕晋,功成必是卸磨时。

七律·谒王翦将军庙

老将威名天下闻,军威六国建殊勋。
华阳侧目嫌寝鬓①,嬴政驱车请老臣。
沃野千畴赐耆宿,频川一水惠黎民。
功成身退灌园去,后世效君涤垢尘。

注释

①王翦庙中的华阳公主塑像侧目别视,据说是嫌王翦貌丑。

七律·吊抗英名将张青云墓①

率师驱寇五羊城,杀敌手燃重炮鸣。
弹雨枪林留青史,身先士卒振军营。
遗身百载绿珠玉,历史浩劫蒙不明。
三尺龙泉今何在?英灵地下恨难平!

注释

①张青云将军系富平县薛镇乡马张寺村人。1841年3月率兵于广州堵御英军,亲自点燃八千斤大炮,猛轰英舰,战功卓著。其墓在马张寺村。1966年"文化大革命"时,被红卫兵掘墓开棺焚尸。当时,张将军遗容一如生前。据传,其口内含有一枚淡绿色宝珠,棺内有宝剑等随葬物品,事后皆无所终。其墓于20世纪80年代重修复原。

王如平

1925年生，笔名倚萍。浙江省青田县人。天津达仁学院毕业，会计师。中华诗词学会会员，中华诗词文化研究所研究员，青田诗词学会名誉理事。作品发表于《中华诗词》《北京诗苑》等，传略、代表作入编多部辞书。

五律·谒留侯庙

古柏深山秀，赤松幽谷宜。
圯上恭进履，博浪勇飞椎。
项羽中谋败，刘邦得策奇。
功成身急退，永作世人师。

五律·瞻霍去病墓

拔山神力勇，驰马踏匈奴。
少俊狼烟扫，英年漠朔驱。
豪言光史册，战绩壮军书。
遥仰祁连冢，骠骑伟丈夫！

七绝·灞桥柳

翠柳含烟迎晓晴，依依拂面倍轻盈。
送行折赠添离绪，春往秋来无限情。

七绝·乾陵无字碑

皇陵底事竖空碑？功过是非无一词。
治国安民公论在，冕旒何必定男儿！

七绝·游华清池有感

泉温花艳惹情思，骏足华清进荔枝。
扶起玉人娇似醉，三郎怎料马嵬时？

浣溪沙·西安碑林

文物奇观古帝都，碑林荟萃历朝书。隶真草篆尽明珠。　　翰墨风流瑰丽在，名家高手俱鸿儒。流连忘返乐何如！

王庆芳

1932年生，山东省莱阳市人，毕业于第二军医大学。原任铁道兵部队医院副院长。现为陕西省军区西安兴庆路干休所离休干部，兰州军区西安老战士诗词研究会会员。部分诗歌曾在《老年书画报》、解放军诗刊《红叶》及《秦风》等刊物上发表。

七律·眉县出土绝代极品青铜器①

入窖千秋今显现，佳音电掣遍球传。
扫描瑰宝披幽迹，解读铭文震史坛。
"断代工程"重检验，相关《路史》被推翻。
中华文化犹渊海，博大精深冠宇寰。

注释

①2003年1月19日，眉县出土27件青铜器，全部有铭文，总字数达4000个。经专家解读，推翻了宋代罗泌所著《路史》中有关周史的一些记载。有两件铭文与中外200多位学者倾心研究的夏商周"断代工程"年表相矛盾，所以它对整个"断代工程"研究具有重要检验意义。

临江仙·游楼观台

道教祖庭春览胜，尽观台阁楼亭。气清风雅富诗情。游廊观石刻，兴致更添增。　　古树参天遮路径，静听百鸟争鸣。幽泉林壑翠层层。凭栏瞻竹海，风掠起涛声。

王成林

1930年生，字茂森，号三无狂叟，四川省通江县沙溪镇人，退休工人。诗词作品多次获奖，著有《王成林词选》。

七绝·黄陵（二首）

其一

古柏森森蕴紫烟，巍巍屹立在桥山。
黄陵自古多灵气，十亿神州荫庇间。

其二

八万多株古柏尊，千年龙子被荣恩。
寻根问祖黄陵去，追远溯源桥沮亲。

七律·古都西安

华夏文明耀大千，神州胜迹数西安。
三千历史多名胜，八百秦川有景观。
汉阙唐宫无旧貌，琼楼玉宇展新颜。
碑林浩浩藏书史，雁塔巍巍耸九天。

鹧鸪天·陕南秋灿

山野金秋枫叶红，苍松岩竹郁葱葱。悠悠秋景鲜如画，颗颗珍珠朝露融。　　秋景灿，晚霞彤，诗人吟咏更欢容。漫山遍野黄花放，缕缕清香芳味浓。

王观民

1925年生，曾用名凤台，海南省临高县人。大专文化，退休。中华诗词学会会员。作品、小传入编《中国当代创业英才》《中华当代诗词家大典》等。著有《寒暑录》《脚印》等。

七律·秦始皇与长城

秦皇大略缔辉煌，卫国边疆御虎狼。
劳动人民开世界，英雄志士建铜墙。
层峦叠嶂腾蛟起，峡谷深沟跃虎昂。
浩大工程昭盛世，山河壮丽五洲扬。

王克中

1945年生，字子正，号秦川庸人，西安市人。本科文化，现任中学教师，陕西省诗词学会会员。

七律·为陕西小康宏图"一线两带"讴歌[①]

线贯东西通世界，带连南北富三秦。

关中经济六枢纽,夹辅能源双翼轮。
打造最强西部省,成全优异学科人。
小康社会齐开拓,超智精英各创新。

注释

① "一线两带"指以西安为中心,以陇海铁路陕西段和宝潼高速公路为轴线,以国家级关中高新技术产业开发带和国家级关中星火产业带为依托,以线串点、以点带面形成的以高新技术和先进技术为特点的产业经济体系,涵盖整个关中地区。

王克荣

1921年生于山东省淄博市淄川区太河乡小后沟村。1939年参加八路军山东纵队,原任沈阳军区后勤司令部顾问,沈阳军区书画会理事,系中国老年书画研究会会员、辽宁省松竹梅诗词社社员,曾获2001年"避暑山庄"书画大赛、南京"长江魂"书画大赛金奖。

七绝·开发大西北

千禧盛世鲜花放,开发西陲赖俊豪。
宝藏无穷光日月,民丰物阜看今朝。

王志伟

1940年生，斋号扶风庐，陕西省扶风县人。长期从事党政工作，曾任中共渭南市委书记兼市人大常委会主任，中共渭南市委正市级咨询员、陕西省人大常委会委员。西安、渭南诗词学会名誉会长、陕西电大词学室顾问、《西安诗词》季刊顾问，中华诗词学会、全球汉诗总会会员。著有《扶风庐吟章》《扶风庐续吟》《扶风庐词选》等。

五律·谒李自成米脂行宫

来谒闯王府，犹闻殿角风。
沉沉思往事，默默忆前功。
聚众抗官税，挥戈向帝宫。
顺朝虽百日，身败亦英雄。

五律·谒仓圣庙

同来仓圣庙，入殿仰尊容。
四目观天地，龙颜经雨风。
神情传智慧，仪态见奇雄。
造字文明始，千秋赞伟功。

五律·谒张良庙

路过张良庙，停车谒帝师。
始除黎庶苦，终碎暴君基。
立汉夸三杰，亡秦叹一椎。
功成辞相去，堪令世人思。

七律·谒司马祠

史祖文宗留圣名,一腔心血化峥嵘。
通观世代兴衰事,洞晓天人变化情。
《史记》著成光道统,《历书》编就惠民耕。
宏才巨匠遭刑辱,怎不千秋有怨声?

七律·游汉中南湖

南湖景色赖天成,淡抹浓妆万象荣。
绿水清清沉倒影,青山叠叠立荧屏。
奇花百态依林放,异草千姿傍岸生。
真乃神仙幽会地,谁人到此不牵情?

七律·游合阳处女泉

洽川三月柳丝新,处女清波更动人。
泉涌沙旋绸拂体,脂溶垢蜕水浮身。
温汤慢浸如腾雾,细浪轻登似踩轮。
欲问其中奇妙趣,入潭一泳自知真。

七律·咏秦岭大隧道

世纪初开喜气扬,雪封秦岭亦何妨?
铁龙穿隧惊栖鸟,神道经山裂石岗。
南北脊梁连内外,东西网络绕城乡。
而今谁虑关山远?太白无须慨叹长。

七律·咏太里湾抽黄工程

抽黄枢纽映朝暾,送水上原开闸门。
露润禾苗芳万顷,惠施百姓富千村。

家家笑植摇钱树,户户欣端聚宝盆。
五谷丰登人共喜,老翁随处说宏恩。

七律·壶口即兴

万里黄河自碧空,洪流滚滚入壶中。
冲天水雾藏雷电,动地涛声带雨风。
体似坚磐情似火,心如明镜气如虹。
沧桑岁月终难老,昼夜奔腾总向东。

七律·安康瀛湖

霓虹七彩雨初晴,苍莽群山紫气腾。
玉树含烟招望眼,琼波映翠动吟情。
且将秀色频裁剪,更把流光漫撷呈。
绘作迷人新画卷,与时俱进展峥嵘。

七律·游大唐芙蓉园

芙蓉园里沐唐风,踔厉轩昂气象宏。
乐舞盈楼声杳杳,诗魂绕壁意融融。
烟花火窜温春梦,水幕光飞冷碧空。
雅韵重兴夸盛世,抚今追昔曲江东。

沁园春·渭南

美矣秦东,姹紫嫣红,景色诱人。望华山脚下,金花怒放;渭河岸上,玉叶争伸。天放祥光,地生灵气,白绿红黄五彩纷。地而市,似金鹏插翅,直上层云。　　城容日月翻新,是春到人间涤旧痕。正坚持改革,千帆竞渡;实行开放,万马飞奔。观念更新,追康求富,万众同心扫暮尘。齐飞奋,振雄风万里,虎啸龙巡。

沁园春·榆林

塞上驼城，靓丽多姿，七彩映空。望新街广阔，高楼奔月；老城雅致，古殿迎风。西接银川，东连三晋，万里长城气势雄。谁能比，此红峡石窟，大淖飞虹？　　金鹏正舞苍穹，驾浩荡春风直向东。有靖边油气，直通京畿；神府煤炭，远售吴淞。大漠无垠，披青盖翠，望尽天涯满目葱。看明日，更辉煌灿烂，胜似天宫。

沁园春·汉中

历史名城，大汉之根，古迹韵浓。有汉山汉水，风光秀丽；汉朝汉祖，国运亨通。虎啸龙吟，地灵人杰，锦绣秦巴万象雄。凭栏忆，怅兴亡成败，尽付秋风。　　今朝紫气融融，把宏伟蓝图化彩虹。见长街焕彩，高楼耸立；小区展秀，超市兴隆。雨集英飞，一江两岸，勃勃生机绿映红。凝双目，看明星正起，光耀长空。

水调歌头·商洛

雨后商山秀，结伴去登攀。一轮红日高照，岭上罩岚烟。满目青青翠树，更有潺潺流水，鸟雀舞云天。草茂牧羊壮，游客步流连。

　旌旗奋，鼓角震，韵绵绵。茶园药圃情美，环保果花繁。掘洞修桥筑路，装点青山绿水，万马更加鞭。此处东风劲，正在换新颜。

水调歌头·延安

相伴了心愿，北上到延安。古城三岭环抱，二水汇其间。山水滋生革命，窑洞传输马列，宝塔导航船。圣火射霄汉，照亮九州天。

　星斗转，山河变，换新颜。而今圣地，风景如画似江南。到处新楼广厦，遍地飘香泛翠，秀美已非前。万物生机旺，人享太平年。

水调歌头·登华山

五岳孰为首？峻险此当先。北临汹涌黄渭，东傍古函关。南拥商州重岭，西接昆仑一脉，雄立壮中原。霜叶杂苍翠，七彩耀层峦。

雾中行，云间走，共登攀。崖擦耳，龙脊悬索气凝寒。才过危途险道，又越金关铁锁，步步叹维艰。终上南峰顶，放眼览群山。

水调歌头·初游翠华山

久慕终南秀，初上翠华山。豁眸遥望峰顶，红日浴岚烟。碧树葱茏滴翠，奇石嶙峋环立，流水响潺潺。断续蝉声唱，处处诱人前。

移双足，沿石级，喜登攀。群潭飞瀑，人世仙境翳芳。百亩琼波沉影，两洞冰风寒骨，万象自天然。游兴终难尽，回首步流连。

水调歌头·寻幽玉华宫

假日寻幽境，前往玉华宫。径驰弯曲平道，车快若乘风。山茂亭亭翠树，水润萋萋芳草，满目郁葱茏。来到云飞处，古寺隐其中。

紫微殿，仁智阁，影无踪。而今重起，开发兴业焕新容。且借千秋胜迹，更仗一天光景，四季引宾鸿。可爱神仙地，遥望彩霞虹。

鹧鸪天·游关山草原

六月关山好景光，清幽雅静似仙乡。西山万木青林翠，南岭千花碧草芳。　　红马，白绒羊，黄牛嬉戏甸中央。游人到此心陶醉，引颈高歌兴更长。

王志敏

1930年生，女，河北省南宫市人。曾任西北电力设计院组织部部长，中华诗词学会，中国电力诗词学会会员，陕西电力诗词学会、陕西省老年诗词学会副会长。曾在《中华诗词》《中国电力诗词》等刊物发表诗词作品若干。

鹧鸪天·游常宁宫

避难神禾塬有名，唐朝窦后建常宁。皇家御苑休闲地，蒋氏行宫娱乐厅。　　松郁翠，竹幽青，当今别墅景恢弘。小桥流水楼台美，独特风光盛世荣。

鹧鸪天·游凤翔东湖谒苏公祠

应试华章惊帝廷，仕途初任政廉清。凤翔浚水东湖景，烟柳花丛百鸟鸣。　　铭业绩，赞歌声，才高八斗抒豪情。禾苗逢露苏公悦，碑碣流芳喜雨亭。

风入松·渭河抗洪救灾有感

苍天肆虐泛良田，暴雨毁家园。渭河两岸楼房倒，险情急、万众移迁。一片汪洋倾泻，庶民目大倒悬。　　妇婴老幼渡航船，全省大支援。帐篷衣被油粮足，喜安置、救助齐全。公仆前沿挥汗，中央德政民先。

风入松·过潼关

潼关古渡聚峰峦，要隘扼秦川。山河内外兵家战，万千骑、魏武当先。马超哥舒李闯，杀声动地惊天。　　侵华日寇起狼烟，掠夺犯中原。城头列阵雄关阻，握金戈、立马挥鞭。横扫残云霾雾，军民永保长安。

风入松·赞渭河电厂

秦踪汉迹帝唐陵,渭北耀晶莹。乌龙吐火峥嵘月,沐风雨、创业征程。银线千条横网,人间万点繁星。　　久闻电厂涌群英,效益逐年增。能源输送东西部,勤鞭策、骏马奔腾。今日三秦振奋,明朝八极雷鸣。

洞仙歌·赞秦岭电厂

华山仙境,有攀登高处。北瞰黄河涌东渡。罗敷河、两岸杨柳青松,风光美,电厂烟囱高矗。　　翻山穿峻岭,隧道通途,银线明珠塔杆竖。忆创业当年,奉献艰辛,齐奋勇、精英心铸。庆经济繁荣再腾飞,看锦绣三秦,烁光西部。

高阳台·今昔西安咏

古域驰名,周秦立国,汉唐盛世都京。雁塔晨钟,碑林翰墨镌铭。骊山晚照华清景,始皇陵、马俑陶兵。集文坛、李杜诗乡,历史名城。　　蛛丝电网棋盘道,看成阴杨柳,矗耸楼层。堞亮星灯,环城碧水波清。琼林学府高科技,满园春、荟萃精英。起宏图、风采西安,一派繁荣。

念奴娇·参观三原于右任纪念馆

投身辛亥,正同盟元老,三原人杰。靖国军中为统帅,护法讨袁先哲。拥戴中山,支持北伐,抗日豪情烈。真诚爱国,主张民族团结。　　诗词散曲流芳,草书名世,南社雄才列。被迫去台怀故梓,遗憾终生心裂。晚景凄凉,登高遥望,大陆音书绝。英灵当慰,九州繁盛魂悦。

王补石

1941年生,号商岩,出生于陕西省商洛市。1961年毕业于西安电力高等专科学校,工程师。终南印社社员,西峰印社理事,西安书学院导师,陕西省书协会员,陕西省老年诗词学会、陕西省诗词学会理事,陕西省书画研究院研究员。先后参加全国乃至国际书法篆刻展数十次,获各种奖项20多次,作品收入数种辞书和名人录。

七绝·灞河川

波光云影灞河川,碧水环山景致鲜。
信是三秦风物美,天公造就赛桃源。

七绝·商州莲湖公园即景

桃花带雨柳生烟,戏水池鱼闹碧莲。
玉树莺鸣声脆厉,衔泥燕子识堂檐。

七律·游仙娥湖[①]

"仙娥削壁"顶头峰,侠女知羞自化成。
库水清澄存美象,龙山秀丽状娉婷。
商州风景传闻广,白李游诗赋雅名。
胜地今朝迎远客,丹江秦岭请君行。

注释

①仙娥湖:传说秦始皇之陪葬少女玉姜逃经商山丹水,上华山修道成仙后,故地重游在此梳洗被土地神偷看,自觉羞辱而化峰立于"仙娥削壁"上。后人称丹水为"仙娥溪",今人雅称"二龙山水库"为"仙娥湖"。唐李白、白居易曾游此地,并各留诗于此,现为"商州八景"之一。

七律·长安八景今咏

雁塔晨钟警世鸣，草堂烟雾伴阳升。
咸阳古渡成遗迹，灞柳风轻雪絮盈。
华岳仙姿崖壁立，曲江流饮谷粱丰。
骊山晚照霞光灿，积雪终南现日峰。

王辛铭

生平阙略。

七律·三秦纪行（四首）

其一　骊山

离宫别馆掩花丛，依旧青山簌簌风。
烽火台前遗笑柄，华清池外遁惊鸿。
一山恨史何须墨，万世榴花自管红。
兵谏亭中极目望，残云弹指过临潼。

其二　鸿门宴遗址

楚帐森森杀气存，惊心动魄入鸿门。
吉凶莫测肴何味，生死攸关酒几樽？
舞剑空遗千古恨，无谋终丧万夫魂。
今人不患前车鉴，各色筵席俱敢吞！

其三　乾陵

秦中自古帝王都，十三王朝转瞬无。
断瓦残垣埋旧梦，雄才霸业付穷途。
何其汉苑寻文采，且上唐陵讨恶屠。
遥祭漫川黄土下，千秋白骨尽无辜。

其四　秦俑坑

临潼军马待东征，此地无声胜有声。
三百丈中栖猛虎，两千年后起雄兵。
秦皇惧死终当死，徒隶残生却永生。
铸得丰碑惊宇宙，苍天难老士难坑！

王其明

广西壮族自治区来宾市人，壮族。

七律·咏古都西安新貌

西安事变扫烟蒙，万里江山焕秀容。
一统惩倭光故国，九州黎庶振雄风。
张杨功德昭千古，国共同仇万代功。
历史名城添异彩，流芳禹甸露华浓。

王其祎

1957年生于北京市，曾用名王七一，毕业于陕西师范大学，师从著名学者黄永年先生，获历史学硕士学位。西安碑林博物馆任研究室主任，研究馆员，西安诗书画研究会理事，省直属机关青年联合会委员。出版著作6种。

七律·过咸阳五陵原

青蒙万古欲何怜，衣带南风出北垣。
一指春山浮紫气，满川肥水绕皇畋。

阿房空见秦砖碎，长乐还余汉瓦全。
回首帝王华盛世，五陵原上起云烟。

七律·咏华山

自古华山天下险，仙人掌上危桥边。
五千仞岳一条路，三万里河九道弯。
鬼斧两悬惊吏部，莲花五瓣笑陈抟。
英雄纵有昂然气，几个男儿曾陟巅。

七律·登西安大雁塔

七层突兀入空垠，八面风来万绪奔。
饲虎成仁僧可敬，舍生取义雁尤尊。
高标一蠹存三藏，法相千年无二门。
读罢前贤真字迹，闲听老衲话慈恩。

清平乐·辋川道上

清明谷雨，大野著新绿。芳草一川风影妒，怎与君言妙处？　炊烟笼起前村，晓岚化入流云。欲把七分翠色，揉成三瓣春魂。

清平乐·兴庆宫

春回兴庆，日丽烟云净。一曲清平随小艇，柳絮轻盈如映。　花萼楼上茶鲜，沉香亭下风甜。遥问杨家女子，江山多少红颜？

少年游·兴教寺

晓阳初露，少陵原上，新麦菜畦黄。池塘春水，杨花燕子，风送一川香。　儿女携来犹年少，纤翠入红墙。三藏塔前传留事：西游记，唐玄奘。

相见欢·翠华山

谁知我爱青山，相见欢，才折杏花又媚李桃圆。　　赤了脚，溪边笑，问春天，多少芽泉一眼入龙潭？

相见欢·过灞桥

春风灞上蹉跎，奈若何？哪里有情哪里有婆娑？　　无限翠，谁人绘，向天歌：还我柳绵如雪雪如波！

踏莎行·曲江听雪

玉界无垠，琼枝千万。明华晴雪城南畔。有人沽酒解温凉，阶前羞诗痕乱。　　一角云亭，半顷伊甸。可怜香暖曲江苑。吹箫人在晚风中，桃花消息谁听见？

忆秦娥·和尚原怀古并序

和尚原位于宝鸡西南之秦岭高处，迫近嘉陵源头，控扼川陕要道。宋高宗绍兴元年，吴阶、吴璘兄弟在此抗击金兵，大捷，金兵主帅兀术仅以身免，从而保全了整个四川地区。丙子九月，余秋游到此，见古战场十里芊草，万朵葵花，一片苍茫热烈，如歌如幡。因填一调，聊发怀古之幽情。

秦山悦，芊芊红草黄花烈。黄花烈，长风如水，夕阳如血。　　不教万里金瓯缺，当年曾把天狼灭。天狼灭，古原千载，汗青一页。

沁园春·夜宿秦岭九鼎山并序

自长安沣峪进秦岭，深入 15 公里，有群峰名曰九鼎，峻极。山路陡斜，腐植满径，游人少有陟其巅者。绝顶守一陈老道士，独抱风月，孤拔红尘。丙子晚秋，余与数同好，夜宿顶上，心境爽如，自谓无有长调，不能寄兴也。

最爱秦山，黛立千重，碧挺万株。看青峰九鼎，挺拔云表；寒岩百丈，峭指天都。悦耳秋虫，赏心霜蕊，杖到高巅景色殊。明雾起，有独孤道士，捉鬼如呼。　　星灯半夜操觚。纵逸兴相邀五大夫。洽凉风如水，幽思如梦；拍歌引月，笛惊乌。悄洗红尘，轻弹香土，无限苍茫意气舒。应笑我，竟飘然一醉，让取蓬壶。

沁园春·赞秦兵马俑

指点秦川，骊麓葱葱，渭水汤汤。数帝王百代，孰堪风烈；英雄千载，谁最辉煌。横扫六合，并吞八际，今古无与论短长。纵威武，有长城万里，敢号秦皇。　　伏埋骏马神兵，车千乘冥冥剑弩张。叹黄泥五色，健儿不朽；青烟一炬，壮士不亡。已骇九州，当惊世界，三十年来走四方。夸奇绩，看中华叠彩，宝鼎重光。

王学勤

1950年生，中医师，甘肃省诗词学会会员，岷阳诗词学会理事。著有《补拙医庐诗存》。

七绝·西安兴庆宫公园

亭榭楼台野草迷，青青杨柳拂湖堤。
当年龙凤今何在？布谷声声不住啼。

七绝·西安漫游（二首）

其一

牡丹落尽我来迟，未睹群芳展艳姿。
一片痴情频借酒，栏杆拍遍寄相思。

其二

城阙巍巍夕照酡,箫声犹唱忆秦娥。
灞桥柳色年年绿,莫叹古人伤别多。

七律·咏黄陵八景

黄陵八景护先皇,肇始文明祚久长。
夜月桥山流碧黛,秋风沮水纳祯祥。
龙湾晓雾千峰雨,南谷黄花万壑香,
汉武甲盔余痕在?轩辕植柏郁苍苍。

王建奎

1938年生,陕西省澄城县人,大学文化,中学高级教师,从事中学教育40年,已退休。澄城诗协副会长,《澄城诗词》副主编,兼任县老年大学诗词专业教师,陕西老年诗词学会会员。作品、小传入编《陕西中青年诗词选》等典籍。

五言排律·秦汉宫殿遗址十韵[①]

渭北爆新闻,雄宫稀世珍。
恢恢垣址广,片片瓦纹深。
百姓争相顾,专家竞咨询。
驱车无倦意,放眼几销魂。
故寨峡关道,黄龙雾雨云。
壶梯山作障,良甫水为邻。
东望将军庙,西观武帝宸。
天光蓝似海,草地绿如茵。
丘壑飞灵气,朝华洗浊尘。

千秋堪国粹，绝胜古徵春。②

注释

①澄城良甫：周秦汉宫殿遗址，系国家级重点保护文物。遗址规模宏大，占地80余万平方米，尚未开掘。

②古徵：澄城县古称。

七绝·过王庄镇

田园果木竞芬芳，学校高楼育栋梁。
赵宋诗歌人少爱①，村民共著大文章。

注释

①赵宋诗歌：指宋时张舜民《过郑公庄》一诗："破屋居人少，柴门春草长。儿童不识字，耕稼郑公庄。"郑公庄，即今澄城县王庄镇之太贤村。郑公即唐郑国公魏徵。魏徵封地在今王庄镇一带，其衣冠冢在太贤村，故太贤村曾称郑公庄。今王庄镇学校遍立，特别是王庄中学已成为渭南市示范高中。

七绝·过澄城茨沟大桥①

一进澄城一焕然，腾空飞渡九重天。
青田绿水流云下，万里河山亦壮观。

注释

①澄城茨沟大桥，是秦202线上的一座特大桥梁，长652米，宽12米，高65米，桥头引线全长4.17千米。1998年5月兴建，2000年10月竣工通车。此桥对促进渭北煤炭资源开发外运，加快关中能源建设及沟通关中与陕北的交通都具有重要意义。

七律·游汉太史司马祠

古祠翠柏彩云间，东望黄河万顷田。
芝秀桥边人似蚁，长川水畔柳如烟。
千村百姓崇耕读，万户门楣尚对联。
汉武雄风轻散去，史公司马不藏奸。

七律·禹门赋

大禹奇功著世猷,龙门一泻鬼神愁。
往来北国英雄客,不尽南柯搏浪舟。
忽见金桥过禹庙,还观铁马跃横流。
斯民终有回天力,后浪高扬前浪头。

七律·桥陵道

林阴十里向天通,遥望桥陵薄雾中。
展翅凤凰千载梦,销魂神道一塬风。
青田波涌浮翁仲,黄冢花飞觅帝宫。
相约来年游览早,开元胜看立新功。

七律·仓颉庙古柏

满园翡翠如云盖,百态千姿谁剪裁?
走壁飞檐鹏鸟骜,戏珠舞凤雀屏开。
报厅对立龙和虎,御殿偏生柏抱槐[①]。
无尽奇观堪绝世,一株古树一情怀。

注释

①颔联、颈联皆为古柏名称集句。

七律·华山北峰忆旧

如剑奇峰破碧空,英雄飞足上苍穹。
枪鸣古刹烛光暗,尸乱枯蓬月色浓。
莫信华山一径路,曾挥长戟九重风。
游人欲问刘郎处,遍野松涛唱未终。

七律·潼关太要塬北望黄河

太要塬前放眼宽，白云连水水连天。
三河浪涌山城外①，两线车穿秦晋间②。
古渡木舟留旧梦，教场壁垒变残垣③。
雄关险阻千军过，满目桃林展笑颜。

注释

①三河：洛、渭、黄三河交汇于古城之北。
②两线：指风陵渡的铁路与公路大桥。
③教场：传说是李自成练兵场，在太要塬下。

七律·参观洛川会议旧址

傲霜红叶映心田，一树青槐满院鲜。
窑洞犹存迎远客，纸窗半掩忆前贤。
艰难岁月峥嵘在，正义宏纲烈火燃①。
万里山河风雨路，星移斗转总情牵。

注释

①正义宏纲：指《抗日救国十大纲领》。

沁园春·回赵庄

北望梁山，碧野无垠，日晟丽颜。过林阴大道，长街飞彩；层楼栉比，村舍相连。万亩芳园，椒红果脆，玉浪清波百眼泉。农科热，造塑棚遍地，四季花繁。　　赵庄古镇新颜，令游子咋舌不敢言。忆张翁慨叹①，已成旧事；山名人雅，盛誉频传。世纪良辰，宏图再绘，渭北高原放眼观。凌云志，正鹏程万里，展翅高攀！

注释

①张翁慨叹：张翁指清代关中理学家张秉直（字萝谷，澄城人），他写有《游社翁山记》，慨叹当时此地无人保护，留下"人非山不雅，山非人不名"的名言。如今赵庄镇已成渭北辣椒及苹果基地。

王宗厚

　　号巴山人，陕西省安康市汉滨区沙坝乡人。文学博士，中共党员。沙坝乡国土资源所所长，扶贫办主任和世行工作站站长。1989年迄今，有文学艺术作品千件刊发国内外报刊书典，部分作品被中国历史博物馆、世界教科文卫组织等机构收藏。出版个人专著有诗歌集《回眸山河》、诗词集《世纪放歌》和论文集萃《作家世界文库·王宗厚作品选》。

七绝·西安大雁塔放目

雁塔凌云耸九霄，长安灯火举天烧。
江山万里春无限，十亿神州尽舜尧。

七绝·赞安康城徽[①]

改革风行浪更推，古城风采立新徽。
铜牛昂首前程阔，展翅金鹰喜奋飞。

注释

①城徽：指安康市城徽为铜牛和金鹰。

王明渊

　　1939年出生于四川省巴中市。大专文化，川陕革命根据地博物馆秘书、编研室主任，副研究馆员；中国文物学会、中国博物馆学会会员。主编有《川陕苏区童子团》，著有川剧《巴山红梅》、诗集《放歌足迹》等。

七绝·武则天

篡唐才女终成帝，治国安邦狐凤心。
身后任人来判定，天骄一代到而今。

王泗江

1934 年生，初中文化，农民。重庆市万盛区文学协会会员、石林诗礼社员。曾获中国诗人新作创作奖。

七律·黄帝陵

桥山景色喜空前，好个陵园别有天。
夜月秋风萦晓雾，黄花净石袅炊烟。
森森古柏凌霄翠，赫赫碑林拔地鲜。
肃穆庄严龙驭阁，流芳史话至今传。

王若林

1975 年生，字育国，号胶东散人、杜石轩主、有邰遗民，陕西省武功县人。大专学历，中共党员。在《天人古今》《前卫报》等报刊发表通讯、诗歌、诗评、楹联、刊头书法等作品近 70 篇（首）。

五绝·五丈原诸葛泉

龙宫藏玉液，崖底汇成泉。
曾解蜀军渴，今闻浣女闲。

采桑子·蓝田水陆庵

泥胎满壁迷人眼，用色天然，喜怒天然，风雨传承数百年。　　南横秦岭云烟重，碧水鸣弦，胡鸟南迁，殿宇沉香老世间。

王述士

江苏省淮安市人。大学毕业,中共党员,中学高级教师,宝鸡陈仓诗社名誉社长。著有《近体集句诗三百首》《厚石诗词选》。

五律·太白山

太白昂然立,池光出玉氛。
峰高寒积雪,山绕起层云。
风雨时仍至,鸟声似未闻。
药王曾有迹,指点认耕耘。

五律·汉中行吟(二首)

其一 拜将坛

国士登台日,三军众始惊。
起微兴沛势,频蹙楚家兵。
底定除秦暴,来归奉汉旌。
韩侯无限恨,只合到西京。

其二 张良庙

秦皇惊博浪,从沛任驱驰。
圯上逢黄石,商山赞紫芝。
鸿门纾楚策,南郑荐韩时。
辟谷来留坝,千秋说帝师。

七绝·授经台

关门令尹谁能识,道德经传尚有书。
留得空台销岁月,青牛去后又何如?

七绝·华清池

华清殿阁笙歌起,水滑池温是帝家。
若问天宝年往事,尚余抔土夕阳斜。

七绝·马嵬坡

故迹千年尘漠漠,尚传长恨往年歌。
石壕村里家家泪,当比马嵬坡更多。

七律·五丈原吊诸葛丞相

躬耕畎亩吟梁甫,虎豹韬娴法度彰。
旰食宵衣忧社稷,推贤纳谏期时昌。
三分终始联吴策,六出宁忘伐魏方。
五丈秋风无限恨,山河易帜走降王。

七律·楼观台

楼观台高霭瑞霞,玄玄始见伯阳家。
旧踪尚有炼丹灶,去迹徒传大漠沙。
碧落未闻来鹤使,人间每见颂春华。
悠悠往事寻前史,一代遗言喻世赊。

七律·勉县武侯祠墓

丞相祠堂临沔水,森森古柏伴晨昏。
千秋两表忠臣泪,三世捐躯蜀汉魂。
钟会挥师犹血祭,遗民空巷泣公恩。
魏吴宫阙终黄土,历劫孤坟万世尊。

七律·茂陵

赫赫声名垂汉史,茂陵古柏几风尘。
楼船越寓来归国,遣使安车征鲁申。
上赏进贤思吏治,又从教化敦人伦。
暮年亦有轮台悔,更起通天暗帝宸。

七律·黄帝陵

三鼎铸成黄帝去,桥山松柏几千秋。
功开草昧文明始,德润山河世代麻。
万古衣冠藏玉冢,八方裔胄拜垂旒。
于今四海同归日,赫赫炎黄震五洲。

七律·秦兵马俑

始皇志满虏天下,崖石书功每自歌。
纵欲极情兴役大,严刑峻法死囚多。
三神山渺仙舟远,帝阙冢高陶俑罗。
地下宫人仍侍主,六千兵马又如何?

七律·宝鸡杂咏(五首)

其一　大散关

重门岭险据深谷,秦蜀山河路几重。
永夜角声惊客梦,平明树色启关封。
金戈铁马征人怨,决策临机大帅踪。
故迹于今供览胜,飞云乱石自从容。

其二　天台山

天台突出众山中,万木葱茏看劲松。
玄女妆楼犹有迹,神农市井已无踪。

玄关风透骑牛道，莲顶花开驻马峰。
尚有传闻供览胜，悠悠往事世几重。

其三　金台观

金阁流霞近北辰，散关去后几多春。
瓜书句好留碑碣，元要经真弃俗尘。
旧业不随王气尽，高怀常济赤民贫。
消沉岁月丹炉冷，古柏森森照后人。

其四　炎帝祠

炎帝龙飞事已茫，悠悠岁月说洪荒。
常羊有幸从今始，姜水源长世代芳。
已教千农开市井，亲尝百草济时匡。
建祠俎豆年年盛，故里陈仓日更昌。

其五　磻溪姜子牙钓鱼台

自古言兵谈吕尚，几多往事说丰功。
螭黑未入岐州卜，鲋鲤先传望太公。
绝壁深高磻水石，幽篁邃密渭川风。
若非西伯尊贤士，屠饮依然一钓翁。

王俨思

湖南省益阳市人，湖南教育学院讲师，著有《中晚唐近体诗研究》等。

南乡子·与许稼轩雨中登雁塔

极目古秦州，汉苑唐宫一望收。千古英雄成过客，都休，姓字何须雁塔留。　故国展新猷，似海红旗百丈楼。逸兴未因烟雨减，同游，共道长安好个秋。

王养龄

1943年生,笔名易生,字益卿,号守谦斋主人,一号河上散人,陕西省洛南县人。陕西师大中文系毕业,中学高级教师,系中华诗词学会、中国楹联学会、陕西省诗词学会、陕西省作家协会会员,陕西省楹联学会理事。曾获石圪节煤矿解放50周年全国诗词大赛二等奖、雾凇冰雪节全国征联二等奖。

七绝·西安城墙

城垣四处俱如新,市井繁华老少欣。
自古风云多变幻,铜墙铁壁是民心。

七绝·太白山

紫气萦回绝顶间,群峰六月雪光寒。
神奇犹有三池水,鱼不惊人乐自然。

七绝·蓝田辋川

历历亭台映水居,稻田烟雾醉游鱼。
流光淘尽千年事,聊对辋川叹故墟。

七绝·铜川药王山

翠柏千寻济世才,圣童采药没蒿莱。
碑林造像皆珍宝,岂止偏方出五台。

七绝·洛南八景题咏(四首)

其一　石门烟雾

茅舍竹篱杨柳岸,青山绿水尽风流。
一门锁住千年恨,浪卷云飞竞自由。

其二　银沟白练

山明水秀瀑奔流，洞出长虹乐未休。
愧我无缘观胜概，聊从梦里问同俦。

其三　鹿池夜月

夜月当头白鹿游，川原寂寂境何求？
一从识得仙凡趣，鹤影翩翩梦里留。

其四　红崖朝霞

野谷低平双壁峭，小溪汩汩绕山流。
寒霜一夜千林变，满目红霞壮客游。

鹧鸪天·黄陵碑林

盛世修文景万千，桥山胜境耀尘寰。碑林悦目添情趣，翰墨飘香赞圣贤。　　谈往事，话当前，诗思潮涌寄云笺。光前裕后留风韵，无愧身心梦自安。

沁园春·页山古柏

柏有轩辕，仅识其名，未睹貌容。望页山古柏，才开眼界，情形细看，气势恢弘。叶茂根深，参天屹立，满目春光似卧龙。凭谁问，见几多世道？有何私衷？　　多情大树回声，慢吐出心曲千万重。自太初分化，文明渐进；三皇五帝，一脉相通。岁月匆匆，江山未老，变幻沧桑处处同。应勉力，尽平生智慧，勇建奇功！

沁园春·洛南猿人

华岳归来，偶获新闻，乍听甚疑。望洛州封闭，荆榛草莽；狻猊常卧，烂醉如泥。曾几何时，沧桑幻化，洞聚熊猫猿亦栖。谁能料，京华甘退让，峻岭堪齐！　　从来造化相欺，陷事里情误知己稀。负物华天宝，地灵人杰；唐突西子，冷了黄鹂。世易时移，文明渐进，幸有英雄早探骊！金龟动，候凤图再现，洛水风仪。

王思明

1955年生，生于辽宁省锦州市，原籍沈阳市，回族。中国石油锦州石化精细化工有限公司生产技术部副主任；中国诗歌学会、辽宁省诗词学会、锦州市诗词学会会员，锦州市老龄诗词社社员。在《中华诗词》《当代中华诗词集》等百余种报刊典籍发表诗词作品400余首，并多次获奖，著有《望月楼诗稿》。

五绝·西安杂咏（六首）

其一　漫步碑林

石林碑刻立，荟萃笔如椽。
腕下龙蛇舞，流芳亿万年。

其二　半坡遗址

浐河东岸阔，遗址半坡村。
《史记》六千载，长萦华夏魂。

其三　登大雁塔

浮屠三百尺，高矗七层楼。
秋风吹渭水，塔顶放青眸。

其四　观秦兵马俑

雄风今尚在，寰宇谓奇观。
各具神形态，精工开自然。

其五　游华清池

同浴莲花水，杨妃百媚生。
沉迷歌舞夜，误国乱皇城。

其六　眺望骊山

翠麓长生殿，黛巅烽火台。
岩隈曾捉蒋，兵谏扫尘埃。

七绝·丝绸之路

通商出使踏雄关，友好交流载月还。
丝路千秋铺锦绣，驼铃万里动春山。

王春之

1933年生，字子逸，号翠微斋主，河北省赵县人。中共党员，中专文化，退休干部。中国人才研究会艺术委员，中国楹联学会会员，河北省诗词协会、省楹联学会理事。诗词曾获"新世纪杯"世界汉诗大赛一等奖。

七绝·赞"桥山杯"诗词楹联大赛

情倾笔底逐潮头，大赛杯光耀九州。
风虎云龙陵下会，铄今震古蕴风流。

王春霖

1930年生，湖北省黄冈市人，江西吉安航务分局离休干部。中华诗词学会会员，江西省诗词学会常务理事，庐陵诗词学会会长，《庐陵诗词》主编。

七绝·过褒姒故里

幽王烽火戏诸侯，亡国亡身百代羞。
何预美人褒姒笑，车经故里几回眸。

七绝·拜将坛杂感

重温史迹意徘徊，步缓心仪拜将台。
鸟尽弓藏千古恨，西风落日有余哀。

七绝·古汉台后乐亭

洗心革面耻蝇营，后乐先忧记此亭。
一自范公人去后，高风千载有余馨。

七绝·谒武侯墓（二首）

其一

定军山上雨云垂，一缕秋思寄墓祠。
阿斗无心争汉鼎，空劳蜀相几兴师。

其二

冢足容棺遗命留，不需器物更无忧。
高陵厚葬多疑冢，谁及汉中土一抔。

七绝·寒溪①（二首）

其一

寒溪夜涨阻东归，月下萧何纵马追。
留得王孙兴汉业，功成受戮世人悲。

其二

成也萧何败也何，古今伯乐亦云多。
未央忍见宫墙血，恨不当年钓碧波。

注释

①寒溪：在汉中市留坝县马道街北。萧何曾月夜追韩信至此。现有"寒溪夜涨"碑。

七绝·登古汉台（二首）

其一

赤帝曾留土一抔，崇台高构汉宫秋。
鸿门宴罢封王日，谁信江山竟属刘。

其二

谁言汉业等鸡虫？竖子成名怨不公。
代有人才常脱颖，当知时势造英雄。

七绝·参加南郑陆游纪念馆揭幕典礼感赋（五首）

其一

南郑从戎意气豪，秋风射虎最堪骄。
梦中每忆当年事，望断边城凋鬓毛。

其二

廊庙无人为国忧，山南剑外久淹留。
将军不战销金甲，北望中原气尚遒。

其三

一代男儿数放翁，冰河铁马乐从戎。
长城自许何人识，无限悲歌慷慨中。

其四

沈园赋韵寄诗真，家国忧危揾泪痕。
八百年来风范在，铮铮铁骨一诗人。

其五

文光剑气壮南湖，水抱山环展画图。
祠馆森然留胜迹，人间正气郁寰区。

七律·贺毛泽东诗词暨陆游国际学术研讨会在南郑召开

咏梅一曲寄情真，今古相知有几人？
古驿断桥伤寂寞，悬崖飞雪见精神。
寒凝大地香先发，花化微尘质自纯。
异代灵犀心志契，风骚总领不争春。

七律·南郑（二首）

其一　南郑怀陆游

当年虎战龙争地，此日歌吟动汉中。
诸葛出师期问鼎，陆游倚剑拒和戎。
防秋每怅秋光老，兴宋偏怜宋运穷。
遗恨中原千载后，吾侪终见九州同。

其二　南湖览胜

南湖秀色实堪餐，无限风光蕴此间。
烟雨迷离舟上梦，波光潋滟镜中山。
长廊俯仰寻诗韵，曲径盘桓听石泉。

千里有缘今日会，怡情共展画屏看。

七律·谒勉县武侯祠

千里来寻丞相祠，秋风云树绾情思。
七擒孟获蛮荒服，六出祁山大厦支。
天下三分争帝业，河山一统望旌旗。
凛然大节垂青史，百世低回两出师。

王荣华

　　1976年生，女，笔名冷芸，西安市人。2002年毕业于西安外国语学院英语专业本科班，陕西师范大学文学硕士，2015年9月获中山大学文学博二学位，西安诗词学会会员。

五绝·终南山

高楼临晚照，遥指翠微宫。
薄雾托秦岭，嵯峨千丈峰。

五绝·临水

碧草闲塘曳，凫禽相与鸣。
清泓浑似镜，双照小蜻蜓。

五绝·秦地乐天

云外晴空处，几行人字闲。
邻童悄解线，蓦地送飞鸢。

五绝·关中村居

长空几抹霞，暮色适时佳。
水绕门前过，篱深一树花。

五绝·常宁宫一隅

几缕微风过，清辉夜色佳。
花香无客嗅，小径一枝斜。

五绝·偶步秦岭松间闻雀

破静新松后，喇啾闹未休。
寻它寻不就，却在最梢头。

七绝·灞堤爱石

隋堤柳淡芦芽浅，踏雨不觉春水寒。
昨夜人说斯石好，朝晞不待到河前。

七绝·忆故乡春雨

和露梨花低玉盏，盈盈天水瓣边明。
湿翎更有初飞雀，躲向高枝叶下鸣。

七绝·曲江诗会

座里依稀追古意，凭窗还望旧时天。
春江一曲丝弦慢，捻起诗情满杏园。

七绝·灞原

萋萋芳草凄凄地，独立东风正午中。
触目无穷花遍是，一枝不与一枝同。

七绝·腊月初九黄昏雁塔西苑中书所见

踏鹊衰桐枝落影,萧疏晚叶又轻扬。
飘飘更盖青青草,雪被慵翻梦正香。

七绝·关中春趣

丝雨一涤压春朝,秋娘小径闲吹箫。
忽闻柳荫莺窃笑,苔滑几折小蛮腰。

七绝·偶过广仁寺①

翻飞蝶雀闹春庭,惊落榴花复几层?
何论晓来风早紧,古墙窃倚数钟声。

注释

①广仁寺:位于西安城内西北角,为藏传佛教喇嘛寺。

七绝·忆青龙寺垂樱①

万缕丝绦飞翠瀑,瀑前点点素华荣。
游人欲把晨香嗅,弄撒银珠满地明。

注释

①青龙寺:位于西安市南郊的乐游原上,唐时著名的日本僧人空海曾在此弘法,李商隐《登乐游原》亦作于此处。寺中樱花种类繁多,每年春季游人络绎不绝,至今已是西安著名的赏樱之地。

七绝·题扶苏墓(二首)

戊寅年夏,随友人至陕北绥德。8月28日,孤身祭扫位于绥德城东疏嘱山上的扶苏墓。未料历两千年风霜,墓已无存,唯留孤碑。山风袭过,芜草离离,斜阳所至,唯我一人。此情此景,心中有感。故采来山花,青丝束了,并诗二首,敬于墓前。

其一

泣血他乡又一年，孤山露重晚风寒。
回眸纵把长安望，千仞青峦万道川。

其二

王孙冢畔斜风紧，呜咽泉流君泪长。
采就溪花青发束，愿携君魄返家乡。

诉衷情·忆上年游兴教寺①

春浓四月少陵游，禅静寺还幽。三尊佛塔深处，竹漫草悠悠。
忽转径，鸟啁啾，一枝柔。慢摇花影，浅戏斜阳，不解人愁。

注释

①兴教寺：位于西安市南的少陵塬上，内有唐玄奘及其两位徒弟的舍利塔。

柳梢青·关中春晨

懒起眉残，方掀锦被，一缕轻寒。慢理青丝，微揉倦眼，缓走阶前。　　林间燕怡莺喧，伴浅露，扶摇正欢。最是风催，春樱解蕾，早杏宜簪。

王贵民

1934年生，西安市长安区人。西安美专工艺系毕业，现为西安美院研究院研究员，陕西省美术家协会、敦煌民俗学术研究会、国际美术家联合会会员。

七绝·沮水秋风

青岩红叶遍乾坤，思泪成河感帝恩。
晨露含光辉影爽，秋风沮水画里人。

王复忱

1913年生,又名王让,陕西汉中人。陕西省文史研究馆馆员,汉中市诗词学会顾问。著有《文史阅微》《浮生五吟》等多部。

七律·南山行

青入遥天泯界痕,林峦高下护烟村。
艰难蜀道赖趼趾,苍老南山有子孙。
春雨一犁江汉涨,孤云两角剑门昏。
谷边缺处回音失,怒窍风呼势欲吞。

王显儒

铜陵诗词学会会员。

七绝·乾陵

无字碑当有字看,任人评说逾千年。
盛唐政绩功难泯,巾帼谁能比则天?

七律·乾陵

陵园北望面朝阳,直线平宽御道长。
武帝权衡功胜过,高宗史表孝兼良。
八千述圣丰碑著,六一宾王绿玉装。
莫道当朝多轶事,威风赫世数前唐。

王家广

1914年生,笔名顾青白、金三角,四川省屏山县人。曾任陕西社会科学院副院长,陕西省诗词学会顾问。

五律·楼观台兴作

行到讲经处,凭虚落胆寒。
魂随千障断,目击百花残。
在劫飞升易,余灰考古难。
波澜徒想象,天下一楼观。

王振权

1940年生,字柄丞,陕西省吴堡县人。吴堡中学退休教师,中华诗词学会、中国楹联学会、陕西省书法家协会会员,中华诗词文化研究所研究员,陕西省诗词学会理事。作品、小传入编《榆林地区志》等,著有《水竹居吟稿》。

五律·回乡登大龙山作

独上大龙顶,归来雅兴存。
诗狂低泰斗,酒醉小乾坤。
别久主犹客,登高卑亦尊。
儿时游戏处,重到最销魂。

五律·夏游红碱淖

塞外寻佳境,红湖万顷茫。
穹庐临柳岸,沙岛映波光。

舸艇东西渡，禽鱼上下翔。
中流风浪急，游客兴弥长。

五律·延安颂

普天崇圣地，黄土育贤良。
宝塔光辉远，延河情意长。
抗倭筹策处，歼敌用兵场。
革命由斯盛，英名万里扬。

五律·药王山咏孙思邈

药圣名天下，岐轩寿世长。
点鳞龙疾去，医口虎伤康。
百草研真性，千金集要方。
五台祠庙古，祭拜四时忙。

七律·红石峡

峭壁凌空势倍峋，惊涛击岸碧波粼。
长城锁钥雄山峡，大漠咽喉古渡津。
墨客题书今尚在，将军战骨已然泯。
九州士女穿梭至，指点摩崖赞宝珍。

七律·塞上吟

轻身万里入榆关，眼底孤城亦等闲。
四季串联惊岁月，九州派斗践江山。
忧时空负凌云志，济世难能泛酒颜。
客里只今春又到，那堪风雪降人寰。

七律·登镇北台

高台鹤立上凌空,威镇长城亘古雄。
往昔沙龙吞战垒,只今林草接苍穹。
九边改革开新宇,四海升平唱大风。
绝顶登临舒望眼,一轮红日照寰中。

七律·壶口瀑布游感

风吼雷鸣险象生,悬壶一注太心惊。
飞扬已见云天志,驰骋犹怀大海情。
野水应该兴水利,黄流必定变流清。
彩虹直与穹苍接,疑是龙人步远程。

七律·川口渡作

一水中分秦晋悠,滩头渡口历千秋。
巍巍红寨留遗迹,滚滚黄河有济舟。
堤柳长牵儿女梦,浪花远荡古今愁。
道旁碑纪当年事,主席东行过此流。

七律·游神木二郎山

雄山远望庙重重,攀险登临兴倍浓。
迤逦东西分二水,峥嵘南北耸三峰。
闲云出岫堪为伴,老柏迎人不计踪。
叩首求神非我事,缘何屡报警迷钟。

七律·游白云山步清史鸣銮韵

骚人今作醉乡侯,赏景偏寻第一流。
翠柏画楼频迓客,白云黄菊恰宜秋。

长吟且享山林乐,狂啸能消俗事愁。
兴至不知红日坠,只身登上最高丘。

七律·统万城游思

大夏遗都四野茫,登临此日引思长。
只知故垒留千古,不见强兵统万方。
霸业辉煌焉有定,民生疾苦岂能忘。
赫连威武今安在,荒草颓垣映夕阳。

七律·谒黄帝陵感赋

桥山高耸沮流萦,龙脉蜿蜒气势争。
霞蔚云蒸笼古庙,柏虬草劲护先茔。
曾除暴虐安诸夏,始创文明济众生。
黑发黄肤同祭祀,寻根万里系亲情。

七律·登西安钟楼

钟鸣旧隔几朝幽,鹤立平街大厦稠。
重榭画枋围拱斗,叠檐青顶覆璃琉。
溶溶远水寒霜晚,冉冉轻烟暖日秋。
彤叶落时登仄径,古城环望伫高楼。

王铁铮

1938年生,湖北省应城市人。大专学历,讲师,湖北省诗词学会会员。

七律·黄帝陵

黄帝陵园何处寻,桥山北麓柏森森。
五千遗绪文明久,万代传承德泽深。
盛世和钟歌伟业,中华胄裔慰同心。
丛林屹立十三亿,重整山河日月钦。

七律·骊山

骊山大火焚阿房,飞骑杨妃两渺茫。
烟霭深藏诸景点,华清漫吐百花香。
捉蒋亭在八方忆,抗日情生九回肠。
苍狗白云频嬗变,沧桑鸿爪总难忘。

七律·秦兵马俑

队列阵容观止叹,腾腾杀气透寰中。
山河表里青铜锁,日月星辰闭铁笼。
壮志鞭挥冲北斗,雄图药补压南翁。
坑灰未冷项刘代,走马灯前闪旧容。

王维第

1924年生，字伦五，号易堂，山东省即墨市人。1950年毕业于南京大学水利系，教授级高工。中华诗词学会、陕西省诗词学会会员，陕西老年诗词学会顾问。著有《易堂吟稿》《易堂吟稿续集》。

五律·参加渭河防洪学术研讨会感赋

峡口平湖出，潼关沙堵门。
河床泥阻塞，秦岭水沉堙。
再唱渭城曲，重歌灞柳春。
良谋获共识，禹绩有来人。

五律·癸未年渭河特大水灾感赋（二首）

其一

霖雨潇潇落，忽惊秋已昏。
洪来千壑满，水退万家贫。
经验待评估，天灾须酌斟。
遥望未竟路，冬去定回春。

其二

廿年无大灾，麻痹易滋心。
况乃仲秋近，居然洪水临。
渭床泥梗阻，潼峡鬼妖浸。
寄语驭龙吏，何当觅主因！

七绝·三原县城隍庙[①]

造福一方群众钦，千秋万载永芳芬。
纵观历代为民父，当得城隍能几人？

注释

①参观后得悉,各地城隍庙城隍均由生前在人民中享有崇高威信的清官被推荐充任,如三原的城隍庙即唐朝卫国公李靖的化身,不禁肃然起敬。

七律·黄帝陵述怀

桥山一望碧天空,帝业辉煌万代荣。
文字衣冠开化治,兵戎华夏树勋旌。
子孙归省海天外,松柏昂扬风雨中。
古树千年犹挂甲,枕戈待旦唤台澎。

七律·谒凤翔东湖苏公祠

久望东湖饮凤池,宝鸡诗会谒苏祠。
骚人一代领文粹,碑碣三层题俊词。
初试政坛非百里,高歌吟苑有千姿。
尚存水利遗勋在,嘉惠庶黎为我师。

七律·访常宁宫①

古道长安迎早暾,风驰电掣溅云尘。
终南耸翠春风暖,滈水牧歌苗色新。
窦后惊魂神庙立,蒋家显赫故居存。
一条密洞通幽处,能保骊山劫后身!

注释

①常宁宫在长安城南5公里处,原有唐太宗因其母窦太后遇难脱险修建的庙宇,1940年改建为蒋介石临时居所,有密洞蜿蜒千余米,供意外逃难之用。

七律·访三原于右任先生故居

老至临池崇任翁,故居今日谒先生。
诗书双绝倾当代,文武全才留盛名。

英岁常怀大鹏志，暮年时起故园情。
高山仰止望乡里，犹似三原闻哭声。

七律·过杜公祠感赋

诗圣魂眠韦曲原，秋风飒飒拜君颜。
三吏三别泣神鬼，忧国忧民动地天。
吟咏情怀追屈子，耕耘教化过青莲。
每怜广厦庇寒士，怎忍先生茅屋残！

七律·黄河龙门联想

鬼斧神工辟峻山，心潮澎湃禹王前。
一壶收尽黄河水，千嶂难拦浊浪川。
卅载勘察梦永系，亿民企盼眼望穿。
何当一决中枢策，开启龙门驯巨澜。

七律·收看电视剧《延安颂》感赋（二首）

其一

十载延安北斗星，金戈铁马忆群英。
乌云翻滚天如坠，赤帜飘扬地免倾。
肉食昏庸掀内战，倭兵残暴露狰狞。
若无力挽狂澜手，安得今时盛世清。

其二

火热水深非等闲，阴霾翻滚地天掀。
东倭杀戮虎狼烈，西蜀阋墙骨肉残。
一叶扁舟惊浪险，万重雾障识途难。
青云不坠民心齐，不到长城心不甘！

望海潮·秦始皇

崤函之固,雍州之富,秦赢地利天时。千里飓沙,无边牧草,君臣固守伺机。暗舌胆图治。八荒五洲意,大略谁知?同轨同文,顺从潮汐孰能违! 堪怜历史低迷。憾心胸狭窄,凶悍狐疑。坑学去书,横征暴敛,焉能压服群黎?无奈种危机。引发山东乱,陈涉挥旗。二世缘何遽逝?仁义未从施!

王绵厚

1945年生,字博文,辽宁省海城市人。1969年毕业于北京大学历史系考古专业。历任辽宁省博物馆馆长,研究员,省博物馆学会理事长。享受国务院特殊津贴专家。著有《秦汉东北史》《高句丽古城研究》,后者曾获辽宁省文化科技成果专著一等奖。

七律·入陕记游(二首)

其一 重访西安古城

漫渡秦关泾渭行,镐京西望觅王踪。
长安城外寻荒冢,大雁塔前吟古风。
汉武秦皇开伟业,金戈铁马贯长虹。
贵妃一唱芳千载,万象更新跃巨龙。

其二 重观秦兵马俑

锦绣秦川几度行,骊山景色令心倾。
秦皇冢上风光丽,车马坑中气势宏。
十万陶兵长列阵,三千铁骑永相迎。
长安自古称形胜,八大奇观第一名!

王喜萍

1931年生,陕西省大荔县人,大专学历。中国音协、中国楹联学会、中华诗词学会会员。著有《百业千家万联》等。

七绝·华山东峰观日出

东海蒸蒸旭日升,波光万顷映天红。
风光旖旎如仙境,天生秀色在华峰。

七绝·黄陵八景题咏（二首）

其一　龙湾晓雾

晓雾龙湾一脉连,山环沮水水环山。
初晴雨后岚烟布,此处仙山映眼帘。

其二　黄陵古柏

桥山古柏倚云立,铁骨铮铮世所奇。
腰阔十围高百尺,雄姿勃勃恨天低。

王景河

西安市杨家村军干二所干部。

七绝·汉中古栈道

悬崖栈道谷深幽,临水登楼意未休。
禹甸英才思构巧,木牛流马赛轻舟。

浪淘沙·游未央湖

八水绕长安,湖伴青山。飞舟胜似海中仙。岸上堤沙迎旭日,渭畔垂竿。　汉祖建宫垣,烽火寒烟,欲圆亏月九重天。刻石燕然千嶂赞,秋夜同欢。

王智忠

1938年生,山西省万荣县人。1958年毕业于太原第一化学工业学校,原为北方工业(集团)总公司西安惠安化学工业有限公司工程师,陕西诗词学会会员。

五律·游白鹿原鲸鱼沟

不见鲸鱼在,清清万顷波。
画船游碧水,翠草染芳坡。
深壑嚣尘远,幽谷诗韵多。
锦园十里秀,夕涌汪洋歌。

七绝·看戏归来

1960年下放农村劳动锻炼,是夜咸阳大众剧团在孙姑村唱戏,余与村民结伴前往观看。

戏散更深伙伴催,沣河岸畔稻禾肥。
秦腔余韵犹萦耳,十里蛙声踏月归。

七律·游渼陂遇重修

稻秀蝉鸣点点鸰,疏淤运土影如梭。
杜公堤畔低垂柳,空翠堂前仰面荷。
新景添栏雕玉盛,古迹描彩挂金多。
壮哉浩渺渼陂水,礼赞汉唐壮韵歌。

七律·游阿姑泉牡丹园感吟

根生御苑艳倾国,贬斥东都度厄磨。
获罪皆因奴媚少,傲天重节放流多。
玫瑰化水香尤烈,翡翠成灰色不挪。
怒放上林还故地,情深一片竟婀娜。

七律·古槐广场吟①

喜群广场壮画乡,明槐若盖映朝阳。
春增嫩绿一街翠,夏布浓荫半巷凉。
锦上添花花世界,枝头鸣鸟鸟天堂。
晨昏健美蹁跹舞,月下秦腔韵味长。

注释

①鄠邑区东街有古槐一株,系明朝所植。至今已有500余载。古槐四周被民房所困,烟熏火燎,濒临死亡。鄠邑区人民政府为保护古树,于2002年拆房70余间,辟作休闲广场,使得古树得以保护,为县城添一景观。

王裕蓉

1930年生,河南省汝南县人。中华诗词学会会员,郑州市老年诗词研究会编委。

浣溪沙·黄帝陵(二首)

其一　南谷黄花

南谷黄花分外香,只为圣地着新装,天涯游子更思乡。恩聚桥山无限厚,德融沮水永延长,人文初祖气昂扬。

其二　汉武仙台

笑对高丘咏感怀,荒唐汉武想天开,身居龙位跪泥胎。君眼明昏分善恶,众心向背系兴衰,先贤遗训祖传来。

王赎回

1952年生,福建省南安市人。大学文化,汽车工程师。中华诗词学会理事,武荣诗社、贵峰诗社副社长。

七绝·过西安

钟楼雁塔壮秦川,烟柳曲江阡陌连。
过客无暇温旧梦,少陵有韵咏新篇。

七律·登骊山

和风如剪柳丝长,丽日流莺草木芳。
泉水轻柔声细细,天音隐约野茫茫。

危崖翠柏摇清影,曲径黄花送暗香。
难得登临多雅兴,且凭杯酒咏疏狂。

鹧鸪天·甲申中秋与四弟六弟长安话别

聚散长安夜不眠,弟兄品茗灞桥边。如今始信东坡曲,绝唱悲欢离合篇。　摩桂影,饮秋寒,三杯两盏月光残。霜欺双鬓何须叹,策马秦川再奋鞭。

沁园春·西安行吟

黄帝陵前,滚滚红尘,人海茫茫。看终南紫黛,啼莺翠谷;灞桥烟柳,曲水流觞。雁塔天华,碑林国宝,一统中原秦始皇。兵马俑,昭千秋青史,举世无双。　云蒸霞蔚骊山,八百里秦川锦绣乡。赋春华秋实,清风荡荡;年丰物阜,喜气洋洋。庙观宫亭,游人如织,巴士成河望眼长。太白酒,品古都新韵,禹甸馨香。

王德宗

1924年生,四川省崇庆县人,副教授。著有《无限斋歌诗小集》《无限斋散文小集》等。

七绝·昭陵

九嵕山下聚群才,四塞崔嵬四面开。
泯灭畛畦堂庑大,共迎帝业盛唐来。

七律·风雨登慈恩寺塔

潇潇风雨浥龙城,来访慈恩秋已平。

大雁登临心许雁，唐僧素爱我非僧。
西方积雪千年冷，中土人情万劫横。
识得波罗蜜惹咒，心经原是佛心生。

王德镜

1935年生，笔名王一川，湖北省天门市人。专科文化，副研究员。编著有《竟陵历代诗选》。

七绝·登慈恩寺塔呈诗圣杜甫

烈烈长风总未休，层层壁垒尽凝愁。
强登绝顶悠悠望，云出苍梧漫九州。

七绝·华清池旧址

荒烟弥漫草离离，犹似温氛绕碧漪。
应是人间存马嵬，看无水滑洗凝脂。

七绝·宝成铁路线上

层岭穿行入隧深，幽冥屡见几阴森。
窗前偶得青空现，车底还惊壑万寻。

王燕治

1934年生,女,福建省晋江市人。1957年泉州师范毕业,晋江实小高级教师,退休后在晋江老年大学任教;晋江、福建、中华诗词学会会员。作品参加国际性、全国性大赛,多次获奖。

七绝·西安大雁塔

雁塔秋高映夕晖,冬临塞北雁南归。
玄奘拄杖西归去,黄菊依依四面围。

七绝·秦兵马俑

栩栩如生兵马俑,布行列阵虎龙师。
千人千面千姿态,功匠艺高不可思。

王曙光

1934年生,江苏省丰县人。1962年毕业于南京大学中文系,中共党员,副教授。新疆高校学报研究会常务理事。

七绝·唐太宗昭陵六骏赞诗今绎(六首)

其一　白蹄乌

倚峰宝剑闪金辉,骏马追风快若飞。
纵辔征西扬锐气,回鞍定蜀普天归。

其二　特勒骠

应策腾空特勒骠,一声呼啸到云霄。

摧敌破阵狂澜挽，济难乘危万代豪。

其三 飒露紫

超跃英姿紫燕骝，骨腾神骏傲千秋。
威凌八阵冲霄汉，气慑三川镇虎喉。

其四 青骓

神采焕然奋快蹄，影轻闪电露天机。
青骓驭起飘飞练，定我河山战例奇。

其五 什伐赤

山河未静志难垂，斧钺寒光壮武威。
朱汗骋驰红血马，赢来金甲凯旋归。

其六 拳毛䯄

按辔徐行月吐华，横空天驷灭蛮达。
刀枪入库人安乐，宇畅廓清扫战铧。

王耀林

1934年生，原名王增璨，笔名山竹，陕西省岐山县人，中共党员，大专文化，高级政工师。1955年参加工作，1956年入伍，1963年转业，多从事基层党政工作。国际炎黄文化研究会、中华诗词学会、中国毛泽东诗词研究会会员，中华诗词文化研究所研究员，陕西毛泽东诗词研究会副会长，宝鸡陈仓诗社、楹联学会顾问，宝鸡毛泽东诗词研究会会长兼会刊《看今朝》主编。

七绝·过引渭渠

冉冉玉龙嵌土塬，蜿蜒流入万家田。
若逢干旱谁求雨？禾壮粮丰日月甜。

七绝·读苏蕙璇玑图回文诗①（二首）

其一

才女芳名天下闻，生花妙笔写清襟。
璇玑图韵传千古，惹得后人吟到今。

其二

诗经千载多秦地，唐宋如何少韵人？
启后承前吾辈事，弘扬国粹看西秦。

注释

①苏蕙：前秦著名女诗人，祖籍陕西武功，嫁于扶风，是我国回文诗的创立者。据研究，她在八寸见方的手帕上用五色线织成的纵横29行841字的《璇玑图》可得诗7958首。

七律·过大散关

刀劈神工大散关，巍峨秦岭入眸前。
英雄豪杰曾鏖战，墨客骚人留韵篇。
云霭隐藏千样宝，森林涵盖万丘山。
遗留栈道昨朝事，喜看二龙进蜀川。

七律·过扶眉战役烈士纪念馆

扶眉战役震三秦，西去陇疆大进军。
缚虎川原胡险命，救民水火马逃身①。
英雄浩气撼天地，烈士业绩惊鬼神。
昔日歼敌鏖战地，高楼林立卉缤纷。

注释

①胡指胡宗南，马指马鸿逵。

七律·太白山

巍巍太白好秦山,苍翠嶙峋神女颜。
壮丽峰峦云霭绕,苍茫林海鸟轻喧。
纵横沟壑藏千宝,清澈溪流琴万弦。
曲径通幽多雅趣,岂知胜景在山巅。

浣溪沙·冯家山水库

明镜星光斗彩云,鳞波湛湛气氤氲。灌田蓄水惠西秦。　　鱼跃舟飞招鸟戏,旅游疗养乐三春。脱贫致富物华新。

水调歌头·与女登华山

华岳入云际,刀劈诸峰峦。山犹一柱擎天,险峻上何难?我欲登临观景,安惧山高路远,夙愿了今缘。敬仰劈山剑,尤慕弈棋盘。

日偏西,人似蚁,汗涢衫。抬头放眼,潺潺流水响云端。乍到回心石下,雨挟风雷电闪,只好半途还。归后生遗憾,感慨染诗笺。

王耀斌

1946年生,陕西省富平县人。西北大学中文系毕业,高级经济师。著有《涂鸦集》。

七绝·秦岭山居

山坡为枕远尘埃,如水月光照梦来。
仙子携云红凤舞,朝朝暮暮在蓬莱。

七绝·商山吟

千回万转到商州，扑面青山碧水流。
大顺王朝征战地，纷飞彩蝶忆悠悠。

计公谟

  1924 年生，原名计佐卿，笔名南涛，云南省陆良县人。云南大学中文系毕业，中学高级教师，离休干部，中共党员。参加云南诗词等学会，作品散见于各学会会刊和《当代爱国诗词选》《中国旅游诗词精选》等 30 余种图书，并曾多次获奖。

七律·参观秦兵马俑博物馆有感

泥塑火烧兵马俑，秦王军力寓其中。
雄兵披甲威风显，战马拉车气势雄。
外却匈奴如破竹，内平六国庶民崇。
残余奴主全除尽，统一中华立大功。

七律·参观西安碑林有感

西安碑库名中外，游者临之忙所求。
墨客钻研书法体，草真隶篆上高楼。
骚人学史真情动，歌赋诗词颂九州。
更喜画家才智启，丹青妙笔景观优。

车天启

1963年生，大专文化，陕西省诗词学会、西安诗词学会会员。

五绝·吊韩信

汉家宫阙里，柳绿菜花香。
遥想纷争事，长悲胯下王。

五绝·游碑林

风吹春草绿，燕觅旧时楼。
逃学碑林去，书中半日游。

五绝·题沉香亭

古今多少事，青史罪红颜。
寂寂亭前月，悠悠忆玉环。

五绝·游大兴善寺赠界明法师

花香幽径里，鸟语诵经声。
独在无人处，清心两界明。

五绝·题蜀汉古栈道

山露惊残梦，溪声静我心。
欲知千古事，一问一回音。

五绝·夜宿太白山

觅景山无月，闲听涧水声。
深秋长夜里，风冷任心行。

五绝·终南山

雨霁南山近，风清玉米香。
东篱谁采菊？戏水忆沧浪。

七绝·楼观台

淡淡青山涧水凉，幽幽古道竹林荒。
心清楼观无为处，飞鸟鸣时花草香。

七绝·登骊山

身在云中似梦中，浓荫石径雨蒙蒙。
绵绵私语无人闻，草帽红衣淡淡风。

七绝·题汉武帝

挥师河朔度阴山，丝路搭桥欧亚间。
展尽雄才成伟业，却将威武累红颜。

七绝·司马迁

帝王将相春秋笔，羞辱辛酸天地功。
上下五千年里事，文明华夏几英雄。

七绝·半坡遗址有感

划刻陶瓶新石器，尘埃拨去现沟垣。
半坡兴废人何在？草木通灵却不言。

七绝·"双十二"咏张学良

河山沦丧毁愚忠，补过唯将兵谏功。

半世囚徒成节义，一身豪气做英雄。

七绝·"双十二"祭杨虎城

关中刀客传奇少①，狱里将军遗恨多。
兵谏功成歌乐血②，忠奸论罢叹蹉跎。

注释

①刀客：陕西对"绿林好汉"的称谓。
②歌乐：重庆歌乐山，杨虎城遇难处。

邓光礼

1933年生，湖北省襄樊市人。大学本科毕业，华南师范大学古文献研究所原副所长，副教授。发表学术论文50余篇，为《唐诗鉴赏辞典》《古代言情赠友诗词鉴赏大观》撰稿人。与人合作著有《广东新语注》《中国文学作品选》（汉魏六朝部分主编）等。

七绝·潼关道中

犬吠鸡鸣朱漆门，石榴黄柿漫无垠。
关中一派风光好，玉米红椒挂满村。

七绝·半坡遗址

箭斧刀锛石制成，陶盆钵罐育群生。
劝君莫笑工粗糙，文化源头岂可轻。

七绝·茂陵

葡萄汗马域西来，瀚海驼铃丝路开。
汉武雄才功盖世，仙丹无那墓陵哀。

七绝·临潼记游（三首）

其一　骊山烽火台

骊山绝顶望三秦，史事如烟迹已陈。
国破岂缘妃子笑，弄权文痞总欺人。

其二　秦始皇陵

七雄割据起狼烟，刀俎黎元暗日天。
一统秦皇归四海，向心凝聚史无前。

其三　贵妃池

杀鸡取卵祸儿孙，竭泽而渔断水根。
赐浴华清池在否，海棠汤涸泣无痕。

七绝·华山题咏（四首）

其一　智取华山

踞险依危匪势狂，索梯栈道固金汤。
谁知神旅从天落，智取华山威名扬。

其二　韩退之投书处

祭鳄潮州除害鱼，起衰八代史先驱。
苍龙岭峭文心颤，亦自投书面壁吁。

其三　劈山救母

救母沉香诚孝亲，太华劈石历艰辛。
任他转述添油醋，知是传闻亦感人。

其四　玉女峰

玉食锦衣闺阁愁，琼楼金殿岂堪留。
如何一曲吹箫客，情动灵犀结凤俦。

七律·秦兵马俑

兵马依然气势昂,当年剑戟尚生光。
儒坑鬼哭英才死,劫火烟消典籍亡。
羽客巡天仙草觅,鲍鱼入辒祖龙藏。
缘何万代千秋业,一现昙花二世殇?

七律·杨贵妃墓

影视唐宫事尚新,马嵬冤骨久成尘。
稗畦一剧彪千载,白傅长歌泣万民。
国色恩深多爱宠,天香命薄总沉沦。
六军不发谁之过,替罪羔羊五尺巾。

邓宝丞

  1938年生,陕西省安康市人,中共党员,大学文化。曾任江苏省司法厅处长、省法制新闻协会常务理事兼秘书长,中华诗词学会会员。著有《西行吟》,荣获全国"金剑文化工程"文学二等奖。

七绝·秦兵马俑

金戈铁马气恢宏,一统中华盖世功。
今看秦皇兵马俑,无双伟业记朝宗。

七绝·华清宫

静坐沉香亭柳边,唐宗宋祖忆联翩。
明皇遗恨风流事,留给后人作笑谈。

七绝·褒斜栈道

松涛呼啸谷生风,栈道穿云贯彩虹。
最是一年光景好,千年伊始正花红。

七绝·壶口瀑布

方圆十里响雷鸣,巨浪如看万马奔。
壶口飞车天下险,受良一举世人惊。

七绝·瞻张骞墓①

西域三巡史有名,拓开丝路响铜铃。
如今又架新通道,欧亚连通举世惊。

注释

①张骞墓在陕西省城固县博望乡。

七绝·志丹陵①

志在为民除害虫,丹心为国建奇功。
千秋美誉垂青史,纵意高歌一代雄。

注释

①志丹陵:即革命先烈刘志丹墓,位于陕西省志丹县城北。

七绝·女娲山①

亭亭玉立白云间,雾锁清潭碧水恋。
炼石补天旷今古,不教尘埃涤裙鬟。

注释

①女娲山:位于安康市平利县东15公里处。据《元丰九域志》载,汉中西城县(今安康)有女娲山。《陕西通志》谓在今平利县15公里。

七绝·张良庙

留侯庙宇雾缠门，辟谷深居别有因。
大汉江山谁擘画，一言附耳定乾坤①。

注释

① "一言附耳"引自《幼学琼林》："汉张良蹑足附耳。"意为韩信要刘邦封他为假齐王，刘邦非常生气，张良暗踩刘邦脚，附言："以大局重封真王。"

七绝·华山（二首）

其一

自古华山路一条，今添新道接天桥。
高山峻岭犹平地，驾雾腾云上九霄。

其二

苍龙岭上缚苍龙，玉女峰前霞正红。
一览群山登绝顶，朝阳艳艳照青松。

七绝·西安行吟（二首）

其一　登钟楼

寻幽撷景喜登楼，放眼京都展壮猷。
秦汉隋唐遗韵在，多姿多彩更风流。

其二　访碑林

日照碑林万缕霞，龙蛇起舞笔生花。
雷鸣电闪春秋铸，云汉天章雁阵斜。

七绝·安康访古（三首）

其一　书坛奇人王戎、韩朗①

廉泉让水古今传，中有文川聚俊贤。
极品石门崖刻颂，王戎韩朗大名镌。

其二　交趾太守锡光②

功垂交趾布阳春，教化有方施政新。
史学专家有定论，风华德政共长存。

其三　佛门巨子怀让③

七祖禅宗南岳山，万春罗寺结前缘④。
今朝宝刹名泉处，犹见大师归故园。

注释

①王戎、韩朗：皆西城（今安康）人。著名碑帖《石门颂》为韩朗撰文，王戎书写。

②锡光：安康人。汉平帝时，被派往交趾（交趾郡，今越南，时为汉王朝属国）任太守，推行"教化"政策，教其耕稼，建立学校，导之礼义，为推动越南社会发展，建立了不可磨灭的功绩。越南著名史学专家陶维英在他的《越南古代史》中说，锡光所做的工作，客观上起到了"对正为公元一世纪时的封建制度的形成做了准备"的历史进步效果。

③怀让：南禅宗七祖，南岳开山祖师。安康人，俗姓杜。据《宋镜录》载，"六祖下第一世南岳怀让禅师，金州（今安康）杜氏子。唐仪凤二年四月八日降生。有白气属天，国师奏之，高宗问是何祥？曰'国之法器，不染世荣'。高宗敕金州太守韩偕往存慰，年十岁，惟乐俳法"。

④万春、罗寺：即安康万春寺、新罗寺。万春寺怀让卓锡处尚留卓锡泉；新罗寺有怀让修行住过的庵遗址。

七律·周游西安

春日西安处处佳，晨钟暮鼓报年华。
秦川麦绿千重浪，渭岸菜黄万朵花。
古灞桥头牵晓月，华清池畔品香茶。

骊山脚下观秦俑，再上终南看落霞。

浪淘沙·无定河

无定河边景物幽，千年白骨存古丘。退耕还牧风光好，一望牛羊海尽头。

忆江南·延安赞

延安好，风物忆当时。宝塔巍峨人景仰，洞中灯火伴星移。旭日照红旗。

忆秦娥·太白山

雪峰峭，银装素裹云天俏。云天俏，梳妆对镜，月华西照。　雪衣柔薄音容渺，风姿绰约人间少。人间少，玉簪螺髻，几多娇好。

邓明清

1935 年生，号凌云痴子，四川省乐至县人，四川省诗词学会会员。曾获全国联合文艺大赛二等奖。

七绝·阿房宫

天下巍巍第一宫，亭台楼阁万千丛。
三年一炬成灰烬，缥缈奇墟神话中。

七绝·骊山华清池

华清天下浴何人，洗得肌肤娇太真。
始自马嵬妃子去，一山风雨一山尘。

七绝·荧屏睹马嵬旧事

芙蓉锦水胜仙乡，上苑牡丹轻洛阳。
尚有马嵬千古恨，荧屏重现话三郎。

邓俊云

1924年生，湖南省郴州市人。中学教师。

五律·终南山赏景

秦岭画屏稠，骚人多仰游。
黄鹂鸣翠柳，白鹭唱丰收。
墟里香茶品，渡头烟卷抽。
鹤翁逢盛世，神爽咏吟悠。

七绝·咏大雁塔

玄奘历难取经归，高塔七层藏护微。
普度苍生传圣教，风风雨雨驻光辉。

长相思·鸿门宴遗址怀项羽

勇无谋，怨无谋。不听忠言安可收。鸿门亚父愁。　　史悠悠，恨悠悠。错失良机将士忧。乌江自饮羞。

鹧鸪天·游玉华山

气爽风轻撼翠微，玉华山上蛰惊雷。革新开放新风染，朝圣徒儿各有追。　　花百俏，柳千垂，丹崖日照紫云飞。峰峦起合风光美，悦目赏心得意归。

蝶恋花·五丈原为孔明书恨

未出南阳三鼎表。地理天文，件件皆知道。五丈原头人共晓，中原逐鹿绸缪好。　　六出祁山兵恨老。后继无人，包办知多少。尽瘁亲躬遗恨绕，荒唐后主终难保！

邓晋运

1944年生，笔名天净沙，山西省人。中共党员，大专文化，中国工商银行陕西省分行营业部经济师，2000年底退休。系陕西毛泽东诗词研究会理事，西安终南印社社员，中华诗词学会、西安诗词学会会员。

西河·秦兵马俑

武士戍，森罗阵列从扈。地宫驻跸亦如仪，祖龙烟树。焚书坑士是耶非？招来后世人怒。　　丘墟在，游狐兔，牧童鞭笛相顾。陈吴起义不读书，亡秦三户。阿房数月灭烟尘，骊山斜日凄楚。　　而今帝冢游客驻。兵马陶、寰球独步。俑阵不知离黍。问神州社稷，江山谁主？如盼尧天黎民富。

御街行·西安钟楼

雄居天地不相让。顶足赤、雕栏壮。长安从古帝王都，一派庄严之象。南招雁塔，西邻城阙，长得升平旺。　　文明价值谁能量？国至宝、唐都享。沧桑经历六百年①，声里钟声天壤。东南西北，通衢大道②，听我千年唱。

注释

①西安钟楼始建于明洪武十七年（1384），初址在今广济街十字，明万历十年（1582）

迁建今址。

②钟楼坐落市口心，是东西南北四条大街交汇点。

法曲献仙音·法门寺

北倚岐幽，南邻清渭，千载香烟缭绕。佛祖真身，骨魂成道，泱泱佛家珍宝。祈岁稔风调顺，民安国相保。　　塔妖娆，抵青穹几墟屡矫①。僧俗众、虔志忱忱重造。一千七百年，历几番、再逼云昊。又见青天，地宫开、日月辉耀。正华年盛世，港澳台湾同祷！

注释

①法门寺塔，亦名阿育王塔，原为4层木塔，屡建屡毁，至明代始改为砖塔，13层。1981年半壁坍塌，1987年重建。

迷神引·五丈原诸葛亮庙

天下三分当时误，坐使曹操成虎。纶巾羽扇，向中原舞。五丈原，营盘扎，击鼙鼓。岂料黄原树，风飘絮。回看星衰落，日迟暮。　　际会风云，几次茅庐顾。一展平生，风雷驭。火烧风战，据江夏、根基固。失街亭，司马氏，兵如注。前后《出师表》，凌云鬻。诸葛武侯庙，傲万古。

忆秦娥·延安春晓

岭头月，毵毵杨柳飞如遮。飞如遮，景观如画，客人心折。　　卧听延水声欢悦，起看日出云喷裂。云喷裂，影山如蛇，塔身如铁。

洞仙歌·汉张留侯祠

山名紫柏，可是长安阙？鸳瓦飞云角相接。锁烟岚、殿阁台榭重楼；萌荫蔽，水榭回廊碑碣。　　帝王师一代，帷帐筹谋，决胜疆场汉家业。万户也难留，青简名高，辞相国、功名决绝。但世上利害几知情，只一味钻营，白头无歇。

邓清福

1948年生，四川省泸县人。中学高级教师，中华诗词文化研究所研究员，贵州省诗词学会会员。著有《蜀黔草》《诗词漫话》等。

七绝·步王师《昭陵》韵

圣主始终怜俊才，大唐帝业自能开。
居然陵冢亦相近，生死不忘常往来。

七律·步王师《风雨登慈恩寺大雁塔》韵

凤鸣盈宇古都城，风雨慈恩秋意平。
大雁塔中招塞雁，高僧传里揖唐僧。
西天极乐由来假，东土多灾总是横。
常把阿弥陀佛念，禅心唯恐劫灰生。

韦铁辉

1937年生，广西壮族自治区武鸣县人。毕业于北京师范大学中文系，创作诗词882首，著有《灵水吟》《叶笛》等。

七律·乾陵无字碑

乾陵山上草青青，耸立高碑令众惊。
赫赫中华一女帝，茫茫尘海不留名。
盖棺论定终无定，历史无情人有情。
诗画已成何写足，云端华表任思评。

韦德祥

1924年生，壮族，广西壮族自治区武鸣县人。大专文化。小学高级教师，中华诗词学会会员。诗获"中华颂"全国文学大奖赛一等奖。

七言排律·黄帝陵感赋

桥山圣地世周知，黄帝陵园立剑衣。
夜月桥山含画意，秋风沮水富诗题。
北岩净石操廉洁，南谷黄花脱俗低。
汉武仙台旋挂甲，轩辕古柏郁参箕。
感恩戴德怀元祖，待庆瓯圆共报期。

尹　贤

1929年生，实名尹贤绪，四川广安人。中华诗词学会、中国楹联学会会员，《甘肃诗词》前主编，《中华大典》编纂人之一。著有《望蜀斋诗文集》《新韵诗词曲选评》等。

七律·大雁塔纪游

寺记慈恩认旧踪，高标如昔跨苍穹。
七层塔角屏朝日，四面门楣迎好风。
欲返汉唐观气象，欣缘磴道步虚空。
披襟纵目望千里，银翼穿云正向东。

丘幼宣

1931年生,福建省宁化县人,中共党员。编审,曾任福建教育出版社副总编辑,现为省诗词学会副会长,《福建诗词》副主编,福建省出版协会学术委员会委员。著有《大梦山房吟稿选》等。《黄慎书画集》(合编)获首届中国优秀美术图书奖铜奖,《黄慎研究》获第二届全国优秀艺术图书奖三等奖。

七绝·游乾陵书所见

乾陵高垄卧秦川,享殿明堂作麦田。
惆怅昔年文化劫,石人断首立风烟。

七绝·华清池

华清池水碧沧浪,暖雾氤氲百合香。
出水芙蓉看不足,三郎宁免叹郎当!

七律·游昭陵观六骏拓本及出土陶俑

六骏腾飞气贯虹,秦王神武定关中。
射钩无怨真英睿,谤木兼明致治隆。
礼乐诗书传岛国,衣冠殿宇见瀛东。
试看唐俑多丰颊,华贵犹窥盛世风。

丛 丹

1938年生，女，满族，辽宁省凤城县人。兰州市满族联谊会秘书长，中华诗词学会会员。

鹧鸪天·西安兴庆宫公园缚龙堂小坐

花萼相辉楼望东，沉香亭子隔芙蓉。欣看园草殷勤碧，未许宫花寂寞红。　凤莫扈，雨休从，凤城明日又归鸿。诗词偶忆长缨句，独坐堂前望缚龙。

乐学注

1923年生，湖北省咸宁市人。大专文化，湖北省诗词学会理事。著有《鉴心诗草》《第谈轩词》等。

水调歌头·西安览胜

京兆盛名美，东线一天游。半坡遗址先民，怀古思千秋。我欲骊山探胜，不愿幽王戏火，发展盛神州。手折灞桥柳，佳话永传流。　华清池，谏蒋地，少帅囚。贵妃赐死，如梦唐帝旧情浮。秦俑碑林瑰宝，钟鼓城楼雁塔，胜迹满怀留。登上浮屠顶，天地一沙鸥。

冯友兰（1895—1990）

字芝生。河南省唐河县人。中国当代著名哲学家、教育家，北京大学教授，著有《中国哲学史》《新原道》等。

七绝·题秦兵马俑

"民不敢言而敢怒"，秦关百二一时开。
骊山兵马军容壮，可向咸阳救火来？

冯金平

1947年生，湖北省赤壁市人。大专文化，1964年参加工作，先后任小学校长、文化馆创作员、图书馆员、地名办编纂、方志办副主任、执行主编、宗教局主任科员，赤壁市政协委员。

七绝·咏周亚夫

柳营试马山河丽，虎帐谈兵惊鬼神。
国有栋梁边靖策，匈奴塞外敢扬尘。

七绝·汉武帝茂陵

大略武皇此处眠，卫青去病守身边。
雄师十万通西域，遥控汉家万里天！

冯启明

1949年生,号半山樵。湖北省京山县人,教师。中国对联研究院、中华诗词文化研究所研究员。著有《昧思庐韵语》等。

七律·大雁塔(二首)

其一 观大慈恩寺

峻嶒群阁势恢宏,矗立千年说色空。
玄奘经声湮世远,慈恩佛学满寰中。
西京故国秋烟渺,兰若遗墟夕照红。
兴废堪怜观寺院,还闻苍昊雁雍雍。

其二 登塔

浮屠杰构倚天枢,望断云霞日出初。
三辅河山云下舞,五陵烟树眼中娱。
梵宫香火腾朝暮,佛殿僧声灌醍醐。
故事常传唐进士,题名雁塔醉屠苏。

冯晓白

1945年生,字子新,号北郭居士,墨耕园主,陕西省乾县人。从事新闻工作36年,系中国散文学会、陕西省作家协会、陕西省书法家协会、陕西省诗词学会会员,陕西电大词学室研究员,中国黄河书画艺术研究院院长。散文《觅古访今话潼关》获全国文艺大采风金奖。著有报告文学集《路在脚下延伸》、文学作品集《开拓生命的荒原》。

五律·春访商州

商州多俊俏,处处见妖娆。

　　　　绿水青山秀，翠屏紫雾绕。
　　　　峭峰花烂漫，崎路鸟逍遥。
　　　　天半听鸣瀑，隔山问老樵。

鹊桥仙·后稷教民稼穑地举办科技成果博览会

神农故里，教耕初地，银鸽彩球欢度。科园盛事大张扬，只为的、开愚破古。　　昨宵是梦，雾中雨里，今日拓宽新路。兴农壮举盼丰年，岂待那、天长日暮！

一剪梅·广播

冬去春来半世秋，声荡银波，情寄民谋。红旗漫卷众心随，破晓彤云，春满雍州。　　开发三秦勇带头。声韵夺人，主调音稠。和谐社会小康图，赏论英雄，独占鳌头。

鹧鸪天·金秋秦川牛大赛（二首）

其一

个个轩昂气不凡，秦川牛斗赛三原。云澄风静秋方秀，质好材优今冠先。　　牛善养，赚银钱，富民兴陕广财源。巴山渭水牛群壮，喜看前程胜从前。

其二

秦地雄牛欲破冠，朦胧薄雾识何难。天横丽彩吟牛曲，地漫青云满渭原。　　扬国策，六畜欢，山歌水舞会秦川。岭南岭北同兴业，捷报犹传牛得先。

冯萌献

1940年生,号清寰路客,陕西省兴平市人。大专文化,曾任兴平市文化馆副馆长,市文化旅游外事局副局长、市楹联艺术家协会主席、市政协常委兼文史委员会主任。咸阳市政协二、三届委员、人大四届代表。中国楹联学会名誉理事、中华诗词研究所研究员、陕西省楹联学会副会长。编著有《兴平名人故事》《五味斋诗联》等。

七绝·题西安大雁塔

千年释塔入星空,挺峙长安气势雄。
有道高僧传法雨,无双胜景壮唐城。

七绝·丝路春风

丝绸文化两千年,大汉张骞扬祖鞭。
贸易花开香四海,春风从此惠长安。

七绝·题秦始皇陵

七雄何日罢蛮征,嬴政挥戈致太平。
自古真金无足赤,秦皇功过问长城。

七律·题乾陵

梁山峻拔壮乾陵,胜地皆因女帝名。
龙凤双栖星斗拱,沧桑几变古今荣。
宾王道上听高论,无字碑前任漫评。
不让须眉开独步,君王史上一精英。

七律·丝路春风

丝绸路上惠风盈，山水有情人有情。
葱岭逢春春焕彩，驼铃敲月月回声。
东西客满天山道，中外物堆木鹿城。
文化交流膺独步，光辉古道播文明。

七律·题秦兵马俑

秦皇嬴政铸辉煌，世界八奇惊万邦。
马啸千年车焕彩，兵持三尺剑生光。
东方虎士中原将，古代神工后世芳。
大笔生花留绝唱，千军地下卫秦皇。

七律·题汉武帝茂陵

汉武皇陵气势昂，巍巍覆斗任辉煌。
淋池碧水托明月，文物菁华蕴古香。
万木争荣流碧翠，百花竞艳溢芬芳。
茂陵烟雨天然韵，石马嘶风帝子乡。

七律·题西安小雁塔

巍然拔地入云天，独具英姿蔚大观。
岁月犹添形壮美，风云更显势昂然。
经藏塔内灵光照，景冠人间胜迹传。
留得大唐风韵在，千年雁塔壮长安。

七律·咏泾河

六盘山麓脉源多，汇就泾河款款波。
欲唱荆卿寒水曲，还扬高祖大风歌。

蹉跎岁月辉煌史，潇洒人生悲壮河。
更喜今朝多贡献，清流浇灌富窝窝。

七律·黄河颂

满路高歌万马奔，般般气象壮乾坤。
母亲乳汁人文韵，民族摇篮华夏魂。
百折不回钟浩气，一如既往见精神。
胸怀广博千帆竞，留得风光万古春。

七律·咏华山

昂然雄峙凤城东，峭壁千寻托岌峰。
冬夏不关毛女洞，冰霜更翠华山松。
苍龙岭上书含泪，玉女峰前箫带风。
数朵莲花云里绽，奇观尽出自然功。

七律·春到陕北

一片绿洲一片情，回天人力谱新声。
保持水土须还草，发展农林早退耕。
陕北春长花放胆，延河水秀鲤扬清。
中央政惠小康路，献首山歌给党听。

七律·延河新貌

高原雨露惠风临，延水波中玉镜深。
花果香飘千道岭，沙丘绿染万重林。
护坡植树山呈宝，筑坝修田地献琛。
生态平衡《芳草度》，风光秀丽《瑞龙吟》。

七律·纪念魏野畴烈士一百周年诞辰

戎马倥偬自请缨,先贤报国卫干城。
腹藏经典三千卷,胸有文章百万兵。
领导工农齐革命,历经铁火更从容。
阜阳起义开新纪,四九丰功载汗青。

七律·颂农学家杨双山先生

三百年前一杰人,宏才倚马壮三秦。
胸怀兴国五车策,惠泽七乡八镇民。
教稼栽桑豳地美,养蚕固本见知新。
功名无视黄金榜,轨范高踪懿德芬。

七律·黄陵感赋(二首)

其一　题黄帝陵

炎黄气运正中天,华夏根枝一脉连。
历史长河兴禹域,人文始祖自轩辕。
沧桑不禁华龙续,港澳回归玉璧圆。
祭祖寻根游子意,心香一片寄桥山。

其二　颂黄帝手植柏

苍苍古柏耸青霄,傲雪迎风挺劲条。
远眺神州千里景,聆听大海八方涛。
饱经岁月五千载,贵证华龙数十朝。
始祖亲栽天地造,根深叶茂涌春潮。

水调歌头·颂延安

风雨漫沧海,万里到延安。莺歌燕舞天阔,宝塔耸雄关。窑洞挑灯论战,延水扬波致远,春暖大江边。星火燎千里,滴水蓄深渊。

屯军田，秣战马，纺丝棉。枣花灿烂，民众心向艳阳天。纵有南京骄纵，还破东洋美梦，浩气壮河山。开出新天地，明月满摇篮。

雨霖铃·马嵬杨贵妃墓

梨花枉谢，把平生悔，怎向人说。长安绿酒红袖，教边塞鼓，摇唐宫阙。自古红颜命薄，况容貌如月。莫道那、丝练无情，圣旨原来也含血。　钟情反被钟情折，赏霓裳、哪管伤离别。宫前月下相许，天作证、誓言如铁，此刻香销，方悟、君王几位崇节。倒是这、香土流芳，争惹人传说。

江城子·汉中农家少女

　　丙申年余去汉中工作，见汉中农家少女比西安姑娘水灵许多，甚惊诧，故作此词。那时年少（17岁），不懂诗律词谱，不知平仄，填词只对字数。己未年在旧作中翻到此词，觉得挺有生活情趣，遂作修改。

桃面杏眼酒窝悬，正芳年，恰情牵。风摇细柳，羞月胜花颜。挑担插秧真好手，光脚丫，旧衣衫。　几曾着眼看绮纨，历炎天，斗霜寒。裁云刺绣，绘出吨粮田。笑语歌声传话去，先约好，会明天。

包　清

1924年生，笔名吟泉，安徽省庐江县人。安徽大学毕业，皖南医院离休干部，副教授。中华诗词学会会员。作品、小传入编《中华当代诗词家大典》等，著有《吟泉诗草》。

五律·华清池

骊山松柏翠，绿色拥华清。

池水澄波漾，芙蓉美态生。
飞霞相掩映，台阁自峥嵘。
赐浴杨妃醉，风流天子情。

七律·昭君出塞

王嫱出塞惊人世，始露红颜始见君。
数载深宫悲寂寞，一生漠北献青春。
可怜夫婿终年弃，唯有孤家结汉亲。
云雨巫山心欲碎，琵琶激荡蜀中魂。

西江月·唐明皇

一代风流天子，半生荣宠皇妃。开元盛世国扬威，勤政益民振纪。

一旦沉迷声色，那堪争斗宫闱。渔阳鼙鼓震京畿，哭对金鸾逃徙。

北地梅香

1952年生，本名刘景山，字行仰，号苦寒阁主，吉林省公主岭市人。著有《苦寒阁诗稿》《梅香墨迹集》等。

七绝·三秦漫吟（十九首）

其一　咏陕西

秦汉两朝都爱栖，隋唐五代更痴迷。
十分封建兴衰史，却有七分留陕西。

其二　吟西安钟鼓楼

晨钟暮鼓一声声，漫诉兴亡不敢停。

警告后人谁省悟，愿挨敲打自多情。

其三　题西安碑林

石书不烂写天机，万古都如一局棋。
天下兴亡推劫数，凤城漫步识群碑。

其四　游西安大清真寺

两池碧水绕阶行，今日我来凤凰亭。
前殿瞻完观后殿，躬身拜读《古兰经》。

其五　过潼关

塞诗读罢齿生寒，铁马金戈碧血丹。
多谢今朝无战乱，兵家不再夺潼关。

其六　经马嵬驿

难保心尖一美人，马嵬逼斩吼千军。
芳魂哭喊追鸾驾，夜雨淋铃不忍闻。

其七　谒拜黄帝陵

万水千山何惧难，寻根祭祖到桥山。
轩辕未荐书生血，无语陵前感愧颜。

其八　谒秦始皇陵

焚书烧腐悍朝纲，修筑长城保域疆。
霸气无多难一统，帝王谁敢比秦皇。

其九　观秦兵马俑

称霸生前死后雄，仍于地下筑穴宫。
行辕幕内商经略，兵马营中带战风。

其十　游昭陵

地移渭水护皇城，天降峻山作帝陵。
陪葬贤臣拥圣主，长嘶六骏待君征。

十一　游茂陵

汉武归西埋茂陵，削平金顶斗千层。
南征北战降胡虏，开拓边疆大业兴。

十二　游乾陵

合葬夫妻埋两皇，则天怀旧感沧桑。
花中今日谁为主，不敢抬头望洛阳。

十三　游蓝田

秦岭傍南千障悬，灞河临北一川连。
蓝田有玉藏猿骨，人类寻根觅祖先。

十四　游华山苍龙岭韩愈投书处

峰戏苍龙晃翠微，临渊腿软一声啼。
回头不认归时路，哭写遗书岭下飞。

十五　游华山玉女峰

痴迷弄玉暗偷听，碧管萧郎引凤鸣。
从此风流传韵事，华山虽险也多情。

十六　题宝鸡斗鸡台

没事闲来比斗鸡，伸长脖子好痴迷。
想争天下无兵马，满欲凭禽笑可稽。

十七　游扶风法门寺

欲想无忧求法门，真身空塔佛生根。
一枚灵骨埋仙地，万代焚香拜活神。

十八　耀县药王山赋

铁杆钢条耸碧霄，烧铜炼汞愿辞朝。
千金方要石碑赞，岩洞水流暗鼓箫。

十九　彬县大佛

西兰古寺立悬崖，祝寿天迎大佛来。
孝母秦王爱百姓，大唐三百盛难衰。

七律·西安怀古

穿越时空心胆寒，至今怕忆古长安。
阿房起火天烧裂，金屋藏娇地压坍。
捉蒋雄风惊易水，放曹伟略破邯郸。
题名雁塔祭英烈，怒对前朝把泪弹！

卢位侠

1926年生，江西省武宁县人。正县级离休干部，中共党员。中华诗词学会会员、江西省诗词学会常务理事、靖安诗社创始人。主编诗词选集9本，著有《游踪浅印》《近水楼吟笺》。

五律·华山

振袂华山上，凌虚视野宽。
春回西塞外，叶落古长安。
渭水潮初涨，秦陵血未干。
王朝威凛凛，一笑暮云残。

五律·张骞

衔命通西域，胡天路八千。
交游卅六国，辗转十三年。
远岫昆仑雪，斜阳大漠烟。

乌孙金鼓息，塞外化冰川。

七律·秦始皇陵

落木萧萧渭水哀，民骸百万垒陵台。
群群怨雁鸣冤去，节节长竿造反来。
众俑乘时游海宇，祖龙无命到蓬莱。
君威已逐云烟杳，身后丛蒿任意怀。

七律·华清池

龙汤沸沸骊山寒，恍惚明皇倚玉栏。
赐浴只缘金屋暖，敛眉应是荔枝残。
承恩妃子惊恩重，替罪羊儿饮罪难。
杨柳多情思旧主，垂头忍听古筝弹。

七律·霍去病墓

巍巍汉冢映朝霞，大将雄心共日华。
秀水秀山涵锐气，秋风秋雨净胡沙。
英灵魂断边城月，碧血香浓塞外花。
万古铿锵豪语在，匈奴未灭不为家。

七律·司马迁

须眉正气自亭亭，仗义陈言受腐刑。
忍死求生存镜鉴，含羞负重望沧溟。
千秋《史记》章章血，无韵《离骚》字字馨。
亘古英才持直道，公心法眼即天平。

卢诚之

1941年生,笔名玉笛,贵州省望谟县人。曾任中小学教导主任、党支部书记,贵州省诗词学会会员。

七律·延安颂

万里长征越险艰,中央稳舵驶航船。
延河灵秀毓豪俊,窑洞清幽聚杰贤。
战马嘶鸣延水畔,星旗招展塔山前。
明灯万丈光辉永,抗日烽烟遍地燃。

古为今

1918年生,原名古寿相,广东省高州市人。大学毕业,清远市一中高级教师,原韶关地区中学语文教研会会长。清远诗社顾问,清远市老干诗书画协会名誉会长,中华诗词学会、中国楹联学会、广东省书协会员。作品曾多次获全国大奖赛多种奖项,著有《霜山红叶集》等。

七律·吊鸿门宴遗址

顶天盖世莽英雄,何故当年纵沛公?
兵诈不羞辞下顺,志骄偏喜帽高隆。
惜哉筵宴一时误,枉矣疆场百仗功。
今日鸿门秋瑟瑟,依稀帐外战云笼。

七律·西安记游(二首)

其一 城楼

万仞坚城镇八荒,雄关高峙卫君王。

龙楼酒绿金喉暖，雉堞苔青铁甲凉。
雁塞烽烟侵紫阁，渔阳鼙鼓震红妆。
九重只苦春宵短，几见金汤可固邦。

其二　碑林

墨池涵泳几经年，始觉于兹别有天。
晋碣唐碑龙虎踞，张颠素醉鹤鸿旋。
摹迷一步三回首，观止万难再并肩。
五岳归来应有岳，秃毫成冢逐前贤。

七律·"一塔湖图"（三首）

其一　大雁塔

浮屠朗朗插玄宫，千里秦川一望通。
回首巴山连塞远，放怀华岳接云空。
只甘守璞蜗庐内，何用题名雁塔中。
白发萧萧人已老，等闲富贵自融融。

其二　兴庆湖

城东一鉴映天蓝，秦地名湖数二三。
嫩柳丝丝临影荡，唐宫屹屹倚霄探。
翩跹绿鬓歌声亮，欸乃红船笑语憨。
莫道长安池水少，依稀此处是江南。

其三　图画廊

古都不愧雅文乡，处处长街见画廊。
奔马翻惊徐老笔，秃鹰仿入李公堂。
漫嗤粉蝶空寻色，直怪山蜂错认芳。
小小丹青陈列地，黄肤碧眼搜奇忙。

望海潮·秦兵马俑

辕排千骑,坑陈万士,墓茔肃列雄师。金甲执戈,银盔拥盾,三军奕奕英姿。严阵护冥畿。只勇冠地府,威震阴司。欲与阎王,森罗帐下竞高低。　　嬴秦奋烈登基,即精心筑阙,恣意鞭黎。残杀俊豪,生坑睿哲,看谁敢触龙威?皇业与天齐。奈一夫雷吼,七庙灰飞。笑铁戎犹不保,陶俑有何为?

史洪久

　　1942年生,河北省丰润县人。大专毕业,国家二级作家。中华诗词学会、中国楹联学会会员,侯马市作家协会顾问、原副主席。在全国100多家报刊发表诗词1600首、联2600副,诗、联50多次在全国大赛中获奖。著有诗集《绿色的征帆》。

七绝·咏西安碑林

稀世碑林艺品真,名家荟萃竞风神。
诗书瑰宝传千古,无语高师育后人。

七绝·黄帝陵

祭奠黄陵沐德恩,缅怀初祖慰英魂。
育民爱国神奇地,情系中华万代根。

七绝·轩辕庙

轩辕伟略夺神工,统一中华盖世功。
效法圣君施妙策,待台归日告初宗。

七绝·黄陵古柏

奇柏参天八万株，秀林苍郁九州殊。
黄陵处处风光美，一幅千年古画图。

七绝·参观西安事变中共代表团驻地周恩来办公室感赋（二首）

其一

惊雷响过夜凌寒，雨剑风刀逼凤鸾。
奉命周公行大义，临危不惧挽狂澜。

其二

周公蹈火勇争先，奔走各方扭大乾。
协议条条凝智慧，迎来抗日凯歌传。

七律·兵谏亭

临潼兵谏赤心忠，两帅从容勇逼宫。
救国拯民扬浩气，惊天改史立殊功。
安邦收土凌云志，联共抗倭唤巨龙。
悲壮英名芳万代，凛然大义显奇雄。

七律·登大雁塔鸟瞰

远眺西京顾四周，高楼绿树伴东流。
千间广厦长街阔，万木浓荫大道悠。
仙境风光春最秀，园林都市景真优。
迷人名胜繁华地，鸟瞰全城美尽收。

七律·乾陵怀古（二首）

其一

登上乾陵举目观，巨碑高耸广场宽。
春花笑脸迷游客，石将威容卫墓园。
盛世女皇开殿试，华年民众荐魁元。
千秋功业人称颂，巾帼英雄立政坛。

其二

无字高碑眼底收，万千思绪绕心头。
风雕雨刻容颜老，雪袭霜侵岁月悠。
治国开天多政绩，专权害杰报私仇。
后人屡有题镌句，功过未曾片语留。

卜算子·骊山晨景

昕日耀骊山，风暖阳春闹。万点群葩吐艳芳，绿海波中俏。　飞瀑落华园，泉水声奇妙。热气升腾上九天，化作云霞笑。

清平乐·春满骊山

骊山奇俏，处处呈新貌。怪石嶙峋风景妙，林翠人欢鸟叫。　华清池畔春浓，亭台宫阁娇容。曲径幽蹊踏遍，诸峰满目葱茏。

叶一苇

1918年生,浙江省武义县人。浙江省文史研究馆馆员、西泠印社理事、浙江省书法家协会顾问、省诗词学会理事。擅长篆刻、书法、诗词,著有《篆刻丛谈》《一苇诗词选》等。

五绝·咏秦兵马俑

生前清六合,死后鬼称雄。
兵马化为俑,千秋一览中。

五律·贺陕西省文史研究馆建馆五十周年

盛会长安日,高朋集帝乡。
秋池飞翰墨,曲水送流觞。
人物怀秦汉,歌吟梦宋唐。
东风催万里,又待写新章。

叶友孝

1932年生,笔名叶落、文劫遗,江西省婺源县人。原上饶地区文联副主席,副编审。江西省作协会员,中华诗词学会会员,上饶地区诗词学会副会长,《钟灵诗词》副主编,出版专著4部。

七绝·西安

马嵬坡前花似雪,骊山冈上月如钩。
两朝兵谏皆斯地,水可浮舟亦覆舟。

七绝·华清池

华清水暖骊山寒,杨柳依依护玉栏。
唐代宫墙唐代月,温柔乡里几人还。

叶良方

1952年生,字贤正,号五坡居士,广东省海丰县人。系中华诗词学会、中国楹联学会会员,汕尾市诗词学会副会长兼秘书长。诗词作品发表于《中华诗词》《当代诗词》等报刊,主编《汕尾市古今诗词选》《汕尾市古今对联选》等,著有《山海行吟》诗词曲选集。

七绝·黄陵八景新咏(八首)

其一　桥山夜月

月光如瀑泻天河,洗却桥山迷幻多。
银树玉枝神秘境,无边秋韵惹吟哦。

其二　沮水秋风

红叶风光青带罗,霜林一派景婀娜。
悠悠雁叫五千载,锦绣黄陵美更多。

其三　南谷黄花

秋风乍起百花零,独此金黄满谷盈。
莫道高原萧瑟甚,乾坤缕缕送温馨。

其四　北岩净石

大雪纷飞万物凝,犹遗奇石不曾冰。
当年无力补天恨,长隐北湾廉有名。

其五　龙湾晓雾

登临龙首见虹晴，此地相传龙驭升。
龙去不归绮梦醒，晓来尽是紫烟腾。

其六　凤岭炊烟

梧桐日照凤凰鸣，袅袅炊烟孕性灵。
谁采竹筠成妙律？人间从此乐音行。

其七　汉武仙台

铜人承露几春秋，汉武雄风已不留。
天若有情天不老，瑶台筑与后人游。

其八　黄陵古柏

翠柏森森八万株，黄陵气魄世间无。
千年浩荡风云史，见证中华文物殊。

七律·观秦兵马俑

仿佛风雷滚滚生，纵横剑气隐雄兵。
俑坑虎帐三军盛，霸业龙威六国平。
九鼎神州凭掌握，八荒鬼蜮任权衡。
秦陵千载浩然阵，撼世万人魂魄惊！

七律·纪念张骞开辟丝路两千一百四十三周年

汉武雄风重辟边，使臣持节出长安。
千年络绎驼铃响，万国迢递丝路连。
西域风情传夏土，神州文物仰西贤。
环球开放交通日，商道绵延记贸迁。

叶放青

曲江风度诗书画社副社长。

五绝·西安碑林

碑林千古秀，书艺众峰陈。
墨宝光辉照，熏陶日月新。

七绝·半坡遗址

肃然起敬半坡人，先祖艰辛创业勤。
石斧骨矛耕织猎，壮观文化动诗魂。

七绝·西安大雁塔

玄奘西天跋涉归，取经译作外交才。
唐皇有旨塔碑在，一寺慈恩祥雁来。

叶逢荣

1940年生，号逸韵斋主，广西壮族自治区合浦县人。主治医师。浦北诗词学会顾问，中华诗词学会、中国楹联学会会员。

七绝·赞李自成

策马挥戈群聚义，举旗扬纛自成仁。
求贤施德昭天下，留取英名励后人。

七律·西岳华山

华山自古一条路，神凿天梯挂极巅。
仙境怡然腾雾海，苍松遒劲挺云端。
险峰叠嶂烟霞淡，峭壁悬崖铁索寒。
西岳崔巍高万仞，风光无限入诗篇。

七律·秦兵马俑

秦皇功罪古传今，第八奇观赞绝伦。
铜马铜车惊世界，陶兵陶俑振乾坤。
将军按剑尤锋利，武士持刀特逼真。
文物沉坑新发现，精工盖世国之珍。

七律·黄帝陵怀古

黄陵翠柏五千秋，初祖人文万古流。
沮水秋风风飒爽，桥山夜月月清幽。
龙湾晓雾黄龙驭，凤岭青烟彩凤俦。
港澳陆台同一脉，振兴华夏共筹谋。

叶鹏飞

1956年生，江苏常州人，国家一级美术师。中国书法家协会学术委员，常州市文联副主席、江苏省书法家协会理事、常州市书法家协会主席、常州画院院长、常州书法院院长。

五律·铜川道中

放眼天光丽，心随霭气浮。

山峦谦让峻，林鸟好鸣秋。
难得千般乐，何来半点愁？
飘然身一叶，能不落黄丘！

五律·黄陵题咏（二首）

其一　观黄帝陵古柏

轩辕曾植柏，风雨五千年。
墨叶苍苍翠，虬枝曲曲缠。
长观清性畅，小坐俗思蠲。
多少兴亡事，都成眼底烟。

其二　游黄帝陵

古柏依然在，轩辕早已神！
轻云腾紫气，宿露润青茵。
阶老寻仙侣，风香逐美人。
匆匆皆过客，只有惜良辰。

七绝·长安即景（三首）

其一

钟鼓名楼岁月长，我来尤爱旧城墙。
老门不闭千年口，总向游人说汉唐。

其二

闲步忽吟《长恨歌》，曲江何处泛清波。
大唐气象看来少，街上纤腰美女多。

其三

长生殿渺话消闲，不说玄宗说玉环。
千载风流千载事，任凭来者问江山。

宁太其

1922年生,广西壮族自治区灵山县太平镇池塘村人。灵山师范学校毕业,小学高级教师,校长。

七绝·边区礼赞

祖国文明在陕甘,边区鸡唱换新天。
潼关东出柏坡地,谱写入城解放篇。

忆江南·赞轩辕

轩辕好,征战统中原。酿酒《内经》房屋美,南车服饰字图传。能不赞轩辕?

甘荫村

生平阙略。

七绝·忆延安(二首)

其一

今日回思革命功,沸腾热血涌胸中。
若无烈士当年血,哪有鲜花此日红?

其二

人民已进新时代,祖国荣登大舞台。
烈士有知当笑慰,神州万里百花开。

田　汉（1898—1968）

字寿昌，笔名陈瑜，湖南省长沙市人。文艺活动家、中国现代戏剧三大奠基人之一，曾创办南国剧社等艺术团体，后参加左翼作家联盟，任党团书记。新中国成立后历任文化部局长、中国剧协主席、中国文联副主席等职。写有剧本100余部，和聂耳合作的《义勇军进行曲》，后被定为《中华人民共和国国歌》。

七绝·夜过铜川

夜过铜川，邀观阿宫腔、秦腔和豫、秦剧团并有《铜川颂》，是夜春雪。

轻尘寒月过铜川，成就班班入管弦。
难得晓来飘瑞雪，今年端的是丰年。

七绝·登宜君梁过哭泉云是孟姜女遗迹

古柳荒祠断碣眠，当年姜女走三边。
长城万里功千古，莫忘民间有哭泉。

七绝·望宝塔山

一颗红星霞霭间，梦魂吴楚几萦环。
风光都似曾相识，延水桥头宝塔山。

七绝·访枣园登主席与少奇、恩来诸同志窑洞

艰难创业几高邻，写到人民笔有神。
桃李芳时歌舞夜，至今争羡枣园春。

七绝·访韩城闯王行宫遗址（二首）

其一

1961年2月3日访韩城闯王行宫遗址。永昌元年闯王大军由县北渚北村渡河东征。

箪食壶浆迎闯王，大军曾此渡河梁。
英雄事业半尘土，犹有行宫壮夏阳。

其二

1961年2月4日蒙学同志邀观闯王留碑。[①]

梁奕西襟字宛然，城碑初记永昌年。
何当壁画迎高手，重写农军渡大川。

注释

①蒙学：时任韩城县副县长。

七律·谒太史祠

剧化龙门竟若何？一天星月少梁过。
雄才百代犹堪仰，鸿业千秋总不磨。
清水村中炉火秘，芝川桥畔血痕多。
传忠倘有如椽笔，柏岭苍茫望大河。

七律·谒乾陵

飞马朱驼丈二狮，威仪无愧盛唐时。
偏崇乾德秋帆字[①]，深许金轮沫若诗。
已知彩屋藏仙惠，应有璇宫藏婉儿。
莫羡均田田制好，于今公社举红旗。

注释

①秋帆：清毕沅字，曾任陕西巡抚。乾陵有其题碑。

田 稼

1928 年生，字炳恒，湖南省长沙县人。湖北省诗词学会会员、中华诗词文化研究所研究员。发表诗词联 500 余首，著有长篇小说《湘水横流》。

七绝·黄陵八景新咏（八首）

其一　桥山夜月

高挂桥山月一轮，光华长夜亮如银。
吴刚也在怀功德，照得黄陵分外亲。

其二　沮水秋风

秋风剪得树斑斓，装点黄陵更好看。
最是与天同色调，一泓沮水绕桥山。

其三　南谷黄花

南山峻峭柱长天，满谷黄花景色鲜。
堪谢种花人去后，芳菲依旧供轩辕。

其四　北岩净石

北岩如玉石千般，我欲精雕作案磐。
双手敬呈黄帝庙，好供朝祭搁杯盘。

其五　龙湾晓雾

朝阳喷薄彩霞红，何事龙湾晓雾溶？
莫是轩辕光故国，山河迎迓炮烟浓。

其六　凤岭炊烟

炊烟如带系山腰，凤岭崔嵬矗九霄。
是否毋忘忧患意，终年飒飒马萧萧。

其七　汉武仙台

汉武班师祭帝坟，仙台犹有战袍痕。
清明时节流珠泪，算个炎黄好子孙！

其八　黄陵古柏

陵旁古柏五千年，错节虬枝纪变迁。
谁识这些蝌蚪字？而今该载是诗篇。

田尔斯

陕西长安人。陕西师范大学中文系毕业，中国作协会员，原陕西省安康市文艺创作研究室副研究员。著有诗集《行寸斋词抄》。

临江仙·汉江

千里汉江流绿翠，春来点洒红英。千枝彩笔见纷呈。溪边听竹籁，有鸟泻清声。　联袂陕南三地市，共描眼底诗情。高峰寄寓九千层。画屏神韵在，喜赏百丹青。

青玉案

千英厅内千英会，火般意、源源水。花满座中新一辈。洒来雨露，栽棵丹桂，万岭千山翠。　出厅远望江山美，水绕山城大街沸。热血华年多兴味。一方乡土，一番情馈，回报兰和蕙。

采桑子

长毫一抖三波起，万里江奔。日月天春，无意功夫重旧新。　何时可断杂音扰，自净其身。一字呈真，遥寄天边一段云。

太常引

何缘白发吐狂言,惹笑似童顽。雨洗万重山,怎锁得、飞流浪湍? 惜分抢秒,晨光泻纸,墨溅短衣衫。草甸绿鲜鲜,有倒嚼、牛儿这般。

定风波·登安澜楼

江水波喧树未遮,重檐张翅欲飞何。翘首秦巴苍郁地,争起,几多男女放喉歌。 笑我无歌情不舍,心热,吟诗有律自严苛。云岭如涛藏涧隘,山外,直通大道好驱车。

虞美人

汉中古土多高士,再创新天地。南湖洗罢旅途尘,一鉴石门铭颂长精神。 看今越过诸葛步,勤政图民富。多情怎吐两三言,留寄绿风吟给汉江源。

诉衷情

江流两地鹭栖滨,欣做陕南人。千山万岭含翠,江月亮诗魂。千古事,一家亲,两情真。相期共手,求富今天,汉水扬芬。

行香子

细雨催苞,百柳垂条。校园中、桃李夭夭。华年锦梦,大浪逐高。惟满腔情,满腔志,满腔豪。 虹桥大道,飞笔精描。赶时辰、彩绘心涛。天书有我,万丈霞烧。纵鼓征旗,鼓征劲,鼓征袍。

卜算子

十里起林涛,十里荷风舞。最是长安夏野清,月下西沣路。 御苑沐晨光,高校浮霏雾。科技高新产业园,北望雄鹰翥。

田志平

1936年生,西安市长安区人。高级讲师,曾多次被评为模范教师和优秀班主任。爱好文学、书法,尤喜诗词,先后在《陕西诗词》《西安晚报》等几十家报刊发表诗作460多首,并多次获奖。陕西毛泽东诗词研究会和长安诗词学会理事,著有《霜叶诗草》。

五律·西安大雁塔怀古

伟塔映蓝天,僧功万里传。
译经千载誉,壮举五洲鲜。
四海游人至,八方旅客攀。
参观多志士,颂者自陶然。

七绝·谒黄帝陵(二首)

其一　黄帝柏

祖先植柏五千年,拔地参天耀宇寰。
浩气凛然弥赤县,全球华胄一根连。

其二　黄帝庙

苍松翠柏永葱茏,殿宇辉煌耀碧空。
万众同瞻黄祖像,光前裕后力无穷。

七绝·游秦兵马俑军阵(二首)

其一

秦川自古帝王州,嬴政威严史册留。
打井挖来兵马俑,惊天动地誉全球。

其二

御林兵马壮陵园,气贯长虹震地天。

一卷森严军事画，雄奇绝后又空前。

七律·恭谒太史祠

苍松翠柏护英灵，祠宇辉煌耸碧青。
莽莽原头腾浩气，滔滔河水颂平生。
《离骚》无韵千秋业，绝唱临风万里情。
信步梁山思百转，心旌摇曳日东明。

七律·昭陵怀古

烟花三月谒昭陵，似听嘶鸣六骏声。
馆内煌煌君主业，山中赫赫太宗灵。
君廉臣正繁荣世，雨顺风调社会清。
水可载翻惊世远，盛唐风范永隆兴。

七律·乾陵无字碑

折磨能忍苦修身，终掌皇权举世尊。
自有良谋安国策，亲赢黎庶感龙恩。
立碑不作丰功记，信史无疑盛誉存。
千古圣贤孰可比，公评后世有谁人？

七律·游翠华山

缆车上下快而轻，秀美风光聚眼中。
云拂千林花灿烂，峰围四面水涟重。
凝岚小庙高峰险，群顶摩崖巨匠功。
最喜归途回首望，落霞万朵满山红。

七律·喜游楼观台

春游欣喜到楼观，曲径通幽景色妍。

翻译殿旁迷翠竹，炼丹炉顶赏青峦。
山花烂漫招人爱，鸟蝶殷勤惹众欢。
忘返流连天色暮，万千辞赞好河山。

七律·登南五台（二首）

其一

嫣红姹紫映松崖，翠秀山峦景色佳。
群岭骋驰怀盛意，一河奔涌灌庄稼。
庙堂殿宇弥香气，松柏沟洼笼雾纱。
峰顶清风催丽日，登临身染瑞和霞。

其二

峰回路转慢攀登，翠岭奇优耀眼明。
入目山川成画卷，开心旅客忆诗情。
满山庙宇游人乐，沿路村民嬉笑声。
松柏幽深泉细唱，鸟声悠伴磬钟鸣。

七律·西安览胜（二首）

其一　游植物园

植物园中放眼明，千奇花卉各争荣。
繁葩灿灿香风起，肥叶田田锦浪生。
椅上情人言爽朗，树旁游客话豪情。
红霞烂漫周游喜，快乐欢心鸟啭鸣。

其二　登钟楼

金顶琉璃映碧空，堂皇富丽耸城中。
雕琢奇巧工精绝，建筑恢宏气势雄。
钟响督催人奋进，民情振作国兴隆。
风雷雨雪今犹壮，千载岿然傲九重。

田俊江

1942年生,字雨轩,号大江,祖籍天津。1962年毕业于北京师专中文系。历任中学教员、文化馆馆长、中国致公出版社总编。中华诗词学会副秘书长、《中华诗词》编委、中央统战部巡视员,北京中国画研究会副会长。自幼酷爱中国诗书画艺术,编有《中华诗词》《中华词综》等,书画师从尹瘦石、郭传璋、崔子范等大师,以山水画见长,兼及花鸟画。

七绝·南郑留句(四首)

其一 南郑印象

巴山汉水嵌明珠,地杰人灵自不孤。
千载今逢时节好,富民强县画新图。

其二 题"汉水银梭"

含霜带露色如玉,绿染清泉醉不愁。
早访南湖知此叶,品茶何必到杭州。

其三 陆游纪念馆感怀

铁马秋风何处寻,遗踪踏访雨沉沉。
可怜空锁匣中剑,老退家乡作病吟。

其四 宿南湖畔作画

一泓秋水碧波明,山影重重草木荣。
窗下依稀闻鹤语,华堂弄笔好心情。

田家谷

1930年生,土家族,湖南省古丈县人。中共党员,高级政工师。现为中国文化艺术发展促进会会员、中华诗词文化研究所研究员、赤壁文学院诗词楹联研究所终身制研究员、中华诗词艺术家联合会名誉会长、中国文化名人研究会副会长、广东岭鸿诗词学会会长。编著有《风尘吟》《中国当代邮电诗词选》等。

七律·延安圣地民族魂

宝塔山连北极星,枣园灯火夜长明。
中枢筹运兴邦策,民众移山响怒霆。
驱走铁蹄东入海,扫除腐恶共和生。
五星旗帜迎风展,圣火熊熊永继承。

白洪理

1939年生,浙江省平阳县人。大学文化,中学退休教师。温州市诗词学会会员,中国乡土作家协会理事。

七律·冬日登山

严冬征险足登欢,极目秦川万象观。
霜洒山前花木艳,日辉岭上玉龙蟠。
巉岩耀眼珠光闪,峭壁摩肩星斗阑。
更上层崖心坦荡,一尘不染步云端。

白焕宗

1932年生，河北省献县人，副编审。退休前任沧州地区行署文化局长，中国楹联学会、中华诗词艺术家联合会会员。著有《微言琐吟》《日余吟咏录》等。

七律·碑林遐想

传事树碑有用乎？回答结果似悬殊。
推碑灭迹古来有，藐己诬族世上无。
无数史实碑上得，几多书手玉中出。
碑林观罢增遐想，喜悦糊涂怎解除？

七律·延安

陕北边陲地域贫，明灯照亮全国心。
红旗指处军威振，策论传音民众欣。
抗战八年荣世誉，践行三宝扭乾坤。
延河流响传佳话，高塔峨峨耀古今。

白雉山

1934年生，本名杨村，祖籍湖北省鄂州市。大专文化，副研究员。1949年6月15岁时投入革命工作，历任文工团创作员、高中语文教师、总编助理兼编辑部主任、宣传部长等军内外职务。系湖北省作家协会会员、武汉市作家协会委员。曾任中国楹联学会理事，湖北省楹联、诗词学会副会长。诗联作品被全国数十处名胜古迹制板悬挂、刻石勒碑。编著有《名联三百评注》《烟雨阁楹联选》等10余部。

七绝·西行杂咏（十首）

其一　秦始皇陵

古冢茫茫何处寻？一丘兀起挂平云。
游人漫说前朝事，败寇成王数暴秦！

其二　秦兵马俑

列阵岿然慑万夫，秦家霸业赖驰驱。
问渠地下当知否？一将功成万骨枯！

其三　华清池

池亦玲珑似海棠，春宵妃子浴温汤。
而今人去盆犹在，仿佛当年水尚香。

其四　无字碑

利锁名缰不自争，是非功过任人评。
女皇毕竟真豪杰，要使无声胜有声。

其五　杨贵妃墓

莫问凡夫与帝王，人间自古是情长。
坟前难抑英雄泪，况且吾家也姓杨。

其六　乐游原

乐游原上乐游来，恋侣相偎更畅怀。
漫道老夫情兴减，高吟亦可似惊雷。

其七　灞桥

小桥流水影波明，别绪依依忆送行。
此日驱车风电过，几株弱柳不胜情。

其八　碑林

满目残碑万古传，龙蛇飞舞各争妍。
人知阿堵为珍宝，薄纸拓来换几钱。

其九　大雁塔

七级浮屠耸碧霄，攀临绝顶亦魂销。
南飞大雁今何在？红烛檀香满地烧。

其十　兵谏亭

将军热血忆张杨，敢掷头颅为救亡。
四万万人齐奋起，骊山有洞怎能藏？

七律·秋游西安（二首）

其一

秋风瑟瑟古长安，落叶萧萧易水寒。
大雁塔巅舒倦眼，华清池畔忆芳颜。
佳人帝子余荒冢，铁马金戈付野谈。
秦室唐宫安在也？灞桥弱柳不胜攀！

其二

古城梦绕此初游，风雨飘飘况是秋。
渭水有人垂钓乐，灞桥无柳绾离愁。

秦砖汉瓦铭千载，帝子佳人土一丘。
恨是酒仙寻未得，狂吟谁与倾金瓯。

石汉城

  1928 年生，湖北省阳新县人。高级政工师，中共党员。1950 年参加工作，在湖北省通山县教育、文化、宣传、统战、政协等单位工作 41 年，兼县志办专职副主任与《通山县志》副主编、《通山文史》主编。参加中国楹联学会湖北分会、湖北省诗词学会、富州诗社、通山诗词联学会，曾任常务理事、副会长。

七律·纪念毛主席《在延安文艺座谈会上的讲话》发表五十周年

杰作生辉半百年，艺林葱郁景无边。
扬清激浊文风正，抗敌化顽武器玄。
名角频推歌舞美，轻骑普送管丝弦。
而今学术多新秀，沿着航标路不偏。

七律·纪念李自成去世三百五十周年

高擎闯帜帅奇兵，拉朽摧枯覆晚明。
除暴安良孚众望，征边讨叛误军情。
方才定业初开祚，旋又挥师对抗清。
受挫单骑殉急难，英雄成败有公评。

朝中措·纪念李自成

闯旗耀日出西秦，矢志拯黎民。伐暴整军治吏，均田免赋疗贫。
崇祯惊缢，东征失利，易手乾坤。众寡难回败局，九宫遇难殉身。

石廷秀

1944 年生,笔名陇山石人,甘肃省天水市甘泉镇人。现为中国诗歌学会、中国楹联学会、甘肃省诗词学会会员,麦积山诗社副社长。著有诗词联集《陇山小草》。

五律·华山颂

秦川起巨峰,立地顶苍穹。
毓秀石岩险,钟灵峭壁雄。
云藏千种瑞,峡耸万枝松。
稳作神州柱,笑观雪雨风。

七绝·黄陵赞(二首)

其一 桥山夜月

山巅古树入云端,山麓清流映玉盘。
万点银辉波沮水,千年圣地惹香兰。

其二 凤岭炊烟

隐岭炊烟凤鸟鸣,依声削竹制芦笙。
喜看人祖升天处,律吕悠扬乐众生。

七律·西安游

文化渊源古帝京,钟灵毓秀久闻名。
华清池畔观烽火,大雁塔前览五陵。
难舍碑林兵马俑,常思钟鼓半坡情。
斑斑圣迹长安地,拜祖年年结友行。

七律·游慈恩寺登大雁塔

攀梯登塔话西游，万里征尘天地愁。
佛祖竭诚施教化，唐僧甘愿解民忧。
苦跋山水风迎雨，勇斗豺狼虎胜虬。
求取真经藏雁塔，交流文化壮神州。

七律·李自成铜像前

推倒崇祯移日月，建成大顺换江山。
功臣得势争官位，小吏进京弃祖先。
王忘残敌鞘入剑，卒贪盛宴夜晓欢。
一腔热血徒流尽，未稳龙床又覆翻。

七律·宝鸡磻溪赞姜尚

垂钓磻溪渭水旁，怀才不遇有何妨。
浑身智略戏鱼蟹，满腹经纶待帝王。
助正驱邪天亦乐，扶周伐纣凤鸣祥。
姬昌诚拜为丞相，固国安民复大纲。

七律·延安颂

藏龙卧虎育精英，叠嶂葱茏凤鸟鸣。
窑洞雄文明大道，延河宝塔照航程。
广收锐气风雷猛，直捣敌窝玉宇清。
十载运筹天地换，红旗插上北京城。

七言排律·过秦陵

五霸七雄各逞强，夕朝战火共遭殃。
禹园一统归秦帝，权力集中至始皇。

废止封侯昌大政，创兴置郡固边防。
途拓道阔民康益，域展疆图国有光。
儒士坑埋刑太酷，典籍焚毁颇失当。
倘能免役轻征赋，百姓高歌不骂王。

鹧鸪天·龙驭阁前

驭阁门前拜帝陵，轩辕功满上天庭。衣冠留后人民供，宝剑赠吾斩鬼精。　　山峭峭，水清清，华人代代有雄英。今朝祭祖重温志，再创神州锦绣程。

渔家傲·赞渭南东雷黄灌工程

自古黄河多祸患，波涛汹涌堤频断。村毁地淹人受难。神鬼怨，中华谁是擒龙汉？　　今日人民经赤县，金龙驯服听召唤。黄灌工程宏业现。农林赞，旱田万亩全浇灌。

石道达

1933年生，笔名幸之，斋号润身书斋，江西省武宁县人。1949年9月参加工作，大专文化。曾任九江市庐山区区长、政协主席等职，已离休。1997年获全国老年人体育先进工作者称号。中华诗词学会发起人之一，中国楹联学会、中国书法家协会（国际）会员，江西省楹联学会常务理事、九江市诗词联学会副会长、市文联委员、市江州诗词学社副社长、武宁诗社顾问。主编《庐山当代诗词选》，著有《润身诗草》《润身联选》。

五律·登西安大雁塔

塔耸九霄外，登高一望新。
新街成网络，广厦接天云。
伸臂揽明月，低头瞰豆人。

先朝京兆邑，犹见垛墙存。

边　强

  1948年生，笔名边疆、边吉等，生于西安，祖籍河北省河间县。曾任甘肃省文物考古研究所党委书记、副所长，白银市文联、美协主席、文艺期刊主编等，系甘肃省作家、美术家、摄影家协会和省诗词学会会员。所创作的诗歌散文评论和书画篆刻摄影作品等都曾发表入选各级报刊和展览，并获奖或被收藏。策划编拍有两集电视剧《远方星》，出版有《白银风光》诗歌摄影集等。

五律·读乾陵无字碑

  武皇经国，史无前例，其雄才大略不让须眉，其执政所用者也不乏有识之士，恩宠所及者多矣，竟无人为其书一字，悲哉！

此碑无刻字，涂鸦笑荒唐。
岂是功过论，莫云难斗量。
女皇空有意，任汝论雌黄。
慈伟恩肥子，尽为负义郎。

七律·访耀州窑址及博物馆

窑中修炼出尘荒，换骨脱胎始列堂。
色似秋阳辉豆绿，洁如春水泛鹅黄。
无情水火神工造，泥土有灵鬼艺长。
光耀古瓷八百载，沧桑历尽识温凉。

七律·雪中登华山记

峭壁悬崖何处攀，缆车直上白云端。

铁链穿石擦肩过，金锁横空俯首钻。
雪岭冰峰耸天外，琼花玉树立山巅。
蒸腾烟雾看不够，他日还来访此山。

龙安清

1929年生，侗族，生于榕江县城关，祖籍贵州省黎平县。中共党员，毕业于榕江国立师范、西南军区师范学院，曾在解放军49师任文教、贵州军区速中、七步校、重庆步二预校任教，后转业贵州工校、专科学校、机械学院（工学院）、印刷学校、新华印刷厂任讲师。退休后入中国毛泽东诗词研究会、中华、贵州省、贵阳市诗词（楹联）学会等。著有《安清诗词选》《安清新闻选》。

五律·咏汉武挂甲柏

征戍北方还，汉皇柏甲斑。
凯歌朝祭日，伟绩固河山。
西域丝绸路，中华汉代繁。
时延千载久，仍颂记功篇。

七绝·骊山烽火台

逗燃烽火褒妃笑，渭水悠悠忆古丘。
秀色骊山人感慨，幽王误国戏诸侯。

七绝·秦陵地宫

地宫画卷最雄奇，百艺千般弄巧宜。
世界奇观何栩栩，技才搜尽万金贻。

七律·吟霍去病

轻骑精锐马蹄翻，六出祁连战旗搴。

气宇轩昂刀箭速，英姿勃发敌营寒。
降龙伏虎匈奴溃，策马通西汉阙安。
武帝怜功殇去病，茂陵赐墓伴君边。

七律·从延安到北京

延安曾是人心岛，停过英豪大彩船。
男女青年争跃上，工农百姓仰旗帆。
征程圣地掀潮涌，烽火神州解放欢。
魑魅消除京绚丽，奠基民主乐天安。

沁园春·黄帝陵

花茂春香，又到清明，草木葱葱。正沮波涛绿，欣欣两岸，往来车马，喜气和融。飞上桥山，群峰环绕，万柏参天古树茏。陵宏伟，祭轩辕人涌，敬意心中。　　追踪上古英雄，溯历代江山功绩崇：善农耕除恶，亲相才干，握图制法，造字书工；钦定量衡，五音律吕，医药经方始此隆。歌黄帝，是人文初祖，德泽淙淙。

艾 平

1961年生，女，本名王爱萍，西安市临潼区人，陕西广播电视大学学报副主编，主任编辑。西安诗词学会副会长兼秘书长，陕西电大词学室秘书部部长，柳荷诗社社长。出版有诗集《爱的絮语》并获西安市文联第六届文学奖。

七绝·太白山秋色（二首）

其一

壁垒铜墙迎面立，五颜六色扑怀来。
眼中太白秋光好，胜似仙毫五彩开。

其二

山岚雾霭登仙路，雨雪轻微画技佳。
变幻神奇真太白，红花绿树醉晚霞。

乔孚海

1929年生，甘肃省泾川县人，祖籍陕西省合阳县。大学文化，曾在《群众日报》《陕西日报》社任记者、编辑、记者站负责人等职。后从事行政和教育工作，曾任凤翔县政协第四、五、六、七届委员。创作秦腔剧本《秦穆公》《歌姬与学究》等，《三滴血外传》获宝鸡市文化局1997年8月戏剧创作奖。

五绝·甲申年清明节公祭黄帝陵有感

月是故乡明，根深黄帝陵。
语音虽异调，四海一家情。

乔建海

1925年生，山东省梁山县人。1939年参加青年抗日先锋队，1942年参加八路军，同年加入中国共产党。曾任新疆工学院（原新疆矿冶院）党委副书记，离休后曾任新疆诗词学会副会长、顾问。

七绝·长安道上

灞水桥边柳色新，渭河两岸麦苗匀。
遥知塞外仍飞雪，还是长安恋故人。

七绝·登坝有感

清风拂柳弄轻柔，灞水淙淙莫枉流。
登坝寻回年少梦，黄鹂不管世人愁。

七绝·兴游小雁塔

日丽兴游唐雁塔，风吹落絮乱飞花。
可堪尚未登临去，夕照楼头倏已斜。

七绝·秦川春色（二首）

其一

桃花盛放李花开，碧绿田园谁巧排。
好上曲江看画景，秦川春色自天来。

其二

徒步闲吟浐水滨，落英铺地觉春深。
双飞彩蝶河滩戏，舞入花丛没处寻。

七绝·秦川初夏（二首）

其一

渭畔清风麦浪华，灞桥烟雨柳如纱。
终南古庙多修木，秦岭林深少住家。

其二

风和日丽燕飞来，柳绿桃红戏蝶徊。
碧麦轻柔波浪滚，黄花遍入群蜂怀。

七律·咏西安植物园郁金香

园中盛放郁金香，五彩争妍竞溢芳。

艳抹牡丹多败谢，浓妆芍药倍登场。
清风阵阵吹华发，细雨蒙蒙送晚凉。
正是佳时春色媚，人生能有几风光。

七律·曲江漫吟

怅望西风抱闷游，曲江信步看清流。
绕园苍柏迎风翠，满院黄花衬锦秋。
傍晚雁亭钟递远，庙堂经典蓄藏悠。
夕阳游客兴无减，眉宇清除一点愁。

乔树宗

1946年生，历任澄合矿务局宣传部长、矿党委书记等，高级政工师，合阳美华学校党总支书记。中华诗词学会、陕西省作协会员，陕西省诗词学会理事，渭南诗词学会副会长。著有《墨玉斋吟章》，获渭南市首届"五个一工程"奖。

五律·勉县武侯祠

冷月千秋照，啼鸦绕暮林。
空怀扶汉志，未竟抗曹心。
既卜三分势，何劳百战身？
悠悠汉江水，犹荡卧龙吟。

七律·谒勉县武侯墓

萧瑟松风荡夕曛，绕阶芳草吊英魂。
两朝霸业随流水，八阵雄图扫乱云。
逐鹿频劳安蜀策，卧龙无悔抗曹身。
怆然千古兴亡事，谁遣神州属晋人？

七律·临潼石榴园

榴花如火暗浮馨，十里晴霞绕碧林。
锦浪香飘幽苑静，翠涛芳溢艳阳浸。
柔枝羞媚红桃雨，细蕊常怀赤子心。
每近端阳诗绪远，骊山万象壮豪吟。

七律·石堡川水库[①]

十里平湖一镜新，琼波洗尽旱塬尘。
春雕林海千重碧，秋涌粮仓万斛银。
牧笛劲吹摇绿梦，渔舟轻荡戏银鳞。
晚歌谁唱甘霖颂？致富常怀治水人。

注释

①石堡川水库又名盘曲河水库，曾名友谊水库。在陕西省洛川县盘曲河村的石堡川上，故名。

七律·贺渭南市诗词学会成立

韵随芳信满春城，日照吟幡气自雄。
墨洒华峰莲一朵，情牵渭水浪千重。
词昭李杜苏辛骨，诗继兴观群怨风。
东府今朝新雨润，唐音再谱大江东。

七律·贺澄城诗词学会成立

久客秦东恋此乡，乐楼风雨几沧桑？
情牵毓秀钟灵地，歌谱腾蛟起凤章。
洛水霞飞唐宋韵，壶梯翠染蕙兰香。
诗心不老春常驻，共举吟帆万里航。

七律·合阳关雎诗社揭牌致贺

雅颂光华耀古今，关雎独奏一家音。
元才敢写《三都赋》，有感直书《五噫吟》。
情满梁山流韵远，墨融金水寄怀深。
国风千载凭谁续？花映芸窗万树琴。

七律·三秦漫吟（十一首）

其一　黄河壶口瀑布抒怀

银河倒挽泻长川，谁挟风雷聚小潭？
龙卧云槽虹带雨，鲸飞雪窟雾生烟。
北来滚滚分秦晋，南去滔滔入海天。
欲化沧波涓滴水，豪情尽付一壶间！

其二　唐玄宗泰陵怀古

环山为椅地为陵，翁仲无言说废兴。
歌舞开元空盛世，干戈天宝剩荒城。
坡前花殒清平调，身后歌留长恨声。
拂槛春风依旧是，绵绵不尽古今情。

其三　留坝张良庙怀古

赤松擎翠暮云深，一径烟霞远俗尘。
黄石授书兼授艺，留侯忧患不忧贫。
宁为城外栽瓜客，怕作朝中伴驾人。
挂甲挂冠尘事了，千金难买自由身。

其四　谒白水仓颉庙

晴烟袅袅柏森森，圣庙悠悠几度春？
硕德流辉文字古，丰碑照影鸟虫亲。
六书肇义无双士，四目经天有一人。

华夏千秋流史鉴，从来盛世重修文。

其五　题仓颉手植柏

耸翠凌云啸碧空，沧桑阅尽气如虹。
伟躯瀑带炎黄雨，逸韵歌留华夏风。
春鸟有情啼圣庙，夏虫无语吊仓翁。
层阴常侍园丁墓，感遇知恩万古同。

其六　椒乡赵庄行

金风送爽喜新晴，车碾林阴入画屏。
霞绕椒园红十里，香飘瓜圃绿千棚。
扑窗烟树凉犹碧，照眼云山远更清。
笔蘸秋光舒逸韵，依依不尽赵庄情。

其七　洽川风景区纪游

泉池鳞比滤芳尘，绮丽江天雨后新。
霞染荷湾红照水，风梳芦荡碧生云。
轻舟剪浪摇诗梦，惊鹤冲烟入苇林。
淑女洲头留个影：今朝喜做画中人。

其八　夏泳洽川处女泉

池开玉鉴漾晴霄，苇帐娟娟锁绿腰。
秀借南溟三亩碧，俏争西子七分娇。
笑登沙浪温如煮，醉卧琼波爽欲飘。
洗尽尘嚣心自静，浮沉进退两逍遥。

其九　谒留坝张良庙

芳草萋萋古径寒，竹摇翠影绿云天。
霞飞碧水丹山外，鸟醉诗情画意间。
泉韵空吟弓狗赋，松涛犹唱大风篇。
人生进退寻常事，遗庙千秋壮夕烟。

其十　黄河禹门口

秦滩晋渡乱飞虹，浩渺烟波泻太空。
两岸云崖千里浪，九州雷雨一川风。
帆迷鸥阵江天远，雪涌霓桥夕照红。
漫步长堤怀夏禹，渔歌唱晚过河东。

十一　登昭陵纪怀

贞观盛世叹殊功，伟业昭昭万古雄。
秋色缤纷迷宿草，烟霞淡荡醉新桐。
陵碑半浸皇城雨，石骏空嘶帝苑风。
禹甸沉浮今胜昔，人图四化此心同。

任广玉

1935年生，陕西省千阳县人。中共党员，大专文化。1955年毕业于凤翔师范，长期在地方党政部门工作，曾任宝鸡市人大常委会副主任兼秘书长、调研员，1998年退休。中华诗词文化研究所研究员，陕西省及中国毛泽东诗词研究会会员。

七绝·延安宝塔山

宝塔之巅火炬燃，神州照亮映红天。
工农唤起千千万，倒海移山筑庙坛。

任本命

1941年生,重庆武隆人。西安文理学院教授。西安市人民政府参事,曾任西安市民盟副主委、陕西省政协常委、民盟中央委员等职。

七律·临潼远眺

楼头远眺古烽台,骊马长嘶天外来。
一片山川留胜迹,千秋帝业等尘埃。
斜阳草树禾苗秀,细雨离宫紫燕回。
沃野平畴看不尽,秦陵高冢只堪哀。

任步武

1933年生,陕西省大荔县人。教授,书法家。

五律·临书九成宫醴泉铭碑有感

驱笔走龙蛇,长风漫迤逦。
墨炉烹白雪,乌鼎铸丹砂。
斗胆修残蚀,精心复正斜。
孤怀任褒贬,不负作书家。

七绝·大散关怀古

大散关前吊放翁,犹闻壮士演刀弓。
珠还合浦紫荆放,异代悲欢一体同。

任学启

1958年生,曾用名任专放,笔名子文,西安市临潼区人。陕西省人民政府参事室(陕西省文史研究馆)副巡视员、陕西省、西安诗词学会常务理事、中华诗词学会会员。参与编辑《三秦文史》《陕西文史研究丛书》,著有《秦中今贤事略》(一)(二)(三)(四)和《任学启诗集》。

七绝·太白山拜仙台

关中自古米粮川,缺水浇田民众烦。
祈雨仙台灵妙地,东坡叩拜唤丰年。

七律·参观浐河一期改造段

垃圾污染水遭殃,始祖哀怜怨恨长。
观念革新思跃进,科学规划虑恒昌。
平衡生态福人类,久远和谐乐故乡。
鸟语波稳弥翠绿,城郊潇洒换时装。

柳梢青·从西安到安康

春满新城,霏霏细雨,柳绿无声。车过秦巴,盘陀天堑,今日通程。 眼前闪现欢腾,汉江酷、铜牛笑迎。①舟泛瀛湖,攀登古洞,②多是亲朋。③

注释

①铜牛:安康人民战胜1983年的水灾后,在汉江大桥头塑铜牛,意寓安康人民像水牛一样不怕水灾。
②古洞:香溪古洞。
③亲朋:偶遇战友,他们非常热情。

永遇乐·游骊山有感

常慕骊山，千秋风雨，堪历荣辱。绣岭青葱，峥嵘岁月，盛世欣飞瀑。报时台耸，圣明宫靓，索道顶风鸣杼。景幽雅、温汤喷涌，撩欢众客心目。　　尤堪回首，乡情难抑，福祸往时相鹄。荒诞幽王，堠台烽火，褒姒嬉周覆。明皇迷色，太真得宠，力促盛唐翻覆。张杨举、名标典册，海天庆祝。

江城子·中秋游风陵渡

风陵徒步步匆匆，雨蒙蒙，意融融。情怀不自，望晋豫图鸿，十里滩头瓜果茂。云雾蔚，女娲功。　　潼关影绰码头空，奔流中，浪花冲。艄公迷惑，俱进看雄风。今世齐心更旧业。谋妙计，富秦东。

望海潮·西安新城广场之晨

晨曦初露，春风情窦，新城广场妍妆。青翠草坪，芳菲绿圃，名花贵木喷香。清秀看苗秧。一泉射云里，白鸽飞翔。古地新容，国旗飘舞映朝阳。　　怡然沐浴晨霜。觅开心趣事，快乐昂扬。腰鼓踏歌，挥刀舞剑，舒身舞蹈欢狂。常练体躯强。感光风霁月，绚丽安详。雅意悠闲心爽，爽朗笑颜芳。

渔家傲·咏仓颉

华夏文明中外咏，彭衙地脉彰仓圣。黄帝史官承禀性。贤臣幸，澧兰沅芷功昭影。　　殿宇结绳难奉命，辞官欲念除根病。鸟迹青文灵感映。今古庆，汉文鼻祖人人敬。

石州慢·铜川（二首）

其一　珊瑚谷

优美乔山，风景玉华，一带幽谷。原生草木葱茏，盛世玉华宫郁。

景区媚悦，降垂瀑布惊涛，溪流清澈游人掬。峭壁吊悬梯，马兰花团簇。　　清肃。初唐三帝，避暑行宫，帝家文牍。筛月池妍，浴酷沁风湖福。大唐玄奘，译经圆寂流星，遂成院址遗存土。野味乐农家，草花三春馥。

其二　玄奘纪念馆

唐代陈祎，禅国圣僧，经取真读。皈依追溯佛陀，意念寻根忙碌。求诚痴醉，孑身征远艰辛，凡人哪晓高僧腹。奋袂诤菩提，苦熬尘缘沐。　　心夙。释然疑惑，驻印巡天，佛经碑矗。婉谢诚留，满载荣归东土。肃成院蕴，宝莲座印功缘，创新法相宗禅簇。宝典至精诚，四年丹心育。

石州慢·赞杨凌示范区

掠视杨凌，天象籁音，坡地飘荡。前生翠嶂岚烟，后负周原龙象。绿阴虚掩，坦然阡陌宽舒，泱泱渭水纹波漾。后稷羡奇妍，叹茫然神旺。　　真棒！改良传统，省部联姻，俊英酬唱。良种为先，旱涝丰收民望。观光农业，绿色产业眉扬，科研示范忙推广。稼穑闯盲区，待宏开新样。

念奴娇·西安高新区

梦寻玉宇，览高新、近世风光独醉。别致新楼添气魄，仰慕喷泉明媚。大道平直，车流交错，往返驰奔地。芬芳花卉，草坪莹绿青翠。　　科技转化宏图，升腾活力，产业开新志。创建人才孵化器，软件园区联袂。制药称雄，化工翘楚，电子名牌萃。与时飞跃，思谋开拓扬气。

念奴娇·安康（二首）

其一　香溪洞

有缘丽地，仰秦巴、文武众峰清穆。遍岭凝香，岚静谧、幽雅层峦芬馥。鸟瞰安康，江南江北，燕剪花盈目。碧波汉水，田园滋润葱郁。　　天造古洞香溪，道庭灵洁地，圣贤方沐。堪叹紫阳，人慧德、庙宇悟禅痴读。挚友情长，品茶叙旧时，诲而谆祝。西安同饮，享农家乐新谷。

其二　河堤

公园夜景蒙蒙夜幕，彩灯艳、堤岸公园忙碌。五里江边，人觅趣、亲友相邀欢足。说地谈天，论争韬略，年少心相逐。悠然漫步，凡尘情致环复。　　江畔灵秀繁华，绚丽温馨者，作逍遥录。曼舞轻歌，心怒放、众膝昭彰相促。竞展歌喉，棋盘对阵列，宵夜新粟。江风燃意，交融情景诚笃。

水调歌头·西安奥林匹克体育公园

体育公园酷，壮体健身忙。奥林匹克精髓，竞技劲癫狂。梦寐难忘弱肉，曾受奇羞耻辱，念旧恨悠长。岁序好时代，华胄露锋芒。　　经沧桑，历风雨，闯八方。中华儿女英武，勇猛盖龙王。苗裔艰辛渐进，健将虬枝傲骨，狮吼震天罡。世界体坛瞿，夺冠抚国殇。

水调歌头·登华山感赋

险峻冠五岳，逗客竞登攀。不虚仰慕诚谒，啸傲阅青丹。脚下云梯摆荡，手握护栏悠晃，凌驾驭龙娴。览尽莲花瓣，恋念蔚然巅。　　松涛韵，飞瀑溅，日出姗。仙峰耸立云海，欲上顺山攀。壮男雄浑劲健，气贯长虹势猛，姿雅态非凡。天降芙蓉翠，地露毓灵坛。

水调歌头·灞苑樱桃园

灞上风光秀，滋水润田园。关中宝地，引进良种价飙翻。架架葡萄挂果，垄垄草莓熟透，桑葚紫红燃。最是樱桃艳，梦寐品朱丹。　　红潮晕，晶莹亮，惹人涎。高高木栅，难挡过客腹心贪。清脆香醇爽口，淡雅酸甜利肺，后味久盘旋。企盼来年到，再品异珍鲜。

采桑子·铜川桃曲坡水库

青葱坡酷游人醉,风畅悠扬。快艇轻狂,水面波纹十里泱。
果林植物围湖转,①四季流芳。松柏苍苍,昔日荒山换绿妆。

注释

①果林:初建成千亩果林基地。植物:按四季而栽植的近300亩植物园,常年都有供游人观赏的品种。

沁园春·谒华岳庙

汉武崇仙,建造集灵,①谒拜圣神。叹愚顽万岁,痴心帝位;寻求永世,寄予躬亲。可恨集灵,弄玩施主,历代皇朝晦气氤。迷魂阵,笑昏庸天子,梦眩神遵。　华山神庙纯真。意念妙穹苍莫测因。眺城楼雅致,院庭俏丽;外垣壮美,阁殿毗邻。古树参天,灏灵肃穆,②御笔萧森金粉呻。③郁心切,盼风骚待领,西岳鸿尘。

注释

①集灵:汉武帝初建华岳神庙时叫"集灵宫",后迁现址改名"西岳庙"。
②灏灵:即正殿"灏灵殿"。
③金粉:石碑上的御笔涂有金粉,可惜部分被盗挖。

望海潮·游大唐芙蓉园

杏园联想,诗魂寻圣,芙蓉水畔徐行。雕舫待航,芳林绿堤,游鱼戏玩翻腾。震古铄今惊。画楼映宏殿,气势先登。户外香区,蝶蜂相逗艳纷争。　天朝气象丰盈。看唐都闹市,重现时兴。群舞竞争,梨园百戏,民间众艺相逢。悦目荡心平。抑扬秦韵里,快乐怡情。幸睹皇家气派,梦幻大唐萦。

六州歌头·太白山颂

清幽太岳,秀美不虚传。岚烟霭,峰峦雅,翠微巅,雾云天。隘险奇峰峻，石河猛，七女俏，骆驼悍，铁壁韧，笑佛欢。四纪冰川，剥蚀高山谷，巨力非凡。叹自然奥秘，造像万斯年，逸韵悠然，阅青丹。　　览游生物，水青碧，莲香暗，俊红杉。庙台槭，白贝母，紫牡丹。绿田园，异兽珍禽乐，熊猫憨，大鲵娴。金猴闹，云豹烈，雉缠绵。谷雅溪清雾淡，动植苑、物候逢源。悟琼阁仙境，羡慕落人间，世外尘缘。

任照华

1959年生，笔名雪鸿，自号蚕耕斋主。陕西省诗词学会、陕西省楹联学会、西安市作协会员。

七律·漫步大唐芙蓉园

阆苑宏图黄帝乐，人文古邑凤龙翔。
风和日丽千山翠，地大园疏百卉香。
玉女琼楼争靓丽，烟花水幕竞辉煌。
豪情胆略惊当世，气象雄风盖汉唐。

刘　平

1923年生，陕西省西安市长安区东大镇人。1948年毕业于国立政治大学经济系，1949年投考西北军政大学，入伍。原任铁道兵七师后方基地政委，陕西省军区西安兴庆路干休所副师职离休干部。

五律·秦川颂

秦川八百里，泾渭灌田园。

华岳山葱秀,沣河水碧甜。
周秦华夏立,欧亚汉唐联。
织锦平原秀,朝朝绽彩颜。

刘　迈

1929年生,陕西省耀县人。毕业于西北大学,中共党员,副编审,研究员。编著有《诗海珍珠》《现代名人咏三秦》(主编)等。

七绝·咏西安碑林

如林石刻甲天下,源远流长翰墨家。
博大精深开眼界,琳琅瑰宝耀中华。

七绝·感牡丹贬洛阳

仙子长安贬洛阳,坚贞不改诉衷肠。
天香国色依然在,最是思乡泣露妆。

七绝·青龙寺忆空海

青龙寺耸乐游原,求法日僧苦悟禅。
空海扬帆东去后,密宗从此岛邦传。

七绝·题王仲德编著《柳公权与范宽》

书墨骨力数公权,山水范宽师自然。
璀璨双星雄百代,传薪补缺亦空前。

七绝·娥眉咏（五首）

其一 褒姒①

逗乐君王撕彩缎，忍从烽火起狼烟。
江山一笑岂不失？祸水理应辨史冤。

其二 昭君②

丹青难写误裙钗，惹得骚人费品猜。
休叹琵琶如怨诉，汉宫未必黛眉开。

其三 貂蝉③

司徒忧国献连环，遂让匹夫起事端。
羞煞诸侯羞将帅，匡扶端赖一红颜。

其四 武曌

炙手女皇本媚娘，黄台费解摘瓜狂。
由来儿是娘心肉，权欲宁教刀割肠。

其五 玉环

侍父伴儿泪自吞，奈何终是一娥眉。
漫云宠幸夜专夜，应晓白绫赐马嵬。

注释

①褒姒：周幽王宠妃，褒国（今陕西汉中西北）人。
②昭君：即王嫱，西汉元帝时宫女，曾由长安出发，入匈奴和亲。
③民间传说，貂蝉系陕北米脂人。

七律·咏西安饺子宴

各色各香第一流，百形百美少匹俦。
方奇玉兔盘中跃，忽讶金鱼席上游。
西幸慈禧仵凤辇，东临总统览筵楼。
长安饺子长安喜，华夏美食誉满球。

七律·与日本岳风吟唱会联欢

耀眼榴花似火红，长安诗友举觞迎。
弦歌起处诵唐韵，欢笑声中悦古城。
昔有一衣带水谊，今联万里睦邻情。
架桥彩笔忆烽火，鉴史为师海宇宁。

七律·赠诗人胡征

鲁艺学诗得锦城，题词奖掖感元戎①。
岁寒宁肯抱香老，骨耿何曾求变通。
沐雨栉风成铁汉，出生入死铸诗翁。
诗情录聚血和泪②，益信文章穷后工。

注释

①1951年胡征的长诗《大进军》，曾经刘伯承司令员题词出版。
②胡征出版的《诗情录及其他》一书。

刘　昭

1923年生，字明若，号甘榆，甘肃省榆中县人。兰州高级农业职业学校毕业，1949年8月参加工作，中共党员，高级讲师。甘肃省诗词学会会员，平凉崆峒诗词学会学术顾问。曾获中国林学会"劲松"奖，平凉地区优秀教师奖，首届国学创新银奖。积诗词830多首，著有《青藜斋诗词集》。

七绝·真乃千古一帝乎

祖龙一帝岂堪夸，荼毒生灵千万家。
构筑阿房三百里，千村百姓绝桑麻。

七绝·观宝中铁路第一列火车

拂晓东窗大梦苏,亚欧桥架起宏图。
铁龙一吼惊三省,秦陇须臾胜故都。

七绝·说刘项

霸主难容一范翁,汉王怀谷重三公。
楚军覆灭乌江岸,高祖故乡唱大风。

七绝·观华山断峰有感

杨戬无端动怒颜,枉鞭圣母美姻缘。
爱情自古无疆界,孰怨沉香劈华山。

七律·贺宝中铁路接轨

遥望螭虬逐日迟,崆峒翘首喜扬眉。
一桥横跨亚欧达,万物川流四塞随。
西夏五珍掀巨浪①,陕甘三宝起惊雷②。
边陲跨上追风马,卧虎藏龙添翼飞。

注释

①五珍:枸杞、贺兰石、甘草、发菜、羊皮。
②三宝:煤炭、畜产品、果蔬。

七律·祭轩辕黄帝(二首)

其一

阪泉一战塑尧天,华夏千秋赫赫然。
撩去雾纱开岁纪,揭开文锦启新阡。
医文并茂惊雷动,蚕纺增荣时雨湎。
大地回春云水暖,拊膺膜拜奠高贤。

其二

人文始祖笑开颜,霹雳声中动九天。
四大发明惊玉宇,五编经著启文源。
粟禾陌上餍温饱,铜铁炉中翻纪元。
十亿小康昌国运,炎黄事业永超前。

七言排律·登骊山烽火堠

一上骊山烽火堠,秦川历历尽眸收。
滢滢渭水腾沧浪,赫赫终南射斗牛。
北陌南阡葱翠嵌,东车西轸水奔流。
俑兵笑阅八方客,华液湔清万众疣。
千镇工商繁什锦,万家屋舍耸琼楼。
褒妃若睹胡房笑,烽火何须戏列侯。

七言排律·六旬登西岳华山

西岳峥嵘睽四岳,海如星斗水如龙。
五峰岭峻连霄汉,万壑烟蒙锁昊穹。
太乙池清泅岵绿①,老君炉烈照天红。
长空栈险猿悲涕,擦耳崖危鸟绝踪。
雾满朝阳难瞥日,风狂仙掌易凌空。
飘飘羽化陈抟祖②,鼎鼎升仙吕祖公。
莫道华山多险峻,且观白屋六旬翁。
高瞻远瞩众山小,望断三秦贯日虹。

注释

①太乙池、老君炉、长空栈、擦耳崖、朝阳峰、仙人掌均为华山奇观。
②陈抟老祖在华山成道。吕祖纯阳在华山论剑。

刘　钟

1943年生，笔名川流子，号桃源散人。中国戏剧家协会、中华诗词学会会员。著有《微津集》。

七绝·关中漫吟（四首）

其一　望五陵

正值三春望五陵，汉家功业此阴城。
未知地下君民骨，还似人间贵贱名？

其二　过咸阳

秦营楚毁两荒唐，小杜华词有此章。
民富裔龙传自远，何须万里筑高墙。

其三　秦始皇陵

万代为皇梦未圆，空余废冢向黄昏。
英雄十九皆凶手，七国平民半鬼魂。

其四　过灞桥

汉家天子送昭君，灞水桥头柳折空。
一妇腴肩扛九鼎，垂阴切勿盼东风。

刘　章

别号燕山痴子,雾灵山人。1956年开始写作,1962年加入中国作协。《诗刊》《中华诗词》编委。已出版论文集30部,作品被选入大中小学教材。

七绝·华山歌

人言华岳似银莲,我看诸峰若笋尖。
雾掩云埋藏不住,一朝穿破九重天。

七律·咏乾陵无字碑

遥望乾陵草木中,古今褒贬各西东。
李家姓系星辰象,武氏名存日月空。
巾帼真能除恶浪,须眉何处惧狂风。
人间一处碑无字,多少诗家慷慨同。

刘　彪

1923年生,字晋文,号复来,笔名北峡,安徽省桐城市人。安徽大学法律系毕业,1949年1月参加革命工作,1984年离休,处级待遇。中华诗词学会会员、安徽省诗词学会理事、芜湖诗词学会名誉会长,曾兼任《滴翠诗丛》《丰碑流韵》等诗刊主编。著有《北峡诗词》八卷。

七绝·关中漫吟(四首)

其一　西安大雁塔

健登雁塔客心雄,百里晴川一望中。
回首大明宫阙处,瑶台紫阁已成空。

其二　乾县乾陵

连朝风雨锁乾陵，墓道萧疏远黛横。
六十宾王依旧立，无边落木尽秋声。

其三　临潼华清池

侈靡岂可怨杨妃，谁使轻骑载荔枝？
千古长生宫殿月，至今犹照华清池。

其四　骊山兵谏亭

临潼今日丽如春，风雨当年力转轮。
兵谏亭前思烈士，一囚一死两将军。

七律·乾陵无字碑

高碑无字岂无言？女帝心思不可宣。
欲管是非于死后，何如功德立生前。
卑行有口行难掩，美政无碑政自传。
毁誉堪怜人乱惹，至今颠倒说坤乾。

七律·骊山烽火台

烽火台荒岁月悠，青松碧草自春秋。
余灰漠漠埋周鼎，斜日依依照阜丘。
可叹幽王图一笑，却将烽火戏诸侯。
堪怜文武周公业，从此分崩不复收。

七律·秦兵马俑

祖龙功过岂无评？千古唯留一墓青。
偏信瀛洲能不死，那知徐福误长生。
长城万里今犹在，皇祚三传瞬已倾。
极目荒丘横翠黛，空余泥俑寄痴情。

刘广贤

1933年生,西安市蓝田县人。高级政工师,原任陕西汉中变压器厂党委书记,陕西省诗词学会会员。

五律·石门栈道览胜

百丈曲身下,重修故道新。
悬崖人弄影,峡谷水鸣琴。
峭壁存遗墨,索桥抒古心。
褒斜添重彩,盛景待嘉宾。

七律·游石门水库

乌龙锁坝化平湖,千古褒斜献绿珠。
叠翠重峦清似洗,平波一镜秀如姝。
苍山漾漾波中舞,彩艇悠悠画内浮。
发电灌田兴汉业,石门盛世展宏图。

刘友竹

生平阙略。

五绝·鸿门宴遗址

空舞项庄剑,仍传樊哙卮。
倘能从亚父,何至别虞姬?

五绝·灞桥

丽人尝走马，骚客惯骑驴。
借问游春乐，何如赏雪娱？

五律·南郑陆游纪念馆落成志感

新修亭馆处，曾此驻戎骖。
洗马汉江水，挥戈大散关。
长城悲瓦砾，故国恨腥膻。
血泪凝篇什，长留天地间。

五律·参观永泰公主墓地宫

史载武则天年迈，"政事多委张易之兄弟"，永泰公主（中宗之女）与兄懿德太子重润、婿魏王武延基"窃聚议其事"，均被杖杀。

碑文掩世象，史料泄冤情。
少女心肠直，阿婆面首盈。
玉肌粘白杖，碧血溅彤庭。
惨死逾精卫，千秋恨未平。

五言排律·华山纪游二十三韵

平生山水乐，五岳尚缘悭。
联袂长安道，倾心太华山。
既欣酬夙愿，尤慕陟危巅。
岂效王阳退，还同韩子攀。
日斜方近麓，星见始临关。
树影涂暝色，溪声隐暮帘。
山魈迎手电，铁索响风湍。
远市珠倾地，高岑剑倚天。

仙宫开绝顶，梦境托幽龛。
云海飞金镜，岚光乱紫烟。
五峰皆毓秀，千嶂尽衣斑。
白帝挥神笔，青霄绽瑞莲。
擘山留掌印，凿石搭梯难。
猴子愁腾跃，鹰儿忌扭旋。
云霞生脚下，星斗挂崖边。
远水三条线，他州九点烟。
萧郎吹笛曲，秦女驾红鸾。
犁下传李耳，对棋话陈抟。
合当仙境住，宜让骚人看。
杜甫抒情句，青莲赋丽篇。
久留尘世里，暂到碧霄间。
人道抛耳后，鸿泥印足端。
云霞凌华岳，睹象兴无阑。

七绝·扶风法门寺

玉碗金箱锦绣裙，地宫珍宝美无伦。
几多暴敛横征者，诣佛何尝具佛心？

七绝·西安八仙宫

长安酒肆最堪眠，醉后飘飘尽欲仙。
一自纯阳成道后，上清紫气满东关。

七绝·古汉台（二首）

其一

石鼓犹传赤帝宫，望江楼阁耸遥空。
汉人来访发源地，唯见汉江穿汉中。

其二

秦皇宝座瞬间隳,项羽徒知衣锦归。
一自汉王兴汉业,九州长照汉光辉。

七绝·拜将坛(二首)

其一

乘时拜将一军惊,几度沧桑坛尚存。
到此人皆韩信吊,未央宫里将星沉。

其二

狡兔猎光烹走狗,皇冠戴上杀功臣。
不知是否成规律,史册篇篇有血痕。

七绝·汉中怀古(二首)

其一

汉王驻跸有高台,诸葛先生帅府开。
同以汉中作根本,一成一败为何来?

其二

陈仓暗度取秦中,师会潼关计略同。
丞相不从奇袭策,定军山下恨无穷。

七律·观秦兵马俑

骊山苍翠古陵荒,兵马坑边说始皇。
海外难求不死药,冢中犹恃羽林郎。
雕鞍宝勒排龙阵,短剑长戈列雁行。
白骨垒成千顷墓,终教大泽起陈王。

七律·参观西安半坡遗址

原始村庄又见天,时光倒溯六千年。
石磨镰铲勤农事,圈养猪羊供祭坛。
烧得彩陶成器皿,织将粗布制衣衫。
公平分配无欺诈,少有权奸掠夺贪。

七律·咏咸阳汉兵马俑

万马千军聚此间,营盘细柳显威严。
干戈映日军容壮,骐骥嘶风敌胆寒。
耀武边关钦卫霍,立功异域忆张班。
汉家勋业须重振,要使全球刮目看。

南歌子·谒武侯墓

丹桂参天馥,绿茵护冢妍。佳城卜在定军山,忠魄长留前线护西川。　时服才遮体,幽宫仅纳棺。居家不使有余钱,试问贪官到此可羞惭?

菩萨蛮·重游兴庆宫

昔游曲岸围清沼,今来碧汉环芳岛。几处设围栏,园中又有园。　玉环亭畔立,似待三郎惜。此地赏名花,渔阳起戍笳。

忆秦娥·沉香亭北新造李白卧像

君王要,名花美女清平调。清平调,辞章虽美,只帮歌笑。　诗仙岂是俳优料?醉乡空把豪情耗。豪情耗,明朝归去,五湖吟啸。

刘天正

生平阙略。

五绝·北岩净石

净石从天降,人间树楷模。
为官当自勉,效法又如何?

七绝·黄陵八景新咏(二首)

其一　桥山夜月

苍松古柏遍桥山,明月光辉照宇寰。
风动婆娑摇曳影,银河倾泻落人间。

其二　沮水秋风

当年思帝泪成河,原是臣民戴德多。
今日水清明似镜,天高云淡泛秋波。

七绝·黄帝陵杂咏(四首)

其一　汉武仙台

高台祈祷欲成仙,事与心违惜枉然。
今日攀登观胜景,炎黄儿女缅先贤。

其二　汉武挂甲柏

万马千军骋战场,凯旋归国喜洋洋。
干戈盔甲挂枝上,祭祖扬宗保故乡。

其三　诚心亭

体净心诚祭祖先,炎黄儿女万年传。
贪官污吏莫来祀,免秽轩辕众不安。

其四　黄帝碑林

碑林气势何磅礴，今古诗文汇集多。
深缅炎黄功德著，中华儿女万年歌。

七律·黄帝陵

轩辕始祖肇文明，伟绩丰功史籍青。
百兽跟从听语导，万民栽种植桑成。
缫丝织布遮身美，养畜耘禾护体宁。
世代相传长进取，泱泱大国五洲荣。

刘天柱

1941年生，辽宁沈阳人。多年从事公安工作。中华诗词学会会员，沈阳柳塘诗社社员。

天净沙·西安

骊山买笑幽王。马嵬遗恨明皇。兵谏张杨困蒋。古今三唱，听来荡气回肠。

刘少华

生平阙略。

七律·游蓝田王顺山

天下名山独此奇，望中风景画中诗。
人文历史从头数，造化神功纵目驰。

春夏秋冬情变幻，东西南北状寻思。

双眸纳福流连久，心旷神怡忘腹饥。

刘世福

1932年生，土家族。1950年入伍，1956年转业到贵州省林业厅印江县林业局工作，1993年退休。系中华诗词文化研究所研究员。

临江仙·铜川风光

巨变农村豪气爽，铜川处处辉煌。穷根砍断步康庄。人民多幸福，煤海沐朝阳。　　开放流通欣改革，城乡万丈光芒。家家户户盖新房。村庄如画境，旧貌改新装。

刘文芳

1935年生，笔名辛流，湖北省黄梅县人。主任编辑，曾任《黄梅报》副主编、《乡音报》主编、中共黄梅县委办公室主任、县人大常委会副主任。中华诗词学会理事、湖北省作协会员、湖北省诗词学会常务理事。著有《晴园札记》《辛流诗词》等。

七绝·华清池怀古

辉红摇绿涌幽池，犹隐贵妃绰约姿。
可叹明皇荒国事，马嵬坡下恨时迟。

七绝·观秦兵马俑

秦皇赫赫震寰中,驰骋江山并六雄。
昔日军容重展现,铁骑铁甲抖神风。

七绝·乾陵

森森古木罩乾陵,难掩中华女帝情。
功罪是非谁与说?墓碑无字后人评。

刘正义

1937 年生,原名刘正意,笔名刘枫,湖北省阳新市人。中学高级教师,湖北省生物学会、中华诗词学会会员,中华诗词文化研究所研究员。先后荣获洛阳"牡丹杯"、西安"秦皇杯"全国文学艺术大奖赛古典诗词组一等奖、"华夏精英"金奖。诗词代表作入桂林市现代诗词馆馆藏。

七绝·潼关北望

黄天凄草没流沙,古堞残关曳菱花。
斜日墟烟风万里,荒村临渡几人家。

七绝·黄河(二首)

其一

滚滚黄尘连水际,风烟无定卷高波。
残垣紫塞边关冷,驿市狂涛裂岸河。

其二

云天怒拍浩神州,宕跌排空浊浪浮。

壶口雷霆摇五岳，太行斜倾撼商丘。

七绝·祭奠黄帝陵

连峰垂首柏青青，谒墓坛香奠祭灵。
华夏儿孙同礼拜，乘风啼鸟唱黄陵。

七绝·获"秦皇杯"一等奖感怀

秦皇佑我捧金杯，戒躁扬鞭勉奋蹄。
不赋临潼非墨客，咸阳回首楚天西。

刘生忠

1932年生，字迁夫，号莲香书屋主人。曾任东安县教育局局长、中学校长、科委主任等职。现为中华诗词学会、湖南省诗词协会会员，舜峰诗词学会顾问。著有《莲韵集》《对联写作入门》等。

五绝·过秦始皇陵

兵马俑威武，巍巍皇帝陵。
江山留胜迹，脂血铸文明。

七绝·秦兵马俑坑

怕是生前积怨多，六千兵俑负干戈。
而今一样供陈列，敢问孤魂可奈何？

七绝·乾陵无字碑

雄才大略胜须袍，颠倒乾坤任尔号。

了却生前天下事,管它史笔快如刀。

七绝·在广州参观宝鸡青铜器国宝展(二首)

其一

墙盘簋器铸华章,巨制鸿文国宝王。
身在陕西惊世界,依稀远祖祈辉煌。

其二

钟鼓戈矛爵鼎盘,铭文图饰错其间。
中华上古文明史,岐邑青铜见一般。

刘白杨

1977年生,名光涛,西安市雁塔区白杨寨人。教师,西安诗词学会副会长,《西安诗词》季刊副主编。著有《阿房词选》《刘白杨诗词集》等。

七绝·过秦二世墓

斜阳孤冢草茵茵,雨打风吹几度春。
九五至尊空余恨,不如村里曲江人。

七绝·到寒窑

残阳细柳风微微,五典坡前听子规。
莫叹村中人笑我,不知此妇是阿谁?

七绝·壶口

黄河万里一壶收,狂卷泥沙荡浊流。
隐隐风雷听怒吼,为谁忧愤为谁愁?

七绝·登高冠峪

白云深处雾蒙蒙，高冠清泉流雨中。
谁得诗人佳妙句？可怜辜负九千峰。

七绝·访草堂寺

烟雾草堂气象生，我因古井汲幽情。
当年谁饮此中水，翻刻三千石上经？

杨柳枝·随白杨寨组织春游钓鱼台

小调山歌挣颈红，蟠溪绿水访仙踪。丹青画里应添我，烟水闲情学太公。

梦仙游·骊山

溪云绕，风物骊山。枕上落霞看晚照，梦中迎客醉松涛。睡醒景飘摇。

忆江南·半坡

寻半坡，晨雾过村河。一脉当年同浐水，千秋今日唱新歌。感慨叹良多！

忆王孙·黄帝庙前

高天厚土拜轩辕，谁使炎黄万代传？假若当时输霸鞭，误千年，却让蚩尤占庙坛。

阑干万里心·闲章"家在故唐京兆万年县浐川乡白杨寨"边款

几时返我旧家园？回梦唐朝籍万年。清浅一湾看浐川，溯流源，风水白杨叶又繁。

减字木兰花·大唐芙蓉园记游

烟花梦境，水幻开元繁盛影。醉携佳人，得意春情上紫云。　诗魂独好，泉石泠泠争解道。九曲流觞，莫道风流只盛唐。

醉桃源·暮游鲸鱼沟

雾波云影画当初，丹青总不如。软风金柳落霞图，舟斜清竹疏。　乘逸兴，戏鲸鱼，神仙隔岸呼。一沟还借大杯沽，问君能醉无？

踏莎行·春游华清池遇小雪

雨湿华清，雪漫骊苑，新杨旧柳都飘霰。嫩寒不减觅春心，东风替唤来时伴。　池馆笼烟，温泉似幻。今朝谁洗佳人面。三郎倩我问杨妃，旧游如梦空肠断？

一七令·国力足球队之歌

风！风大，狂风！风又动，看英雄。狼啸西北，威震寰中。一腔热血涌，壮志在心胸。哨响发球抢断，妙传怒射成功。要为中华添国力，男儿奋勇向前冲！

齐天乐·秦腔

一声霹雳听雷起，乾坤险些惊坼。震倒酸歌，横欺媚调，呕咽甜腔无力。春秋画册，看文武汹汹，是非如逼。大喜长悲，醉情入戏忘南北。　　风流婉豪并立。牧羊持汉节，凄语头白。五典思夫；辕门斩子，报国丹心常赤。铜琶铁笛，奋汉勇秦威，大唐音色，吼彻苍穹，九天云水激。

高阳台·西安南郊汉宣帝杜陵怀古

思爽气西来，登高极目，望中风物如图。阡陌纵横，依稀繁盛当初。北看双塔凌云起，更朝东、十万城居。眺终南，翠黛青屏，还倩谁书？　　千秋景致都依旧，我来思吊古。不胜嗟吁。宣帝陵前，谁怜亿兆民夫？汉家功业伤黔首，问莫非，只此人乎？暮烟中，一座荒丘，百代唏嘘。

刘仲弟

1922年生，陕西省咸阳市人。中学教师，陕西省诗词学会会员。

南乡子·西安未央路

沙海泛神舟，见惯咸阳古渡头。广漠蹄开千古路，风流，不让张骞定远侯。　　星月几千秋，羌管胡笳拜冕旒。万里长桥何物造？丝绸，今日驼铃声未休。

刘兆远

1922年生,湖南省石门县人。中华诗词学会会员、湖北诗词学会名誉理事、荆州诗词学会名誉会长兼《荆州诗词》名誉主编。著有《晚潮轩吟草》。

七绝·过灞桥(二首)

其一

斗转星移不计年,灞桥杨柳总含烟。
一枝折得非为赠,策马新程好作鞭。

其二

历尽沧桑多少朝,柳枝未改弄柔条。
而今莫为离人折,装点霸陵分外娆。

七律·登西安大雁塔

古塔巍峨入碧霄,登临绝顶气如潮。
俯瞰汉苑皆新貌,指顾渭河非旧涛。
华岳雄姿尤耸峙,霸陵春色倍妖娆。
千秋历史标兴废,胜迹长留大雁豪。

七律·观秦兵马俑

沧桑久历陵神道,异宝奇珍亮出来。
万马千军陈阵势,撼心怵目动情怀。
难忘荆剑魂惊丧,每忆张椎人骇呆。
社稷何能托兵马,春秋十五不胜哀。

七律·访八路军西安办事处旧址

红光闪闪七贤庄,曾照西安夜色茫。

故物遗容皆寓训，丰功伟绩永留芳。
远筹虎穴雄肝胆，拯救危时瘁肺肠。
开创神州新宇宙，迎来盛世乐安康。

七律·马嵬怀古

重色明皇乱纪纲，纳妃儿媳置椒房。
争妍恃宠宫帷乐，曼舞轻歌朝政荒。
不发六军天子困，忍教咫尺玉人亡。
江山无限昏君误，历史从兹入后唐！

七律·骊山感赋（二首）

其一　游骊山有怀

骊山耸峙历沧桑，郁郁葱葱岁月长。
几撮黄泥埋暴主，一池温水误明皇。
幽王无道玩烽火，蒋氏堪悲败庙堂。
爱国精神千载仰，复兴亭畔缅张杨。①

其二　华清池

骊山泉水漾澄明，不息涓涓岁月更。
重色君王骄惬意，承恩妃子沐欢情。
荒唐不解黎民怨，鼙鼓忽教春梦惊。
长恨歌弦传一曲，后人千载感华清。

注释

①复兴亭：今又名兵谏亭。

刘全福

　　1947年生，笔名栗木，生于湖北省随州市。曾任报纸杂志记者、副主编、主编。襄樊市建设委员会副调研员，高级会计师。现为襄樊市作家、书法家协会会员。在报纸杂志发表作品700余件，并多次获奖。著有《收集夕阳》《十六种天空》等。

七律·夜登华山

　　夜半登临上华山，天高云暗暮云寒。
　　二仙桥下冷风骤，百尺峡中浓雾翻。
　　攀越天梯临古道，飞奔金锁入仙寰。
　　南天门外观寰宇，月明星稀万象繁。

刘向荣

　　1919年生，笔名九思、余辉，山东省荣成市人。1937年9月参加八路军，抗战胜利后改为解放军，晋级少校科长。1958年转业到地方重工业系统工作，福建省三明钢铁厂分厂厂长，山东省诗词学会会员，三明老年诗词协会顾问。著有《晚情录》。

七绝·参观秦兵马俑

　　始皇兵马越千年，出土陶人列阵严。
　　奇迹五洲排第八，引来游客喜参观。

七绝·游西安碑林

　　千秋石刻聚碑林，历代名家留墨珍。

细品龙蛇精益迹，而今又觉笔工深。

七绝·西安大雁塔

巍巍雁塔勇登巅，举目关中美画篇。
幸有东风苏大地，彤彤红日照坤乾。

鹧鸪天·游西岳华山

西岳巍巍耸五峰，峥嵘万仞插云中。神开绝壁天梯渺，仰首茫茫广宇空。　偿夙愿，访仙踪，东西南北布翁瞳。华山论剑恭留影，豪气冲天永兆丰。

刘成学

1953年生，贵州省六枝特区人。1991年毕业于贵州教育学院中文系，中学语文高级教师。曾任政协六枝特区第四届常委、文史资料委员会主任，广西北海市教育局《北海教育》编辑、中华诗词学会、广西省作家协会会员，贵州省六盘水市诗词楹联学会理事，北海诗词学会副会长兼秘书长。参加编撰《六盘水古今诗词选》，主编《宋崇书诗选》等书籍15种266万字。

七绝·夜过潼关

读罢黄河夜已稠，秦川百战梦中收。
谁能做好潼关梦，一统山河不用愁。

七绝·西安碑林

形如落雁势如何，凤舞龙飞乳燕歌。
阅尽碑林思更远，书家笔下赋心多。

七绝·秦始皇陵

欲霸中原怒满腮,风烟万里大秦来。
千年秘史谁能解,唯有榴花火样开。

七绝·杨志发①

自古艰难挂泪痕,挥锄打井断穷根。
谁言老汉无文化,总统求签第一人。

注释

①杨志发,陕西省临潼县农民,秦兵马俑发现人。1998年克林顿总统访华,参观秦兵马俑时提出要会见世界历史奇迹发现者,并请杨志发为他签名留念。

七绝·老孙家羊肉泡馍

细细掰开慢慢尝,原香原味又原汤。
风骚唐皇今何在,只有泡馍百代香。

七绝·夜逛西安大街

漫步长街雾气沉,华灯暗淡幻犹真。
抬头蓦见钟楼耸,四海唐风几处存?

七绝·秦兵马俑(二首)

其一

地下深埋千百年,忠心耿耿卫皇天。
一朝大笑越洋去,总是农夫走在前。

其二

梦绕秦川血满途,南征北战大功殊。
千秋一站心难死,枉把泥坑作帝都。

七绝·华山登临未遂（二首）

其一

喜看华山雪漫巅，远来欲上竟无缘。
古今多少成人事，只在阴阳一瞬间。

其二

华山欲上看千峰，雪锁冰封路已穷。
此去滨城千万里，不知何日再相逢？

七律·骊山行

寒风扑面上骊山，旭日临松雪未残。
兵谏亭中男女笑，华清池畔水云欢。
烽烟只为佳人起，战火皆因大厦燃。
浴罢汤泉心未老，几人翘首望长安？

刘庆云

1935年生，女，湖南省长沙市人，教授。历任湘潭大学中文系主任、湖南古代文学学会会长、《中国韵文学刊》主编，现任中国韵文学会副会长。著有《词话十论》《词通》等。

五律·徜徉大唐芙蓉园

万重烟水渡，蓉苑乐迟留。
香冷融佳句，青圆润玉瓯。
月移宫影静，拍按羽裳柔。
追领唐风韵，宁辞雪满头。

七绝·登华山南峰顶上

凌空绝顶倚苍穹,八百秦川到眼中。
长啸一声千谷应,今朝南面且称雄。

七绝·大唐芙蓉园

带露含情袅碧烟,万人争赏竞喧阗。
曾经寂寞莲房冷①,今生连云别校鲜。

注释

①杜甫《秋兴》八首之七:"波飘菰米沉云黑,露冷莲房坠粉红。"

七绝·曲水流饮有赋

追攀李杜作骚人,细品唐醪笔有神。
醉墨淋漓说忧乐,肯将饥溺视浮尘!

水调歌头·冬日雨中登华山

五岳闻天下,峻秀数斯山,蜿蜒北枕河渭,东瞰近函关。更有通天石栈,千仞崖壁立,飞瀑两峰间。且吸潇潇雨,送我上遥巅。
风举袂,云生腋,似登仙。松涛海啸,冰侵天压气凝寒。惊看红霞万朵,簇拥彤彤丽日,冉冉透林间。快意平生事,最是此奇观。

刘成果

1941年生,黑龙江省肇原县人。毕业于东北农学院,曾任黑龙江省委副书记、农业部副部长、国务院扶贫开发领导小组常务副组长。现任中国奶业协会理事长。著有《六怀集》。

五律·南泥湾农场

稻香南泥湾,花果染荒山。
棚舍槽头壮,库塘鳞锦鲜。
新楼场校起,笑语合家欢。
改革福康路,流金万里泉。

刘华钢

1955年生,湖北省孝感市人。曾任陕西省政府机关事务管理局综合服务楼管理处副处长,经济师。系陕西省摄影家学会会员、陕西省黄河文化研究会副秘书长、《陕西文化人》副主编。

五绝·宁陕江口烈士陵园

松陵百鸟飞,晨雾漫山归。
英烈长眠此[①],旬江大浪推[②]。

注释

①英烈指张文津、吴祖贻、毛楚雄(毛泽覃之子)三位红军烈士,1946年6月被胡宗南杀害于此。
②指宁陕县江口回族镇境内的旬河与江河。

七绝·统万城感怀

东晋白城塞上花,水肥草美牧人家。
匈奴何奈黄尘漫,空守残垣伴漠沙。

七绝·泾渭分明

泾流清淌静如淑,渭水泛滔猛似夫。
合汇秦川八百里,并肩牵手向东趋。

卜算子·山桃花赞

春催芽蕾苏,风抚花枝艳。远眺如云粉霞红,尽在群峰绽。山桃花不娇,偏惹游人看。最爱深山吐芬芳,一任春呼唤。

清平乐·夜登华山

烁星夜幕,蝉噪松崖处。自古华山天险路,月色残光勇步。飞登苍岭危冲,直奔云雾莲峰。不赏沉香落雁,喜迎旭日霞升。

清平乐·玉华宫

鹅绒雪上,滑燕犹天降。冬日玉华晴且朗,笑语欢歌回荡。峰巅雾树银淞,壑间冰刻天工。佛殿高僧诵坐,敬香袅绕山中。

刘佑勋

1922年生,湖北省团风县人。大专文化,退休前任团风布厂供销厂长,黄冈市市政协二、三届委员。湖北省诗词学会会员,黄冈市诗词学会理事,团风县诗词协会副会长、副主编。著有《白雪堂诗稿》。

七律·咏陕(二首)

其一

漫道长安是帝乡,三朝盛世汉隋唐。
迷楼深锁群芳艳,上苑回看国色香。
长信宫中听夜漏,集灵台上沐朝阳。
文都武库无能比,锦绣河山绕建章。

其二

天下咸阳古帝都,克商文武定西周。
两传霸业嗟秦政,百二雄关锁汉刘。
宫殿紫泉云雨散,马嵬坡驿泪痕收。
廿年作客慈恩地,回首阳关渭水流。

刘宏章

1939年生,湖南省安化县人。中学高级教师,从教40年。现为中华诗词学会、湖南诗协会员,中华诗词文化研究所、中国对联文化研究院研究员,华夏京都书画院客座教授,南京长江书画院荣誉院长。

七绝·西安碑林

碑刻如林存国粹,悠悠书史灿文明。
名家荟萃流芳远,天下无双赞古城。

七绝·秦兵马俑

地宫护卫几千年，掘井幸能始见天。
第八奇观惊海宇，祖龙梦里续新篇。

七绝·韩愈谏迎佛骨

天子劳民迎佛骨，韩公疏谏义堂然。
可怜夕贬潮州路，公案一场千古悬。

七绝·延安

巍巍宝塔映延水，烽火十年写鸿篇。
抗日兴边同奋力，步枪小米换坤乾。

七绝·王家坪毛主席窑洞

一盏灯光伴启明，风雷笔走哲人情。
土窑虽小乾坤大，两论鸿篇铺锦程。①

注释

① 毛泽东的《论持久战》和《论人民民主专政》两篇论著都是在此完成的。

刘作云

马来西亚著名诗词家，槟榔屿艺术协会诗词组诗词研究主任。

七律·秦中怀古（二首）

其一

西安胜地帝王州，豪杰英雄聚一楼。

炼字秦中淳朴句，把诗江上济时舟。
晚唐爱惜庭筠赋，春梦惊传商隐愁。
细雨含情俱有托，侧身人海任遨游。

其二

文治武功将相才，古都壮丽任徘徊。
尚余工部诗章在，不见杨妃歌舞来。
王气萧条尘里尽，民权蓬勃眼中开。
社交融洽胸襟阔，跟上潮流干一杯。

刘希波

1948年生，原名洋鲦，字梦源。中共党员，历任江西省中共星子县委委员、蛟塘完中副校长兼教导主任、星子县委党校副校长、县政府办主任，任县文化广播电视局局长、桃花源风景名胜区管理处处长、陶渊明研究会副会长。中华、江西诗词学会会员。发表旧体诗词300余首及部分诗论，著有《偷闲集》。

七律·谒拜黄帝陵（二首）

其一

虔心北上拜黄陵，热血如潮涌赤膺。
纪史沧桑三百万，思源惠泽五千经。
无边紫气冲云斗，浩荡龙魂振汉鹏。
不负轩辕初祖梦，威加万国再飞腾。

其二

黄陵拜祖聚重阳，步锦思源共举觞。
月上桥山歌不息，风吹沮水舞犹狂。
仙台羌笛胡笳乐，圣庙秦肴楚酒香。

更喜荆莲花色丽,何年国祭有鲲洋①?

注释

①鲲洋:台湾古称鲲洋。

刘志敏

1955年生于重庆市。文化部中国艺术研究院创作委员,中华诗词文化研究所研究员,成都市作家协会、四川省散文学会、中华诗词学会、世界汉诗协会会员。1984年始在全国各级报章、杂志、书籍发表小说、诗歌、散文、评论、报告文学等,计800余件,多次获奖。

七绝·梦谒黄帝陵

黄陵苍郁峙乾坤,华胄同熏雨露恩。
敬献心香祈护佑,陆台一统茂人文。

七律·西安

烽火骊山景惨然,周秦何事控西安?
阿房宫内冲天火,地下室中石像寒。
妃子华清池巧笑,黄巢枯树洞盘桓。
而今楼阁森林样,裕后光前万物欢。

鹧鸪天·西安大雁塔

万里西天拜佛来,经书千卷帝王裁。太宗建塔长安泰,谁识而今民主哉? 星斗在,梦能偕,会当登月望蓬莱。嫦娥今日惊回首,人世沧桑岂我怀?

刘抗争

1937年生,湖南省湘潭市人。湘潭雨湖诗社理事,作品多次获奖。

七绝·保卫延安

历尽沧桑经血战,城池偶失又何妨?
民心向背关全局,滚滚延河话短长。

水调歌头·南泥湾精神

峻岭皆低首,陕北好江南。官兵一道劳动,王震胜前贤。革命链条一样,生产整风同进,群力壮尧天。扩大边区地,旧貌换新颜。
做鞋袜,开盐井,过三关。全军苦斗,奋斗艰苦志犹坚。野兽纷纷让路,压倒三千困难,将士写雄篇。莫缓长征步,今日胜桃源。

刘扬忠

1946年生,贵州省大方县人。中国社会科学院文学研究所研究员、古代文学研究室主任,中国社会科学院研究生院教授、博士生导师。中国作家协会会员、中国宋代文学学会副会长。著有《宋词研究之路》《辛弃疾词心探微》等。

七律·谒黄帝陵

陵阜岿然矗碧天,森森古柏午阴圆。
屏声缓步循阶上,低首拈香拜墓前。
十四亿人尊始祖,五千年史孕桥山。
庭中罗立海归客,万里寻根心更虔。

七律·清晨华山苍龙岭览景抒怀

跨上苍龙望碧空,朝阳辉映巨芙蓉。
履痕信是神灵迹,石壁端为鬼斧工。
四岳何如西岳峻,三峰应数雁峰崇。
男儿此际豪情涌,岩畔吟诗句句雄。

浣溪沙

游临潼华清宫,欲上骊山,中途遇雨。

柳泣花啼恨几重?骊山如梦隐云中。渭川图画更无踪。　　暂傍清池留小照,聊当曾到古行宫。何时能上最高峰?

浣溪沙

访香积寺,因迷路,天黑方到山门。

荒野迷途半日尘,山前灯火已黄昏。蹑足轻推月下门。　　喜白眉僧饶腹笥,诵摩诘句似家珍。终南信有古风存。

浣溪沙

辛酉年春,余初游华清池,因天雨未得尽兴,怅然作《浣溪沙》一首。二十一年后重游故地,巧逢重九,心情为之一爽,因步前韵而作是阕。

日照秋花彩万重,参差楼阁映池中。殷殷寻觅旧游踪。　　南去北来人半老,何期又到古行宫。巧逢重九上骊峰。

（附原作：柳泣花啼恨几重,骊山如梦隐云中,渭川图画更无踪。暂傍清池留小照,聊当曾到古行宫。何时能上最高峰?）

踏莎行·半坡遗址

瓮牖绳枢，骨针石斧，草衾地铺黄泥户。室居毕竟胜巢居，遥怜远祖多辛苦。　　陶器精良，壕垣坚固，文明社会图初露。世人只晓夏商周，寻源今始来斯土。

解佩令

咏乾陵无字碑，代游客与武后问答。

苍黄梁阜，峥嵘陵墓。有高碑、俯临迤路。游客猜谜："这地下，深埋女主，怎无留、只言片句？"　　"盛唐殷富，半凭周武。业昭昭、早镌史部。压倒须眉，料千年、群情羞怒。漫遗石、任人毁誉。"

江城子

万山丛里嵌明湖。路蜿蜒，水平铺。霭霭晨岚，白练向空舒。爽气频来传鸟语，缘步道，上天衢。　　慈恩塔顶展新图。跨青龙，戏骊珠。佳景如林，丘壑貌全殊。遥指水天相接处，云托出，一团朱。

水调歌头·登华山

久滞软红地，心实慕岹峣。早闻西岳奇险，今日得攀高。双脚踏云穿雾，几度惊魂动魄，缘壁上重霄。啸咏荡岩壑，风响鼓松涛。　　巨灵掌，劈山斧，引凤箫。神山神境神话，众岭足风骚。远望齐州九点，下瞰黄河一线，自信在天曹。歌发云台畔，兴比谪仙豪。

汉宫春·茂陵怀古

巨垅横空，是汉家雄主，埋骨高丘。青芜满目，恨无旧迹遗留。霍将军墓，幸犹存、石马骅骝。凭猜想、铁军驰骋，当年扫荡边州。　　谁道略输文采？有秋风辞美，柏梁诗优。西京昔时集聚，枚马朋俦。武皇盛世,武功隆、文亦相侔。陵阜侧、新开藏馆,碑铭一展风流。

刘身平

1928年生,湖北省麻城市人。大学毕业,副研究员。曾任小学校长、县教育局科员、大学系党总支书记、处长。退休后担任过省高校老年人协会副秘书长、华中师大老协常务副会长。中华、武汉市诗词学会会员,湖北省老年学会、省诗词学会理事。著有《退窗吟草》《金秋诗集》。

七律·革命圣地延安

殷殷已遂愿平生,圣地欣游葵藿倾。
宝塔山巅寻旧迹,延河桥畔看新城。
边区遍奏摇篮曲,总部时鸣警笛声。
革命精神垂不朽,苍松翠柏势峥嵘。

七律·黄帝陵怀古

委婉乘龙驾入云,幸留衣冢吊皇仁。
挥师涿鹿降蚩贼,拨雾驱云仰北辰。
在上常常忧众庶,居安每每见精神。
桥山夜挂千秋月,照彻关河万代新。

刘国柱

1927年生,原籍湖北省。四川大学毕业,入黔从事林业科技30多年,已退休,高级工程师。贵州省诗词学会会员。著有《休闲拾零》。

七律·访古都西安

戎装武士撞晨钟,沐浴名城旭日红。
大雁塔高登不厌,石碑林茂品犹浓。
华清池暖洗尘土,兵马俑前思塞鸿。
历代帝王遗史册,今朝百姓沐春风。

七律·谒黄帝陵

古柏参天谒帝陵,追思始祖涌深情。
北岩净石秋风爽,南谷黄花晓雾升。
沮水烟波映朝日,桥山皓月照新塍。
碑林萌动端倪具,万里晴空分外明。

刘国襄

1940年生,江苏省江阴市人。大学毕业,高级教师。现任桂林诗社社长、桂林诗联学会常务副会长、中国楹联学会理事、中华诗词学会会员、中华诗词文化研究所研究员、中国书画家协会理事。著有《桂林山水诗联三百首》《六行新体诗》(三人合著)等。

七绝·西安碑林

翰墨斑斓萃百堂,千家五体溢清香。

行云流水含神韵，书艺精深国粹扬。

七绝·法门寺

古刹悠悠天下名，浮屠突兀刺苍冥。
地宫文物千余件，佛骨珍奇举世惊。

七绝·小雁塔（二首）

其一

方形砖塔巍峨立，阅尽沧桑千百年。
帝业风流随浪去，江山更易换人寰。

其二

别致造型风格异，晨钟催醒万千家。[①]
常同大雁相辉映，"神合"传奇播海涯。[②]

注释

[①]塔内有一金代铁钟，清晨钟响震全市，催人梦醒，成为长安八景之一"雁塔晨钟"。
[②]"神合"：明成化二十三年（1487），陕西发生大地震，塔从上到下震裂了。34年后，又发生大地震。一夜之间，塔裂缝突然合拢，就是人称"神合"的奇迹。

七绝·参观秦兵马俑有感（二首）

其一

千载秦陵兵马俑，堂堂形象势豪雄。
轩昂威武风姿异，栩栩如生巧夺工。

其二

骁枭嬴政雄才显，统一神州六国崩。
预料儿昏丞相暴，爱将兵马护茔陵。

七绝·骊山华清池怀古（二首）

其一

博妃一笑倾周国，佳丽浴姿迷帝魂。
兵谏枪声君梦断，同驱猛虎扭乾坤。

其二

粉黛风姿倾几朝？终归玉殒尽香消。
脂凝花瓣随泉去，换主楼台更艳娇。

七绝·过西安有感（二首）

其一

不休歌舞清平调，长乐四方歌大风。
巨变沧桑辞往事，今时更胜汉唐雄。

其二

娇姝一笑江山失，怠政迷妃战乱生。
千载悠悠为玉鉴，驱邪扶正万年荣。

七律·登西安城墙

碧空如洗正秋高，古邑生辉新貌娇。
雄伟城墙围镐廓，巍峨雁塔耸云霄。
沧桑未改炎黄慧，岁月更兴意气豪。
汉阙唐宫谁识得，千年兵俑忆前朝。

七律·乾陵

小小梁山埋二帝，青松茂草拥荒丘。
一千岁月留无恙，六十五宾拱没头。
有史讴皇民颂李，无碑论曌国称周。

沧桑巨变人间换，五绝乾陵引壮游。

七律·登西安大雁塔（二首）

其一

圣塔穿云探玉盘，风摧雨劫历千难。
凌空便觉湖山小，极目尤知宇宙宽。
二水奔腾飘白练，群峦起伏卷狂澜。
天王留下人间宝，永镇妖魔万世安。

其二

谁铸巍峨擎玉宇，千年挺立锷无残。
登巅情逐渭涛激，放眼胸随秦域宽。
远眺神州花锦簇，俯瞰城郭霭雯漫。
唐风犹在添新韵，雏雁齐翔大雁欢。

刘学耕

1948年生，笔名文未，河南省固始县人。中华诗词学会、河南诗词学会会员，固始县诗词学会秘书长。作品、小传入编《中华当代边塞诗词精选》等，著有《文未吟草》。

七绝·临潼杂咏（二首）

其一　参观秦兵马俑

千军万马驻临潼，土塑泥胎巧匠工。
地下始皇醒也否？亡秦三户入关中。

其二　贵妃池

承宠温泉沐玉环，妖腰浴出笑龙颜。

凝情妃子池流恨，一曲骊歌催泪潸。

七律·秦岭三月桃花雪

远游秦岭赏春光，山下桃花尽吐芳。
柳暗水清风得意，云轻雨细草凝香。
车行岭上观银色，雪舞峦巅披玉妆。
乍暖还寒三月景，红深绿透白茫茫。

七律·华山（三首）

其一　登华山

春风送我上华山，十步行时九顾环。
偷眼群峰烟浪里，惊魂一刃谷空间。
云梯龙驾垂千丈，神物天生展万颜。
为赏石莲开绝壁，蓬莱仰止赋余闲。

其二　苍龙岭

豁眸惊看太华险，岂料苍龙稀世奇。
峭刃插天垂万丈，孤云飞谷化千姿。
匍行岭背觉心跳，横眺峰巅缓目移。
坠魄失魂谁解意，高山仰止彩虹霓。

其三　莲花峰

百叶莲开绝壁巅，岩花承露染云烟。
雾中三岛荟千客，天外一荷招众贤。
韩愈峰头歌玉井，杜陵岳顶问真泉。
斜阳辉映芙蓉笑，邀我瑶池撑宇船。

七律·陕北行吟（五首）

其一　过延安

一路行歌一路弦，欣瞻宝塔仰先贤。

延河水奏迎宾曲，窑洞帘垂映画椽。
塞上秋光辉圣地，山间铁道接平川。
当年巨手挥三旅，今日烽烟化紫烟。

其二　到吴起

驱车千里到吴起，久慕长征此会师。
窑洞帘垂明月夜，金风霞蔚爽秋时。
长城起舞黄河沸，羌笛歌吟盛世词。
感慨群山铭战史，老区处处焕新姿。

其三　夜宿志丹县

远行慕宿志丹城，激我瞻贤缅烈情。
不寐推窗观北斗，犹闻吹号会神兵。
拼将怒火熄烽火，换得炮声弄笛声。
歌咏保安秋夜月，信天游曲献忠灵。

其四　瞻龙驭阁

巡视中原九月重，旨麾天外降黄龙。
轩辕述职腾空去，黎庶感恩寻帝踪。
陵葬衣冠陪宝剑，碑镌功德映霓虹。
桥山龙驭凌烟阁，裕后昆繁万物丰。

其五　览黄陵八景

黄陵古柏贻高德，汉武仙台裕后贤。
瑞霭龙湾腾晓雾，岚浮凤岭起炊烟。
俊游沮水秋风爽，相约桥山夜月圆。
南谷黄花神韵永，北岩净石勒碑传。

满江红·游骊山抒怀

仰止骊山，千古事、谁人评说？赢一笑、戏侯烽火，丢疆失阙。土塑泥胎凭鬼斧，铁车陶俑秦陵垤。洗凝脂、赐浴乐生悲，红颜殁。

残垒在，烽烟绝，池水暖，羁人惬。虎斑兵谏处，弹痕留穴。起伏峰峦呈俊影，古今墨客书佳牒。国昌盛、一统稷长安，民心切！

满江红·行经太华

百态千姿，晴岚处、太华浴出。灵迹履、险奇天外，动魂惊魄。嶂峡倾岩威劈项，天梯仙磴高攀级。五云下、驾一刃危桥，苍龙峤。

谷壑削，犁缝窄。翻鹞子，观枰弈。越长空栈道，踏云飞壁。发际青天红日近，眉收翠岳苍松密。倚风眺、赏石刻摩崖，千秋立。

沁园春·黄陵谒祖

净面虔心，仰止黄陵，拜谒轩辕。慕山门耸立，碑亭肃穆，龙池洗印，古柏参天。沮水萦回，桥山拱抱，九五龙庭挽百川。高攀级，赴瑶台采韵，献至尊前。　　巍巍华夏绵延，先祖德、嗣昆奕代传。裕尧天舜日，秦皇汉武，唐宗宋祖，古圣今贤。月有盈亏，邦期一统，几度悲离几合欢。香一炷，信娲能补缺，游子欣还。

刘宝和

1922年生，字翼之，湖北省任丘市人。河南师范学院中文系毕业，先后任高中教师、大学教授。1975—1979年参加中南4省区修订《辞源》工作，任河南组业务组长，已退休。中华诗词学会会员，著有《李颀诗评注》《诗歌精选》。

五律·登华山

盛夏过西岳，登临太华峰。
四围天地小，一路日星从。
宇内青山冠，人间白帝封。
千寻岩似削，岂让岱为宗。

五律·过汉中

群山罗四面,一水贯中流。
绿树新城市,青田旧雍州。
齐王曾破楚①,蜀相未兴刘②。
同是龙飞地,时移便不侔。

注释

①韩信佐汉,出汉中,定三秦,破赵败齐,封齐王,遂灭楚。
②诸葛亮佐刘备,辅刘禅,终未能重兴汉室。

七绝·骊山

长安东去骑如云,百里旌旗曙不分。
山上歌钟无限好,可怜黎庶不堪闻。

七绝·韦曲杜公祠

工部祠堂古杜陵,满山松柏借荣名。
人间自有春秋笔,不重高官重老成。

七绝·咸阳怀古

千里关河旧帝居,秦人宫殿楚人馀。
轻将鹑首留归汉①,岂可君王不读书?

注释

①《汉书·天文志》:"自井至柳,谓之鹑首之次,秦之分野也"。项羽入关不居,留与汉人,遂失天下。

七绝·过徐懋功墓

谁道先生是武人,归降犹作魏公臣。
可怜老去无棱角,易后从君只为身①。

注释

①唐高宗废王皇后，欲立武昭仪，大臣多持不可，高宗疑以问李勣（原名徐世勣，字懋功）。曰："此陛下家事，何须问外人。"帝意遂决。

七绝·兴庆宫怀古（二首）

其一

靖难开基业有光，宫中艳说李三郎。
可怜一曲霓裳舞，万里烽烟起范阳。

其二

友于花萼说相辉，勤政楼存意已违。
天下兴亡浑不管，沉香亭上看杨妃。

七律·观秦兵马俑

函谷关前敢弄烽，君王地下有兵戎。
生时利器常追北，死后雄图尚向东。
黔首自吟枷锁下，白竿终起草莱中。
可怜一代英雄主，不见阶前干羽功。

七律·望魏徵墓

魏公相业冠全唐，墓近昭陵最有光。
神道碑烦天子笔，墓中寝用大君梁。
孤忠抗疏扶社稷，只手回天立纪纲。
漫道先生多妩媚，全凭当日遇文皇。

七律·过汉武帝茂陵

旌旗万里北征归，大漠宣扬汉国威。
九域黎元禾黍盛，三边郡县犬羊肥。

丝绸从此通西土，疆界而今奉旧畿。
武帝功勋千古在，可怜车马吊来稀。

七律·雨中寻曲江池故迹

城南凭吊曲江池，陵谷依稀忆昔时。
尽日楼台歌不断，终年权贵马频嘶。
千家暮雨归禾亩，一夜秋风入槿篱。
早识繁华终有歇，门前何事树旌旗①。

注释

①唐制，五品以上官门前得树旗杆。

七律·登华山西峰

莲花峰上望秦川，滚滚红尘树有烟。
衣带一泓清渭水，棋枰四面远郊田。
隔河山断神灵足①，削壁岩飞玉女泉②。
乘兴欲寻方外去，恨无云路可升天。

注释

①太华、中条原为一山，阻河水而不流，河神巨灵，以足踏之，山分为两，河水遂通。

②中峰，一名玉女峰，有玉女洗头盆，故名。玉女洗头处也。

刘建国

1931年生,湖南省醴陵县人。毕业于华中师苑大学,湘潭大学中文系教授。《中国韵文学刊》常务编委。著有《茶余论古》《越绝书新译》等。

五绝·华山吟(二首)

其一

太华俯秦川,雄豪冠五岳。
九州各族魂,共铸神山魄。

其二

攀援绝顶登,举首眺寥廓。
瑟瑟鼓松风,用天齐奏乐。

七绝·过乾陵

生前笑对宾王檄,死后犹栽绝世碑。
此石千年无一字,士林终服女皇威。

七律·秦始皇

一统江山大业新,威加寰宇虐蒸民。
鸣金大庙陈王泽,勒石高岗颂帝勋。
作福作威谁悟主,诚惶诚恐众谋身。
赵高乱国王朝灭,唯朕独尊种祸因。

七律·汉武帝

声威远过夏周商,卫霍军旗慑异邦。
罢黜百家浮议息,弘刊六籍颂声扬。
疑心讥贵刑司马,慧眼知人任霍光。

乱政残民能罪己，光明磊落胜秦皇。

刘建国

1948年生，字雅堂，号刘力，湖北省洪湖县人。1968年参军，复员后从事教育工作，历任校长、教委人事科长等职。中学高级教师。中华诗词学会会员，中华诗词楹联学会特邀研究员。

七律·西安即景

刀光剑影血无痕，旧史风流迹尚存。
大雁塔传唐佛教，半坡村现古人文。
华清池续先皇梦，兵马俑还始帝魂。
事在西安终有变，贵妃池里水犹温。

刘建威

1972年生，笔名知著。曾任基层乡镇秘书、副乡长等职，湖南省汨罗市人大常委会委员、财经工委副主任。

七律·长安吟

秦川八百望长安，十三王朝孰万年？
六合扫平尊始帝，九丘轶散属桑田。
七层雁塔千秋雨，一炬阿房四壁烟。
三辅而今咸阳畔，五环圣火耀尧天。

刘念先

1927年生，字小石，别名刘岩，陕西省三原县人。1951年毕业于西北大学历史系，留校任教于师范学院，后该院扩展为陕西师范大学，任历史系教授。长期从事世界史的教学与研究，培养硕士研究生多名。兼习诗歌书法。

五律·铜川虎头山晚眺

晚步上坡游，微风似早秋。
草荒难阻兴，路断不回头。
归鸟山前没，深川眼底收。
同行成一伍，谈笑自悠悠。

七绝·梦后记

蜀水巴山万里遥，梦魂飞越不重朝。
夜来月下渝州路，一似当年在灞桥。

七绝·初雪

夜来初雪映窗明，晨起犹疑日乍晴。
出户迎人清润气，已先冬至觉春生。

七绝·西安建国门外水上公园垂钓

绿树平湖映碧秋，天光人影共悠悠。
渭滨垂钓原无意，竟惹鱼儿三上钩。

七绝·陕师大泾河农场杂咏（二首）

其一

山川环抱半临隈，青霭绿香扑面来。
千树万禾齐竞秀，翠屏碧海浪萦回。

其二

兴浪麦迎五两风,山原摇曳碧波中。
儿童几个溪桥上,青绿屏前数点红。

七律·再谒黄帝陵

尽道轩辕华夏先,文明嬗递五千年。
山河锦绣当光大,世纪繁荣赖继传。
空舞墨毫纯末技,应知民苦学真贤。
茫茫尘海昏昏过,虽老来游亦赧然。

七律·参观周原遗址留题

凝目山原忆古公,彬人老幼紧随东。
开疆拔械兴岐下,筑室营宫贬狄风。
镐洛文明源自在,周秦世业本相通。
《绵诗》《史记》添新证,发掘成书不泯功。

刘明锋

海南省万宁市人。1956年师专中文系毕业,中学高级教师,万宁市政协副主席。中华诗词学会会员,海南省诗词学会、省诗书画家联谊会常务理事,万宁诗词学会会长,作品多次获奖。主编《万州古今诗联集锦》《东山诗苑》等。

七律·旅秦咏古(四首)

其一 揭竿起义

五霸七雄相并吞,干戈起落国归秦。
独夫坑杀求长世,万众饥寒起义军。

破釜不留回楚路，入关先有进宫人。
史章从此翻新页，刘项纷争秋复春。

其二　阿房宫

蜀山砍尽阿房出，血泪染成秦帝宫。
楼阁奢华难入梦，妃嫔妩媚易争风。
咸阳街上怨声满，皇室家中骨肉空。
筑就长城函谷举，楚人一炬雾烟浓。

其三　西楚霸王

画戟乌骓楚霸王，神威英武震咸阳。
身临垓下方知计，马溺波涛犹好强。
羞渡江东伤父老，敢将首级赏同乡。
汉军大将裤裆客，原是鸿门执戟郎！

其四　西汉

鸿沟为界望西东，楚汉交锋虎豹雄。
栈道明修施妙计，陈仓暗度赚关中。
论功行赏贤才众，削地举良帝业隆。
废黜百家尊孔训，文韬武略震朝风。

刘亮如

1935年生，湖南省桃江县人。1950年参加中国人民解放军，1952年参加抗美援朝。1966年大学毕业，1987年晋升高级讲师。著有《营销心理学》《粮食商业经济学》等。

七绝·西安事变

狼烟四起国难宁，血溅山河鬼唱鸣。

义胆忠肝英杰出，骊山兵谏震枪声。

刘俊华

1934年生，陕西省旬邑县人。1948年参加解放军，1956年参加部队扫盲学习并开始文学创作。陕西省作协、中国图书评论学会、陕西省诗词学会会员。作品、小传入编多种专著，著有《寻觅》《履痕集》等多部诗、散文和评论集。

七绝·汉中访古（二首）

其一　古汉台

汉台雄伟气如虹，挥剑安邦唱大风。
功过千秋谁论说，杜鹃烟柳泣春红。

其二　拜将坛

楚河汉界各千秋，拜将高坛月似钩。
立马横刀成霸业，英雄忆念泪空流。

刘星灿

1933年生，四川省郫县人。退休干部，具有律师资格。诗词发表于《晚霞报》《中华诗词》等，多次获奖。

浪淘沙·黄陵祭祖

龙帜映熙霞，披戴袈裟。依依杨柳绽新芽。一口乡音谈不尽，紫燕横斜。　　祭祖始还家，悲喜交加。桥山和唱颂中华。与子重温《棠棣》赋，期待新花。

高阳台·黄陵

沮水逶迤,陕塬苍莽,帝陵静穆桥山。古柏森森,夕阳凤岭轻烟。轩辕圣庙钟声远,洛河波、恁绣秦川。好时光、游子寻根,香火龙传。　　开疆始祖彰天下,创车舟弓矢,盟会中原。立则初民,文明荟萃英贤。神州胜迹流芳永,转乾坤、肇五千年。喜今朝、更有鹏,奋翮新天。

刘星魁

1926年生,号越城居士,广西壮族自治区桂林市资源县人。北京电视大学中文系毕业,国防科工委老干部大学总校主任。中华诗词学会会员、解放军红叶诗社编委、北京卿云诗社社长,《晚晴诗选》《卿云诗刊》主编。著有诗词集《岁月情怀》。

七绝·西安大雁塔

登临古塔望秦川,满目长安浴瑞烟。
大雁归来寻故地,风光处处胜从前。

七绝·曲江寒窑

夜伴孤灯十八年,初衷不改志仍坚。
寒窑一觉鸳鸯梦,谁与宝钏比慧贤。

七绝·杜公祠

漫步樊川景色深,少陵原上觅诗魂。
杜公虽逝千余载,诗句惊天泣鬼神。

七绝·灞桥

汉时送别出东门,柳絮飘扬柳叶新。
一奏深情吟远曲,灞桥含泪送行人。

七绝·乾陵无字碑

立碑无字有何奇,功过是非任尔题。
褒贬皆为身后事,无须自我定高低。

七绝·马嵬坡

一丘孤冢是非多,祸起明皇恋女娥。
黄土无情埋玉骨,贵妃冤死马嵬坡。

七绝·秦始皇

既得雄名又暴名,祖龙功过是非明。
一分为二评嬴政,对事对人公且平。

七绝·悼念张学良将军

痛恨倭奸盗版图,西安兵变抗东胡。
江山俏丽生痴爱,魂断他乡草木枯。

七绝·武则天(二首)

其一

天姿丽色入皇宫,掌握朝权几易龙。
敢让群臣呼万岁,身居帝位女中雄。

其二

唐代女皇武则天,改唐称帝建朝权。

废兴政制多功绩，妇女掌权创首篇。

七律·骊山

古木森森锁白云，山河兴废有余痕。
幽王无道玩烽火，天子寻欢迷美人。
鸿宴施谋范氏计，华池赐浴贵妃魂。
流传青史千般事，悲剧起因缘自身。

七律·秦兵马俑

一代君王成古丘，军威霸气未曾收。
六千陶俑出层土，八大奇观誉满球。
入葬尚需兵马卫，在朝早觉帝王愁。
而今已是风光处，赢得五洲万众游。

沁园春·三秦概览

西岳雄奇，秦岭云横，渭水东流。数长城旧史，咸阳古道，十朝帝业，秦汉春秋。翰墨碑林，秦陵兵马，文化名城万众讴。谈历史，论文明古迹，首冠全球。　　幽王乐极忘忧，玩烽火逗欢戏诸侯。叹风流天子，长生殿内，华清池畔，梦醉红楼。出走长安，六军不发，玉碎香消哭土丘。史为鉴，须廉明清政，方固金瓯。

刘海棠

1946年生，陕西省澄城县人。新疆财贸学校毕业，经济师。曾在新疆阿勒泰地区人行、澄城县农行等单位工作。现为陕西秦风诗词协会、澄城诗词协会会员。

七绝·渭河抗洪悼王文①

睹物思人往事稠，相机战斗展鸿猷。
镜头七彩华光聚，万代千秋史册留。

注释

①王文，渭河抢险采访中不幸落水牺牲的《渭南日报》记者。

七绝·黄河魂

乘风破浪浪千层，浪里漂流志更宏。
放眼黄河秦晋地，江山如画壮我行。

七绝·石堡川水库忆旧（三首）

其一　严冬筑大坝

沙飞石滚遍河川，滴水成冰暮岁寒。
莫道黄龙天险境，山尖筑坝试穿天。

其二　长宁倒拱

倒拱巍巍铁骨撑，东流碧水慰英灵。
流芳百世千秋业，璀璨明珠耀古徵。

其三　悼先烈

当年鏖战在石川，漫漫硝烟云雾间。
舍己捐躯呈壮志，赢得碧水润农田。

七律·咏壶梯山

莽莽黄龙峻岭雄,壶梯虎踞九州名。
将军挥手钟松败①,勇士持镖虎豹惊。
翠柏青泉临画境,忠魂铁骨立高峰。
姚公樵子景何在②,万顷森林盛世荣。

注释

①1948年8月,彭德怀、王震二将军指挥了著名的壶梯山战役,消灭了敌36师。
②清代诗人姚钦明曾作有《壶山樵子》一诗,远近闻名。

清平乐·崖畔事件遗址纪念碑揭幕有感①

悄悄古寨,昭著千秋代。风雨沧桑春亦在,喜看雄碑放彩。
东瀛蹂躏家邦,天兵欲刃豺狼。崖畔狂风巨浪,张公碧血豪光。

注释

①1936年12月,为了响应西安事变,中共陕西省委委员、宣传部长、澄城县委书记张鼎安与同胞兄弟张绍安等人,策划县保安大队武装起义,把部队从县城开往崖畔寨,由于地方反动武装势力勾结反动军阀,买通内奸,镇压了这次武装起义,制造了著名的崖畔惨案。

刘谊生

生平阙略。

七律·歌颂西安(二首)

其一

西安翰墨永飘香,继往开来耀彩光。
笔撰文深成雅典,诗吟精粹显珍章。

名驰四海情牵远，誉满九州意达长。
诸子精篇欧亚仰，百家文集五洲扬。

其二

阳光普照百花香，画展西安遍锦妆。
人杰智能开富道，庶民勤奋建康庄。
文明社会增温暖，清正府衙造福强。
百业兴隆顺天意，资源接踵吐吞长。

刘情玉

1943年生，又名泊雁，笔名羊脂玉，祖籍福建省安溪县，新加坡公民。澳大利亚"羊脂白玉轩"主人，新加坡收藏家协会会员，新加坡新风诗协会会长，《世纪风》诗刊出版人兼主编，《新风》诗刊主编。

七绝·秦兵马俑（三首）

其一

并吞六国战辉煌，专制蛮横民众殃。
冥界武兵车马阵，淫威极乐叹秦皇。

其二

领略秦朝感慨增，铜车驭马守皇陵。
当时霸业成灰烬，出土俑兵游客迎。

其三

咸阳古道几人归，冷却坑灰难震威。
回顾秦时烽火盛，兴衰成败已成非。

小重山·游西安感赋

雁塔潼关渭水悠,灞桥风雪漫、白云留。兴亡满眼引深愁,思妃子,池浴可含羞? 华夏启新猷,古都臻丽境、易春秋。四方商贾旅人稠,殷勤寄,一统补金瓯!

刘惠恕

1949年生,祖籍山东省蓬莱市。中共上海市建设党校历史专业教授。

七绝·咏汉未央宫旧址

斜挂残垣三二星,未央已毁旧台亭。
故观仅有城头月,依旧浩然照渭泾。

七绝·赞延安东征将士

东征万里历艰难,将士八千未解鞍。
抗日凯旋归故里,延安初晓月钩残。

七绝·骊山烽火台

先王备寇苦难挨,构筑骊山烽火台。
天子缘何重美色?佳人一笑犬夷来。

刘粤基

1927年生，陕西省西乡县人。《西乡县志》主编，副编审。汉中诗词学会副会长，太华诗社副社长，陕西省文史研究馆馆员。

五绝·咏宁强玉带河

锦衣玉带缠，碧水绕如环。
百代传佳咏，一桥笑巨澜。

七绝·游灵崖寺[①]

背岭临江一洞天，灵崖古寺伴林泉。
摩阶直上云霄外，胜景层峦鸟语喧。

注释

①宁强灵崖寺背靠文玉山，面临嘉陵江。

七绝·宝成线上

秦巴险峻列如屏，千里雄关一夜行。
蜀道艰难今不再，铁龙腾越倍轻盈。

七绝·木马河边即景[①]

木马河边春意稠，绿原苍野牧群牛。
珠镶巴岭多风采，野趣山光极目收。

注释

①西乡牧马河，古名木马河。

七绝·游飞凤山咏张飞[①]

儒将虎臣文武兼，桓侯豪气贯云天。

长矛镌石留瑰宝，奇迹千秋飞凤山。

注释

①飞凤山有摩崖石刻，传为张飞手书。

七绝·石门摩崖

玉盆石虎迓嘉宾，石刻摩崖众彩陈。
"衮雪"褒河腾细浪，石门蜀道万年春。

七绝·游班城怀古①

镇巴览胜正秋浓，极目山城气势雄。
遥想当年班定远，阶前怀古慕英风。

注释

①班超封地在镇巴，故名班城。

七绝·谒张骞墓①

蜿蜒线路是谁裁？博望凿通万里埃。
开拓精神传百代，今朝机遇又重来。

注释

①张骞封博望侯，墓地在城固。

七绝·茶镇湾印象

水天一色碧如蓝，新景又添茶镇湾。
莫道秦巴多峻岭，湖波山影小江南。

七绝·石泉杂咏（二首）

其一　石泉水库即景

碧波万顷美言稠，胜似"清泉石上流"。

大坝雄姿龙虎口，银涛飞瀑赛蜃楼。

其二　石泉至曾溪江上游

一叶机帆行似箭，排澜劈浪水潺潺。
群山两岸如屏列，江上风光别有天。

七律·过五丁关

车行蜀道览遗迹，云栈巍峨举世稀。
勇士轶闻饶史趣，石牛佳话富传奇。
愁云弥漫千山暗，烟雨苍茫万壑低。
古往今来多少事，恰如盘道路岖崎。

七律·镇巴行

思绪飞扬心浪涌，流光卅载一挥中。
松涛水缓鸣青鸟，路绕车驰舞彩龙。
崖壁冲天岩黛紫，枫杉夹道叶绯红。
山川胜迹形依旧，易逝韶华叹疾风。

南歌子·洋县唐塔

邂逅来洋县，开明寺塔高。巍然始建在唐朝，层有佛龛千载艺妖娆。

少年游·鹿龄寺

鹿龄宝寺誉西乡，古建色生香。伊斯兰教，觐朝圣地，西北远名扬。　珍稀大树千年旺，照壁最堂皇。绝艺牌楼，砖雕精湛，万载可流芳。

南乡子·蜀道及石门石刻国际学术研讨会

十月正秋浓，雅士欣然聚汉中。蜀道联通华夏地，奇功！汉魏遗风万代雄。　　栈道势凌空，飞越关山十万重。圣手书家惊妙笔，蛇龙！"颂"迹"铭"文在险峰。

定风波·汉台拾趣

忙里偷闲访汉台，高皇遗迹独徘徊。烟树云山亭阁翠，微醉，登楼赏景数瑶阶。　　极目江流如一线，飞燕，穿梭展翅去还来。玉砌雕栏檐翘起，无比，名花异卉向阳开。

感皇恩·西乡建文崖

怀古建文崖，朱明祸起，皇叔挥师禁宫逼。金銮一炬，乘乱逃远避。如惊弓翠鸟，离网鲫。　　讳姓埋名，佛头隐匿。世事烟云若儿戏。参禅人定，僧老安然圆寂。巴山真福地，埋皇帝。

高阳台·张良庙抒怀

紫柏山前，万千气象，子房明哲千秋。峻岭柴关，松柏永伴留侯。二溪拱揖双环抱，授书楼、曲径通幽。道盘盘、奋步瑶阶，心旷神悠。　　毕生彪炳功勋著，识弓藏兔死，巧运刚柔，粪土荣华，胸怀淡泊无求。当初进履伸宏志，习天书、灭项匡刘。到头来、徒为人谋，辟谷仙游。

沁园春·记曲江盛事

十月金秋，天高云淡，万里晴光。喜四方贤哲，文思敏睿；三秦英彦，神采飞扬。雅集长安，雁塔流韵，思接兰亭颂《甘棠》。舒眉眼，取云笺百幅，挥洒诗章。　　松枫最喜凌霜，正人物风流国粹扬。想谪仙饮酒，微眸醉眼；乐天濡笔，几许柔肠。泼墨腾龙，名篇传世，锦绣神州黄土香。共欢娱，把芳馨秋色，播满帝乡。

刘麟素

　　1923年生,湖南省宁乡县人。曾任湖南矿业集团经理、编辑等职,副处级。现为中华诗词学会、中国老年书画研究会会员,宁乡诗联协会顾问,长沙市老干部诗词联协会理事。诗词在全国各级诗词赛上获二、三等奖,并在《中华新闻》《中华诗词》等多家书刊报发表。国画获得全国各种书画赛金、银、铜、优秀奖,流传海外。著有《梅园诗文书画集》及续集。

七绝·兵谏亭

　　骊山风景重游日,怅触低回兵谏亭。
　　我为将军长叹息,当初何必赴金陵!

浪淘沙·骊山行

麦浪似云翻,榴火如丹,骊山晚照景尤妍。一脉温泉流不尽,荡涤暖尘寰。　　往事竟如烟,史鉴昭然,幽王烽火自摧残。妃子脂凝香沐处,换了人间。

刘勤新

1938年生,笔名天生、冠雪,福建省周宁县人。工程师,1961年起从事水电建设技术工作38年,1998年退休。1957年起开始在报刊发表诸体文艺作品200多篇章,发表中华传统诗词600多首,入编《中华颂》《华夏颂诗词名篇大鉴》等百多部诗词选集。系中华诗词文化研究所研究员、《联合文艺报》名誉编审。著有文集《刘勤新笔花聚秀》。

七律·黄陵行吟(二首)

其一　汉武仙台

万里兴兵北朔埃,春风得意筑仙台。
凯旋获胜豪雄至,盖世丰功盛汉开。
敬祖祈祥兴后代,怀诚道孝仰贤才。
高扬壮志荣新势,翠柏长青旺气来。

其二　月圆黄陵

夜秀桥山见月圆,新千岁禧正开元。
群峰拱立驰祥脉,一冢隆卧发瑞源。
玉桂飘香催健步,神舟览胜访婵娟。
空盈黛彩斑斓秀,遍地花香菊茂园。

华钟彦（1906—1987）

名连圃，辽宁省沈阳市人。北京大学毕业，曾任天津女子师范学校、东北大学等校教授。著有《花间集注》《华钟彦诗词选》等。

七律·李闯王

万里风云羽檄传，九重城阙舞金鞭。
豪华尽出成功后，败毁常存内蛀先。
越水有姝关大计，吴宫一剑绝忠贤。
英雄失路知何恨，多恐孤高听信偏。

危惠如

1929年生，谱名载华。大学文化，原江西省司法厅司法志办公室主任，现为江西省诗词学会常务理事。著有《载华百咏》等。

五律·谒黄帝陵

巍巍始祖陵，圣地应天荣。
古柏昂头角，神龙降顶层。
前山金虎卫，侧岭凤龟承。
赤子寻根愿，炎黄再跃腾！

七律·观秦兵马俑

秦军俑阵出桑田，宛见争雄恶战前。
队列森森骁气盛，戈矛闪闪剑光旋。
兵丁勇悍先声吼，大将从容胜算坚。
扫荡诸侯攻必克，抗衡沛楚惜难全。

七律·过秦始皇陵

岿然帝冢郁葱葱，毁誉千秋论梓宫。
铁骑纵横平六合，祖龙一统汰群雄。
车书斗秤均同制，海角中原得网通。
虐政焚坑当贬斥，难销古史不湮功。

七律·看乾陵无字碑

女皇志趣亦称奇，墓葬单留没字碑。
不怨宾王多伐罪，偏嗔宰相未知麒。
兴除进黜今人策，毁誉诛扬后代辞。
遗制存疑无定论，见仁见智再深窥。

七律·访扶风法门寺

古刹源流溯汉唐，庋藏舍利盛名扬。
地宫久闭逾千载，龛宝重开震八荒。
佛指仅存尊至圣，奇珍涌溢泛灵光。
法门文化迎佳客，跨海翻山访美阳①。

注释

①法门寺古属美阳郡。

七律·咏西安碑林

历代名碑荟艺林，奇葩国粹馆中寻。
石坚隐现镶天质，字劲能闻掷地音。
铁画银钩飞凤鸟，颜筋柳骨品瑶琳。
千金难买羲之帖，眼拓神摹印素心。

一剪梅·乾陵咏武氏

绝代天生俏馆娃，丽质堪夸，心计堪夸。含苞搋上凤凰车，父也怜花，子也怜花。　　再抱琵琶面半遮，忍脱宫纱，暂换袈裟。乾坤股掌任骄奢，封后唐家，称帝周家。

同志亮

生平阙略。

七绝·华山颂

神州处处有名山，华岳雄奇更壮观。
淡淡祥云千仞上，巍巍灵气五峰间。

向成国

1941年生，四川省三台县人。水利工程师，中华诗词学会、中国楹联学会会员，中华诗词文化研究所研究员，四川省楹联学会、绵阳市诗词学会理事。作品、小传入编《中国当代诗词艺术家大辞典》《中国当代楹联艺术家大辞典》等。

七绝·西安咏古

古楼古塔古城墙，古色古香溯远长。
华夏风云多聚此，秦皇汉武太宗唐。

七绝·华山远眺

云遮雾障险名山，遥望群峰插九天。

巍秀灵奇冠华夏，他年有暇定登攀。

七绝·华清池咏怀（三首）

其一

打坐龙头摄一张，悠闲自得喜洋洋。
人生苦短及时乐，愉快身心利健康。

其二

华清池内凤迎龙，千古美谈传域中。
兵变马嵬坡上下，香消玉殒一场空。

其三

红颜祸水乱弹琴，中外古今成见深。
七尺堂堂男子汉，强词夺理是亏心。

向英蒲

1942年生，湖南省溆浦县人。1961年入伍，毕业于空军上海政治学院。大校，已退休。现为陕西省诗词学会会员、雁塔诗词学会理事、《雁塔诗词》副主编。创作诗、词、曲、联近千首（副）。

五绝·宝鸡钓鱼台

璜石荐春秋，磻溪垂直钩。
忧时待风雨，白首钓王侯。

五律·游华清宫

翠掩长生殿，莺啼连理枝。

游园入春梦，怀古问汤池。
楼阁君王业，林泉天地诗。
徜徉咏长恨，谁误两情痴？

五律·大兴善寺佛光普照

大千有洞天，兴教广逢缘。
善积密宗训，寺遵法祖传。
佛心怜俗子，光雨润桑田。
普度众生觉，照修可悟禅。

五律·游翠华山

云峰刀斧劈，高路翠蜿蜒。
冰洞寒浸骨，龙湫光照天。
危岩悬赤字，深壑挂轻烟。
谁着丹青画，伟哉大自然。

五律·悼张学良将军

救国犯天条，龙泉锁未销。
华清包地胆，囹圄顶天腰。
黑水白山梦，青灯黄卷宵。
百年唯一愿，两岸共笙箫。

五律·看杨虎城将军生平展

少小事兵戎，挥师扫毒龙。
威加帝王地，兵谏华清宫。
囹圄青松节，神州大将风。
一生光国史，千古亦英雄！

七绝·西安钟楼

一楼雄踞古城中,贯看沧桑老寿翁。
历尽兴亡逢盛世,心声唯有太平钟。

七律·延安曙光

宝塔巍巍延水长,江山指顾仰中央。
救亡河岳歼狂寇,解救农耕济大荒。
窑洞灯光成北斗,熔炉圣火铸肝肠。
十年生聚十年战,直捣黄龙赤帜扬。

七律·漫游朱雀森林公园

草长莺啼莫等闲,寻春迢递访林泉。
凝神绝岭云飞岫,信步青涛波拍肩。
投石溪旁看水笑,披襟松下伴风眠。
啸歌吐纳舒筋络,跋涉流连乐忘年。

七律·题陕西省美协周晓燕首届个人画展

一如紫燕啄春泥,志在丹青勤种畦。
芳草美人神动魄,云林山水气凌霓。
画中遍染呕心血,灯下惯闻报晓鸡。
满室琳琅光射斗,菜根嚼尽是天梯。

七律·观秦兵马俑

千古江山一帝雄,中原逐鹿起强龙。
长城不倒骄华夏,兵阵重光耀武功。
竹帛烟灰随渭水,铜车驷马啸秦风。
宾朋万里争相拜,岁月深埋业未空。

七律·夜上华山

华山如削夜朦胧,结伴闻鸡攀斗宫。
壑静溪泉敲耳鼓,星稀荧电辨岩松。
苍龙拱背惊云海,鹞子翻身奋杰雄。
金锁初明寒到骨,为看东方一轮红。

七律·西安新城广场

一柱擎天旗照红,芬芳草木色葱茏。
高标商幅扬新貌,平展画图美旧容。
喷水池台妃出浴,忘情物我鸽亲童。
谁知今日休闲地,曾是当年万岁宫。

七律·游大唐芙蓉园

谁比风流傲曲江,芙蓉姿色竞辉煌。
楼台烟水游人醉,诗韵文华草木香。
访杏神追探花宴,临溪思饮转流觞。
皇家剧院听鸣凤,千载梦回惊大唐。

七律·乾陵

梁山访古说王侯,一入尘埃万事休。
帝冢繁华泯野草,陵碑冷落老荒丘。
刀光剑影烟云散,凤表龙威苔石留。
回望泥封谁贵贱?无边麦浪绿油油。

七律·庆祝西安解放五十周年(二首)

其一

攻坚三役奋神威,大将西征战鼓催。

卷阵枪林气吞日，腾霄声浪炮轰雷。
渭河飞渡歼残敌，魔窟周旋扫劫灰。
今日欢呼五旬庆，榴花映日满城辉。

其二

春风一夜到长安，捷报红旗唱凯旋。
钟鼓塔陵飞紫气，人民城郭焕新颜。
鸟鸣深树花铺地，楼接瑶空锦绣天。
接力宏图跨世纪，新征又起两千年。

七律·秋到长安（二首）

其一

秋到长安分外娇，榴霞柿火桂香飘。
琼林雨洗容光焕，阆苑晴涂色彩调。
钟鼓楼头燕穿锦，湫湖画艇箭射潮。
唐宫汉殿梳妆罢，明月清风也折腰。

其二

梧桐细雨洗清秋，天放晴光好旅游。
铁马绕城舒老眼，祥龙破土展宏猷。
收梨打枣农家乐，访寺登塬生态幽。
荡涤尘嚣寻野趣，梦回垄亩卧高丘。

沁园春·游未央湖

斗室春秋，万般尘嚣，无处休闲。恰铜婚胜日，顿生野趣；晴空万里，露草芊芊。北出关楼，轻车如箭，一笑蓬莱到眼前。未央美，似明珠灿烂，　镶嵌秦川。纵游秀色湖山，凭谁问萧疏旧草滩？有新奇木屋，黄金沙岸；乐泉喷彩，快艇飞船。烟柳袅袅，银波翻叠，鱼跃鳞光笑语喧。留新影，寄流光岁月，沧海桑田。

吕达贤

1938年生于广西壮族自治区平南县环城镇平田竹儿根竹围村。大学本科毕业，中学高级英语教师，已退休。中华诗词文化研究所研究员，中国乡土作家协会理事，中国文化名人研究会副会长。发表诗词作品1000多篇首。

五绝·延安雁

鸿雁争飞急，高歌闯万关。
如泉心底话，不胜不家还。

七绝·临潼感赋（三首）

其一　骊山

今上骊山不用攀，缆车送我彩云间。
明皇妃子吟诗阁，多少情人把手牵。

其二　秦兵马俑

秦始皇陵兵马行，戈矛手执面如生。
地宫屈服二千载，一复原形动虎睛。

其三　秦始皇陵

皇陵东向背西倾，一岭云笼百雾生。
纵有三军车马守，阿房不敌项刘兵。

七绝·延安颂（四首）

其一　革命潮

人海茫茫流塞北，丹心如日耀冈峦。
步枪小米传佳话，革命豪情破地寒。

其三　文艺兵再次出征

沿着红军足迹行，延安日夜接新兵。
红旗一卷中华起，碧海繁星又远征。

其三　延安精神

要当豪杰到京城，将相妃王瞄尽清。
革命精神延安学，游人下马步长征。

其四　为纪念毛主席《在延安文艺座谈会上的讲话》发表六十周年而作

讲话传扬六十秋，春雷如鼓百花流。
英雄辈出诗书画，尽为工农唱五洲。

吕孝敬

1937年生，湖南省衡南县人。现为衡阳市诗词学会会员，中国乡土作家协会理事。著有《洪波诗联集》。

七绝·延安

韶山红日灿天涯，春煦延安烂漫花。
泽德惠民标史册，东风化雨救中华。

七绝·司马迁

自古忠良铁骨铮，为人辩护遭宫刑。
直言不讳遗风在，《史记》煌煌血染成。

七绝·西安事变缅怀张杨（二首）

其一

拳拳爱国浑身胆，耿耿忠心民族魂。
代代长传兵谏史，煌煌业绩世间钦。

其二

立马横刀斩寇奸，满腔热血解民悬。
独夫背信千秋唾，爱国英名万古传。

七律·西安感怀

秦皇一统舜尧天，大河焕彩骊山妍。
千载碑林雄宇宙，半坡遗址誉人寰。
双楼对峙悬钟鼓，两塔齐名壮渭川。
城阙华清兵马俑，昭陵六骏展奇观。

七律·西安大雁塔

雁塔曾将贝叶藏，佳名美誉赖僧唐。
七层拔地闻禅语，四面悬门荡佛光。
八百秦川收眼底，三千历史涌心房。
青摇翠拥钟灵地，构造新奇远近扬。

七律·西安碑林

巍碑千座树于庭，雕刻名家手艺精。
篆隶楷行兼草体，周秦汉晋至明清。
银钩铁画龙蛇动，柳骨颜筋海岳惊。
最大石书留宝库，生花妙笔代相承。

七律·秦兵马俑

生吞六国霸王风,死入阴宫杀气腾。
十万戈矛陈战阵,六千兵俑护皇陵。
观形似见旌旗动,察势犹闻鼓角声。
天地奇闻堪赞赏,辉煌遗址世人惊。

雪梅香·华清池

此山秀,华清似镜面晴空。舞歌狂欢处,朝朝代代相同。拍岸香波荡河岳,映霞脂水浴芙蓉。忘形地,纸醉金迷,尤盛唐宫。　　春风。换天地,百代名池,大展眉峰。帝后专权,自今服务工农。柳榭花亭满宾客,绿男红女竞英容。挥雄笔,再绘宏图,辉耀球东。

锦堂春·漫咏陕西

西岳奇观,云横太乙,滔滔渭水东流。古市长安,多代帝业春秋。俑马泥兵秦墓,亿万宾客寻游。看众碑翰墨,蔚起人文,名冠全球。　　始皇刚愎戾深,叹幽王取宠,丧命亡周。池畔香迷天子,梦醉红楼。马嵬绫悬国貌,玉石碎、谁哭墟丘。历史从来作鉴,君主廉明,自固金瓯。

吕宏锦

生平阙略。

七绝·骊山(二首)

其一　兵谏亭

兵变西安正义张,一更兄弟阋于墙。

可怜少帅书生气,千里送君惹恨长。

其二　烽火台

翠微远上隐烽台,倾国倾城一笑哉。
假令女人为祸水,源头却是帝王开。

七律·谒乾陵

绝代佳人绝代王,乾坤旋转变三纲。
任贤纳谏开新制,尊女重权废旧章。
传檄有文情太激,丰碑无字意深长。
神州巾帼英雄众,数尽风流唯此皇。

吕忠汉

1936年生,号乐翁,中共党员。1951年7月入伍,曾参加抗美援朝,在部队任文化教员、防化指导员。转业到新疆,在生产建设兵团工作,回陕后,在西安市沣惠渠管理局任会计、股长、高级会计师。现为陕西省诗词学会会员、陕西省老年诗词学会副会长。

五绝·华山松

根扎悬崖缝,昂头暮霭中。
狂风吹不倒,雨雪更葱茏。

五律·谒帝喾陵

帝喾陵恒久,碑残且草芜。
巨龙看劲舞,四海共欢呼。
日月金光照,山河气象殊。

宜栽千亩柏，耀祖惠千夫。

五律·长安唐槐

虬枝华翠盖，傲立骨铮铮。
福祸千年事，枯荣几度情。
洋洋沐春雨，娓娓赋秋声。
荫惠思良久，形神启后生。

五律·火棘

西安环城公园有一种常青灌木，花白果红，均小且繁，名"火棘"，俗名"救兵粮"。相传三国时，士兵食其果充饥，故名。

灌木难为栋，常青气宇昂。
花容羞美艳，淡雅胜芳香。
有果垂枝叶，如梅傲雪霜。
从无图大用，乐作救兵粮。

七绝·观秦腔《游西湖》有感

西湖忿怨忆梅香，最恼平章杀慧娘。
鬼审幽幽抒梦幻，谁为世上锄暴强。

七绝·暮春访岐山杜城村[①]

芊芊绿麦菜花黄，故地周王建国邦。
淳厚民风崇礼教，绵绵瓜瓞意情长。

注释

①杜城乃周原都城的西城门遗址。《诗经·绵》记述歌颂周太王率民建都的事迹就发生在此地。

七律·洽川游

结伴青年乐趣稠,漂漂惬意荡轻舟。
鹭鸥戏水瀵泉涌,蒲柳推波锦鲤游。
莽野通途晨客喜,訾陵仄径暮鸦愁。
河清急盼还林草,雁掠蓝天醉晚秋。

沁园春·别故乡西安

旭日东升,信步城墙,别绪涌涛。看郊原绿麦,收成有望;红楼簇簇,雁塔高标。小巷长街,行骑密快,后涌前驱滚浪潮。家乡好,是神州宝地,美丽丰饶。　　抬头放眼迢迢。大西北新疆把手邀。有千顷荒野,祈花盼翠,河山锦绣,要我涂描。燕雀栖窝,焉能大志,应效雄鹰任翼翱。听召唤,到兵团垦战,别样妖娆。

江城子·己卯年冬月初八老年人在西安城墙长跑

精神抖擞上城墙,净衣裳,喜洋洋。秧歌锣鼓,呐喊激吾狂。翁媪三千长跑赛,三九冷,各争强。　　童颜鹤发气轩昂,助人忙,寿而康。为国为家,蚕老吐丝长。菊艳梅红松柏翠,春更闹,百花香。

江城子·记陕西省诗词学会"九九元宵联谊会"

元宵佳节好春光。腊梅香,玉兰芳。名流雅士,欢乐聚华堂。翰墨诗章吟唱和,音韵美,九回肠。　　中华文化溯流长。国魂彰,气轩昂。强国富民,正气要弘扬。万紫千红莺燕至,歌且舞,庆吉祥。

水调歌头·志愿军战士聚会有感并序

　　抗美援朝五十周年,《华商报》主持在陕志愿军老战士于兴庆宫公园聚会,归来填词一首。

重把战歌唱,迈步气轩昂。三千战友欢聚,感谢报华商。齐赞英明决策，畅叙硝烟情愫，热泪话沧桑。怀念众先烈，万古永流芳。枫叶红，松柏翠，菊花香。忠魂梦问无恙？知足乐安康。祖国繁荣昌盛，百姓争奔富境，反霸御凶狂。锦绣山河壮，约再共翱翔。

回宗义

1939年生，回族。宁强县逸夫中学退休教师。

七绝·游略阳灵岩寺

灵岩古刹依山坳，漫上云梯隐碧霄。
洞府天成邻谷壑，香烟缭绕磬钟遥。

七律·略阳巨变

群翠连围山水变，岸堤垂柳绿如烟。
小区广厦云霄立，闹市人潮汗雨翻。
大道条条通四域，花园处处溢旃檀。
创新开放宏图展，古县腾飞引凤鸾。

七律·游华清池

怅望骊山兵谏亭，尘封岁月起雷霆。
当年苦难危华夏，"党国"犹弹反共经。
壮士毅然擎义帜，全民统战告功成。
是非功过谁言说？千古英名有史评。

七律·谒勉县武侯祠

南阳龙卧抱乾坤，乱世躬耕做隐人。

三顾求贤为一问,一篇对策定三分。
七擒酋敌南疆固,六伐中原北未伸。
五丈原悲灯泪尽,中华世代仰名臣。

七律·谒城固张骞墓

博望魂归汉水滨,悠悠岁月几千春。
险行万里蛮荒路,苦渡千河冰雪心。
拓劈丝绸通十国,凿空西域壮华尊。
东西文贸彪青史,无愧中华第一人。

七律·汉中

地吻秦巴彩玉盆,江连四海有龙吟。
箭飞秦陇缓边地,弹越川黔固海垠。
东进中原安九鼎,西吞雪域定昆仑。
横空坐断分南北,重镇天成确汉尊。

七律·汉江

汉水双源出蔡嶓,玉龙鳞闪泛银波。
江澄黛翠三千里,水载星蟾万代河。
传世《诗经》多咏叹,巨篇《经注》颂嵯峨。
一江润育金瓯地,万类欢颜尽舞歌。

七律·汉中兴元湖公园

兴元湖水碧幽幽,垂柳夹堤画境游。
一景十姝风物秀,半湖三界白鹇休。
园中有苑绿荫蔽,亭阁连厅游客稠。
同乐园中童叟共,休闲度假乐悠悠。

七律·颂西部大开发

西部春雷动地天，山欢水笑喜空前。
秦巴蜀水腾霞彩，宁陇荒山建绿园。
戈壁新城楼宇立，沙滩喜变米粮川。
重新开发西陲地，燕舞莺歌换管弦。

七律·宁强诚待八方贤

云溪玉带水安澜，孕育明珠启汉源。
二水中分三岸地，四虹飞跨两河川。
且看高速车流滚，莫说崎岖蜀道难。
商贾游人纷沓至，宁强诚待八方贤。

沁园春·金牛道

古道金牛，岁越千秋，纵贯陕川。叹秦巴路阻，万峰耸立；蜀江肆泄，千里奔湍。险隘重重，危崖座座，谷壑涛声唤杜鹃。须晴日，望夕阳斜照，尽染霞山。　　河山壮丽巍然，喜盛世危途已变迁。看峰峦俯首，坚关洞启；江河让路，国道轻穿。川陕腾飞，金牛喝道，西部门开不待鞭。宏图展，颂古途新貌，更上层天。

天仙子·巴山明珠宁强

玉带涧溪同一渡，黛翠影沉春永驻。两河三岸串明珠，游客慕，燕莺舞。亭苑柳垂飞白鹭。　　聚水起湖飘野雾，日月卧波摇玉树。游船一剪涌波涛，无限趣，和风沐。新貌古州铺彩路。

孙一今

1920年生，号塞翁，江西省高安县人。中共党员，1940年5月参加革命，大学文化，高级统计师。中华诗词学会会员，江西省诗协理事，湘西诗词学会副会长，《白崖诗词》主编。编有《涌泉集》等23卷。

七律·重游西安

武陵二度到西秦，四海倾杯共叹钦。
兴庆街头车如流，空医楼上座如吟。
登堂但愿常偕步，携手方知共此心。
八百河川长在望，风光无限数碑林。

沁园春·重游西安

十月风光，武陵北上，古道咸阳。望秦川远近，葱葱郁郁；骊山上下，莽莽苍苍。古老都城，繁荣市面，羊肉泡馍格外香。逢时节，看钟楼雁塔，也换新装。　　炎黄瑰宝珍藏。引中外游人细估量。有唐碑汉碣，金人石马；半坡遗址，无字文章。鉴古观今，开来继往，千古文明举世扬。行吟处，仰辉煌华夏，屹立东方。

孙丕任

1944年生，别署朝散，生于昌黎，长于北京。1968年毕业于北京大学中文系，后分配至辽宁铁岭农村任教，1977年调至辽宁省文联工作，现已退休。辽宁省诗词学会暨楹联学会副会长，沈阳市文史研究馆研究员。编著有《历代帝王诗选》《中国古代军事诗歌精选》等书。

七绝·陕游诗草（八首）

其一　大雁塔

风旋沙柱火盈山，塔记西游炳大千。
万众镂心真不朽，题名斗大等轻烟。

其二　灞桥

梦断长安客路遥，灞桥回首意萧骚。
天涯转瞬轻来去，无待离人折柳条。

其三　秦始皇陵

自营高阜闭坚城，吐纳江河日月星。
十万大军齐解甲，祖龙深帐梦初惊。

其四　秦兵马俑

堂堂军阵望无声，扫罢群雄偃旆旌。
忽见天光欣易帜，衔枚鼓勇助干城。

其五　鸿门宴旧址

帷幄高张大纛悬，春风犹畏剑光寒。
逡巡不预鸿门宴，独润樱花耀古原。

其六　武则天乾陵

横陈玉体沐天风，无字碑高功莫名。

独振坤纲遗远惠,娇娘善贾作洋声。

其七 华清池

温泉底事绮思浓,柳羡霓裳花妒容。
鼙鼓惊春恩雨断,未将团扇冷秋风。

其八 马嵬坡

谁怜香玉委泥沙,草自芊芊影自斜。
无限东风无限恨,春深不忍见梨花。

孙民随

1948年生,陕西西安人。庆安公司退休职工。中国国学研究会研究员,陕西省诗词学会会员,陕西太白诗社社员。

七绝·兴庆湖

湖光潋滟客游多,满目轻舟泛碧波。
人道杨妃闲逸处,千秋幽梦已蹉跎。

七绝·兴庆宫公园沉香亭

漫步阶前亦感怀,春光柳影映楼台。
贵妃不晓今朝事,四面游人接踵来。

七绝·太白泼墨山

诗仙泼墨已留芳,千古犹闻飞韵香。
正是金秋织锦绣,骚人继赋太白章。

七绝·西安城墙（三首）

其一

何言玉玺竖三秦？千载皇都举世闻。
不是亲身临帝域，焉知城阙壮乾坤。

其二

箭楼垛口甚峥嵘，似诉先贤防卫功。
遐越时空闻战鼓，兵刀血刃斗苍龙。

其三

威严端坐势崔巍，博大精深一史碑。
帝阙雄关今再现，风云历尽又春晖。

七律·杨凌农科城观感

阳春时节进杨凌，一路风光一路情。
道是骚人同雅聚，或言圣地共传经。
未知后稷今安在，却见农高已著称。
科技园中开示范，惠民硕果世闻名。

七律·西安环城公园

今日古城正靓妆，春风涤荡再辉煌。
垛楼重现旧时貌，绿水又书新世章。
泛舴清波环郭绕，通幽碧翠曲阡长。
游人笑指公园景，漫道林荫说汉唐。

七律·西安少陵原

龙眠凤卧历沧桑，千古传闻说汉唐。
座座村庄藏典故，堆堆黄土聚墨香。

只因浐潏钟灵地,便有皇家御苑乡。
沉寂光阴今已逝,春风沐浴再呈祥。

七律·马嵬坡怀古

堪在坡前忆黛眉,香魂一缕驭云飞。
荔枝不见贵妃笑,荒冢唯留残梦碑。
青史屡成姝丽恨,皇家依守帝宫威。
风云突现乾坤变,何对纤娥论是非。

七律·游安康

安康北望已茫然,秦岭烟消视野间。
千涧潺潺归汉水,万坡缓缓向巴山。
天生集镇钟灵地,雨润渔乡毓秀田。
更喜今朝兴市策,琼楼玉宇遍相连。

七律·春览陕北苹果园

条条沟壑喜逢春,座座古塬方碧茵。
万亩果园呈锦绣,千村荜户向琼琳。
仙花伴叶闻清郁,绿树舒枝显蔚林。
硕果甘甜香玉宇,蓝图再展富民心。

七律·宜川梨园

莫是明皇迁艺园,酥梨何故到宜川?
春风万里谱云曲,细雨千条弹管弦。
朵朵香花开愿景,株株绿树赋新篇。
欣闻壶口声声浪,催奏农家致富年。

七律·咏大雁塔（二首）

其一

雄立长安闹市中，千秋神韵煜芳容。
曲江流饮曾相映，雁塔题名更显荣。
梦恨昙花瞬间过，难将绚丽与时同。
屡遭乱世风云日，不改痴心耸碧空。

其二

古迹逢春更显彰，周边新宇正辉煌。
喷泉广场迎游客，慈恩殿堂呈佛光。
借得雄姿添胜景，邀来文墨洗尘霜。
唐僧故地重游日，不识浮屠已靓装。

七律·西安城墙（二首）

其一

疑将玉玺竖三秦，遂使关中做要津。
引得英豪常逐鹿，唯留城阙忆侯门。
饱经风雨依苍劲，历尽硝烟傲世尘。
仰望雄关浩然气，威严自与日长存。

其二

雄立三秦历帝京，巍然犹现汉唐风。
垛楼磅礴映霞蔚，门洞胸襟纳海瀛。
怎奈高墙非铁壁，何将堡垒视金城。
苍天不与长安梦，忘却行舟失汗青。

七律·秦岭（二首）

其一

一别昆仑便向东，重峦叠嶂跃苍龙。
千条飞瀑分流域，万仞雄峰障碧空。
雾锁终南藏异宝，雪拥太白隐仙踪。
巍巍西岳显神韵，感此无穷造化功。

其二

嵯峨秦岭近天庭，引得天尊尽宿营。
老母堂前朝圣殿，楼观台上赏真经。
古崖栈道书名胜，险隘雄关写汗青。
更有骚人长咏叹，唯留墨迹遍云峰。

孙传礼

1926年生，湖北省英山县人。大专文化，退休干部。系中华诗词学会会员。著有《短笛集》。

七律·延安深秋晨眺

苍穹斜挂月如弓，云淡星稀雁掠空。
汽笛频吹山径曲，心弦弹动酒旗红。
露珠润色花千树，枫叶飘香菊万丛。
宝塔擎天朝北斗，飞泉泻玉入诗筒。

孙传松

1925年生，山东省蓬莱市人。中国人民大学毕业，新疆维吾尔自治区伊犁州纪律检查委员会离休干部。中华诗词学会会员，新疆诗词学会顾问，伊犁诗词学会副会长。

七绝·咸阳花事

酽茶醇酒几杯奢，春到咸阳客到家。
雨绿晴红看不尽，青桐树傍紫荆花。

七绝·乾陵吊古

功过凭谁定是非，龙瞳狐媚概成灰。
可怜石上争雕镂，无字碑成有字碑。

七绝·发掘古灞桥桥墩遗址地傍柳巷村

泪痕酒渍柳丝条，别恨离肠古灞桥。
旧迹长湮今破土，散烟疏影又生潮。

七绝·乘游艇参加汉中南湖陆游纪念馆揭幕式（三首）

其一

一泓秋水带山流，汽笛声催舴艋舟。
今日诗人南郑会，只兴韵意不兴愁。

其二

山蒙碧水水凝秋，雨后南湖雾未收。
几拱飞桥林外隐，行人遥引拜诗酋。

其三

南湖胜景望中秋，纪念堂临揽月楼。

愿乞诗香分几许，得沾雨露亦风流。

七律·西安重游

长安更胜旧风光，李艳桃浓醉夕阳。
斗草莫忘苍鬓客，看花应似紫薇郎。
华清池畔嗟脂粉，无字碑前贬帝王。
夜卧高吟三叠曲，柳枝不再断人肠。

七律·兵谏亭怀张学良（二首）

其一

公子翩翩著性灵，白山黑水育菁英。
风流倜傥皆余事，骨气铮铮独卓行。
敢捋虎须擂谏鼓，曾凭豹胆请长缨。
终生羁绊无追悔，亘古男儿张汉卿。

其二

抗日旌旗举额头，西安半月识曹刘。
南京枉演戏中戏，溪口终遭囚外囚。
一念陪行真义气，八方营救等浮沤。
老家不许杀回去，忠荩难酬涕泗流。

七律·汉中题咏（三首）

其一　南湖陆游祠

碧湖隐约隔云山，变幻阴晴顷刻间。
风卷烟舒留笑靥，日蒸霞蔚纳欢颜。
将军射虎腰身健，帝子啼鹃血泪斑。
南望溟蒙巴蜀远，高峰遮断百重关。

其二　勉县诸葛亮祠遇雨

乌云朵朵乱遮山，雨浸案台黯澹看。
戍路仍观秦代月，游踪已过汉时关。
褒南战绩思兴替，剑北军书纪险艰。
诸葛旧祠梁父梦，碧霄万里走征鞍。

其三　张良庙、韩信拜将坛

几度远游过陕南，褒斜览古怅云天。
留侯庙隐风萧瑟，拜将台冤色碧玄。
代有哲臣知审势，史多霸主忌时贤。
烹藏各有千秋恨，刘季遗宫驼棘寒。

孙传熙

1925 年生，重庆市永川市人。退休高级教师。中华诗词学会、重庆市诗词学会会员。著有《观心屋片鳞集》，合著有《墨海涟漪》。

七律·读毛泽东《沁园春·雪》

睥秦睨汉笑天骄，覆地翻天胜百朝。
泽被九州歌丽日，功安四海泛春潮。
长江滚滚流无尽，岱岳巍巍仰更高。
尤喜东风催改革，风流历数看今朝。

孙临清

1944年生，辽宁省盖州市人。退休前任教于市教师进修学校，中学高级教师。中华诗词学会会员，营口市诗词学会副会长、会刊主编之一。作品在全国诗词大赛中获过一、二、三等奖。

七绝·黄陵八景新咏（五首）

其一　北岩净石

呈方丈许见奇岩，霜雪尘埃永不沾。
疑是轩辕宣墨吏，九天遗下石能廉。

其二　南谷黄花

南谷霜寒肃气侵，黄陵花绽遍黄金。
从知黄帝精神在，便惹骚人赋到今。

其三　龙湾晓雾

龙象神州世共仪，山瞻龙首展奇姿。
鸡鸣雨霁黄陵晓，正是云蒸霞蔚时。

其四　凤岭炊烟

烟浮凤岭幻迷生，沮水隔闻丝竹萦。
历尽沧桑千百度，如今又听凤凰鸣。

其五　黄陵古柏

古柏千秋历雪霜，株繁八万郁苍苍。
蕴藏民族精魂健，兆我炎黄永盛昌。

孙海宁

1923年生,笔名清凉愚叟,江苏省阜宁县人。毕业于上海交通大学,高级工程师。先后在华东军政委员会水利部、中央水利部、南京水利科学研究院工作,离休干部。江西省诗协、江南诗词学会会员。著有《清凉愚叟词选》《夕阳红诗词》等。

浪淘沙·过秦陵感赋

七大奇观举世惊,民夫十万筑秦陵。财源耗尽知多少,地下空留铁甲兵。

浪淘沙·哀秦始皇

独踞临潼万亩丘,凌云壮志著宏猷。鲸吞六国全无敌,二世江山已属刘。

西江月·华清池记游

翠柏苍松石径,风光绚丽晶莹。温泉水滑骊山青,赐浴杨妃有幸。胜迹沧桑变易,林园隶属众生。芳馨池畔认华清,疑是神仙雅境。

鹧鸪天·梦游唐宫

多少楼台烟雨中,水光山色月空蒙。相思一夜窗前梦,犹记长安万壑松。　风淡淡,日融融,杨妃跃马大明宫。明皇赐浴温泉水,满树桃花映夕红。

鹧鸪天·武则天《腊日宣诏幸上苑》

武氏专权世上稀,花须连夜发新枝。争名夺位篡君主,一诏空文乱节期。　违圣旨,抗熊罴,天香国色逐京师。丹花出放离淫后,正是伪周没落时。

舞春风·乾陵无字碑

武氏陵前无字碑,千秋矗立激风雷。垂帘听政铭青史,博大胸怀应属奇。　　废李称孤鸿鹄志,立周换号傲须眉。兴亡本是寻常事,且待通家论是非。

孙移泰

1941年生,陕西省岐山县人。干部。

七律·秦岭火车站

迂回平稳走青山,不再唏嘘蜀道难。
仰视奇峰和峻岭,俯瞰驿站与荒关。
百花烂漫流溪涧,万树青苍结碧环。
不是铁龙鸣笛唤,疑为醉卧彩云间。

安迪光

1929年生,江苏省兴化县人。大学文化,中共党员。1944年参加革命,从事经济建设工作,曾任省建设委员会副主任,1994年离休。中国毛泽东诗词研究会理事、中国楹联学会理事、中华诗词学会会员、江南诗词学会副会长。著有《怡神集》《艺苑撷英》等诗、词、联、文集多部。

五绝·西安碑林

文章歌大块,书法显神工。

博物扬宏旨，无邪乃著风。

五绝·西安唐艺术博物馆观后

中华文艺史，鼎盛著于唐。
库内多瑰宝，继承更发扬。

五绝·登乾陵

迈步登山顶，心潮逐浪平。
问君何胆壮，敢摘女皇缨。

五律·西安大雁塔

长安名胜地，雁塔久称雄。
突兀擎天柱，巍然镇国龙。
登巅云可掬，纵目景皆容。
岁月千三过，创痕数几重。

七绝·秦始皇陵

骊山北麓莲花灿，叠嶂层峦踞石门。
七十万军修廿载，一陵成葬万冤魂。

七绝·华清池

览胜何尝为猎奇，慕名来访帝王池。
寒风不减游人兴，正是新潮澎湃时。

七绝·观乾陵无字碑

万无一字却成碑，开此先河后世讥。
试问女皇何所似，平生举措是耶非？

七绝·唐永泰公主墓观后

妙女天真弃俗尘,怀珠不出掩啼痕。
风流纵有情千种,一抹浮云枉断魂。

七绝·华清池

幼读诗章颇觉奇,慕名今沐贵妃池。
温泉水滑脂凝去,峡谷身轻疾步追。
玉液怡神情脉脉,紫霞养性意痴痴。
海棠春暖馨香透,不见玉环何释疑。

诉衷情·纪念毛泽东《在延安文艺座谈会上的讲话》发表五十周年

当年潇洒说风流,巨擘导航舟。清泉喷涌而出,汩汩润神州。
邦始定,志方酬,业从头。巨篇宏旨,激荡文坛,普照千秋。

师　纶

1925年生,河北省徐水县人。在党政机关从事文字工作多年,甘肃省文史研究馆馆员、省诗词学会会员。

七绝·汉中拜将坛

刘邦拜将尚留坛,垓下风云空著篇。
烹狗藏弓龙虎斗,秋风萧瑟两千年。

七绝·留坝马道萧何追韩信处

褒斜道上曲弯多,月下追韩费折磨。
假使萧何非捷足,项刘结局又如何?

七绝·凤县酒奠梁①

酒奠名梁哲理昭,水流当酒叹无糟。
张良断水示心惩,世上贪婪犹未消。

注释

①传言峡出泉似酒,一老者收而售之。张良路过问其生意如何,老者叹以有酒无糟。张良曰:"天高不算高,人心比天高。凉水当酒卖,还嫌没酒糟。"从此泉竭。

七律·兴庆宫公园

兴庆宫中草木深,李唐陈迹漫追寻。
沉香亭静双欢倚,太白楼高独醉吟。
碧水粼粼摇锦舫,春风煦煦荡罗衿。
皇恩妃怨今何在?惟戒逸奢作鉴箴。

七律·马嵬驿

七夕情浓发誓盟,急来朕重贵妃轻。
忍看马嵬绫罗系,空听蜀山夜雨声。
御宇应兴王霸业,温馨原是女儿情。
玄宗失国玉环罪,如此论评大不平!

七律·骊山忆史

骊山如骏耸西秦,历史是非聚讼频。
褒姒得欢失民信,始皇作俑楚亡秦。
华清水暖玄宗赏,兵谏人惊国运新。

前事不忘车不覆，励精图治莫因循。

七律·七贤庄八路军西安办事处

小院深深旧物陈，数间斗室布衣衾。
周公笔系黎民运，朱总思关战火纷。
日日报闻传陕北，莘莘学子获阳春。
庭前伫立沉吟久，德泽千秋四海珍。

七律·延安行

伫立桥头听水声，一山一水有深情。
红旗指点妖魔伏，马列启蒙方向明。
旧址仰瞻思老辈，高楼崛起见新城。
中华幸有传家宝，永葆精神照锦程。

七律·游乾陵

妇女千年最底层，一人特出至尊名。
生前治绩留青史，身后乾州筑巨陵。
垒石成山黔首苦，番王列队外邦朋。
立碑无字深思蕴，后世贬褒好认承。

西江月·观西安秦腔折子戏

豪放苍凉莺啭，喜观地道秦风。苏三哀怨动人胸，梁绕余音入梦。
　　宋祖单骑涉险，寡孀苦奉婆公。慧娘吐火贯长空，魅力实堪称颂。

成达楚

1945年生,笔名沙石,丰登闲人,河南省孟州县人。大校军衔,高级工程师,《雁塔诗词》编委。曾获首届"宏文杯"中国传统诗词大奖赛金奖、"建安文学奖"一等奖等。著有《沙石集》。

五律·柯受良驾车飞越黄河

黄河何处险?壶口鬼神惊。
一举飞车过,千秋壮士名。
等闲生死事,更重子规情。
立下凌云志,人间万事成。

七律·黄河壶口瀑布

九曲奔腾吉县西,河床骤缩截然低。
飞流直下千寻壑,怒吼狂翻万丈泥。
晴日无云飘细雨,秋风有句唱虹霓。①
壮哉天地聚灵气,孕育中华日月齐。

注释

①明朝陈维蕃《壶口秋风》诗中有"秋风卷起千层浪,晚日迎来万丈虹"句。

七律·西安碑林感赋

书圣书仙聚此涯,名流雅士立千家。
蛟翻墨海层层浪,凤舞云霄道道霞。
景教刻文文震世,金碑镶玉玉无瑕。
神魂飘逸贯虹气,灵石长存夺目华。

七律·《官箴》刻石碑赞

西安碑林刻石箴言曰:"吏不畏吾严而畏吾廉,民不服吾能而服吾公，公则民不敢慢，廉则吏不敢欺。公生明廉生威。"读后有感。

官箴刻石出谁手？异彩奇光耀玉楼。
敢向官家言吏诀，更由民众镜王侯。
伪装粉饰风流客，青史长存孺子牛。
今日何缘重记取，灯红酒绿使人愁。

七律·重游华山

阴雨暂晴上太华，途中笑语众声夸。
峰穿云壁层层翠，阶绕松林步步崖。
幼子攀登轻路险，老妻停歇叹脚差。
下山不见琦儿面，笑坐云台任母咤。

七律·戊寅年重九登大雁塔

又逢重九上危楼，八面清风净是愁。
名寺新颜香拥客，烟波旧冢没王侯。
依天方觉故都小，放眼更兴壮士遒。
大雁绕飞何忍去，长安今日最风流。

七律·西安城墙咏

城阙巍峨世界名，秦砖汉瓦遗唐风。
门头楼阁重重立①，马面墩楼座座工。②
怒目悲光人漠漠，经风历雨事匆匆。
伤痕泪迹今朝涤，城上漫游忆铁公。③

注释

①城墙四门，每门门楼有三重楼阁：阙楼、箭楼和正楼。
②城墙外壁四周有"马面"98个，上建墩楼，"马面"长12米，宽20米，高与城墙齐。
③铁公指"铁市长"张铁民同志。

七律·钟楼登临咏

四街交汇耸楼琼,彩壁辉煌耀眼明。
红柱金檐琉瓦绿,鎏金宝顶基砖青。
西墙碑勒嵌歌记①,楼角形生飞翅莺。
莫怨今朝无大用,且听游客赞叹声。

注释

①西安钟楼西墙碑刊上嵌有《钟楼歌》和《钟楼记》。

七律·乾陵无字碑前感咏

骂名缘起女称皇,犹胜须眉堪自强。
纳谏唯才薄役赋,息兵节役奖农桑。
令传四海千家乐,名震五洲万户狂。
无字碑高明睿智,任人评说更留芳。

七律·电视收看朱朝辉单骑飞黄成功

雨浥山新天放晴,凌空跳架大河横。
龙吟壶口浪冲激,客待屏前心早惊。
人撒花环锦彩起,燕飞天堑嫁娘迎。
农娃初试英雄胆,轻夺亚洲第一名。

七律·中秋游丰庆公园赏月

月到中秋分外皎,公园处处起欢潮。
擎天玉柱邀仙客,下凡嫦娥舞柳腰。
观景听歌船戏水,操琴弄鼓夜吹箫。
游人兴致高无比,掌声笑语震九霄。

菩萨蛮·攀云梯登西岳朝阳峰

今生有幸天怜爱,同攀云路登天塞。放眼向阳台,迎宾聘老来。险峰游客少,闲步山阶绕。此景永心埋,心花长久开。

鹧鸪天·元宵三叠韵

其一 城墙公园观灯展

今夜城头分外娇,花灯十里涌人潮。东风竞放花千树,好戏连台艺技高。 虹霓烁,鼓锣敲,庆丰社火照天烧。火龙狂舞瑶台路,一碗汤圆醉夜宵。

其二 未央湖"世纪之花大型焰火音乐会"

今岁元宵月色皎,未央湖畔涨春潮。朝来游乐人无走,水映烟花兴致高。 鞭炮响,鼓声敲,红天红地遂心烧。千花沐浴春风里,漫步轻歌到子宵。

其三 老年社火队

粉面红花白发娇,逢春枯木赶新潮。谁家童子哈哈笑,盛赞爷爷奶奶豪。 红鼓穗,老人敲,激情烈烈火风烧。秧歌竞扭康庄道,再闹来年庆元宵。

沁园春·西安解放五十周年颂

满眼春光,燕舞莺歌,蝶勤蜂忙。看未央湖里,渔舟戏水;终南山下,草木争芳。商海科峰,日新月异,五十华年慨而慷。城门启,迎五洲宾客,盛世唐装。 悠悠灞水流长,润十三王朝万里疆。有淳风胜迹,星罗棋布;新人新事,巷颂街扬。文化名城,千年沉淀,八大工程花正香。宏图举,且腾飞新纪,再造辉煌。

沁园春·千禧年元宵节临潼军械厂观焰火致友人

难忘今宵，焰火礼花，灯海人潮。看响雷阵阵，红云绿雨；奇葩朵朵，玉树金梢。瀑泻天帘，银蛇狂舞，千种身姿万种娇。闪光里，绽万千花蕾，春闹重霄。　　佳朋佳节佳肴，引思绪翻江逐浪高。喜纪新春早，时来运转；图宏志壮，寒去冰消。一代英豪，胸怀长策，叱咤拏云胜券操。齐奋力，待腾飞之日，勿忘相邀。

成佑贤

1931年生，字荣树，贵州省桐梓县人。中共党员，1949年参军，1992年退休。贵州省、遵义市诗词学会会员，中华诗词文化研究所研究员。在省以上40多种书刊发表诗词联300多首（副），主编《桐梓县信访志》。

七绝·越秦岭

巍峨秦岭首登攀，九曲龙骧秋月寒。
八百平川抒望眼，腾蛟夜梦入长安。

七绝·咏秦兵马俑

精塑泥雕胜景观，秦皇兵马万千千。
启封地下军营整，璀璨明珠耀宇寰。

七绝·初越黄河风陵渡

金龙起舞别长安，黄浪追星天水连。

回望古城烟袅袅,风陵何日老夫还?

七绝·遥望延安宝塔山

久闻圣地梦延安,宝塔雄姿耀枣园。
窑洞清灯挥巨手,江山红遍忆摇篮。

七绝·柯受良驾车飞越黄河①

汤汤狂瀑气恢宏,波涌车驰腾飓风。
眨眼横空车跃峡,浪涛飞渡缚苍龙。

注释

①1996年夏天,柯受良驾车成功飞越黄河壶口瀑布。

朱 元

1926年生,原名朱懋源,江苏省扬州市人。大学文化,曾参军随刘、邓大军入川,参加解放大西南战役,在重庆工作40年,教授级高工。中华诗词学会会员。作品散载于《全球当代诗词选集》《江苏百家诗汇》等海内外多和诗词书刊。

五律·白水江

峰回催路转,滴翠罩行舟。
势欲迷天地,时当乱夏秋。
长蛇穿隧道,浊水变清流。
听说胡桃美,还需驾犊牛。

五律·石瓮飞瀑

尺径三回折，逶迤万壑间。
飞泉鸣石瓮，泻水跳珠盘。
盛暑清流冷，穷乡翠柏蕃。
登高西向望，渭曲带长安。

七绝·骊山（三首）

其一　兵谏亭

小亭危踞半山腰，功属张杨见识高。
志在迂回团结蒋，神州抗日起狂涛。

其二　烽火台

骊山绣岭最高峰，曾有昏君戏举烽。
为博宠妃开口笑，长教镐洛警西戎。

其三　华清池

门开任客浴温汤，游兴冲冲感慨长。
千载园林深上锁，只因权力属君王。

七绝·西安中秋感事（二首）

其一

汉唐盛事仰前贤，沃野秦川岂偶然。
丑怪蹁跹今日绝，金风皎月共婵娟。

其二

一轮明月正当窗，偶旅长安忆大江。
十亿中秋齐举首，剪除民害更增光。

七律·骊山远眺

一曲黄河又几湾，繁荣气象满尘寰。
渭原棉麦葱茏富，塞漠埋藏裸露欢。
万里长城屏汉晋，千年险隘辨崤函。
无垠大地铺山下，远近风光任饱看。

七律·秦始皇帝陵博物院

眼前复现始皇兵，叱咤风雷剑戟鸣。
却扫匈奴归大漠，剪除列国入咸京。
南征五岭开荒橄，东射三山渡杳溟。
禹域奠基遗泽永，惜无一善济生灵。

七律·汉中行（二首）

其一

群峰扑面绿森森，举目观天亦吓人。
险峻山崖惊耸崎，嶙峋巨石欲飞奔。
褒河水库清流窄，马道盲肠战雾沉①。
汲汲原非游旅客，披星戴月紊晨昏。

注释

①马道：在留坝县，滨褒水，相传汉萧何追韩信处。

其二

丛山起伏意阑珊，人进深山鸭进樊。
我问幽然青霭阻，祥岚缥缈白云闲。
斑斓闪耀红枫叶，古迹长辉枣木栏①。
十米一弯车亦苦，且行且听水潺潺。

注释

①留坝县北13公里有枣木栏，又北3公里为庙台子，有汉留侯张良祠。

朱　帆

1928年生于湖南省湘乡县。弱冠时负笈远游，居广州。早年学做文章，晚岁耽诗词、对联、书法。执粉笔40余载，长作岭南人，以迄如今。布衣，著有《两乡楼诗存稿》。

五律·宝成路上

穿行秦岭洞，纵目快平生。
水自悬崖落，车缘险道登。
野田多谷黍，古径少榛荆。
身在金风里，看花到锦城。

七绝·灞柳

千载风流恨未消，柳丝依旧弄柔条。
此身不是长安客，自折青枝过灞桥。

七律·车过秦岭

穿越千峰酒尚温，最难秦岭看黄昏。
山前暮霭休遮眼，涧底晴岚正动魂。
惊见田畴邻古洞，遥凭烟火认新村。
长安渐远夕阳近，又听车声入剑门。

七律·观壶口瀑布

少唱诗仙进酒歌，老来壶口望黄河。
群山峡底鸣雷鼓，乱石堆中卷巨涡。
怒吼曾闻驱敌寇，奔腾未见伏妖魔。
不知万载浑泥水，何日澄清见碧波？

七律·观大唐芙蓉园歌舞剧

艳舞清歌颂大唐,戏台随地见侯王。
将军塞上挥长剑,仕女宫中斗盛妆。
哪有刘郎吟楚泽,更无白傅卧浔阳。
太平天子今犹在,又作长安梦一场。

水调歌头·登华山

索道凌空起,送我上奇峰。华山险径依旧,今日自从容。更有层峦叠嶂,许我攀缘纵览,漫步入苍穹。莫谓登临好,高处有寒风。

倚崖壁,怀往事,思无穷。中原逐鹿千载,若个是英雄?俯瞰秦川平野,宛似迷茫尘史,老眼已朦胧。西望长安路,不见夕阳红。

朱　泽

1928年生,又名董斌,江苏省盐城市人。1941年参加中国共产党,参加过抗日战争和解放战争。1955年毕业于中央马列学院,离休前任江苏省高级人民法院院长。江南诗词学会第一副会长兼江南诗书画院第一副院长、江苏省新四军研究会常务副会长,江苏省美协会员。著有《理想与实践》《朱泽书画集》。

五绝·拜谒黄帝陵与轩辕庙

纵横三万里,上下五千年。
十亿儿孙众,炎黄一脉连。

七绝·题周恩来长征骑马抵陕画

快马加鞭抵陕甘,艰难险阻等闲看。

长征二万五千里,黄土高原绽笑颜。

七绝·周恩来座机往返于延安西安

天马行空几度飞,一身系得国安危。
西安事变筹良策,抗日同仇化险夷。

七绝·黄河壶口瀑布

玉龙九曲下天台,万里洪波壶口开。
骇浪惊涛奔泻去,文明古国响春雷。

朱 诚

生平阙略。

五绝·仰延安中央大礼堂

滴翠杨家岭,庄严聚八方。
干戈天下势,驰骋耀炎黄。

五绝·谒延安毛、刘、周、朱旧居

隐隐数窑洞,巍巍四巨人。
油灯光万古,谈笑定乾坤。

七绝·遥仰黄帝陵

沐雨黄陵今又见,桥山分外郁葱葱。
古今无限悲欢事,都在轩辕一抱中。

七绝·登西安大雁塔

四望长安三百里，千年古塔一登临。
君王自酿兴衰事，泾渭古今入啸吟。

七律·华山小游

巍峨直上接云天，乘兴攀登五里关。
泉水淙淙伴笑语，铁绳道道镇惊寒。
悬崖无土石生树，峭壁多情隙吐烟。
雨后三峰羞见客，轻纱悄拨一开颜。

七言排律·华山云雨

人云西岳著奇险，我叹华山云幻多。
才拂轻纱遮画面，忽扬白练舞婆娑。
纷纷壑涌炊烟起，阵阵飞旋雪浪磨。
仿佛鲸鲵腾碧水，犹疑潜艇出清波。
嫔妃出浴披绫锦，粉黛效颦着素罗。
沧海归舟休恨晚，浮沉列岛葬群魔。

朱 洁

1930年生，原名朱秉杰，甘肃省崇信县人。高级讲师，四川省作协、诗词学会会员。著有《雪泥鸿爪集》《乡情集》。

七绝·雪中行

古原昏暮雪中行，陇上寒风袭渭城。

归路迷茫寻不见，宵征尽是故乡情。

七绝·归路

小麦连天杨柳齐，乾原百里陇鸠啼。
唐风汉韵丝绸路，车过五陵西又西。

七绝·西安—兰州道上

狼烟烽火不曾还，古道逶迤上陇山。
苹果映红关塞地，绿杨高耸白云间。

七绝·华清宫

骊山朝日照宫墙，古柳风寒侵蒋堂。
亭下未闻兵谏事，万人争洗贵妃汤。

七绝·王宝钏寒窑

秋月春花十八年，柳莺啼处尽云烟。
曲江雨打坡头草，三姐泪盈荠菜田。

七绝·秦腔

秦腔高唱遍山河，悲调哀音不厌多。
故事传奇皆孕泪，演来哭煞老公婆。

七绝·观秦腔《数罗汉》

怀春少女入空门，罗汉堂中见泪痕。
缕缕情思难割断，芳心荡荡立黄昏。

七绝·榆钱

春红退驻杜鹃溪,榆荚花繁压穗低。
风起飘零思故里,魂飞渭北茂陵西。

七绝·访母校西北大学(二首)

其一

桃李千山看一家,其华灼灼遍天涯。
亡师故友应无憾,百载校园出国花。

其二

碧馆朱堂九曲池,层楼送走矮庐居。
杏园梧井今何在?百鸟啾啾似旧时。

七律·咸阳原怀古

莽莽古原连渭川,萧疏丘墓废垣前。
昭陵风紧征鸿疾,乾阙山高落日圆。
驼去铃声沉瀚海,马来杀气暗云天。
悠悠往事知多少,丝路依然浮野烟。

七律·登西安大雁塔

登高眺望古城新,竖巷横街满眼春。
道阔车轻边塞远,风摇铃响故乡亲。
烟云缭绕灞桥岸,楼阁参差渭水滨。
悠远钟声唐韵尽,古今原不薄三秦。

朱中英

1929年生,笔名未央,原籍江苏省张家港市。华东人民革命大学结业后赴安徽省岳西县、望江县工作。江西省诗词学会、芜湖市诗词学会会员。

七绝·无题

长安旧史佚闻多,变化沧桑费诵哦。
改革商营今日事,少年倩女莫蹉跎。

七绝·柯受良先生飞车越黄河壶口感赋

飞车一闪展流光,壮志能酬壶口翔。
创举震惊扬四海,中华儿女逞豪强。

七绝·咏历史人物(六首)

其一 周文王得姜子牙

渭水朝蒙五彩霞,绿杨村隐有名家。
沿河寻找垂纶处,仰慕文王得子牙。

其二 秦始皇

始皇征战灭群雄,秦俑大坟空好终。
掠夺称强成史鉴,霸权恶果古今同。

其三 刘邦

三章约法进咸阳,宴会鸿门逃祸殃。
血染乌江归汉业,大风歌唱叹弓藏。

其四 王昭君

落雁姿容品性强,画工何事惑君王?
汉宫秋月家乡远,塞外孤坟草自芳。

其五　张衡

两京赋著十年成，科学才能举世惊。
耿介高操遭斥挤，浮沉宦海也扬名。

其六　杨贵妃

马嵬六旅迫妃亡，无奈痛心鸳失鸯。
《长恨歌》吟诗一阕，凄情倾诉九回肠。

七律·纪念长征颂延安

泸定桥头战斗酣，金沙浪拍水云寒。
六盘山隘斜阳暮，赤水河湾四渡旋。
草地横穿安大局，泥丸尽走挽狂澜。
延安抗日坚兵勇，转展红军天地宽。

七律·纪念张杨二将军

绿水垂杨景色佳，华清池畔满芳华。
当年兵谏存痕迹，今日国强多富家。
骊岭游人寻胜地，碑亭大厦眺红霞。
张杨伟业留青史，一代戎雄举世夸。

浣溪沙·颂延安大生产运动

敌寇图谋封锁粮，延安生产促开荒。挖山锄土种棉粱。　　共赞南泥湾榜样，丰衣足食好风光。红军热血赴沙场。

浣溪沙·西安感赋

登上骊山绿野稠，平衡生态有良谋。科研教育见新筹。　　开放金融迎远客，交通发展接朋俦。城乡互动解穷愁。

朱奇斌

生平阙略。

七绝·马嵬坡

寻觅芳魂不见踪，三郎长恨哭秋风。
马嵬坡下往来客，千载游观一叹中。

七绝·华清池

宝马奔驰停满场，仙姬显宦泡温汤。
凄清唯有天边月，曾照杨妃伴李皇。

七律·延河颂

延河治理几经年，热汗浇成景万千。
细雨涤滋芳草地，和风拂拭杏花天。
山光水色如诗画，燕语莺声似管弦。
黄土高原瞻宝塔，绿波滚滚铸雄篇。

七律·秦始皇陵

皇陵无语夕阳红，游客观光话祖龙。
似望骊山车辗月，如闻渭水马嘶风。
贬而称暴千秋咒，褒以为雄万代崇。
成败是非须细看，人心所向国兴隆。

朱宝全

1930年生,笔名鲁东、焦生,山东省昌邑县人。大学毕业,阜新高专师范部高级讲师。中华诗词学会理事,中国王羲之研究会名誉会长,阜新市诗词学会副会长。主编有丛书《中华新韵吟萃》8卷、《中华古风新韵》,著有《中华新韵谱》《诗词知识例说》。

七绝·灞柳风雪

依依岸柳荡东风,素絮弥天满目萦。
乱落飘零无管束,灞桥风雪景闻名。

七绝·雁塔题名

雁塔题名四壁稠,新科进士逞风流。
光宗耀祖镌仙籍,极盛一时谁不讴?

七绝·西安杂咏(三首)

其一 登城墙

漫步城墙三十里,西安半日两眸收。
工程浩大寰中仰,今日自该纵意讴。

其二 登鼓楼

画栋雕梁赏鼓楼,青砖绿瓦雅而幽。
游人络绎连声赞,送往迎来多少秋?

其三 登钟楼

钟楼众议景云钟,说法不同神秘同。
莫道纷纭无考释,只缘至理寓迷宫。

浪淘沙·西安碑林感赋

有幸赏碑林,惬意欢欣,盈园入目尽佳珍。令我痴迷留恋久,陶醉销魂。　史迹石头存,风雨难侵,文山墨海贯当今。最是经书十二部①,妙笔惊人。

注释

①指《开成石经》。

朱家琪

1934年生,浙江省桐乡市人。存有手稿近400万字。

七律·奉和贾至《早朝大明宫》(四首)

其一　依贾至原韵

金阙晓钟百鸟翔,廷前灯景焕馨光。
九天闾阖列仙仗,万国衣冠朝汉皇。
柳拂旌旗龙奋首,花羞剑佩露凝芳。
欲知世掌丝纶美?畅咏凤池吟凤章。

其二　依杜甫和韵

金阙晓钟百鸟遨,廷前灯景醒春宵。
九天闾阖诏华夏,万国衣冠朝舜尧。
柳拂旌旗龙奋首,花羞剑佩露凝娇。
欲知世掌丝纶美?喜瞩凤池翔凤毛。

其三　依岑参和韵

金阙晓钟百鸟欢,廷前灯景肃千官。
九霄闾阖开天地,万国衣冠朝圣颜。

柳拂旌旗龙奋爪，花迎剑佩露融寒。
欲知世掌丝纶美？先览凤池展凤宽。

其四　依王维和韵

金阙晓钟百鸟游，廷前灯景畅春流。
九霄阊阖宣华夏，万国衣冠拜冕旒。
柳拂旌旗龙奋勇，花羞剑佩露凝柔。
欲知世掌丝纶美？试听凤池雏凤讴。

朱润宽(1925—2010)

笔名仲秋，陕西省大荔县人。1951年毕业于西北大学，历任西北大学教务处处长、陕西广播电视大学副校长，副教授。陕西省书法家协会、陕西于右任书法学会会员，兼任陕西电大春潮文学社名誉社长、词学室顾问，西安诗词学会顾问。擅长书法，工行草，作品多次参展并获奖。

七绝·兴游西安书院门感题

秦中自古墨香盈，华夏书坛负盛名。
当代新风催雅趣，长安流派举龙城。

朱培高

1945年生,湖南省华容县人。毕业于北京大学中文系,历任岳阳市地方志办公室副主任、《岳阳市志》副总纂、市档案局局长、市政府办公室副主任,副编审。中华诗词学会、湖南省诗词学会会员,湖南省岳麓诗社理事,湖南省洞庭诗社副社长。著有《中国古代文学流派词典》《中国文学流派史》等。

七律·过秦陵(二首)

其一

潼水西头骊麓东,萋萋荒冢怅秋风。
秦姬怨岂嬴皇虐,坑鬼恨缘霸业宏?
一统江山尊始帝,千秋誉毁系元雄。
而今唯有陵前俑,荷戟依然护祖龙。

其二

天涯何处访遗踪?骊麓峰前战阵宏。
千古雄王征六合,万方殊俗定三同。
坑儒终未愚黔首,铸铁何能销镝锋?
揭竿山东天下动,义旗指处撼秦宫。

朱鸿翔

1923年生,字蕭云,号钟山闲人,江苏沭阳人。抗日战争时参加革命,南京市离休干部。全球汉诗盟友总会、中华诗词学会会员,中华诗词文化研究所研究员,江南诗词学会顾问。著有《金陵居吟草》《新编唐宋词谱》等。

七绝·马嵬坡贵妃墓

鼙鼓渔阳动地哀,开元天宝看兴衰。

权臣误国烽烟起,不信红颜惹祸来。

七绝·汉武帝茂陵

文韬武略战玄黄,汉祚中兴振八方。
金屋藏娇承帝业,长门失宠怨君王。

七绝·陕西历史博物馆

喜看国粹尽琳琅,华夏文明博物藏。
最是丹青唐壁画,翩翩仕女舞衣长。

七绝·中国西安卫星测控中心

系列长征火箭群,成功发射外夷闻,
中心测控民多誉,星返回收令我欣。

权路舆

1945年生,笔名泉心,号山人,西安市人。西安仪表厂技师。中国、陕西省楹联学会、陕西省诗词学会会员,西安市楹联学会副秘书长,雁塔诗词学会常务理事、《雁塔诗词》编委。著有《泉心集》。

五律·西安东大街

远望南飞鸟,东街漫步行。
人稠足已慢,雾尽眼方明。
对镜层层影,双梯节节情。
登楼观去处,眼下满花庭。

五律·览洽川千眼神泉

天惠洽川地，祁连送瀵泉。
幼童穿水浪，远客做神仙。
白鹤鸣芦里，黄牛饮石边。
大河长不解，暖我万千年。

五律·西安康复路

朝晨车似链，日暮客如流。
百货成交迅，千家贸易稠。
眼明收美物，手慢失金牛。
万众兴商业，殷强振九州。

五律·洽川处女泉

天赐瑶池水，千年暖廓边。
青芦编秀帐，紫气化祥烟。
玉体泉中沐，良缘月下联。
嫦娥闻此讯，不愿做神仙。

五律·秦始皇

乱世虬龙啸，金戈铁马强。
长城连万里，驰道达千方。
四统安天下[①]，三宫壮帝乡[②]。
秦开封建史，嬴政始为皇。

注释

[①]四统：统一中国，统一文字，统一货币，统一度量衡。
[②]三宫：皇宫，陵宫，阿房宫。

七律·西安大雁塔北广场夜景

火树银花景倍妍，金蛇狂舞现喷泉。
无穷彩练扶摇上，满目金珠闪烁旋。
玉帝惊呼从未见，龙王呆视已无眠。
自豪雁塔巍峨立，不夜长安极乐天。

七律·西安葫芦头泡馍

巧理羹馍福寿康，新鲜细嫩数肥肠。
百年火旺双头灶，一食名芳四海疆。
炉手调汤诚可口，药王添味更清香。
天宫玉帝了其讯，携女搀妻下未央。

七言排律·三秦名胜吟

三秦名胜星罗布，举目奇观景比珂。
太乙蟠龙翻巨岭，潼关卧虎守长河。
华山绝壁冲霄汉，栈道深溪追信坡。
紫柏张良归道隐，桥山黄帝顶天摩。
城墙挂甲三重固，雁塔穿云四面峨。
钟鼓擂声鸣百世，碑林镌石载千科。
曲江马烈寒窑冷，兴庆湖清瑞气和。
壶口涛惊腾大浪，华清水暖泛香波。
周公庙里思贤政，炎帝陵中育圣禾。
东府乐天吟绝唱，草庐老子论偏颇。
鸿门宴险溜邦首，马嵬绫悬倾国娥。
风火狼烟君戏命，龙山大顺闯操戈。
昭陵苑内批评少，无字碑前争议多。
司马雄文冲碧宇，始皇壮勇镇乾摩。
倚天太白云依雪，伴月南湖雨点荷。

韦曲杨陵安虎将，骊山石穴禁皇哥。
辋川林秀王维墅，大散关雄吴公柯。
高冠湍流飞瀑布，翠华仙女织绫罗。
风牵灞岸千丝柳，水涌龙门百浪涡。
拜将台思韩信剑，万花山忆木兰梭。
延安窑洞红军烈，丰镐阿房粉黛婀。
五丈原头眠蜀相，秦王宫柱避荆轲。
蔡伦墓里藏书纸，仓颉庙中觅字模。
荐福晨钟迎旭日，法门舍利颂弥陀。
陕西博物通千古，丝路群雕引万驼。
柞水山中溶洞秀，武关岭上壁崖嵯。
太和石佛神功造，宝塔铁钟嘉岭驮。
处女泉温滋玉体，瀛湖水澈润肥鹅。
文姬墓室筘音切，胡亥坟丘草岁跎。
古道蓝关韩愈马，直钩磻水太公蓑。
半坡石祖磨尖器，百草药王除厉疴。
用尽人间三色笔，难书名胜万千歌。

采桑子·洽川天鹅湖

天鹅湖上风光秀，云色清新，水色清新，心旷神怡好个春。　　青芦荡里乡情密，鸟意纯真，人意纯真，笑语欢歌和睦亲。

虞美人·春游城南

春风染绿长安道，处处青青草；晨钟雁塔引蛙声，唤起丽人三两踏歌行。　　桃花吻蝶羞遮面，李杏沉飞燕；黄鹂荡柳戏耕牛，作伴幸临其乐醉悠悠。

春从天上来·阿房宫怀古

金殿琼楼，看画栋雕梁，人慕仙游。身在茅舍，梦入宫幽，琴瑟伴酒悠悠。有荆轲侠肝，刺嬴政、匕首相酬。献忠魂，展豪情壮志，美誉神州。　　长安古都远久，引代代英雄，拜将封侯。烽火狼烟，易旗更主，书写千载春秋。问唐宗明祖，谁能够、万岁长留？借渔舟，度一生年月，潇洒无忧。

毕天生

1926年生，原名毕天璋，山东省平度市人。大学文化，高级经济师。青岛诗词学会理事，中华诗词学会、中国书画家协会会员。合著有《三虎吟唱征和集》《五咏唱和集》等，著有《毕天生诗词集》《毕天生文集》。

七绝·华清宫贵妃池

霓裳池畔浓脂醉，风韵玉肌烟雾茫。
风月养奸胡义子，陷都国色马嵬亡。

七绝·华清池五间厅

弹穿玻璃痕犹在，锦被仍温蒋遁开。
捉得山间飘睡袖，谏兵推上抗倭台。

七言排律·秦兵马俑

一撩帅帐军威大，万队戎行排似川。
英挺将军操利刃，豪情战士掣弓弦。
头盔瑟瑟眼含恨，铠甲嚓嚓声有怜。
辘辘兵车犹赶路，嘶嘶战马若加鞭。
乘风秣马统华夏，破浪厉兵征九泉。
博浪击棰嬴脱险，中原积病命归天。
丰都意欲称豪富，瑰宝甲兵留世间。

采桑子·西安碑林与浮雕

碑林碣石临千载，泰斗诸家。笔意遒嘉，刀法精娴映彩霞。　　昭陵六骏雕型丽，神态生华。佛像袈裟，黄卷青灯亦可夸。

毕彩云

女，辽宁省作协、中华诗词学会会员。曾在全国各种文学大赛中获奖。曾任韶关政协报、韶关市文联报、广州《当代诗词》编辑。

七绝·读《长恨歌》

梦已无踪恨已休，悲歌一曲绕芳丘。
长生殿里君王泪，洒向苍天万古流。

唐多令·读《长恨歌》

长恨世间留，骊宫怨未休。问昏君、还有何求？舞尽霓裳流尽泪，香消也，去幽幽。　　肠断帝王楼，草生妃子丘。把江山、料理重收。社稷春宵皆往矣，惟皓月，照千秋。

江　婴

1927年生，原名伍先祯，安徽省无为县人。负笈清华时参加闻一多先生手创之新诗社。新中国成立后参加政务院文委工作，曾以方生、何干、汇之子等笔名发表诗作。中年以后注重传统诗词创作，著有《泥潭诗钞》《霜前横笛》等。

七绝·美国前总统访华首站西安欢迎之盛况

红色宫灯白昼悬，黄龙旗展旧时妍。
秦王兵马虽成俑，威武当惊到北燕。

七绝·西安碑林

一笔一刀功绝伦，古人审美在求淳。
风霜雨雪三千载，却见青岩情意真。

七绝·昭陵

大河万里出三秦，黄土高原访古人。
睿语盘空如日月，荒烟纵掩屈沉沦。

七绝·乾陵

登临极位亦雄哉，颠倒乾坤动九垓。
黄土一堆堪掩恨，效颦谁有浣纱才。

七绝·华清池

千载华清池岂空，盈盈自有恨无穷。
三军不发情山倒，马嵬坡前留泪红。

江丹枫

略阳中学校长。

七绝·长安踏青

春日长安览物华，古都新雨润千家。
东风喜醉游人意，先绽枝头桃李花。

七律·游略阳灵岩寺

略阳名胜数灵岩，红鳎青棕跌碧潭。
石鼓铜锣音哑哑，金蟾玉柱光桓桓。
云收正好观山色，风住偏宜听水喧。
断壁斑斑遗旧句，杜公一曲最堪观。

七律·登西安大雁塔

日暖香风登雁塔，烟花京兆万人家。
葱茏远树秦中秀，浩渺烟波渭水斜。
形势江山禹甸胜，风流宝物向人夸。
三千往代谁堪比，宇内而今美誉华。

江开暄

1927年生，陕西省西乡县人。中国人民大学研究生部毕业，高级工程师，华北油田退休干部。中华诗词学会会员，燕南诗社社员。

五律·创新谋发展

结舍巴山下，西乡阅岁华。

阳光滋老树，雨露润新芽。
沃土宜耕稼，高坡适种茶。
小康凭地力，何日到农家？

五律·咏西乡午子山

离乡六十年，几度诡云翻。
烈日驱浓雾，狂飙化淡烟。
青山依旧在，绿水换新川。
盛世人怀故，灵峰毓秀鲜。

五律·兰州大学为家严江隆基重塑铜像[①]

铜像铸忠魂，丰碑碧血凝。
铭文担道义，勋贞注豪情。
媚骨随风尽，金身映日明。
古今天下事，功过后人评。

注释

①江隆基，生于1905年12月。陕西省西乡县人，中国著名教育家。1925年考入北京大学。1927年入党。先后留学日本、德国，长期从事革命工作。新中国成立后任西北军政委员会教育部长，北京大学党委书记兼副校长，兰州大学党委书记兼校长。"文化大革命"初期被害。1978年平反，兰大曾塑一玻璃钢像。1996年重塑铜像于校园。

七绝·思乡

梦到秦巴路万千，家乡岫色柳含烟。
门前满树嫣红豆，总让相思伴暮年。

七绝·兵马俑前评秦始皇

古邑长安有旧坟，陶兵俑马壮三军。
枭雄一统千秋业，戮士烧书罪孽深。

七律·西乡留别

雨落群山曲堰凉，乡间暮色伴斜阳。
林幽壑静村庄翠，水亮天明地畦康。
人少志情名分臭，树含芬气野芳香。
凌云展翅求大变，锦绣前程是我乡。

七律·情寄西乡

离乡背井讨生涯，梦里依稀未忘家。
牧马河中蹚弱水，苍龙岭上数寒鸦。
朝阳透树筛花影，暮霭遮山露月斜。
厚土无私情远嫁，丹心共鉴满天霞。

七律·西乡铁牛镇堤

神能镇水古今传，不信金牛饮巨澜。
暴雨连天千里涝，汹洪漫地万家淹。
城民失措忙襀醑，县长无方急祭冠。
旧俗蓍龟全扫尽，双堤筑就百年安。

七律·悼念大伯江伯玉[①]

零三叠百家翁寿，暮失音容夜举丧。
雨驻悲交秦岭哭，风行恸结汉川殇。
新坟尚缺文华气，旧室仍存翰墨香。
此去无须回首望，诗书在世永流芳。

注释

①大伯父江伯玉是西乡老教育家，杰出的民主人士，原县人大副主任，县政协副主席。2005年4月仙逝，享年103岁。

忆秦娥·西乡恋

河边柳，晚霞晖里巴山秀。巴山秀，悠悠岁月，恋情依旧。南山牧马斜阳后，田园稻黍禾香透。禾香透，繁苗遍野，绿肥红瘦。

踏莎行·西乡巨变

秃岭葱茏，荒山绿遍。黄花碧草浑相间。东风弄断旧时缘，家乡往事情无限。　　翠柳鸣莺，厅堂宿燕。儿童露出芙蓉面。农家狂喜庆丰年，牛羊骡马羁前院。

踏莎行·汉中老友留别

六载同窗，交情至善。读书锻炼皆良伴。汉中一别暮年逢，往来两地无鱼雁。　　梦里情怀，良辰思念，何时再见伊人面。关山阻隔共春风，绵延福寿如心愿。

离亭燕·拜将坛

古代英雄潇洒，倥偬一生戎马。血沃沙场全不顾，只保皇家天下。后世自流传，英烈史书佳话。　　韩信萧何行侠，张良出谋惊诧。赤胆忠心干城血，誉满功高无价。拜将汉家兴，万载江山如画。

醉乡春·汉中南湖

有幸汉中重到，春色伴行湖岛。树参竹，草花娇。山俊水妍林俏。　　韵胜九天神造，景比江南窈窕。使情醉，让心豪。乐游莫忘天恩报。

八声甘州·汉中南竹园

赞汉中茂竹亦天骄，满目展新遒。旅游增景点，翻新补旧，占尽风流。何处华光锦绣？竹圃最堪游。翠绿如烟柳，啸傲春秋。　　筇笋令人怜爱，羡节坚虚腹，挺拔魂悠。使青山不朽，万木自蒙羞。讲功能、无谁伦比，逼世人、自古仰凝眸。千竿举、竹风山野，造福全球。

江渭川

1931年生，四川省盐亭县五龙乡人，中共党员。曾先后在中央和省、市刊物上发表论文86篇，获《共和国五十年成就与探索》等大型刊物特、一、二等奖及新世纪人才奖章。现任盐亭诗书画院常务副院长，《潺亭》诗刊主编。

七绝·三秦行吟（十一首）

其一　骊山烽火台

骊山烽火戏诸侯，一笑终成万代羞。
古往今来天下事，哄堂绝倒记心头。

其二　长安杜甫祠

可怜圣哲苦人生，自许诗成风雨惊。
上堂千竿修竹茂，先生心血泪花凝。

其三　华山

高峰华岳三千丈，险守秦关百二重。
宝掌千秋藓迹在，金天万里瑞莲丰。

其四　潼关

黄河九曲抱关陲，地出灵泉润海隈。
瑞雪天边秦地舞，风云不断蜀中来。

其五　灞桥

一代词宗韵味精，绿杨拂岸灞桥横。

秋风又作飘零意，诗唱渔洋更动情。

其六　曲江芙蓉小苑

芙蓉小苑曲江池，旖旎风光盛一时。
登上寒窑高处望，令人长忆杜陵诗。

其七　韩城司马迁祠

秉笔直书气浩然，幽居发愤著青编。
一身正气凌霄汉，信史垂成照宇寰。

其八　延安宝塔山

盛唐宝塔依然耸，历尽沧桑直指天。
四外遥观风物静，花城一瞥蕊如燃。

其九　五丈原武侯祠

鞠躬尽瘁辅刘皇，天意终难汉祚匡。
岂限全才三分国，国殇五丈令名扬。

其十　兴平杨贵妃墓

龙武庸知祸国邦，风云突变九回肠。
娥眉毕竟能酬上，空有忠良谏帝王。

十一　丝绸之路

骊山雁塔耸云间，千里西京任去还。
丝路茫茫寻故道，排云咤雾到秦关。

江腾文

1932年生,生于湖北省武汉市,祖籍红安县。1953年毕业于湖北省实验师范学校,从事小学、中学、中专语文教学工作连续41年,为黄石市职业技术教育中心高级教师。曾为黄石西塞山诗社副秘书长,湖北省楹联学会第四届理事及省诗词学会、中华诗词学会会员,陕西电大词学室研究员。有诗文集《古塞漫吟》《磁湘浪墨》待梓。

思佳客·贺"长安行吟诗会"召开深怀西京诸诗友

遥望长安仰汉菁,川原涌翠拥吟旌。多年梦览秦关胜,雁塔登临访友诚。　歌旧谊,谱新声,联珠唱玉壮诗星。蕉风椰雨同回忆,重叙天涯海角情。

虞美人·喜读《长安诗词》怀姚平老、月人、志诚诸位同游海南诗友

三秦大地云霞蔚,自古奇才荟。开来绍远尽英髦,细赏长安辞赋韵何娇。　诗缘始结天涯远,令我深怀念。西京播惠此佳刊,多谢吟旌高举壮骚坛。

金缕曲·神游雁塔兼寄西安月人吟长

雁塔中天竖!耸巍峨、经藏贝叶,誉传千古。多少朝思兼暮念,渴望亲临瞻睹。长惹我、神驰梦苦。前岁文朋曾有约,访月人词丈长安去。奈琐务,愿终阻。　有关书画名编著,读沉迷、几多题妙,几多情语。放眼秦川生意满,莽莽祥云烟树。焕旧阙、骄阳红雨。真想飞翔如大雁,结吟缘登塔高层处。振健翮,唱金缕。

水龙吟

桂香菊黄时节,客居武昌,深怀月人、志诚、发元诸友而作西京颂。

九朝风物销魂，钟灵毓秀西京古。烽台雁塔，灞桥烟树，渔阳鼙鼓。八百秦川，三千兵俑，半坡遗土。看琳琅国粹，文明华夏，腾蛟凤，藏龙虎。　　往矣秦皇汉武，数风流、今朝儿女。长征火箭，成功收发，任游寰宇。市列珠玑，街盈紫气，满城花雨。喜英才辈出，工商繁茂，正鸥鹏举。

汤　曙

1922年生，原名汤代旦，湖南省岳阳市人，中共党员，处级离休干部。中华诗词学会会员，岳麓诗社、洞庭诗社社员。合著有《后乐吟》《血沃江南》等，著有《晚晴轩诗文选》《晚晴轩应用联》。

七律·吊李自成殉难三百五十周年（五首）

其一

有明腐败与专横，蝗旱连年疾苦生。
悍吏豪强如猛虎，饥民寇盗似流萤。
延安举义群英集，商洛栖身孤月明。
艰险频经奔豫鄂，鼓旗重振闯王营。

其二

仁义之师处处迎，尽收豫鄂转西行。
潼关一役麾东晋，汾水三旬下北京。
拉朽摧枯城郭破，仓皇上吊鬼神惊。
功成一度颁恩诏，"大顺"如何竟未成？

其三

遥奠闯王惨且伤，十年逐鹿转沙场。

初衷欲惩官风恶,宿愿原为民意彰。
患难有恩疗疾苦,功成无空问饥荒。
昏昏陶醉黄粱梦,忘却渔翁把网张。

其四

军纪严明本可钦,庸臣负上罪何深?
入京不计收残局,见利唯图纵欲心。
打虎寝皮功未竟,引狼入室祸旋临。
翻天覆地英雄业,瞬息昙花怅古今。

其五

诏论亡明功过由①,前车不鉴总堪忧。
拒疏忠谏安邦李②,轻信奸谗误国牛③。
烹狗藏弓何太迫?亲离众叛怎能收。
九宫山上凄凉月,长伴君王恨不休。

注释

①李自成登极诏中云:君非甚晴,孤立而炀蔽甚多。臣尽行私,比党而公忠绝少。
②进京后,李岩呈四事:均系防边、安邦、定国上策。自成置之不理。
③退出北京后,河南诸州反水。李岩请率兵收复,牛金星乘间进谗,谓岩有异志,自成轻信牛言而戮李岩、李牟兄弟,以致众人离散,而致大顺王朝瓦解。

汤和伟

1938年生,笔名河苇,号路东居士,辽宁省盖州市人。退休前为盖州市人大常委会科教办三任。中华诗词学会、中国老年书画研究会会员,中华诗词文化研究所研究员,盖州市诗词楹联学会副会长兼秘书长。著有《河苇诗词选》。曾获"河东杯""洪湖杯"全国诗词大赛二等奖等。

七律·游西安大雁塔

七层雁塔势何雄,伟岸峥嵘傲九重。
四壁诗章留胜迹,千年经卷保完容。
人来人去人潮涌,香炳香栽香雾浓。
唐阙巍然垂浩气,秦关壮景畅游踪。

七律·华清池

清水一池名远扬,风云千古叹霓裳。
君王忍做负心汉,妃子充当替罪羊。
人道明皇开盛世,谁知天宝现残阳。
皆因腐败丧元气,留得悲歌遗恨长。

七律·秦兵马俑（二首）

其一

出土泥陶排地宫,秦皇兵马阵容雄。
队形整肃战云涌,霸主威扬杀气充。
意欲千秋承帝祚,势堪百代继昌隆。
谁知天不遂人愿,三载王朝二世终。

其二

祖龙霸业赖兵丁,殁后居心已见诚。

陶旅焉能防义旅,俑兵岂可退胡兵?
只谋皇族一家福,不顾民生百姓情。
未晓兴邦施德政,安能二世不倾城。

七律·写在乾陵无字碑前(二首)

其一

折磨能忍苦能吞,终踞皇朝王位尊。
亦有良谋安国策,曾赢黎庶感龙恩。
石碑未作丰功载,历史无疑胜迹存。
千古圣贤非己诩,鉴裁自有后人论。

其二

卓识英姿巾帼奇,威仪帅气压须眉。
兴邦革故宏基奠,举试重才新政施。
启用贤臣匡社稷,严惩污吏服蛮夷。
休言青石观无字,上有千年不朽诗。

汤林尧

中华诗词学会会员,河南诗词学会理事,孟州诗词学会会长。

七律·观秦兵马俑

千军万马来随葬,嬴政堪称天地精。
阵列腾腾沙雾气,干戈凛凛战云声。
开疆自是前人事,守业当由后辈承。
二世缘何天意悖,江山顷刻换朝名?

七律·瞻黄帝陵

瞻游华夏第一陵，万缕情思化赤诚。
紫柏辅时惩腐恶，庙堂遂愿助贤明。
观山倍感桥山圣，赏水深知沮水灵。
待到金瓯完美日，即当再赴庆升平。

米小囷

1933 年生。大专文化，原任陕西洛南县统计局局长（副县级），助理统计师。曾任商洛地区书协副主席，商洛市文史通讯员，洛南县文化馆诗词楹联文学社社长。作品、小传入编《中华诗词大全》等。

天净沙·山城新貌

路宽水碧楼连，红亭白玉雕栏。耀彩波光潋滟。洛南城变，众欢腾喜开颜。

渔歌子·洛南县城河巨变

1996 年 10 月中旬洛南县城河南扩建，河道上推土机机声隆隆，建筑工人挖土砌基，场面十分壮观。

燕子山前机电鸣，川河南岸起楼层。十五大，似东风，洛城沐浴焕新容。

菩萨蛮·宁洛友谊桥[①]

东风送暖春盈陌，彩虹飞架河南北。装点美池川，今朝更可观。
丰碑千古矗，同唱交流曲。硕果此何来，情深花瓣开。

注释

①干部南北交流，江苏省江宁市和洛南县合资修成"宁洛友谊桥"。

满江红·延安清凉山谒范仲淹祠

庆历四年，知政事、主张改革。保守派、横加反对，又贬又谪。数万甲兵胸里卧，四年西夏心中热。凿崖洞、立庙清凉山，纪贤哲。

居庙内，忧庶稽。后天下，乐而乐。政治大文章，戍边功赫。《岳阳楼记》成名句，少奇录进修养册。才人出、改变旧山河，蒙鞭策。

忆秦娥·洛南抢险（二首）

2003年8月28日，陕西省洛南突降暴雨，保安镇告急，眉底村民被洪水围困。县公安局长郭均成带领干警抢险，途中被洪水袭击，郭均成、李亚军英勇献身，民警常鹏营救战友，被洪水卷走。

其一

倾盆雨，山呼风吼洪涛鼓。洪涛鼓，倒房塌屋，村民危苦。　　公安干警闻声起，临危受命救灾去。救灾去，顶风冒雨，直奔眉谷。

其二

倾盆雨，山呼风吼洪涛鼓。洪涛鼓，常鹏救友，汹涛漂去。　　洛河狂啸泻千步，万民夹岸齐寻去。齐寻去，常鹏勇士，你在何处？

纪国盛

1933年生，湖北省大冶市人。1951年执教，1954年调干上大学，1958年河南大学中文系毕业。1980年起，任武钢大学语文教研室主任，教授、研究员。湖北省成人高校语文教研会副会长、湖北省中国古典小说名著研究所研究员、武汉红学会副会长、湖北暨武汉诗词学会理事、湖北省毛泽东诗词研究会研究员等。著有《李煜词评释》《纪国盛诗词选》等。

七绝·鸿门宴遗址

鸿门宴上对交锋，刘弱项强势不同。
有勇无谋终败北，可怜无面见江东。

七绝·秦兵马俑

陶兵威武马蹄奋，栩栩如生看入迷。
艺腕精雕真绝妙，中华珍宝世间奇。

七绝·秦始皇陵

统一中华光日月，焚坑作法太荒唐。
飞扬跋扈今安在？无奈后人道短长。

七绝·华清池咏怀（三首）

其一

朱阁琼楼泉暖香，轻歌曼舞醉明皇。
渔阳鼙鼓惊春梦，一女岂能误李唐？

其二

华清宫废水如常，旖旎风光超李唐。
游客如梭来四海，漫吟佳句赞春芳。

其三

华清遗事应思量,腐败荒淫灾祸长。
信步英雄兵谏处,千秋万代颂张杨。

七律·参观西安事变旧址

救亡烽火遍中国,兵谏西安建首功。
万众一心坚若铁,千山万水气如虹。
英雄遭难伤天理,骨肉分离怨蒋熊。
华夏今朝无限美,遥思少帅与杨公。

七律·骊山兵谏亭抒怀

凛然浩气动刀兵,敌忾同仇息内争。
联共驱倭除国难,救亡迫蒋岂无情?
八年抗战功居首,万世流芳话此亭。
屈膝投降千古臭,张杨兵谏更忠诚。

七律·乾陵无字碑

树碑无字太蹊跷,武曌用心百代豪。
力挽狂澜除腐恶,敢排众议创新条。
千年准则无须顾,一女掌权胜旧朝。
功过并非凭己定,留书在世费心劳。

许 铭

1951年生于西安市灞桥区一个书香家庭,素好诗词、书法。陕师大中文系本科毕业,供职于政府机关。现为黄河书法艺术研究会、陕西神州书画学会会员、西安诗词学会副会长。在报刊发稿30余万字,教研论文在省、市、区获奖10余次,著有论文集《教坛思绪》、诗词集《许铭吟草》《许铭词选》。

五律·夏游西安东郊鲸鱼沟

天净意无丘,重来沟里游。
草青花散乱,林密径深幽。
白练新丝细,绿篁嫩叶稠。
长堤歌舞劲,对岸两三牛。

七绝·西安解放四十周年(二首)

其一

神州盛世汉和唐,文治武功双乐章。
继往开来承伟业,西京今日更辉煌。

其二

名都千载放春光,地覆天翻韵未央。
四海古今成一统,鼎新革故任弃扬。

七律·咏黄河

九曲之流天上来,奔腾到海浪花堆。
卷云喷雾冲壶口,裂石穿山过禹台。
繁育子民文册启,剖分混沌史章开。
不辞昼夜涤污去,造福炎黄润九垓。

七律·四登大雁塔

巍巍宝塔耀名城，今又登临脚步轻。
更上层楼张望眼，尽收美景豁吟情。
三千巧手皆英彦，八百膏腴多帝茔。
斗转星移难细话，只缘学浅句无声。

七律·西岳

群峰耸峙四方来，纳雨藏云盘古开。
挂壁奇松神剪镂，凌空巨石鬼刀裁。
清泉曲向龙宫赴，幽径直朝霄汉推。
险境美名天下誉，风光无限壮吟台。

七律·游未央湖

东风未许持缄默，醉里清波今又寻。
柳抱春柔舒路径，花披日色染衣襟。
桥连倒影移轻棹，湖接浅滩传乐音。
欲问桃源何处是，良时美景塑丹心。

鹧鸪天·秦始皇陵绝顶

巨擘横空创伟基，八荒制驭放豪辉。始皇有志江山固，天道无欺二子悲。　　新岁月，旧坟堆，千年大帝已成灰。如棋世局时时变，只在民心归向谁。

鹧鸪天·游韩城党家村

傍水依塬选址奇，内涵丰富至今稀。饰雕甬道呈佳构，斗拱廊檐藏巧机。　　扬古韵，发新思，玲珑清秀展雄姿。民居瑰宝闻名远，历史遗存绽智辉。

菩萨蛮·游兴庆宫公园次李太白韵

风和日丽人如织,柳丝飞雪湖中碧。漫步上层楼,周遭不见愁。石阶空伫立,翻卷心潮急。何必计前程,沉香作古亭。

破阵子·西安图书大厦

中外精华满架,古今名品充楼。翰墨凝香醇味漫,金石飞光异彩流,四方雅气浮。　　少长文山取宝,群贤学海遨游。博物寻宗鱼得水,放眼深思径达幽,齐将美感收。

眼儿媚·春游西安植物园

无限东风染长天,满目异花妍。雪松底下,蝶蜂舞处,任自缠绵。　　游人倩影妆幽径,笑语润珠圆。留春不住,怜春有我,我被谁怜?

满庭芳·春暖灞桥

桥畔生华,川边叠翠,遍地飘散芳菲。望中云影,逢紫燕春归。对面扑来柳絮,回眸处、草长莺飞。长堤外,兰丛麦浪,曲径拴游丝。　　生辉,花溢彩,祥光映照,蝶舞蜂追。听旋律藏娇,笑语含思。街巷熙来攘往,更点缀、靓女风姿。天行健,盈缩消涨,风物自然知。

沁园春·再谒黄陵

圣地重来,瞻仰桥山,敬意畅游。到峰巅放眼,层林耸翠;殿边行祭,紫气盈楼。初祖陵园,庄严肃穆,伟绩丰功万古留。春光好,遍石阶庭路,影暗人稠。　　八方华裔风流,齐聚首同谋壮九州。颂轩辕开创,龙旗漫卷;炎黄承续,美景常收。铸造繁荣,高歌盛世,修整金瓯巧运筹。兴大业,建一邦两制,再壮春秋。

许孔璋

1934 年生,安徽枞阳人。安徽中医学院医古文教研室主任,副教授。安徽省文史研究馆馆员。著有《伤寒证治通论》《历代养生诗词赏析》等。

五律·秦兵马俑

华岳擎天宇,曲江锦浪生。
碧云蔚汉苑,紫幔笼秦京。
万里金城铸,九州车轨并。
貔貅车马俑,再现古文明。

邬佰勋

1928 年生,笔名村愚,贵州省赤水市人。贵州省诗词学会、遵义楹联学会会员。

五律·秦始皇

货币金融一,伦常宇内清。
神州车共轨,禹域字同声。
政令县州郡,民规度量衡。
坑儒轻孔孟,遗下暴君名。

七律·仓颉造字

世别结绳劈大荒,仓贤造字寓元黄。
声形意趣玲珑美,恋怨风姿感应强。
笑态怡然情悦喜,哭容哀戚影凄伤。

东西翰墨源先哲,表事传神蕴义详!

七律·后稷

周弃重农辟亩新,初明稷麦教耕耘。
公刘率众开豳野,檀父迁黎避狄军。
秋垄授衣怜庶苦,春田飨食慰民勤。
真诚俭朴雍和世,华族长尊后稷神!

七律·未央宫

曲曲渭川逝水腥,浪花涛泣断肠声。
故盟相聚创功业,功业垂成失故盟。
鸟尽良弓无用处,兔亡猎犬理当烹。
埋头窗下读青史,长使书生热泪增!

七律·苏武节

饮雪吞毡北海穷,头颅霜白寸丹红。
李陵轻敌降匈国,张胜偷生向鞑蒙。
十九年间持劲节,两千华史仰孤忠。
飞鸿传信南归汉,寰宇昭然正气宏!

七律·杜工部

安史兴兵叛大唐,川西避难舍清江。
夫人画纸为棋局,工部书文赋国殇。
义气凌霄情若露,仁心驭世洁如霜。
操行已历千余载,尚郁芝兰竹柏香。

鹧鸪天·商鞅变法

赏罚循章肃领纲,强秦变法是商鞅。田开阡陌增耕地,平臃宗室务农桑。　　初立宪，抑豪强，革新权贵起横梁。储君师长予黥面，政令推行遍畅航！

忆江南·醉石亭忆太白

长庚醉，影幻野山翁。犹忆当年吟御苑，追寻佳句"露华浓"。思绪逐飞鸿！　　清癯态，坦腹眼朦胧。荡袖伸拳攀翠竹，掀怀屈腿倚苍松。风趣谪仙容！

千秋岁引·神农尝草

静卧茶林，晕迷气弱。苦涩酸辛草为药。峰岚箐藤野碧剥，江湖沼泽悬崖索。制丹砂，济当世，德凌阁。　　长瞩远瞻初创作。忘寝废饥医理学。险恶艰难退无却。岐黄史千百载后，中西璧合民初乐。纪神农，永开拓，方能博。

满江红·黄帝

混沌初开，乾坤定、苍茫辽阔。于太古、洞居穴处，茹毛饮血。筹计歉丰随物化，事由大小任绳结。似兽群、秩序没伦常，身衣叶。　　五千岁，黄帝德。舟车造，蚩尤灭。制服耕划野，都邑邦设。囊括九州清尺度，历分四季明时节。冶炼陶、创字内经书，功昭烈。

邬树华

1926年生，湖北省英山县人。中共党员，1949年入伍。中华诗词学会会员，中华诗词文化研究所、赤壁文学院研究员，英山诗协常务理事。作品、小传入编《鄂东文艺家大典》《中华诗人》等。著有《鸿泥集》《奋夕阳》。

七绝·登陕西广播电视塔

塔身高耸入云端，百万长安目了然。
长啸一声天地动，佳音常绕五洲旋。

七绝·登西安城墙有感（二首）

其一

护城河改旧时容，草木含烟花影重。
雉堞威严空对月，九衢车水马如龙。

其二

百尺楼台遍古秦，万家灯火映星辰。
布新除旧苍天换，汉武嬴皇可动心。

七绝·游鸿门宴旧址（二首）

其一

亚父筹谋宴沛公，鸿门帐里闪刀锋。
子房一计乾坤转，从此刘邦帝业隆。

其二

拔山倒海一枭雄，傲世骄时霸梦空。
剑气可当师百万，虞兮歌罢血花红。

七律·西安古城巨变

秦川八百美长安,雨泽风和万物欢。
厂所革新常献宝,贸商闯海跨征鞍。
楼台鳞次连星宇,衢巷蛛丝织弈盘。
地转天旋民做主,今时远远胜唐天。

七律·西安赞

三秦开发扭坤乾,一片生机宇宙宽。
开放引来巢满凤,革新跃出骏加鞍。
商场涉猎腰缠宝,大海擒龙浪击峦。
雁塔巍巍羞岱笑,明珠串串落西安。

七律·华山

东出长安第一山,伟哉华岳矗云间。
冷观兴替知今古,笑迓轮回识易难。
乘坐缆车登绝顶,迎来红日任相看。
堆青飞雪流连地,游客熙熙不畏艰。

邬惕吾

1952年生,江西省九江县人,笔名守拙,中华诗词学会会员。著有《甘棠吟草》。

七绝·秦岭纪游

巍峨秦岭耸云间,栈道迂回任往还。
深谷啼猿何处去,长龙啸破万重山。

七绝·登西安大雁塔

雁塔登临两目空，悠悠万事慨无穷。
大千世界风云里，物我同归一笑中。

七绝·骊山（二首）

其一　再题华清池

芙蓉粉黛说凝脂，比翼连枝梦霎时。
鼙鼓一声妃子去，却教千古笑须眉。

其二　题兵谏亭

孤亭屹立半山腰，紫陌红尘万木号。
一著铸成民族恨，空教明月挂林梢。

七律·三度汉中行兼寄仁权侄

四年三度汉中行，秋肃为功色象清。
一水萦回波浪涌，万山环合海云明。
人康稻熟丰收乐，物阜廛荣市价平。
且喜连朝风日丽，沁心兰玉绿阴成。

七律·参观秦兵马俑

兵马森严战阵排，当年嬴政信威哉。
长城有象金瓯固，六国无人铁戟埋。
同轨同文兴社稷，求仙求佛笑愚呆。
可怜一炬阿房火，鹿马齐飞劫后灰。

齐佛来

北京市文史研究馆馆员。

七绝·关中行吟（七首）

其一　雨中游乾陵

乾陵依旧立梁山，无字碑丰石俑环。
可惜令人三太息，云封双乳不曾看。

其二　观唐乐舞

宫商听去胜唐风，百态千姿绝妙容。
不是荆妻呼返去，犹疑身在大明宫。

其三　灞桥

灞桥流水细无尘，片日经之亦焕神。
难怪依依杨柳树，曾经惯送别离人。

其四　西安大雁塔

汉祖唐宗究若何，千秋依旧耸巍峨。
漫云雁塔骄如许，曾见兴亡事太多。

其五　杨虎城将军墓

西安事变永芳留，马鬣欣邻杜甫楼。
一代英雄和墨客，世人仰望自千秋。

其六　八路军西安办事处

依然革命办公楼，物在人亡感不休。
难得含辛兼茹苦，斗争联合九春秋。

其七　茂陵

求安原不愧明贤，独对长生误可怜。

向使成仙能有术，始皇应帝到今天。

七绝·北京飞西安（二首）

其一

茫茫云海渺无边，万里飞来顷刻天。
堪笑悟空称大圣，如今个个是神仙。

其二

咸阳西去满怀开，万水千山足底埋。
不信神仙饶福命，也曾亲上九天来。

七绝·骊山（二首）

其一　秦兵马俑

后卫前驱俑七千，依然对阵两军前。
似嫌水火温犹浅，不及劳民三十年。

其二　华清池

石榴千树最堪思，朵朵迎风笑不支。
似识老人来不易，花开红遍贵妃池。

七律·昭陵

渭城北去一车轻，伟业思量感不胜。
位极谁怜民疾苦，臣忠还必主英明。
碑铭百世崇功赏，人镜千秋博令名。
太息白云封顶紧，仅凭徐冢吊昭陵。

严 永

1942年生，陕西省鄠邑区余姚村人。笔名岩冰、岩鹰。1967年毕业于天津大学电子系。工程师、高级政工师。曾任国营895厂党委书记、西京电气总公司政工部长等职。已退休。系陕西诗词学会会员，作品入选《中国当代自咏诗词集萃》《华夏诗人代表作》等。

清平乐·忆周日游兴庆宫公园

残花影乱，柳絮飞人面。欲向丛阴寻懒散，却怕琼枝折断。　　才知乍暖还寒，已嫌春意阑珊。世事纷纷扰扰，霜涂两鬓斑斑。

何 文

1929年生，黑龙江省泰来县人。1947年参军，次年入党。参加过东北秋、冬攻势、围困长春和辽沈、平津、渡江等战役，立三等功，荣获解放奖章。北京理工大学司局级离休干部。北京诗词学会会员，作品多次获奖，传略入编《简明当代诗词家辞典》等。

七绝·西安市郊村姑

驾上摩托早出村，进城蛋换小提琴。
姑娘伴奏大家唱，欢笑农民快乐心。

七绝·秦兵马俑

兵马扬威锐气遒，顶天立地壮神州。
秦时文化留青史，千古盛名寰宇讴。

七绝·陕西山村即景（二首）

其一

穷原黄土变芳洲，争向康庄奋铁牛。
黍满田间林满果，老翁正唱信天游。

其二

野岭高山果蜜香，造林能手养蜂王。
山间脚下水流远，供电永如扬子江。

七律·梦到延安

指路明灯窑洞间，南泥湾曲润心田。
宝山塔落东西雁，延水波连南北川。
圣地花开满华夏，春风送暖尽开颜。
老来好作延安梦，爱饮山中不尽泉。

七律·西安校园春

苍松翠柏藏材地，柳绿花红聚锦香。
桃李惜春争艳火，园丁洒汗育苗忙。
天天四处施肥水，岁岁八方育栋梁。
沃土生荣歌盛世，荒原楼起赛天堂。

何 伟

女,广东省深圳市长青老龄大学长青诗社社员。

七绝·西安行

雄伟壮观望旧京,长驱大道百川平。
晚晴盛世同游赏,也学吟诗发古情。

七绝·长安行吟诗会雅集群贤

八月秋高气爽天,嘤鸣求友学名贤。
玉篇锦赋玑珠韵,共赞新容勇策鞭。

何 烨

1928年生,曾用名何玉焰,四川省盐亭县三元乡人,四川省行政干部学校毕业。中华诗词学会会员、四川省诗词创作研究会理事、盐亭文同诗社副社长。编有《盐亭诗词选》,著有《乡土吟》。

七绝·赞刘志丹

为疗民疾倒"三山",义举渭华敌胆寒。
帷幄运筹民敬仰,贤名远播号清官。

七绝·朱鹮赞(三首)

其一

利嘴长钳着彩衣,筑巢择境傍人扉。

濒临灭绝又云集，德化清风万物辉。

其二

日抱怀中夜放床，精心喂养胜于娘。
真情付出珍禽活，一曲壮歌千里扬。

其三

作使东瀛播友谊，赞声盈耳掌声雷。
龙翔四海和平跸，方有珍禽款款飞。

七律·西安碑林

神州胜景一碑林，博大精深融古今。
浩气凝成九天月，丹池汇纳百家心。
班门绝技千锤击，孔殿华章万古吟。
故阙城中观墨迹，回肠更比见时深。

何 祥

1937年生，笔名斯吾，辽宁省康平县人。1959年毕业于哈师院中文系，1965年加入中国共产党。曾任哈市政府办公厅副主任、副秘书长，哈市人大教科文卫委副主任委员。现任哈市诗词楹联家协会名誉主席。论文、诗词曾获省、市征文奖，著有《斯吾行吟录》。

七绝·夜登西安城墙

一上城墙紫气腾，秦风唐韵古今情。
彩灯万盏融春色，盛举图南意纵横①。

注释

①图南：比喻远大前途。典出《庄子·逍遥游》。

七绝·秦始皇陵

唯见祖龙封冢丘，如烟往事岁悠悠。
兵马俑阵雄千古，宇内观奇赞语遒。

忆王孙·夜游西安城墙迎春灯会

城墙顶上月凌空，千米灯悬跃彩龙。古乐声声闻九重。百枝红，盛会迎春气象雄。

巫山一段云·谒乾陵

头枕梁山顶，脚登渭水滨。乳峰对峙展胸襟，望似睡佳人。　　百代兴亡事，千秋风雨痕。二皇合葬古难寻，碑上竟无文。

相见欢·参观秦兵马俑

一时气贯斗牛，握金瓯，千古始皇遗冢作高丘。　　惊车驾，奇兵马，叹吴钩。俑阵壮观传世也无俦。

何 渊

1928年生，字子博，陕西省岐山县人。国立西北农学院高级农职肄业。1947年上学期间秘密加入中国共产党，1948年参加革命工作。先后供职于中共岐山县委、宝鸡地委、陕西省委及中央西北局。1991年从省委政法委离休。离休后曾参加陕西省诗词学会、楹联学会及老年书画协会，现为中华诗词文化研究所研究员。著有诗词集《茶余集》。

七绝·商县蹲点

家住白云绿树间，九分砂石一分田。
舍旁植入核桃树[①]，结果长成需九年。

注释

①陕西省商洛地委书记王杰同志，为了改变当地人民的穷困面貌，号召每户种一升核桃，被毛泽东同志写入《工作方法六十条》。

七绝·三边纪行

时逢盛夏雨纷纷，道路不平且缓奔。
大漠茫茫明一点，陪人指说是盐村。

七绝·谒常羊山炎帝陵[①]

始祖神农世代尊，陵修数地有其因。
世间多少真和假，当做真时假亦真。

注释

①常羊山：位于宝鸡市城南神农乡境内，是秦岭北麓的支脉。山巅有炎帝陵寝。炎帝，一说即神农。《黄帝方志》载，神农生于蒙峪，沐浴于九龙泉，长于姜水，采药天台之山。其地均在姜水流域的神农乡境内。天台山被国务院公布为国家重点风景名胜区。

七绝·访姜太公钓鱼台

昔日垂纶渭水滨,文韬武略俱藏身。
假如不遇周西伯,还是山乡一笠人。

七绝·过常宁宫

佛寺访寻潏水滨,常宁宫畔气清新。
面纱神秘今何在?结彩张灯揽客人。

七绝·谒香积寺

世事历来多变迁,各时显贵已长眠。
长安名寺城南立,风雨沧桑数百年。

七绝·读报有感

高考陕西趣话佳,状元全是女娇娃。
过时观念随时去,莫谓高低看叶花。

七律·西部前沿陕西赞

古时数代甚辉煌,周后秦连又汉唐。
农事先河源渭北,人文始祖是炎黄。
科研力量居前位,矿产能源地下藏。
儿女西疆应自勉,莫端金碗食糟糠。

七律·瞻仰黄帝陵

人文始祖帝王身,举措澄清玉宇尘。
创造舟车为国计,驱除野兽拯黎民。
功昭日月映千世,德泽苍生滋万人。
两岸即时能一统,神州大地换新春。

菩萨蛮·登榆林镇北台

长城雄体沙埋尽，仅留一座残台认。攀顶望神州，迩遐沙土丘。
何言须"镇北"？本是同巢息。千古事悠悠，常教人犯愁。

南乡子·漠北怀古

塞外雨潇潇，千里行人去路遥。天色空蒙遮望眼，心焦。斜看沙丘往后抛。　　漠北路迢迢，西夏曾经动战刀。敢与宋辽金对峙，英豪。莫谓山羊总怕雕。

蝶恋花·重访周公庙

回忆当年年尚小，为逛卷阿，常盼春来早。携上同窗和友好，浑忘倜傥玩难了。　　岁月匆匆人已老，再谒周公，往事知多少？亙对流言行不倒，忠心一片谁人晓？

南歌子·春游楼观台

日丽天晴朗，偕朋去逛山。紧爬慢上到岗巅。回首望神坛祭火阑珊。　　岗上风来急，身边没倚栏。风驰电掣下青峦。不觉西边天上暮阳残。

西江月·再到灞桥

灞柳堤边春晓，再来又是多年。乘车不怕步行难，转眼即临河畔。　　旧路已无踪影，新途处处舒然。灞桥桥下水中天，倒映光明无限。

何元元

1945年生于甘肃省西和县城关夫子巷,又名渊源,号东山,别号非协会员,宅名无法斋,研究员。曾任中国书画函授大学教师,中华诗词学会会员,中国书法艺术研究院艺委会委员,黄河书画院特邀书画师。现为中华当代书画艺术研究会名誉会长。作品入编《当代著名书法家精品集》《华夏吟友》等。

七绝·卧楼

楼映朝晖敞镜轩,长安市上酒家眠。
芭蕉扇下生凉意,身在梁园总许还。

七绝·过马嵬坡

电掣风驰过冢旁,玉环尘土碾何方?
红颜古道薄依命,长恨歌声空断肠。

七绝·华山西峰

何如孝悌小沉香,斧劈青岩救圣娘。
母爱心埋山石下,儿心本在石中央。

七绝·抵华阴

悲鸿大笔无踪影[①],绿竹深林有玉泉。
日暮登山天正热,碧流奔渭沭清湍。

注释

①华山山下玉泉院中原有徐悲鸿画。

七律·登华山

直上千寻望海楼,黄河万里向东流。

仙人掌上扪三界，玉女峰头览九州。
翠嶂峥嵘平地起，白云翻滚半天游。
风光无限登临险，西顾长安释旅愁。

七律·秦兵马俑（二首）

其一

入地天兵驻陕川，岿然一冻两千年。
偏承大寨银锄落，误触雄师铁马旋。
珍重秦遗兴广厦，闻惊外域引群贤。
始皇犹卧三军待，梦里沧桑几世间？

其二

神州何处觅桃源，魏晋无论唐宋元。
涉灭嬴家残暴政，汉承秦制霸王鞭。
嫦娥犹见长城舞，烈火还留植树篇。
一统中华分合局，千秋赤县耀人寰。

菩萨蛮·游兴庆宫公园

花花柳柳莺莺语，三三两两男男女。舴艋水中游，鸣蝉树上啾。
桥边孤寂苦，问尔为何故？荡荡鸭头湖，清波有韵浮。

何永宁(1938—2017)

西安市人。毕业于西安交通大学,长期在电力系统工作,教授级高工,曾任总工程师。中华诗词学会、中国电力诗词学会会员,陕西省诗词学会理事,陕西电力诗词学会副会长。作品、小传入编《中国当代诗词楹联艺术家词典》《电力诗词选》等。

五律·谒杜公祠

霏雨朝诗圣,秋高谒杜魂。
堂前香火少,院内颂声频。
翁媪争歌赋,少年抢问询。
发扬诗赋业,欣有后来人。

七绝·骊山晚照

骊山晚照久闻名,翠柏苍松簇碧峰。
最是夕霞枫叶映,层林尽染遍山红。

七绝·榆林(二首)

其一　登镇北台

长城隐约显高台,绝顶登临抒壮怀。
固若金汤华夏域,看何敌寇敢重来?

其二　游红石峡

榆林河谷映红峡,巨浪激流久刻画。
骚客雕家留异宝,塞边奇景此摩崖。

七绝·安康（二首）

其一　瀛湖

千里汉江一坝工，涟漪万顷映苍穹。
荡舟偕友瀛湖上，满目苍葱满目红。

其二　香溪洞

洞缘神话始知名，游客觅踪步履行。
溪水飘香虽不再，犹闻仙女诉啼声。

七律·长安

长安自古得天酬，地慧民聪百代讴。
古迹人文堪异彩，风光名胜各千秋。
轶闻趣事听无尽，美景仙踪赏不休。
更喜新图风又劲，古城正待展鸿猷。

七律·登西岳庙远眺

绝妙华山一朵莲，五峰美景映蓝天。
悠闲袅袅浮云绕，叠翠绵绵群岳连。
似见游人跟踵上，又闻禽鸟唱鸣还。
会当绝顶登临日，万岳雄奇尽等闲。

何生辉

唐华三棉工会会员。

七绝·太白山（二首）

其一　太白日出

琼楼宴罢晨霜厚，玉女酡颜醉意浓。
龙去尚留铠甲在，尽收朝旭彩霞中。

其二　雪峰月色

色洁香清玉作堆，伏丘卧野彻寒辉。
纤云西去翩翩落，疑是天仙踏露归。

七律·大兴善寺留题

雨打霜侵草木衣，天光近晚影徘徊。
老僧面壁禅心定，少女歌声越院来。
日落山尖疑举火，月升塔角思瑶台。
还将烦恼问仙佛，唯取莲花引渡开。

何佩则

1936年生，四川省古蔺县人。长期任教于复旦大学中文系，上海市诗词学会理事。发表论文50余万字，诗词200余首。

七律·登西安大雁塔

直上浮屠览九霄，关中万顷绿来潮。

终南挺秀山横淼,泾渭遥迢水伏滔。
南廓旧宫遗黍梦,北原古穴觅蓬蒿。
江山代代添新色,衮衮黎民意兴豪。

何国林

1932年生,笔名谷林,浙江省富阳市人。曾任富阳市文化广播电视局巡视员,系中华诗词学会会员、浙江省诗词与楹联学会理事,富阳市富春江诗社社长。著有《谷林诗草》。

七绝·骊山烽火台

烽火台前欲咒幽,宠妃点火竟忘忧。
假乱真假真真假,莫把犬戎左迁尤。

七绝·扶风法门寺

宝寺地宫观舍利,原来佛祖语西音。
始知佛我无分别,上得西天在有心。

何国瑞

1933年生,湖南省资兴县人。武汉大学中文系教授,曾任该系主任、武大校务委员,兼任中国社会主义文艺学会、全国马列文论研究会等理事。全国优秀教师,享受国务院特殊津贴。

五绝·秦始皇

豪剑断连横,车书一统明。

斯人虽已没，华夏大风腾。

七绝·武则天

无字碑留任是非，真男儿敢颂光辉。
可怜今昔窥私癖，专注罗裙说秘绯。

七绝·西安怅怀张学良

铁蹄惨践锦关东，枪口犹朝亲弟兄。
兵谏缘何遭大限，未教倭血溅刀红？

七绝·延安行

年年五月梦延安，今日得亲宝塔山。
壶口黄河千里雪，尽倾窑砚写春天。

何宗玉

1943年生，福建省连江县人。原供职连江县黄岐中心卫生院，中医副主任医师。连江县中医药学会理事、中华诗词家联谊会会员。著有《虎东吟韵》。

七绝·游华清池（二首）

其一

骊山依旧涌泉香，天子归来欲断肠。
流水不知千古恨，犹传故殿浴鸳鸯。

其二

西安事变九州闻，祖国危亡正义伸。
兵谏华清为抗战，张杨千古是功臣。

七律·桥山颂

中华民族溯源长，古柏参天万世昌。
沮水秋风怀圣哲，桥山夜月照城乡。
北岩净石生奇彩，南谷黄花溢异香。
龙驭腾升留德政，五千历史写辉煌。

一丛花·革命圣地延安颂

长征入陕到家欢，日照凤凰山。城南宝塔凌云汉，油灯、窑洞斑斓。决策英明，垦荒自给，开发南泥湾。　　延河碧浪绕延安，圣地卷波澜。炎黄儿女奔西北，干革命、不怕途艰。"抗大"精神，当年鏖战，首捷平型关。

何泽华

1931年生，广东省电白县人。曾任湛江市监察局局长，现为湛江市关工委常务副主任、市老干部进修学院院长。中华诗词学会、广东省诗词学会会员。著有《陶然诗集》。

七律·有感开发大西北

崇山戈壁丝绸路，万里高原无尽头。
镍铝石油铜矿盛，马羊瓜果药材优。
振兴塞北强邦策，开发陇西旷世猷。
历尽艰辛成伟业，河山装点灿金瓯。

何俭钊

1926年生,广东省南海市人。广西玉林药材二级站退休干部。回原籍广东南海定居。广州岭南诗社、南海诗社社员。《里水颐年》《里水风华》诗刊主编。

七绝·参观秦兵马俑

精工陶俑堪称奇,武士神威甲胄披。
死后秦嬴还欲霸,拥兵百万更何为?

七律·怀念西安

告老归田有暇身,半生劳碌逐征尘。
两陲七进呈新貌,故地重游忆旧秦。
黄帝皇陵留圣迹,碑林史记乃奇珍。
古香古色长安市,万紫千红总是春。

鹧鸪天·延安行

缥缈云烟障眼迷,气流激荡幻高低。回旋降落心安定,黄土高原碧落齐。　　山峣峣,塔巍巍,中流砥柱救垂危。延安圣地人崇仰,革命摇篮比日辉。

何继凤

1930年生,女,中师文化,小学高级教师。曾任陕西省洛南县幼儿园园长。

七绝·页山古柏

页山古柏美如画,元正年间粗丈八。
叶茂枝繁常滴翠,千姿百态展奇葩。

七律·洛南颂

洛南黎庶英雄汉,纬地经天不畏难。
沟壑邻坡兴绿野,洛河流域变粮田。
层横绿地驱贫意,道许金川致富源。
水秀山清仙境美,小康社会乐无边。

何野枫

1927年生,字思君,笔名河畔草,广东省梅州市人。南方大学毕业,高级教师。1943年起在国内外报刊发表诗文,曾获"世界华人杯"等多项文学大赛奖。系中华诗词学会、中国诗歌学会、广东省作协会员,连州市文联顾问。著有《浪花集》《枫叶集》。

五律·唐明皇

英武临天下,开元史一章。
恩威垂四海,懿德被八荒。
鼙鼓渔阳急,马嵬芳魄亡。
朝纲随主弃,国祚几沧桑。

七绝·汉刘邦

当年威武入咸阳，灭楚亡秦气势涨。
烹犬分羹恩义尽，岂凭成败论高皇。

七绝·昭君出塞

去国和戎六十年，边庭万里息烽烟。
琵琶芳冢香溪梦，化作熏风绿朔原。

七绝·秦始皇（二首）

其一

焚书铸镰又坑儒，嬴氏江山苦构图。
叵料徙徒狐唤起，千军万马下秦都。

其二

一世辊辌二世诛，江山易主斾旌殊。
阿房怒火焚三月，空笑陶兵卫独夫。

七绝·长安咏史（三首）

其一

逐鹿群雄不共天，龙争虎斗战犹酣。
刀光剑影沙场梦，百战功成万骨寒。

其二

荡涤乾坤勒燕然，黄袍天子坐金銮。
窦碑未冷元戎殁，行见萧墙祸又延。

其三

创业艰难守亦难，花团锦绣好江山。

沉浮载覆千秋训，青史昭昭董笔悬。

何鸿谟

1937年生，字嘉言，又称五癖散人，山东省滕城县人。国家一级美术师、二级书法师，方志编辑。著有《五癖散人呻吟、心声、意象、石言集》等。

七律·神往西安

鸿篇巨制颂西京，人杰古都聚硕英。
雁塔题诗怀佛圣，骊山寻古叹秦兵。
麟游唐殿醴泉冷，长乐汉宫细柳营。
争胜帝王开业地，衰兴历代有天衡。

何焱林

1936年生，重庆市人。1959年毕业于西南师范学院数学系，高级教师。1996年退休。成都市作家协会会员，四川省、成都市诗词学会会员。著有《白垩居诗文稿》《诗韵注音》。

五律·霍去病

霜凝盔铁白，血染征衣赤。
旄节五千骑，锋摧十万戟。
雄豪横塞沙，诚信开金石。
司马笑八家，干戈操一室。

七绝·调侃汉高祖

衣锦荣归阔气多，酒酣耳热大风歌。
扫除太上新丰肆，"俺季如他阿仲何"？

七律·西安碑林

遗碑拂认二千春，一室森罗百代珍。
舞凤翔龙刊妙笔，谈天说地著奇人。
斑斓已见风规异，芳洌犹存气骨淳。
恍若衣冠来眼底，先贤与我正相亲。

七律·登西安大雁塔

千秋不懈此登临，雁塔七层万象森。
远近风流人不见，古今文化道同钦。
慈恩广善纤毫录，玄奘移文字句斟。
胜迹长随贤圣在，智珠最是国之琛。

七律·马嵬坡

郎当夜雨听三郎，孤冢马嵬草正长。
岂有红颜真误国，合应黄土幸留芳。
荒亡斧钺专林甫，穷黩刀兵起范阳。
而后履霜坚冰至，余殃未止泣残唐。

七律·祖龙

要颂刊碑笑祖龙，万年传祚十年终。
金人竹帛胭脂泪，银海渔舟豆蔻风。
犬子枭头迷鹿马，豚孙泥面献关宫。
兴亡总与书生事，棺盖于今论未穷。

凤凰台上忆吹箫·黄帝陵

黛起桥山，蓝生洛水，紫垣拱抱崇陵。正螭蛟营穴，鸾凤飞鸣。圣德堪舆尤胜，开风纪、亲爱精诚。从兹始，炎黄裔胄，世代英声。

　　铮铮。五千岁月，经多少辉煌，多少榛荆？纵塌天灾祸，不掩峥嵘。亘古文明谁在？唯华夏、一脉相承。歆初祖，无忘在原，共启新程。

何瑞澄

1930年生，字丹霞，女，广西大学中文系毕业，广西教育学院古代文学副教授，广西作家协会、中华诗词学会会员，广西诗词学会理事，南宁市诗词学会副会长。致力于诗词吟唱艺术研究与实践。合著有《实用诗韵》，著有《清诗词赏析》。

五绝·曲江池遗址

古国繁华地，今朝野草原。
东君如有意，七彩染秦川。

五绝·骊山烽火台

烽火戏诸侯，昏君变国仇。
骊山空故迹，覆辙戒千秋。

五绝·秦兵马俑

秦陵兵马俑，威武宛如真。
霸业云烟逝，迹遗启后人。

七绝·华清池畔有感

当日温泉浴太真,今朝水暖沐黎民。
花红柳绿还依旧,却喜骊山换主人。

七绝·霍去病纪功石雕前即兴

马踏匈奴功显赫,安邦定国保陲边。
英雄辈出山河秀,怀古凭轩意慨然。

七绝·过上林苑

君主当年游乐处,今朝余下草萋萋。
江山几度浮沉事,插翼鲲鹏又奋飞。

七绝·南朝古塔

大路伸延直且长,青松翠柏隐幽香。
远山落在浮云外,塔傍泾河绕白杨。

七绝·田间小景

黄土高原一片青,牧羊短笛和歌声。
迎风吐穗苗苗秀,不负辛劳哺育情。

七绝·访积香寺

冒雨迎风访积香,巍巍宝塔美名扬。
无边佛法施慈爱,友好日中万代长。

七绝·过华山

层峦叠翠插云端,鸟道蜿蜒一线穿。

自古华山称险阻，英雄伟业美名传。

七律·登西安大雁塔即兴

游兴冲冲登绝顶，临风唱和赛风骚。
名驰中外金汤固，雄视古今雁塔高。
探本追源光故迹，承前启后美明朝。
黄河波浪滔天涌，未比征途滚热潮。

七律·曲江寒窑随感（二首）

王宝钏、薛平贵爱情坚贞，贫贱不移，富贵不淫，千秋景仰。特赋诗以颂之。

其一

含辛茹苦甘独守，寒窑不屑盼人怜。
望夫亭上千行泪，汲水岩中一线天。
贫贱莫移心更烈，尊荣难夺志弥坚。
英名贞节传千载，义重情深感万年。

其二

回龙阁上塑真身，飒爽英姿感后人。
飞马别窑怀壮志，金盔返里恋前尘。
凤冠霞帔何堪贵，大义深情最足珍。
黄土荒原曾有泪，千山万壑礼芳魂。

菩萨蛮·过灞桥

当年玉柳丝丝碧，朝阳洗染更鲜色。细叶舞风清，行云灞上轻。
鸿门豪气在，霸业飞天外。渭水永长流，关山几度秋。

浪淘沙·写于西安钟鼓楼一间旅舍中

羁旅正愁浓,暮鼓晨钟。声声激越震长空。唤醒人心思奋发,创业争雄。　柳绿映花红,巧夺天工。古城新建画图中。明日扶摇飞万里,驾驭神风。

踏莎行·访昭陵

骏马雄姿,盛唐气象,锦衣执剑英豪样。宾王林立似朝臣,恩威远镇蛮邦仰。　画卷千秋,光芒万丈,文明古国应歌唱。庸夫自薄实堪怜,夜郎亦属迷方向。

余子彤

1944年生,原名余耀主,陕西勉县人。高级工程师,陕西煤矿安全监察局机关党委原副书记。陕西省老年诗词学会常务副会长,陕西省诗词学会副秘书长,陕西省太白诗社副社长,《陕西煤炭》主编。著有《风雨寄情》。

五律·龙门观黄河

黄河势气吞,浪挟断云奔。
壶口惊鹰鸟,龙门跃鲤鲲。
鸡啼传两岸,狮吼①走千村。
翘首清流盼,波涛万象春。

注释

①狮吼,喻火车。

七绝·骊山咏

日照奇峰涌绿波，攀临绝顶拜娲娥。
幽王烽火张杨谏，今古惊涛逸事多。

七绝·访母校勉县七中（二首）

其一

百年建校百年功，赫赫褒城第一中。
孔雀纷纷雄志远，群才敬业大江东。

其二

韶年立雪悄回痒，又步黉窗旧走廊。
檐下犹思甘露润，深情默默谢师襄。

七绝·咏太白（二首）

其一

千山壁立通幽境，飞瀑流泉绿映红。
世纪冰川留胜迹，柱分南北抵天宫。

其二

摩霄峻拔路千盘，异草奇花恣意观。
最使骚人回首处，谪仙泼墨半崖端。

七律·参观杨凌农科城

追思后稷稼农功，伫对羔羊术克隆。
科苑畦连楼错落，范区圃绕径交融。
承扬文化精神富，培植胞芽物产丰。
上巳穿行生态道，流光溢彩赞声浓。

七律·游王顺山

驾车蓝道趁新晴，峭壁层峦踩石登。
玉女潭清千壑水，苍崖瀑展四山屏。
母亡挑土高冈葬，羽化升仙万世铭。
自古中华崇礼节，为官为庶孝须行。

七律·访黄陵煤矿

几回清梦到黄陵，沮水桥山绿荫浓。
网络交通连海宇，煤楼电站傲苍穹。
难忘先哲披荆苦，更羡英才接力功。
科技创新精管理，矿区无处不春风。

七律·登华山

习习清风月引弦，劈山救母久经传。
岚烟芳草千峦翠，溪水竹篁群鸟喧。
跃步苍龙疑羽化，回心峭壁笑猿攀。
欲观日出登高巅，喷薄霞光染际天。

七律·首行西汉高速公路

重重迷雾罩层峦，今日谁吟《蜀道难》。
韩信出兵形迹隐，杨妃运荔马蹄残。
桥梁隧洞连成线，霓彩灯光染透山。
游子天涯归故里，轻车往返阖家欢。

七律·大唐芙蓉园

一别曲江四十年，重来已改旧时颜。
蓝天绿树湖波漾，彩阁琼楼丝管喧。

岂是星河悬地野，依稀仙境落人间。
芙蓉苑里多奇景，水幕弥空最壮观。

一剪梅·漫步渭滨公园

古渡咸阳丽日天。骀荡清风，栉比楼院。冯唐易老恍如烟。昔乃荒滩，今僻公园。　　漫步长堤放眼宽。杨柳依依，蛱蝶翩翩。黄昏夕照灿无边，碧水漪涟，灯火阑珊。

望海潮·访神华矿区

秦蒙边塞，乌伦河畔，天蓝云淡风轻。红枣溢香，高粱结穗，煤油气铁俱生。物阜聚精英。笮旗擎北国，钻响沙汀。笮路艰辛，不毛之地崛新城。　　而今处处蒸腾。赞潮头勇立，百舸流争。科技创新，和谐善胜，送迎日月辰星。廿载绘丹青。看黑金翻浪，树掩楼亭。独领风骚信使春，展翅雄鹰。

余文祥

1939年生，湖北省武汉市新洲区人。大专毕业，副研究馆员。现为武汉市文史研究馆馆员、中华诗词学会会员、湖北省诗词学会常务理事、武汉市诗词学会副会长。主编有《道观河诗词选》《新林颂》，著有《武汉戏曲楹联辑注》《武汉名胜竹枝词》等。

七绝·长安雅集（二首）

其一　游大唐芙蓉园

芙蓉园内觅诗魂，李杜遗风世永存。
今日吟坛歌盛会，大唐文化是灵根。

其二　参加曲江诗会

曲水流觞逸兴催，新朋旧友竞争魁。
大唐佳丽来观阵，一首诗词酒一杯。

七绝·登西岳华山（二首）

其一

险峻雄奇秀可餐，悬崖峭壁插云端。
缆车犹是登天筏，今上华山不费难。

其二

登临西岳北峰巅，欲与天公共比肩。
昔日云从头顶过，今朝却在脚跟旋。

七绝·黄帝陵（二首）

其一　黄帝手植柏

轩辕植柏彩霞蒸，铁干虬枝节可凌。
历史长河流不断，子孙万代泽池膺。

其二　碑亭

轩辕庙内谒碑亭，国父题词炳若星。
转瞬百年成历史，至今仍觉有芳馨。

七绝·秦兵马俑（五首）

其一

秦始皇陵兵马俑，六千将士虎生生。
不知多少黎民血，轸轸殷殷染得成。

其二

栩栩如生呼欲出，惟肖惟妙见神情。

掩埋地下三千载,撩去面纱举世惊。

其三

陪葬秦皇多少年,暗无天日岁如烟。
一朝梦醒惊寰宇,个个犹如洞里仙。

其四

烈烈威风似请缨,至今犹听马蹄声。
秦皇功过知多少,舌笔从来道不清。

其五

游罢归来不自猜,令人赞叹令人哀。
先贤血泪凝青史,子子孙孙作教材。

七绝·西安杂咏(七首)

其一 初访西安

心驰神往访西安,天马行空不觉难。
诗友文朋豪兴发,风云际会上吟坛。

其二 城墙

皇城基上建城墙,放眼西安意气扬。
唐汉古都文博地,而今开发谱新章。

其三 碑林

琳琅满目是碑林,颜柳欧苏造诣深。
篆隶草真书法美,读来字字圣贤心。

其四 大雁塔

春去春回有定期,相思无计两由之。
题名雁塔无缘分,只怨才疏莫怨迟。

其五　灞桥

灞水横波一灞桥，古人送客路迢迢。
而今树立新风尚，赠别无须折柳条。

其六　兵谏亭

西安事变惊天地，兵谏亭前泣鬼神。
不是张杨兵谏策，抗倭历史更艰辛。

其七　华清池

华清池内涌温泉，倩影香脂徒自怜。
鼙鼓声声惊美梦，马嵬魂丧恨绵绵。

行香子·拜黄帝陵

崔嵬黄陵，景象千层。傲苍穹、奋翮雄鹰。群山环抱，沮水澄澄。看秋花艳，松花馥，霜花凝。　　东升旭日，霞蔚云蒸。庆今朝、百业隆兴。碑林筹建，佳讯频仍。喜蛰龙起，玉龙舞，巨龙腾。

高阳台·谒轩辕庙

赫赫轩辕，人文始祖，千秋功德无俦。统领貔貅，指南大败蚩尤。鼎新革故兴蚕业，著内经、百姓医愁。创交通、陆地驱车，水面行舟。　　桥山胜迹依然在，见春峦环抱，沮水长流。沧海桑田，白云苍狗悠悠。拳拳赤子情怀旧，拜黄陵、九域同讴。喜神州、再造辉煌，重塑金瓯。

余远鉴

广东省海丰县人,历任中小学教师、海丰县委组织部部长。现任海丰县政协组织联络科科长、政协委员,海丰文学协会会长、《海丰文史》主编,广东中华诗词学会理事、中国艺术研究院创作员。著有《海陆风情》《海陆风骚》。

七绝·五间厅

骊山脚下看华清,兵谏张杨传美名。
但愿弟兄无反目,中华一统慰英灵。

七绝·乾陵无字碑

矗立乾陵无字碑,盖棺难定是耶非。
人民历史人民写,功绩何须靠自吹。

七绝·登华山

华山云海百年逢,不见群峦见五峰。
头顶青天手机响,乡音万里喜相通。

余忠扬

1933年生,原籍山东省单县,大专毕业,高级工程师,中共党员。

七绝·游汉中(二首)

其一 拜将坛

艰难创业险还凶,剑舞鸿门遁沛公。

善用良才韩信将，萧何月下建奇功。

其二　追韩亭

萧何戴月马催鞭，流失将才心若煎。
韩信终持回帐志，匡扶汉室锦江山。

七律·杨凌城运会赛艇湖

碧水蓝天透晚秋，轻风吹得一湖悠。
空前盛会人欢处，壮丽龙湖锦上舟。
令发离弦飞艇箭，蛟腾浪卷驭中酋。
沉鱼惊散天鹅起，喜看群雄争上游。

七律·参观杨凌农科基地

杨凌卧虎又盘龙，科技兴耕育众雄。
引得昆虫研习性，育来植物探生荣。
人工雷电播云雨，地里吟歌唱谷丰。
水养鱼虾增美味，克隆羊崽颂新功。

七律·再观秦兵马俑

五月榴花火焰红，骊山雨后雾朦胧。
秦皇墓地人车涌，武阵坑前兵马雄。
历史三军驰大道，乾坤千载展雄风。
烟云六国今安在，万古遗存统一功。

七律·马嵬坡贵妃墓

安兵祸乱逼唐宫，鼙鼓声声震宇空。
迷恋荒淫皇帝事，可怜侍舞玉环工。
艰危社稷谁人过？再定乾坤郭氏功。
替罪羔羊非与是，叩敲金粟问玄宗。

七律·游华清池兵谏亭

华清池畔垂杨柳,骊麓温泉水自流。
团结驱倭家国志,群贤义愤众同仇。
梦中失魄独夫遁,雾里惊魂历史留。
兵谏亭台今作证,张杨义举话千秋。

七律·张良庙

一代名臣才智精,运筹逐鹿胜秦兵。
举贤荐帅兴王室,赐地封侯袭爵名。
独揽关山秦岭雪,犹思黄石圯桥情。
笑观世俗追功利,庙志张良品自清。

七律·磻溪姜太公钓鱼台

秀水青山几许贤,天酬大任理多端。
强兵富庶民心顺,伯爵兴岐社稷安。
遗璞璜台姜氏庙,敲金纣室武王鞭。
渔竿一举磻溪钓,情济周朝八百年。

七律·游汉中石门古栈道

回转蜿蜒绕半山,临坡峭壁石途攀。
人间尽是峥嵘栈,西蜀犹存风雨篇。
焚道魏延谋篡相,忠君马岱斩奸官。
诗仙旁说难行路,开垦而今竟达宽。

七律·渭南水灾感赋

西风瑟瑟雨滂沱,秦地狂涛注渭河。
悬凸沙梁难泄水,洪龙浊浪突侵坡。

淹田毁屋民皆怨，济困安灾众与罗。
政府关怀碑两岸，绸缪未雨尚良谟。

余明侠

1928年生，南京中央大学毕业。徐州师范大学教授，中国太平天国史学会顾问、江苏省太平天国史学会名誉会长、省历史学会顾问、省文史研究馆馆员、徐州市诗词协会顾问等。合作编写有《中国文学史》《〈史记〉译著选》等，著有《诸葛亮评传》《文史论稿》等。

七绝·丝绸之路

长安古道通罗马，炫丽丝绸万里行。
中外交流遗泽远，汉唐贡献岂容轻！

七绝·昭陵咏怀唐太宗

拓土开疆一世雄，贞观之治迄今崇。
陵前六骏思千里，武略文才贯日虹。

七绝·西安碑林（二首）

其一

琳琅满目百碑精，上溯汉唐下至清。
镌石名家均萃集，中华书法得昌荣。

其二

名家碑刻叹观止，　褚柳颜欧又李张。①
堪喜怀仁能集字，　羲之真迹得传扬。②

注释

①碑林中仅唐代名家书刻即有：褚遂良《大唐三藏圣教序碑》、柳公权《玄秘塔碑》、颜真卿《颜氏家庙碑》、欧阳询《皇甫诞碑》、李阳冰《三坟记碑》及张旭《断千字文》等。

②唐代怀仁集书圣王羲之亲笔手书而刻成《大唐三藏圣教序碑》，艺术价值极大。

七绝·西安大雁塔（二首）

其一

千年古塔立晴空，巍峨七层气势雄。
历尽沧桑风与雨，驰名中外备推崇。

其二

长安雁塔誉盈城，玄奘译经传佛声。
进士题名增异彩，诗人居易正年轻。

七律·汉中咏怀诸葛亮

壮怀长啸激清风，管乐自期明素衷。
对策茅庐谋略远，挥戈关陇甲兵雄。
摧山连弩称奇妙，破敌阵图诚罕工。
汉室难兴堪叹息，两京未复恨无穷。

七律·岐山五丈原

早岁宏图匡志济，茅庐三顾别乡山。
取荆定益筹奇策，治国安民抓本源。
北伐出师兴汉业，亲临渭水储兵员。
长星不为英雄驻，落叶秋风五丈原。

七律·秦兵马俑

两千岁月久湮蒙，一旦现身寰宇惊。
骏马战车趋若发，步兵弓手栩如生。

雄姿威武忆畴昔，陷阵冲锋任纵横。
胜算秦皇平六合，九州一统赖军精。

七律·兴平马嵬坡

盛世开元扬史册，政荒天宝不求工。
衰颓何独责杨女？昏暗玄宗锐志穷。
虢国娥眉悲晓月，贵妃罗袜泣西风。
兴亡千古虽陈迹，见智见仁难尽同。

八声甘州·勉县定军山咏怀诸葛亮

访茅庐再顾效驱驰，感知遇恩隆。遂联吴京口，鏖兵赤壁，鼎足成功。白帝托孤任重，尽瘁病劳中。伐魏兴王业，克尽臣工。　　三国英才济济，问世人钦仰，几位如公？读"街亭贬疏"，①正气满襟胸。倡廉风、从严律己，执法平、廖李泣深衷。②怀勋德、看军山墓，长受尊崇。③

注释

①诸葛亮于《街亭自贬疏》中，严于责己。
②廖立、李严皆因罪为诸葛亮所流放。但廖立闻亮卒，不禁流涕，李严则忧伤而死。
③诸葛亮葬于勉县定军山，千余年来一直受到后人尊崇，祭祀不绝。

望海潮·西安纪游

关中京兆，长安古邑，帝京自古名扬。西汉建都，唐朝拓宇，中华历史悠长。文档有余香。喜丝路西接，瓜果东芳。万物交流，百邦蒙益共繁昌。　　西安更著辉煌，有环球贵客，锦绣文章。兵俑盛夸，碑林美誉，名城壮丽煌煌。文物不寻常。欣酒家食府，美味堪尝。城阙钟楼雁塔，锦金凤玉龙翔。

余养仲

1935年生,福建省三明市劳动局原局长,三明市关心下一代工作委员会副主任。中华诗词学会、福建省书协会员,中华诗词文化研究所研究员,三明市老年诗词协会副会长,三明市老年书画协会常务副会长。著有《蓝田吟草》。

阮郎归·甲申清明公祭黄帝陵

清明时节祭黄陵,同宗共敬灵。人文初祖气相凝,缅怀先祖情。
同血脉,共心声,祈求社稷兴。谒时宝岛共参茔?神州聚一庭。

余秋阳

1920年生于天津市。离休中学教师。中华、湖北省、武汉市诗词学会会员。中国楹联学会会员、湖北省楹联学会名誉理事,武汉未名诗社顾问,武昌诗词楹联学会副会长。中华诗词文化研究所、华夏诗联书画艺术研究院、北京国之粹文化传播中心研究员。

七绝·马嵬坡悼杨玉环

重色唐皇不伐柯,升平歌舞尚淫奢。
劝君莫奏《霓裳曲》,传唱至今《长恨歌》。

七律·参观八路军西安办事处纪念馆

抗战军兴过"七贤",时光荏苒六三年。
昔传薪火明前路,今有史编耀宇寰。
侠父牺牲宏志在,[①]后昆应念鼎新艰。
处身虎穴轻生死,智勇赢来禹甸园。

注释

①侠父：即宣侠父，"八办"高参，抗战初期，被敌特杀害。

余善云

1952年生，重庆市垫江县人。1986年毕业于四川广播电视大学，副研究员，重庆广播电视大学校办主任。著有《怡然诗集》《县电大概述》等。

七绝·大散关

路转峰回大散关，纤云弄巧绕峰巅。
天横秦岭碧空尽，霜叶点红万座山。

吴 云

1938年生于黑龙江省肇源县。1963年7月毕业于哈尔滨师范大学中文系。曾先后从事过中学语文教师、政府机关公务员、报社编辑、记者等职。

七律·秦兵马俑

尘封劲旅数千年，破土重生殊世观。
再现中华军政史，洞开秦汉盛时天。
厉兵秣马争雄战，铁戟铜车挽巨澜。
列国分崩民疾苦，祖龙问鼎定中原。

七律·华清池

温泉水滑润如酥，百姓无缘苦似荼。

浴罢华清妃子笑，驰来粤海宝驹殂。
今朝得宠销魂女，来日悬绫丧魄姝。
千古悲风歌一曲，荣华落尽是虚无。

七律·无字碑

绝后空前无字碑，临终嘱意欲何为？
褒荣贬耻评功过，飞短流长论是非。
圣主自明能洞晓，黎民有识共相揆。
在人耳目争传诵，碣石弥坚终化灰。

七律·昭君愿

绝代红颜黄土封，河边青冢沐秋风。
汉宫岁月悲明镜，塞外风沙恨断鸿。
马背琵琶鸣夙愿，毡车辀辘送残冬。
从来未怨丹青手，一体双肩两族融。

七律·马嵬坡

漫卷旌旗素练悬，香消玉殒马嵬前。
妄言美色堪倾国，莫道君权可代天。
得宠娥眉难自保，至尊皇帝竟心寒。
水能载覆当牢记，感愧涕零祈祖先。

七律·赠剑歌

匣中三尺白鹇尾，隙月斜明透碧潭。
锋刃凝霜横断水，精光闪电截蓝田。
荆柯佩带秦王惧，周处提携玉蟒寒。
海客归乡黄帝祭，龙泉相赠斩凶顽。

七律·西安事变

风云漫卷古长安，抗日烽烟到处燃。
叵测居心挑内战，阿谀曲意勾外联。
将军怒勃英雄胆，委座惊惶落魄寒。
唤起全民同敌忾，威名永著天下传。

七律·渭溪野钓

竹笠为冠身著蓑，斜风细雨日蹉跎。
阴霾沌沌和烟卧，酷暑炎炎向日遮。
玉殿明堂无佐弼，深山大泽有龙蛇。
非因偏爱渭溪钓，安得兹身为国谟。

七律·黄帝陵

炎黄世祖黄陵地，古柏森森血脉盈。
火种刀耕从此始，指南火药创文明。
人文悠久轩辕裔，历史长流华夏声。
地下深埋千古梦，只为华夏万年兴。

七律·姜太公

八十西来钓渭滨，心存治国满经纶。
忧思不与文王遇，感叹自嘲屠叟贫。
际会途穷羞白发，逢时壮气叱风云。
奠基八百功勋著，开国兴周第一人。

七律·五丈原

独坐茅庐梁父吟，胸中韬略已三分。
皇叔三顾隆中对，龙卧十年博望伸。

扫荡群雄争霸业，谋攻众寇定乾坤。
出师未捷身先逝，千古悲风五丈沉。

七律·饮酒歌

酒入愁肠增血气，纵情文墨一挥间。
星星点点杨雄晓，落落疏疏李贺谙。
积愤如磐成块垒，化忧似水变流泉。
世间多少平常辈，烂醉心胸不怕天。

七律·上官婉儿

如花少女体娉婷，敏捷才思旷世聪。
生不逢时遇明主，得天独厚伴雌龙。
两家恩怨能抛弃，一国兴隆策划中。
自信平生无憾事，三思不屑有私衷。

哨遍·长城谣

叠嶂急驰，绵亘纵横，壁垒长城屹。惊伟哉！天地展雄姿，望巍巍中华龙脊。日正曦，江涛海潮之势，波峰浪谷奔腾激。穿滚滚黄河，茫茫戈壁，翻祁连逐红日。待仰头惊看紫云霓，策骏马翩翩任高低。山海龙蟠，要塞连绵，石城络绎。　噫！千载来兮！抚今追昔从头觅。嬴政初创业，开边陲拒强敌。役使万民躯，土中白骨，荧荧翠烛因何泣？观草木凋零，哀鸿遍野，终归朝代更易。问有谁立国为庶黎，叹历代君王俱营私。史书存、可寻踪迹。千秋功罪谁断？我秉狐公笔。念人心背离堪记取，胜败兴亡可释！祖龙尸朽骨成泥，看长城、万里雄立。

夜半乐

夜游载酒，酒醉放歌，忆杨雄感赋。

暮春满眼皆绿，桃花水泻，傍晚云根集。正雨足倾斜，晦冥凝碧。北风飒飒，波涛渐起，更闻鸥鹭飞离，一帆风急。顺水去、孤舟任飘逸。　　夜游载酒助乐，叩棹而歌，意抒情溢。频对饮、何忧杯盘狼藉。蛰萤流火，蛙鸣吊月，岸边杨柳婆娑。雨收云闭，见星斗、高天破云翼。　　对此当感：岁月如梭，白驹过隙。叹翰墨难为世匡弼。惨情怀、书客冷落无人识！应借取、汉室杨雄笔，《太玄》修撰情何抑？

金人捧露盘·汉武帝

怅秋情，悲过客，叹苍生。念汉武、何等英明。开疆拓土，看汉室天下大功名。晚年昏愦，饮露盘、希冀长生。　　铜人泪，潸潸落，辞汉阙，出西京。桂殿寂、渭水无声。千秋帝业，叹兴亡更替去轻盈。盛衰成败，尽在于、体恤民情。

摸鱼儿·夜读李白诗《妾薄命》有感

怯春寒、晚风吹雨，长门深锁空寂。孤灯挑尽愁思缕，眉蹙泪流红液。寻觅觅。叹无计、盼来归燕传消息。怨君重色。忘却旧情痴，千金买赋，为讨汉皇惜。　　深宫内，多少红颜暗泣？追欢求爱生嫉。自轻自贱何堪取，卖弄风情无益！当自立。君不见、婕妤纨扇曾题墨。怨忧难释。以色事他人，色衰爱去，千古尽同律。

莺啼序·读《李贺歌诗集注》

溪清石幽竹翠，掩沉香宅圃。老红谢、颓绿愁凄，日暮秋色昌谷。苦吟者、通眉李贺，都成古锦囊歌赋。叹堪怜，纤瘦身躯，怎销风雨？　　落素惊霜，日夕尽瘁，呕心儿苦著。"浩歌"发、斫竹题词，尽抒怀璧难遇。"咏怀"诗、相如自比；感时弊、风骚章句。距驴骑、七岁神童，鬼才声誉。　　荷衣总角，出作"高轩"，疾思尚竭虑。笔未动、激昂英气，染翰操觚，受命欣然，震惊韩愈。"铜驼"夜哭，"仙人"流泪，"箜篌"惊破云天海，恨编书、不遣花虫蠹。嘲讽汉武，求生有志神仙，最终不得花露。　　虬龙使者，奉召长吉，令李郎速去。太古篆、了无能识。病老阿姆，不忍长离，惨然咽语。潸潸独泣，边人皆见，绯衣人笑而答曰："上天差、其乐亦无苦！"闻行车管弦声，"白玉云楼，待儿久住"。

吴　空

1930年生，原名韩弼，天津市人。中央文史研究馆原副馆长。鸿雪诗社社长，策划主编出版有《紫禁城宫殿》《清代宫廷生活》等多部，著有《中南海史迹》等。

七绝·长安雅集咏怀（四首）

其一

莫负回波送酒心，唐园好作大唐吟。
三千珠履同修禊，岭峻风高问古今。

其二

前朝宫苑已烟消，胜地园林景自娇。
今日登楼重作赋，诗吟不夜亦逍遥。

其三

蠡起郊园焕物华，崇楼碧水蔚朱霞。
红裙金钿添颜色，疑是唐宫梦里花。

其四

霓裳仙曲舞婆娑，玉管银笙处处歌。

千古沉浮多少事，等闲心事付吟哦。

吴　俊

1935年生，江西省湖口县人，中学高级教师。中华诗词学会会员，石钟山诗词学会顾问，湖口县老年大学副校长。出版著作数部。

五言排律·越秦岭

君曰崇山峻，我云过岭难。
驱奔五百里，跨越万重峦。
鸟哑崖边树，人钻雾里澜。
三千缠路急，四面曲岩残。
积雪成冰柱，流泥夹险磐。
惊魂藏夜幕，回首汗漫漫。

七绝·西安大雁塔怀古

大乘素食小乘荤，万里惊鸿恨坠云。
合二为之弘佛法，登高不见故人坟。

七绝·骊山杂咏（四首）

其一　秦始皇陵游感

同轨同文万古情，祖龙功过我难评。
九分伟业高天下，焚字坑儒大厦倾。

其二　参观秦兵马俑

何方兵将降尘寰，整肃威严敌胆寒。
黄土可埋嬴氏骨，世人犹得仰头看。

其三　秦始皇

扫平六合息干戈，同轨同文事若何。
起伏城长阿殿广，冤魂血泪卷狂波！

其四　游华清池

紧闭新汤济款豪，旧池干涸忆风骚。
山头兵谏亭犹在，怒水倾舟应记牢！

七绝·汉中行吟（二首）

其一　夜入宁强

山前明月景融融，曲线长蛇路不通。
寒饿朝天新感受，诗囊可满饭囊空。

其二　晨过汉中

一马平川大汉中，长杉红叶望难穷。
可怜项氏无颜色，拱手刘郎霸业空。

吴　晶

湖北省黄石市电大原党委书记，西塞山诗社副社长。著有《阵中吟稿》。

七绝·灞桥

昔日灞桥多送别，今朝游赏喜迎宾。
秦风汉韵浑而雅，此地文明日日新。

七律·赴西安参加中华诗词创作经验交流会暨长安行吟感赋

时逢酷暑访西安，汗水如流只等闲。

李杜风骚常敬仰，张杨正气永流传。
秦皇汉武谁评说，武后高宗自有缘。
研讨诗词新史册，是非留与后人看。

七律·参观秦始皇陵感赋

一世英君数始皇，励精图治逞豪强。
雄兵骁勇安天下，泥俑神威稳后方。
本想江山千代继，谁知社稷几年亡。
用人不当终成祸，重武轻文岂久长。

七律·观《仿唐乐舞》录像

笙歌乐舞寓新风，诗画相融艺术中。
情态玉姿神最妙，秦风汉韵味无穷。
琴声管乐云间荡，人面桃花月下逢。
看罢荧屏情未已，长安代代有英雄。

七律·访西安半坡遗址

半坡遗址六千年，人世沧桑几变迁。
生产谋生兴石器，穴居作屋有栅栏。
先民进化留基础，后代繁荣赖旧传。
社会向前皆定理，何愁贫困逊强权。

吴 展

1917年生,湖南省沅江市人。从事教育工作。

七绝·游华山

我到华山未上山,非因雪拥阻蓝关。
沙罗坪里昂头望,雾霭峰峦缥缈间。

七绝·咏秦兵马俑

穹隆广厦覆山坡,兵马俑坑杀气多。
想是始皇怀恐惧,陈师泉下抗阎罗。

七绝·咏秦陵

山形庞拱树葱茏,云是秦朝卧祖龙。
彼筑长城民怨恨,幸而今日富游踪。

七绝·在华清池飞霞阁看贵妃池及车到马嵬坡见贵妃墓有感

飞霞阁看贵妃池,车到马嵬见墓碑。
绝代佳人终缢死,玄宗晚岁已昏痴。

吴丈蜀

1919年生,四川省泸州市人。湖北省社会科学院文学研究所古典文学专业负责人,中国作家协会会员。著有《读诗常识》《诗词格律讲话》等。

七律·结伴访唐太宗陵

凭高指点望昭陵,君主千秋是范型。
位岂因人为政简,律常求实用刑轻。
功臣不忌多徐勋,诤士能容出魏征。
共话反观怀盛事,秦川菽麦又丰登。

吴久桂

湖南省邵东娄底地区农科所子校干部。邵东县诗词协会会员。

七绝·参加长安行吟诗会

文繁举世称三秦,今又俊才会帝京。
春满古都情不已,崇贤赶赴取真经。

七律·过咸阳

风和日丽过咸阳,遍地蔬葵杂黍粱。
点点陵丘横绿野,行行古木接红墙。
梧杨夹道迎人笑,莲藕溢香跃鲤慌。
长桥跨渭车尘疾,裁剪景光记远航。

七律·访西安钟楼

离车乘兴访钟楼,唐汉风流焕九州。
历代丝绸通万国,频年韵事耀千秋。
山河一统生民乐,岁月纷争氏族忧。
八百秦川今胜昔,登临捉景漫舒眸。

吴大经

1935年生,广东省雷州市人。中学一级教师。中华诗词学会会员,湛江诗社理事,雷州分社名誉社长。作品、小传入编《世纪颂获奖作品集》《历届中华诗词大赛获奖作品选评》等,著有《吴大经吟稿》。

七绝·乾陵无字碑

引我心情上九重,名碑一座蠹陵中。
女皇功过如无据,再论千年也不公。

七绝·秦兵马俑

死后皇心也未完,铸兵造马保河山。
楚王一炬埋焦土,留与来人作镜看。

七绝·骊山兵谏亭

骊山飞峙一亭堂,曾有惊魂洞内藏。
兵谏枪声犹在耳,千秋义勇颂张杨。

七绝·参加中华诗词创作经验交流会暨长安行吟诗会夜宿西安卫星测控中心招待所南楼①

铁龙过水又穿山，情作邀书系北南。
下榻南楼心自得，月圆照我到西安。

注释

①大会报到时间为 1993 年 8 月 2 日，恰好是农历六月十五，月明如镜，心境开朗。

七绝·贵妃池（二首）

其一

满耳南腔北调音，观池多少不平心。
生前绝色唐皇重，死后温泉水亦金。

其二

不尽幽情吊古人，温泉水滑洗妃身。
哪知世事沧桑变，今日清池属庶民。

七律·西安览胜

古邑西安寓客身，饱看风物最怡神。
清池赐浴超群爱，雁塔题名脱士贫。
面面碑文书盛事，行行兵马护亡秦。
尽收胜迹诗囊里，满载南归赠友人。

七律·电视剧《张学良》观后

破碎山河外寇侵，中华响彻救亡音。
忠言难转独夫意，兵谏方回抗日心。
送蒋归京身构陷，持竿钓水影萧森。
西安事变功千古，爱国真情似海深。

吴广怀

1971年生,陕西省咸阳市人,1994年毕业于西北农业大学,农学学士。现供职于西安曲江新区管委会,为西安市文史研究馆研究员、西安市楹联学会副会长。有诗词、楹联、科普作品数十篇见于报章。

五律·翠华山

终南神秀处,太乙自横空。
山崩石成海,池兴岭作公。
开坛言释道,入洞沐冰风。
畴昔皇家苑,今天客似龙。

吴为华

1930年生,河南省固始县人,大专文化,高级教师。中华、河南省诗词学会会员,固始老年诗词学会副会长、会刊主编。著有《丹枫咏草》。

七律·骊山怀古

骊山秀色誉寰中,倩丽清新渭水东。
琪草琼花抒锦绣,红楼翠阁映苍穹。
月移兰殿声趋细,曲舞霓裳兴正浓。
岂料渔阳鼙鼓动,君王何苦负初衷。

吴仁仁

生平阙略。

七律·参观西安碑林

玉宇峥嵘涵艺地,琳琅碑石立参差。
渊源八法篆行隶,历史千年汉蜀隋。
如醉如狂张圣笔,亦书亦画帝关诗。
名贤翰墨欣观览,驻足流连欢瑰琦。

七律·观秦兵马俑感赋

琳琅万马守空陵,曩日枭雄正可惊。
求药长生皇位继,坑儒永避学人评。
长城尚幸千年续,后代终催二世倾。
涂炭生灵今揭破,黄泉好梦也难成。

苏幕遮·西安华清池

贵妃情,天子意。水滑池汤,春浴承恩赐。帐暖芙蓉君欲醉。佳丽三千,独宠怜柔媚。　　北兵临,西骑避。万马千乘,复止行华翠。白练无情空洒泪。睹物还都,长恨容憔悴。

吴戈华

1920年生,又名武戈。河北省获鹿县人。毕业于陕北公学和高等军事学院,离休军人,半山诗社名誉社长。作品发表于全国百余种报刊与诗词专集中。主编诗集《踏破青山》,著有《军旅诗稿》。

五律·长孙皇后

唐代名皇后,长孙称大贤。
相君聆诤谏,治掖秉周官。
览籍破千册,著书盈十编。
宫闱独入史,谁与并其肩?

七绝·西安杂咏(四首)

其一　秦兵马俑

整肃甲兵将出征,逼真情态栩如生。
无边战阵连云列,犹是冥间一鬼英。

其二　兵谏亭

拾级山蹊五百梯,虎班石险草繁萋。
青峰坦荡无干系,任放游人作话题。

其三　华清池

天赐洗疗皮骨疾,温泉水滑爱情波。
浴图犹向后人诉,误赋一篇长恨歌。

其四　八路军办事处旧址

依旧闲常那道门,当年楚汉两分垠。
风云半纪重寻访,匝料却成柯烂人。

七律·凭吊直罗镇战役故址

风尘古道掩丛岗，昔日疆场四顾茫。
青史标程基奠礼，兵书战例著名章。
矮松犹幻布军阵，荒草偏疑漫雪光。
天地悠悠感喟发，英雄已去在何方？

沁园春·咏秦兵马俑

扑面而来，军阵连云，战列瀚瀛。见将军按剑，轩昂气凛；虎贲执戟，勇武神明。带甲骁兵，科头锐干，英气雄风栩栩生。威赫赫，似整装兴伐，跃跃征程。　　目瞠发竖心怦，叹观止伟奇举世惊。盖枯骸榨髓，金银铸就；嬴躯鞭血，尸骼叠成。百万劳奴，八千陶俑，筑就人间第一茔。君知否？尚冥间战起，泥俑难凭。

吴玉凡(1929—2006)

河南省固始县人。曾任陕西省老年诗词学会副会长、《秦风》常务主编。

五律·游罔极寺

邂逅步迎宫，庵中烟火红。
群尼生井序，卧佛梦朦胧。
罔极唐时盛，龛堂现代工。
人间多媚彩，经诘色犹空。

五律·夕阳访草堂寺

落日山门映，霞飞寺宇熏。

圭峰身有影，烟雾井无云。
罗什经台古，草堂鸠塔坟。
逍遥园域渺，院绕磬幽殷。

七绝·咏骊山

骊山史鉴古今篇，岁月堪怜八百年。
烽火幽王周室殒，江山一笑付温泉。

七绝·磻溪钓鱼台随想

渭隅磻溪直钓钩，贤哉管乐弄风流。
文王不与姜公便，枉自空怀匡大周。

七绝·韩城颂

状元城邑畔黄河，万斛洪流卷巨波。
鱼跃龙门成大器，千秋司马放豪歌。

七绝·雨中革命公园即景

柳垂风劲秋池埭，水面涟漪雨点开。
情侣无蓑依石钓，笑迎红鲤唼钩来。

七绝·长安秋思

追云列阵雁南飞，惊梦天涯原土肥。
河曲山高明月处，一篙秋水纵舟归。

七绝·黄楼侧畔忆张杨

日照琼楼影翠坛，风波卉海动骊巅。
张杨主意呈兵谏，殿阁丹青锦绣篇。

七绝·陕北村姑

寂静边乡视野深,沙阳远送驼铃音。
村姑贪品风情韵,恰似敲诗黛玉吟。

七绝·拜将坛议韩信①

将台依旧汉时风,金鼓旌旗竞向东。
统一河山功业建,联陈背主自藏弓。

注释

①韩信被封为"三齐王"后,后与陈勾结,定下反汉盟约,引来杀身之祸。

七律·秦始皇陵

千军虎视指旗东,俑马扬威镇六雄。
效国荆卿惊昔殿,谋秦大贾祸初宫。
锄奸罢相囚生母,建制祛封统帝衷。
横扫乾坤兴伟业,烟云历史绕陵空。

七律·西安体院八学子重走《智取华山》路

豪情一代步先踪,劲举红旗驭险峰。
坎坷山前攀绝顶,峥嵘岳腹谱雄风。
青锋剑胆常磨刃,报国琴心永志忠。
斩棘披荆传统继,凌云气宇荡华空。

七律·游朱雀森林公园

林森叠翠沁芳丝,信守南窗致远迟。
幽径人流摇醉岭,花间蝶阵舞琼枝。
青山着意天然画,谷水扬情桥可诗。
留影崖亭遗雅憩,杜鹃姿俏笑翁痴。

七律·华山（二首）

其一　游玉泉院

钟鼓香烟舞玉泉，清流款款绕庭前。
青藤古树依经院，悠磬金灯映道坛。
游女沿飞花径土，信男撼耀筒中玄。
置身静地心垂老，羽化人生试欲仙。

其二　山顶览胜

望岳诸峰探险端，汉唐经史壮平川。
涛涛渭水扬银带，渺渺青云托彩丸。
五岫巍峨争俊丑，四方来悦赞奇玄。
松风擦耳岩前路，试驭苍龙上九天。

吴玉海

1936年生，字大成，福建省莆田市人。大学毕业，中华诗词文化研究所研究员，中国楹联学会会员，中国艺术研究院创作委员，香港联谜社社员。

七绝·怀念张学良将军

西安义举震神州，爱国精英作楚囚。
但愿人间今不再，好留浩气斗王侯。

七律·黄陵（二首）

其一　黄陵颂

桥山有幸拥黄陵，沮水萦回古柏青。
申奥功成兴圣地，华辰大庆抒亲情。

才欢赤子归宗乐，又喜神州入世荣。
裔族千秋扬始祖，赞歌万首献龙庭。

其二　黄陵八景歌

桥山夜月波光秘，沮水秋风画意添。
南谷黄花松柏翠，北岩净石雪霜廉。
龙湾晓雾瑞云紫，凤岭炊烟乐曲甜。
汉武仙台怀始祖，黄陵古柏世同瞻。

满江红·骊山怀古

黑马回旋，东西岭，青凝翠叠。迎晚照，彩霞堆锦，迤逦相接。别馆离宫添胜概；温泉香径迷花蝶。骋幽怀，遗恨总绵绵，浑难割。

褒姒笑，诚信灭；嬴政怒，儒生绝。幸山神妙计，巧移陵穴。一曲霓裳摧盛世；八年烽火翻新页。前车鉴，后辈莫相忘，心同澈。

吴亚卿

1945年生，号未立斋，浙江省德清市人。中国逻辑语言大学艺术系教授，中国羲之书画艺术院研究员，中华诗词学会发起人，中国楹联学会书法艺术委员会委员。致力语言、文字、文学研究与诗词、楹联、骈文、书法创作近50年。在海内外发表诗文2000余篇、书法300余幅。部分作品由各地名山胜境、陵园碑林所镌刻。著有《未立斋吟稿》《诗词学简明教程》等。

五律·咏郑国渠

函关兵事盛，瓠口水流东。
郑国竟宏业，始皇吞六雄。
韩延三世命，秦建万年功。
瘠地成肥土，隰原粮乃丰。

五律·谒大慈恩寺

久慕慈恩寺，今兹特地来。
宗风播遐迩，塔势自崔嵬。
香火千年盛，文光八面开。
大唐三藏院，诗思不须催。

五律·兴平吊古（六首）

其一　茂陵

生为一代君，死享万年坟。
伟绩丰碑在，奢风诟议纷。
茂乡彰胜迹，赤县聚氛氲。
对此皇皇冢，犹然汉史文。

其二　英陵

佳人称绝代，美色号倾城。
专宠不干政，严妆弥有情。
写真遗旧憾，隔帐问前盟。
自古伤心事，赢来身后名。

其三　卫青墓

将相原无种，声名信有由。
牧羊尝寄志，汗马得封侯。
毕竟功勋著，何须襟带谋。
至今思汉武，任是有高筹。

其四　霍去病墓

谠论胡未灭，无以足为家。
铁马驰边塞，沙场奏凯笳。
青春廿四载，韬略古今夸。

高冢陪君主，雄风动迩遐。

其五　霍光墓

伯仲两司马，安危三世臣。
受图扶幼主，除弊利良民。
盐铁垂青史，功勋勒白珉。
中流凭砥柱，褒贬亦频频。

其六　金日䃅墓

大漠来归日，边营牧马监。
除奸原有勇，辅政复无嫌。
不计身家利，最难忠义兼。
封侯留美誉，庐墓见尊严。

七绝·五间厅

外敌当前恨满腔，心昭天日有张杨。
骊山从此镌名姓，恰似江河万古长。

七绝·登西安城楼

四方城郭镇西安，楼阙三重次第看。
城外平川城内市，城河似带静无澜。

七律·阿房宫遗址抒怀

阿房遗址两千秋，一望平畴满眼收。
莽莽骊山倚南走，溶溶渭水向东流。
钩心斗角知何在，刻石求仙藉底谋。
三户亡秦垂大鉴，从来霸主亦蜉蝣。

七律·咏杨贵妃墓

兴亡家国奈谁何,势到穷时泪自多。
歌舞销金斗狗殿,江山遗恨马嵬坡。
佛堂纵有凌波袜,岩畔难寻贴翠娥。
黄土一抔随风去,空教万手竞摩挲。

七律·兴庆宫公园

唐宫旧迹依稀在,茶社新名意自安。
花萼相辉光夺目,亭台竞丽色流丹。
澄波碧水游鱼乐,曲径回廊啼鸟欢。
疑是江南佳绝境,涤烦释倦好盘桓。

减兰·秦俑馆

禁军数万,步弩车骑咸矫健。方阵堂堂,恰似当年卫始皇。　一朝面世,信是奇观兼绝艺。赞誉声中,中外游人兴不穷。

减兰·华山苍龙岭得句

华山奇险,拾级攀登须壮胆。龙脊蜿蜒,足蹑青云身若仙。　西峰在望,但学退之何敢往。我未投书,亦属萧闲不用扶。

满江红·骊山怀古

黑马回旋,东西岭、青凝翠叠。迎晚照、彩霞堆锦,迤逦相接。别馆离宫添胜概;温泉香径迷花蝶。骋幽怀、遗恨总绵绵,浑难割。

褒姒笑,诚信灭;嬴政怒,儒生绝。幸山神妙计,巧移陵穴。一曲霓裳摧盛世;八年烽火翻新页。前车鉴、后辈莫相忘,心同澈。

满江红·秦兵马俑

北渭南骊，叹空阔、长天一色。皇陵下、军威浩荡，阵容严密。气势冲冲披甲列；生机勃勃呼之出。叱风云、车马尽朝东，犹闻镝。　　陶马壮，昂头立；兵器锐，寒光逼。是兵车千乘，九州谁敌？何奈秦皇多暴政；终教戍卒焚宫室。喜而今、宝库属人民，世无匹。

念奴娇·唐大明宫遗址怀古

古都城外，想当日，雄伟壮观无匹。玉佩金炉传绮殿，雉尾螭头千百。太液荷花，蓬莱春色，竞丽长安陌。翔鸾栖凤，东西双阙相揖。　　休言万顷繁华，权臣乱政，世事真如奕。傀儡僖昭延两代，赢得兵戈狼藉。垂涕天涯，噬脐地下，悔恨都无及。而今堪见，依稀一片遗迹。

多丽·华山

插青天，莲峰无数云烟。擅雄奇、巍巍万仞，不知出世何年。镇中区、风驰雷电；朝群后、鹤引神仙。毛女云霞，玉潭雨雹，纵横合沓莽回旋。巨灵掌、挥拳无伴，寒倚夕阳边。苍龙岭、形如铁锁，夭矫蜿蜒。　　兴漫漫、登临放目，全收八百秦川。渭流长、遥连河洛；重关险、渺接幽燕。道广修真，希夷养性，清吟避诏但高眠。算今古、几多名士，才识俱超然。吾还爱、儒冠济济，仲好堪传。

春风袅娜·长安怀古

对巍峨城阙，寓目皆雄。河滚滚，渭溶溶。有重关复塞，延山跨谷；离宫别馆，引月迎风。雁塔凌虚，钟楼响远，御苑天街香气浓。万户千门竞冠盖，璇题金凤玉盘龙。　　太息皇居华丽，君临四海，阴谋事、迭出无穷。田蚡起，窦婴空。冯唐易老，李广难封。两度朝京，飘零剑客；十年忍辱，困顿诗翁。神州青史看兴衰治乱，丹心不死，热血填胸。

吴军平

1981年生，毕业于陕西科技大学，酷爱文史及写作。

七绝·壶口望月

瀚海浪高惊拍岸，玲珑好梦散愁千。
始怜好月须相伴，同到皎皎河汉间。

七绝·蔡文姬墓

胡地烟尘汉月沉，鸣筱曲曲乱飞云。
弦声青鸟须千里，寄我冰心京兆魂。

吴竹溪

1928年生，湖南省益阳市人，处级离休干部。1947年参加革命，曾在部队和省级机关从事文化艺术工作。中华诗词学会、湖南省诗词学会会员，益阳剧协、曲协荣誉理事，碧云诗社副社长。赫山老年大学教授。著有《竹溪吟草》《旅日诗踪》等。

七绝·三秦行吟（十三首）

其一　重题秦兵马俑

泥俑三军列阵营，秦皇作古亦挥兵。

咸阳漫道浑如梦，毕竟千秋伟业成。

其二　望延安宝塔山

遥望延安宝塔山，春风依旧暖衰颜。
岩岩恰似凌云笔，曾握毛公手掌间。

其三　题汉中拜将坛

由来成败论英雄，逐鹿全凭一战中。
韩信若非刘汉将，不知谁主未央宫？

其四　登西岳华山

华岳巍巍耸太空，断崖千尺险而雄。
我来欲上凌霄殿，好向天公问达穷。

其五　题西安大雁塔

千年古塔矗长安，阅尽尘寰热与寒。
大雁南来还北往，总将人字写云端。

其六　瞻仰炎帝陵黄帝陵有感

教耕尝草治桑麻，万古相传智慧芽。
华夏子孙同始祖，台澎底事欲分家？

其七　题武侯祠

羽扇纶巾智慧深，为酬三顾献忠忱。
运移汉祚终难复，贤相空劳济世心。

其八　题司马迁祠

煌煌青史记炎凉，司马文章百世芳。
秉笔直书留典范，宫刑何以毁贤良？

其九　访白居易故居

少年白氏晋京华，"野火春风"享誉嘉。
今日大夫明日谪，诗人何处可安家？

其十　李白醉写清平调

名花倾国两相逢，太白当年醉笔雄。
妃子不知何处去，牡丹依旧笑颜红。

十一　"双十二"忆张学良

国恨家仇集一身，将军壮志却难伸。
西安兵谏惊寰宇，遗憾终生作逐臣。

十二　华清池怀古之一

香泉漾漾淡烟轻，难得三郎赐浴情。
妃子不知兴败事，华清池里荡春声。

十三　华清池怀古之二

雨打温泉骤转寒，渔阳鼙鼓撼长安。
六军无力平胡虏，不怨君王怨玉环。

忆江南·延河谣（三首）

其一

延河美，流水卷波澜。战火熊熊迎旭日，红旗猎猎舞雄关。能不忆延安？

其二

延河美，窑洞闪金光。万里沙场传捷报，一枝椽笔著文章。红日耀东方。

其三

延河美，宝塔耸云天。斩棘披荆除旧制，呼风唤雨创新篇。伟绩永流传。

吴至华

1946年生,笔名遥望、鸣泉、楚帆,字退韵,别名古怪吴,祖籍四川省中江县。中共党员,大学文化。成都东风机电研究所财务部主任、会计师。南京中山文学院客座教授,中华诗词学会、中国散文学会、四川省作家协会会员,成都诗词楹联学会理事。作品、小传入编《中国诗歌十年》《中国当代诗词艺术家大辞典》等数十部诗词书籍及各类刊物。

七绝·秦兵马俑军阵

始皇气概甚威名,军阵如闻战鼓声。
华夏终将成一统,消弭烽火建和平。

七绝·游华清池感怀(二首)

其一

自斟苦酒自消磨,海上凭谁觅美娥。
潦倒三郎闻讯否?沙场白骨别离多。

其二

不信曲江信李杨,宠胡纳媳忒郎当。
是非功过明如鉴,毕竟阿蛮毁大唐。

七律·西安碑林

历代碑林播美声,摩挲观赏最宜情。
真书华嶂凌空起,狂草云烟扑面生。
墨放芳香堪醉客,石生光彩聚精英。
流连如作醇醪饮,临去依依不忍行。

七律·忆游延安文艺座谈会会址

延河流水涤苍黄,窑洞明灯砺志昂。
塔耸峰巅千岭翠,笔抒胸臆百花芳。
金声玉振醒愚鲁,雪雨风霜导雾航。
艺苑春江昭日月,中华文运看辉煌。

少年游·灞桥

衰杨古柳渺无踪,人醉唱东风。涧河石乱,灞桥路阔,相映艳阳红。　　长安古道非留别,宾客乐游中。车速飞飙,风光彩画,宛似在天宫。

洞仙歌·西安大雁塔

和平门外,十里阳关路,遥现浮屠蠹云雾。驾春风、孺子三两相随,临塔下,旗酒常吟醉诉。　　慈恩观壁画,玄奘西行,一路艰辛取经渡。磴磴层层,懒看斜晖,芸窗染、晚霞谁阻?瞰胡亥、荒坟闹昏鸦,眺影影城垣,乱灯迎暮。

念奴娇·延安颂

长征万里,驻延安圣地,云留奇迹。旭日东升红大地,自力更生开辟。玉宇琼楼,白山黑水,遭受豺狼袭。恶魔惨暴,世人亲睹历历。　　怒吼宝塔山巅,劲传马列,决策歼顽敌。创立南泥湾业绩,爱国英豪相集。众志成城,顽强拼搏,光复河山熠。国强民富,颂延安重朝夕。

六洲歌头·阿房宫怀古

五陵佳气,赢得霸图成。三百里,苍龙顶,下华清,走咸京。其势障秦岭,阻泾渭,骄河外,阳关内,镇京畿,割昏暝。对峙荒丘,金粉今安在，一例无凭。但兴亡满目，落日暮云平。一片蝉鸣，野烟横。　　有铜山泪，铜驼棘，新亭景，使人惊。笑一炬，成焦土，乱鸦声，替箫笙。满地昆明墨，任潇洒，暗销凝。黄昏候，吹寒角，入空城。荞麦离离秋草，斜阳里、野火荧荧。剩依依垂柳，官路自青青，犹护秦陵。

吴学贤

1930 年生于辽宁省葫芦岛市南票区乌金塘村，字悟非。1948 年参加中国人民解放军。1954 年 10 月转业，沈阳市文史研究馆馆员。主要作品有评剧剧本《向秀丽》《一捆稻穗》，话剧剧本《一台电视机》等，长篇评书故事《铁流滚滚》获全国电台交换节目二等奖与沈阳市政府文艺创作奖。

七绝·西安大雁塔下断想

落羽哀鸿七五重，高僧寺院奉禅宗。
巍巍雁塔神仙女，走下巫山佐吉凶。

七律·游古都西安

有幸闲游览故都，西安旧貌展新图。
街新路阔人心畅，水澈楼高眼界舒。
灿烂文明稀世宝，辉煌古迹胜明珠。
亲临圣地无缘顾，眷恋之情满旅途。

七律·游骊山叹贵妃

附凤攀龙兴庆宫，华清沐浴圣恩隆。
金床御饮迷春醉，玉笛笙歌聒耳聪。
尽享人间欢与乐，饱尝世上爱和崇。

可怜妃子情缘浅，命断马嵬泥土中。

七律·乾陵无字碑前遐思

乾陵傥莽二碑茕，字满文空各不同。
武后则天穷业绩，高宗李治多德崇。
言行有迹播荣辱，事理无情辩过功。
曲直贬褒留后世，是非美丑自弥公。

七律·参拜黄帝陵

中华始祖轩辕冢，碧草萋萋松柏菁。
林木繁阴枝叶密，山河壮丽国家荣。
千秋事业辛勤创，万世英名奋斗成。
代代相传成大统，神州富庶好前程。

七律·参观八路军西安办事处

西安"八办"设前沿，任务纷繁一线穿。
送往迎来多贵客，协调接待尽专员。
纵横四域连敌后，驰骋八方于阵前。
各界同仇为抗日，人民劲旅炮阗阗。

七律·延安行（二首）

其一

仰慕延安日日深，专程采访喜临秦。
居民面貌淳清美，圣地风光艳丽新。
革命遗存昭后世，光辉业绩励今人。
巍巍宝塔高千尺，万古丰碑主义真。

其二

再次登临宝塔山，延安旧貌换新颜。

工农三产齐飞跃,商贸四时非等闲。
开放带来民富庶,革新逐走地贫蛮。
鲜花映美延河水,大展宏图震宇寰。

吴忠忱

1937年生,长期工作在齐齐哈尔。大学毕业,工程师,高级政工师,"全国五一劳动奖章"、"中华诗联优秀成果奖"获得者。原任中国一重工会主席兼文协主席,齐齐哈尔市诗词协会首届名誉副主席,市写作学会、摄影家协会副主席。现为黑龙江省摄影家学会、中华诗词学会、世界汉诗协会会员,中华诗词文化研究所、世界文化艺术研究中心研究员。著有诗词集2部。

七绝·咏延安

当年革命为核心,鼎鼎胜名垂大勋。
窑洞撰篇持久战,天书应用验如神。

七律·古都西安赋

秋高气爽下长安,汉瓦秦砖古迹参。
雁塔一登全景顾,地宫三谒舍珍观。
钟楼傍店肉夹馍,兵俑站排宾翘瞻。
岁月悠悠多变幻,尤惊遥控导飞船。

七律·题秦兵马俑

千载沉埋未变衰,一经出土喜眉开。
揭迷老底殉丧祭,故惹全球纷沓来。
塑像匠才陶艺绝,观光赞语耀邦腮。
若知诸俑心何想,苦苦难猜壮士怀。

吴拙侬

1932年生,湖南省东安县人。1949年10月参干,继而参军。1952年转业从教,历教小、中学共44年,中学高级教师。中华诗词学会会员,著有《补拙斋吟草》《补拙斋新歌集》。

五律·两河口观泾渭汇流有悟

泾河流碧玉,渭水浪波浑。
脉派双川汇,浊清一界分。
人逢纷乱事,处理秉公心。
好坏须明辨,原基我魄魂。

五律·辛卯年暮春转业回乡车过秦川

车过富秦川,窗观无际边。
风兴金麦浪,雨润绿棉田。
囤满千家喜,花多百姓欢。
中华温饱事,宝地大支援。

七律·华山吟

险峻华山姿色娇,登巅自古路一条。
独兵守隘万夫退,两目猎奇千景娆。
众岭银波成链岛,孤峰玉笋耸云霄。
樵夫智导歼顽匪,天降神兵史册彪。

吴冠民

1942 年生，字越人，号独破庐主人。浙江省德清县人。中华诗词学会会员、浙江省楹联学会常务理事、莫干山诗词学会副会长兼秘书长。作品、小传入编多家专集。著有《独破庐吟稿》《独破庐论稿》等。

七绝·黄陵杂咏（三首）

其一　黄帝手植柏

巨柏相传黄帝栽，五千岁月历霜灰。
人文初祖由斯证，彻地盘根一美材。

其二　汉武挂甲柏

溜雨霜皮耀紫麟，皆因挂甲物回新。
清明时节晶莹泪，痛哭先生社稷臣。

其三　龙驭阁

绿云华阁压昆冈，一览桥山皆绣装。
待到重阳龙驭日，人山人海拜炎黄。

七绝·黄陵八景新咏（八首）

其一　桥山夜月

桥山望月喜琼轮，沮水波光万点银。
枝触宫云河汉近，空蒙入夜更凝神。

其二　沮水秋风

高树凉归淡淡风，沮河如镜落千丛。
欲寻胜迹最佳处，尽在画图诗意中。

其三　南谷黄花

云敛烟霏不寂寥，黄花遍地最多娇。
霜秋未逊三春色，一派奇观人似潮。

其四　北岩净石

预兆由来容后看，含灵蕴怪一琅玕。
休言高介人间少，急雪飞霜仍敌寒。

其五　龙湾晓雾

雨霁初晴天献瑞，吉云紫雾起龙湾。
莫非黄帝临仙境，极远穷高自往还。

其六　凤岭炊烟

绮岭青烟绕岫巅，迎风翠羽舞蹁跹。
灵音鸣凤定声律，从此人间制管弦。

其七　汉武仙台

汉武扬旗征伐还，歌功垒土筑高台。
如今不再求仙寿，祭祖游观心境开。

其八　黄陵古柏

鹤骨皮缠含古春，纤纤绿雾净无尘。
万株名柏造奇景，风物桥山最悦神。

七律·陕西行吟（七首）

其一　登西安大雁塔

迥出浮屠惊九寰，风云不减旧容颜。
霜秋雁影长空里，唐汉城楼落照间。
渭水骊歌无愤懑，霸陵杨柳更妖娴。
封疆霸业归陈史，遥想当年转战艰。

其二　游华清池

骊山凤苑景清幽，史事茫茫更助游。
松下士姝随笑骂，亭边花草泯恩仇。
将军义举贵妃浴，人物公评异代求。
堪羡一泓如沸水，同胞握手顺时谋。

其三　参观秦俑馆

霸气盘旋百尺岚，羽林整肃列骖骠。
纷纭徭役民尤苦，回荡鼓声刀已酣。
最恨异书遭火毁，从来寒士怎心甘！
眼前文物叹观止，皆可供人探内涵。

其四　过秦岭

奔来万壑又千嵩，蜀水巴山幻不穷。
一带银河飞绝壁，几家农舍叩苍穹。
云封叠嶂天边暗，星淡长流月色融。
汽笛声声撩寂静，游龙出洞破朦胧。

其五　黄帝陵

参天黛色拥崔嵬，肃穆山陵气象恢。
祭祀年年行大典，赞题历历揾浮埃。
民间仪礼重今演，圣地舆歌拂面来。
只待中华重一统，炎黄袍泽共追怀。

其六　轩辕庙

泛彩荣光压紫垣，时和岁岁拜先君。
人文肇始诒谋贵，国史从来九五尊。
曾有龙池传玉玺，留将祖石觅源根。
庙区景物今尤美，可报开山大造恩。

其七　参观西安碑林

初莅长安入艺林，此间独步石森森。
六书经典英才笔，百体龙文历代心。
风骨高清传品性，工夫深厚得神针。
须知为学无虚假，一字一碑规座箴。

清平乐·半坡遗址

文明遗式，堪叹惊天力！繁衍牧刍初稼穑，遥想孤村月黑。　　世间历尽沧桑，生人多少炎凉。创造革新不断，泱泱华夏重光。

吴恒泰

1936年生，字亘水，甘肃省天水市人。高级讲师。甘肃省楹联学会秘书长，中国楹联学会理事，《中国楹联报》《对联》杂志记者，中国楹联墨迹大赛和中华诗词海内外墨迹大赛评委。编著有《中国甘肃名胜楹联》。

五绝·西安碑林

碑上千龙舞，林中万代春。
五洲来访者，一览醉三魂。

五绝·乾陵无字碑

立石参天地，明空不载言。
任凭风雨啸，泰岳傲青天。

五绝·香积寺

祖传香积寺，法雨洗红尘。

泾渭流清浊，三秦万象新。

七绝·黄帝陵

四海千秋崇始祖，九疆万国拜轩辕。
开天辟地功昭世，代代江山一脉传。

七绝·关山林场

草青水绿野茫茫，牛马驼羊竞自强。
白色帐篷迎远客，依稀星斗照天堂。

七绝·感业寺

李唐青史壮乾坤，女帝智能惊鬼神。
古寺磬钟清韵远，慈恩普度梦中人。

七绝·骊山（二首）

其一　兵谏亭

西安事变换乾坤，兵谏风行惊鬼神。
协议达成齐抗日，张杨正气壮民魂。

其二　华清池

华清池水照蓝天，丽日当空生紫烟。
融景生情多感慨，白云朵朵意绵绵。

吴恩荣

1931年生,字正明,号映华,笔名苗岭、田野青、龙传人。贵州省锦屏县人,苗族。1951参加抗美援朝志愿军,后入军校,获大专学历。历任民办教师、森工技校教师、讲师。贵州省诗词学会会员。著有《春联集锦》《双耕之歌》等。

五言排律·八百里秦川兴咏

川原八百里,天下久名闻。
渭水泥沙积,黄河秦晋分。
支流容泾洛,物产育人民。
麦黍棉麻盛,柿苹梨枣馨。
木车行便道,绿树护烟村。
改革河山变,关中气象新。
农耕操器械,生活喜胸襟。
齐步小康路,迎来四季春!

七绝·卫青墓

家奴升作大将军,横扫匈奴著伟勋。
无怪至今人爱戴,坟茔岁岁草花亲。

七言排律·历史悠悠文化先

陕西自古属中原,历史悠悠文化先。
周召二公分领地,嬴秦五霸起斯间。
长安久据汉唐盛,米脂军兴革命掀。
兵谏张杨城府邃,台归连宋意情牵。
尤欣延水波涛阔,洗去残渣华夏妍。

七言排律·咏华山

拔地凌云壮太空，名山华岳实豪雄。
南连秦岭青篁碧，西接昆仑气势宏。
曲径盘旋千百转，瀑流飞泻两三重。
悬崖峭壁猴难越，道观禅庵铎未终。
昔日输棋留轶事，当年智取有英雄。
三秦胜迹甲天下，险峻幽奇在此中。

渔歌子·函谷关

老子骑牛自古传，函关直下彩云间。开气象，履山川，真经卷卷细频观。

鹧鸪天·秦岭放歌

秦岭巍巍自古然，陕南雄视富秦川。北南汉渭连千里，太白峰高上九天。　分水岭，在斯间，北坡层断广温泉。宝成铁路嘉陵傍，汽笛浪涛相并喧。

鹧鸪天·汉武帝茂陵

大略雄才汉祚兴，丰功伟绩著威声。集权政治筹安定，开发农桑贾税征。　修水利，固邦情，匈奴北逐朗风清。此间陵墓隆千载，香火依然士庶朋。

浣溪沙·陕北高原好

陕北高原地亦雄，塬梁沟峁势如虹，人民力量自无穷。　黄土层深多好处，掘成窑洞美而宏，夏凉冬暖乐融融。

虞美人·华清池

临潼往事知多少，今日犹无了。华清池水碧悠悠，无限情丝如藕把丝抽。　　当年帝后嫔妃辈，此浴舒心肺。乾坤扭转喜平民，污浊尽除疲去爽精神。

西江月·半坡遗址

陕地早居人类，半坡遗址文明。宽宏略具椭圆形，住室窑场完整。　　此属仰韶文化，骨针石斧陶瓶。精奇件件眼前呈，生活文明见证。

吴振安

1933年生，湖北省大冶市人。退休前任黄冈地区经委副主任。中华诗词学会、湖北省诗词学会会员，东坡赤壁诗社常务理事，《东坡赤壁诗词》副主编。

七律·颂陕西

轩辕画野始分都，壮丽河山定版图。
六国归秦一大统，九州四海护穹庐。
儿孙爪飑长兴盛，鼻祖禾繁永积储。
华夏文明根系陕，地灵人杰古今殊。

七律·说武则天

位列才人欲至尊，胭脂不爱爱乾坤。
明争暗斗成于韧，作侍为尼屈待伸。
未有贤妻良母范，亦无淑女懿妃贞。
纵然千载纷纭里，无愧红颜第一君。

吴振兵

1940年生，广西壮族自治区融水县人，大学文化，中学高级教师。中华诗词学会、中国楹联学会会员，玉融诗社社长、社刊主编。

七律·题咏黄帝陵景区（十一首）

其一　黄帝陵

参天古柏郁葱茏，华夏文明始帝宗。
氏族定居缘进化，桑麻游牧自交融。
印池夜月陵园壮，圣地桥山沮水通。
造化神州绵万代，鸿蒙开辟铸丰功。

其二　轩辕庙

轩辕庙宇广传名，古往今来播远声。
建殿黄陵存史册，承前硕德育精英。
桥山圣地沧桑变，华夏儿孙东亚兴。
古柏参天民族气，齐来祭祖庆升平。

其三　桥山夜月

悬空皓月照桥山，圣地风光天下传。
古木参天峰叠翠，沮河映黛色留斑。
滔滔碧水轻舟荡，浩浩金风景点繁。
心旷神怡怀祖德，炎黄后裔志难残。

其四　沮水秋风

高原莽莽耸危峰，同脉炎黄叶向东。
沮水回环银带绕，秋风吹拂晚霞红。
桥山载德铭青史，翠柏迎霜颂祖龙。
万代子孙行祭祀，诗情画意溢心胸。

其五　南谷黄花

凋零百卉独芬芳，南谷山花夜未央。
斗艳争妍招蝶恋，经霜傲雪任蜂狂。
黄昏篱下骚人醉，镇日溪边翠柏香。
菊靥笑迎闲里客，定能助我撰辞章。

其六　北岩净石

廉石岩中世所稀，无尘洁净誉天施。
雪霜经久无留迹，冰雹频敲似落棋。
雨洗千年根愈固，风吹万代水相依。
游人盛赞黄陵景，净化灵魂祭祖师。

其七　龙湾晓雾

古传龙驭事依稀，石径横斜雨露滋。
雾绕岚升群鸟乐，云蒸霞蔚首山低。
丛林叠翠仙乡美，沮水扬波游客宜。
一脉相连钦圣地，情浓如酒任题诗。

其八　凤岭炊烟

祖帝时时闻鸟鸣，炊烟缭绕晓风清。
桥山栖凤鸿蒙启，沮水藏龙民族精。
西夏竹枝传雅乐，始崇道德著升平。
绵绵后裔承恩泽，振我中华举世名。

其九　汉武仙台

大略英才一代雄，承前启后著丰功。
朔方征战强生息，祈寿长天落碧空。
举任贤能谋励治，广招布吏共身躬。
如流纳谏留青史，西域移民曲道通。

其十　黄陵古柏

黄陵古柏拔苍穹，寰宇闻名气势雄。
绿伞葱茏阴圣地，麟斑错落壮心胸。
虬枝铁臂经千载，祖帝德恩泽万宗。
民族精神承远古，江山华夏显威风。

十一　龙驭阁

帝祖驭龙神话传，重阳祭阁溯渊源。
桥山圣地承先德，华夏群元谱丽篇。
历史沧桑铭远泽，天公得道遂前缘。
龙孙龙子皆兄弟，一统江山万万年。

吴烨南

1925年生，大学毕业，教授，享受国务院特殊津贴。秦皇岛电大离休。中华诗词学会会员。原河北省诗词学会常务理事。兼任中华诗词文化研究所研究员。主编有《碣石吟》等，著有《山海吟》《林谷吟》等。

五律·黄帝陵古柏

森森陵上柏，郁郁映龙湾。
根扎神州土，干擎华夏天。
常青垂宇宙，广荫覆山川。
海外乡心寄，思归企梦圆。

七绝·曲江池

香车宝马曲江池，花自迷人色入时。
舞袖余香疑尚在，夜深仍自月移迟。

七绝·秦始皇陵

始皇陵上草菁菁,几度枯黄几度荣。
游客闲评千古事,问君侧耳可曾听。

七绝·华清池

飞霜殿外晓霜重,云似衣裳月似容。
谁道娥眉催羯鼓,华清水碧怨犹浓。

忆王孙·过灞桥

风轻云淡碧天高,一出长安到灞桥。杨柳依依逐影摇。莫魂销,遥望骊山翠袖招。

南歌子·秦兵马俑

虎视何雄伟,千军动地来。长眠空自甲兵排,一炬咸阳城破两门开。

醉花间·西安碑林

前人顾,后人顾,人顾还停步。锋笔走龙蛇,醉草癫狂舞。
东方荣盛誉,海客闻风度。真卿谢故知,迟伴斜阳暮。

吴淮生

1929年生,笔名磊子、焦雨闻,安徽省泾县人,北京师范大学毕业。一级作家。曾任宁夏作协副主席、宁夏文联文艺理论研究室主任、《塞上文谈》主编。现任中国散文学会理事、宁夏诗词学会名誉会长,中国作协、中华诗词学会会员(学会发起人之一)。作品、小传入编海内外百余种文学选集。著有诗集《塞上山水》《漂泊的云》,散文集《梦里青山》《人世沧桑谁识》等。

七绝·西安截句[①](三首)

其一 谒八路军办事处旧址

周公在此有遗风,旧日城中一点红。
事变而今四十载,望门拜谒不为空。

其二 登大雁塔

唐时明月宋时风,历尽春秋依旧同。
此日登临情更好,红楼绿树遍城中。

其三 兴庆宫公园即景

楼台再现旧长安,秀色风姿任客看。
莫叹千年兴废事,沉香亭外海天宽。

注释

①作于1976年,是日,八路军办事处旧址纪念馆因维修未开放。

七律·访岐山五丈原诸葛亮祠

背倚青山一栈通,挥师六出足称雄。
渭滨征战愁司马,西蜀安危系卧龙。
三国纷争棋局乱,九州康乐普天同。
木牛可似飞车快,五丈原头旭日红。

七律·重到宝鸡火车站小憩

孤坐站前酒一杯，宝鸡城外斗鸡台。
四年弹指流光去，二度游踪驻马来。
塬上红楼迎日立，川中绿树傍街栽。
云横秦岭凝眸看，却见客车天上开。

七律·夜过阳平关怀古

十年三过古雄关①，丞相兵机未许看。
树影婆娑旌帜动，车声镗鞳凯歌还。
金戈铁马入尘梦，羽扇纶巾垂宇寰。
指点当时征战处，浑茫夜气罩苍山。

注释

① 十年三过此关，均为夜间。

七律·乘汽车过陕南山地

川陕飞车历峻雄，盘旋云栈几千重？
谷深惊见来时路，峰险全凭驾驶功。
六出军师师未捷，三分棋局局成空。
古来多少兵戎事，都入行人笑语中。

吴鹭山

1901年生,字天五,浙江省乐清市人,曾在浙江师范学院任教。著有《光风楼诗词》《杜诗论丛》等。

七律·过沉香亭

天香拂槛锦张延,醉兴挥毫想谪仙。
妙句曾邀王母笑,狂情却爱酒家眠。
参横斗转龙池上,乐极哀来羯鼓边。
遗事开元君莫问,繁华弹指总如烟。

园稻林

1928年生,湖南省株洲市人,原名袁道林,字文圃。中共党员,离休干部。1946年考入湖南华中高级艺术学校。1949年参加中国人民解放军任某部文艺指导。1979年后任南宁市师范学校高级讲师。现任广西老年大学国画教授、中华诗词学会会员。1996年获"海峡两岸书画家精品大展"金奖。合编有《实用诗韵》,著有《边尘诗稿》。

七绝·登鸿门宴旧址

争雄西北一高坡,黄土依稀故事多。
含韵虞姬千载泪,阿房灰烬失壮歌。

七绝·参观秦兵马俑坑归旅社口占

灞桥芳草总依依,垂柳荫堤落照西。
兵马旌旗鼙鼓远,残骸黑白一盘棋。

七绝·题《华山夜月》图

清月无心叙旧愁，有圆有缺忆春秋。
青年夜上华山顶，只为晨曦看日头。

七律·壬申秋登西岳华山

驰骋秦川来放马，独寻秋籁上华山。
攀崖落雁朝元洞，驭脊苍龙金锁关。
北俯长城边塞远，南携秦岭夕阳寒。
人间不负情缘债，皈附神仙一梦间。

宋 红

1957年生，籍贯上海市。1981年毕业于北京大学中文系，嗣后进入人民文学出版社工作，古典部编审。出版有《先秦两汉诗卷》《中国古代诗歌精华》(下)等作品选注，《西洋名画故事》(日译汉，合译)、《日韩谢灵运研究论文编译》等译著，《谢灵运传》《白居易》等人物传记。另发表有论文、日本汉学评述文章及书评、旧体诗词等。

五言排律·夜登华山[①]

姮娥磨镜毕，华岳影迷离。
呼伴登崎径，拾阶上险梯。
岩磨仙士耳，沟陷老君犁。
望涧狲狲惧，开宫王母疑。
苍龙乘雾走，赤凤掠云飞。
濯发石盆小，擎天崖掌威。
炼丹峰作鼎，博弈日添晖。

避诏陈抟隐，投书韩愈归。
仰天池水浅，落雁岭风低。
北向儿孙视，南躬臣子仪。
登峰观紫气，翘首望丹墀。
金锁关门豁，青莲石壁垂。
历经天下险，饱赏世间奇。
从此寻常路，不须问坎夷。

注释

①华山景观有：上天梯、大天梯、擦耳崖、仙人砭、老君犁沟、猢狲愁、王母宫、苍龙岭、凤凰单闪翅、玉女洗头盆、仙掌峰、"只手擎天"摩崖、老君炼丹处、朝阳峰、下棋亭、避诏崖、退之投书处、仰天池、落雁峰、紫气台、金锁关、莲花峰等。

七绝·秦兵马俑

跨虎东巡射海鲸，秦皇霸略与云平。
阿房一炬成焦土，陵寝犹屯十万兵。

七绝·半坡遗址

筑室开沟解定居，银钩铁线半坡鱼。
尖瓶汲水神思巧，慨叹先民造化初。

七绝·乾陵

双乳隆丰睡美人，乾陵气势叹殊伦。
风云女帝碑无字，不待诗家仔细论。

七绝·茂陵

大将干城卫茂陵，君臣立极势崚嶒。
横天渭水平川地，武帝雄风日月恒。

七律·西安城墙西南角为圆角人称乃明时故物

朱雀城楼更向西,御沟转处草萋迷。
墙连暝色环如堡,桥带秋阴拱似霓。
破阵歌狂鼙鼓响,霖铃雨冷马声嘶。
沉吟独对唐遗迹,吊古无从做品题。

七律·登西安大雁塔

已非雁塔题诗日,追步先贤作盛游。
不见皇舆巡灞上,难寻野老望江头。
河山改易同河水,故迹依然守故丘。
送目凭高秋色外,长天飞过一沙鸥。

宋 邺

1947年生,陕西省兴平市人。兴平教师进修学校高级讲师,巡视员,兴平市政府特邀督学。中国教育学会书法教育专业委员会会员,陕西省楹联学会会员。兴平市书协理事,兴平市老年书画诗词研究会副会长。作品、小传入编《中国当代对联文库》。

五绝·长安八景(四首)

其一 骊山晚照

峰隐晓云暗,观新夕照明。
晴山生画意,雨岭惹诗情。

其二 灞柳风雪

灞上和风暖,柳间飞雪寒。
旅人相顾问,此地是何年?

其三　曲江流饮

棹散宫娥影，香欺水畔花。
人同杨柳醉，诗韵远天涯。

其四　草堂烟雾

暮雨敲房响，晨钟带雾鸣。
春阳明霁野，古刹对山青。

五律·黄帝陵

清明春野绿，谒祖到桥山。
古柏藏皇气，石阶上碧天。
飞龙横霁岭，鸷凤顾晴川。
辐辏五洲处，长揖我祖先。

五律·白云观

仰望气如虹，灵山神道通。
白云仙观在，黄水响涛隆。
凭榭思秦晋，焚香闻磬钟。
欲求天下计，莫若问苍穹。

五律·红碱淖

大漠一湖水，长亭千里春。
蓝天银燕远，绿地野花新。
波稳人称意，舟飞鸟惊心。
摄来池里景，归去醉中吟。

七绝·长安八景（四首）

其一　华岳仙掌

倚天一剑仙人掌，拔地莲花五瓣开。

揽月摘星凌广宇，雷霆不惧万钧来。

其二　太白积雪

雪扮山巅寒世界，气蒸谷底暑乾坤。
从容四季群峰里，冷热同时慰旅人。

其三　雁塔晨钟

塔携晓月照三秦，敢遣佛光护万民。
阵阵钟声飞入户，不分寒牖与朱门。

其四　咸阳古渡

秦楼汉苑宫墙柳，渭水烟波月色凝。
梦幻咸阳千载锁，遂成古渡九州名。

七律·黄河魂

劈开秦晋如长剑，彼岸遥观若暮云。
千顷蒹葭千点鸟，满河樯橹满船人。
荷连十里红花艳，水上万家碧野春。
更喜函关东去浪，直通大海壮其魂。

七律·汉上吟

追云溯水去金州，放眼停车雾满楼。
江作巴山秦岭界，山夹银浪雪涛流。
数峰挺秀环湖立，百舸披红载客游。
最爱歌吹江汉雨，青峦诗染到龙舟。

七律·渭城曲

一人此地成王业，万众今朝唱大风。
路广人民豪气在，道雄世纪险关通。
凌云千厦招千凤，骑水五桥卧五龙。

月爱湖心珠一颗，波光柳影奏黄钟。

七律·马嵬坡

望断长安古帝京，当年圣上泪盈盈。
独怜春草梨花雨，尚忆秋泉铁马声。
将帅无人征盗寇，臣僚有意折娇樱。
泱泱大国诚如是，愧令诗仙咏太平。

七律·张良庙

五峰挺翠两溪流，隔断红尘万户侯。
求道一丹惟辟谷，歼秦千里费筹谋。
崖书犹刻击秦事，瀑布似歌扶汉猷。
莫叹浮尘名利客，祠中世外枉登楼。

宋贞汉

1966年生，安徽省巢湖市人，中学高级教师。中华诗词学会、中国楹联学会会员。已公开发表诗词200余首，对联曾获央视一套征联一等奖。

五绝·勉县武侯祠

隐居甘淡泊，感遇竭诚忠。
两表真文字，千秋儒士崇。

五律·小雁塔唐槐

倩影藏深寺，盘根古塔旁。
有花皆斗洁，无叶不流光。

老树青冲宇，新枝绿过墙。
殷勤迎客意，半日足徜徉。

七绝·西安城墙

池深城厚势嵯峨，《史记》曾书伟绩多。
千古雄风依旧在，登临客子发吟哦。

七绝·登小雁塔

一塔登临万象收，秦川不愧帝王州。
卿云灿处祈华夏，大治长安亿亿秋。

七绝·秦兵马俑

多少身躯始筑成，如今阅后亦堪惊。
生前不觉民心失，泉下何屯百万兵？

七绝·西安碑林

银钩铁画蔚奇观，俗变风承显笔端。
一部中华兴废史，诸君莫作等闲看。

七绝·仓颉庙

岂唯免使结绳劳，一画天开功德高。
今日为文多码字，可怜几令鬼神号？

七绝·辋川

辋川古柳崭新丝，禅颂蓝田有好诗。
不见弹琴长复啸，幽篁明月解相思。

宋建元

1925年生,陕西省眉县人。毕业于北京师范大学,副教授。曾任记者、编辑,中学、高校教研组长。陕西省中国现代文学学会、陕西省儿童文学研究会、西安市文学研究会会长、名誉会长,中国丁玲研究会理事。主编有《新文学鉴赏文库》小说卷、散文卷,《宝葫芦》杂志及其丛书。著有《鲁迅小说探微》《囚歌——丁玲、陈明在北大荒》,长篇小说《涡土》,大型历史剧《商鞅》等。

七绝·游翠华山

千青万翠汇终南,登上青峰别有天。
环望秦川八百里,依稀瑞气护长安。

宋育东

1937年生,上海市人。1959年毕业于北京师范大学物理系,教授。先后在辽宁工程技术大学、南京航空航天大学任教,并兼处长等职。改革开放初曾由国家选派赴美从事合作科研。现为中华诗词文化研究所研究员、中华诗词学会会员、江苏校园诗教先进个人。

七绝·陕西行吟(十首)

其一　土铜马车

秦皇车马世间奇,冶铸高明术未知。
方孔来风人忘祖,还需再读务观诗。

其二　青铜器

青铜闪耀四千年,步入文明世上先。

艺美饱含高智慧，商周已有字成篇。

其三　蔡侯纸残片

此纸相知是蔡侯，人间首创自风流。
地宫一睡双千载，百世儿孙遍地球。

其四　《史记》

繁衍神州华族隆，沟通日久息交攻。
求真秉笔留名著，学界师模太史公。

其五　唐墓迎宾图

四邻来访聚嘉宾，馆舍车喧出入频。
客到唐都何爱笑，千年壁画乃传神。

其六　杜甫春望长安

战乱萌生腐败中，入朝献力屡成空。
飘零久品民间苦，造就诗人不朽功。

其七　马嵬坡

盛世轻抛没玉池，马嵬梦断醒何迟。
千年褒贬杨家女，祸首逍遥入祖祠。

其八　五间厅

长城内外哭沦亡，充耳无闻霸庙堂。
大义凛然兵谏处，犹留弹洞忆张杨。

其九　枣园

人离物在义旗红，饮水忘源路不通。
莫待堤危惊浪急，散沙无力抗山洪。

其十　杨家岭下歌清泉

贯耳春雷肺腑言，杨家岭上涌清泉。
添花送炭民为本，愧煞糊涂倒退篇。

七律·西北岩溶第一井

果香粮足古河沿,走失龙王百困缠。
父老伤心无有泪,干群霜鬓不知泉。
喜逢科技兴西北,遥感深层探暗川。
千米熔岩喷水出,富平空巷醉清涟。

七律·法门寺

古寺惊雷露地宫,真传舍利出扶风。
天街供奉中唐事,宝穴重光现代功。
忽忆昌黎言老朽,方怜摩诘变初衷。
今沿渭水观千载,鉴史难能贯始终。

七律·咏史(二首)

其一

农耕游牧久争边,西域中原道不连。
汉使奋身穿瀚海,班超投笔继张骞。
一开城廓人心远,共辟通途客意坚。
商队相逢丝路上,驼铃笑语越千年。

其二

韵承魏晋画如霞,步辇春风乐万家。
贤相来朝增厚谊,明君择婿固中华。
能工伴送文成嫁,曼舞恭迎日月夸。
且看交融文化久,多元一体结奇葩。

忆王孙·乾陵无字碑

乾陵千载任风吹,空白依然无字碑,众说纷纭未解疑。也无奇,自古皇袍欺凤衣。

宋清江

1934年生,笔名清泉。1957年从南京大学中文系毕业后即到河北日报社工作,任文艺部主任、高级编辑。河北省作协会员、诗词学会理事,中国民间文艺家协会会员、报纸副刊研究会首任会长。主编有《中国四大名旦》,著有民俗诗集《风俗咏》。

七律·华山寻莲

梦寻华岳向西来,腾越黄河涌入怀。
千仞青峰云浩渺,巨灵万古意徘徊。
拾阶人在峰前舞,映日桃红雾里栽。
岳庙登高回首顾,惊呼莲子冲天开。

张 岳

1942年生,笔名长山、高山,浙江省温岭市人。从事教育工作,系中华诗词学会、中国楹联学会会员,当代诗人联谊会并浙江省诗词学会理事,温岭市诗词协会副会长,泉溪诗社社长。作品曾多次在国内外诗词大赛中获奖,著有《百忍堂诗文集》《百忍堂杂文》等。

七绝·过潼关

潼关险道异当年,车到咸阳只半天。
自古兵家争战地,而今尽变米粮川。

七绝·过华山

夕照枫林万树红，奇峰似剑插苍穹。
微云一抹三千里，都入骚人诗画中。

七绝·黄河壶口瀑布

浩荡北来万壑殊，龙槽湍落影虚无。
天风呼得神游客，狂饮山川酒一壶。

七绝·桥山黄帝陵古柏

桥山古柏记沧桑，历劫千年色愈苍。
根植神州忧患地，敢忘先祖是炎黄！

七绝·西安大雁塔谒玄奘法师像

雁塔高标耸九天，唐僧去后教犹传。
何能脱俗成真果？须有诚心铁石坚。

七绝·秦始皇陵

列国纷争战火熊，人间十室九成空。
后来纵怨坑灰事，功在河山一统中。

七绝·秦俑馆

征车轧轧马如龙，六国残云一扫空。
且看三千陶勇士，秦王死后亦英雄。

七绝·访唐梨园遗址

殿阁参差映凤池，骊宫深处细寻思。

从来粉黛多倾国，惹得君王几个痴？

春风袅娜·延安宝塔山抒怀

正秋高云爽，丽日当空。登宝塔，傲苍穹。眺凤凰、山麓金翅舒展；王家胜地，绿树葱茏①。嘉岭如磐，延河似带，八百秦川一望中。凭借关河据天险，其间几个称人龙？　　古往今来细数，自成黄虎②，是豪杰、亦等沙虫。刀飞白，血流红。安邦乏术，定国谋穷。何似今朝，毛公指引，工农腾起，革命成功。时移境变，看翻天覆地，河山再造，当代英雄！

注释

①延安凤凰山、王家坪原系中共中央军委与八路军总部所在地。
②明末农民起义军领袖李自成，号闯王，陕北米脂人；张献忠，别名黄虎，陕北延安卫人。

张　明

1944年生，原名张欣明，广东省顺德县人，教师。中华诗词学会会员。

临江仙·陕西游踪（十首）

其一　半坡遗址

云路三千凭铁翼，忽临远古荒原。煌煌一页史前篇。粗陶容岁月，利石拓田园。　　虎豹窥途耕猎险，更堪酷暑严寒。与天斗罢几人还？壮哉先祖辈，华胄代绵延。

其二　华清池

万户千门依绣岭，楼台掩映芳菲。风光合是古宫闱。龙池横玉镜，曾照美人眉。　　舞罢霓裳云帐暖，不知今夕何时。无情鼙鼓动京畿。温泉余冷梦，兵燹及群黎。

其三　华清池海棠汤

一股澄波如暖玉，无声注入琼池。问它几度洗凝脂？马嵬烽火路，挥泪折梨枝。　风雨凄迷千载后，尚怜艳骨丰肌。偶闻怨语说妖姬。祸胎谁酿就？冤死是娥眉。

其四　永泰公主墓①

已惜春凋琼萼老，更怜毁月珠胎。陵园风雨夜泉台。亲情成虎吻，帝胄弃黄埃。　去去来来黎庶事，扶碑莫不生哀。不胜寒处是天阶。何如湖海远，鱼鸟也相谐。

其五　乾陵无字碑

穆穆崇陵残梦里，双峰傲立穹苍。千秋一帝凤高翔。云碑无片语，终古对斜阳。　未会当年皇裔意，心中一秤评量。承平之治话农桑。民安堪俊说，何必镌华章。

其六　西安碑林

亭阁参差幽韵里，古碑谁为收藏？楷行隶篆各呈芳。雄强如石立，遒劲若龙骧。　翰墨盈香尊此树，待看幼木千章。游人过半鬓沾霜。日斜庭苑静，无语望空廊。

其七　西安城墙

三丈城楼堪纵马，遥看雉堞相赓。戍楼刁斗记峥嵘：衣冠来万国，铁骑踏皇庭。　收拾古思环望处，丛房尘瓦纵横。青槐路尽暮云萦。名城呈老态，谁与论新生？

其八　西安大雁塔

千古唐都矜一塔，飞檐时挂流云。几人曾此瞰东门？凭窗空万物，直欲揽乾坤。　碑上残文堪细辨，怅看岁月留痕。纵横驰道总扬尘。遥天披夕丽，塔外又黄昏。

其九　秦兵马俑

百万民夫三十载，穴宫深瘗秦嬴。却忧群鬼扰长宁。执戈金甲士，列阵护寒茔。　　大泽风雷摧帝座,夜台也起雄兵。满坑碎俑是尸横。虐民安可恕,挞伐到幽冥。

其十　秦宫前骑马留影

碌碌甘为书笔隶,平生无意雕鞍。何来一念试挥鞭。挺腰矜斗士,忘却瘦双肩。　　不识阴山风雪路,执缰空自昂然。问君底事耸眉端?望中秦故域,曾有血盈川。

注释

①永泰公主因偶议朝政,被其亲祖母武则天下令处死。

张　波

1978 年生,西北大学历史学专业毕业,西安电子科技大学《西电科大报》编辑。现为陕西省艺术摄影协会、省高校摄影学会、西安诗词学会会员,《陕西画报》通讯员。参与多项课题研究,所撰写的调查报告获省级奖励两次。在各类刊物发表各种体裁文章 25 万余字,获省级奖励多次。

七绝·神游白鹿原

四望鹿原百里青,浓云薄雾载花行。
馨香缕缕迷魂魄,得意诗心卧韵星。

张 屏

女，广东省深圳市长青老龄大学长青诗社副社长。

七绝·咏长安街

西安路直如流线，南北西东似井形。
道道夹林车队过，清风拂面胜凉亭。

张 涛

1935年生，陕西省礼泉县人，大专文化。电力部西北水电勘测设计研究院办公室副主任，高级政工师。系中国、陕西电力诗词学会会员、陕西老年诗词学会理事、《秦风》编辑部编委等。

七绝·瞻仰毛主席等领袖故居

清寒窑洞小油灯，灰色军衣五角星。
纺线车车搬炕上，延安传统万年经。

七绝·壶口观瀑

黄河壶口动乾坤，吐雾腾云七彩缤。
婉曲奔流千万里，壮哉九域母亲魂。

七绝·桃花山庄

阳春三月山庄靓，人面塑身喜出迎。
柔草青青风摆柳，桃花今日更钟情。

七律·韩城电厂

水秀山清太史传,赞歌欢语满川原。
经年喜庆成丰果,今日欢呼挂桂冠。
㴒水河边神女出,象山脚下凤凰翩。
辉煌大业歌新世,快马加鞭不下鞍。

七律·重阳节谒长安杜公祠

深秋雾日雨绵绵,吟友登高谒寺前。
白发吟朋怀杜圣,青丝学子敬先贤。
诗词句句润心肺,歌赋声声振管弦。
老少重阳相聚会,继承发展壮骚坛。

七律·赞秦岭电厂

秦岭巍巍渭水旁,关中道上放光芒。
人勤智慧英才出,天宝风华富矿藏。
卅载艰辛成硕果,两年改制谱新章。
光明使者肩承重,璀璨前途无限长。

张　锐

1928年生,湖南省汉寿县人。中华诗词文化研究所研究员,《京剧诗声》《百家情》主编。

浪淘沙·黄帝手植柏、汉武挂甲柏

树植五千年,势欲参天。腰围卅尺不同凡。英国专家封"柏父",誉已盈寰。　遍体布痕斑,液渗其间。晶莹剔透尽珠圆。叶茂枝繁荫若盖，举世奇观。

张　蓁

1923年生，字味根，甘肃省临洮县人。西北师范学院国文系毕业。曾任临洮农校教导主任。河西学院退休教师，甘肃诗词学会会员。著有《自缚诗草》《雕虫文稿》等。作品、小传入编《当代中华诗词家大辞典》《中国文艺家辞典》等。

七绝·题咏历史人物（五首）

其一　嬴政

一奋余威霸业成，焚书坑士筑长城。
金人十二兵销尽，无奈其亡在棘荆。

其二　刘邦

三尺戕蛇白帝亡，咸京先到为君王。
爪牙亲自旋除尽，空叹无人守四方。

其三　韩信

拜将登坛佐汉王，急流勇退是良方。
藏弓烹狗寻常事，莫待未央思子房。

其四　李白

沉香亭上醉诗题，妃子倚妆是可疑。
采石江头明月夜，从王获罪怨阿谁。

其五　白居易

枫叶流丹送客时，江州司马泪沾衣。
长安米贵犹堪住，沦落天涯怎不悲。

张一凡

1920年生,又名张涛,笔名听涛斋主人,山东省单县人,大专文化。1939年2月参加八路军苏鲁豫支队军政干校学习,曾任二野五兵团五十一师宣传科长、《湖西日报》社副社长等职。1949年起任福建省建瓯县和贵州省龙里县书记、贵州省委宣传部副部长、顾问等职,现任福建省书协名誉主席。作品、传记入编《中国书协美协理事精品大全》等,作品曾为毛主席纪念堂和数十家博物馆收藏或刻碑,著有《听涛斋诗文选》。

七绝·华清池

玉环浴罢有遗香,介石宵奔露满裳。
同是华清池上客,任人评说短和长。

七绝·乾陵无字碑

双眸炯炯似金轮,万里江山乾转坤。
无字丰碑欺有字,滔滔渭水颂斯人。

张一彬

1922年生,河南省清丰县人,大专文化。原任贵州省广播电视厅党组副书记、副厅长。1983年底离职休养。现为贵州省、贵阳市诗词学会会员。

五律·重游西安

春染绿苍苍,秦川锦绣装。
芳名扬四海,丽苑泛祥光。
遗址文明著,黄陵翰墨香。

先贤留凤爪，而今更辉煌。

七绝·秦始皇陵

崔巍瑰丽始皇陵，龙卧骊山壮古城。
阴府豪华雕密布，苍丘深处葬幽灵。

七绝·秦兵马俑

沉埋兵马几千年，仇恨秦君暴虐天。
莫问当年腥血事，今朝盛世胜桃源。

七绝·西安碑林

文史渊源赤县长，五千岁月历沧桑。
书林荟萃堪难尽，飞动龙蛇碑亦香。

张中和

祖籍陕西乾县，生于耀县柳林镇福洞沟。

满江红·咏乾陵

突兀梁山，乾陵阙、茫茫百顷。形恰似、贵妃仰卧，乳峰高挺。北枕峰巅终不悔，南蹬帝脉安无愠。功与罪、敢立丈三碑，凭人省。

蕃王礼，千国敬；真圣世，谁堪顶？看红鬃烈马，抖威英逞。半世唐威华夏振，千年毁誉仍无醒。待幽宫、石破到天惊，新篇咏。

平韵满江红·炎帝颂

龙感胎生，炎帝降、功建夏寰。教稼穑、六螭车悬，督日遥天。丹雀珍珠凭拶选，黄牛驯养可耕田。制具耕、玉凤唱嘉禾，人共餐。

　　成麻布，泥作盘；择居善，试甘泉。日市兴商品，易换同欢。削木扶持邪去了，疗疮宣药胃肠间。我族人、浩瀚叹泱泱，新纪元！

张之翔

1928年生，湖北省黄梅县人。1953年北京大学物理系毕业后留校任教40年，1988年获北大优秀教师奖。出访过日本和德国。现任北京大学物理学院教授，中国物理学会教育委员会国际交流组成员，"国家物理学试题库系统"科研课题领导机构成员兼学科专家组成员。著有《物理学习题集》《光的偏振》等近10部专著。

七律·西安赠北大校友

警院相逢喜气扬，燕园旧事最难忘。
湖光塔影青春短，陇水秦云岁月长。
楼观台中寻古迹，终南山上过重阳。
登高一望无穷极，故国悠悠忆盛唐。

张天健

1932年生，四川省崇州市人，成都大学退休教授。四川省作家协会、中国唐代文学学会、杜甫研究学会、李白研究学会会员，四川省诗词学会常务理事、学术部副主任，都江堰市玉垒诗社副社长。著有《唐诗答客难》《笔记雅谈》等。

七绝·商洛山行

山椒蜡炬火红燃，秋黍黄澄柿子鲜。

商洛山农争展富,骄人晾到瓦檐边。

七绝·西安长乐宫

长乐钟鸣长乐春,渔阳破碎久沉沦。
从今收拾唐都丽,万国衣冠紫陌尘。

七律·杨贵妃墓

终成兰絮委钗裙,厩马惊尘走六军。
应梦有床期蜀地,仙台无路伴郎君。
青山感悟闻铃雨,驿道还归剑北云。
回首马嵬伤感地,焚香几度扑空坟。

七律·过佛坪南天门

杂酒衣尘醒目看,狰狞饿壑老苍颜。
红燃野火丛枫炫,翠响酸风诡雨寒。
匹马蚕丛资控驭,重关鸟道壮盘桓。
南阁裂谷崩云散,依旧旅愁上鬓斑。

张开翊

1930年生,湖北省黄梅县人。中共党员,农艺师。1951年1月参加工作,曾任下新小学校长,龙感湖农场农技员、分厂厂长、农科所党支部书记、农委工会主席,1990年底退休。中华、湖北省诗词学会会员,雷池诗社名誉社长。著有《野玫瑰吟稿》《七十回眸》。

七绝·仲秋游骊山

名山千仞群峰秀,树木葱茏翠圃菁。

金桂黄花争艳放,流泉飞瀑韵声清。

七绝·游华清池(二首)

其一

骊山北麓帝王宫,玉宇琼楼气势雄。
更有名泉陈胜迹,芙蓉苑内惜残红。

其二

一代佳人韵事多,倾城祸起恋帏罗。
朝纲颓废燕胡反,国运衰危渐入疴。

七律·游西安古城

平生有幸赴西京,杰阁琼楼耀眼明。
魏紫姚黄遭谪斥,桃红柳绿映新城。
凌晨晓魄辉星斗,入夜银灯照汉营。
极目江山多壮丽,中华儿女任纵横。

七律·西安碑林

一去长安任我之,千年碑刻是吾师。
篆书行草龙飞舞,甲骨奇文兽急驰。
华彩风姿皆俊秀,豪雄壮志足传奇。
中华历史五千载,代代才人相继持。

张方义

1928年生,福建省漳州市人。少时自学,曾在中学任教。退休时为漳州体训基地副科长,中华诗词学会会员。著有《朴石诗词》。

五律·次西安夜赏《八骏图》

人静旅庐孤,端详《八骏图》。
怒蹄扬净土,慧眼识征途。
御辔翻秦岭,挥鞭过太湖。
梦魂骑马跃,返梓品莼鲈。

七绝·兵谏亭前怀少帅

将军赤胆拯神州,国难当前捉蒋酋。
擒放皆因同敌忾,只缘轻信反为囚。

七绝·谒魏徵墓

卓见深谋大栋梁,直言无畏忤君王。
若非有幸逢明主,未上凌烟刃下亡。

七绝·游华清宫观海棠汤感作

敢从武韦抢唐基,何事骄奢作浴池?
为博娇妃生一笑,长安鼎沸蜀山崎。

七绝·鸿门宴旧址怀项羽

具酒陈兵会汉王,雄师十倍据咸阳。
骄矜不用谋臣计,败北乌江垓下亡。

七绝·昭君出塞

一辇香车出帝城，胡笳漠野怨凄清。
汉皇无策安边土，美女娇眉胜万兵。

七律·入西安

雉堞环街山揽城，古都灵气毓豪英。
俑坑入眼怀嬴政，渭水垂纶忆尚卿。
唐主宸聪冠华夏，张公兵谏御东瀛。
今来更为新风醉，梦上岐山听凤鸣。

七律·访阿房宫遗址

民膏民血垒皇宫，跨水盘山气势雄。
高耸不知分上下，冥迷难以辨西东。
宏模未就成焦土，残柱无存伏草虫。
行客何须寻故址，新村掩映绿阴中。

七律·骊山（二首）

其一　华清宫怀古

雕砌犹存旧粉香，新音入耳想霓裳。
凝脂洗罢君王笑，云髻妆成政事荒。
天下狼鸦叼饿殍，宫中歌舞醉琼觞。
奢淫骄主当亡国，何幸回龙见未央。

其二　秦兵马俑观感

秦皇垂死未忘兵，车马干戈俑满坑。
入室如临征战地，置身似听角金声。
军魂丕振安邦国，徭役频兴苦众生。
切记雄师盈百万，揭竿斩木竟亡嬴。

张占一

1936年生，河北霸州人。企业干部，企业高级政工师。陕西省文史研究馆研究员，陕西省诗词学会会员，陕西省作家协会会员，陕西省老年诗词学会副会长。著有《走向西部》《股海诗潮》等。

七律·赞杨凌

教民稼穑起昌图，树艺而今五谷苏。
贤士六千才聚地，优生十万尽英儒。
八方参展农高会，四海加盟辐射弧。
农牧卉花苗果种，名牌品位九州殊。

张世武

1946年出生于陕西省华阴市。笔名弓长、常公、止戈等。大专文化，部队转业后在渭南市人事局供职，副调研员。渭南诗词学会主要发起人。陕西省诗词学会理事。诗词作品发表于《三秦名胜新咏》《中国当代诗词艺术家大辞典》等。书法作品曾获"中国西部书画大赛"三等奖，诗作获"首届国学创新优秀成果奖"银奖。

七律·洽川黄河湿地

久慕盛名今睹颜，入滩犹若下江南。
眼前万顷芦蒲翠，河畔千重荷藻含。
今对水乡飞鸟唱，谁移仙境一川酣。
身忙难顾其余景，牢记《关雎》吟再三。

七律·春到骊山

平明既起沐春风，今望骊山日正东。
满目层林添秀色，静心采气健身功。
温泉不见玄宗影，烽火却遗强敌戎。
坦荡心胸人自好，不评国是寄临潼。

七律·重访韩城党家村

民居瑰宝耀中华，二度重逢又党家。
他日采风无向导，今朝寻迹有奇葩。
磨遗一合九州少，珠耀两家禹甸夸。
不用推门重探望，箴言警句笔生花。

七律·颂于公右任先生（二首）

其一

秦人自古多英烈，独慕三原右任名。
省府学优高中举，东京志展入同盟。
为官守志性刚毅，走笔惊人气伟宏。
故里难忘妻与女，挟台犹听老鸿声。

其二

桌案常临髯老字，诗词仰慕此公长。
洛阳高价熹平石，华夏知名法度彰。
先习魏碑书创意，后行于体凤飞翔。
炎黄后裔英灵在，葬我高山慰我肠。

七律·三秦风物咏（三首）

其一　古潼关

自汉隋唐皆国门，咽喉锁钥壮三秦。

河容洛渭添飞翼，关接凤麟铸铁身。
只道三门峡水好，谁知千载铁城湮。
谋求发展全方位，桃塞敞开气象新。

其二　故乡华阴

华阴县治二千年，入陕西来另有天。
涵谷潼关皆锁钥，华山岳庙供神仙。
三河交汇波涛涌，陇海贯通欧亚联。
虽客他乡心挂念，不堪往事至今牵。

其三　西北故宫华山西岳庙

秦有明珠西岳庙，欣逢盛世故宫雄。
曾留尧帝巡行史，又见秦皇祭祀丰。
秦汉隋唐千载事，金元辽宋百朝风。
"灏灵"高举容颜俊，"五凤""望河"鬼斧功。

七律·三秦人物咏（六首）

其一　白水"字圣"仓颉

北靠龙山南接洛，轩辕黄帝史官随。
仓公四目创书日，学子千余绳解时。
碑石字遗禽兽迹，陵园柏蔽斗霓枝。
桥山彭衙冢相望，为主为臣两各宜。

其二　韩城司马迁祠墓

书生一介凌霄汉，铁骨铮铮谁比肩。
面对汉皇无惧色，笔还浩史皆佳篇。
项陈不得江山柄，卷策还容人杰传。
千载神州歌史圣，祠前钦谒旺香烟。

其三　渭南寇准墓

三朝元老寇莱公，下邽称贤誉国中。

热血忠心呈宋业,披肝沥胆抗辽功。
刚峥直谏魏征样,廉洁安贫诸葛风。
今睹荒陵催泪下,人来人往尽深躬。

其四　华阴杨震墓

古传杨氏出华阴,秦汉隋唐官若林。
虽有皇家痕莫考,却遗太尉迹能寻。
精研三史股肱子,熟读诸经社稷心。
经事千年人赞誉,"四知"名句众常吟。

其五　蒲城王鼎纪念馆

江山一统思英烈,主战朝中为俊杰。
为荐贤臣社稷安,口诛叛逆神州悦。
虎门大长国人风,赤县偏传王相折。
生为黎元死尽忠,昆仑欲倒黄河咽。

其六　蒲城唐五陵抒怀

蒲城秦汉重泉县,葬父玄宗更奉先。
古木参天山叠翠,漫泉映月水娇妍。
闲云有意聚还散,龙脉无缘残不全。
秣马厉兵图发展,山川秀美任谁肩?

张世楷

1946年生,浙江省天台县人。浙江省诗词学会会员,研究馆员。

五绝·黄陵八景新咏（二首）

其一　桥山夜月

绿水映桥山,清波荡画船。

如花人面熟，都系觅根缘。

其二　沮水秋风

沮水蓝如叶，枫林赤似花。
年年长信守，九九约回家。

七绝·黄陵八景新咏（四首）

其一　南谷黄花

黄花不比红花瘦，一片痴情久久长。
家酿坛坛留赤子，清明再聚话衷肠。

其二　北净岩石

人间最暖是亲情，净石长眠也显灵。
即便隆冬飘大雪，头无白色面无冰。

其三　凤岭炊烟

游人凤岭望炊烟，似有知音奏管弦。
打水村姑旋律美，声声都把故乡牵。

其四　汉武仙台

童老生亡天命定，富贫强弱可人裁。
始皇汉武求长寿，只把仙台换景台。

七律·黄陵古柏

千年万载常青树，首数桥山聚柏云。
百姓言传流翠绿，帝王手植溢芳芬。
龙头挂甲枝枝老，凤尾摇风色色新。
祭祖刚将诚意敬，观光又醉觅根人。

七律·黄陵祭祖

黄陵祭祖忆台胞，萁豆同根脉一条。
回首救亡歌统战，开怀兴国哭分巢。
来归港澳宗祠幸，迎合台澎祚禄高。
携手诚心龙尾道，月圆花好聚今朝。

蝶恋花·诚心亭

一往诚心亭内跻，抬眼轩辕，默默生崇意。雾色烟光香烛里，虔诚际会庄严祭。　　自古炎黄宗谱贵，拜祖当歌，强国堪欣慰。水远山遥人似汇，为伊昌盛终无畏！

张正清

　　1958年生，苗族，湖南省城步县人，1980年毕业于邵阳师专中文系。曾任乡长、区委副书记、《邵阳市志》副总纂、市建委办公室主任。邵阳市建设局机关党委书记。中华诗词学会会员，湖南省诗词学会理事、邵阳市诗词学会副会长。合著、主编、总纂有《城步苗族自治县概况》《城步县志》等。

七律·圣地延安

峰回路转向延安，依旧神奇霄壤间。
杨岭雄文挥剑戟，枣园骤雨涤霾烟。
霞凝宝塔千山秀，血铸丰碑万代妍。
慨叹毛公真伟大，步枪小米换新天。

七律·黄帝陵

巍巍陵寝卧蟠龙，古柏森森薄远空。
沮水拖蓝烟淡淡，桥山耸翠日彤彤。

名垂宇宙千秋仰,鼎定中华四海崇。
肇启文明功盖世,摩肩接踵看朝宗。

七律·西岳华山

华山美景险尤雄,揽胜凌虚八面风。
脚下苍龙斜挂索,天边绝壁倒悬松。
巴山远眺云千叠,东海纵眸浪万重。
莫谓书生英俊少,吾今也上最高峰。

七律·古都西安

旧都烟雨又相逢,镇日徘徊往事中。
传世碑林龙凤舞,藏经雁塔释儒通。
奇观瞩目秦陵俑,青史扬眉汉帝风。
遗憾灞桥寻柳色,绕城八水浪无踪。

浣溪沙·壶口瀑布

百丈峁沟四野垂,轻车梁上逐云飞。壮哉壶口响惊雷。　　隔岸晋秦峰隐隐,满川诗画雨霏霏。篷舟吹取不思归。

张玉辉

1936年生,湖南省新化县人,中学高级教师。中华诗词学会、湖南省诗词学会会员,波月诗社副社长。作品多次获奖,传入多种辞典。著有《梅竹轩吟草》。

七绝·三秦行吟(六首)

其一　西安碑林

丰碑矗立越千年,游目书林别有天。

篆草真行风格异，三秦艺苑集群贤。

其二　大雁塔

雁塔巍峨欲近天，几经风雨几经年。
珍藏万卷真经在，佛法何能度大千。

其三　华清池

温泉当日浴香肌，惹得君王带笑偎。
池水依然宫殿在，而今已为万民开。

其四　黄帝陵

轩辕庙畔柏森青，袅袅香烟瑞气腾。
华夏人文从此始，衣冠万国谒黄陵。

其五　谒乾陵

娥眉得意惑宫廷，受宠专权去股肱。
"二圣"本来心不一，因何死后复同陵？

其六　秦俑坑

统一中华兴吏治，施行暴政失民心。
魂惊易水荆卿剑，陶俑安能当羽林？

七绝·黄陵八景新咏（八首）

其一　桥山夜月

桥山古柏寿齐天，沮水多情泛笑涟。
最是清光明月夜，山笼薄雾水笼烟。

其二　沮水秋风

圣祖乘龙去不还，沮河含笑绕桥山。
金风霜叶红于火，如画秋光带水看。

其三　南谷黄花

黄花翠柏两争辉，装点陵园景色奇。
胜地钟灵王气在，金霞万簇竞芳菲。

其四　北岩净石

何时奇石独飞来，醉卧红尘一鉴开。
底事雪霜沾不住，只缘自洁不贪财。

其五　龙湾晓雾

桥山龙首紧相连，万木葱茏分外妍。
最爱初晴新雨后，朦胧晓雾笼轻烟。

其六　凤岭炊烟

沮河泛绿凤山青，袅袅炊烟映晚晴。
日暮暖风传笛韵，声声犹似凤凰鸣。

其七　汉武仙台

仙台高筑为求仙，征朔功成慰祖先。
长命岂因祈祷得，人生福寿不由天。

其八　黄陵古柏

福地千年柏万株，沧桑历阅古今殊。
喜看华夏腾飞日，功过凭君续史书。

七律·登华山绝顶

秀插重霄如玉笔，五峰云外立亭亭。
三光照顶仙凡近，一径通巅鸟兽惊。
丹灶犹存碑尚在，青莲欲放雨初晴。
凝神高处闻天籁，疑是萧郎引凤声。

张石醒

1946年生,笔名怡然,号五指山人,广东省陆丰县人。大专学历。全球汉诗总会联络主任,中华诗词文化研究所研究员,中华诗词学会、广东省诗词学会会员,屯昌水晶诗社荣誉理事。作品、小传入编《中国当代诗词艺术家大辞典》等。

七绝·咏黄帝陵

绿水青山抱帝宫,中华始祖后人崇。
而今四海承平日,倍感前贤肇造功!

七绝·商鞅

变法商君欲鼎新,励精图治辅强秦。
可怜他日招横祸,命丧黄泉复裂身。

七绝·秦始皇

雄才大略逞威风,一统中华百世功。
若勿坑儒施暴政,下场也许不相同。

七绝·黄巢

天南地北任驰骋,起义神兵克两京。
岂料一朝登大宝,无心进取反遭刑。

七绝·电视中看秦兵马俑(二首)

其一

古兵马俑冷森森,陪伴秦皇似拥钦。
二世而亡因暴政,有无天下在民心。

其二

嬴政原思传万代,谁知二世即亡秦。
痴心妄想违天意,横暴安能不失民?

七律·电视中看黄土高原窑洞及其他

黄土高原似火烧,无多草木岂能饶?
梯田块块难呈绿,窑洞排排未必高。
缺水禾苗求雨润,少牛耕地靠人刨。
退耕限牧时时记,莫让荒山变不毛!

满庭芳·黄帝陵

沮水萦缭,桥山环抱,万株青柏葱茏。九州初祖,安卧茂林中。祭祖齐来陇左,清明日、细雨蒙蒙。轩辕庙,壮观雄伟,浩气贯长虹! 陵宫,呈八景,桥山夜月,沮水秋风。看晓雾龙湾,凤岭烟浓。喜见北岩净石,犹堪赏、古柏苍松。仙台处,黄花幽谷,似可觅仙踪。

水调歌头·武则天

日月古今照,唐阙有坤巅。风狂雨骤谁料,云散见晴天。上欲饱餐姿色,心在亭台歌舞,无日不消闲。武氏控朝政,天后擅君权。 害元老,升酷吏,拒忠言。犹残骨肉,太子衔恨赴黄泉。当庆狄公耿直,更喜婉儿心正,嫉恶举忠贤。一代女皇帝,千古大名传。

八声甘州·纪念红军长征胜利六十周年

叹红军八载苦经营,挥泪别乡亲。看行程二万,雪山草地,艰险尤真。恨匪围追堵截,一路损英魂。始错中军帅,败绩频频。 遵义红旗招展,喜曙光高照,位给能人。让天才负重,主席领头奔。斥奸人、阴谋分裂,赞贺龙、胆略敢开门。齐欢庆、奠基西北,会合三军!

张伟志

1936年生,原名维志,笔名屹石,大专毕业。历任中共肥西县委委员、县档案局长等职。中华诗词学会、中国楹联学会、中国档案学会会员,中华书法艺术研究会理事、安徽省太白楼诗词学会、安徽省楹联学会常务理事兼副秘书长。作品、小传入编《中国当代文艺家辞典》等多部辞书。主编《对联新作》12集,著有《张伟志诗联集》《企业档案管理文选》等。

五律·登华山

北望黄河水,南观秦岭峰。
天然奇景特,地势显殊容。
古迹多名胜,今时建筑丰。
登高瞧远野,延寿阔心胸。

张宇光

1966年生,黑龙江省哈尔滨市人,大学本科毕业,中华诗词学会会员。编著有《诗文天下·网络诗词精华》(卷一)。

七绝·游壶口瀑布

晴虹贯日起龙图,府底飞烟锁屋庐。
我遣雷神邀玉帝,醉尝天下第一壶。

七律·春游乾陵

梁山远眺玉华披,地脉天胸谁敢欺。
云戴关中行翼马,鞭横宇内镇胡锤。
初迎感业三春日,两易朝堂武姓时。
无字千年涂圣记,几闻七节亦丰碑?

七律·游兴庆宫公园有感明皇贵妃事

昔日长安兴庆园,王家别苑水幽潺。
多情圣酒香熏暖,反目刀兵血沥寒。
早有风流轻海誓,更无恩义让皇权。
马嵬长恨坡前土,竟笑钟离无粉胭。

张光水

湖北省黄石市电大干部。西塞山诗社社员。

七律·观华清宫有感

骊山无语立斜阳,地府有汤漫海棠。
妃子池中藏倩影,玄宗殿内忘朝纲。
兵家战乱烽烟起,百姓遭殃泪溢洋。
孔雀东南成艳鬼,难消万世论何长。

张光恺

1931年生,笔名霜枫、长工(常恭),大专文化,退休干部,统计师。中华诗词学会会员,固始老年诗词研究会副会长,《固始老年诗词》主编。作品、小传入编20余种典籍。

七律·过西安缅怀张学良将军

锁龙困虎几多愁,埋没青春逾白头!

戎马半生怀壮志，丹心一片蕴宏谋。
国仇家恨终难忘，友谊亲情恋未休。
两岸弃嫌行统一，九泉方了旧恩仇。

张安民

1928年生，笔名徐扬，号云龙鹤影。安徽省灵璧县人，大学毕业。历任地市报纸记者、编辑、主任编辑。现为《徐州日报》离休干部。中华诗词学会、中国楹联学会、中国毛泽东诗词研究会会员，作品、小传收入多种大辞典和名人录。主编有《当代诗人咏徐州》《历代诗人咏徐州》等，著有《云龙吟》《松鹤集》。

七绝·西安杂咏（七首）

其一　大雁塔

突兀飞扬雁塔雄，庄严古朴入云中。
当年士子题名处，年少风流仰白公。

其二　碑林

碑书精品萃如林，悦目深研更赏心。
千古奇珍推"圣教"，集来字字喜成金。

其三　城墙

唐代奠基明筑城，古香古色更精灵。
五防四守当年事，今日游园笑语盈。

其四　半坡遗址

仰韶文化半坡人，石斧骨针陶制盆。
原始花纹呈异彩，先民智慧现朝暾。

其五　秦兵马俑

兵执金戈马备鞍，三军统帅坐飞銮。
雄师浩荡秦王俑，中外称奇赞壮观。

其六　华清池

名池千载说华清，水色山光展画屏。
漫道温泉能祸国，万邦来会赞唐廷。

其七　钟楼

南北东西四道交，钟楼高耸上凌霄。
景云不语人追日，改革声中赶大潮。

张阳松

1929年生，名之润，一字伯宏，湖南省邵东市人。中学退休教师。中华诗词文化研究所研究员，中华诗词学会、湖南诗词协会会员，邵阳诗词协会、邵阳市楹联学会理事，岳麓诗书画社顾问。长期致力于中国传统文化的研究与探索，作品发表在《中华诗词》《二十世纪中华词苑大观》等国内外300多种书刊上的有3000多首。编著有《中国历代文苑精华》《孔孟学说提要》等，著有《人生体验录》《诚明书屋集》等。

七绝·登慈恩寺大雁塔

曾闻雁塔与云平，新贵豪吟寄姓名。
五万唐诗今尚在，问君多少塔中成？

七绝·过茂陵

汉武雄图史艳称，日南漠北又东溟。
而今蔓草荒烟里，秋雨潇潇过茂陵。

七绝·扶风法门寺佛舍利塔

唐皇媚佛实空前,举国如痴复似癫。
独有昌黎韩学士,一封朝奏九重天。

七绝·秦兵马俑

十万"囚徒"大集中,刀前鞭下苦修陵。
此中多少血和泪,寄语游人莫浪评。

七绝·望骊山

骊山高耸入云天,一片丛林一抹烟。
褒姒杨妃何罪有,贻讥千古岂非冤?

七绝·游兴庆池

杰阁崇楼几十重,花花草草绿兼红。
当年唐帝宸游地,尽在诗人一览中。

张启华

1942年生,江苏省徐州市人。徐州诗协会员,徐州职工诗协理事,中国乡土作家协会理事,中国文化名人研究会副会长。作品曾获中国作家世纪论坛二、三等奖。

五绝·登华山

我比山峰小,云头脚下飘。
西峰烟雾里,动耳念奴娇。

七律·华山

日织千丝绕华山，丽姝一线露螺鬟。
星光网构云梯索，月亮弧勾栈道弯。
峰破云天人脚底，雨穿石壁洞岩间。
大方仙境口中玉，万里神州老少颜。

张宏德

1920年生，湖南省宁乡县人，大学文化。中共党员。经济师，会计师。历任衡阳电业局等单位财务科科长诸职30余年。诗词等作品百余篇在《中华诗词家大鉴》等百余种刊物上发表。系中华、湖南省诗词学会会员。赤壁文学院诗词楹联研究所终身研究员。著有《晚霞吟》。

七绝·读白居易千古绝唱《琵琶行》感赋（三首）

其一

瑶琴砍断朱弦绝，不奏天涯沦落情。
海晏河清今胜昔，何劳司马泪珠倾。

其二

萍飘水上度残晖，倾诉衷情不展眉。
一曲琵琶无限意，吟坛千古闪光辉。

其三

今日琵琶圆舞曲，昔年商女诉心冤。
天翻地覆乾坤转，不让白公泪湿衫。

张寿华

1931年生,江苏省镇江市人。曾任中央军委海军宣传部长等职。海军少将。中华诗词学会、中国老年书画研究会会员。

七律·壶口观瀑

风沙漫漫卷龙沟,曲水湾湾向日流。
浊浪滔滔九天落,黄河滚滚一壶收。
惊雷阵阵鸟踪绝,瑞气腾腾虹彩绸。
咆哮飞旋千里泻,不归沧海不回头。

七律·七旬登华山

华山险峻世称奇,今日攀登届古稀。
剑劈悬崖深万丈,斧开绝壁立千梯。
身轻龙岭援肩上,步健莲峰比膝齐。
驻足抬头红日近,回眸俯视白云低。

张怀民

1948年5月生于西安东郊,共产党员。毕业于省机械工业学校,工程师,就职于青岛啤酒西安公司。系西安诗词学会会员,雁塔诗词学会常务理事、副秘书长,中华诗词文化研究所研究员,中国稼轩文化研究院研究员,《陕西诗词界》杂志社编辑部副主任。

望海潮·西京古韵

西京龙脉,关中帝祚,周秦大夏歌昂。鞅法治强,天雄奋发,威加海内归乡。兰秀菊萦芳。相如上林苑,金屋情伤。紫陌纷繁,美文佳构诵班张。　　阿房，杜牧华章。渭城朝雨后，曲饮流觞。三月水边，长安肆上，霓裳艳露凝香。妃子浴骊汤。花外钟声远，春柳驴缰。楷隶唐诗汉赋，千代著风光。

少年游·西安城东古韵

黄巢谷隐霸陵军，拱卫半坡村。金花落处，长桥老洞，大冢瘗皇孙。　　南薰阁里相辉事，手足弟兄亲。柳色龙池，沉香亭北，郑綮又逢春。

唐多令·西安城南古韵

日出马腾空，乐游原上风。觅寒窑、三姐行踪。二世贪欢留此地，华严寺，也曾宗。　　荐福课禅功，杜陵迁富翁。伴慈恩、暮鼓晨钟。雁塔题名标俊彦，再流饮，曲江中。

临江仙·西安城西古韵

感业寺中成正果，惊天动地无前。昭阳殿里只堪怜。马嵬妃子叹：愧也是红颜。　　李广张骞西去处，昆明水演兵船。延秋门下泪潸然。尘埃寻古渡，弄玉几时还？

行香子·西安城北古韵

治水为民，藉地亲耘。汉京城、帜聚人魂。班司硕笔，霍卫功臣。记平西北，通西域，壮西秦。　　含元正殿，麟德重门。大明宫、万国朝勤。梨园乐舞，李杜诗文。谏舟能载，犹能覆，鉴能循。

满庭芳·西都女韵

火笑幽王，箫传弄玉。半坡尤重红颜。骗诛韩信，吕后试纲权。洒泪昭君出塞，阿娇屋、也是姻缘。回文锦，乌孙大使，万国旷空前。　　峰巅，推武氏；须眉拜伏，鼎盛安然。上官婉儿心，恨化忠全。更有文成嫁藏，薛涛艺、舍己貂蝉。谁常叹？寒窑古井，瘦燕到肥环！

清平乐·临潼古韵

陶兵肃立，翘首烽烟黑。晚照雄哉名相侧，虎视鸿门主客。　　栎阳最记新丰，诗吟折臂苍翁。引得骊山老母，华清又说玄宗。

破阵子·蓝田古韵

李广蹒跚醉步，抬头霸上长亭。欲访猿人寻种玉，雪拥蓝关马不行。华胥梦未成。　　摩诘辋川诗画，文姬娲祖迹茔。水陆庵中儒释道，才子无双一杵情。山因孝顺名。

江月晃重山·长安古韵

太乙天都最近，终南捷径犹通。闻鸡细柳演刀弓。泉声里，香积寺鸣钟。　　常念杜陵叟佬，更怜卖炭苍翁。"桃花依旧笑春风"。松涛下，掩映翠微宫。

离亭燕·鄠邑区古韵

沣镐西周宫殿，秦汉上林花苑。道士至今尊圣地，说是重阳修炼。瀑布在高冠，直似九天河断。　　五律岑参情现，推作杜陵曾愿。雾里草堂钟磬响，谁信梵僧经念？李宪猎归时，巧把人熊一换。

巫山一段云·周至古韵

设苑追秦汉，封宫溯帝坚。长杨榭内虎狼喧，两塔柱云间。　　白老歌长恨，东坡咏玉泉。说经李耳道机玄，俗子问仙缘。

风入松·高陵古韵

崇皇寺里紫云腾，图绘子翔形。文中禹锡书遗爱，李祠碑、三绝殊荣。汉景坟山在望,秦昭弟邑传承。"春风跃马过高陵",泾渭两分明。唐公故宅西平冢,不欺堂、应物诗情。纪孝灰堆文彩,杨家几座官茔?

画堂春·阎良古韵

大秦基业础初成,商鞅变革强嬴。汉皇仪仗孝心诚,万岁原行。　　旭日先贤捧出,余晖鹿苑归迎。沛公兵进栎阳城,"约法三"曾。

平韵念奴娇·汉长安城怀古

渭河南渚,忆巍峨宫宇,西汉京垣。李广班师欢宴处,苏武节持终还。善谑东方,描眉张敞,光禄向歆传。可知刘秀,养驴租出求钱?　　文景之治堪骄,尤藏娇大帝,兵荡楼兰。大宛康居安息使,攘攘来去频繁。太学生徒,丝绸长路,秦赵魏周延。劝农兴国,此根强调千年。

平韵满江红·唐大明宫怀古

玄武门前,抬望眼、龙首莽塬。何曾忘、总章昌盛,大历丰颜?日本群臣朝凤阙,南昭音乐醉含元。更有兵、获准入唐家,真跃然。　　渔阳反,齐帜喧;官频叛,帝尤艰。看蜀山亡命,四面烽烟。草下犹埋天宝瓦,沟中偶见永安砖。李杜诗、每引客来寻,时已迁。

沁园春·古都遗韵

百二关河,万古长安,典籍溢洋。见碑林帝阙,晨钟暮鼓,慈恩荐福,府院朝阳。直路枰宽,街坊矩正,四面高门大堞墙。沿沣镐,有周秦汉魏,周赵隋唐。　　辉煌,古韵悠扬。显吴带当风翰墨场。数含元殿里,曲江池畔,青龙寺内,习武园旁,白鹿塬中,下马陵前,各有如烟故事藏。月登阁,照金花落处,够你猜详。

沁园春·汉中遐想

在国中央,国史成名,尽睹国艰。看丰田万顷,通衢捷便,厂村棋布,线塔摩天。处处楼新,街街店火,今日古城好壮观。何史载,我泱泱大族,借此发端? 当初焚栈蚕迁,肇浩瀚文明一页翻。两千年奋斗,卓然典制;农工科贸,屡振先鞭。广域民安,权归大统,筑就中华矗世间。大风唱,愿神州永盛,更越雄关。

沁园春·咏韩城

一揽黄河,再掖梁山,足踞渭塬。叹鸡鸣两省,文商荟萃;龙门石古,孔庙幽延。太史碑高,魁元学富,救赵程婴至义全。谁知道,那鸿儒宰相,各怎流传? 当然,更重新颜。慨晋陕金城发展连。见桥交路架,华车疾驶;泥汤渐澈,丽景将还。果硕芝川,粮丰禹甸,炭铁花椒皆是钱。宽街上,正春风绿树,得意楹联。

汉宫春·洽川览胜

翠盛青盈,是洽川初夏,色醉游人。无边芦苇隐住,交颈文禽。良田绿厚,树葱茏、两岸传神。呈母性、黄河一展,缓平柔澈深淳。

　　古有关雎歌此,绘春情缱绻,早已多闻。湖光水颜妙韵,秀摄精魂。清泉涌浪,闹荷塘、嫩鸭肥鳞。陶令至、豁然开朗:桃源却在东秦!

汉宫春·咏华清池

渭水骊山,作行宫拱卫,北障南屏。常闻曙光壮美,晚照尤名。弯墙入画,翠红枫、雅阁幽亭。沿曲径、追寻往事,温泉争唱晶莹。

　　寂寞千秋佳话,最贵妃春浴,帝佬轻盈。长歌一传响远,染尽详情。曾双十二,五间厅、将帅峥嵘。游客赞、华清胜境,古今多少诗呈?

张步学

1956年生,陕西省合阳县洽川镇人。西北大学历史系毕业,陕西省作协、中国乡土诗协会员,关雎诗社名誉社长。有作品在全国诗文大赛中获奖。

七绝·桥山夜月

山顶一轮皓月圆,银辉万点入仙泉。
诗心已逐流星去,不解今宵是那年。

七绝·沮水秋风

黄帝乘龙升九阙,黎民思念泪成河。
衣冠宝剑今犹在,万古深情不可磨!

张进义

1929年生,陕西省耀县人,离休干部。中华诗词学会会员,中国杜甫研究会副秘书长,河南诗词学会副会长,《中州诗词》副主编。著有《格律诗词启蒙》《岁寒斋吟稿》等。

五律·游太白山

身藏云雾中,一柱破苍穹。
枫染千秋谷,冰凝万仞峰。
莲花飞素练,栈道架长空。
更有桃源浦,仙凡叹息同。

七绝·浴华清池

幸沐温汤意万端,俨然池雾出阿环。
洗清过客终成土,绿水依依绕碧山。

七绝·谒汉中武侯墓

草没孤坟松柏冷,风摇二桂叶香微。
为谋一统刘家业,屡出祁山魂未归。

七绝·太白山(三首)

其一　世外桃源

茅屋板桥别有天,人称世外小桃源。
溪边掬饮清凉水,始信凡尘有玉泉。

其二　泼墨山

李白漫游贪酒醉,忽将残墨泼云山。
长留绝壁竹千竿,胜似豪吟颂大川。

其三　铜墙铁壁

悬崖峭壁两相立,一线清溪谷底流。
昂首观天如坐井,欲登太白猿也愁。

七律·游骊山

骊峰自古藏天秀,千载温溪泛碧流。
险道华山枫叶染,寒风渭水柳丝柔。
汤泉宫里环迎荔,烽火台前褒笑侯。
莫向行人频问古,秦皇汉武两悠悠。

张远齐

1939年生,晚号云盘居士,安徽省含山县人。1964年合肥师范学院历史系毕业,先后从事中学教育和司法行政工作。中华诗词学会会员,安徽太白楼诗词学会常务理事,宣城敬亭山诗词学会常务副会长,《敬亭山诗词》主编。著有《濡须长短句》及续集。

高阳台·颂黄帝

手植柏沮水流辉,桥山映黛,一株挺拔擎天。遍洒浓阴,根蟠禹域川原。临风披雪经雷电,镂伤痕、苍干斑斑。至如今、几阅沧桑,几度千年? 年年岁岁清明日,惹枝枝叶叶,万种情牵。一脉承传,五洲苗裔思源。春风又拂山河壮,喜中华、锦绣家园。启新航、龙正长吟,凤竞高旋。

张国基(1894—1992)

湖南省益阳市人,曾任北京市文史研究馆副馆长、馆长。

七绝·长安香积寺

唐代高僧名善导,倡开净土佛家宗。
"阿弥陀佛"西天去,日本佛门最敬崇。

七绝·乾陵

男女平权始奠基,梁山李武共埋斯。
莫怀封建成偏见,我看乾陵发此思。

七绝·咸阳博物馆中之汉兵马俑

西汉王侯鬼亦雄，亚夫生死总兵戎。
三千陶俑分骑步，出自杨湾地下宫。

七绝·访茂陵为雨与泥泞所阻

茂陵原是五陵冠，宫殿城垣蔚大观。
陪葬臣亲犹列队，卫金霍李上官连。

七绝·轩辕手植古柏

七人合抱参天柏，传说轩辕亲手栽。
瞻仰树容怀祖德，嗣孙代有栋梁才。

七律·重游临潼

重到临潼忆旧游，华清景物益清幽。
楼台处处花如锦，泉水温温滑似油。
捉蒋亭前悲石隙，贵妃池畔话风流。
万方来客存遗皖，谁劣谁优立劲秋。

七律·长安兴教寺

古寺兴教玄奘祀，译经千卷尚珍藏。
陆行辗转如天竺，飘海孤帆返大唐。
文化交流缘佛法，沟通中外籍慈航。
世人歌颂哥伦布，不识贞观有三藏。

七律·谒轩辕庙

庙貌巍峨极肃然，参天苍柏满庭园。
人文初祖纪元始，经历四千七百年。

有幸远来朝轩圣，鲜花一束献尊前。
虔诚敬告当今世，十亿子孙叠叠绵。

七律·汉武挂甲古柏

叶茂枝荣景色鲜，沧桑已历四千年。
相传汉武曾悬甲，战胜匈奴奏凯旋。
献捷轩辕绳祖武，至今众口尚称贤。
钉痕宛在犹流液，不是灵丹降九天。

鹧鸪天·谒杨虎城烈士墓

一举西安大义张，独裁终使止胞戕。全民团结齐兴武，日寇投降挽颓亡。　　恩怨放，暗枪藏，将军磊落未提防。长存浩气昭明月，高旷陵园永漾芳。

满江红·西安往黄陵道上

千里西安，京华客、几番欢乐。今早起、小施收拾，登车踊跃。领导壮游尊杜若，峰回路转轻烟薄。望原野、正万顷绿波，春风弱。　　铜川路，颇险恶。车晃荡，人神落。过宜君日午，极思排渴。峻岭崇山都越却，黄陵抵达如先约。上旅楼、小憩几钟头，心开阔！

沁园春·秦兵马俑

东出潼关，剿灭诸雄，威震四方。筑长城万里，边围巩固，尽收兵器，黔首严防。广构汤池，一家天下，万世长传称始皇。真如是，在祖龙谋划，分外周详。　　生前如此称强，作雄鬼升天也扩张。在骊山地下，穿城建郭，排兵马阵，赫赫刀枪。惊动寰球，威风陶俑，万马千军列大行。今发现，仅全城一角，世已无双。

张学志

云南省大理白族自治州卫生局干部,州诗词楹联学会副会长。

五绝·登西安大雁塔

攀登临绝顶,大雁展高空。
帝业今安在?关山依旧雄。

七绝·参观西安卫星测控中心

万里云空一线牵,卫星览胜喜空前。
迷离扑朔销魂处,无限风光在九天。

七绝·游华清池

不惜江山宠艳装,大唐天子太荒唐。
联翩浮想华清苑,无奈杨妃作罪羊。

张学理

1924年生,字席珍,湖南省永州市人。毕业于浙江大学,曾任中学校长、杭州市副市长、市统战部长、市政协副主席等职。中华诗词学会理事、浙江诗词学会副会长、杭州老干部诗词协会会长。著有《蹄痕吟集》。

浣溪沙·黄帝陵

万里滔滔水有源,悠悠开国记轩辕,绵绵屈指五千年。　　雨暴风狂慷以慨,鹰瞵虎攫缺仍完,陵前共祭月重圆。

清平乐·出席西安古文化艺术节开幕式

震天号鼓,猎猎唐旗舞。都道长安新又古,倾倒万千宾旅。　　睡狮醒跃如狂,神龙破壁腾骧。秦俑不甘寂寞,军威勇武登场。

渔家傲·西安古文化艺术节闭幕临别赠言

久慕关中形胜地,城楼依旧横天际。汉武秦皇都往矣。夸后继,壮怀巧把秦川绘。　　秦岭深山遥映翠,黄河粗犷西湖魅。崛起昆仑齐把袂。泾与渭,梦魂常绕情常系。

菩萨蛮·访延安

山城永葆英雄色,英雄儿女长留迹。窑洞沐春风,丹心旗映红。　　塔山燃火炬,万里传将去。黑夜启明星,枣园窑洞灯。

菩萨蛮·兵谏亭吊古

松花江上悲歌咽,故乡父老音尘绝。倭寇更猖狂,中枢安内忙。　　将军挥剑起,改写当年史。千古吊斯人,英雄泪满巾。

点绛唇·杨家岭领袖故居

风貌依稀,故居散落杨家岭。昔年情景,共把乾坤定。　　风雨无情,雾锁千山暝。苔封径,壁间留影,有恨何人省?

霜天晓角·黄帝手植柏

陵前古柏,人道轩辕植。千载海田更易,风雨过、巍然立。　　春风无限力,依然苍翠色。今看干枝繁茂,迎旭日、千山碧。

虞美人·秦兵马俑

地宫广袤三千丈,兵马声威壮。铁车滚滚正登场,依约杀声茫野战尘扬。　　秦皇泉下应含笑,多少游人到!辉煌杰作仰先生,激励炎黄挥笔谱新声。

虞美人·游华清池

华清池上泉如镜,曾照芳姿影。红尘一骑见前冈,赢得回眸娇笑媚君王。　　马嵬坡畔三军驻,魂向蓬莱去,仙山何似在人间,一曲长歌传唱恨绵绵。

好事近·游壶口瀑布

何处滚来惊雷?怒啸摄人心魄。谁把玉壶倾倒?泻黄流千尺。冲天水柱绕云烟,磅礴万钧力。惊叹鬼神功力,铸世间奇迹。

张宗明

1940年生,字德轩,笔名晓日,号太白楼主人,四川省巴山市太白山人。中共党员,青年投笔从戎,1965年转业到黔南州工商等部门工作。系中华诗词学会、中国毛泽东诗词研究会及贵州省诗词学会会员。出版有诗词选《人生旅途的赞歌》《时代心声》。

七律·黄河

九曲黄河万古流,人间苦乐荡悠悠。
巴颜幽谷开怀唱,壶口波涛使鬼愁。
情洒苍茫施厚德,气吞大地系亡忧。
诗仙触景长歌赋,天上水来无尽头。

七律·秦始皇陵

始皇大冢耀千秋,全是人民血汗修。
历代帝王施暴虐,古今黎庶恨贪赇。
兴亡重在人心得,胜负全凭策略筹。
纵是英雄豪杰者,风云变幻亦长愁。

七律·游骊山兵谏亭

骊山哭泣吊张杨,兵谏西安史迹煌。
兵谏唯求民族起,抗倭共救国家亡。
不仁失道千秋臭,足智多谋万代扬。
石穴藏身留笑柄,别钻此洞再荒唐。

七律·桥山览胜

辟地开天意志坚,轩辕始帝负辛艰。
桥山有幸埋忠骨,沮水无涯浇宇寰。
代代安邦怀远祖,年年扫墓缅先贤。
参天古柏呈龙气,誓补金瓯月缺圆。

念奴娇·敬谒黄帝陵和苏轼《赤壁怀古》韵

拨云吞雾,制天怒、看我神州人物。辟地开天,黄帝铸!凝聚仁人垒壁,创建中华,惊天动地,踏破千秋雪。乾坤旋转,系吾华夏英杰。　　从那时至今朝,盼来红日出,人才雄发。搏击寰球,遨宇宙、牛鬼蛇神消灭。敬谒黄陵,年年思我祖,捋梳须发。台澎何返?再祈天上明月。

张定平

1931年生，字勤耕，湖北省武汉市新洲区人，原任水产局、棉纺厂领导，主管行政和财经，1992年退休。东坡赤壁诗社社员，广西诗词学会会员。作品有780多首散见在全国40多家诗词刊物上。

五律·南泥湾

久慕南泥湾，开心实地看。
原来开垦处，现在变粮川。
花果呈诗画，城乡创乐园。
人歌风物美，陕北赛江南。

七绝·西安大雁塔

千年雁塔历沧桑，见证历朝兴与亡。
昂首西安昌事业，古城内外遍辉煌。

七绝·过泾渭有感

车过泾河又渭河，两河水异历蹉跎。
牵情世事分清浊，引吭高歌感慨多。

七绝·陕北行吟（四首）

其一　题黄河壶口瀑布

飞来巨瀑势难收，咬住壶吞揽上流。
不尽浪花奇妙景，游人赏景放歌喉。

其二　登延安宝塔

巍巍宝塔势朝东，屹立高山战雨风。
岁月艰难亲历过，而今夕照更从容。

其三　访延安窑洞

延安窑洞铸精神，意系人民主义真。
领袖指挥胸有竹，终于取胜定乾坤。

其四　谒黄帝陵

问祖寻根谒帝陵，虔诚香火祭英灵。
中华民族文明史，同脉炎黄赤子情。

七绝·参观秦兵马俑（二首）

其一

揭示秦坑千古迷，坑中宝物寓珍奇。
剑刀兵马庄严阵，更显秦皇威武仪。

其二

一二三坑览若惊，索源回味古文明。
概为四字名天外，^①绝妙奇观动客情。

注释

①四字：大、多、精、美。

七律·华清池

慕名游览古皇园，壮丽风光感万千。
胜迹星罗山水里，楼台棋布树花间。
九龙湖色陶人醉，五处池汤悦眼前。
歌舞升平非古曲，频随岁月越千年。

张宜武

1937年生，字湘剑，笔名起飞，号自陶斋主，湖南省祁阳县人，客寓江西省上犹县。退休干部，中华诗词学会会员，中华诗词文化研究所研究员，陕西电大词学室研究员。编著有《中华当代咏物诗词选》等，合著有《清河帆影》、专著有《自陶吟稿》等。

五律·轩辕颂

公孙氏住丘，人地共名留。
涿鹿惩凶寇，阪泉儆效尤。
纵横居首领，内外重诸侯。
始奠乾坤业，开基固九州。

七绝·观秦兵马俑

崩驾始皇心胆怯，调兵带马护相随。
而今出土巡回展，喻警时人好自为。

七绝·杨贵妃墓

玉冢衣冠秀大荒，巍巍石像纪沧桑。
倾城倾国长遗恨，觅胜频频叹大唐。

七律·题赞郡望肇基于陕之部分姓氏始祖（十首）

其一 宋姓始祖微子启①

庶兄谏纣事徒然，朝政衰颓终丧权。
绑束自身诚服罪，跪求新主保遗烟。
忠心归顺周公悦，封地唯因启子贤。
立国商丘名曰宋，仁慈治理裔长延。

其二　杜姓始祖杜伯[2]

风流盖世大夫仪，招引红颜羡煞姿。
君子情钟怀磊落，女鸠欲引婉推辞。
诬言告状宣王信，悲愤凌迟遗愿垂。
三载冤魂猎中现，受惊帝座病无医。

其三　段姓始祖段叔[3]

兄弟疏和责在慈，纵容段叔幼年时。
专横跋扈缘偏爱，老实忠诚怎可欺。
封爵京城明买马，妒王歹意暗兴师。
阴谋败露人逃共，教训长留引戒思。

其四　康姓始祖康叔[4]

身与武王同母生，由康转卫建都城。
殷民七族泯仇恨，执政一方赢赞声。
司寇临朝凭实力，周公委任近民情。
死封谥号彰功绩，安乐为怀氏入铭。

其五　雷姓始祖雷公[5]

先辈权谋天下穰，司农业绩汗青彰。
躬身察瘼思黎庶，垒舍修墙御野狼。
封位谦辞深隐德，蚩尤兴乱力扶黄。
风波平定功垂后，受赐方山日炽昌。

其六　万姓始祖毕万[6]

毕国沦亡变庶人，东山再起觅良辰。
投奔晋主当强将，奋战沙场勇献身。
一域拓疆周际靖，七雄称霸凯歌频。
论功封魏名扬远，足智多谋鹄志伸。

其七　马姓始祖赵奢⑦

征管农田税赋人，横蛮无惧抖精神。
平原君荐赵王用，国库财盈黎庶尊。
霸道秦军骁勇烈，领兵奢将计谋真。
援韩出战功勋立，马服荣封世代循。

其八　唐姓始祖帝尧⑧

自古炎黄并舜尧，圣明天子与时骄。
尧行教化人心善，帝尚农耕物阜饶。
继位立朝朝继地，当年封地地当朝。
唐尧盛世毕生创，无怪昆贤引自豪！

其九　管姓始祖叔鲜⑨

武王灭纣建周廷，受宠叔鲜封管城。
本督武庚诚服罪，却同僚属订谋盟。
一生失算于三监，三叔领衔难一清。
甘献头颅诚忏悔，儿孙易姓辟新程。

其十　苏姓始祖苏忿生⑩

忿对奸邪怒气生，心怀社稷保安宁。
绸缪未雨重防范，法纪森严施厉惩。
断案公平无怨语，抚民慈善有夸声。
扶风遗范扶风正，世代犹存祖节诚。

注释

①微子启，商纣庶兄，宋国开国之君。郡望京兆（今西安市）。
②杜伯，杜国国君，名桓，周宣王贤臣。郡望京兆（今西安市）。
③段叔，郑武公次子，其兄寤生为太子。郡望京兆（今西安市）。
④康叔，周文王庶子，封康（今河南禹州西北），称康叔，改封卫，又称卫康叔。郡望京兆（今西安市）。
⑤雷公，字天震，炎帝神农氏8世孙榆冈长子，功封方山，为方姓始祖，亦有儿孙以名为氏，又为雷姓始祖，故曰方雷氏。雷姓郡望冯翊（今大荔一带）。

⑥毕万，毕公高之后代，晋国大夫，后人姓万，郡望扶风。
⑦平原君，赵国贵族。马服，今河北邯郸西北一带，赵奢获封后，尊为马服君。郡望扶风。
⑧相传帝尧当天子之前，先被封为唐（今山西翼城县西）侯，即帝位后立国为唐，史称唐尧。郡望晋阳（今陕西石泉县）。
⑨叔鲜，周文王第3子，本姓姬。"三监"指武庚、管叔、蔡叔。"三叔"本指管叔、蔡叔、霍叔，本处单指管叔，因他排行第三。郡望晋阳（今陕西石泉县）。
⑩苏忿生，昆吾氏后裔，周武王司寇。郡望武功。

忆江南·贺陕西电大词学室成立

春讯到，《灞柳》绽新芽①。雨润茎枝生气盛，风摇干影缀池嘉。秋絮漫天涯。

注释

①《灞柳》为《陕西电大报》副刊名。

张采庵

广东省广州荔苑诗社成员。

七绝·秦始皇陵

踏上高陵望八边，关中厚地戴新天。
笑他脚下秦皇帝，长夜昏昏计万年。

七绝·秦兵马俑

秦俑森罗十数坑，枭张狼跋阵纵横。
荆高已死儒生尽，地下何烦更列兵。

七绝·华清宫五间厅西安事变遗迹

烽火骊山事渺然，记从往史揭新篇。
将军夜半行兵谏，遗址斑斑在眼前。

张金立

1935年生，字伯符，原籍江苏省泗阳县，寓居上海。从事中小学及成人教育工作40年。1995年9月退休。现为陕西省老年诗词学会常务副会长兼秘书长、《秦风》诗刊编委。作品散见于《西安晚报》《华夏吟友》等数十家报刊、诗集、典籍。

五律·西安大雁塔步日中友好汉诗协会西村日出凡先生韵

登上慈恩寺，白云浮足边。
三秦归眼底，四极袅林烟。
岁岁经风雨，时时有佛缘。
心香勤奉献，永远蠢苍天。

五律·太华览胜（二首）

其一

伟岸雄姿展，川原一望收。
阴阳循造化，昏晓定行休。
表里山河壮，高低涧壑幽。
林泉悬古道，曲直尽风流。

其二

夏夜宿青坪，闲听涧水泠。

庭灯明曲径，峡谷闪流萤。
殿拜仙君像，心铭道德经。
手伸难见指，目仰满天星。

七绝·甲子夏携溪流文学社师生草堂寺采风

骄阳似火绿荫凉，日照圭峰映草堂。
不见逍遥双桧貌，井中烟雾绕诗肠。

七绝·辛未夏瞻司马太史祠

旷世英才义利明，高山仰止逆天行。
流芳玺笔千秋业，笃信汗青终古情。

七绝·已卯冬题楼观台

岁月悠悠说此台，真经道德育玄才。
林泉幽谷抒清韵，墨客骚人争剪裁。

七律·读《秦风》《陕西诗词》

文赋肥时瘦写诗，灵泉腾涌霎成芝。
词珠结彩连佳句，笔颖生辉纵逸姿。
子美骚坛羞见客，退之鲁殿愧称师。
江山代有才人出，叱咤云天看此时。

七律·庆陕西省文史研究馆建馆五十周年（二首）

其一

秦中自古荟高贤，心系九州师大千。
笔墨春秋盈四海，篇章坟典颂尧天。
人文辩证谈风雨，日月轮回议苦甜。
盛世冯唐情不老，停云妙论史无前。

其二

文史精英集古城,曲江流彩热潮生。
行云笔篆灵泉涌,掷地清音玉宇澄。
舞剑藏锋风骨焕,敷黄染紫鸟花腾。
心声坦荡呈蛟凤,一体京疆相喜逢。

七律·华山览胜(二首)

其一

西岳犹如出水莲,巉岩直上九重天。
抬头红日胸前照,转脸白云腰下缠。
秦岭南依千峡秀,黄河北润万山妍。
雁峰顶览乾坤小,把酒临风成半仙①。

其二

苍龙岭上胆肝悬,两侧深幽万丈渊。
韩愈投书悲失路,张杨铸索助登巅②。
升阶级级身心险,俯首层层天地旋。
抖擞精神安步迈,金关锁口笑声连。

注释

① 半仙:俗谚有"上得华山成半仙"之说。
② 张杨:即张学良、杨虎城。

张绍诚

1935年生，四川成都人。成都教育学院副教授。四川省文史研究馆馆员，四川省楹联学会副会长，中国楹联学会顾问，《四川对联集成》和《天府联苑》副主编。主编有《成都名胜楹联》，著有《巴蜀趣联解读》等。

七绝·参加长安雅集感怀

雅集曲江共举觞，熏风时送奏笙簧。
诗书有味耐涵泳，掷地金声继盛唐。

张京文

1968年生，女，西安变压器厂工人。西安市雁塔诗词学会会员，西安市西电公司诗社社员。

一剪梅·华清宫

紫霭烽烟染画屏。百代齐鸣，岁月峥嵘。骊山脚下动心声，人醉瑶天，酒荡诗成。　　留恋霞光夕照明。风月交融，泉水叮咚。半姿仙韵在骊宫，感叹汤泉，无限温情。

张养吾(1905—1995)

又名张培芳,陕西省西乡县沙河镇三河村人,中共党员。长期致力于少数民族高等教育和科学研究工作,原中央民族学院副院长中央民族学院顾问。

五绝·怀乡

春到西乡邑,寒梅留几枝。
梦中访稚友,犹是少年时。

七绝·鸡头关看日出[1]

烟云弥漫褒河东,学习归来抱负宏。
独立鸡头看日出,前程远大待开通。

注释

[1] 鸡头关:在陕西汉中西北褒城镇北,关口有大石状如鸡头,故名。

七绝·赞汉中书画展

汉中艺术献京城,书画琳琅气纵横。
继往开来多俊彦,百花齐放颂升平。

七绝·金色童年

牧马河流源远长[1],濯缨濯足胜沧浪。
柳荫树下捉螃蟹,金色童年入梦床。

注释

[1] 牧马河:源于城固,经西乡流入汉江。

张勃兴

1930年生,河北省霸州市人,中共党员。曾就读于北平市立高级商科学校和华北大学,高级经济师。先后担任陕西省石油化工局副局长、党组副书记,中共陕西省委组织部副部长、部长,陕西省人民政府副省长、省长,中共陕西省委书记,陕西省人大常委会主任,中共十三届、十四届中央委员,全国政协第九届常委。著有《荏苒录》(诗集三卷)和《荏苒集》(文集)等。

五律·再登西岳

莲花峰峻峭,结伴复登临。
雨霁芳菲艳,鹰旋松柏欣。
苍茫云恋影,缥缈水如银。
夕彩含羞去,烟岚醉煞人。

七绝·赞尧头陶瓷

汉始唐兴后代昌,粗中寓巧显强光。
刻花剔划浑朴态,传世瑰瓷待示彰。

七律·大荔清代墓群

马圉鹿园渭水滨,昌荣商贾起钩沉。
精雕艺殿别贫庶,丽砌华堂伴故人。
远近山花形各态,参差草木鸟鸣吟。
八鱼乡畔观清墓①,惊叹当年富贵门。

注释

①大荔县八鱼乡:古代为皇家牧马育鹿之地,今发现清代李姓豪门墓群,经部分发掘,地下小院落的精美石雕,引来不少参观者。

七律·玉华风光①

山花点点草青青,谡谡长松傲险峰。
列嶂重峦溪水伴,岚光拥翠雾云生。
今朝百姓游览地,昔日王侯避暑庭。
待到寒风掀凛冽,群情激荡赏冰灯。

注释

①玉华:指铜川市唐朝玉华宫遗址,今为旅游胜地。

七律·在秦岭中行进

辞别长安赴镇安,茫茫秦岭锁青山。
桥梁隧道结银练,钢铁游龙穿石间。
雾薄群峰飞水笑,层峦叠嶂柱林繁。
通途将士开新野,不复诗仙蜀道难。

七律·芙蓉园①

沧桑巨变绽奇葩,唐汉遗园重丽华。
叠榭层盈依柳畔,瑶轩绮构绕波涯。
诗魂塑峡藏风韵,水幕激光竞彩霞。
焰火腾空绽影远,上林妆点近时花。

注释

①大唐芙蓉园在秦汉时期属皇家猎苑,名上林苑,隋代称芙蓉园,唐代名曲江池。如今的大唐芙蓉园,气势雄浑。"诗魂"和"诗峡"两景观,有许多当代著名书法家书写的唐诗,还有唐代一些大诗人各俱神态的雕像,造型惟妙惟肖。园内楼台亭阁,雕栏玉砌,景观十分壮丽。

怨回纥·西安西大街

溢彩添新貌，明清现代融。精雕施技巧，商贾贯西东。　　天下朋来悦，同游古雅风。琼楼连广宇，灯火势恢宏。

法驾导引·碑林顺城巷

观新路，观新路，全是古风图。石路古房多彩绘，沿街林立墨丹屋，佳景现西都。

忆江南·秦川好

秦川好，田沃景犹姣。地润群芳无限艳，看来河柳伴妖桃。能不动诗骚？

张厚川

1928年生，湖北省武汉市人。毕业于西北工学院，曾任西北建筑工程学院建筑系主任、教授。曾获全国优秀教师称号，享受国务院特殊津贴。

七律·参观眉县斜峪关石头河大坝工地

万千兵马战斜关，疑是军师复出山。
峰雪皑皑浮影际，石盘滚滚出河间。
蛟龙俯首甘听遣，壮士扬眉何畏艰。
百米坝头今伫立，笑看春水遍人寰。

张恒相

1941年生,山东省济南市历城区人。1966年山东大学中文系毕业。历任济南历城一中校长、书记,历城区教委党委副书记。兼任区文史委员会委员,济南市稼轩诗社副社长,《历城诗刊》主编,中国古代文学研究会诗词创作委员会委员,全国思想政治工作学科专业委员会研究员。作品、小传入编《中国当代诗词艺术家大辞典》等。参与编写《历城名胜古迹》《历城名人》等。

五绝·登秦始皇陵

登到秦陵顶,风云满目升。
灭亡六国后,封建众朝兴。

七绝·游华清池偶感

池清不见丽人影,唯有骊山恋旧情。
乘鹤贵妃何处去,后庭花曲让谁听?

七绝·谒乾陵

女皇当数武家女,朝政亲临盛世年。
无字碑前读历史,是非功过任人谈。

张春启

1925年生，陕西省西安市灞桥区人，从事教育工作。历任小学校长、中学教育主任。系陕西省诗词学会会员、陕西省老年诗词学会理事。诗词作品发表于《华夏吟友》《陕西老年报》等百余种书报典籍，著有《陋园诗选》。

五律·半坡母系氏族（二首）

其一　居室

先民古貌村，聚户乐晨昏。
断木围墙柱，和泥涂顶门。
挖沟防敌袭，掘窖储粮存。
墓葬傍居侧，虔诚敬鬼魂。

其二　遐思

偶借生花笔，轻狂欲赋诗。
情牵元始史，缘考半坡期。
智谒三皇外，神驰远古时。
仙山云缥缈，拜问伏羲师！

七律·陕西吟草（八首）

其一　兵谏亭

掠地攻城日寇狂，哀鸿遍野事逃亡。
将军有愿收沦土，统帅无情闹阋墙。
驻跸华清池水暖，丧魂岩隙夜风凉。
此亭今日题兵谏，千古丰碑记义郎。

其二　鸿门宴遗址

力拔山兮盖世雄，八千子弟起江东。
破秦钜鹿声威振，纵火阿房霸业空。

帷帐无心留亚父，鸿门有意容沛公。
别姬一曲千秋恨，临剑何须怨上穹！

其三　灞上

刘季当年入武关，关河百二化烟寒。
三章约法咸阳退，四百业基京兆安。
起舞大风思猛士，忍烹功犬固江山。
回看脚下薄姬冢，曾育汉家一代贤。

其四　张良庙

庙祠香火盛春秋，竹树葱茏绕殿周。
韩信功高廷血注，留侯智大赤松游。
狗烹兔死余臣恨，鸟尽弓藏解主忧。
佐越灭吴文种戮，五湖烟水范公优。

其五　拜将坛

落魄淮阴乞食微，登台拜将喜腾飞。
兴刘灭项奇功著，拥胄王齐四野肥。
鸟尽弓藏前有鉴，权高震主后安归？
临刑始悔蒯通谏，应使英雄痛泪挥！

其六　五丈原

茅庐未出定三分，夺取西川智绝伦。
失去荆州丧上将，败归白帝损精军。
七擒有策安南境，六出无功累蜀民。
汉祚明知难一统，徒劳两表进昏君。

其七　马嵬驿

渔阳鼙鼓动关河，惊散霓裳舞翠娥。
千骑仓皇西驿道，六军怨怒马嵬坡。
美人笑敛香魂断，难帝声柔酸泪沱。
董笔谁持书艳史，千秋绝唱恨长歌。

其八　庆祝西安解放五十周年

五十周年庆仪隆，金光大道岁峥嵘。
高尖科技开新宇，巨厦商潮拥古城。
改地翻天歌巨变，营巢引凤创繁荣。
明师绘就宏图卷，千万市民绣锦屏。

七律·半坡母系氏族（三首）

其一　生产

上古文明起半坡，高原作背面临河。
打磨石器从渔猎，烧制陶缸储粟禾。
煮食房中遗釜灶，网鱼展室见钩梭。
欲知远祖真风貌，文物斯方出土多。

其二　盛会

晨曦引我半坡行，蝉韵荷风拂面迎。
缱绻吟坛开老眼，嘤鸣盛会赋新声。
鹓雏老凤生花笔，云锦天章赤子情。
李杜魂归应感慰，三秦诗苑集群英。

其三　展馆

村居览罢漫沉吟，构筑相昭见古今。
广厦宏厅观陋址，长廊大室展遗琳。
仰韶文化昭先世，万件珍藏动客心。
聊步诸贤高雅韵，赋成新句涤尘襟。

卜算子·半坡母系氏族先民

聪慧赞先民，择地山川半。猎兽拿禽上鹿原，　取水临河岸。史古越千年，古迹源流远。典型村居供讨研，期作仰韶断。

清平乐·半坡母系氏族科技

祖初人母,主族多长久?已有一双灵巧手,彩绘面人陶缶。 春风浐岸歌声,弘扬远古文明。配套齐全蒸甑,底尖汲水衡瓶。

醉花阴·半坡母系氏族妇女

实物证论归母系,妇女中心位。经济主当家,生产同劳,财富均分配。 饰雕磨制多精细,兽骨头笄美。珠贝挂胸腰,歌舞婆娑,陶埙和鸣佩。

生查子·半坡母系氏族文字

古人无姓名,何者为之氏?人面饰双鱼,可作图腾意? 廿余符号中,应视初文字。科学算今昌,基肇斯时起。

谒金门·半坡母系氏族进化

半坡族,头脑日趋成熟。猎兽弯弓遥射速,倒拉渔网独。 农业定居种粟,孔斧精磨餐粥。针眼穿筋缝制服,睡窝棚幸福。

苏幕遮·半坡母系氏族联谊

半坡村,诗盛会。旧友新朋,百侣欣联谊。鱼戏红莲莺柳翠。远古风情,阵阵吹声脆。 有蓬莱,仙客贵。大雅雍容,风趣传真谛。古律新声吟韵美。起舞婆娑,携手行歌醉。

张济亚

1932年生,陕西省西安市长安区东大村人。1952年到新疆维吾尔自治区伊宁市人民政府工作,1992年退休。陕西、新疆诗词学会会员。

七绝·忆终南山下春雨

春雨催春断复连,绿肥红醉稻秧鲜。
村头小巷人喧闹,老少披蓑下水田。

七绝·草堂寺

草堂烟雾古驰名,玉塔井烟修竹坪。
罗什讲台空胜迹,佛经黄卷史今评。

七绝·圭峰山下

圭峰口下栗花开,十里清香扑面来。
晨起人歌劳动去,蝶迎归路夕阳怀。

七律·大雁塔登览

摩天屹立历秋春,千载浮屠世仰珍。
译注佛经丰史籍,题名进士化烟尘。
霞光云影檐前幻,汉月秦关足下真。
百二河山关陕地,塔楼遥望感时新。

七律·长安

长安古地史留名,龙脉相承事迹明。
帝业宏图扬玉宇,津关要地缚天兵。
文明赓绪开新境,胜景张扬鉴古情。
阡陌炊烟陈福寿,春妍岁月大气横。

七律·关中

秦岭龙盘荫丽川，古都建地有千年。
东衔齐晋中原定，西扼天山陇蜀安。
一统中华嬴政制，两番盛世汉唐天。
关中景象今愈秀，享有升平万载传。

七律·乾陵

女皇一世誉春秋，死后陵园令仰眸。
政继贞观功著史，咸亨之后业宏猷。
惠民莫说须眉是，从政焉轻妇女尤。
无字一碑明智甚，后人凭吊也低头。

七律·太平峪口展望

终南郁秀惠平川，沃野千里绿稻田。
三水长流滋垄亩，二途通畅达村边。
扶农车架开新境，科技航帆改旧廛。
时代征程留印迹，太平人乐太平年。

七律·长安区东大村

山水田园画卷开，新时光景另安排。
耕耘收谷翁婆事，上市勤工少壮差。
歌舞霓灯晚娱景，育儿院所别娘怀。
时风新俗洋村寨，但惜良田勿剪裁。

七律·高冠河畔

冠河秀水久难忘，千里归来喜览详。
绿柳滩头植树旺，清流河道取沙忙。

时光续写沧桑变，人际助推时代强。
漫步忆回多少事，胸怀伤感总难忘。

张胜先

1933年生，湖北省蕲春县人。1950年参加工作，中共党员。原任中共黄石市委副秘书长，市总工会副主席，高级政工师。中华诗词学会会员，湖北省诗词学会常务理事，黄石西塞山诗社副社长。主编有《黄石古今诗萃》《黄石对联集成》，著有《逸兴集》《三人行——逸然斋诗选》。

七绝·西安钟鼓楼

街心遥峙两高楼，数百年来耸客眸。
暮鼓晨钟成往事，袖中各自有春秋。

七律·大雁塔寄语中国留学生

雁塔曾将贝叶藏，千秋盛誉赞玄奘。
不辞艰险游天竺，竟取真经返大唐。
留学只缘图利国，求知端合作腾骧。
诸君勿被香风醉，莫把他邦当故乡。

七律·西安碑林

历代名碑集作林，馆藏石刻丽辉新。
茫茫墨海珠光灿，座座书山宝品珍。
秦汉字工苍且劲，宋唐笔法峻而神。
楷行篆隶飞狂草，一苑琼花媚古今。

七律·华清池

一脉温泉万古流，华清池水总悠悠。
杨妃赐浴专新宠，胡子乘机动乱谋。
七夕无缘长怨恨，六军有剑快恩仇。
千秋功罪兴亡事，尽被骊山晚照收。

张荣泉

1940年生，笔名张澈，1963年毕业于浙江师范大学中国语言文学系，副教授。曾任浙江艺术学校副校长，浙江省中专教育研究会常务理事。现为浙江艺术职业学院教学督导，浙江钱江画院画师。诗文书画作品多有发表、获奖或馆藏。参与编纂《艺术概论》《群众文化学理论基础》等，任副主编。

七绝·西岳华山

今扳华山一径中①，苍龙岭脊叹微风。
谁云鹞子翻身后，落雁峰头气自松。

注释

①扳：徐霞客写登险峰好用"扳"字。扳即攀，但更具有征服的意思。苍龙岭、鹞子翻身、落雁峰：俱为华山险峰、险景名。

张预立

1930年生,江苏省泗阳县人。曾从事部队文化工作3年,任安徽省来安县中、小学教师30余年,1984年退休。长白山诗社社员、秦风诗词学会会员。偶有诗作发表于《长白山诗词》《秦风》等诗词刊物。

七绝·西安行吟(五首)

其一

平生未作三秦客,古道初行百感生。
昔日兵戎烽火地,迎来送往丽人行。

其二

无字碑前论女皇,后人功过是非扬。
而今白骨难圆梦,只是昙花戏一场。

其三

净土曾闻选佛场,慈恩塔下渡慈航。
虚夸唐李传千古,难比平公万世芳。

其四

厂矿星罗八水旁,校园棋布古咸阳。
秦嬴若睹今风采,也赞高楼代画梁。

其五

慕名瞻仰古碑盈,满目琳琅尽典经。
仅记前贤碑一句,恨无功德报朝廷。

七律·黄河颂

滚滚黄河万里长,几弯几曲汇汪洋。

清流荡垢前朝恨，巨浪除污后世昌。
水库琼浆滋沃野，机车铁镳骋偏乡。
当今举国开西土，历史雄文又一章。

张继鹏

1941年生，江苏省新沂市人。原任新沂县委常委、宣传部副部长兼新沂市报总编辑，高级政工师。1986年创建县文联，1991年创办新沂市报。中华诗词学会、江苏作协会员，省诗协理事，徐州市诗协副会长。《钟吾诗词》主编。编著有《大鹏诗集》《红草屋》等。

七律·秦岭

秦岭桃园数岭峰，瑶池仙境乐无穷。
山前花漫观青海，谷后泉鸣听晓钟。
石骨峥嵘天外耸，劲松葱翠壁悬空。
游人心醉忘思返，草木通灵情更浓。

张朝玉

1936年生，湖南省新晃侗族自治县政协联谊委员会原主任。中华诗词学会、中国老年书画研究会会员，龙溪诗社副社长，《龙溪诗词》《龙溪诗讯》编辑。著有《龙溪吟草》。

七绝·首旅长安

明时圆梦到长安，千载都城纵目观。

胜迹犹光华夏土，游人沉醉竟忘餐。

西江月·参观秦始皇陵

统一诸侯六国，首称皇帝秦王。筑城修道定新章，郡县中央政畅。兴建陵园雄伟，塑成秦俑神光。雕梁画栋耀辉煌，更显神州伟壮。

张琨明

生平阙略。

七绝·游草堂寺有感

古寺河边浴老僧，袈裟弄墨舞长空。
尖山系作七星彩，客在烟云画意中。

七律·圭峰夜月

光照圭峰起韵烟，插天利剑气凝寒。
珠帘倒挂山峦景，古塔拨弹水面弦。
锁径杂花无意醒，浮云抱月有心眠。
回身隐步别相扰，境界依依夜未阑。

长安新咏（下）

主　编　武复兴

副主编　张君宽　任学启

西北大学出版社

张福安

1932年生，辽宁省盖州市人。长期戎马生涯，后转业到水电建设单位做思想政治工作。离休后，在省老年大学中国传统诗词研究班就读。系中华、中国电力、陕西省诗词学会会员，陕西电力诗词学会副会长、陕西老年诗词学会常务副会长。

五律·游太白山森林公园

太白星辰近，重峦不见边。
腾云游玉宇，驾雾拜天仙。
路曲银蛇舞，林深碧浪翩。
古稀吟客旅，趣味独盎然。

五律·武则天敕赐荐福寺一千三百二十周年

帝去祸萧墙，则天谋李唐。
用兵除异己，敕匾计安邦。
治国有方略，树碑无字章。
经年林苑改，遗笔沐春光。

七绝·荐福寺唐槐

栉风沐雨越千年，尝尽人间苦与甜。
老树新枝迎盛世，无私无畏对蓝天。

七绝·游乾陵感赋

武媚称雄惹事端，舌枪唇战越千年。
历朝皇帝从头算，几个须眉胜则天？

七绝·黄河壶口瀑布

奔腾咆哮不知疲，千丈飞珠化彩霓。
划破青山东海去，气吞万里荡污泥。

七律·重游荐福寺

故地重来两鬓斑，身轻熟路翠微间。
僧楼梵宇蓬莱境，金匾佛门黎庶天。
钟沐朝晖传美韵，塔留影剑壮长安。
风云起处寻幽静，心旷神怡兴未阑。

七律·游法门寺感赋

古刹新姿气势宏，浮屠似剑入云空。
高僧灵骨惊寰宇，稀世珍奇叹鬼工。
崇佛宪宗迷舍利，尊儒韩愈逐皇宫。
千秋梵寺招禅客，香彻九天驱害虫。

七律·谒长安杜公祠

细雨重阳赴少陵，黄花古寺系幽情。
仕途失意一生憾，诗史流芳百世铭。
前辈高歌酬雅韵，后生齐唱颂升平。
扶桑鼎力施甘露，乡里倾心扬圣名。

七律·谒凤翔东湖苏轼祠

初登官场气如虹，艺苑纵横韵亦雄。
喜雨亭文情似海，凌虚台记理无穷。
碑林墨泼惊人笔，湖水天来济世功。
一代贤良千古颂，清幽小院仰高风。

七律·谒司马迁祠墓

拾级奇峰谒墓祠,五松盘冢罩钟灵。
学通经典知先训,游历神州察世情。
书谏风波坚宿志,文含珠玉掷金声。
遗篇织锦冠青史,光照千秋中外名。

七律·华清池感赋

神州千载沐华清,一脉温汤无限情。
日照骊山留倩影,风吹池水荡青萍。
难忘国共圆初梦,却为张杨鸣不平。
史记贵妃贻国事,是非曲直任人评。

七律·延安感赋

三十三年旧地游,穷乡僻壤起高楼。
气输京邑千程路,果满枝头一片秋。
窑洞光辉昭后代,古城雄伟展新猷。
布衣领袖人民爱,历史功名耀五洲。

七律·纪念西安事变六十五周年

半壁河山舍敌轻,攘安拙策不堪评。
丹心不染同胞血,壮志常怀故土情。
兵谏骊山功赫赫,身居囹圄骨铮铮。
张杨伟绩彪青史,抗战功成第一声。

七律·谒黄帝陵

黄陵古柏气森严,天上风光近眼前。
万里归心逢盛世,五洲赤子谒轩辕。

群才百笔书珠合，两岸"三通"促璧联。
崛起中华期一统，一家两岸拜桥山。

七律·游骊山老母殿

骊山圣殿翠微巅，玉宇琼楼别有天。
抟土造人称始祖，补天济世保平安。
女娲神话流芳远，民众虔诚薪火传。
母氏当权鸣凤曲，今逢盛世动秦关。

李 云

1924年生，笔名李雪、李碧峰，广西壮族自治区平南县人，退休干部。学生时曾任《六峰报》主编，现为广西玉林晚霞诗社理事，《晚霞》《万花楼》诗刊编委，广西诗词学会会员。

七绝·西安碑林

历代名家工笔收，龙飞凤舞竞风流。
篆楷行草真经汇，碑国文明誉五洲。

七绝·乾陵无字碑

过过功功无片语，立碑虚字异中奇。
女皇一代传千古，留给后人评是非。

七绝·兵谏亭

风雨血腥家国难，神州半壁寇横行。
张杨兵谏期除暴，留得千秋万世名。

七绝·也说马嵬驿

"妃悲皇叹"毫无用,长恨绵绵无了期。
史鉴犹存宜记取,强时思弱饱思饥。

李 刚

1962年生,大专学历。系雁塔诗词学会会员。

五绝·过马嵬驿

草长黄土飞,泪诀白绫悲。
东海仙山上,凄魂怨恨谁?

五绝·登华山

西岳高千仞,莲花托九天。
我今登绝顶,极目览山川。

七绝·清明灞上思

白鹿原头麦浪云,临风回首望鸿门。
若无项伯私相助,盖世霸王岂可吞?

七律·游终南山

万里晴空意兴浓,驱车郊外浪兜风。
欣欣遥指飞云下,急急前趋凝翠中。
溪水清清清浅底,峰峦叠叠叠苍穹。
嬉顽雀跃惊苔滑,跌入琼波笑若童。

调笑令·秦岭秋色

枫叶，枫叶，半壁南山红泻。轻风拂面醉生，润身细雨草青。青草，青草，明日黄花可老？

忆秦娥·华清池五间厅

将军忿，五间厅外枪声阵。枪声阵，西安兵谏，九州惊震。　　国家半壁遭蹂躏，狂倭肆虐苍生恨。苍生恨，一同抗战，万民挥刃。

李　红

1942年生，笔名秦楼月，西安市人。中专文化，农艺师。先后在宝鸡县农林水牧局、农科所、西安市雁塔区电子城街道办事处工作。雁塔诗词学会常务理事、《雁塔诗词》编委，陕西毛泽东诗词研究会、西安诗词学会会员。

五绝·草堂寺

终南山水秀，烟雾草堂弥。
八景长安绝，三秦逸史奇。

五律·登太白山

太白层峦秀，云绦绕翠峰。
空山莺悄语，断岫瀑飞冲。
九转回肠道，十盘入雪冬。
温泉尘俗涤，世外访仙踪。

七绝·登桥山

桥山帝寝此追寻，汉武仙台接碧云。
圣驾飞升留阜冢，沮河环绕柏森森。

七绝·参观秦始皇帝陵博物院

金戈铁马俑兵雄，六国图穷匕画空。
一统神州功盖世，名扬四海富临潼。

七绝·乾陵

北望梁山龙凤姿，乾陵气势孰如斯？
女皇终究是人杰，青史碑间不着词。

七绝·题龙门胜景

禹王斧劈此门开，狂泻黄河鼓浪来。
一水中分秦晋隔，三桥并架互通财。

七绝·瞻仰司马迁墓

东眺黄河气壮观，人龙太史卧芝川。
盛名激得文骚醉，争把诗词写墓边。

七律·重登大雁塔

雁塔雄姿凌九天，七盘绝顶脱尘缘。
莲层貌焕添神韵，古阙容新另眼观。
北俯名都疑帝苑，东环西影接华园。
留连胜览陶余兴，拾级题诗意更酣。

七律·重修法门寺佛塔

古塔重修理础台,奇珍亮相出尘埃。
唐皇供奉求添寿,舍利生辉谜揭开。
地隐华瑰人不识,天冲佛晕圣如来。
法门悲剧今犹唱,夕贬潮州怨语哀。

七律·过马嵬驿

车过咸原日欲沉,马嵬孤冢荡芳魂。
华清赐浴香痕在,老死深闺哪人闻。
未信杨妃漂日岛,却传东海有门亲。
幽情恩怨千秋梦,渭水长流不复奔。

七律·三原城隍庙

水磨照壁鲤鱼雕,旗座盘龙插汉霄。
楼阁艺工惊世俗,莲花娃崽尿天高。
敞宏大殿巍峨踞,张口石狮雷电哮。
此处真堪灵杰地,今朝享誉数英豪。

七律·重修张载祠堂

祠堂院貌再重光,故里横渠胜圣乡。
关学傲尊秦境地,儒风独领宋朝廊。
阴阳指点迷津路,气理推行万物邦。
伟绩如峰高太白,载名还共渭河长。

渔歌子·半坡遗址随想

盘古开天近万年,河旁村落衍人繁。生女落,育男迁,中华肇造立人间。

天净沙·怀古

红颜晓雾晨钟，秦皇汉武唐宗。暮鼓遗都浩冢。卧龙栖凤，长安地漫雄风。

苏幕遮·洽川颂

艳阳天，春湿地。塘漾涟漪，芦荻浑无际。坡上斜阳妍绿水，泉眼鱼游，一片江南意。　　缅河魂，难拂弃。古渡留痕，秦晋今还继。帝喾陵孤情独寄。醉酒狂歌，更是真情致。

李　洲

1936 年生，广东省高州市人。中山大学汉语言文学函授专修科毕业，曾任中、小学校长等职务。高州市中华诗词学会会员，著有《李洲诗词选集》《旅游纪述》等。

七绝·西安事变

西安事变普天惊，兵谏亭今草蔓青。
六十余年成历史，张杨从此誉留名。

七绝·有感则天武后

女皇武后一精英，步步维艰帝业成。
执政多年遭毁议，立碑无字任人评。

七律·登华山

西岳华山捷足巅，云烟袅袅浩苍天。
华山脚下寻秦处，渭水旁边溯钓源。

遥望骊山烽火地，眺瞻灞上宴门前。
华清池里余香在，雁塔碑前忆佛玄。

七律·唐玄宗宠贵妃

风流天子李隆基，丽质妙人杨贵妃。
玉盒缠胸荣幸甚，金钗插髻逊佳期。
长生殿内甜甜语，霞阁池中款款眉。
一对情深痴伴侣，白绢无奈使魂离。

忆王孙·过咸阳见阿房宫旧址

檐牙高啄大宫垠，渭水胭红云美人。杜宇声声不忍闻。草蓁蓁，剩有残阳荒野痕。

李　钦

1931年生，原名李永岚，笔名白龙初九。河南省邓州市人。副教授，中共党员。中华诗词家联谊会会员。作品、小传入编《中华当代诗家手迹选》《当代旅游诗词大观》等。

七绝·过秦川

假道秦川咏渭川，觅寻佳句捻须间。
偶思泾渭分明事，发我诗情上笔端。

七绝·谒黄帝陵（二首）

其一

乾元初祖颂千秋，旷世人文耀斗牛。
数典寻宗情笃厚，桥山沮水说风流。

其二

桥山夜月照黄陵,沮水秋风怀古情。
凤岭炊烟藏翠柏,龙湾晓雾恋碑亭。

李 涛

陕西神木县人,中共榆林市委原副书记。陕西省诗词学会常务理事、榆林市诗词学会会长。

水调歌头·登榆林镇北台

大漠浑无际,万里舞苍龙。千秋烟霭历遍,依旧傲长风。可怜无定白骨,依稀春闺血泪,遗恨总难终。多少兴亡事,凭栏问苍穹。

鉴旧史,谱新曲,创和融。登临恰逢新霁,河山入画中。绿溢边陲内外,红染大江南北,春色满乾坤。华夏骞云鹤,扶摇上九重。

李 普

1933年生,河北省内丘县人。原西安铁路局机务段工程师。诗词作品散见于多家报刊及多部选集。现为陕西省作协、西铁局老干诗研会与文艺研究会会员。

五律·谒黄陵

久蓄寻根愿,携孙同谒陵。
手掬陵上土,额抵柏枝钉。
满腹知心话,一腔怀祖情。
祷声传四海,期盼九州同。

七绝·五丈原感赋

汉室匡扶赖相贤，鞠躬尽瘁寸心丹。
无能阿斗难扶起，遗恨空留五丈原。

七绝·咏铜川玉华宫瀑布

雨天挂起千寻练，晴日抛来万斛珠。
天造一帧山水画，皴描点染四时殊。

李　琰

又名坦，号炎光，湖北孝感人。曾任解放军汉口高级步兵学校教员。北京市人民政府参事，北京市文史研究馆馆员。

七绝·参观八路军西安办事处纪念馆

当年此地会群雄，叱咤风云斗虎龙。
几度低潮重奋起，震惊地下建奇功。

七绝·登西安大雁塔

巍巍雁塔镇长安，阅遍沧桑不动颜。
历代题名堪一笑，褚公圣教万年传。

七绝·耀县药王庙

路过神医思邈乡，青松翠柏满山冈。
医人恩泽怀千古，天下都知有药王。

七绝·游兴庆宫公园(二首)

其一

满池春水树增妍,兴庆重修别有天。
芍药牡丹凋谢尽,徘徊亭上忆青莲。

其二

霓裳一曲感婆娑,女色迷人自古多。
倾国倾城遗恨在,沉香亭接马嵬坡。

七绝·西安碑林(二首)

其一

象形文字早奇观,技艺流传难计年。
演变分枝臻妙景,原来书画共渊源。

其二

书为石刻世间无,一部开成耀四衢。
文字辉煌传不朽,自豪拥有此书都。

七绝·参观咸阳历史博物馆(三首)

其一

肯构肯堂求大观,应知科技早居先。
秦砖汉瓦琳琅在,画栋雕梁浮眼前。

其二

完成统一早称雄,秦汉旌旗耀眼中。
地下宝藏惊世界,至今陶俑亦威风。

其三

霸王无道毁咸阳,变乱重重尚未光。

劫火从来烧不尽，中华文物地中藏。

七绝·陕西行吟（七首）

其一　由北京飞抵西安

周秦业绩已辉煌，大国遗风溯汉唐。
文化古都凭证在，中华民族世无双。

其二　半坡遗址

展出半坡原始风，大同理想不相同。
宝藏地下还原样，氏族兴亡进化中。

其三　过杜公祠

十载长安逢盛世，栖居杜曲见行藏。
王侯将相终何在？不及诗人一草堂。

其四　兴教寺

宣扬佛教重玄奘，文化交流称盛唐。
大发慈悲开法界，兴教古寺又重光。

其五　香积寺

嘉禾瑞麦望中开，世界文明日善哉。
安得大千皆净土，导师高塔显如来。

其六　游乾陵

指画乾坤两目空，革新应算女中雄。
平权均地谁能比，鞭策车轮前进中。

其七　参观昭陵博物馆

文臣武将尽收罗，天下归心功德多。
更有长孙贤内助，贞观之盛始堪歌。

七律·参拜黄陵

参拜黄陵宿愿中,秦川千里一航通。
封疆统宇文明始,华夏形成德望隆。
万众追思龙渺渺,千秋景慕柏葱葱。
空前团结根源使,十亿神州共祖宗。

李大明

1932年生,安徽省庐江县人。历任中共肥西县委常委、县人大常委会副主任等职,县老龄委主任,副研究员。中华诗词学会、中国杜甫研究会会员,安徽省诗词学会理事,庐州诗词学会副会长。著有《湖畔吟草》《湖畔吟草选集》,合编有《合肥新咏》。

五绝·华山吟(四首)

其一

西岳高千仞,登峰到日边。
苍龙危岭险,难似上青天。

其二

古道华山险,今来始见真。
潼关千尺峡,一步一销魂。

其三

磴道临霄汉,五峰一线牵。
纵观天际外,俯瞰尽秦川。

其四

信步莲峰顶，晴岚动我思。
长空云作纸，一啸忽成诗。

五律·题轩辕庙黄帝手植柏

古柏齐天寿，桥山立帝门。
根盘高原土，心系国人魂。
岁月沧桑变，炎黄万代春。
栋梁撑大厦，元气沐乾坤。

七绝·延安（二首）

其一　延安宾馆午夜听《东方红》乐曲

一曲高歌举世鸣，万民心底道心声。
深宵又自钟楼起，此地听来别有情。

其二　枣园旧居毛主席手植丁香树

翠叶青枝着素装，巍然屹立土窑旁。
当年植下纤纤树，留给人间万古香。

七绝·登西安大雁塔

登临雁塔最高层，二百盘旋兴致浓。
岂是今朝沉地底，四边楼阁耸晴空。

蝶恋花·延安

宝塔山头迎晓日，万幢琼楼，如画凌霄立。绿树千姿娇欲滴，南泥湾似江南邑。　　陕北风光今胜昔，艰苦精神，剩有当年迹。延水滔滔流不息，涌来百感心头集。

李仕武

1934年生,字红,号铁山,又号安江居士,湖南省洪江市人,正局级干部。著有《足边吟草》《铁山诗词》等。

七绝·谒司马迁祠

天高地大共春秋,教子才华后代讴。
司马迁祠人敬仰,恩深似海世间留。

李必才

湖北钢丝厂退休干部。

五律·李斯

苦学帝王术,说秦才智殊。
成功居相位,辅政统皇图。
刻石文章妙,听邪品德污。
缘何迟税驾,腰斩痛心无?

七绝·历史人物咏(二首)

其一 蒙恬

一统江山半仗君,雄兵镇北护强秦。
惜无计应沙丘变,屈死扶苏自丧身。

其二 吕不韦

奇货乘除获利丰,赢家恋栈亦招凶。

幸邀门客编文集，姓氏犹存《吕览》中。

七律·茂陵李夫人墓

一曲轻歌动帝乡，倾城倾国亦堪伤。
苦心构监求恩宠，绝色姝姬抱病亡。
休怨红颜如草命，且将黄土做兰房。
招魂纵使灵方术，怎奈新人侍汉皇。

七律·秦始皇

峻法严刑强用兵，始皇施政擅威名。
筑城万里防胡掠，设县千秋禁内争。
功过是非谁定论，帝王黎庶各呈情。
休言共识无存处，一统中华愿太平。

七律·大雁塔（二首）

其一　登塔抒怀

浮屠七级尚巍然，千古兴衰放眼观。
天竺真经诚可取，唐王宝座未长安。
载舟力量还凭水，礼佛钱财只化烟。
风景虽佳莫惜恋，前程更有好山川。

其二　雁塔题名

春风得意马蹄轻，雁塔曾题进士名。
老拙步尘何敢望，长安览胜不虚行。
古都今已呈新貌，文物依然映晚晴。
莫笑东施乔作态，思齐贤哲动心旌。

西江月·王翦

临阵请增田宅，托言广庇儿孙。秦王大笑识忠心，军队顺风前进。

策划自坚虽妙，骄奢后代非恩。孙儿败阵岂无因？恃祖功勋终困。

李生文

1947年生，陕西省鄠邑区人。中专文化，中共党员，鄠邑区纪委调研员。中华诗词文化研究所研究员，陕西省诗词学会会员，鄠邑区上林苑诗联学会理事。

五绝·华山

伟哉西岳山，傲立刺云端。
欲上青天外，请君由此攀。

五绝·有感"七一"鄠邑区老年书画展

峥嵘八十春，颂党举恩亲。
墨苑添新彩，画乡尽撼人。

五言排律·鄠邑区阿姑泉牡丹园

四月艳阳天，牡丹秀满园。
天生多丽质，名盛岂中原。
怀旧长安路，归程故土缘。
老根舒老甸，新蕾绽新颜。
叶嫩花枝俏，天香国色鲜。
众人交口道，百卉慕名传。
若问游人意，阿姑赏牡丹。

七绝·长安感怀

古都历史铸辉煌,唐汉登峰世仰光。
斗转星移成旧事,而今开放更张扬。

七绝·壶口瀑布

黄河万里度云山,壶口渊冲兴致添。
稍纵豪情三百丈,涛声一吼过潼关。

七绝·游高冠峪瀑布风景区

日照双峰翠掩亭,花香百鸟竞春荣。
高崖瀑泻千山水,万丈深渊百里声。

七绝·题石鲁国画《转战陕北》

提挈千军战马鸣,大山大水大奔腾。
高原壮阔狂飙趣,万丈豪情吞吐成。

七绝·洽川冬鸟

洽川滩广水悠长,碧映芦花鱼贯翔。
百鸟欢天喧羽友,冬来嬉戏比天堂。

七绝·鄠邑区老人闹元宵（二首）

其一

艳抹浓妆眼有光,龙腾虎跃吼声刚。
欣逢盛世多豪放,鹤发童颜震舞场。

其二

脂粉妆容扮相新,轻歌曼舞若流云。

人间忽现蓬莱地,杨柳春风缕缕银。

七律·吴宓祭

嵯峨伟岳铸诗魂,一代宗师耀翰林。
学海深知十二语,龀龄熟记数千文。
嗜情逐爱称心愿,博古通今将赋吟。
拭却尘埃珠灿灿,文坛巨擘励来人。

七律·画乡鄠邑区

青山绿野锦霞天,茧手挥毫耀画坛。
大道林丰鸣翠鸟,方田棚暖淌银泉。
莺歌燕舞商情好,鱼跃鸥翔渭水欢。
高速会当穿岭嶂,时鲜驰飨汉江川。

清平乐·关中夏忙

夏收将到,烈日当头照。布谷五更紫耳叫,忙备籽肥草帽。　　南风吹遍金田,农机席卷无边。转眼魔方一变,嫩苗翠点田园。

忆秦娥·甲申渭南抗洪

风雨梦,大河决堰洪涛涌。洪涛涌,不堪回首,断垣房动。　　抗洪形势多严重,赴涛救难真情送。真情送,夺眶热泪,救生船颂。

李任重

1933年生,湖南省临湘市人,高级工程师,曾任临湘市农机所副所长。中华诗词学会会员,中华诗词文化研究所研究员,临湘市楹联学会常务理事,长安诗社社委。著有《爪痕集》《读史吟草:血海尸山五十年》。

七律·王竣将军①

中条山战出英雄,华夏男儿报国忠。
七个师团驱饿虎,一场毒气卷悲风。
飞机蔽日轮番炸,枪口流光逐次攻。
血染旌旗人尽丧,黄河怒吼起蛟龙。

注释

①王竣:陕西省蒲城县人。黄埔军校第三期毕业。牺牲时任陆军新编第27师师长。1940年春奉令率部守卫中条山,与日军先后作战数十次,予敌以重大创伤。1941年5月,日军以7个师团之众进犯中条山,王率部奋力抵抗。7日下午,敌军集中炮火向王竣师所在阵地张店镇猛轰,敌机数十架轮番轰炸,并施放毒气,王率部与敌奋战两昼夜,弹尽援绝,于9日壮烈殉国。时年43岁。国民政府追赠王竣为陆军中将。

七律·黄陵八景新咏

桥山夜月洒银光,沮水秋风倒影藏。
南谷黄花消暑气,北岩净石化寒霜。
龙湾晓雾金乌起,凤岭炊烟韵律扬。
汉武仙台怀祖德,黄陵古柏绽幽香。

汉宫春·兵谏华清池

骊马形真,看双坡郁翠,景秀迷眸。九龙泉涌,海棠汤井悠悠。玄宗昔日,恋杨妃、正醉温洲。犹有那、幽王褒姒,以烽烟戏诸侯。
后继光头施令,惯惶倭反共,屡损金瓯。神州吼声四起,敌忾同仇。张杨二将，谏华清、逼蒋挥矛。观历史、长河曲折，莫忘民水君舟。

李光清

1932年生，字明山，笔名一笑。湖北省监利县人，退休干部，经济师。监利县离湖诗社编辑部主任，中华诗词学会、荆州诗词学会理事。著有《幽草吟诗集》。

七绝·题乾陵无字碑

残碑无字历千秋，众说纷纭评武周。
巾帼称皇人有几？擢贤清佞主神州。

七绝·游华清池

当年妃子斗风流，洗尽凝脂不觉愁。
动地渔阳鼙鼓响，马嵬千古恨悠悠。

七绝·登西安大雁塔

一塔凌空气势雄，登临俯视赏唐风。
秦川八百烟云史，融入曲江倒影工。

七绝·观秦兵马俑（二首）

其一

沉埋秦俑几千年，重到人间别有天。
莫问当年征战事，眼前盛世正无前。

其二

生前暴虐血腥多，冤鬼仇秦夜枕戈。
兵马三千能护卫？九泉处处有荆轲。

七律·参观西安卫星测控中心有感

遥从碧落测流光，几代英雄鬓染霜。
火箭航天惊帝阙，飞船登月访吴刚。
已将霄汉银河泛，不见长安渭水沧。
待到他年融一体，卫星岁岁报春芳。

李存哲

1934年生，陕西洛南人，中专文化，曾任小学教员、县档案管理员、县委党史研究室副主任等职。编辑。1994年退休。曾参与征编县党史资料图书8本，中小学辅助教育课本1册。主编有《西北青年抗日前线救护队》《中国共产党洛南县历史大事记（1926—1949）》。

七绝·游云驾山[①]

东面霞光映日红，巍峨险峻众奇峰。
羊肠小道崎岖路，有幸攀登走一通。

注释

①云驾山在豫陕交界的洛南与河南省卢氏县境内，山高1800多米，山势险要，有登高驾云之势。

七律·赞红军

红军转战陕东南，穷苦农民喜见天。

除霸救贫千户乐，分粮划地万人欢。
　　参军应战擒逃犯，保境安民剿敌顽。
　　怀念红军离此地，情深似海永难谖。

西江月·扶贫帮困好

　　政府扶贫帮困，全民一致欣欢。国家资助老农安，万众心中如愿。　　规划居民新舍，脱贫致富争先。小康道路直奔前，社会和谐美满。

李丽光

1948年生，广西壮族自治区容县人，卫校毕业，职业医生。广西诗词学会会员，县文联诗歌协会委员，容州诗社副社长、《容州诗报》总编。

七律·咏黄帝陵

　　中华始祖葬黄陵，柏节霜根万树青。
　　嬴政祭临曾俯首，刘邦挂像跪虔诚。
　　祈仙台纳千军魄，挂甲柏藏万载荣。
　　代代碑林留胜景，年年凝聚子孙情。

李听思

1936年生,号聪斋主人,曾用笔名萍影、一鸥、李聪。江西省金溪县人。大学本科文化,中学高级教师。曾任中学校长、县人大代表。现为江西诗词学会会员,中华诗词文化研究所研究员。诗词500余首,楹联100余副分别发表于《中华诗词》等125家书刊。著有《聪斋吟草》《屈原辞赋新译注》等。

七律·轩辕黄帝颂

戡乱平凶唱大风,桥山弓箭倚天雄。
兵挥涿鹿林原内,车踏蚩尤雨雾中。
暴虏尽驱华夏净,江山规复九州同。
捍邦卫国精神在,血肉长城战帜红。

七律·纪念毛主席《在延安文艺座谈会上的讲话》发表六十周年

灯塔延安六十年,一篇讲话日高悬。
辉光照彻斯文道,暖热温熙艺术田。
服务工农天地阔,拓开生活海洋宽。
光前裕后东风暖,艺苑创新百卉妍。

七律·武则天

翻云覆雨岂寻常,邪正难分说女皇。
两代贤臣成善治,三千面首任雌黄。
谍精吏酷惊千宦,物阜民安惠八方。
百尺碑高无个字,心知廊庙换天章。

木兰花令·华清池

华清池里温泉水,千载盈盈清丽旖。玉环妃子洗凝香,长恨歌声流韵美。　张杨武谏囚凶鬼,国共同仇筹国祀。齐心抗日敌强倭,三矢还囊麟阁里。

水调歌头·张良

博浪椎秦日,愤愤匹夫刚。老人圯上深折,陶冶忍之方。嬴政淫威难动,项籍真狂枉怒,磨砺剑锋芒。书授太公策,乱世试章匡。

居帷帐,决千里,运筹忙。养精待展,横扫秦楚汉家昌。人世虚名勘破,毅然功成身退,辟谷走仙乡。见识诚超拔,千古说张良。

水调歌头·萧何

谋国策谟远,兴汉为昌刘。图书律令囊括,形势掌中收。建设关中根本,兵饷绵绵不绝,灭项建功优。约法除苛政,薄赋与民休。

定律令,倡俭朴,敬事周。佐臣辅相,伊尹姬旦足同俦。忠谨仍遭疑忌,老迈难逃狱系,伴虎伴君愁。扶卷浩然叹,千古帝王羞。

水调歌头·炎帝颂

承继上皇后,辟地创人文。建都太昊墟野,一统夏华尊。崇拜商星大火,十大天干记月,四季授时分。亘古文明始,始祖历艰辛。

制耒耜,教耕种,奠农屯。亲尝百草,仁术首创济苍民。繁衍儿孙兴国,德耀神州赤县,四海共沾恩。拭目后昆继,赤县起鹏鲲。

水龙吟·延安颂

九层宝塔巍峨,延河迤逦春无际。日升月涌,东方红遍,救星朗缀。一十三年,指挥抗日,指南针丽。把精神铸就,更生自力,勇拼搏,开新纪。　　圣地光辉熠熠,看今朝、鲲行鹏起。油煤烟电,工雄农活,城乡同轨。经济腾飞,方兴未艾,小康图美。喜贫消富至,健康稳定,在歌声里。

李声高

1944年7月生,字金钟,号八半居士,湖北省黄石市人。长期从事文艺工作,副编审。系中华诗词学会发起人之一,湖北省诗词学会副会长,西塞山诗社社长,黄石市人大常委会副主任。著有《八半诗三百》《八半墨迹印痕录》等。

七绝·古长安

汉瓦秦砖百尺楼,山环水绕帝王州。
千秋万岁长安梦,赢得几人纵马游。

七律·品三秦美食

交朋结友到西安,好客主人摆盛筵。
一曲秦腔增酒兴,三杯美酒润腔肝。
频叉羊肉尝鲜味,闲扯泡馍论古贤。
千载故都多故事,秦皇汉帝李青莲。

李寿富

1940年生,湖南省临澧县,津市市人。本名吴盛寅,号曝鳃楼主。现为世界教科文卫组织专家成员,中华诗词文化研究所研究员,南京中山文学院客座教授。《文艺报》授以"人民艺术家"称号。作品、小传入编《中华诗词名家》。著有《曝鳃楼吟草·词稿》《颐养斋诗存·乐府》。

七绝·西安书感

摩天栋宇已常看,八水何时复旧观?
一曲抗倭荣国史,亭存捉蒋在西安。

七绝·黄陵八景题咏（三首）

其一　桥山夜月

桥山夜景景非凡，况有人文云锦鲜。
沮水波光陵寝月，幽思当在两楹间。

其二　北岩净石

廉石降天无点尘，雪霜自愧弗相亲。
立身若得洁如此，何惧贪泉与白银。

其三　凤岭炊烟

山有凤凰鸣，黄帝命伶伦取西夏竹，仿鸣作律。

凤凰山上凤凰鸣，拟效宫商传乐声。
欲觅先人截竹处，晓烟漠漠苦难迎。

七律·黄陵祭祖

五千纪史从何起？黄帝人文百代崇。
盛世中华弘祖业，虔诚牲醴缅丰功。
人凝精卫一心志，舟闯鲸波万里风。
盟誓陵前终大统，亲和骨肉告尊翁。

李志慧

1949年生,西安市人,中共党员,现任教育部汉语言文学专业指导委员会委员,西北大学文学院教授、博士生导师,西北大学现代学院汉语言文学专业学术带头人,为享受国务院特殊津贴有突出贡献专家。西安诗词学会名誉会长。曾两次游学日本,交流诗艺。书法为西安碑林博物馆收藏。著有《庄子探微》《史记文学论稿》等。

五绝·公祭黄帝陵杂咏(二首)

其一　题黄帝手植柏

铁臂横空舞,滋根九域通。
桥陵山下望,万古仰雄风。

其二　咏黄帝石刻像

栩栩丰神在,泱泱器宇敦。
神州期一统,寄语后来人。

五律·夏游太史祠秋游茂陵感怀

汉武威安在?茂陵土一丘。
残垣遗废垒,荒草牧黄牛。
孰料刑余愤,反成笔底遒。
龙门黄水畔,太史耀千秋。

五律·序《历代咏黄陵诗选》

人文风物好,古柏傲苍穹。
沮水多钟毓,桥山聚杰雄。
高歌前进曲,再建振兴功。
三卷诗章在,九州唱国风。

五律·序白志彦编《巍巍大中华》诗书集

艺林多盛事,《巍巍大中华》。
爱国诗情美，达形墨韵斜。
丹心催壮志，热血孕奇葩。
志彦精诚在，泾河汇绮霞。

五律·赏于右任书法手卷

泾原时杰育，矫矫人中龙。
利计千秋利，名求万世名。
业传三不朽，艺咀两奇英。
健笔凌云舞，泰山北斗横。

七绝·终南山纪游

绿荫深处透嫣红，隐隐飞泉伴鸟虫。
漫道春归无觅处，终南无处不春风。

七绝·太白山抒怀

云涵幽径古松斜，醉石依稀居士家。
倘使名山长属我，流连原不恋繁华。

七绝·咏大雁塔

终南毓秀映风流，泾渭风烟一望收。
直使唐音播九域，摩云大笔写春秋。

七绝·读《月人词集》第二部

绝代风流绝代痴，不痴哪得赋如斯！
词坛幸有词痴在，再铸风流绝代词。

七绝·九间厅怀闯王①

午夜轻寒袭短檠,九间厅里费经营。
幽燕千古兴亡事,留与今人仔细评。

注释

①九间厅：1644年李自成进军北京途中在韩城的军事指挥所,兵败回陕时亦曾住此地。

七绝·延安行（二首）

其一　王家坪

土屋三间绕短墙,东窗烛影映朝阳。
灯前挥舞如椽笔,横扫金陵故战场。

其二　枣园

梨树含苞杏欲开,丁香树下久徘徊。
窑空莫叹斯人去,为有清渠送水来。

七绝·大荔行（二首）

其一　同州道上

槐树香浓桐树稠,行车麦海似行舟。
蜂围菜子团团舞,始信同州是绿洲。

其二　丰图义仓感怀①

遍种粮棉满大荒,农工十万战农场。
食天方是安邦计,早绘丰图在义仓。

注释

①丰图义仓：址在大荔朝邑镇,为清末户部尚书、朝邑人阎敬铭倡议修建,慈禧朱批为"天下第一仓"。仓东为大荔万亩农场。

七绝·合阳采风（二首）

其一　洽川

十里蒲芦绿意浓，关关水鸟唱声声。
自然妙趣回归好，最是黄牛舐犊情。

其二　处女泉

处女泉清境更幽，芦丛水鸟弄轻柔。
霎时洗尽红尘累，唤得童真返自由。

七律·龙门即景

天河怒吼两山寒，万里洪流汇险滩。
骇浪三寻传绝壁，晴雷一阵起云端。
欲教浩浩铺秦豫，先使滔滔断晋韩。
闻道闯王兵百万，渡河直上捣幽燕。

少年游·题赠西北大学文学院《惠风》院刊

杏坛又是孟春时，细雨润芳菲。桃花枝上，李花蕊里，尽日惹相思。　《惠风》骀宕情思美，学子试征衣。笔走龙蛇，激扬文字，流韵赋新诗。

李沛然

1927年生，字从云，江苏省沛县人，师范毕业。1949年参军，历任文工团员、文教主任等职。后转业于山东省日照县文化馆工作。沛县诗词协会理事，江苏诗协、中华诗词学会会员。著有《斋吟》诗词集和《乡土轶事》文集。

七绝·华清宫九龙池

夕照朝霞沐九龙，涌喷清湛御汤淙。
莲花池畔垂杨碧，思绪婆娑逸兴浓。

七绝·贵妃石榴

羡尔妖妍似我羞，植株池畔伴君浏。
今生得帝常青睐，花落花开惜石榴。

七绝·华山舍身崖

危峰孤石足难留，携手无颜对险楼。
舍此孽生应悔恨，怎该烽火戏诸侯。

七绝·遇仙桥

岭秀谷幽山道高，"诞先登"上俗尘消。
果真斯处能仙遇，尽愿书生渡此桥。

青玉案·西安大雁塔

翠微缭绕鸿蒙积，雁塔伟、慈恩立。佛祖明经藏净室。寺因经盛，塔由碑赫，圣教存真籍。　　崔巍佛塔游人织，登览无余古城迹。遍览吟观千卷帙。奏鸣吟诵，乐和笙瑟，三弄听梅笛。

选冠子·秦兵马俑

一代秦皇，风云盖世，逝没梦祈宁息。威严武俑，临战陶兵，列阵警防陵侧。如见战马嘶鸣，金鼓咚咚，动魂惊魄。状傲天骄子，磅礴豪气，赫然坑室。　　桑海变、两度千年，雄姿再见，势若强秦奔袭。南平百越，北却匈奴，叱咤六王谁敌？留与今人仰瞻，能不惊嘘，匠心独辟。叹英雄往矣，功过唯凭史籍。

李秀南

1924年生，广东省广州市人。大学毕业，中共党员。曾任顺德县科长，顺德一中、三中校长。离休后，任顺德老干部诗社社长。中华诗词学会、中国楹联学会会员。著有《桂畔留吟》《留吟选集》。

七绝·西安掠影

半坡氏族古时兴，唐汉长安享盛名。
艳迹华清池映照，渭河流水去无情。

七绝·秦兵马俑

秦兵临战意形真，甲士万千列队陈。
骑马将军威势凛，令人钦敬制陶人。

七绝·乾陵无字碑

空白陵碑却显名，承平称治女中英。
宾王檄讨辞真烈，无字尤宜任尔评。

七绝·法门寺

西安何故法门荣，道是灵光舍利明。
佛骨送迎增显贵，皇家封赏便扬名。

李远大

1933年生，湖南省隆回县人。大专文化，解放军47军139师（前身是359旅）炮兵中尉。1964年到衡山衡东税务系统工作，经济师、税务师。退休后是中国诗歌学会、中华诗词学会、中国楹联学会会员，中华诗词文化研究所、中华对联文化研究院研究员，湖南省岳麓诗社、衡阳市楹联家协会理事。个人诗、联、文、书、画作品1600余件散见于全国400多种报刊书册中。著有《静波诗词》《林海对联》等5部专集。

七律·西安颂

忆昔长安振国威，钟楼屹立显光辉。
骊山晚照森林茂，雁塔晨观气象奇。
古迹古风兵马俑，新街新景柳波堤。
华清池畔今辉映，女士欢歌胜贵妃。

七律·颂延安

延河水碧映峰峦，绮丽风光枣树欢。
宝塔山前除旧貌，南泥湾内换新颜。
工农事业堪昌盛，将士歌声且壮观。
忆昔年青奔胜地，而今播种遍江山。

七律·题赞三五九旅

统帅挥旗士志伸，官兵奋进克艰辛。
延旁转战除奸贼，山畔开荒破棘薪。
种地勤工为革命，增粮足食振精神。
丰功伟绩垂青史，稳保中央事迹真。

七律·延安精神播九州
——庆祝湖南省延安精神研究会成立十周年

延安曲播十周年，陕北江南伴管弦。
岁岁编书兴德泽，期期通讯赞英贤。
辉煌业绩三湘振，艰苦精神四海传。
老少有为循正道，十佳会友谱新篇。

七律·忆毛泽东《在延安文艺座谈会上的讲话》

延安讲话指航程，化雨春风润物萌。
百鸟吟声歌好调，万花含笑伴精英。
繁荣艺苑诗潮涌，倡导文明正气行。
锦绣江山舒壮志，神州俊杰继新声。

鹧鸪天·纪念毛泽东《在延安文艺座谈会上的讲话》发表六十周年

讲话精神六十年，文坛调动共奔前。两为旗举诗章好，双百门开字画妍。　花竞放，鸟争喧，九州昌盛换新天。东风劲拂延安路，今日重温志更坚。

李国梁

字子栋,江西省南城县人。美术师。全球汉诗总会、中华诗词、中国楹联、福建省诗词学会会员,永安市燕江诗社副社长。诗词联作品散见《中华诗词》等海内外各类报刊。在"新田园"、"秦皇杯"全国诗词大奖赛中获两个一等奖。

五律·黄陵

重掬沮河水,思源立庙前。
陵园山雨洗,柏影岸桥连。
祭祖斟芳酒,归程计好天。
关情瓯与月,渴望一轮圆。

七绝·黄陵(三首)

其一 龙湾晓雾

晓雾碧湾浮半空,溪山淡淡望蒙蒙。
凌云有志雄风趁,跃起神州醒世龙。

其二 北岩净石

奇石缘何落九天,北岩无语守千年。
纤尘不染廉心在,磨砺今人永向前。

其三 黄陵碑林

沮水岸边春正妍,碑林深处续亲缘。
归宗二字心中刻,合璧增辉慰祖先。

七律·黄陵书怀

也临沮水酌晨明,半醉风光半醉情。
两岸亲缘根注定,九霄归字雁排成。

每逢祭祖香醪酿,常盼复瓯和气盈。
天若为笺山作笔,共倾心血写升平。

七律·华清池

水滑海棠池上妍,骊宫倒影浴春烟。
泉浮花气朱帷沁,香断皇妃故事传。
舞榭旧痕勾咏叹,雕栏新砌惹流连。
晓风柔似脂凝手,拨动轻波多少弦。

李学茂

1944年生,笔名向耘、向子云,浙江省温岭市人。曾任温岭市东浦农场场长,现系中华诗词学会、浙江诗词与楹联学会会员,温岭市文联诗词协会副主席,泉溪诗社副社长。先后在国内外书刊上发表作品600余首,著有《向耘吟草》《竹园吟草》等。

七律·题黄帝陵

一自乘龙上碧空,黄陵千载柏葱葱。
光盈天地桥山月,波荡心胸沮水风。
终古印池留厚泽,至今华夏聚群雄。
人间几度看分合,北斗星高万代崇。

浪淘沙·黄帝手植柏

苍翠接群山,染透云烟。经风历雨五千年。终伴中华同崛起,蓬勃参天。　　霜雪未能残,手泽绵延。长挑日月看尘寰。记取龙腾新气象,叶镂枝镌。

李承旭

1932年生,字煜野,甘肃省甘谷县人。甘肃省诗词学会会员,县伏羲文化研究会会长。著有《煜野诗稿》《栖迟楼吟草》。

五绝·华清宫

倾国芙蓉面,霓裳羽舞欢。
晶莹扶醉石,留作后人看。

五律·轩辕庙

黄陵环沮水,山藉凤凰尊。
五艺珍鲜享,四方修德恩。
龙池钟瑞气,翠柏荫峦云。
万众咸归抚,中华民族魂。

七绝·秦兵马俑

一统中华劲敌除,逍遥碧落驾云车。
神仙未就蓬莱梦,十万陶军护寝居。

七律·渭水清波

日照烟波一色青,潺湲绮丽玉珑玲。
漫畦香稻瓜梨稔,连垄蟠桃麦菽清。
浮翠流丹畴似锦,纹光潋滟岸如屏。
山环水抱钟灵地,济济勋才史志铭。

李昌生

1931年生,四川省合江县人。大专毕业,一级行政管理员,退休职工。四川省老年诗词创作研究会、中华诗词学会会员,中华诗词文化研究所研究员。诗联获一等奖、银奖、优秀奖20次,入编专集180余种。

七绝·黄陵(五首)

其一　轩辕庙

先人创业后人过,拼搏百年兴共和。
鼙鼓不闻收港澳,欣湔国耻放怀歌。

其二　黄陵八景

秋风沮水桥山月,凤岭龙湾朝夕烟。
南谷黄花北岭石,黄陵古柏汉台仙。

其三　黄帝手植柏

桥山昂首笑悠悠,沮水潺潺映黛流。
世界稀珍尊柏父,轩辕信史五千秋。

其四　黄陵龙驭阁

骋目云天怀弟兄,慎终追远念同宗。
桥山祖柏千秋茂,全面复兴腾巨龙。

其五　黄陵诚心亭

箫铙歌奏自炎黄,合浦珠还能健忘?
两岸"三通"肝胆照,归来促膝话沧桑。

七律·次韵毛泽东《长征》

井冈旗举力排难，遵义正航非等闲。
赤水纵横摧浊浪，娄关驰骋定心丸。
金江饮马人心暖，瓦堡誓师倭胆寒。
北战南征奇辱雪，东方日涌换新颜。

浣溪沙·黄帝陵

辟地开天百族尊，阴阳律吕自兹分，文明肇创五千春。　　蚕稼宫车医永世，普天皆誉指南针，轩辕后裔岂忘恩。

清平乐·次韵毛泽东《会昌》

西陲唱晓，旭涌东方早。种草还林山不老，黄土高原看好。　　祁连秦岭珠峰，川黔大漠滇溟。万里江河共济，无边景色葱茏。

李明夫

1939年生，又名名夫，陕西省山阳县人，陕西省电化教育馆高级教师，民盟陕西省文教委员会委员。系陕西省、西安市书法家协会会员，省老年大学书法教授，省老年书画学会教育分会会长。以行书见长，作品多次参加国内外书法展览，部分作品或传略收入《中日美术通鉴》《中国书法选集》等。另有散文、诗歌百余篇见诸报刊，编译出版《成才秘诀100条》一书。

七绝·有感于靖边治沙见成效

长忆昔年来靖边，黄沙满目荡尘烟。
羊群今日飘青野，不见长城烽火宣。

李明智(1934—2011)

笔名清泉,斋号临渊阁,陕西省西安市长安区人。毕业于西北团校,中共党员。1951年参加工作,曾任延安专署外事办主任、陕西广播电视大学副校长、纪委书记等职。系中华诗词学会会员,兼任陕西省诗词学会副秘书长、西安诗词学会顾问、中华诗词文化研究所研究员、世界汉诗协会理事等。在全国各类刊物发表诗词作品500余首,并多次获奖。著有《临渊阁吟稿》《临渊阁续吟》。

五绝·纪念于右任先生诞辰一百二十周年(二首)

其一

书坛一大家,人杰笔生花。
临上九泉路,仍呼一统华。

其二

书坛歌草圣,于老足堪夸。
标准成规范,寰球独一家。

五律·春游钓鱼台

久慕藏龙地,今来访洞天。
奇峰腾雾幻,飞瀑吐珠悬。
钓饵垂璜石,祥云入渌泉。
文王生慧眼,渭畔拜高贤。

七律·祭拜黄帝陵

人文始祖此山埋,华夏子孙永志怀。
沮水秋风追往昔,桥山夜月守灵台。
大夫八万顶天立,君子千颜笑脸开。
世上炎黄情似海,寻根问祖祭陵来。

七律·登天下第一险山华山

五岳险奇第一峰，披纱戴雾半遮容。
起风顷刻晴阴雨，敛雾霎时春夏冬。
南岭天池照妖镜，西峰铁斧破神封。
中华儿女多奇志，敢上九霄降玉龙。

忆江南·家乡巨变（二首）

其一

家乡好，小兆好风光。鸡鸭成群牛马壮，青青麦浪菜花香。好个小康庄。

其二

家乡好，再不饿饥肠。户户高楼邻大厦，家家彩电又冰箱。迈步挺胸膛。

唐多令·贺陕西电大建校二十周年

百舸看争流，领先一叶舟。顶风冲、独占鳌头。白手起家难不倒，创大业，谱春秋。　　今日展宏图，喜登楼上楼。善耕耘、再创丰收。待到满园春似锦，跨世纪，更风流。

望海潮·礼赞长安

游人朝圣，虔诚心静，长安自古繁华。灵骨法门，秦陵兵马，泱泱百万军家，赢得五洲夸。踏丝路西去，播谊天涯。十三朝都，万邦朝拜日西斜。　　而今改革尤佳，看高楼遍起，商埠烟霞。机上碧天，遥星测控，科峰盛绽奇葩。知识进千家。八百秦川秀，歌舞琶琶。虎跃龙腾奋进，飞雪伴梅花。

李经历

1932年生，福建南安人。国际羲之书画院名誉院长，当代藏典书画艺术研究院特约研究员，国际汉诗协会理事。著有《醉墨轩诗词联选》等。

七绝·参观西安秦兵马俑有感

人心不足始皇忧，未死营坟卅四秋。
万马千军成战俑，阎王召见孰低头？

七绝·参观西安华清池有感

冰肌玉质浸琼脂，摄魄勾魂惹帝痴。
"地久天长"双许愿，马嵬遭谏斩情丝。

李育文

1926年生于湖南省临湘市，又名雄伯。中共党员，处级干部，师范毕业。曾在部队工作14年多，后转业到桂林。曾任文联、政协委员，文协理事，中华诗词学会理事，广西诗词学会副会长，桂林诗词楹联学会会长、会刊主编，桂林诗词楹联学会名誉会长兼会刊名誉主编。

五律·咏大雁塔

雁塔连今古，凌霄辉碧空。
遥观千嶂险，近瞰一城雄。
屹兀惊神巧，嵯峨叹鬼工。
登临偿夙愿，览胜兴无穷。

七绝·咏古（七首）

其一　刘邦

坑灰未冷祖龙崩，亭长时来帝运生。
四百余年书汉史，大风歌歇有遗声。

其二　李世民

知人善任是明君，纳谏治邦尊重臣。
"载覆"名言成至理，贞观大治赖经纶。

其三　登骊山

晨登翠岫雨天开，指点江山实壮怀。
秦地仍然关塞险，荔枝岂为玉环来。

其四　杨贵妃

渔阳鼙鼓马嵬悲，千载犹闻说贵妃。
昏主荒淫家国破，怎言尽是女人非。

其五　秦始皇

堪叹祖龙一代雄，坑灰未冷霸图空。
从来残暴终归败，仁德才能缔大同。

其六　乾陵无字碑

媚娘功过久难评，唯物史观堪弄清。
千古陵碑无有字，青红皂白却分明。

其七　古汉台

中原逐鹿战云开，鸟尽弓藏不胜哀。
竖子逢时终一统，封疆拓域汉王台。

李虎昌

1935年生,河南省长葛市人。中专文化,中共党员。曾任西铁机务段司机、调度员、队长等职,1992年退休。现任陕西省老年诗词学会理事、会刊编委。

七绝·过秦岭

秦娥空腹铁龙腾,百洞盘环鸟路行。
岭塞云横观蜀道,瀛湖流月映青屏。

七绝·终南山麓雾如纱

终南山麓雾如纱,蝶恋芳村农舍家。
席上鲜鱼迎客至,院中风趣品诗茶。

七绝·五丈原怀古

雄踞巍巍五丈原,鞠躬尽瘁践宣言。
祁山六出三分鼎,九伐中原未凯旋。

七律·春游秦岭大坝沟

盘桓湫畔一须翁,谷底倾听瀑布淙。
仰面森森观雾海,回眸阵阵看鱼峰。
鳞翔浅底苤为伴,雁伍南征云化风。
落叶归根思故土,夕阳晚景意从容。

七律·王顺山抒怀

诗侣同游王顺山,峰峦叠翠耸云间。
王郎孝母祠堂在,韩愈忠君佛像参。
瀑布淙声怀始祖,清潭玉女寄情缘。

雄姿华岳千秋颂，秀出三峰展画帘。

长相思·天上作诗笔韵宽

头上云，脚下云，云卷云舒伴列君，天宫作近邻。　　秦岭魂，云岭魂，得道而今笔亦神，九天任我巡。

李金香

生平阙略。

七绝·咏古（三首）

其一　王昭君

国色倾城胜画图，毛郎一点凤成狐。
宫廷若未邪污笔，青冢焉能代碧梧？

其二　武则天

云翻雨覆济刚柔，虎啸狼嗥巧对酬。
两代皇恩溶凤体，一鞭慷慨驭龙头。

其三　马嵬驿怀古

三军发难梦方醒，日落黄昏月冷清。
回首长生比翼句，皇恩到底是无情。

七绝·延安窑洞

栉风沐雨十三秋，驭地回天射斗牛。
陕北重扬龙凤翼，高原黄土衍风流。

李复韵

湖北省大悟县人,中共党员,高级经济师。1951年参加工作,1959年考入中南财经大学,1963年毕业分配进藏,在西藏自治区计委工作。后调广播电视局等单位,曾任财务科长、计财处长。1981年调回计委,任经济政策研究室主任、党组成员,创刊并主编《西藏经济探索》。著有《高原诗选》。

七律·法门寺

法门寺塔佛庐精,袅袅香烟伴诵经。
雕刻碑文千载史,览吟美景万邦情。
地宫光耀五洲客,舍利迎来四海朋。
西下斜阳云影返,黄昏夜落路灯明。

李树则

1928年生,字少白,别号陆离,湖南省新化县人。毕业于原华中大学中文系,在长江日报社工作直至退休,副编审。武汉诗词学会理事,武汉作协会员。合著《岁寒集》,著有《片羽集》《昙华云影集》等。

七绝·谒秦始皇陵(二首)

其一

百万生灵碧血凝,垒成巨冢始皇陵。
空劳覆雨翻云手,留与游人话废兴。

其二

叱咤风云吞六国,销藏兵器铸金人。
宁知尸骨方寒日,草莽群氓竟灭秦。

七绝·过临潼鸿门

世事成由不失机，鸿门空宴又何为？
当初若就范增意，王者其谁未可知。

七绝·乾陵无字碑

旷世骄狂一女皇，立碑无字自张扬。
千秋功过归青史，孤冢茫然对大荒。

七绝·观秦兵马俑

始皇黩武耀弓刀，秦俑三千气势豪。
赢得游人空指点，陵周柱自演尤韬。

七绝·灞桥遇雨

此地送行长折柳，诗传千古最魂销。
今来无限飘零意，细雨秋风过灞桥。

七律·访秦始皇陵

六国纷纷战未休，连横一出灭诸侯。
金人冶铸销锋镝，书烬儒坑弭叛谋。
百二秦关空据险，三千乐海自羁留。
宁知王位方传亥，得鹿中原竟属刘。

宴山亭·秦始皇陵

　　癸酉秋游西安，访始皇陵于临潼。陵似一小山，据云系征用民工70万余人，耗时37年始成。今则漫山石榴，笑绽红靥，俨然果囿矣！有感独夫身世，因有此赋。

熙来攘往，车水马龙，竟访秦皇陵墓。陵耸似山，踊跃争登，唯见满山榴树。指顾沧桑，问王气、杳然何许？无据！这绮丽河山，竟由民主！　　犹忆横扫当年，促六国皆亡，独开新宇。金人化镝，百万貔貅，昂昂跃腾如虎。简烬儒坑，求不老、用心良苦！知否？兵马俑、欢呼出土。

月下笛·观秦俑馆

铁骑云屯，虎贲岳峙，六军龙变。英姿血溅，雄风势崩雷电。三千俑阵环皇寝，一出土、寰球震撼。道奇观七绝，堪居其一，万邦惊羡。　　人主，始皇武，灭六国称尊，剪屠征战。燔书一炬，兵戈敲碎重炼。一夫为重黎民怨，为死后、威风不断。令今人，指江山，漫说兴亡浩叹！

李炳南

1931年生，笔名乐群，陕西省岐山县人。1949年8月参加工作，1956年7月加入中国共产党。曾任县经委副主任，陕西省诗词学会会员。发表诗词作品500余首。

五律·延安

宝塔高千丈，延河百里长。
群雄擒恶虎，陕北降贞祥。
转战兵源少，筹谋昼夜忙。
乾坤全赤化，宇宙换新阳。

七律·春游钓鱼台

渭水磻溪一径开，横峰纵脉锁苍苔。
清流瀑布投竿起，稳坐溪泉钓相来。

屈膝弯腰留世迹，朝天跪石压尘埃。

经纶四海飞熊到，八十渔翁古帅才。

破阵子·周原广场

百代西岐圣地，千年文武周公。多少哲人翘首望，全是荒凉满目中，只能思杰雄。　　昔日沿边道阻，今朝环路车通。毛鼎石桥雕玉像，龙柱金狮达碧空，水流花郁葱。

九回肠·三良冢

皓首迎幡，白服遮天。正人流、考妣如亲丧，有秦民痛哭，诸侯垂唁，长夜无眠。　　掩泣同侪陪葬，三良冢、几千年。树丰碑，鲠骨存华夏，告此魂恒在，英灵不灭，明月高悬。

二郎神·怀苏东坡

东湖柳，北方景、林园之首。古饮凤亭台楼阁榭，千年史、沧桑悠久。苏轼诗词留妙句，赤壁赋、文坛泰斗。咏绝唱、堪称国粹，拜诵如雷狂吼。　　斟酒，眉山永在，常州不朽。忆昔时、丹心忠赵宋，尘无染、清风盈袖。雍地三秋曾辅政，喜雨赞、辞惊宇宙。若苏老人还，不系舟游，鸳鸯情厚。

清平乐·祭祖庙

轩辕始祖，各族黎元父。每岁清明先扫墓，赤子心怀梓土。　　华侨驾驭龙舟，英雄要补金瓯。港澳今朝共祭，台湾哪日同游？

念奴娇·谒岐山周公庙

古公父，出迁岐下，地灵人杰。幸有子牙扶社稷，兵伐纣朝歌灭。制礼兴邦，遵君诰命，仁爱黎民悦。七年摄政，远征终使烽绝。　　忆卷阿数千秋，依山傍水，润德泉清澈。玄武洞中藏玉像，汉柏唐松如铁。丹凤朝阳，乐山名画，碑镜人间缺。甘棠枝劲，入云闲看风雪。

八声甘州·灵山

赞千年宝刹势凌云，远眺比天高。昔秦擒虎豹，唐迎舍利，暮度残宵。鹭鸟徘徊忘返，大地起狂飙。隐伏蓬莱顶，展翅伸腰。　　万载长眠睡佛，若呼之则醒，闭目藏韬。望苍松翠柏，八景最妖娆。舍身崖、巍然屹立，老母宫、玉鼓木鱼敲。金罗汉、百姿千态，各领风骚。

水龙吟·谒黄帝陵

览华夏五千秋，人文始祖轩辕帝。九黎折戟，蚩尤断首，风声鹤唳。造字兴舟，养蚕着色，史无前例。看周秦汉晋，隋唐赵宋，君臣拜，春秋祭。　　苍荫遮天翠柏，绕桥山、沮河明丽。剑痕甲迹，玉章碑碣，彦英新继。三代元勋，一邦两制，富民除弊。向天灵告慰，今还港澳，庆升平岁。

哨遍·萧史宫

水秀岫清，林茂景层，卧虎藏龙地。秦穆公，天降女娇婴。寸阴飞时逢周岁。放哭声，诸侯送来贡彩，双眸即刻停流泪。看大笑扬眉，人称弄玉，偏钟音乐心醉。百鸟栖宫上凤凰鸣。奏两曲悲欢动真情。扬耳听时，仰首昂观，全身灵气。　　行，孤客征远，谢官辞母抛权贵。逢郑穷萧史，熬中贪早迟睡。正作谱弹琴，执毫写赋，才郎秀貌传宫内。郡县快查询，乡村访问，皇家邀请相会。得栋梁举戟缚寇兵，纳驸马为民尽忠诚。像鸳鸯、妇夫相对。花前优雅潇洒，宛转开喉脆，正翔云雀腾空白鹤，啄痒如同姐妹。阙楼春绿到秋成。紫薇开、馥郁香味。

李相才

1949年生，湖北省阳新县人，小学民办教师。富川、东坡赤壁、长白山诗社社员，中华诗词文化研究所研究员。先后26次获全国文学大赛奖。

五绝·秦始皇陵

固国长城筑，焚书利器收。
江山刘项抢，幸保一迷丘。

七绝·秦兵马俑

栩栩如生壮丽容，威威赫赫展雄风。
金戈铁马成方阵，足见秦皇盖世功。

七绝·乾陵无字碑

一石空空入眼巍，媚娘昔日苦争魁。
称孤道寡风流胜，万代千秋论是非。

七绝·姜太公钓鱼台

一水浑黄入目来，姜公钓渭展奇才。
文王慧眼贤良识，八百江山出此台。

七绝·咸阳观汉俑

匠心巧运胜天工，人物车骑尽美容。
异宝奇珍新耳目，文明古代令人崇。

七绝·谒霍去病将军墓

痛灭匈奴凭智勇，英年虎将享威名。

替君割去心头病，除寇靖边保太平。

七绝·乾陵

石磴通天壮锦迎，今朝有幸睹乾陵。
江山得遂媚娘志，华夏女皇第一名。

七绝·参观延安毛泽东等中央领导旧居

涓涓延水细流长，宝塔巍巍永向阳。
赢取民心操胜券，更新史册赖坚强。

七绝·乘专列赴西安旅游

专列如龙载客欢，数条银线系西安。
心驰华夏发祥地，无限风光在陕川。

七绝·黄陵八景新咏（七首）

其一　桥山赏月

桥山夜月映新天，壮丽神州分外妍。
天上群星皆拱北，两岸统一是何年？

其二　沮水秋风

清清沮水环龙阙，霜染枫林若早春。
红叶秋山舒望眼，金风拂面醉游人。

其三　南谷黄花

万里寻根南谷去，黄花翠柏志相投。
红霜傲骨凌寒秀，晚节凝香飘九州。

其四　北岩净石

净石清清不染尘，补天何故缺贤君。

娘娘最恨贪心吏，留我此间警世人。

其五　凤岭炊烟

炊烟袅袅恋斜阳，圣地笙歌引凤凰。
且喜伶伦音律制，人间歌舞胜天堂。

其六　龙湾晓雾

龙湾晓雾接苍穹，瑞蔼中华万世隆。
润物无声松柏茂，登高笑望九州同。

其七　汉武仙台

巍巍柏簇一高台，汉武祈仙到此来。
养性修身身自健，心宽益寿寿宏开。

七律·谒黄帝陵

戴德怀恩始祖寻，陆台港澳本同根。
参天古柏株株秀，圣地桥山处处新。
殿阁流丹辉日月，碑亭刻石颂人文。
吾皆赫赫炎黄后，合力兴华共一心。

李荣楹

1932年生，陕西省宁强县人。中共党员，退休干部。陕西省诗词学会会员、三泉文艺社社员。发表诗词作品200余首。

五绝·秦俑

生前平六国，殉在始皇坟。
化俑三千万，年年守故君。

五律·驰骋宁勉^①高速公路

今驰高路展,车速若离弦。
目顺山川转,风驰桥隧连。
遥峰奔向后,近树闪窗前。
昔日三关险^②,今朝一箭穿。

注释

①宁勉:宁强勉县。
②三关:棋盘关,牢固关,铁锁关。

七绝·乾陵石像群

玉砌千层上翠屏,石雕翁仲守乾陵。
纵然砍伐断身首,仍向先君献赤诚。

七绝·过秦岭

越涧穿峰一刹嗟,铁龙飞驶掠悬崖。
白云深处笛鸣过,大散关前渭水哗。

七绝·汉源瀑布

叠翠晴岚绝壁间,飞流直下落深渊。
舒开素练悬崖舞,不辍弦歌唱汉源。

七绝·留坝留侯祠怀古

屈尊拾履得神留,博浪神椎志未酬。
助得刘家天下后,藏身紫柏笑王侯。

七绝·兵谏亭

冒死犯颜兵谏日,同仇敌忾誓师时。

为酬黑水白山志，岂畏疆场裹血尸。

七律·羌州天湖

峙岭天生一架桥，堵涵聚水见湖遥。
悠舟破浪千峰断，赏水穿云一路潮。
日溅飞泉琼玉碎，波掀叠翠镜花摇。
疑思妙景谁堪配，巧夺天工人最豪。

七律·游牢固关森林公园怀闯王①

绕壁环山车缓盘，松涛似阵乱云烟。
扁舟弯月鲤飞跃，云海银波浪拍岩。
闯王难知公主也②，尼姑圆寂土丘焉。
初开阙柱遭残害，一代英雄传世间。

注释

①公园在宁强境内108国道的牢固关。
②李自成败隐后，其第四女在此山寺院削发为尼，圆寂后葬于此山。

七律·东山观遗址古柏①

东山古观已烟云，独有青山记大军。
古柏曾拴元帅马，羌州便沐艳阳春。
春光妩媚滢天际，老树虬枝慑鬼神。
斗转星移开放好，新人未忘树旗人。

注释

①1935年红军攻破宁强，东山观为叶帅指挥部，此柏系拴马树。

七律·汉上大安仙洞

千年睡岫卧云外，洞府寻仙幻景开。
无日霞镏钟乳秀，闻声疑是歌仙来。

天生奇洞洞连洞,地造瑶台台比台。
百态千姿难表述,神工鬼斧乐开怀。

七律·锦绣汉源图

莽莽秦巴南北延,悠悠玉带绕城垣①。
廊桥飞渡横虹彩,挡泄闸栏聚浚潭。
浪遏游舟舟荡影,云沉绿水水浮天。
何来玉碧清如许,专道排污净汉源。

注释

①玉带:汉水源头宁强城段名玉带河。

浣溪沙·夜驰宁勉高速路

高速飞驰入夜阑,路标光电耀斑斓,红黄白绿映回旋。　前看如环花万朵,后观却现夜沉眠,群星环斗任消闲。

浣溪沙·"华山论道"围棋赛

华岳翠峰耸九天,人称五岳最高山。陈抟弈道设机关。　逸事今追真布影,南峰对弈便成仙。乾坤胜负笑棋盘。

南歌子·骊山华清宫

独嶂华清秀,群峦展翠屏。九龙汤韵好消停。总统国王陶醉贵妃情。　莫笑周幽混,明皇亦败名。玉环褒姒两相平。道是江山更易总华清。

李哲初

1924年生,湖南省平江县人,师范肄业,中共党员。1949年7月参加工作,历任县科长、计委主任等职。后任地区公司经理、书记等职,经济师。湖南诗协、中华诗词学会会员,白石诗社常务理事。著有《烛影诗词集》《劲草吟》等。

七绝·西安

名扬世界古长安,八百秦川壮大观。
多少风流人物显,十朝帝阙话金銮。

七绝·咸阳

一代秦皇霸业陈,雄吞六国共称臣。
功高奉上君王殿,统领江山达至尊。

七绝·秦陵

秦皇旨意造陵园,战阵排开地下填。
亘古奇观扬世界,长留国宝古今传。

七绝·阿房宫

秦筑阿房何处寻,成堆焦土费思沉。
楚人一炬连三月,留得虚名说到今。

七绝·华清池

华清碧水洗凝脂,乐与明皇戏此池。
富贵尊崇花上露,一朝魂断马嵬时。

七绝·咏三秦历史人物（五首）

其一　秦始皇

历来众庶骂秦皇，恨筑长城百姓殃。
盖世皆称奇迹在，千秋功过费评章。

其二　刘邦

本是民间一菜农，一朝发迹坐皇宫。
凡夫执政安天下，汉室兴隆创业功。

其三　张良

进履谦恭叨指引，兵书熟读育雄才。
筹谋汉室功成后，辟谷云游去不回。

其四　韩信

胯下低头甘受辱，流离落魄腹中饥。
功成得遂平生志，一饭铭恩报德时。

其五　樊哙

本是街头一狗屠，为人自信不糊涂。
扶持汉室高天下，千古谁云不丈夫。

李家麟

  1929年生，四川省盐亭县人。1950年参军，1956年毕业于解放军高级通信学校，中专学历。1960年转业青海，先后在银行系统担任出纳、会计和总务。1985年退休。成都老年诗词创作研究会、盐亭县嫘祖诗书画院副秘书长。

七绝·过秦岭

西望茫茫一岭横，巍巍雄峻入云层。
铁龙呼啸乘风过，壑转峰回万谷鸣。

七绝·文成公主

和亲远嫁别长安，汉藏情牵万里缘。
马放南山刀入库，唐王高枕噜声喧。

七绝·轩辕黄帝

洪荒渐远群雄起，部族纷争战未休。
除暴安良成大业，雄风滚滚奠神州。

李振东

1922年生,笔名汶阳雨尘,山东省肥城市人。原新疆维吾尔自治区喀什地区邮电局党委书记。中华诗词学会、新疆诗词学会、新疆书协会员,阿克苏诗词学会名誉会长,阿克苏地区书协名誉理事。合著有《胡杨叶韵》。

五绝·暴秦

霸业奠辉煌,蓄谋万世长。
嬴秦行暴政,胡亥即衰亡。

七绝·兵谏

兵谏张杨计决裁,西安事变史册载。
远谋国共同携手,抗日高潮滚滚来。

七绝·姜尚

皓首渔翁钓渭滨,直钩磨砺自清尘。
时来拜请荣乘辇,奠辅姬周八百春。

七绝·延安

反剿长征有尽头,英雄破浪砥中流。
抗倭卫国挥戈戟,圣地恢弘党运筹。

七绝·武则天

日月当空胆自量,雄心睿智理朝堂。
能容叛逆胸怀广,盖世奇闻道女皇。

七绝·周幽王

兴衰邦国有根由，溯古追今事在酋。
褒姒展容为一笑，骊山烽火戏诸侯。

李桂梓

1941年生，别号史外外史，甘肃省秦安县人。中华诗词学会、中国诗歌学会会员。著有《两由斋自选集》。

五律·延安杂咏（二首）

其一　宝塔山即事

宝塔凌空起，巍然嘉岭间。
一韩兼一范，三郭即三关。
人物光青史，堂坳映翠峦。
我今游圣地，俯仰自怡颜。

其二　万花山即景

杜甫留宿处，我今偕友来。
野花方吐蕊，幽屋早生苔。
绿缛红成锦，芳菲翠作堆。
谁招洛阳客，上郡一争魁。

七绝·过霍去病墓口占

将军百战出龙沙，瀚海纷纷落雪花。
慷慨归来见天子，匈奴未灭不为家。

七绝·蓝关古道

我欲驱车向辋川，巍然一岭障南天。
白云缭绕蓝关道，峭壁如屏列岫巅。

七绝·太华口号

太华三峰绝似莲，黄河之畔倚蓝天。
我今跃过苍龙岭，要作云台第一仙。

七绝·乾陵无字碑（二首）

其一

秋风原上绿杨枝，曾拂宫中翠凤旗。
无字碑前人似蚁，女皇心事有谁知。

其二

最是则天无字碑，每教观者起遐思。
英魂虽逝英风在，不许男儿胜女儿？

七绝·王维辋川别业遗址（二首）

其一

诗人归隐乱山隈，小艇摇摇荡桨来。
白果自栽花自采，闲时稳坐钓鱼台。

其二

一株银杏倚云栽，枝覆梵宫叶覆苔。
岩穴幽人多雅兴，每于月下抱琴来。

七绝·陕北行吟（二首）

其一　万花山即兴①

巾帼英雄返故乡，万花山色郁苍苍。
我来正值芳菲日，十里熏风一瓣香。

其二　清凉山即兴②

新闻早已有中心，且向清凉山上寻。
一曲凯歌高奏日，神州万里听佳音。

注释

①万花山在延安西南数十里处，林木葱茏，风景颇佳，传为花木兰故里，有木兰墓、木兰祠等。

②延安清凉山曾是新华社总社、解放日报社、新华广播电台驻地，今建有"新闻中心纪念馆"。

七绝·奉接天道长之命诗赠萧玉玲女士（三首）

其一

秦人自古爱秦腔，一听乱弹神气扬。
昨日倾城看大戏，只缘名角又登场。

其二

最喜知音作解人，开台即演玉堂春。
年来识得愁滋味，一着红装便入神。

其三

记得当年银幕中，桂英唱得满堂红。
而今又见凌波步，一霎袭来杨柳风。

七绝·感题马友仙（四首）

著名秦腔演员马友仙，余久爱其声腔，顷观其演出之《窦娥冤》

《断桥》《藏舟》等剧，信乎名不虚传也。

其一

艺名早已著长安，今日歌弦动陇干。
最是剧情哀绝处，一声唱彻五更寒。

其二

多情但怕进梨园，忍看红颜血泪翻。
六月居然飞白雪，感人最是窦娥冤。

其三

天下何为第一桥？西湖秋景倩人描。
白蛇最解青蛇意，扑倒台前是"绝招"①。

其四

二月莺声出上林，新腔一曲值千金。
小舟摇动明月夜，难煞女儿求爱心。

注释

①据云，婺剧《断桥》，周恩来总理生前誉为"天下第一桥"。至马友仙赴京演出秦腔《断桥》，北京某戏剧权威乃以"第一桥"许马。剧中白蛇仙、青儿、许仙一齐扑倒台前之配合动作，惊险突兀，堪称一绝，每演至此，辄起掌声。

李真龙

1954年生，字云海，号云庵，江西省南昌市人。南昌县文联秘书长、作协主席，江西诗社社员。著有《云海诗词选》。

七绝·华佗墓

太华有幸华佗葬，香火因缘功德多。

我欲医心除国病，千年骸骨付山河。

七绝·华清池

仙云绕岫华清池，苑囿参差岸柳垂。
莹腻销魂初出浴，景阳宫殿漏声迟。

七绝·骊山烽火台

美人凝面晓妆开，买笑同登烽火台。
八百诸侯归去后，一朝兵到有谁来？

七绝·兵谏亭

爱国何妨兵谏君，张杨忠义与天存。
倚栏长啸生豪气，千古骊山民族魂。

七绝·西安大雁塔

雁塔旁瞻耿耿情，关山迢递取真经。
丹心报国无量佛，自著千秋万世名。

七绝·咸阳

咸阳不见旧秦宫，稷黍飘摇秋雨中。
霸业苦求传万世，中原逐鹿梦成空。

七绝·马嵬坡

秋雨秋风马嵬坡，六军不发竟如何。
梧桐滴露无穷恨，何似上皇幽怨多！

七律·秦兵马俑

秦俑天工造化奇，兵雄马壮阵容齐。

万方礼乐同文字，六国戈矛铸鼎彝。
一统江山期独姓，千秋事业更无慈。
深恩薄德谁长久，静室劳君仔细思。

七律·长安怀古（二首）

其一

把酒临风唱大江，阑干拍遍叹无双。
男儿许国功名薄，竖子当途血口庞。
慷慨生哀怜李广，萧条异代恨刘邦。
躬耕垂钓谁人顾，明月如钩挂旅窗。

其二

长安凭吊汉家雄，何处重逢黄石公。
胯下戟郎乘夜月，坛前帅印总兵戎。
可怜梦里冲刘项，到底宫中悔蒯通。
尽羡赤松归去早，其如恋栈也无功。

李祥麟

1926年生，又名李林、向林，山东省滕州市人。山东师范学院中文系毕业。曾任教师、编辑。中华诗词学会会员，滕州市诗词协会顾问。著有《万一斋诗钞》《梦寻履痕》。

七绝·华清池杨贵妃出浴雕像

何处异香颇费猜，华清池畔独徘徊。
回眸一笑惊奇幻，无力娇姿出浴来。

李绥金

1939年生,湖北省武汉市江夏区人。中共党员,中学高级语文教师。退休前任区人大常委会副主任,退休后任区老年大学校长至今。系中华诗词学会会员、湖北诗词学会理事、武汉老年大学协会常务理事。著有《凡夫吟草》。

七绝·秦始皇陵感吟

宏伟迷茫嬴政陵,如云游客叹陶兵。
始皇功过耐评说,暴力牧民奇迹精。

七绝·观秦兵马俑感怀

陶塑威严似在朝,民膏耗尽泪潇潇。
巍峨气派临潼墓,历史阴风何日消。

七绝·雨中谒黄帝陵

沮水桥山雾霭腾,风尘洗尽谒黄陵。
人文初祖根基奠,古柏葱茏古国荣。

七绝·华清池沉思

骊山景色温泉胜,沐浴凝脂悦赤龙。
淫逸骄奢悲戏酿,古今岂止一玄宗!

七绝·华清池偶拾

赐浴华清宠幸时,寿王无奈苦相思。
艺高质丽身难保,何似村姑戏碧池。

七律·神游西安

历史名城西域通,辉煌往事涌心中。
钟楼雁塔巍然立,陶马俑兵游者崇。
兵谏亭前思少帅,华清池畔惜玄宗。
秦皇功过任评议,滚滚黄河总向东。

李铁城

1936年生,大学文化,河南省文学院编审,河南省文史研究馆馆员。曾撰文并书写《赵王陵碑》《杜甫赞碑》等。著有《新道德经》《轩辕黄帝之碑》。

七绝·游乾陵

李氏凋零武姓衰,荒陵岁岁雁空回。
立碑无字存深意,留与人间论是非。

七绝·杨贵妃墓

寿府情恩逐逝云,温泉水暖正承恩。
联骖姊妹游春日,谁念黄沙血染裙。

七绝·霍去病墓

祁连山上汇风云,马踏匈奴记伟勋。
千载游人陵下过,谁人不敬霍将军。

七绝·华山毛女洞①

逃离人世帝王宫,野洞如今有姓名。

四季淋漓岩壁冷，仿佛弱女泪珠凝。

注释

①毛女传说为秦始皇宫人，逃逸此处。

七律·王宝钏寒窑

乐游原下绣成堆，小院荫深紫燕飞。
弃掷霓裳离相府，甘随乞子采蕨薇。
寒窑有火心常暖，古井无波月满辉。①
水尽曲江箫管咽，年年男女笑谈归。

注释

①寒窑尚存一眼古井，传为王宝钏生前遗迹。

七律·登西安大雁塔

浮屠突兀耸苍穹，凛凛孤高京兆中。
南岭白云遥相望，北原泾渭觑迷蒙。
千年断瓦生青草，万古危檐望去鸿。
昔日宫廷机器响，曲江禾黍映秋空。

七律·登华山（二首）

其一

巅连荠树净高天，路起眉头铁链寒。
石怪松奇千嶂秀，荫深谷静万蝉喧。
崖边飞瀑流苍壁，峰外长云蔽远山。
横跨苍龙翔绝顶，南天门上望秦川。

其二

一剑峥嵘刺远天，千环铁索挂崖边。
黄河九转从云落，惊浪奔涌自地旋。

泾渭清流织锦绣，潼关雄镇锁秦川。
秦皇陵上湮荒草，老子驱牛正辟田。

李能㑣

1945年生，陕西神木县人。曾任陕西榆林日报社社长兼党组书记，高级编辑。现为陕西省诗词学会会员，新疆昆仑诗社会员，榆林市诗词学会副会长兼秘书长，榆林诗词学会常务副会长，《榆林诗刊》副主编。

五律·游神木二郎山有感①

天公排笔架，欲待世贤来。
请挹云川②墨，尽摅龙凤才。
诗吟大风曲，画展振春梅。
新榜题名日，麟州定夺魁。

注释

①二郎山，在神木城西，因形如笔架，又名笔架山。
②神木城西有窟野河，古称云川。

七绝·华山即兴

何处巨灵过此间，刀裁新芋欲尝鲜。
随心撒下两三点，留与世人竞稽参。

七绝·太白泼墨山

山头泼墨势恢宏，定是心中有不平。
倘若青莲生此世，重操泓颖写峥嵘。

七绝·中雪登太白山

太白山头雪正皑，红枝绿叶尽敷梅。
天公有意难诗客，可赋华章若画来？

七律·榆林莲花池①

秋雨潇潇恨不停，满池菡萏为谁荣？
风摇柳影无情侣，梦断游踪有怨声。
空负濂溪君子誉②，浪添太白袖香名③。
谁人长扇驱云散？尽展娉婷播远馨！

注释

①榆林城中有莲花池，始成于明代，为"榆林八景"之一。
②宋人周敦颐，世称濂溪先生。著有《爱莲说》，称莲为"花之君子者也"。
③李太白诗《相和歌辞·采莲曲》有句："日照新妆水底明，风飘香袖空中举"。

七律·观榆林红石峡摩崖石刻

郊野清溪一峡开，谁人题咏遍云崖？
雄关大漠多奇句，铁马冰河骋将才。
笔底犹存家国恨，行间似识庶黎灾。
研来朱墨抒胸臆，欲扫嵚崟百代哀。

七律·太白山抒怀

太白山头唤谪仙，此今山色共君看。
冰崖奇绝或如旧，茂树青岚定胜前。
四邑客趋缘泰裕，八方笑语乐康安。
长车一啸穿秦岭，蜀道重吟易换难。

七律·贺燕翼堂义塾成立兼赠韩海燕君①

寻常宅院旧廊尊,燕翼深情自可亲。

待哺嗷嗷百雏痛,滋饴悫悫一身循。

期能探颔②穷骚雅,更欲编蒲③就典坟。

自古葭州灵秀壤,从教鸿鹄破层云。

注释

①榆林市佳县燕翼堂义塾成立于2007年10月,是继河北涿州文昌祠义塾之后的我国第二个现代义塾,为佳县人韩海燕先生创立。

②《庄子·列御寇》:"夫千金之珠,必在九重之渊,而骊龙颔下。"此处借喻求索不易。

③《汉书·路温舒传》:"路温舒字长君,钜鹿东野人也。父为里监门,使温舒牧羊。温舒取泽中蒲,截以为牒,编用写书。"后借指苦学。

水调歌头·登太白山

近岭殷勤绕,远岫渐来迎。多情太白,邀我长缆引车登。木起青帏翠幛,花织朱绹紫绶,处处露生荣。诗画无穷意,尽在此山萌。

攀丹崖①,穿斜峪②,探洞冰③。问猿听鸟,欲效跑马④意纵横。染翰明湖碧水,柱石长屏⑤留句,一任八仙⑥评。临别一言寄:唯愿万年青!

注释

①丹崖,指太白山八景之一"红河丹崖"。

②斜峪,指太白山八景之一"斜峪雄关"。

③太白山大爷海东侧崖壁上有太白冰洞。

④太白山西南有"刘秀跑马梁"一景。

⑤太白山八景之一"斗母奇峰"内有花岗片麻岩石柱山。

⑥太白山绝顶有八仙台。

李绪宗

1935年生,山东省青岛市人。1960年毕业于西安交通大学水力系。供职于中国水电西北勘测设计研究院,高级工程师,项目负责人。系中华、陕西省诗词学会会员。陕西电力诗词学会理事,作品分别选入《电力诗词选》《闪电集》等刊物。

五律·西安城河

天上白云悠,清渠碧水流。
城墙河里映,绿树岸边稠。
喜讯招游众,欢声荡乐舟。
尽情欣赏日,牢记治污愁。

五律·秦岭感赋

秦岭东西卧,北南天气分。
雪飞寒日驻,蝶舞暖风临。
干旱禾苗萎,湿潮稻叶欣。
何时通大阻,两地共福音。

五律·环城健步行

音影伴飞人,凌晨健步频。
河床清水淌,城畔绿茵伸。
鸟语醒迟梦,花香迎早宾。
一时逾十里,运动壮心身。

五律·荐福寺感赋

万卷梵文珍,千年宝塔尊。

古槐根扎远,史碑源溯深。
暮鼓惊栖鸟,晨钟唤寝民。
时光传久远,难忘两生辰。

五律·石门水电站感赋

金砼塑玉身,拱立翠湖伸。
机转明灯照,闸开汉地茵。
轻舟越徒步,栈道换航巡。
竟尽青春力,重逢倍感亲。

七绝·西安即景

南瞻秦岭千年树,北望唐城万户烟。
鸟语晨钟催早醒,莺啼暮鼓伴迟眠。

七绝·谒炎帝陵

晴空万里有新天,翠竹苍天姜水川。
炎帝子孙承伟业,自强不息古今传。

七绝·谒长安杜公祠

苍山绿树映祠中,鹤发童颜谒律翁。
杜甫韵音声震耳,千年诗圣喜犹逢。

七律·祭祖黄帝陵

轩辕黄帝奠基先,历尽沧桑忆昔年。
古代文明天下早,今朝创举宇寰传。
黄陵碑石怀宗祖,桥岭松林念圣贤。
任尔离乡辞国远,终究难却世前缘。

七律·桃花山庄感赋

溪流汩汩小桥横,杨柳青青桃蕾萌。
崔护诗碑前院诵,晓春塑像后庭迎。
赠钗永记佳人约,借饮毋忘花蓓盟。
一见钟情宣石海,千年思恋月星明。

七律·谒司马迁太史祠

梁山郁郁伴精英,芝水潺潺诉隐情。
仗义执言蚕室辱,卧薪尝胆史书成。
千秋实录昭宏业,万里巡游觅众声。
哪怕君王还肆虐,终归百姓有公评。

李清海

湖南人,内退后迁居衡山县。中学语文教师。湖南省衡阳市曲世家协会会员,南岳诗书画社社员。诗词作品散见于《衡州诗词》《南岳文艺》等刊物。

长相思·贺《秦风》创刊二十周年

思秦风,忆秦风。艺海悠悠二十冬,有情又有风。　　吟诗声,咏诗声。卷浪兴波数百重,骚坛有德声。

李雪莹

女,辽宁省辽阳市人,大学文化,教师。中华诗词研究所研究员,中国杜甫研究会、中华诗词学会、黑龙江省作协、哈尔滨市诗词楹联协会理事,北国诗社社长,《北国诗词》主编。作品、小传入编《当代巾帼诗词大观》《中华女诗人辞典》等。

七律·黄帝陵

雨过新晴到帝陵,风尘洗却喜身轻。
云端隐约无穷碧,绝顶分明数点青。
古柏千年阴凤岭,子孙万代念龙城。
寻根祭祖拳拳意,寰宇何时共月明?

七律·谒秦古迹感作

始皇霸业普天陈,万里长城客最频。
兵马俑名传四海,阿房宫殿壮三秦。
楼台览胜尘埃远,历史重温禹甸亲。
功过是非来者鉴,钟声催晓又经春。

画堂春·谒乾陵

神游故国帝王乡,依山石径铺长。石狮翼马伴松苍,花草芬芳。
述圣记碑高立,犹寻霸业辉煌。也因无字费端详,难以评章。

蓦山溪·谒西安大雁塔

荷风晓起,清爽游人喜。古苑树林林,一望去、尘心消矣。阁台亭榭,粉壁映烟霞,青染翠,红度紫,柳色箫声美。　　登临俯视,万象崔嵬里。玉宇接苍天,大雁塔、玄奘故事。杏园题记,都已水流东,河底澈,收眼底,遍地高楼峙。

李鸿之

1933年生,笔名陌人,湖北省监利县人。县工商退休干部,经济师。现为监利离湖诗社常务理事兼编辑,系中华、湖北、江南诗词学会会员。十年来创作诗词逾千首,在全国50余种有关刊物上发表作品,多次获奖。主编有《监利县工商局志》,著有《陌人诗稿》。

七绝·咏秦俑

秦皇暴虐后人哀,死派雄兵戍夜台。
车马俨如生阵布,千年古迹出尘埃。

七绝·游骊山

老朽参观感慨生,古城遗址帝朝更。
风云人物归何处?只见骊山兵谏亭。

七律·张杨兵谏骊山

救亡烽火遍辽东,兵谏骊山为国忠。
一颗丹心人共鉴,满腔怒火蒋难容。
身罹虎穴卜生死,友探龙潭问吉凶。
千古功臣垂史册,家乡父老悼英雄。

七律·黄陵颂

历代王朝屡迭更,不忘始祖祀黄陵。
千秋典范英风在,万古功勋史册铭。
食大如天教稼穑,恩深似海布温馨。
炎黄儿女兴华夏,锦绣江山入画屏。

李鸿钊

1932年生,笔名鸿剑,陕西省凤翔县人。曾任县人大办公室主任等职。陕西省诗词学会会员。

七绝·古凤重游

千年彩凤古今留,不见街房尽阁楼。
三匝翱翔终识变,东湖景色壮春秋。

七律·凤翔东湖

东湖昔日东坡建,阁馆楼亭翠色鲜。
画栋朝飞三月柳,珠帘暮卷九秋莲。
湖光倒映鸳鸯榭,碧水斜穿彩凤船。
那处春光风景好,红颜弄舞月华圆。

七律·雍州新貌

路绕琼楼抱复回,风流设计显奇才。
道旁绿树偕芳草,园内红装舞落槐。
日放金辉成五彩,神游胜景下瑶台。
新城筑就凭君赏,贸易观光到此来。

七律·关中西府吟

盛世辉煌领袖贤,雍州发展史无前。
高楼林立霞光照,翠柳桃花色染天。
经济腾飞车往返,东湖美景客来观。
山清水秀宜开发,环境优良贵在先。

鹧鸪天·拜黄陵

溯本求源拜祖先，寻根觅脉步云烟。丰功伟业乾坤赤，浩气长存日月天。　　归港澳，润心田，神州一统盼团圆。承前启后黎民喜，告慰英灵国万年。

李朝阳

1929年生，湖北省英山县人。中共党员，退休干部。成都诗词学会、东坡赤壁诗词学会会员。著有《霞林觅叶》。

七绝·访鸿门宴遗址

剑光灞上胆惊寒，楚汉兴亡一瞬间。
信是人才成帝业，项王寡断范增难。

七绝·谒秦始皇陵

灭楚亡燕六国收，洛阳问鼎拔东周。
长城万里存褒贬，历代庸君岂可侔。

七绝·观秦兵马俑

战马三千寄土丘，开封胜景满神州。
先人料虑升平日，前代藏兵备远忧。

七绝·张骞使西域

亚欧迎使汉衣冠，政贾沟通自此繁。
莫把陕西从扁看，文明远播始长安。

七绝·兵谏亭（二首）

其一

抗日危航扭巨轮，张杨一发系千钧。
亭前敬佩思当日，敢犯"天颜"有几人？

其二

痕留兵谏一孤亭，暗害迁羁各不同。
黄土纵将君掩去，殊勋千古耀天东。

李登松

1935年生，四川省金堂县人。四川师范大学毕业，西华大学副教授。江油青莲诗社理事，中华诗词文化研究所研究员。1961年大学毕业后响应党的号召，到凉山彝族自治州会东县中学执教20年。1981年调州教育学院任教。1984年调西华大学任教。曾被评为"校先进教育工作者"，获校教学成果优秀奖三次，科研成果奖三次。退休后，从事诗词和书法创作、研究。

满江红·黄陵祭歌

万道金光，仙姬拥、珠幡艳丽。神驭降、六龙金辔，瑞香横溢。满眼江山生异彩，连天歌舞迎灵跸。奏钧天、齐唱《庆云歌》，思恩泽。

五千载，传一脉。全世界，尊中国。听人间天上，笑歌相及。大陆台湾归一统，同胞兄弟谐琴瑟。待来朝、携手扫黄陵，呈完璧。

金缕曲·纪念李白诞生一千三百周年（五首）

其一

醉逐嫦娥舞。掷金杯、抽刀断水，泪沾缨组。大道如天无计出，四顾茫茫冷雾。何处觅、沧江渔父？万斛烦忧谁解得，读《离骚》、彻夜潇潇雨。天怎问,向湘浦。　　可堪痛饮刘伶苦!好腥臊、三光失焰,路横豺虎。无怪青蝇还吊客,举国皆歌《相鼠》。天不管、芝兰凋腐。万卷瑰词昭日月,化坑灰、不值星星土。天理在,知何处?

其二

五岳寻仙侣。纵丝缰、横骑白鹿,素衣飘举。一曲《凤歌》飞青霭,闲看朝云暮雨。游不尽、蓬莱天姥。岂是诗仙归去也?恨人寰、逐鹿生荆簌。蝇喋血,鬼酣舞。　　何方可避刀兵苦?逗神思、太清仙窟,武陵深处。手把芙蓉朝汗漫,还击秦川金鼓。谁悯恤、哀哀妇孺!休道皇王功显赫,坐金銮、白骨撑基础。人肉席,独夫哺!

其三

弃印弹冠走。曳长裾、掀髯大笑,满街呼酒。"富贵功名皆命定",舐痔含沙断袖。弄不尽、哥奴身手。白眼撩天横上座,问"杨钊、赌债还清否?"王侯种,世稀有!　　雷霆闪电诗千首。是灵均、百年忧愤,化雄狮吼。昂首高驰从此去,敝屣朱轩紫绶。谁耐得、腥臊恶臭。一叶扁舟恣啸傲,听菱歌、醉卧篷窗后。莼菜梦,烟波友。

其四

憔悴频搔首。出金闺、仰天长啸,气冲牛斗。裙带相连专衮冕,塞路遮天不透。更叵耐、胡儿认母!怪道"天才皆欲杀",饱私囊、上下同其手。洙泗坏,两京臭。　　破天镶补谁能够?正东山、平戎奇策,谢安书就。笑挽银河清八极,俊赏春风诗酒。谁肯作、儒经死守!须看鲁连宣高论,扫千军、初试悬河口。钟鼎贵,等刍狗。

其五

散发凌风走。跨长鲸、分波捉月,漫舒神手。采得骊珠三百万,缀上千端锦绣。都道是、诗家琼玖。展示江山生异彩,闪金光、迸作春雷吼。惊噩梦,起衰朽。　　山河摆簸魔王抖。见青天、紫阳高照,浣花时候。描出人间天上境,独领风骚魁首。和氏璧、光前裕后。万古谁堪英雄拜,聚彰明、岁岁呈笾豆。灵迹在,故山秀。

李雄飞

1930年生,陕西省三原县人。1950年毕业于西北艺术学院音乐系,后留校工作,1990年退休。曾任西安音乐学院图书馆馆长、教务处处长等职,副研究员。中国音乐家协会、中华诗词学会会员。现任省老年诗词学会副会长暨《秦风》诗刊主编,省老年大学暨西安老战士大学诗词班教师。

五律·秦岭游(二首)

其一

车行秦岭道,无处不清辉。
千树含朝露,万山披翠微。
叶浓花更艳,峰曲路如围。
返朴饶生趣,人人喜复归。

其二

濯足清溪水,浪花湿我衣。
湿衣何足惜,观景意无违。
坐石观飞瀑,临波浴午晖。
云天涵盖远,触目尽烟霏。

七律·女娲文化座谈会感赋

休云神话便荒唐,自有国魂民意藏。
双手补天何志壮,慈心救世最情长。

暖身久赖温泉水,济难犹存炼石坊。
开创精神传万代,常思始祖女娲娘。

七律·迎第三届长安雅集抒怀

画意诗情兴不穷,长安雅集喜重逢。
一湖青碧摇云影,几阕清歌入晚钟。
曲水流觞承晋韵,秋池吟唱继唐踪。
慈恩寺畔柳如海,友谊与之谁更浓。

七律·重游汤峪(二首)

其一

无边黛色入窗寒,旅舍周遭山叠山。
时见闲云萦远岫,忽闻归鸟唱林间。
温泉送暖涤尘垢,翠柳垂柔拂鬓鬟。
更喜小溪添乐韵,终宵枕畔响潺潺。

其二

风雨水声梦更酣,晨惊细涧已浑涵。
山山似洗添苍翠,树树如眠转绿蓝。
画意盎然融柳色,诗情不尽入溪潭。
可堪汤峪宜浓淡,兼赏寒林与晓岚。

七律·荐福寺建寺一千三百二十周年志感(二首)

其一

春风骀荡护苍葱,古寺久多游客踪。
百代高僧传佛法,几家教派立禅宗。
驼铃帆景忆丝路,荐福慈恩仰塔峰。
碧眼黑肤黄发女,长安城外访晨钟。

其二

小雁塔旁槐影移,繁枝密叶绿参差。
山门喜迓五洲客,佛殿偏怜华夏儿。
劫后庙容伤昔貌,春来塔院焕新姿。
一千三百年间事,唯有钟声似旧时。

七律·乙亥暮秋去乾县(二首)

其一

秋暮喜逢雨后晴,车行无处不心清。
炊烟绿树田家意,落叶西风古道情。
田秀千顷连碧宇,果红十里映空明。
欣看村首立新校,柳陌时来小学生。

其二

新楼蜂出咸阳路,车笛雁鸣渭水桥。
风下平林唐阙近,云紫高岫汉陵遥。
丝途渐少离人苦,灞柳犹多春日条。
人世何须伤往事,且将彩墨绘今朝。

七律·安康瀛湖行(四首)

其一

一抹斜阳照汉江,流霞空碧两茫茫。
三分景致二分水,十里山村五里塘。
远树依依融岭色,轻舟点点浴波光。
披襟更觉晚风爽,逝者如斯宠辱忘。

其二

远水群峦融绿芜,千溪百涧汇银湖。
蓬舟踊跃漪波上,游客流连秀岭孤。

流碧接天江似带，空澄映日浪如珠。
暮春三月陕南好，喜看人人入画图。

其三

春来汉水绿如蓝，淼淼波光映翠岚。
林海籁声萦耸峙，云天倒影入浑涵。
水围河岸金螺髻，岛缀银湖碧玉簪。
极目远观心欲醉，暮春人在小江南。

其四

金螺岛对翠屏庄，百里瀛湖璧一双。
一带新村惊鬼斧，六层峰塔眺帆樯。
饥餐欣有鲜鱼脍，渴饮时闻新叶香。
山水园林呈秀色，汉巴处处好风光。

李廉德

1940年生，福建省清流县人，中学高级教师。大学本科，中共党员。永安市政协文史通讯员、特约审读员，市社科联委员，永安客家文化研究会研究员，市关工委秘书、燕江诗社社长，福建省诗词学会、中华诗词学会、中国毛泽东诗词研究会会员，中华诗词文化研究所研究员。诗词作品在各级报刊发表，多次获奖。著有《笔耕集萃》《故土情思》。

五绝·龙驭阁

桥山龙驭说，黄帝得民心。
治理人为本，天经贯古今。

五律·轩辕黄帝

轩辕吾始祖，古国一先贤。
舟矢千秋泽，桑麻万代传。
干支编岁序，汉字谱华篇。
恩德光寰宇，人文日月悬。

五律·秦兵马俑

堂堂兵马俑，举世一奇观。
体魄如初建，形神若素安。
眼前陈史迹，心底涌波澜。
读古堪为鉴，轻骑不下鞍。

七绝·桥山夜月

桥山夜月泻银辉，古柏森森沮水围。
触景生情怀始祖，千秋功德润心扉。

七绝·武则天

墓碑无字冷凄凄，留下女皇千古谜。
但愿芳魂堪永驻，乾陵尸骨化肥泥。

七律·乾陵黄土民俗村

古老文明一脉承，民风淳朴世闻名。
女皇驻跸奇观赏，龙洞休闲妙趣盈。
喜庆婚丧传习俗，诗书歌舞祝升平。
修陵工匠遗居址，黄土渊源次第呈。

望海潮·轩辕庙览胜

桥山东麓,人文初祖,轩辕庙宇绵延。黄帝石雕,成群建筑,庄严古朴浑然。华夏一奇观。看高耸大殿,气象纷繁。亭阁碑廊,史前遗迹话先贤。　　龙池夜月流连。叹成荫柏树,幽雅空间。桥饰画栏,场铺玉石,千秋谒祖心虔。功德谱新篇。望千年胜景,浮想联翩。放眼神州,炎黄伟业正中天!

李韵芬

1931年生,四川省眉山县人。成都市妇联退休。成都市诗词楹联学会会员。著有《枫叶集》。

七律·游西安兴庆宫公园

百亩披霞入画丛,名园曾是帝王宫。
沉香亭外牡丹在,兴庆殿前日月同。
凤阁龙楼辉映日,翠湖垂柳绿生风。
帝妃去后还民乐,拂晓春风依旧浓。

李碧媛

1979年生,女,广西壮族自治区容县冠堂大冲人。作品入编《类编中华诗词大系》《中国吟坛》等。

七绝·秦始皇陵

秦始皇陵似座山,奇珍异宝储中间。

金银岂是万能物，尘世难寻此景观。

七绝·登西安城墙

大南门外抚城基，似见先人举义旗。
垛口城河游客满，魁星楼写太平诗。

李增邑

1943年生，湖南省祁东县人，高级讲师。宝鸡市财政局局长。

五绝·过古栈道

树密筛霞影，林幽响水声。
碧空飞栈道，履险觉身轻。

七绝·太白山世外桃源

境入仙源别有天，心仪睡佛岂能眠？
于公佳句催人醒，家国繁荣任在肩。

李儒科

湖北省黄冈地区电大干部。

五律·登西安大雁塔

雁塔凌云起，高标四海雄。

渭河来眼底，宫阙镇关中。
遍地新唐韵，满街古汉风。
登临无限意，只是太匆匆。

七绝·过新丰望鸿门宴旧址

逐鹿中原战火狂，汉军昨夜下咸阳。
鸿门宴上失天下，不怨刘邦怨霸王。

七绝·西安碑林

楼阁重重院径深，千张万块古人心。
若知历代书家史，尽到碑林碑上寻。

七律·长安行

喜到长安三日行，纷呈满眼慰平生。
唐宫汉阙秦陵梦，铁马金戈玉苑情。
烽火台前花事好，护城河畔月华明。
乐游原上乐游晚，最是黄昏晚照晴。

七律·西安半坡遗址

长安昨夜梦如何，风雨兼程上半坡。
白鹿桑麻盈古磬，灞桥杨柳织新罗。
咸宁路上车如水，原始村头我放歌。
更喜人鱼工艺美，华文汉字此先河。

李耀儒

陕西彬县人,西安音乐学院印刷厂厂长。陕西省诗词学会常务副会长,《陕西诗词》副主编。著有《李耀儒诗书》。

七绝·望彬县

群山过尽意难平,只愿飞车且慢行。
此去秦川平似镜,更无高处望彬城。

七绝·畅泳洽川处女泉

一泓情越送温存,四面苇墙作浴盆。
泉涌娟流如处子,轻拂素手便销魂。

七律·洽川(三首)

其一 览胜

大河澎湃势如龙,造就洽川翠万重。
十里荷塘推细浪,万顷芦荡映芙蓉。
莺鸣绿柳歌频送,鹭起长香舞从容。
更喜灵泉喷玉液,韵情胜似酒香浓。

其二 芦荡泛舟

轻舟容与入蜿蜒,水荡斜晖一线天。
夹岸芦花洁胜锦,护堤翠柳媚如烟。
苇田无限迷归路,倒影连天漫小船。
轻袖拂阴心欲醉,神飞幽境意飘然。

其三 天柱山远眺

孤峰拔地入云烟,砥柱中流矗九天。

万里黄河连晋水，百重翠幔笼秦川。
追踪石宝怀远哲，犹叹芳婴渡野田。
极目奔流思绪渺，振衣绝顶久流连。

七律·太白山畅想

谁持墨黛绘奇峰，又挂云帆御彩虹。
玉泻珠飞惊素月，清描翠点破苍穹。
步移景转抒长卷，涛送声回歌大风。
一抹斜阳添梦幻，群山竞入我诗中。

七律·太华吟

华岳独尊傲太空，群峰并立竞称雄。
东腾云海迎红日，西坐莲池起彩虹。
南卧极巅停落雁，北穿薄雾走苍龙。
盆中玉女娇犹艳，撩拨群仙下碧穹。

七律·秦岭颂

群山列阵铁骑征，横贯三秦势若鹏。
曾笑峨嵋称峻秀，敢同庐岳论崚嶒。
嘉陵涛自胸中涌，太白雪从云外登。
更喜千流分水处，江河如意各奔腾。

七律·长安怀古

秦关回首十三朝，自古长安尽舜尧。
宫阙楼台存胜迹，残红怨柳忆狂潮。
兴衰当证人心向，成败岂归天意调。
安得汉唐歌舞地，雄风浩荡再昭昭。

七律·故土彬县

故土难离不忍留,殷勤回首四十秋。
凝思如见儿时乐,信手能拾暮岁忧。
枝上已无昔日鸟,泉中犹似旧时流。
慈恩不朽痛难报,陟屺每怀寸草羞。

七律·情恋彬县

长安豪饮满千盅,泾水河边怯酒浓。
父老春晖何处报,家乡故态有谁容。
踏青吟句聊排闷,望冢凝思寄旧情。
午枕如雷君莫怪,西风吹梦到彬城。

南乡子·绪正弟《城门李家》读后

常忆故乡塬,不尽泾河不尽川。唯有旧时山共水,依然,何处刘郎去犹还。　寻梦老城前,人去窑空尽颓垣。残月西沉霜欲下,茫然,影瘦衣单倍觉寒。

忆江南·华山美(七首)

其一

华山美,意在九重天。孤傲独尊如剑坚,群峰竞秀若龙盘。竦峙望函关。

其二

华山美,恰似上悬梯。远近时闻流水唱,高低唯见白云飞。明月出翠微。

其三

华山美,飞瀑壮山威。林壑幽深春气暖,筊篁修翠雪花肥。云海渡朝晖。

其四

华山美，莲动映清波。山色千重眉带绿，鸟声一路耳萦歌。天籁绕青柯。

其五

华山美，绝顶在天庭。日照丹霞升幻影，云腾白鹤舞轻盈。人在画中行。

其六

华山美，一径越苍崖。残絮尽随流水去，烟岚时伴惠风来。移步近瑶台。

其七

华山美，美景在千寻。亭角半藏琉璃影，钟声远送绕梁音。林下醉歌吟。

杜开展

1954年生，字延年，斋名三余堂，河南省巩义市人，北京师范大学研究生学历。陕西广播电视大学原副校长，校中华词学研究室顾问，西安诗词学会顾问。爱好中国古典文学和书法艺术。

七绝·壬午秋瞻仰杨家岭毛泽东故居

三间窑洞傍青山，榆柳斜阳日暮间。
遥忆当年灯火下，毛公大笔起狂澜！

七绝·丁亥秋雨中游草堂寺

草堂烟雾岂虚名，尤是秋来疏雨行。
踱步碑廊人不去，裴公翰墨任君评！①

注释

①裴公翰墨：即鄠邑区草堂寺内《圭峰定慧禅师传法碑》。碑文为裴休撰书，篆额为柳公权书。

杜传勇

1943 年生，四川省遂宁县人，本科学历。中国文化艺术发展促进会会员，中华诗词文化研究所研究员，四川省绵阳市诗词学会理事。部分作品发表在《诗刊》《中华诗词》等刊。曾在全国新田园诗歌大赛、纪念小平百年诞辰、"山水情杯"全国电视诗歌创作大赛中获奖。

五绝·华山玉女峰

金梯千丈险，玉井万年清。
四下松涛起，苍天一手擎。

五律·黄帝陵

黄土文明地，青铜时代天。
轩辕三百载，华夏五千年。
英武苍苍柏，温馨袅袅烟。
桥山萦浩气，四海梦魂牵。

五律·西安行

西京淫雨霁,桂蕊正飘香。
广厦矗新市,青槐绍盛唐。
钟声天地远,塔影水云长。
络绎骊山路,千秋说始皇。

七律·登华山

云际莲开叹化工,凝神屏息仰三峰。
穷搜华岳擎天势,暂借飞车缩地功①。
隔世无缘寻彩凤,凌空奋力驾苍龙。
仙翁剑客知何去?独立悬崖对古松。

注释

①飞车:全套引进高架索道,陡升755米,直达北峰。

杜明甫

1924年生,笔名半斋翁,江苏省江都市人。中华诗词学会会员,江苏和扬州诗协理事,镇江《松海诗社》顾问,江都市诗词协会、书法协会和民间艺术研究会名誉会长。主编有《江都历代风物》等。作品、小传入编《中华诗词学会大辞典》等辞书,著有《草堂吟风集》等。

五律·华清池

结伴华清池,寻芳花影迷。
高歌盛世德,争唱太平词。
喜饮贵妃酒,笑吟太白诗。
唐风留古韵,翰墨两相知。

五律·陕北行

黄土高原壮，风情岁岁新。
北巡多峡谷，南望广丘陵。
万亩苹枝绿，千村硕果金。
洛川春色早，改革驾祥云。

五律·西安交通大学

交大高新园，西安占半边；
内迁多奉献，开发育英贤。
电脑显身手，科光映地天。
人才欣辈出，报国早经年。

五律·宝成铁路

五步行三洞，崇山峻岭穿。
抬头难见日，伸手紧摩岩。
百里人烟少，千山草木酣。
阳关鸡报晓，蜀道凯歌还。

七绝·延安导游严小姐

圣地导游严小姐，眉清目秀擅言辞。
轻歌曼舞惹人喜，满口珠玑绽两颐。

七绝·延安城南车损受阻

采风千里报平安，偏到延南马卸鞍。
雇匠抢修时近午，欣然偷笔绘河山。

七绝·品尝西安小吃

小吃秦乡传美誉,登楼郭老笑题名。
尝新满座欢声动,醉舞霓裳颂太平。

七律·顺道西安探亲

重访西安忆浦江,登高团聚发苍苍。
支边西北分离苦,建设边疆乐趣尝。
四代同堂歌阵阵,三秋共醉喜洋洋;
每思"玉镜"怀先姊,笑看诸甥福寿康。

七律·车过潼关

关山壮丽秋光俏,今日潼关气象新。
北渡风陵连晋冀,东通洛邑探龙门。
雄关漫道难飞越,险道畅通变要津。
函谷关前聘老叹,交通高速妙如神。

七律·登西安钟楼

古城胜日沐春风,最数钟楼时代雄。
昔日分时宣昼夜,而今览胜识西东。
景云鼎铸鸣金凤,川口楼雄傲古松。
纵目长街花似锦,登临我唱《东方红》。

七律·参拜黄帝陵

壮时立志拜轩辕,风雨如磐赤县天。
今日寻根圆好梦,神州载德谱新篇。
万株古柏多生意,十亿龙人尽展颜。
每届清明同祭祖,全球赤子聚桥山。

七律·西安碑林

炎黄墨宝集碑林,每令参观耳目新。
唐韵秦风神奕奕,奇葩丽藻意殷殷。
丹青幅幅千秋笔,翰墨章章百炼金。
法古创新吾辈责,中华瑰宝万年春。

七律·游西安兴庆宫公园

唐宫兴庆喜成园,岁月沧桑几变迁。
花萼相辉无旧迹,湖光交映展新颜。
沉香亭畔忆前事,彩色云边访醉仙。
长庆轩中寻好梦,南薰阁院对愁眠。

七律·参观西安半坡遗址

芳草萋萋浐水边,半坡遗址六千年。
仰韶文化播华夏,民族遗风耀大千。
狩猎营生稼穑始,刻痕记事墨文先。
沧桑几度乾坤换,才有人间极乐园。

七律·参观西安高新开发区

古都开发忒辉煌,十里新区越盛唐。
拔地琼楼惊玉宇,摩天大厦放霞光。
马龙车水咸阳道,唐韵秦风渭水泱。
西部龙头昂首立,宏图大展接朝阳。

鹧鸪天·重访革命圣地延安

七道山沟八道梁,采风陕北醉秋阳。多年不到延安地,跨纪重游西部乡。　财旺旺,喜洋洋,延河十里好风光。枣园万木呈金果,宝塔祥云照八方。

鹧鸪天·秦始皇帝陵博物院

千古人称秦始皇,武功政治业辉煌。阿房宫上曾留迹,马俑兵珍耀世昌。　欣瑰宝,放光芒,全球翘指赞龙乡。当今古迹知多少,八大奇观举世扬。

采桑子·陕北

群山耸立连天际,延水流长。延塔晴光,习习和风赤帜扬。　排排窑洞依然在,战友情长。革命荣光,野火春风岁岁昌。

西江月·夜过秦岭

剑阁梦乡鞭马,金龙越洞宵征。华灯万盏若天星,客入灵霄梦境。蜀道如今无阻,驾车任我游行。穿山跨壑上征程,胜日横穿秦岭。

杜金生

1928年生,广西壮族自治区南宁市扬美古镇人。桂西师范毕业,曾任南宁市扬美小学教师,南宁市郊区第一届政协委员。中国文化名人研究会副会长,中国乡土作家协会理事,广西民间文艺家协会、诗词学会、南宁市诗词学会会员。诗词和简历入编30多种图书。曾荣获中国乡土文学奖等。

七绝·西安市

西安百代帝王都,古迹恁多举世无。
街市繁荣商店众,城郊处处美如图。

七绝·延安

延安胜地古今崇,曾驻伟人毛泽东。
革命航灯光四海,千年古国换新容。

七绝·杨贵妃

贵妃爱吃鲜荔枝,万里轻骑不误时。
只顾佳人尝美味,管他劳役耗民脂。

江南春·夏禹治水

歌夏禹,伏蛟龙。丹心为百姓,辛苦不贪功。过门不入传佳话,千古流芳人所崇。

鹧鸪天·西岳华山

西岳雄奇四海崇,群峰笔立触长空。翻飞云海风光美,茂密苍松绿影浓。　池碧澈,雾迷朦,华山观日妙无穷。神仙遗迹游人醉,庙宇辉煌石刻丰。

杨 云

1924年生,笔名沙鸥,湖南省永州市人,现籍陕西省。师范毕业,曾任中学副校长。湖南省诗词学会、楹联学会会员,国际美联中韩文化艺术专家委员会委员。

五绝·秦川秋兴(二首)

其一

秦松转翠黑,渭水起寒烟。
苹果枝头聚,累累红满川。

其二

近水茸茸绿,远山红叶飞。
篱边花醉蝶,佳趣胜春晖。

七绝·祭扫黄陵

漆河沮水护黄陵,古柏森森剑气盈。
虎变鸿蒙风化雅,龙骧十亿祭清明。

七律·登华山

华山天险等闲看,千尺悬崖举步间。
凝望南峰归雁影,惊呼仙掌叩天关。
莲开西塞尘何染,星挂北峰斗可攀。
不信黄河霄汉落,只缘太白未登山。

杨　博

1927年生，别号振文，高中文化。曾任游击武工队长，乳源、乐昌、连县等县公安局长，韶关市粮食局副局长等职。市老区建设促进会理事，中华诗词学会会员。著有《暮年放歌》。

七律·赴西安机上观光

银鹰展翅远飞航，粤穗凌空向朔方。
浩瀚蓝天如碧海，苍茫皎雾若冰洋。
斜穿云岭纷飘雪，俯瞰川原广育粮。
望眼古都知壮丽，城垣雄伟显殊光。

七律·说秦始皇

秦皇史实有公评，绩伟功丰过不轻。
一统诸邦强国度，废除旧制辟新程。
长城修筑边防固，驰道拓宽路畅行。
失在蹂民遭怨恨，酿成后发义雷声。

杨山虎

  1942年生，笔名杨青，山西省稷山县人。山西大学中文系毕业，曾任中共万荣县委副书记、稷山县委副书记、稷山县人大副主任。中华诗词学会会员，山西诗词学会副会长，运城市诗词学会会长，稷山县诗联学会名誉会长。著有《山湖竹韵》。

五律·登韩城烈士陵园宝塔

登高烈士陵，一览遍韩城。
雨洗街容净，风吹垄亩青。
近闻机器响，遥望野烟生。
自古多豪气，今朝更有情！

七律·登秦岭

站在高巅看翠微，一条铁路绕山飞。
云横古道飘银带，日照长车舞赤衣。
能与嘉陵争远近，敢同秦岭比高低。
青莲叹息今何在？万众齐歌蜀道奇。

西江月·咸阳之夜

夜看咸阳宣色，珠光宝气盈街。汞灯排列绕行阶，一片通明世界。
  颓圮王宫何处？绵长秦制和谐。灯前漫想祖龙爷，忘了夜归时节。

忆余杭·华山游记

平地观山，不觉头晕心胆战：五峰似剑插云端，寒气逼人寰。
  一登巅顶云霄立，鸟路若丝挂悬壁。缩头偷向脚边看，谷壑老鹰旋。

小重山·壶口瀑布

万里黄河九曲流。流来空谷里、一壶收。入壶霹雳震山陬。飞瀑上，日照彩虹浮。　　壶口小魔头。能装多少水、吼悠悠。老装不满是何由？原来是，腹内可行舟！

青玉案·谒黄帝陵

寻根上得桥山去，看松柏、山巅聚。老态龙钟枝干举。崇陵中起，古碑高树，宽敞香亭踞。　　祖恩浩荡亭前浴，默念先贤祭陵句。强我中华心早许。燃欢香烛，虔诚跪具，衣湿黄昏雨。

渔家傲·延安步范仲淹韵

圣地果然风景异，塔高河美桥如意。窑洞排排歌阵起。朝晖里，边城山谷不封闭。　　革命摇篮宽几里，其间功德谁能计。来到寰中形胜地。难入寐，熏陶枕上盈盈泪。

江城子·过灞桥

昨宵飞雪霸陵桥。石栏雕，挂鹅毛。披绵冬柳，河上盖琼瑶。玉路霜阶银世界，晴日里，看妖娆。　　此间曾是古京郊。送同胞，折垂条，碑园桥口，所咏已迢遥。只见街前新雪后，车滚滚，马萧萧。

八声甘州·瞻仰韩城司马迁祠墓

像巨镰曲柄挂山坡，峨然圣人祠。在清秋时节，山花护路，拾级登之。上到四台高处，松柏庙堂时。一座衣冠冢，引入沉思。　　遥想酷刑暗狱，把玉容消减，披发团丝。点残灯如豆，昼夜笔停迟。泪光中、愈冤愈进，得千秋、信史一英姿。流连久、先生高格，应当吾师。

杨中信

生平阙略。

七绝·丹江

雾似重纱罩万山,树如浮影浪云间;
丹江渡口放歌女,闲织彩霞待客船。

七绝·沣河

红怜霜叶黄怜柳,落照苍烟故渡头。
沣水清清浮日影,任由风月逐波流。

七绝·渭水垂钓

风儿细细雨斜斜,垂钓江中听鼓蛙。
间或云头飞鸟过,游鱼惊散满江花。

杨太生

1934年生,云南省洱源县人。西南政法学院毕业,曾在陕西省商业厅、药材公司工作25年。原任国家医药管理局副司长,高级经济师。现为国家食品药品监督管理局离休干部、老干司党委委员及支部书记。中华、北京诗词学会和中国、北京楹联学会会员。著有《晚踏集》。

七绝·西安小雁塔

长忆因公宿庙堂,擎天高塔气轩昂。
千年作证沧桑变,今日风流国更昌。

七绝·乾陵无字碑

齐歌独颂作难铭，若赞先皇朕泯名。
免被鞭尸同冢葬，卖声钓誉教谁评？

七绝·华山

神奇西岳迓朝阳，玉女登峰落雁行。
宝掌云台留藓迹，莲花吐艳矗穹苍。

七律·登西安大雁塔

七双雁阵九天飞，塔势巍峨百世垂。
诗赋华章留古籍，名题旧刻问残碑。
十朝遗迹唐居首，千古高僧译夺魁。
登上浮屠寻八景，车轮滚滚向前追。

七律·远眺秦始皇陵

黄土成堆似小丘，玄宫下葬祖龙髅。
六王毕后归秦治，九域从兹任帝蹂。
陵墓苍生凝碧血，阿房白骨垒琼楼。
是非曲直任评说，无视民情必覆舟。

七律·游凤翔东湖怀思

黄土高坡故宋园，凤池泉水入清潭。
碧波荡漾亭台倚，古柳回环燕雀喧。
喜雨书篇酬作物，凌虚题记解人间。
子瞻倡导勤疏浚，每过东湖总仰贤。

七律·黄帝陵

桥山沮水谒黄陵，古柏重围一色青。
十二亿民传后裔，五千年史启文明。
长存翠垒云烟秀，永固金瓯粟帛盈。
龙驭碑亭风质朴，关河万里彩霞生。

七律·黄陵古柏

轩辕龙驭九重霄，郁茂桥山帝冢高。
植大将军蟠圣树①，挂黄金甲展深韬。
凌寒叶坠葱茏翠，暄暖根盘壮健豪。
绿色陵茔传万世，中华大地更妖娆。

注释

①大将军：汉武帝登临嵩山，封赏巨柏为"大将军"。

七律·汉武仙台

潺潺沮水绕桥山，屹屹黄陵翠柏环。
祭祖夸功从汉武，祈仙长寿信妖言。
缅怀先古丹心献，观景琼台曲径攀。
一统中华兴大业，光昭夏裔慰轩辕。

汉宫春·毛泽东《在延安文艺座谈会上的讲话》发表六十周年感赋

宝塔巍巍，看延河滚滚，锦绣神州。文坛众花竞放，艺苑齐讴。名篇讲话，指迷津、盛誉寰球。航向正、星朝北斗，响钟震喜声遒。

"双百"方针坚定，按"双为"指引，硕果丰收。腾飞与时俱进，万代风流。图新革故，展宏猷、决胜迎头。千树绿、群芳烂漫，光华六十春秋。

杨文龙

1939年出生于河北省围场县牌楼乡六十棵村轿顶山庄农民家庭。字海玄，号正直、醉吟、山人、匆醉狂等，书画艺名杨松柳。从事业余文学创作40多年，在《华夏吟友》《母恩难忘》等全国200多家大型图书及省市县报刊发表散文、论文、诗词、楹联、诗歌、民间故事及书画作品，多次获奖。中国文化研究会副会长，中华诗词学会、河北楹联学会、承德作协民协会员。著有《杨文龙诗词选》。

七绝·刘志丹

革命英雄刘志丹，率师百战扫烽烟。
横挥碧血千秋烈，业绩长辉陕北天。

七绝·李林甫

残害忠良独断行，架空皇帝国无宁。
兴兵安史长安乱，避难玄宗入蜀城。

七绝·三后（三首）

其一　吕后

共宦专权乱六宫，朝纲欲坠动刀弓。
群臣扶正乾坤转，吕氏黄粱大梦空。

其二　武后

才姿倾国佐君王，帝逝更周隔断唐。
淫乐男宫千载丑，光辉不损女天皇。

其三　韦后

胆敢效颦武媚娘，野心称帝弑君王。

围宫兵马开杀戒,梦坠血池空一场。

杨世光

  1940年生,笔名阳关,号淡泊山人,云南省香格里拉县人,纳西族,大学本科毕业,云南人民出版社副总编辑,编审。系中国作家协会会员、中华诗词艺术家联合会理事、云南省诗词学会常务理事、云南当代文学研究会副会长。著有《金沙集》《放吟山海》等4种,收诗词1200多首。另著有散文集《孔雀树》《亲吻美丽》等20余种。

五律·西安大雁塔

神来一雁翎,落地化亭亭。
日罩唐宗梦,风吟玄奘经。
乍登三界远,一览九天青。
聊证长安事,浑然五味瓶。

五律·灞柳

寻常却出奇,怀古惹幽思。
丝拂东西客,影留唐宋诗。
烟桥如旧识,灞水若新知。
赠别宜心语,岂须折柳枝。

七绝·西安钟楼感怀

十丈钟楼对鼓楼,四街交汇涌花流。
今时不用敲钟报,还愿警钟常露头。

七绝·登西安小雁塔

青葱秀削寿逾千，矫步层层拨古弦。
才到半腰红日近，一朝凌顶便擎天。

七绝·华清池怀古

游来怯认贵妃池，总忆唐朝长恨诗。
一任欢娱无自度，谁人能料后来悲。

七绝·访西安碑林

千块书碑列画章，名家荟萃斗仙妆。
龙吟凤翥麒麟跃，艺魄分明拥满堂。

七绝·题阿房宫遗址

秦皇有计置阿房，二世而亡总白忙。
项羽不烧三月火，咸阳沃野失禾香。

七绝·西安城墙一瞥

名都圈在四方宫，钟鼓双楼坐市中。
朱雀华门环大道，高墙日下见威雄。

七律·秦始皇陵怀古

开篇无匹祖龙巍，车轨书文一统晖。
北竖长城矜霸业，东巡刻石造君威。
卢生献药成空许，徐福寻仙不复归。
刘项非儒坑不到，冥军卫冕梦成非。

杨礼元

1948年生,陕西省安康市人。陕西省诗词学会会员,安康诗词学会理事。

忆秦娥·游仓颉庙

苍神庙,参天古柏夕阳照。夕阳照,人文鼻祖,史碑辉耀。　　结绳记事盘云老,天书造字蛮荒扫。蛮荒扫,千秋恩德,万民凭吊。

永遇乐·瀛湖颂

极目瀛湖,云横天际,帆鼓江浪。漫岸葱茏,花燃绝壁,绿岛莺啼爽。凌波纵艇,飞珠溅玉,一片露飞霞漾。看游踪、风光旖旎,万顷碧红摇荡。　　群峰映翠,渔舟依暖,秀岭茶歌脆唱。洞壑林森,溪泉瀑泻,滩跃晶鳞亮。田畴阡陌,欣茵联袂,袅袅烟洲旷朗。秦巴美、雄奇锦绣,万千气象。

杨汉鹏

字天翔,室名岭南轩,号逍遥翁。广东省吴川市人,大学文化。中共吴川市直机关工委副书记、纪工委书记。中国现代民族书画家协会副主席、中华诗词文化研究所研究员、中华诗词学会会员。作品被美、日50多所藏馆收藏。艺术简历入编《当代书法家传记》等50余部大典。近体诗词在世界华人诗词大赛、全国文学艺术作品大赛等各项赛事中获金、银、铜和优秀奖等100多次。

七律·渭水怀圣(十首)

其一

寻贤访圣入清溪,关隘崎岖路着迷。
春水一江缘客醉,残星五鼓有凰啼。

千秋钓叟归先世，前代飞熊去远期。
荒草萋萋难觅影，功垂万古壮西岐。

其二

拂拂春风上钓钩，凡鱼不钓钓鳌头。
埋名谁识磻溪叟，避世安知渭水猷。
岁月无情人已老，光阴有限水空流。
姬昌若不招贤智，哪得周朝八百秋。

其三

渭水河头水自流，凤鸣鹤啸野鸦啁。
钓台埋没藏春草，青冢荒凉伴夕鸥。
忽听前岗吹牧笛，又闻后岭叱耕牛。
桃源深处奇花秀，万里河山布远猷。

其四

磻溪景物尽含春，觅遍岐山不见人。
栖燕梁空无鸟迹，放鱼池涸有蛙痕。
也应柳底藏秦客，未必花间隐帅神。
知汝来回皆遁法，缘悭何处解迷津。

其五

仙师受意下昆仑，脱却仙衣事庶民。
桌上兵书私自读，案头诗赋众人亲。
树高肯定招风雨，贤慧必然弃俗尘。
江水悠悠难觅影，秦关东海再跟巡。

其六

冷水凄凄倚柳旁，寒林孤鸟守磻江。
芙蓉正遇三秋雨，丹桂偏逢六月霜。
姬发伐殷崇圣帝，子牙避纣报岐王。
烟波渺渺难寻影，胜迹无踪觅钓郎。

其七

露浓烟重雨霏霏，不见仙翁见柳堤。
遁世无心逃渭水，出山有意辅西岐。
栋梁受贬成竿叟，璞玉含冤隐钓矶。
天子诚邀知大器，此时方得举征旗。

其八

道骨仙风自守贫，有谁能解此迷津。
黄庭两卷钩奇客，溪水半江钓锦鳞。
已向周君临政事，更遵上帝派封神。
天公着意酬其苦，愿作寒禅报圣恩。

其九

冷雨凄风见道真，经年山廓下凡尘。
人间歧路知凶险，世上悬崖辨浅深。
姜尚有心除弊政，纣王着意伴狸群。
商殷不纳忠贤谏，自杀其身戮重臣。

其十

零落垂矶泪黯然，太公原钓渭河边。
前朝湮没残碑断，后世丰遗青史传。
风雨林中寻宿圣，紫霞洞里觅奇贤。
缅怀姜尚题诗句，万古千秋载颂篇。

杨传梁

1936年生,湖南省城步县人。毕业于湖南师大中文系,中学高级教师,中共党员。中国楹联学会、湖南省诗协会员,中国文化名人研究会副会长。曾任《摇篮》《碧云诗词》正、副主编。获首届"新世纪杯"世界汉诗大赛金奖。

七绝·延河

蜿蜒千里气如虹,哺育军民自建功。
饮马沙场驰骋急,扬威边塞斩元凶。

七绝·缅怀刘志丹

志丹故事万民传,陕北英雄敌胆寒。
迎接朱毛高奏凯,无私风范壮尧天。

七绝·轩辕庙祭

初祖威灵感肃严,人流拜祭勇争先。
举头何必戏相问,尽是同宗一脉传。

七绝·窑洞灯火

土宇肩承重任荣,八方英彦此集中。
乾坤但扫阴霾气,窑洞星灯透曙红。

杨君毅

1933年生,字昊山,陕西省礼泉县人。毕业于陕西师范大学,一级书法师,高级经济师。现任中国风景园林学会经济管理学术委员会委员,西安文苑书画学会会长,西安风景园林学会常务副会长。书法荣获20世纪中日书画名匠勋章,第五届国际书画作品展金牌奖。学术论文、文学作品、工作业绩多次获部、省级一、二、三等奖和先进等奖项。

五绝·登西安乐游原

晨登古乐原,俯瞰大长安。
盛景超秦汉,辉煌创纪元。

七绝·游蓝田王顺山

敬孝南寻顺母园,朝仙北祭祖人猿。
腾云驾雾过花海,喜赏千年古杜鹃。

杨宏德

1933年生于陕西省兴平市大姑村。1945年5月参军,长期从事军政和文化工作。现为中国楹联学会名誉理事,陕西省楹联学会顾问,市楹联艺术家协会名誉主席。

七绝·彬县大佛寺

佛高八丈镇彬川,小巫闻声未敢前。
明镜台边春色溢,人心向善竞参禅。

杨志才

1929年生,浙江省新昌县人。大学毕业,从事中等教育工作40年。世界华人交流协会荣誉博士,世界教科文卫组织专家组成员,四川省国光文化科技研究院客座教授,中华诗词艺术家联合会名誉会长,中国文化名人研究会副会长。发表论文和诗词多篇,在国内外已30多次获奖。

七绝·华山

华山出世与天俦,小径云端飞鸟愁。
没有险惊山不奇,峰峰美景尽风流。

七律·毛主席在延安

巍巍宝塔指苍穹,小小泥窑胜九宫。
胸揽兴亡天下事,心忧水火万民穷。
反击扫荡操胜算,突破重围显俊雄。
长夜油灯筹上策,大军席卷举国红。

七律·寄语西部

黄河秦岭源流远,大汉强唐盛景迁。
铜马陶兵留胜迹,华清长乐有遗垣。
西疆拓展蓝图美,大地回春万色妍。
干旱风沙皆遁迹,牛羊肥壮百花鲜。

杨怀武

1932 年生，湖北省监利县人。毕业于广西师范大学中文系。退休前系桂林师专副教授，任桂林市老年大学古典文学班主讲教师 21 年至今。中华诗词学会、世界中文作家协会、广西作协会员，广西诗词学会理事，桂林诗词学会副会长，会刊副主编。编著多本。

七律·登西安大雁塔

八面风光转画屏，盘旋恰似到天庭。
昂头可饮银河水，伸手能扪玉宇星。
秦岭云消迎日月，骊山雾敛息雷霆。
春花处处蔚红紫，万里长空一片青。

七律·观赏西安碑林

石头书国此为京，圣手名篇集大成。
经典帖碑文浩渺，草真隶篆笔纵横。
韵同鸣瑟击鼍鼓，势若飞鹏跃海鲸。
来赏身如凌绝顶，神怡心旷意峥嵘。

七律·游华清池

汩汩温泉涌不休，扬清激浊纪春秋。
骊山兵谏亭犹矗，妃子浴池香尚浮。
名胜年年播往事，故都处处竞新猷。
繁华满眼心潮起，畅似天边渭水流。

临江仙·题无字碑

有字逊于无字，无为无所不为。中藏哲理若虹霓。愚参传孔道，长寿数灵龟。　　自我表彰何用？任人说是评非。昭昭天理岂沉迷？

日星无一语，万古闪光辉！

杨秀清

1943年生，字慧亮，号东郭后生，甘肃省西和县人，中共党员。16岁任电影队长，继任影院经理。现为西和县文化馆主任科员，中国文化名人研究会副会长，甘肃省诗词学会会员、仇池诗画社社长。诗书画作品多次参加全国和地市展览并获奖或被收藏。作品及传略入编《纪念孔子诞辰2550周年书画大展优秀作品集》等。编著有《杜甫仇池诗选读》《香梦》等。

五绝·赠高峡

义士长安子，峡君品自高。
有缘今得见，千里路迢迢。

杨良金

生平阙略。

七绝·参观西安事变旧址

风云变幻有谁知，赤胆忠心兵谏时。
抗日皆为挽危局，华清池畔忆雄词。

七绝·游临潼秦俑馆

祖龙威武震千秋，一睹秦坑知帝遒。
举世闻名成八景，游人接踵似潮流。

杨其昌

生平阙略。

七绝·一笑失江山

幽王肆意点烽烟,各路援兵猛着鞭。
戏弄诸侯求一笑,瞬间亡国古今传。

七律·游华清池

风光旖旎如仙境,巧手银丝绣画屏。
华丽妃池飞笑语,玲珑凤阁荡琴声。
骊山林茂鸟音脆,池水鱼多柳色青。
昔日帝王行乐处,客流潮涌乐苍生。

七律·观西安事变旧址

兵谏风云数十年,西安览胜总情牵。
细观躲避骊山洞,饱赏脱逃居室毡。
窗户玻璃穿弹孔,石碑文字震山川。
抗倭联合发祥地,史迹流芳代代传。

七律·观秦兵马俑感赋

千古奇观举世珍,临潼地下冒陶人。
众兵神态形虽假,群马雄姿状却真。
场面恢弘惊宇宙,阵容严整撼乾坤。
若无凶狠坑儒事,嬴政何能号暴君。

杨国材

1928年生,原名杨楚光,笔名楚材,侗族,湖南省新晃县人。中专文化,曾任小学校长、党支部书记,高级教师。龙溪诗社社员,中国乡土作家协会理事。从事教育工作38年,先后被评为县、地级先进教育工作者17次,1988年退休。著有《格律诗格律入门诀窍》《楚材诗草》等。

七律·题咏历史人物(三首)

其一　隋炀帝

炀帝固邦修运河,凿通济渠干支多。
两臣西域交邦友,三探琉球斗海波。
狠筑长城防外寇,宏兴宫殿作娱窠。
荒淫无道朝纲乱,化及缢王吊挽歌。

其二　司马迁

幼时耕牧学《春秋》,年届弱冠才漫游。
浏览名山随武帝,勤搜史料作编修。
撰成《史记》传千载,赢得芳名遍九州。
维护李陵忠义节,可怜竟作腐刑囚。

其三　寇准

仲平重德爱中华,北宋英明政治家。
志壮青年荣进士,同平章事戴冠花。
契丹称霸侵疆土,促帝督军诛敌鸦。
矜倚澶州赢战果,几遭奸佞贬乌纱。

七言排律·题咏陕西历史人物（二首）

其一　秦始皇

秦代国君号始皇，大权治国集中央。
武依王翦持军务，文用李斯司相堂。
执政一心图富国，护疆万里筑城墙。
划分郡县维封制，统一神州称始皇。
强迫劳工输苦力，大兴土木建宫房。
敛粮加税招民愤，峻法严刑藏祸殃。
坑士焚书施暴政，逞威黩武示豪强。
劣优业绩当明辨，功过均平一帝王。

其二　隋文帝

爵荫承先于北周，图谋统一展奇筹。
扫除藜簇兴隋业，改革规章驱患愁。
简化地方行政署，加强首府集权谋。
推行稼穑均田制，编整漏农营创收。
政泰人和双十载，国强民富廿余秋。
繁荣经济群黎乐，丰满粮仓少庶忧。
兴旺人丁讴艳日，充盈国库利金瓯。
惜之峻法晚年盛，子逼父王眠冢丘。

杨季瑶

1931年生,重庆市垫江县人,武汉大学中文系毕业,高级讲师。中国毛泽东诗词研究会、中华诗词学会会员,中华诗词文化研究所、济南稼轩诗书画研究院研究员。

七律·桥山行

圣地黄陵梦寐求,喜今有幸畅怀游。
桥山古柏森森翠,沮水清波澹澹悠。
龙驭腾空心感戴,凤鸣和乐步连留。
祈仙九转登台咏,展我吟喉始祖讴。

七律·关中览胜

周秦故国汉唐京,胜迹长安举世名。
剑气萧森兵马俑,山形磅礴则天陵。
碑林百代幽香溢,雁塔千秋墨客登。
犹觉华清池水滑,法门舍利宝光凝。

杨建辉

1965年生,湖南辰溪人。现任陕西省人民政府参事室(陕西省文史研究馆)综合处调研员、中华诗词学会会员、陕西省诗词学会理事、陕西省历史学会会员,曾参与撰写《陕西省志·人物志》《史海搜奇》等书,参与编辑《崇文丛书》等书籍十余种,并长期担任《三秦文史》杂志编辑。

五律·游宝鸡陇县

西去寻幽地,原高千水横。

深山隐道观，荒谷遗秦城。
春早花含雪，日斜鸟御风。
兴来闲策马，行看白云生。

五律·游华岳庙

野旷烟云重，秦川骤雨新。
山门收岳掌，玉宇控河津。
众友凭栏望，孤鸿溯水喑。
日迟风不止，前路暮寒侵。

七绝·登华岳庙藏经楼

莽莽秦川秋雨后，登楼四望野云疏。
禹门不锁黄河去，华岳雄奇矗太虚。

七绝·风陵渡

曾经携友大河滨，心慕渔家酒味醇。
夏日蛙声风送远，夜来骤雨洗凡尘。

七绝·华山感赋

华山万险不须登，一线飞车迳北峰；
更有苍龙来渡我，莲花立定看云横。

七绝·灞桥樱桃园

丽日熏风迎客来，碧园珠赤手轻裁。
双眸瞄得人心醉，欲吻丹唇情满怀。

七律·铜川玉华宫

北游金锁险关前，松柏葱茏没远山。

几许大佛藏古洞？一条白练入春潭。
天朝圣苑无陈迹，幽谷荒原出稻田。
乱石历经沧海事，青峰依旧水潺湲。

七律·骊山杂感

秋尽骊山霜叶落，登临北望意如何？
幽王烽火笑容浅，秦帝山陵霸气多。
武曌缠绵兴盛世，玉环款款舞悲歌。
皇园不改繁华地，水榭石亭残露荷。

杨建策

1935 年生，陕西省渭南市人，中共党员。退休前任宝鸡市审计局调研员，中国注册会计师。中华诗词学会、陕西省诗词学会、陕西毛泽东诗词研究会会员，陈仓诗社副社长，宝鸡毛泽东诗词研究会理事，《看今朝》副主编，作品、小传入编多种典籍。著有《聿竹斋闲吟》。

五律·龙门洞即兴

畅饮龙潭水，放歌景福山。
景山峰秀丽，潭水味甘甜。
鸟憩林中树，鱼翔水底天。
迅雷耳侧过，身置白云间。

七绝·太白酒

善价低沽足可夸，精工酿造味醇佳。
清香淡雅千人醉，频入寻常百姓家。

七律·"秦之声"年终总决赛观后

吉羊献瑞绕秦山,艺苑群芳笑语喧。
稚秀高腔歌盛世,老伶雅韵唱尧天。
泽金叫板春潮涌,领异拔新气宇轩。
形大声宏堪鉴赏,根深叶茂耀坤乾。

七律·黄陵新姿

巍巍庙貌立崇陵,翠柏浓荫蔽祖茔。
圣德昭昭人共仰,丰功历历挹宗情。
五千年史铭珍迹,万世雄威树国旌。
拜谒桥陵尊始祖,氤氲紫气绕佳城。

七律·天台山即兴

天台岭峻入云端,炎帝神农寝骨安。
瀑布春帘迷谷雾,溪泉晓日绕秦山。
排空玉笋如天柱,峭壁插云似雉冠。
拂去凡尘听鸟语,人间雅境贵天然。

七律·宝鸡风光

渭水金河映彩虹,鸡山凤岭更葱青。
长堤泛绿蓝天靓,飞艇扬波皓月明。
鸟语花香铺锦绣,琼楼玉宇竞峥嵘。
金湖影丽游人醉,喜见陈仓易旧声。

小桃红·宝鸡八景(八首)

其一 秦山叠嶂

紫云冉冉锁秦山,峻岭冲霄汉。气势巍峨众星灿。撑云帆,风驰电掣蟾宫见。天开地展，雾迷双眼，看叠嶂群山。

其二　鸡峰插云

三峰对峙立云端，莽莽寒烟窜。峭壁悬崖竖天半。水云间，茫茫云海神鸡现。枯松倒挂，峰回路转，烟雾锁层峦。

其三　陈仓汉址

陈仓古道几千年，收尽群峰险。蜀道难行太白叹。若登天，秦山云海迷征雁。连云栈道，入川天堑，百战定中原。

其四　金阁流霞

高楼晚映夕阳红，吟唱三丰颂。夺目雕栏历霜重。盼归鸿，云衢望断秋风动。卧霞披彩，栖云画栋，古刹展新容。

其五　润德流泉

香风飘绕凤鸣山，拜谒周公殿。吐哺握发世传赞。史昭然，清泉润德金光溅。涓涓流水，琼龙喷溅，丽彩耀长安。

其六　法门晓钟

浮屠耀日闪金光，舍利飞霞觇。金椁玉棺地宫藏。历沧桑，千年佛骨万众仰。佛光闪亮，警钟常响，盛世显辉煌。

其七　九成宫址

层楼十二凤台前，华夏离宫冠。吴岱晓光映金殿。涌甘泉，魏公碑宇千年艳。青莲烟淡，隋唐畿甸，遥忆御炉烟。

其八　东湖览胜

东湖雨霁暮云收，绰见楼台秀。凉露湿衣绞绡透。月明游，苏公喜雨亭台诱。凌虚台守，歌声酬侑，响彻古城秋。

杨青云

　　1945年生,字止水,女,陕西省洛南县人。大学学历,经济师。退休前任县工业局副局长,退休后定居西安。陕西省诗词学会副会长,省老年诗词学会副会长。

五律·秦兵马俑

一统中华壮,死犹为鬼雄。
三军咆地府,万马啸长空。
意欲千秋永,奈何二世终。
心中无百姓,徒筑阿房宫。

五律·司马迁祠

虔心朝史圣,感慨庙凄清。
祭比财神少,祀无泥佛精。
奉迎多受宠,刚正少垂青。
寂寞百年后,中华万古名!

七律·登西安大雁塔

七级浮屠登绝顶,抚今怀古意峥嵘。
慈恩钟韵传东域,丝路驼铃响鄙城。
兵马俑坑惊世界,玉门关外度春情。
盛衰成败千秋事,吏治人和国自兴。

七律·登西安城墙

伫立城头凝目望,遐思浪涌欲成吟。
两楼钟鼓鸣晨暮,二塔禅音传古今。

东眺秦皇兵马俑,西瞻武后镜碑心。
帝王将相今何在?唯有江山逐岁深。

七律·曲水流觞诗会即兴

古风古韵绕新苑,气象万千别有天。
荷鲤嬉戏清流里,楼台错落绿烟间。
低吟高唱诗仙醉,曼舞轻歌妃子欢。
常叹唐踪无觅处,芙蓉园内梦魂牵。

杨保建

1962年生,笔名梦鸿,山西省稷山县人,中共党员。南开大学中文系毕业,在华东师范大学中文系脱产进修一年,修完硕士学位专业课程。1983年分配到陕西广播电视大学任教至今。现任陕西广播电视大学党政办主任、副教授,兼任陕西电大词学研究室学术部部长、春潮文学社副社长等职。发表中国古代文学研究论文及诗词鉴赏、教学辅导文章数十篇,创作诗词近200首,发表近百首。

五律·陕西电大春潮文学社渭滨雅集分韵拈得"秋"字

临水怅残秋,高怀欲破愁。
飞鸿鸣广汉,野鹤舞平洲。
人过往还渡,船行逆顺流。
此情诚可羡,天地与同游。

七绝·清流园

西安城南盆景园中有一园中园,为中日合建,颇具特色。园名取自唐代诗人王维诗句:"明月松间照,清泉石上流。"

绿隐红消秋已衰,小园曲径任徘徊。

清流如镜映高塔，明月何时照影来。

七绝·谒汉宣帝杜陵

青霭黄尘醉眼中，高陵巨冢几人工！
汉宣汉武知何在？飒飒唯闻过耳风。

七绝·过秦岭初雨后晴

绵绵春雨随风斜，烂漫山花向日妍。
莫道阴晴多变幻，山南山北两重天。

七绝·西安城南黄昏小景

绿野平畴连远树，小溪曲径接流云。
夕晖尽敛人初静，夜露重生月半轮。

七绝·乙酉春初游大唐芙蓉园

花开锦绣漫芳林，水漾银波纵兴吟。
惊喜名园如梦里，楼台遥望紫云深。

七绝·马嵬驿（二首）

其一

当年此处起征尘，大地茫茫日色昏。
护驾六军同驻马，一袭白帛葬佳人。

其二

千年往事到而今，女色倾城信不真。
冤气如云何处诉，夕阳影里一孤坟。

七绝·府谷文庙（二首）

其一

真趣常须静处寻，微风细雨正宜人。
山城古庙藏幽境，石炭年深书画新。

其二

红墙碧瓦增游兴，柳叶黄花动客情。
榆塞高台抬望眼，大河滚滚雾层层。

七律·阿房宫遗址感赋

旷野凉风寻古迹，土台高垒记阿房。
华宫跨越称三百，基业传承止二皇。
漠漠青田谈变异，凄凄衰草感兴亡。
秦中自古帝王地，山冢坚城俱已荒。

七律·长安怀古

秦川八百一明珠，千古英雄展霸图。
炎汉风流鸿业远，大唐慷慨雁声殊。
浮云冬雪终南秀，落叶秋风渭水疏。
高塔巍巍留胜迹，登临须插数枝萸。

忆江南·春游翠华山（三首）

其一

春三月，乘兴翠华游。放眼郊原多绿意，举头山顶片云浮。秀色望中收。

其二

山中好，最好是天池。碧水可人迷醉影，红花随意弄仙姿。伫立觅新诗。

其三

游春乐,乐在翠山间。竹叶桃花尘虑净,茅棚石案素心闲。诗酒累年年。

临江仙·古城早春

嫩柳如烟初绿,新槐带雨才青。春风昨夜入华京。城头观日落,街畔看人行。　却忆当时年少,性痴不省人情。离愁别恨几番经。小楼春睡稳,窗外鸟鸣轻。

杨思藩

1925年生,侗族,贵州省天柱县人。原贵州民族出版社美编室主任,现贵州省文史研究馆研究员、人民日报社神州书画院画师、江南诗词学会贵阳站站长。诗获"当代文学创作讨论会"一等奖,画获"海峡两岸书画名家大展"金奖。诗画作品载入《中国现代美术家大辞典》《中国当代诗词艺术家大辞典》等多种辞书。

七律·赞西安

秦川八百帝王图,紫气巍巍十代都。
秦汉拓开天下定,隋唐昌盛一方殊。
武功赫赫彪青史,文治煌煌亢笛胡。
四大文明辉古国,东方熠熠灿华儒。

杨春青

1931年生,字浮波,广东省电白县人,经济师。原任中国工商银行电白支行股长,退休后受聘任广东发展银行电白支行顾问。中华诗词学会、中国诗歌学会会员,中华诗词文化研究所研究员,岭南诗社电白分社副社长。

七绝·访西安影城秦王宫

影城仿古建秦宫,富丽堂皇气势雄。
六殿三宫风貌壮,门前两列戍兵戎。

七绝·访寒窑遗址有感王宝钏

同亲击掌美名高,十八春秋困破窑。
自主婚姻情意笃,甘来苦尽度寒宵。

杨秋荣

1936年生,河南省昌黎县人。1956年参军,1969—1984年曾在陕西驻训,1985年转业到郑州卷烟厂工作。曾任部队团副政委,烟厂纪委副书记。郑州老年诗词研究会会员。

七绝·陕北长城

穿行千岭走沙海,历世沧桑风雪寒。
阅尽人间亘古事,绵延万里守边关。

七绝·镇北台

万里长城多要塞,星星点点绕山来。

黄沙古道设关卡,固守边陲镇北台。

七绝·华清池一游

翠柳温泉千古骄,亭台水榭供人游。
玉池沐浴身心暖,古韵唐风世代留。

七律·无定河边战鹰鸣①

无定河边烟柳青,马达高唱战鹰鸣。
高空巡视飞秦北,古道新修高路横。
沙海黄滩桃李艳,油田铁塔汽车行。
蓝天俯瞰九州美,万里河山日日兴。

注释

①无定河边某飞行训练基地,北临毛乌素沙漠,从机上俯瞰沙漠绿洲、油田、矿井、高速公路和城市变化而感慨。

浣溪沙·拜黄陵

问祖寻根去祭陵,松涛古柏罩峰青。登高漫步仰天行。　　开辟中华兴土木,名扬四海创文明。叩头膜拜表深情。

杨荣岭

1939年生,河南省沁阳市人,经济师。爱好诗、书、画、联。作品曾在省内外参展,入选多种诗联书画作品集。系中国、郑州、沁阳老年书画研究会会员,河南省诗词学会、楹联学会会员。荥阳老年诗社、荥阳诗词学会常务理事。

七绝·登华山

欲识华阴上华山,纵无铁索亦登攀。
东峰立定观旭日,慧眼阿弥天地宽。

杨重华

1929年生,四川省三台县人。中华诗词学会会员,绵阳市诗词学会理事,三台县毛泽东诗词研究会副会长。曾任县委党史研究室副主任。编著有《秦蜀栈道诗选》《宝成铁路诗词选》等,著有《唐代律诗赏析》《鼓楼诗词》(三集)。

五绝·凤州

秦蜀咽喉地,古来征战多。
江原余血迹,牧竖戏山阿。

七律·过秦岭

细雨秋风大散关,铁龙盘绕隧宫喧。
黄牛秦岭陈仓市,姜水神农乔氏园。
栈道连云横峡石,善兵积粟和尚原。
南来游客寻新险,西去征夫恋蜀山。

七律·东汉司徒杨震

忆昔关西杨孔子,再迁太守去东莱。
怀金邑令三更至,献酎王君五鼓回。
清白家风标万世,四知堂训尚三台。
匡时雪璧青蝇点,正直仪型朝野哀。

鹧鸪天·延安宝塔

宝塔巍巍耸岳嶙,精光照耀亿人心。战歌嘹亮奔前线,延水长流若指针。　　筹米麦,送衣衾,军民团结似昆仑。扫平日寇天皇泣,横渡长江歼蒋军。

满庭芳·阳平关

汉水河歌,沔川江说,阳平之事新鲜。建安年廿,征鲁帅曹瞒。闻说阳平险隘,南北远、互不相连。临军至,长城十里,陡绝上山难。　　爬山兵卒勇,伤亡过半,军食将完。夜回撤,路断临敌营盘。张鲁守军哧散,乘势战、夺得雄关。孙资曰:危而后济,斯魏武扬鞭。

杨钟声

1938年生,笔名戴旦。1959年毕业于西南师院中文系,中学特级教师。现任北京时代学人文化研究院特聘研究员。

五绝·终南山

浓阴掩石径,轻翠湿人衣。

拾级入高处，白云竟与齐。

五绝·华山莲花峰

菡萏初放日，香溢九重天。
登到最高处，飘然似神仙。

浪淘沙·游石泉水库

榆柳蔽湖边，碧浪花船。蹁跹鸥鹭舞丰年。红鲤龙门欣作跃，彩霞满天。　尽兴展游酣，水果甜鲜。山清水秀使流连。若问此情何字似？梦系魂牵。

杨起予

1931年生，福建省连江市人。毕业于福建师范学院中文系。中共党员，研究馆员，福建省诗词学会理事。作品先后被100多种正式出版的诗联专集收录，参加全国性诗联大赛，获各类奖项10余次。著有《新千家诗》。

七绝·凤岭炊烟

烟笼云锁凤凰山，伦拟鸣声律吕颁。
管领遗踪怀始祖，依稀相伴雅音还。

南歌子·汉武仙台

志在乔松寿，怀钟晋楚功。祈仙台欲界苍穹，翠柏鸾歌凤舞戏雄风。　着意酣游览，登临曲径通。恢宏气势豁心胸，更待他年携糇再从容。

双调忆江南·黄陵古柏

黄陵柏,珍异压花王。错落虬蟠都八面,三停破一阅千霜。凝伫醉流芳。　飙乍起,碧海浪涛狂。似鼓如雷声动地,雄姿殊致世无双。盛誉过苏杭。

杨敏学

1922年生,陕西省白水县人。1951年参加革命工作,1991年退休。陕西省诗词学会、省老年诗词学会会员。

忆江南·赞灞桥(二首)

其一

桥名灞,位处古城东。道路纵横连内外,工农发展市兴隆。人杰地灵钟。

其二

桥名灞,景丽物资丰。玛瑙端阳红似火,葡萄白露紫玲珑。科技助兴隆。

杨鸿韬

生平阙略。

五律·途经留坝雨中游张良庙

万山烟雨中，途次拜英雄。
四面峰如壁，三间庙可通。
神仙圯上去，志士梦中空。
借问谁抛履，重寻旷世功。

七绝·车过马嵬驿（二首）

其一

马嵬无复古亭台，玉殒香消最可哀。
历史烟尘荡涤尽，繁荣物象伴歌来。

其二

谁道红颜能误国，我言天子不明才。
升平歌舞金迷醉，忍把江山付劫哀。

七绝·麟游（五首）

其一　故宫山月

故宫山月最宜秋，飒爽金风阵阵幽。
今夜流连清景好，歌声飞上柳枝头。

其二　碧城秋草

碧城秋草翠幽奇，契阔王孙恨远离。
历尽劫波情未了，依稀见证帝王屐。

其三　青莲烟雨

青莲烟雨画中收，日出东方耀九州。
废苑沧桑今巨变，山川拔地起亭楼。

其四　箭括连云

箭括连云界碧霄，开天辟地颂英豪。
九成故地神仙境，盛世文明又一遭。

其五　石鼓春喧

石鼓春喧不夜天，神州大地换人寰。
图强共建新民主，改革风行绿满山。

高阳台·九成宫览古

春树流烟，山花缀玉，晓岚扑面馨氲。携友同游，疾行胜似驱轮。常年跋涉崎岖路，最此时、怀古情殷。竞争看、唐碣遗言，昭示来人。　　残阳欲下群山暮，抚楼台残壁，旧貌难陈。怅怅归来，杜河映月如银。堪怜河畔春山夜，透碧霄、玉笛声闻。几多回、对月空吟，欲卜神麟。

水调歌头·游千湖风景区

浩渺一川水，据坝起平湖。友人邀我凭览，快艇荡通途。不羡豪商巨贾，惬意轻舟鸥鹭，心境自宽余。岸上执竿者，陪钓得鱼无？

形胜地，商潮涌，闹平芜。可怜山水，遍修篱落设游区。人叹湖光如画，唯有清风无价，忧患水源污。发展可持续，环保莫轻疏。

杨蔚东

1926年生,陕西省礼泉县人,西北大学毕业,从事党政工作。著有《行方室诗草》《行方室诗馀》等。

五律·蓝田水陆庵纪游

四周皆是岵,孤岛绕流三。
光暖浮枝际,花香入指龛。
黄鹂鸣岸柳,灞水出苍岚。
恰遇清明节,此间春正酣。

七绝·行经新丰

一剑宜时皇业成,沛中街巷到咸京。
依稀留得家乡梦,鸡犬相闻夕照明。

七绝·过潼关

地形蟠曲带河流,关险山青堪胜游。
十里荒鸡烟树暗,一行字雁陇云愁。

七绝·过五丈原

铁马云雕俱绝尘,柏阴高压景陵春。
中原得鹿未由己,漫说卧龙智胜神。

七绝·途经磻溪

太公荣达子陵归,古岸烟波待钓矶。
不肯忘机心不殆,终于舆载锦为衣。

多丽·兴庆宫公园

柳青青，鉴湖瑶液滢滢。正熏风、吹飞软絮，惊乱浮萍。丽姝来、蓬莱舒袖；清音去、阆苑歌莺。怀古追唐，虹桥放眼，且观诗圣醉眠形。倚汀榭、爱金鳞浅，目几时醒。回眸处、画楼争艳，琼阁争荣。　待幽园、喧嚣若市，更须身诣幽厅。郁阴深、水嬉柔橹；芙蓉动、莲弄蜻蜓。花海生馨，秀丛溢碧，沉香亭畔忆轻盈。念自昔、宫中金粉，凭胜得芳名。随流水、滔滔东逝，流水无情！

杨德云

1947年生，中华诗词文化研究所研究员，云南省诗词学会理事，省楹联学会常务理事。善于书画作曲及乐器制作。

七绝·题华山韩愈投书处

高峰危径九霄悬，莫笑投书峭壁前。
萧史乘龙需好句，故将诗稿撒云天。

七律·登华山

西岳凌霄一路存，推云引杖到黄昏。
弥天雾霭浮人影，遍地松涛锁梦魂。
玉女春歌风世界，萧郎晓唱月乾坤。
登高放眼无穷志，尽在朝阳万里暾。

汪 平

又名汪源，皖南人。1950年冬参军抗美援朝，1958年冬转业到地方工作，任南京电视台编导。系江苏省暨南京市戏剧家协会、中华诗词学会会员，敬亭山诗词学会常务理事，南京海内外同胞京昆爱好者联谊会创始人、首任秘书长。剧作《铁马金戈》《布衣卿相》等收入中国文联出版社之《补天集》。

七绝·观秦兵马俑叹嬴政

空前绝后大心胸，鱼肉黎民未尽工。
虽死犹藏兵马俑，始皇无愧始枭雄。

七绝·游咸阳诸皇陵有感

谚云："江南才子山东将，关中黄土埋皇上。"
关中黄土广无垠，秦汉隋唐陵比邻。
帝胄风光生死恨，可怜殉葬造坟人。

汪天风

1957年生，笔名川页，号云湖居士，江苏省徐州市人。从事诗词研究与编著、教育工作。中华诗词学会会员。编著有《当代诗词选集》《现代诗词三百首》等，著有《诗词格律与创作鉴赏》等。

七绝·登西安大雁塔

长安古道梦如烟，秋月春花带泪看。
大雁不知何处去，诗心已到白云边。

七绝·题西安兴庆宫公园沉香亭

沉香亭畔觅天香，残鬓谁怜沃夕阳。
游客不知春已晚，诗魂无理到霓裳。

七绝·赴黄陵途中

羊肠九曲白云牵，尔在深渊我在巅。
同是炎黄孙裔好，残阳偏照两重天！

七律·沐浴华清池

千载华清入梦长，芙蓉池畔解霓裳。
可怜几点樱桃破，又醉春梅一段香。
水滑有心澄雾雨，眸回何忍戏鸳鸯。
从兹销得人肠断，漫把风流付碧苍。

汪浩洋

1928年生，字凤阁，笔名野圃诗翁。安徽省枞阳县人。合肥师范学院中文系毕业。中学高级教师。安庆、枞阳诗词学会会员。作品七律《登黄鹤楼》荣获第一届"建安杯""当代建安文学奖"一等奖。著有《野圃吟草》《晚晴轩词稿》。

七绝·咏秦兵马俑（二首）

其一

夺地攻城百战身，卫陵千载守乾坤。
凛然豪气今犹在，一代天骄早化尘。

其二

赫赫魂兮勇士名，银光盔甲古文明。
端庄列队威严阵，铁马金戈叱咤声。

七律·咏陕西

龙盘虎踞帝王川，万象钟灵紫气绵。
宫覆阿房三百里，德披宗庙五千年。
丝绸商旅长安景，游说连横一统天。
荟萃科星银汉灿，振兴华夏占前沿。

沈正稳

1945年生。曾当选为凤庆县总工会主席，现为云南省诗词学会、楹联学会及南社成员。主编有《可爱的茶乡》诗文集，著有《名诗名词百首曲》。

七绝·古都西安

自古长安帝紫宫，山行猛虎水行龙。
千秋兵马千秋战，一统中华奠大功。

七绝·玄奘

取经拜佛去西天，万苦千辛不足言。
普度众生吾佛愿，天堂觉悟在人间。

七绝·长安吟

李白华章杜甫诗，龙人传诵至今时。
当年苦读长安府，一代风流帝不知。

沈汇丰

1946年生，原名沈桂武，别号田美村人，福建省诏安县人。福建师大政教系思政专业本科毕业。曾当过海军、海员，侨办、侨社干部，诏安一中教师、诏安一中分校（南诏中学）首任负责人。中华诗词学会、中国楹联学会会员，新加坡新风诗协会顾问。近几年来在海内外几十种刊物发表诗词、楹联作品数百首（副），有十几首（副）诗词、楹联作品被选用镌刻于全国各地。

五律·梦奠黄陵

轩辕吾始祖，赫赫显威名。
奇梦何悠远，南柯寄至情。
秦关飞鸟翠，渭水映云清。
日夜思心绕，梦中奠祖陵。

七律·黄陵翠柏

黄陵古柏葱葱郁，饱览风霜气宇宏。
耀日晨曦珠露艳，怡人遒劲玉姿隆。
心仪神往五千载，志壮身强十亿龙。
满眼春情弥浩宇，繁昌国运乐无穷。

沁园春·题咏历史人物（五首）

其一 人文初祖轩辕黄帝

姬水花开，新郑花繁，赋亿兆诗。喜黄河高岭，得天独厚；亚洲东部，垂柳依依。嫘祖缫丝，仓君造字，隶首伶伦皆帝师。蚩尤恶，但邪终衰败，族得安栖。　　天文历法帮犁，溯耕作轩辕自肇基。看大河千里，水流成季；良田万顷，菽豆含饴。宽厚平和，衍繁生息，古老文明代代垂。长江阔，颂炎黄合一，携手如怡。

其二　四百年汉皇朝之开创者汉高祖刘邦

屡见狼烟，傲视秦皇，窃想代之。恰陈吴暴动，义军蜂起；萧曹臂助，沛县驱驰。首入关中，立除苛政，约法三章美胜诗。争天下，料强削弱起，数败能持。　　人和地利称怡，笑项羽军多志不齐。赞张良韩信，才追吕尚；萧何樊哙，忠赛之推。慧拔英贤，恭听良策，垓下欢歌奠汉基。轻征敛，乐与民休息，国获生机。

其三　名实相符之天可汗唐太宗李世民

继汉中兴，光耀中华，应数太宗。忆起兵匡世，身先士卒；重贤用勇，诛灭群雄。放眼极边，经营西域，广布恩威服众龙。贞观治，更古今皆颂，尧舜民风。　　均田减赋宽农，算吏治清明唐律工。赞大兴科举，广收才俊；关心民瘼，厚结诸戎。纳谏兼听，艺文日盛，四海咸平百世隆。民如水，记亡隋教训，瑕不掩功。

其四　空前绝后之女皇武则天

敢比如来，扭转乾坤，国史独芳。乃世民小妾，娉婷弱女；高宗天后，铁血威皇。常肆奢淫，偏称神圣，国祚能兴臭亦香。无须问，那何人堕落，帝室荒唐！　　从来至德难彰，但果断刚强傲万芳。赞审时度势，任贤用勇；奖桑励学，治国安邦。不逊须眉，堪夸女杰，屡有东施惹笑长。文明世，尚则天自命，残暴疯狂。

其五　现实主义诗人杜甫

上薄《风》《骚》，《史记》相侔，震撼文坛。怅朱门肉臭，友人路馁；穷村吏恶，征妇凄寒；诸体兼长，群星独丽，"群怨兴观"诗史传。湘江畔，叹知音寥落，艺海朋单。　　诗声怎共狼烟，看怒斥潼关胥吏言。任迭遭坎坷，诗心不改；饱经离乱，儒朴依然。爱国忧民，伤今怀古，忆及开元热泪潸。中唐后，数人民诗圣，万代称贤。

沈林春

陕西省诗词学会、秦风诗词学会会员。

七律·纪念司马迁诞辰两千一百五十周年

黄河大浪育英雄，司马巨椽气似虹。
无韵离骚辞激越，文坛绝唱曲玲珑。
奋书十载千秋仰，磨砺百篇万代崇。
史圣节操昭日月，风流雅士一尊翁。

七律·三秦组诗（四首）

其一　源远

蓝田猿骨祖先兮，华裔寻根赴陕西。
骊岳始皇兵马俑，半坡少女汲壶提。
轩辕炎帝双坟寝，武后高宗同穴栖。
周邑唐宫秦汉月，几多往事使人迷。

其二　人文

青莲雅韵誉寰中，骚客高歌秦汉风。
佛骨遗存法门寺，唐经翻译玉华宫。
曲江池畔论衰盛，宝塔山旁颂鬼雄。
尧舜千秋成大业，卓然功绩耀苍穹。

其三　繁荣

恰逢丝路展娇容，古道新生郁郁葱。
渭北煤油刚崛起，陕南粮药又呈丰。
春风吹绿关中阙，喜雨洒红秦地宫。
测控导航护宇艇，嫦娥曼舞颂英雄。

其四　梦游

长安追梦地中海，忽见虹连非亚欧。
天马行空穿越啸①，地龙巡遁纵横讴②。
三秦四隘绣平野③，两翼一川雕巨楼④。
华夏扶摇千亿里，浩茫宇宙任逍游。

注释

①天马：泛指城市高架公路、高架轻轨、飞机及未来高速飞船等先进的交通工具。
②地龙：泛指城市地铁、隧道等以及未来更先进的交通设施。
③四隘：借指关中东有函谷关，南有武关，西有大散关，北有萧关。
④两翼一川：指关中地带八百里秦川大开发，带动两翼（陕南、陕北）大发展。

狄人毅

1930年生，湖南省岳阳市人。中共党员，大专文化，经济师。曾任湘阴县税务局监察室主任。现为中华诗词学会会员、县诗联学会副会长。作品、小传入编《潇湘英模》等，著有《静养轩诗词联选》《中华民族颂歌》等。

七律·西安

长安故国竞风流，历代王朝此地修。
双塔题名多世纪，半坡藏物几千秋。
渭河激涌添洪福，秦岭奔腾展壮猷。
鼓乐掀天歌改革，河山壮丽乐悠悠。

七律·延安

圣地延安气势雄，当年奋斗立苍穹。
杨家岭上开佳境，宝塔山头映彩虹。
竹笠草鞋兴伟业，步枪小米建勋功。

南湾万亩良田绿，拓展东方大地红。

七律·咸阳

秦山渭水竞风流，古邑新城咏不休。
天下富豪多万户，秦都陵墓二千秋。
山河焕彩心花放，日月增辉美景收。
喜看当今新世界，黎民百姓乐无忧。

七律·刘志丹颂

革命先贤刘志丹，为民立业为民安。
渭华举义消民困，西北兴师斗敌顽。
反帝同盟抒壮志，苏区创建历艰难。
东征战役殊勋著，陷阵冲锋破大关。

肖伯那

1941年生，号浯溪后学，潇湘劬叟。湖南省祁东县人，大学数学专业毕业。在乡村中学教学近30年。原永兴县教委党组书记兼副主任、县政协委员、郴州市人大代表。曾有诗词作品发表。

五绝·到西安

今古长安道，时风溯舜尧。
开元新气派，胜过十三朝。

五绝·赏西安碑林

登临玄秘塔，问鼎九成宫。

起落秦唐韵，提收魏晋风。

七绝·米脂婆姨

无定河边千里铺，汲清濯浊蟠龙渚。
一方水土一方情，倾国倾城儿女出。

七绝·蓝田关

力谏九重何所求，三秦气象望中收。
蓝关一放八千里，碧海无涯几度秋。

七绝·谒黄帝陵（二首）

其一

神圣桥陵形胜境，威风始祖八荒名。
发明岂止舟车便，教化犹如日月清。

其二

部落涉居黄土地，图腾昭示古文明。
寻根虎踞龙盘处，四海华人一脉情。

七律·乾陵吟

黄袍脱去见裙缨，千古闹翻今正名。
胡说无才犹是德，惯看缺德却称横。
揶揄庄老无为治，慷慨哀家大道行。
生死夫妻留一穴，青碑无字任争鸣。

苏广洲

1938年生,山东省平度市人。1957年12月入伍,曾在中国人民解放军通信学院就读,大校军衔,1994年退出现役并退休。现为西安诗词学会名誉会长,陕西电大词学室研究员,陕西毛泽东诗词研究会常务副会长。诗词作品在多家报刊上发表数百首,并入选多种专集,著有《牧波斋吟草》《牧波斋续吟》。

五律·谒黄帝陵

五月桥山美,松风拂面轻。
庙堂迎晓日,池水起涛声。
目送千车远,心追八极宁。
炎黄同祭祖,泾渭不分明。

五律·西安绕城高速公路

闲里观光好,绕城尤荡胸。
立交多画意,高架透雄风。
大道驱车疾,平畴玩味浓。
城乡衔接处,岁岁展新容。

五律·西安咸阳机场

思接云天外,开心空港生。
飞姿出檐立,拱顶合金撑。
无柱庭堂阔,报时屏幕横。
机车交汇处,航运几吨情?

七绝·瞻仰造字台

西安市南郊茶张村南,有一高台,史称轩辕氏仓颉造字台。4月下旬,偕诸友踏青谒拜,并赋小诗以记之。

走笔腾文自圣台，昌明初祖海天开。
滔滔江水东流去，千古风云任剪裁。

七绝·汉中（三首）

其一　汉台

不辞千里觅遗踪，迷眼楼台溢汉风。
何出回天开创力，君臣携手气如虹。

其二　拜将坛

耿耿丹心助汉王，高燃虎火逞辉煌。
堪悲剑血未央染，剩有孤魂学子房。

其三　武侯祠

背依汉水识风波，丞相祠堂香火多。
欲借卧龙摇扇计，金瓯完复竞讴歌。

七律·西安钟楼

正襟危坐邑中魁，尘世沧桑共喜悲。
饱看霞舒心致远，历观雨骤泪悬垂。
星移物换风云识，人涌车潮日月催。
飞动神思今昔壮，古钟回响撼春雷。

七律·西安小雁塔

坚挺玲珑伴暑寒，重檐密阁欲擎天。
金光润体双钟小，胜景成章九域传。
流雨浮云任从过，飞鸿青鸟竞相看。
钟声破晓长风劲，余响载情越万年。

七律·西安城墙

古老恢宏惹梦思,环围卅里识城池①。
元明富有天工手②,唐汉不无设计师。
商客宾朋舒望眼,云龙风虎展奇姿。
故都生气今犹在,满目江山画里诗。

注释

①西安城墙:周长约 14000 米,高 12 米,顶宽 12—14 米,底厚 15—18 米。
②古城墙:明初以元朝奉元城为基础扩建,1378 年建成,明穆宗时(1567—1572)外砌青砖一层。

七律·延安小住

睡梦红都春色临,情钟塞上觅佳音。
谆谆服务人民语,栗栗竭诚公仆心①。
日暖枣园千载树,波扬延水万重金。
江天飞漫阳中气②,犹忆巨人大雪吟。

注释

①栗栗:"周颂·良耜,积之栗栗,意为众多。
②阳中:即温煦的中和之气。古人云:春为阳中,万物以生。

七律·游药王山有感

妙药祛疴忆药王,后昆亏对惹神伤。
梦惊先圣红包裹,竿滥杏林海口张。
招眼包装真蕴假,凝神道德莠充良。
疗疯除疾仁人志,盛世文明当共骧。

七律·春晓园即景

妖红魅紫善经营,游客拥门宜踏青。

衬绿繁花迷老眼，跳珠春水激童声。
满园秀色肠尤热，片纸驱词笔有情。
当记劳人心血付，点装故土似天成。

七律·汉中（三首）

其一　勉县武侯墓

松柏千秋拥寸丹，奇才履践整河山。
三分初现凌云志，两表尤图复汉天。
帝业创争凝碧血，灭曹未竭愧征鞍。
上苍不肯从人意，黎庶冢前慰九泉。

其二　汉中南湖

截山立壁聚高湖，拾级百阶入画图。
击浪飞舟云影舞，层林滴翠暗香浮。
峰峦抱水生姿色，亭榭雕龙喜俗儒。
人共江山思绪涌，中华故土孕明珠。

其三　石门

斩断秦巴碧水深，千年国宝隐其身。
摩崖古道沐时日，拟栈假门迎客宾。
仰望山林接日暗，俯观细浪憾珠沉。
回眸禾润电输远，得失评量兼古今。

七律·纪念苏武出使匈奴两千一百一十周年

魂牵使节汉家天，北海牧羊十九年。
塞外秋波怜野草，云边晓月向中原。
心倾诸夏青松立，像挂麒麟薪火传。
忠骨芳香肥沃土，流洋学子会撑帆。

七律·感发未央湖

　　吾与夫人张晓春，受张修茂、袁莉萍夫妇之邀，同游西安未央湖公园。园内湖光景色十分宜人，未央二字又带有历史印迹。余身临其境，引发联想，即以小诗记之。

　　　　令人陶醉未央姿，习习秋风拂面时。
　　　　舟破碧波滋意趣，鸟穿密柳慕涟漪。
　　　　芳园慢踏真宜采，冲浪频看乐不支。
　　　　故土沧桑生特色，眼中勃勃尽生机。

七律·夜览大雁塔北广场

　　大雁塔北广场，始建于2003年5月，是年年底完工，并于12月31日开放。广场占地近百亩，其中水面面积达20000平方米。场地宽阔，设计新颖，引人注目。水榭楼台、万佛灯塔、文化立柱展现大唐雄风；激光喷泉、多景绿带、异彩华灯咏颂现代辉煌；大型图书铜雕"大唐宝典"引发穿透时空的想象。余感慨万千，兴奋不已，特赋小诗。

　　　　齐放华灯夜幕开，凌空雁塔入图来。
　　　　水生倒影通千古，塔溢流光壮九陔。
　　　　老景新风成盛事，豪歌美曲绕灵台。
　　　　三秦素有辉煌史，胜迹长留好剪裁。

鹧鸪天·赠秦岭通信站诸位同志

溪水涓涓碧影长，峰峦滴翠送花香。辕门楼角披薄雾，凝是瑶台迁僻乡。　　蜂器响，绿灯光，须眉妙手接通忙。万条信息传遐宇，欣见官兵破大荒。

苏守义

1921年生，原名苏嘉懋，笔名苏复。云南省昆明市人，中共党员，副处级离休干部。1939年毕业于省昆华高级工业学校，1948年参加革命后主要从事新闻及教育工作。现为云南省诗词学会会员，市、县老年诗协理事。著有《报春花》诗词集第一、二集。

七律·观电视剧《杨虎城将军》

中华自古将才多，奸佞当权莫奈何。
北伐讨袁堪伟业，西安谏蒋挽沉疴。
三秦父老常思念，八载监牢志未磨。
抗日不能开一弹，后人论史泪婆娑。

苏自宽

1936年生，字省三，笔名耕夫、艾诗文，号眉山世家堂主人。安徽师范大学中文专业修业，从教30年，年满花甲从苏湾中学告退。南京艺海潮书画院诗词创作研究部主任，中国楹联学会会员，安徽炳烛诗书画联谊会会员，安徽苏学研究会名誉会长。曾在报纸杂志及诗社联坛刊物上发表诗联约500首（副）。作品被选入80余种书籍，多次获诗联文大赛奖。著有《南窗诗词》《眉山堂诗集》等。

七绝·秦兵马俑（二首）

其一

始皇武力灭群雄，统一中华立大功。
地下骁兵藏百万，阎罗天子亦臣从。

其二

人间难得此知闻，地下刀兵态若真。
岁月二千精气在，喜观出土伟姿新。

七律·西安大雁塔

崇势巍巍矗碧空，赤堞古塔自从容。
身临太乙星辰近，寿共青阳岁月同。
霭霭鸟飞云影外，蒙蒙形入画图中。
遥天神色还难绘，人在仙宫第几重。

七律·秦始皇陵

秦皇陵苑话秦皇，六国横吞霸业昌。
渭水三千威慑远，雄关百二武声扬。
长城建筑防侵患，书卷焚烧利种桑。
一统江山虽未久，朝朝代代有兴亡。

七律·西安钟鼓楼

历历疏钟度远空，鼓声缥缈夕阳中。
只疑双响闻僧阙，为有孤烟隐梵宫。
风过山前音断续，月穿林下色朦胧。
夜来知是禅关掩，未许人间一径通。

七律·轩辕黄帝颂

悠悠华夏五千年，始创衣冠拜祖贤。
新郑诞生称圣地，故都兴建发根源。
三皇化育文明继，五帝随从志趣觇。
功德弘扬同祀典，炎黄一脉颂轩辕。

苏运钦

广西壮族自治区文史研究馆馆员、《广西文史》副主编,南宁市教育学院副教授,广西科技书画院研究员。

七绝·马嵬吟

一歌长恨酹香尘,幽冢凄凉日又曛。
借问芳魂何处是?天涯残梦旧啼痕。

七绝·重读《长恨歌》

山盟海誓长生殿,红粉白绫黄土坡。
休道娥眉倾社稷,倩君细读《长恨歌》。

水调歌头·谒秦始皇陵

千古始皇帝,万世始皇陵。漫将功过褒贬,留与后人评。我到陵前瞻谒,恰是榴花时节,风日正晴明。胜赏引思去,终古到秦嬴。

六王毕,四海一,势峥嵘。关河险固,千秋隆业话西京。万里长城无二,青史秦皇唯一,阅尽古今情。展望九州境,海晏更河清。

苏者聪

1932年6月生，女，湖南省长沙市人。武汉大学中文系教授，兼任全国苏轼学会理事、湖北省诗词学会顾问、武汉市诗词学会常务理事。1992年始享受国务院特殊津贴。发表文章100余篇、格律诗词200余首。合著《憨敢斋吟稿》，著有《闺帏的探视——唐代女诗人》《宋代女性文学》等7种，多次获奖。《中国历代妇女作品选》一书被美国耶鲁大学东亚系采用作学生的教科书。

七绝·武则天

人言长发最无能，只合闺帏事女红。
万拥千呼三十载，称王改号抖威风。

七绝·骊山（三首）

其一　沐浴华清池

晶莹皎洁温泉水，一脉溶溶流古今。
昔日只为妃子浴，而今十亿涤尘襟。

其二　登兵谏亭

不御倭奴起内讧，张杨义举捉元凶。
慌忙逃命钻山穴，想见魂飞面改容。

其三　观秦兵马俑

千军万马护陵围，死后尚痴显帝威。
身影已随尘土灭，壮哉绝艺日同辉！

谷光曙

1926年生,安徽省含山县人。毕业于安徽教育学院,从事教育工作40余年,中学高级教师。现为巢湖市诗词楹联学会理事,安徽太白楼诗词学会、中华诗词学会会员。著有《含庐吟草》。

五律·西安碑林

石刻三千帖,长年宝库存。
尊尊齐泰岱,字字比瑶琨。
书写飞龙凤,碑藏振国魂。
刀工天夺巧,一览醉壶樽。

七绝·华清池(五首)

其一

依山临水建骊宫,博得褒妃一笑终。
莫把江山人欲供,不师前事雨烟中。

其二

阿房北构走咸阳,犹建骊山沐浴汤。
一炬成灰三月火,千秋谩骂说"偕亡"。

其三

海棠汤里凝脂散,天宝江山风雨摇。
比翼双飞成幻梦,枝头连理结螵蛸。

其四

自从赐宠长生殿,妃子年年伴驾骢。
恩泽新承才几日,狼烟骤起一胡童。

其五

马嵬坡上六军驻,恩宠如山无去路。
回首华清出浴时,涔涔泪雨赐绫注。

七律·访西安事变旧址

国难当头国事艰,敢将国运等闲看。
齐肩抗敌民心向,反目相残泪雨潸。
不负人民交重托,直陈兵谏向横蛮。
千秋功罪任评说,赤子丹心照九寰。

七律·蓝田玉

蓝田蕴玉远飘香,满目琳琅色自芳。
雕琢天工神采逸,研磨精细体生光。
佳人饰戴添娇色,玉女梳妆美巧娘。
物美价廉销四海,古今中外赞歌扬。

破阵子·参观秦兵马俑

虎阵编排组列,军容跃马横戈。吐雾吞云山岳动,倒海翻江云水波,气高珠玛峨。　　马上江山易得,金銮图治难讹。一代兴衰秦史训,万载人间殷鉴何?后师前事多!

小重山·访乾陵有感

自古方方砌玉阶,梁山横脚下、壮雄台。两厢石马石人排。神工巧,疑似九天街。　　谁料乱云开。断头非蛀蚀、是人灾。无端风雨十年挨。君可见,泪湿万人腮!

三字令·登西安大雁塔

登七级，望关西，赋新词。天地转，众星移。绘宏图，河岳美，彩云驰。　　西北域，柳丝丝，草离离。油气出，凤梧栖。国生财，家致富，有佳期。

邱春林

1955年生，湖北省蒲圻县人，荣誉博士。1975年招工，1983年加入中国共产党。历任团县委宣传部长、市文化局副局长、地区外经委办副主任等职。现任咸宁市水产局副局长。中国当代诗歌协会、王羲之研究会理事，中华诗词学会、省作协会员，地区作协理事。著有《邱春林格律诗选》等。

七绝·登西安大雁塔（三首）

其一　塔下吟

左耳铁钟鸣古乐，右闻皮鼓奏今歆。
三藏藏宝宝何去，万法法存存更珍。

其二　塔中咏

方见娇姑飞上塔，又惊憨伙闯云楼。
凝神童叟拭身路，唯我不知来此游。

其三　塔顶眺

西北古都收眼底，东南旷野艳芬芳。
抖身倍觉精神爽，纵有忧愁一扫光。

邹代村

1935年生,四川省内江市人。大学毕业,四川省农村社会经济调查队处长,高级统计师。中华诗词文化研究所研究员,中华诗词艺术家联合会理事,中国毛泽东诗词研究会、中华诗词学会会员,成都毛泽东诗词研究会副会长。著有《村游吟稿》及续集。

十六字令·秦岭

山!耸翠群峰入九天。朝前望,眼底是秦川。

邹吉玲

女,1949年生,江西省宜丰县人。大学毕业,医师,江西省作家协会会员。早期从事新诗创作时,著有《春江花月夜》《丁香怨》等。作品被选入海内外多种诗集。其中《小雨思情》被谱成歌曲,《夜来香》被译成法文载入《世界语文学》。主事传统诗词兼写历史传记文,著有《红妆词》《断肠词》等。

七律·渔阳鼙鼓撼天摇(二首)

其一

《乱世梨花》今世读,几多春恨上眉梢。
琵琶笙管声声慢,舞扇歌裙步步娇。
纤手难书天宝事,瘦姿欲斗楚宫腰。
美人迟暮将军老,谁要珍珠慰寂寥!

其二

无肠可断又魂销,二月春怀三月潮。
歌舞承欢妃子笑,渔阳鼙鼓撼天摇。

长生殿里恩情绝，永巷宫中珠泪飘。
回首不堪秋雨日，梧桐瑟瑟可怜宵！

陆　茨

1924年生，浙江省诸暨市人，大专毕业。1938年6月参加白区工作，1945年调新四军，解放战争中参加华东诸大战役，获三级解放勋章。新中国成立后在总参谋部、中国科学院地质古生物所工作。著有《东山吟》。

七绝·过潼关

英雄意气盖潼关，百战沙场人未还。
回首千秋看霸业，骨埋黄土造河山。

七绝·登华山

峥嵘拔地欲衔天，千尺嶂如墨线悬。
魄落苍龙飞脊下，魂萦霞彩吻青莲。

七律·访碑林

非凡身世镂经文，尽使君王落魄深。
书圣令呼龙虎舞，匠人兴起玉金吟。
山河烽燹碑铭泣，堞堡土崩宫宇森。
谁解形神风韵外，未医千古带伤心！

七律·跨秦岭

隧道盘桓神斧工，铁龙穿越若追风。
摩天叠嶂峥嵘立，去路横云迷漫封。

回顾散关湮暗谷,仰看秦岭咬青空。
偎依峭壁飞旋上,别吻红花下汉中!

陈水源

1931年生,笔名向水,广东省增城县人。毕业于华南文艺学院美术系,留校任教。曾调海丰师范学校任美术教师3年,历任广州美术学院中国画系秘书及办公室负责人。广州文史馆员、美协会员,平城诗社顾问,广东楹联学会会员。广州美院晓风诗社副主编。

七绝·登长安古城楼

故都千载播蜚声,登上城楼耀眼明。
开汉继唐留胜迹,碑林雁塔世知名。

七绝·留题华清池

风流千古华清苑,一骑红尘杜牧词。
闻道宦官高力士,岭南万里贡荔枝。

陈不锈

1930年生,四川省人。国家行业标准主编,陕西省测绘学会名誉理事,于右任书法学会会员,中国译协会员,中华诗词学会会员。主编有《乐野诗词》《格律诗词基础》和《见证沧桑》。

七律·大雁塔北广场

气势恢弘大广场,喷泉瀑布亮中央。

两旁石柱镌诗美,四面铜人读赋忙。
雁塔凌云观绿野,楼台近日映红墙。
升平景象看今日,盛世雄风赛大唐。

人月圆·西安曲江池遗址公园

万顷清波堤上柳,绿色秀唐桥。疏林迭水,荷廊栈道,鸟唱花摇。楼高阁美,山青水碧,风细旗飘。游人雅集,临池吊古,爱恋今朝。

陈以光

1921年生,字化天,号云水,江苏省淮阴市人。抗战时在家乡姚庄小学教书,后入镇江师训所乙组学习,毕业后来江阴教学,前后教学共41年。江南、江西诗词学会会员。

行香子·咏陕诗文

咏陕诗文,大手纯真。写殷勤、词曲温存。发言谨慎,音韵能奔。叹知无尽,无须问,更无昏。　　人尊大省,宝贵殊珍。满高门、博学氤氲。诗文灵敏,曲赋迎春。快遍传村,流传广,永传闻。

陈永正

1941年生,广东省茂名市人。中山大学教授,博士生导师,享受国务院特殊津贴专家学者。中国书法家协会副主席,广东省书协主席,广东中华诗词学会副会长,广东省文史研究馆馆员。

五律·登西安慈恩寺塔

摄衣登此塔,感怆念慈恩。
道树几时静,秋声终日闻。
题名花坠雨,累劫水生尘。
岑杜高风远,凭谁问夙因。

陈玉堂

1926年生,福建省沙县人。笔名昭营,自署艺兰室主人。酿造业工人出身,曾作为工人代表出席1955年首届人大三次会议,被选任沙县人民委员会委员,脱产参干任粮站站长,1982年退休。中华诗词学会会员。

七绝·追叙西安事变

酿成兵谏发张杨,兵谏亭前众志昂。
慷慨辞陈安内失,须防外侮瞰东墙。

七绝·读白居易《长恨歌》有作(二首)

其一

玄宗宠嬖寿王妃,着遁空门再入帏。
庇荫一门朱紫贵,生男哪及玉环肥。

其二

华清赐浴美人怀,鼙鼓渔阳动地来。
宁记宫廷生死恋,隆基幸蜀为逃灾。

陈立松

1927年生,陕西省知识产权服务中心副研究员,中国知识产权研究会理事,陕西省诗词学会、省老年诗词学会会员。

五绝·华山朝阳峰观日出

夜尽残星落,朝霞灼灼红。
半轮才欲现,紫气满苍穹。

五律·关学

关学渊源远,中华一桂冠。
先贤明典范,继世起波澜。
玉润横渠论,华章二曲观。
悠扬秦乐美,今日待新弹。

七律·春过渭南

进入潼关唐韵存,平川阔路万车奔。
条条渠道条条水,处处繁花处处村。
新辟市场开富路,大兴科技跳龙门。
游春士女寻佳境,西部风光此地尊。

七律·秦岭

拔地分天一岭横，南晴北雨两分明。
林幽花美珍禽舞，岩秀山奇异兽鸣。
古有英雄留胜迹，今多雅士探峥嵘。
生机勃勃和谐意，万物欣欣天道情。

七律·陕西省发明专利服务中心成立二十周年

东风习习过关前，河岳葱茏响杜鹃。
姓社姓资高论热，花红花绿小园妍。
扁舟破浪济瀛海，曲径迂回向顶巅。
雨润露滋新境美，匆匆岁月漫浮烟。

陈华峰

1943年生，福建省南安市人，从事水利工作30多年。中华诗词学会、中国楹联学会会员，省楹联学会理事、泉州市楹联学会顾问。作品入编几十种选本与辞书，联作被国内多处名胜景区选用或镌刻。编著有《南安古今楹联》，著有《皓月轩吟稿》《皓月轩联集》。

五绝·黄陵八景（五首）

其一　黄陵古柏

古柏郁葱葱，黄陵气象雄。
千秋推第一，百族仰高功。

其二　沮水秋风

沮水度秋风，丹枫似火红；

凝眸山映水，疑入画图中。

其三　桥山夜月

桥山夜月圆，宝岛尚孤悬。
裂土分疆者，何颜见祖先？

其四　南谷黄花

万花纷谢日，黄菊满山开。
志与苍松友，风霜永不衰。

其五　汉武仙台

仙台依旧在，汉武去无踪。
不废长留者，安邦治国功。

五律·桥山览胜

汉武仙台立，黄陵古柏环。
青烟浮凤岭，紫雾漫龙湾。
南谷黄花赏，北岩净石观。
秋风吹沮水，夜月照桥山。

七绝·题咏黄帝陵景区（三首）

其一　黄帝陵

不辞万里远寻根，黄帝陵前颂祖恩。
黑发黄肤一脉承，共兴华夏慰忠魂。

其二　诚心亭

诚心祭祖过斯亭，清水洗清面上清。
身净犹须心亦净，轩辕殿上证心诚。

其三　黄帝手植柏

古柏崔巍近日边，轩辕种下即期然。

五千余载经风雨，锻就钢筋撑起天。

七绝·为张学良将军百岁诞辰作（二首）

其一

亲仇爱恨不糊涂，虎旅一支誓灭胡。
兵谏西安危局挽，半生幽禁竟何辜。

其二

古城匆别竟难还，烽火长安一谏冤。
志士蹉跎空落泪，梦魂时绕汉江山。

陈志岁

1958年生，号江南靖士，又号花竹庐主人，浙江省平阳县人。同晖学社社长，创办并主编《同晖》学刊。中国近现代史史料学学会、中国国际专家学者联谊会理事，《中国对联作品集》特约编委等。中华诗词学会、中国楹联学会会员。主编有《南雁荡山古今诗抄》《农诗广搜》等，著有《江南靖士诗稿》《花竹庐随笔》等。

五绝·咏秦

天下厌长乱，始皇秉地枢。
出关无六国，斩业一车夫。

陈国豪

1940年生,笔名龙溪钓叟。中国老年书画研究会会员。

七律·因飞机误点夜留西安

长安之夜月殊明,迎客灞桥意特诚。
缥缈马嵬香艳冷,高昂雁塔胜踪盈。
唐宫汉阙招遐想,周墓秦陵动古情。
最惜匆匆唯此夕,明朝听鼓赴京城。

陈荣吉

1944年生,号残翁。中共党员,副高职称。现任勉县人民政府教育督导室督学。陕西省教育学会、省诗词学会会员,海河书画院客座教授,长江书画院名誉院长。诗作散见于《陕西诗词》《天汉诗词》,曾获第四届"长城杯"全国诗书画大展赛老年诗词组金奖。书法曾获吴道子艺术馆中国书画名家金奖大赛书圣金奖,作品同时入编2003年精品金箔挂历。著有《残翁诗选集》。

五律·汉中(三首)

其一 汉中南湖

日照曲湖明,绕山雾霭轻。
松林风满袖,雪浪水云冰。
快艇忽悠过,轻舟缓慢行。
浓阴停画棹,山水系真情。

其二 拜将坛

故道堙芳草,将台信莽苍。

疾蹄追夜月，拜将挂戎装。
挺戟驰天下，擒王定四荒。
魂消长乐日，犹念子房张。

其三　当口寺偶见

晨步小河湾，眼前一苇滩。
雾迷当口寺，苇隐老鸹船。
鸿雁鸣芦荡，野凫戏水天。
船头渔老大，篙舞水云间。

五言排律·元旦上天灯寺

西风霜染地，霰雪鸟潜林。
野寺钟声远，禅堂灯火新。
佛门兴法事，梵乐绕苍林。
漫步松针道，放声梁甫吟。
堪悲食肉客，羡慕用斋人。
远去喧嚣市，常存普度心。

七绝·汉中（三首）

其一　汉江踏春

初霁军山雪未消，鱼鹰戏水涨江潮。
云林隔岸鹅黄色，春意悄然上柳梢。

其二　定军山远眺

军山风雨历沧桑，九里连峰草木香。
犹似武侯身影卧，苍松翠柏护龙冈。

其三　巴山采茶女

一串歌声一串霞，巴山倩丽采新茶。
犹疑仙子云中降，衣赛霓虹人赛花。

七律·汉中（四首）

其一　汉台感怀

伫立层楼满目空，大风歌里自从容。
斩蛇举义风云起，拜将筑坛意气宏。
栈道明修迷霸主，陈仓暗度战关中。
汉中山水凝祥瑞，无尽嘉禾浪万重。

其二　谒留坝张良庙

紫柏山中紫气腾，山高树茂水清清。
神仙故府称佳地，隐士旧居纪胜名。
融汇黄公韬略策，精通老子道德经。
功成身退垂千古，师表千秋启后生。

其三　游汉中兴元湖

茫茫明镜照云天，万顷碧波一水连。
树上黄莺争叫唱，云端白鹭竞盘旋。
湖中垂柳枝亲水，花里情人脸靠肩。
信步幽篁逢酒肆，一壶醉眼看篷船。

其四　褒谷行

久慕遗踪寻栈道，褒河风雨壮游程。
浪翻衮雪千年字，月照石门万古铭。
时日如梭凝胜迹，烟霞似火照苍鹰。
徘徊不忍离幽谷，莽莽南峰紫气腾。

七律·观壶口瀑布

浊浪滔天水漫流，风吹雨雾罩清秋。
摧枯拉朽大河壮，动地惊天小鬼愁。
波涌中原千万里，气吞华夏九十州。

自然鬼斧开奇景，浩浩狂涛壶口收。

七律·冬游南湖

南湖冬日有新天，山淡林疏绕暮烟。
湖内白云沉水底，山中绿树挂云端。
梅亭畅饮花间醉，菊圃酣眠梦里寒。
待到漫天飞雪日，再来梅岭享清闲。

七律·略阳灵崖寺

千年古寺踞层峦，俯瞰嘉陵水漫天。
雾障云深天窟隐，苔滑坡陡路途艰。
名扬宇内悬石刻，福济人间淌茁泉。
伫立坤皇挥墨处，风光无限在云端。

陈振民

1937年生，山西省万荣县人。曾任万荣县人大常委会委员，法工委主任。中华诗词文化研究所研究员，山西诗词学会理事，运城市三晋文化研究会、楹联学会理事，万荣县作协主席、史志研究学会会长，《后土文化》杂志主编。有400首诗词和多篇文史论文发表于省级以上诗词和学术刊物，入编数十部书典。著有《王勃诗文咀华》《薛瑄诗作选释》。

五律·雨中登西安大雁塔

雄塔刺天外，登临览壮观。
山川风雨里，城市雾云间。
目极中南海，心飞万寿山。
佛僧安可誉，努力换新天。

陈振虎

1949年生,陕西省洛南县人。先后到小学、中学任教,1977年考入大学读数学专业,毕业后分配到陕西省人大常委会办公厅工作。曾任汉中市洋县副县长,西安市莲湖区副书记、区长、书记,西安市委统战部部长,2012年退休。中华诗词学会会员。

五绝·题西安回民书画院

同源书画艺,汉回乃一家。
今日相携手,中华灿若霞。

七绝·赠洋县小读者

冉冉物华无始终,匆匆岁月似流萤。
博得书海求真谛,兴我中华有盛情。

七绝·贺于右任书法学会

金戈铁马孝精忠,道德文章百世雄。
自古三秦人杰地,千秋草圣话髯翁。

七绝·贺公安莲湖分局建局五十周年

风风雨雨五十年,头顶徽章永向前。
但使莲湖常利剑,不教一贼逞凶顽。

七绝·登石头河水库大坝感怀[①]

清波太白纵珠帘,斜峪峡关岁月迁。
今日倾情民众乐,滋城润沃浪声喧。

注释

① 石头河水库大坝在陕西眉县县城西南斜峪关。

七绝·清凉山上

耸立清凉思绪翻,追怀领袖梦魂牵。
心花怒放百千里,盛世中华举步艰。

七绝·登骊山烽火台

四海望归君不求,千娇难解念王愁。
烽火一笑诸侯苦,万里江山付东流。

陈寅斌

1921年生,湖南省益阳市人。湖南省诗协会员,中华诗词文化研究所研究员。多次参赛并获奖。曾任法国龙吟诗社诗词函授导师。著有《朝晖集》四卷、《诗国导游》等。

七绝·赞南泥湾精神(四首)

其一

三尺锄头五尺枪,全军振奋大开荒。
官兵一体同挥汗,颗颗红心向太阳。

其二

红旗猎猎满荒山,自力更生斗志酣。
狼豹荆榛收拾尽,新开陕北好江南。

其三

拼身苦斗好精神,回首荒山百业新。
赢得英雄酬壮志,改天换地看人民。

其四

创业精神百代扬,更凭四化换新装。
全民共守传家宝,经济腾飞幸福长。

七律·纪念毛泽东《在延安文艺座谈会上的讲话》发表五十周年

延安灯塔亮堂堂,五十年来世道昌。
山色绿随春意变,花鲜红滴众芳香。
金声玉振添新韵,风起云飞导雾航。
从此中华长不夜,文光高照太平洋。

陈朝葵

1932年生,又名兆奎,号赤壁野人。湖北省武汉市新洲区人,大专文化。原任黄冈工校纪委副书记。中华诗词文化研究所研究员,中华、湖北诗词学会、中国书画研究会、东方中日书画家协会会员,东坡赤壁诗社理事,黄冈市东坡书画协会常务副会长。主编有《中原突围诗歌选》《纪念李先念同志九十延辰书画精品集》等,著有《朝葵吟草》《朝葵吟苑》。

七绝·马嵬坡

沉迷艳色邦危日,难救倾城奈若何!
回首一眸千古恨,后人当鉴马嵬坡。

七绝·悼念杨虎城将军

民族英雄千古颂,万年青史闪金光。
将军虽死精神在,炳耀中华永传唱。

七绝·游乾陵感赋

威震唐宗女主奇,历朝褒贬任由之。
难言功过乾陵纪,见证千年无字碑。

七律·王震率359旅突围北返延安

中原艰苦突围日,却似长征大难时。
骁马铁蹄奔出血,蒋帮坚壁断清炊。
两千里路尖刀月,三五九旅威武师。
北返威风扬四海,用兵神算王胡子。①

注释
————————
①当时部队称王震同志为王胡子。

七律·怀念张学良将军

民族英雄民族歌,千秋功绩永难磨。
一生耿介昭天日,八字光辉耀岳河。①
受屈软囚非后悔,未亲抗日尚蹉跎。
长怀统一恢宏业,坚信炎黄总要和。

注释
————————
①八字——"反对内战,团结抗日。"

周 枢

1921年生,上海市人,原籍江苏省泗阳县。1941年参加革命,历经抗日战争和解放战争。1952年由军队转业至上海出版系统工作,先后任上海古籍出版社副社长、党组副书记,上海出版印刷物资公司党委书记。1985年离休。中华、上海诗词学会会员,上海会友诗画委员会名誉会长,上海枫林诗词社社务委员,上海春申诗画学会顾问,上海新四军研究会会员。著有《培文吟草》。

七律·华山冲道玉泉院

玉泉冲道是山门,游客观光每问津。
西岳阶梯登顶处,山荪古柏笑迎宾。
慈禧握管门书匾,光绪题松墨染氤。
第一名山雄气象,峰峦叠嶂最迷人。

七律·法门寺地宫藏珍

千年寺庙势非凡,十级浮屠似笔山。
佛国灿光金舍利,地宫耀彩女皇衫。
国家主席亲观览,中外名人共赏谈。
评说伽蓝名座位,法门古刹获高冠。

七律·西安大雁塔

跋山涉水付辛劳,喜取真经足自豪。
雁塔千秋藏宝卷,圣僧万代树清标。
屡遭兵火尚无碍,还有唐雕教序昭。
玄奘功高人敬仰,经书永显佛家骄。

周 禹

1936年生，名福泉，字典福，号临川晦人，又号景德老人、景东书蓬，江西省临川市人。中华、江南、江西诗词学会、景德镇市老年书画协会会员，景德镇诗词学会副秘书长，景德镇苔花甍诗社社长兼社刊主编，《陶人诗词选》主编。著有《临川晦人诗词钞》。

五律·夜抵西安

直到西安站，夜阑携子哦。
国营开业少，个体卖肴多。
银市灯摇影，玉衢车织梭。
异乡思故里，举酒仰星河。

七绝·登西安古城

登上皇城眼界宽，高楼鳞次美长安。
曩朝金阙禁闱地，今日游人尽兴看。

七绝·夜过秦岭

夜过秦岭汉星浮，闪闪随车伴我游。
最是多情明月友，共驰衢道解人愁。

七律·游秦地有感

始皇欲梦长生草，受命使臣忠祖龙。
入海争流涛浪里，率童去觅亚洲峰。
仙方未获违王意，瀛岛唯留立足踪。
曩古航家徐福像，清歌一曲赞芳容。

七律·过西安

身临阆苑问何年，楼影葱茏含碧烟。
古迹名流繁悦目，新区林立远连天。
交航枢纽乾坤小，秦汉疏通日月边。
满眼风光留客醉，千秋青史涌胸前。

清平乐·车旅西安路上

晨风轻弄，一路飞车送。旭日临窗光隙洞，车疾群峰辗动。　　耳闻轮轨咚咚，西安四海连通。放眼河山美景，欣然郁郁葱葱。

周山民

1933 年生，黑龙江省人，中共党员。1948 年 2 月参加中国人民解放军，电子部第 20 研究所工程师。系陕西省老年诗词学会会员。

五律·题安康瀛湖

一夜瀛湖雨，千山草木新。
渔帆凌碧浪，白鹭戏河滨。
款款游春侣，悠悠垂钓人。
凭高欣眺望，雾霭失三秦。

七绝·潼关道

秋尽三秦草木凋，骊山枫叶入云烧。
潼关古道今犹在，不见狼烟冲碧霄。

七绝·新丰怀古

新丰沽酒论英雄，舞剑鸿门意沛公。
错失山河无限恨，乌江亭畔望江东。

七绝·夜过华阴

秋来渭水泛秋潮，月下华山笔欲描。
圣母何堪长寂寞，莲灯举照鹊云桥。

七绝·观泾渭汇流

泾河渭水并漕行，自古汇流两色明。
清浊相分成好景，堪为人世喻真情。

七律·延安怀思

宝塔山林唱杜鹃，延河水畔紫烟旋。
运筹帷幄十三载，抗日高歌整八年。
火种燎原今胜昔，遗风垂范世相沿。
征途自有后来者，日月兼程勇向前。

七律·雁塔新风

雁塔红墙百世长，今朝拓展势轩昂。
数重绿苑依仙阁，四海骚人聚佛堂。
栉比高楼宽广路，如云商贾富饶乡。
几曾尚是萧条地，一片繁华追盛唐。

七律·华清池寄思张学良

华清池畔话沧桑，弹迹犹存入史章。

爱国丹心昭日月，为民铁骨傲风霜。
朝思萦绕三边地，夜梦频惊五间房。
黑水白山归不去，关东父老痛肝肠。

七律·西康线上

秦山巴水两厢分，五色林花为客纷。
洞洞相随如玉串，桥桥连接似罗裙。
昔时险履蓝关道，今日闲游峡谷云。
从此安康通富路，山城风貌自欣欣。

长相思·终南山遇雨

泾水明，渭水明，流入黄河两相倾，盈盈一水情。　风轻轻，雨轻轻，洒落终南山更青，和风细雨声。

周世钊(1897—1976)

湖南省宁乡县人，爱国民主人士，教育学家。曾任湖南第一师范校长、湖南省教育厅副厅长、湖南省副省长。著有《湘江的怒吼——"五四"前后毛泽东在湖南》《毛主席青少年时期锻炼身体的故事》等。

五律·入潼关

报道潼关过，山河望忽开。
华骊皆北拱，泾渭尽东来。
青爱菘香溢，黄看麦浪回。
秦川八百里，佳气日崔嵬。

五律·丈八沟

未走咸阳道，先寻丈八沟。
一湖迎夕照，万树拥层楼。
鸟蹴红英落，鱼穿碧藻游。
园林娱俊赏，欲去复迟留。

七绝·登雁塔

雁塔题名枉自豪，今朝碑石掩蓬蒿。
此曹身与名俱灭，日照长安塔影高。

周崇纶

1930年生，湖南省常德市人。1950年6月经中原大学学习后参加工作，湖北省旅游局退休，副处级干部。中华、湖北、武汉诗词学会会员，未名诗社社员，武汉老年大学诗词研究会副会长，《晚晴诗词选》副主编。

五律·西安临潼

山寻骊母殿，地考始皇陵。
惊骇坑儒谷，威扬兵谏亭。
华清池候队，兵马俑归营。
遐迩临潼县，久萦今古情。

七绝·西安杂咏（三首）

其一　碑林

历代名家留墨迹，琳琅满目耀碑林。

龙飞凤舞千姿媚，共赏奇珍韵味深。

其二　大雁塔

大雁不知何处去，长留雁塔塔门开。
七层楼阁藏经叶，唐代高僧西取来。

其三　半坡村

先人遗址半坡村，房体圈栏窖穴存。
生活起居陶器化，长留古迹更知今。

周明道

1936年生，一名伯仁，号观沧楼主，浙江省萧山市人。杭州市钱塘诗社社长，《钱塘诗刊》《钱塘诗讯》主编。

七绝·阅《杨太真传》后题（二首）

其一

金钿何如金鉴勋，开元盛治负精勤。
楼东咫尺香魂冢，尚有梅妃死殉君。

其二

鹦鹉空劳念上皇，官家薄命自存亡。
中兴名将全家福，羡煞当年郭姓王。

七律·周文王（二首）

其一

凤凰山叫应如神，天遣西岐景远新。
养善墨胎归大老，救灾颁尾话生民。

鸣琴一曲拘幽操,秉钺三分服事身。
再造崇丰应笃祜,灵台枯骨遍深仁。

其二

卜年八百话兴朝,佐命磻溪梦手招。
田猎史曾摹石鼓,妆台记早艳珠翘。
九龄寿为佳儿锡,四乳奇偏异相昭。
圣德久钟王父爱,荆蛮让国自超超。

七律·周武王(二首)

其一

万椁蜂舟气似虹,五行山下筑行宫。
分葵绩著功臣表,荫樾恩廑圣主衷。
倒北诸侯观壁上,征东女子在军中。
旗麾黄鸟皆天意,一着戎衣早挂弓。

其二

漂杵谁传战血腥,馘魔异说本非经。
西郊黄钺三千旅,北面丹书十七铭。
宿夜徽歌兵洗雨,勾陈筑垒象符星。
钜桥赐遍苍生粟,尚有西山采蕨馨。

周若麟

1929年生,湖南省攸县人,哈密铁中教员。中华诗词学会、中国楹联学会会员,著有《柳堂诗存》《庚辰文稿》等。

五律·秦陵(二首)

其一

尸骨朽钦心,峥嵘旷古今。
鲍鱼随腐臭,地狱闭呻吟。
俑障荆卿剑,时移嫪毐心。
觊觎儒发冢,暴露辱黄金。

其二

得意忘形际,河封德水清。
狼狐居短祚,血肉筑长城。
永享闻姜哭,促期绝畜鸣。
牛唇亲宿草,二世费经营。

七律·读苏学士《凤翔八观》诗

苏子雄才告八观,好诗不朽景疑残。
磻溪跪石真投钓,古郡游湖可泛澜。
诅楚推陈嗟一辙,迎神打鬼执三端。
幽人孤往秦川道,呼啸当前走百宫。

七律·秦兵马俑

瓦师出土意如何,苦难秦人独占多。
山鬼能知当岁事,祖龙堪赎昔时过。

厥初作俑其无国，自尔称珍即有歌。
倘使文明斯秀丽，揭竿孰若钓烟蓑。

七律·过岐山

丹雀衔书凤上翔，泉源涓滴润周阳。
车回轮曳轩临景，孺慕思萦祖降乡。
得氏家乘追后稷，奉先庙祀享文王。
湘波漆水流双派，到海涵天一滥觞。

周笃文

1934年生，字晓川，湖南省汨罗县人。北师大中文系毕业，原中国新闻学院教授，中外文化研究所所长。从事诗词文化研究，曾任中国韵文学会常务理事、中华诗词学会副会长。现为中华诗词编著中心总编辑，中华诗词学会顾问。著有《宋百家词选》《影珠书屋吟稿》等。

七绝·华山（三首）

其一

泠泠真似御风行，扑面群山玉样清。
金锁关头回望处，万莲花放大光明。

其二

美哉太华险而奇，鬼斧神工壮地维。
山水郁蒸龙虎气，雄风千古镇王畿。

其三

秦关汉月久心倾，西岳连天更梦萦。
多谢渭南美令尹，万峰相伴赏秋晴。

七绝·南郑即景（四首）

其一

青林红树一湖秋，南郑风华美欲流。
塔影参差涵碧水，桂花香逐小渔舟。

其二

入目溪山景色奇，格兼豪婉最心迷。
楼台罨画秋波里，正是诗人试笔时。

其三

汉中自古兴王地，虎掷龙骧气象雄。
一角南湖涵万绿，无家门巷不春风。

其四

三朝南郑小栖留，如画湖山恣快游。
多谢主人珍重意，诗心长系古梁州。

减兰·壶口观瀑

惊雷滚地，万马千军皆辟易。倒转银潢，金瀑腾烟向海洋。　昆仑一派，莽莽神州真气概。河岳英灵，刮目中华伟业兴。

八声甘州·登西安大雁塔

耸重霄无恙护河山，胜迹溯初唐。便撑天柱地，量星步月，永驻神光。释子孤征万里，留得贝经香。千载传梵唱，法雨纷扬。　好共良朋俊侣，去探幽寻古，重到禅堂。喜杜陵遗墨，雅韵自难双。浩余怀、秋风渭水，近重阳、木叶漫飘黄。层楼上、试披襟望，风健云长。

周寅宾

1935年生,湖南省衡山县人。1957年毕业于湖南师范学院中文科本科,湖南师范大学中文系教授。曾兼中国唐代文学学会理事,湖南省诗词学会常务理事。合著有《中国旅游文化大辞典》等,著有《李东阳集》点校本、《南岳诗选》等。

七绝·华山中峰

莲花朵朵艳苍穹,西北东南各有峰。
地久天长花不谢,黄河日夜溉芙蓉。

七绝·由华山北峰登南峰

山麓曾惊北岭高,南峰回望在山腰。
公平竞赛华山道,多少风光多少劳。

七绝·延安

宝塔红旗气象新,杨家岭上客来频。
延河两岸老农父,曾是毛公握手人。

七律·谒黄陵

沧海桑田朝代迁,黄陵永立圣山巅。
磁针能散古今雾,龙鼎相当宇宙船。
十亿贤孙生大地,五千翠柏列长天。
中华民族源头见,四海同心敬祖先。

七律·访岐山县周公庙步苏东坡韵

卷阿圣地祀周公,汉柏唐槐护故宫。

凤岭崇高四海仰，清泉润德九州通。
蓝天红果阳光照，黄土青纱雨露蒙。
千古文明秋色里，白杨车路客乘风。

七律·西安中秋

赏月长安思倍长，太空无改地沧桑。
骊山泥土秦文物，沣水田阡周殿堂。
明月照君还照汉，秋风吹我复吹唐。
汉唐人逝文章在，宛似星辉伴月光。

尚 云

江苏省淮安市人大常委会原副主任，中华诗词学会理事，江苏省诗词学会副会长，江南诗词学会副会长，淮安市诗词学会会长，市法制建设研究会会长，市诗书画印研究会会长。

七绝·咏延安

圣地精神启后贤，来人谁不敬延安。
红旗猎猎飘扬处，邓理毛思指向南。

七绝·雪后西安即景

城头伫立望飞霞，雪后风旋天散花。
红日高悬银岭上，腾腾紫气庆升华。

七绝·咏华山

险奇西岳一名山，莲育天池藕似船。

翘首剑峰星斗近，花岗千仞壮宏观。

七绝·华清池秋景

飒飒秋风染树枫，华清点缀玉芙蓉。
晚霞红映秦川地，彤叶天山一色同。

七律·黄帝陵怀古

人文始祖帝王陵，万里观瞻溯远情。
风水弯环流韵翠，桥山烟漫古松青。
南连华岳通阳气，北接龙盘映塔星。
神圣炎黄传一统，灵光代代育精英。

忆江南·太华山景

春花媚，夏雨洗青山。秋夕红霞烧峻岭，冬云辉映雁征南。四季景波澜。

明剑舟

1943年生，陕西省南郑县人。原任新疆国土资源管理干部学校校长兼书记。中华诗词学会、中国楹联学会会员，中华诗词文化研究所研究员。新疆诗词学会常务理事兼副秘书长，乌鲁木齐诗词楹联家协会副主席兼《天山诗联》执行主编。著有《鹤鸣轩诗草》。

五律·游小南海

鹅颈龙潭碧，羊肠石道弯。
重峦松竹绕，叠瀑雪涛喧。

佛洞氤氲气，神龛缥缈烟。
磬钟惊宿鸟，夕照镀霞冠。

五律·游南郑红寺湖

骋目荷花榭，凭栏画卷妍。
蓝天翔白鹭，碧水映朱颜。
荡舫酣歌渺，撞钟古寺闲。
山林寻野趣，邀月舞翩跹。

七绝·登北峰忆解放军智取华山

窜匪潜逃踞北峰，暗碉险隘扼关中。
神兵突袭捣魔穴，解放三秦第一功。

七绝·汉中行吟（五首）

其一　登汉台

一代枭雄聚汉台，风云际会展英才。
龙争虎斗乾坤定，大汉千秋伟业开。

其二　谒武侯墓

雨霁风柔雾幔开，清明扫墓沓纷来。
苍松丹桂幽篁翠，两表忠勤万古哀。

其三　定军山

孔明北伐历春秋，老将黄忠斩夏侯。
伏虎降龙传后世，定军千古写风流。

其四　刘邦饮马池

曩闻秣马厉兵营，壁垒森严战角鸣。
故址今朝成市井，盈池傍道柳花明。

其五　谒张骞墓

请缨西域老还乡，墓草萋萋映夕阳。
缔约安邦垂史册，驼铃古道几沧桑。

七律·登华山

拂晓登山风送爽，月朦影绰语汤汤。
扶筇蹑步千阶石，索缆攀崖百尺岗。
旭日拨云撩雾晓，莲花绽蕊浴霞光。
黄河玉带飘天际，雁旅晴空万里长。

七律·壶口瀑布

浊浪滔滔涌激流，脱缰野马势难囚。
奔涛跌谷撼山峡，泻瀑腾空荡壑丘。
战鼓霹雷声怒吼，垂虹跨堑画长留。
晴天骤降滂沱雨，鬼斧神工震九州。

七律·汉中杂咏（六首）

其一　谒勉县武侯祠

武祠竹劲柏森森，漫步低吟缅伟人。
汉鼎三分功赫赫，祁山六出马骎骎。
宵衣勉辅昏庸帝，旰食积劳憔悴身。
圣德丰功昭日月，鞠躬尽瘁励诸昆。

其二　拜将坛吊韩信

忍辱藏机岂等闲，投刘别项誓回天。
龙韬蒙荐麾军纛，虎步荣登拜将坛。
暗度陈仓施巧计，明修栈道霸中原。
功高盖主潜奇祸，兔死狗烹古亦然。

其三　张良庙怀古

报国刺秦博浪沙，太公授道隐天涯。
雄图灭楚筹帷幄，睿智扶刘起汉家。
功退山林参古道，琴鸣竹舍伴荒鸦。
留侯隔断红尘梦，亮节高风世代夸。

其四　赞汉中

渔乡蔗境恁葱茏，绿水青山嵌画中。
卧虎盘龙争霸地，改朝铸鼎建奇功。
风淳世朗千秋靖，物阜民丰万业隆。
古邑明珠光璀璨，通衢广宇展新容。

其五　吟南郑

沧桑百代聚群雄，当是山川瑞气融。
诸葛伐曹彪炳史，陆游射虎起吟风。
秦巴坦道通关外，汉水长桥接蜀中。
雁旅南湖歌浩瀚，香飘四季醉厄琼。

其六　游汉中南湖

绕岸青山翠欲流，红榴簇簇映琼楼。
凫鸥戏浪轻帆渺，柳絮扬花绿竹修。
绝壑亭皋观俯隼，芳林渚岛赏啁鸠。
徜徉展馆放翁侧，缅古怀今笔力遒。

鹧鸪天·登西安城墙

雉堞谯楼箭垛留，铜墙铁壁护金瓯。巍峨迤逦蟠龙卧，古邑通衢画幅稠。　　云霭霭，岁悠悠，攻城血刃几时休？秦皇汉武风流韵，胜迹千秋任客游。

鹧鸪天·游兴庆宫公园

水槛虹桥竹径幽，牡丹翠阁映红榴。瑶池戏水琉璃影，柳暗花明豁客眸。　　裙袂靓，管弦柔，歌台舞榭宴珍馐。大唐御苑升平景，绮丽风光楚楚留。

鹧鸪天·登西安大雁塔

拾级凭栏骋目观，三秦八百米粮川。无垠绿野林阡网，锦绣田园染夕烟。　　云际耸，翘危檐，浮屠七级稳如磐。高僧净土取经返，启慧苍生海宇传。

林　平

1927年生，江苏省南通市人。曾任解放军报社副社长、济南军区政治部副主任，中华诗词学会会员，《红叶》诗刊编委。著有《履痕集》《无冕之歌》。

七律·骊山行

长安东出古临潼，一路烟尘透九重。
喜睹秦陵兵马俑，遥观烽迹雾烟中。
华清池畔依依柳，兵谏亭前耿耿松。
还绕半坡瞻古昔，归途已见夕阳红。

林 苑

1944年生,原名梁佳杰,广西壮族自治区临桂县人,曾供职"中航"、陕西宝鸡通用电子公司。中华诗词学会会员。

临江仙·骊山怀古

依旧骊山风景异,而今绣岭豪雄。苍苍云树蔽晴空。登高思晚照,望远喜花红。　若问浮生何所系,怀思遗韵秦风。寻根游子喜相逢。人文怀肇祖,"老母"挂心中。

念奴娇·磻溪钓鱼台

伐鱼名胜,最迷魂亮眼,孕璜遗璞。佳兆飞熊频入梦,颇得贤人称誉。文博题词,坡公赋兴,感慨摅情愫。幽篁飞瀑,荆关诗画难足。　一统霸业千年,振兴周室,成就经纶辅。西伯访贤姜尚遇,天命垂青匡助。矢志躬行,歼奸灭佞,胸抱酬廊庑。康时今际,荐能纳善还顾。

水调歌头·西安大雁塔

圣塔横空兀,"大雁"落西秦。祥光紫气环照,文武耀昆仑。汉苑唐宫壮伟,阎画岑诗辉映,"三藏"蕴奇珍。教序显昭著,二帝缅慈恩。　登危塔,览市井,醉忘魂。玄师天竺求法,贝叶见精神。浩叹官场多事,痛恨伤廉暴吏,代代出和珅。狐鼠不驱逐,社稷怎安存?

桂枝香·西安感怀

凭高骋目,正气暖三秦,一改容肃。春色偏怜者地,锦呈花簇。状秦"八水"缠绵甚,傲长安、楼高山矗。皇钟塔,静穆庵寺,倩准优足。趱丝路、轮蹄奋逐。竞欧亚文明,高技赓续。汉苑唐宫异昔,远离幽辱。乐游原上三春草,恋诗人来品新绿。壮游难却,跋城欣赏,陇腔秦曲。

醉蓬莱·周至楼观台

揽草楼道观,壑隐丛林,风光旖旎。玄武丹炉,散仙踪灵气。绿涌松涛,翠凝竹韵,甚相怜称意。异羽珍禽,恣情乐土,悠然天地。　　恰值清平,情牵圣迹。雅爱贞珉,忘却移踯。老聃神牛,会霍然飘至。遍地祥云,弥天昌露,可旷情舒志。不朽玄经,旌贤表善,教人醒世。

水龙吟·炎帝陵

云霞缭绕常羊,神龙感应生炎帝。教民耕稼,上山采药,烧陶制器。祛病为民,削金为仞,超群才智。出蒙泉瓦峪,膏滋姜水,摭功德,扶元气。　　赫赫元功初始,孰能忘、魁隗人氏。三皇开土,五常封界,侧身天地。泽被千年,渥恩四海,炎黄苗裔。共消除哀怨,补金瓯缺,令名垂世。

水龙吟·张载祠

迷狐岭下横渠,三秦大地思张载。少怀大志,谈书说剑,豪情慷慨。志趣非凡,读书问礼,范公关爱。撰"正蒙"、"易说",发微掘隐,惊海内,扬关外。　　劳碌奔波书院,现成为、关中学派。屏居斜谷,布衣藿食,心无怨艾。物与民胞,"空、无"观点,堪惊真宰。喜当今贤俊,弘扬关学,竞呈光采。

水龙吟·黄河壶口瀑布

砰訇一片雷声,飞流直下银河倒。兴云散雾,射珠喷玉,翻怜飞鸟。千仞练悬,一条虹挂,气冲苍昊。问匡庐雁荡,流清泛碧,争相比？宁咆嗥。　　源出昆仑兀，令波臣、投怀送抱。文明蕃殖，生灵乳汁。炎黄骄傲。禹稷神功，孽龙敛虐，洪荒休闹。望黄河一晒，传恩递福，展雄风貌。

水龙吟·宝鸡峡

宝渠大显神威，黄龙休敢兴潦涌。冯夷俯首，阴侯听命，淙淙流送。旱魃无虞，风沙远遁，溉田沾垅。喜三秦父老，泽被欢呼，貌露色，情难控。　　硗脊无愁殖种，改良田、决非呓梦。弥山挂果，挨坎绿华，禽喧鸟纵。造物偏怜，春光常驻，荩忠劲猛。看葳蕤大地。调铅弄粉，畅怀歌颂。

水龙吟·张良庙（二首）

其一

东阳博浪神椎，闻风丧胆秦皇帝。"咸阳大索，不邳逃命，全身非易"。隐姓埋名，亡秦灭楚，胸怀大志。习太公方术，多谋善断，扶社稷，心无二。　　爱有韩彭知己，伴留侯、恩仇痞瘵。人龙帝宰，簪缨敝屣，急流勇退。栖隐林泉，远离尘浊，仙风道气。学长沮桀溺，躬耕畎亩，令名垂世。

其二

击秦一战收功，人中龙隐真名氏。英雄本色，封侯粪土，休名绝利。三杰齐名，无以权略，贤良才器。仗授书黄石，匡刘灭项，定天下，归刘季。　　辟谷留侯胜地，结仙缘、幽荒柴紫。峰峦耸翠，江河流泻，踪存逸气。淡泊青云，芳留紫柏，朝山顶礼。纵四方多难，中原鹿逐，决胜千里。

永遇乐·九成宫

奇峻天台，清澄杜水，祛暑佳处。累榭危楼，崇楹抗殿，飞阁分岩去。微风徐动，茂林散荫，驻跸垂怜章住。忆当年、夷山堙谷，胥靡遭厄如虎。　　醴泉旨味，晋唐楷法，信本仪型肯顾。一卷灵经，千秋妙笔，化古融新路。飞动龙蛇，弘扬道统，令尔精神劲鼓。望来者、争奇斗胜，愿能现否？

六州歌头·神农炎帝赋

伟哉肇祖，千古一神农。营巢洞，开荒垅，授耕功，制弦桐。厚泽堪歌颂，怜瘥痛，疗疴冗，药草用，方术供，感情浓。体恤黎元，奋起忠诚志，必系赢穷。创姜炎文化，以是独情钟，拼搏腾冲，属关中。　　感华阳梦，姜泉宠，蒙峪重，九州崇。炎黄众，同昆仲，脉缘通。统归同，谁敢干戈弄；休放纵，贼蚕虫。任暴横，劣骄种，独难容。试看此今，鼎革春潮猛，如泻山洪。适腾蛟起凤，使禹甸尧封，大展雄风。

林　锴

1924年生，福建省福州市人。杭州国立艺专毕业，曾师事黄宾虹、潘天寿。人民美术出版社一级画师，兼工书法篆刻。著有《林锴画选》《林锴书画》等。

七绝·过秦岭

十万峰峦插太虚，天风一路送红裾。
长歌自踏秋阳去，脚下云霞任卷舒。

七绝·癸未长安雅集

群贤高会曲江楼，书画琴棋互唱酬。
我有诗心投曲水，随波逐浪到天头。

林从龙

1927年生,湖南省宁乡县人。大学毕业,编审。1949年9月参加中国人民解放军,1958年转业。中华诗词学会顾问。

五绝·看秦俑坑

丧胆荆卿剑,惊魂博浪椎。
泥封兵马俑,曾否慰孤危?

五绝·阿房宫遗址

蜂房千万落,复道彩云间。
杜老如能得,寒儒尽展颜。

五律·赴西安参加首届唐诗讨论会

盛会喜空前,宾归赖主贤。
曲江怀盛事,雁塔赋新篇。
泾渭同疏凿,幽微任探研。
灞桥春烂漫,回望自年年。

七绝·过咸阳

险踞崤崛觇楚天,鲸吞蚕食忆当年。
如何一统金汤固,不抵江东士八千?

七绝·望昭陵

几回面折与廷争,不损君臣知遇情。
人去千年三镜在,魏征坟上望昭陵。

七绝·乾陵无字碑

自古簪缨重后名,飞驰托势记衰荣。
何如立碣浑无字,功罪千秋任品评。

七绝·秦始皇陵

终南隐隐水迢迢,表里山河冢独高。
万世递传言在耳,楚人一炬土成焦。

七绝·骊山五间厅

力挽狂澜众望归,义旗高举壮军威。
壁间弹洞今犹在,想见当年捷报飞。

七绝·骊山温泉

一注灵泉出地情,盈科混混几经春。
游人浴罢心花放,指点前朝说太真。

七律·登西安大雁塔

千秋骚客系吟魂,一塔依然耸古原。
悟理嘉州千虑解,哀时工部百忧翻。
秦关犹壮山河色,汉阙长留岁月痕。
泾渭早期疏凿手,谁凭巨帚净乾坤?

七律·汉中行

关中放眼黍离离,千古兴亡动客思。
烽火谣传褒姒邑,风云灵护武侯祠。
石门颂焕书家彩,拜将坛馀国士悲。
世事匆匆如走马,输赢未了一盘棋。

七律·赴西安参加首届唐诗讨论会

境入秦川处处清，嘤鸣春鸟报初晴。
灞桥仍绿当年柳，渭水长流故国情。
珠玉诗成堪伯仲，龙蛇笔走任纵横。
风骚正共沧桑变，同创新声换旧声。

林声荣

1932年生，浙江省乐清市人，中国美术学院毕业，历任中日韩新书画家联盟常务副主席、世界汉诗协会名誉会长、中国书画家协会常务副主席、中国硬笔书法家协会常务理事、王十朋国际碑林建设委员会副主任。作品、小传入编《中国美术集》《中国书法集》等。著有《林声荣书画集》。

七绝·咏唐明皇与华清池

贪乐远民不重臣，宫廷衰落早成尘。
华清池底脂香粉，埋掉江山葬了君。

七绝·游长安咏秦始皇（二首）

其一

六国归秦帝业成，始皇决策造长城。
骊山枉卧英豪骨，堪笑当年不远征。

其二

长安自古帝王多，一代始皇无奈何。
欲把朕身衰不老，阿房宫里尽朝歌。

七律·秦始皇

始皇暴政罪难逃,愧对人民恨未消。
万里长城遗白骨,阿房宫殿锁红娇。
焚书苛政文人苦,劳役坑儒百姓夭。
六国归秦成一统,豪强绝代失刘枭。

林家英

女,1935年生,福建省惠安县人。1956年毕业于复旦大学中文系,同年赴兰州大学执教,教授,享受政府特殊津贴。曾任甘肃省政协六、七、八届委员、常委兼教科文卫体委员会副主任。甘肃省唐代文学学会会长,省文史馆馆员。著有学术著作、诗词选集十余部。

七绝·长安雅集

菊黄时节重阳到,文史弘扬话素衷。
翰墨丹青歌咏志,遄飞逸兴化长虹。

七绝·秋月汉中杂咏(五首)

其一　烟雨南湖

秦山汉水陕南风,湖影依稀掩碧峰。
漠漠轻烟笼细雨,丹青难写是空蒙。

其二　陆游纪念馆

南国山川堪比美,清幽绿岛映山红。
轻舟荡漾新池馆,一瓣心香祭放翁。

其三　瞻仰陆游塑像

大散关头对敌酋，山南射虎足风流。
英姿豪气宛如在，报国无门彻夜愁。

其四　谒勉县武侯祠

轻车访古觅遗踪，羽扇纶巾吊卧龙。
指点辕门游导女，武侯祠里仰高风。

其五　谒勉县武侯墓

出师一表剖襟胸，壮志未酬北伐功。
千古大名垂宇宙，至今松柏郁葱葱。

浣溪沙·延安枣园漫想

窗下绿阴树下棋，油灯窑洞透晨曦，纺车线线细如丝。　　小米步枪成大业，人文科技解新题，腾飞西部正当时。

浣溪沙·谒黄陵

寻祖问根第一陵，朝阳温慰客中行，轩辕古柏郁青青。　　血热中华黄土地，名扬四海古文明，心香一炷寄深情。

渔家傲·延安掠影

塞下秋来风景美，摘星宝塔惊奇伟。鼎峙三山萦二水。如梦里，虹桥跨市高楼起。　　古城落日无须闭，八方儿女怀留意。盛绽石油花满地。千嶂里，雄鹰搏击长空志。

林笑天

原名文国,笔名金蜀,四川省三台县人。曾任晚霞诗词大赛办公室主任,现任《新花》诗刊主编。著有《江山美人吟》《新体诗草》等。

七律·华清池怀古

骊山山麓峙碑文,几度沧桑犹幸存。
不为倭军侵禹域,何来猛雨剥龙鳞。
暴风卷起兴华志,云水推开联共门。
历史深思人问语,螳螂怎敢阻车奔?

七律·华山涉险

崖如悬剑路如刀,天险华山气概豪。
雾散峰巅祠庙立,云开宇际雁书高。
犹闻解放炮声雨,似听今天改革潮。
放眼云端览春色,神州大地画难描。

十六字令·参观陕北窑洞

窑,卧虎藏龙斗志高。天方晓,举国卷狂飙。

西江月·延安颂

时代钟声敲响,风华浪里浮沉。江山当世畅雄襟,马到横天指饮。
　　圣地腾蛟起凤,神州鉴古知今。毛周一统舜天吟,世界何妨细品!

鹧鸪天·关中平原展望

谁使关中养万家?田连阡陌水推沙。轩辕击鼓蚩尤伏,渭水文王遇子牙。　　山隐翠，树含花，东方日丽绽朝霞。神舟火箭当空射，天地欢呼惊女娲！

南柯子·忆重过马嵬驿

地爱流香冢，山疑坠泪碑。予怀渺渺惜娥眉，无怪骚人慨叹贵妃危！　　回辇秋魂冷，凝眸宿草悲。君情混混失芳菲，几令河山沦陷乱鸦飞。

临江仙·登宝鸡大桥偶感

中外诗坛高雅甚，谁堪独号豪雄？情怀浩渺问长空。骚魂辉海碧，吟魄映山红。　　怅望天涯知己少，屡经苦雨凄风。珠联璧合怕难逢？何人能助我，鼓翼遍寰中？

欧阳俊

1928年生，湖南省湘潭市人，湖南科技大学离休干部。湘潭白石诗社、雨湖诗社顾问，中华诗词文化研究所研究员。

七绝·秦陵感赋

纵览秦陵兵马戎，沧桑千载笑谈中。
人间无有长生药，留得奢华地下宫。

七绝·延安感怀

览物思人泪满胸，旧居见证昔时情。
运筹窑洞新天下，圣地延安浩气盈。

欧阳宏

原名欧阳宇,别名潇湘游子,湖南省永州市人。中共党员,1956年6月毕业于部队院校政治系,在部队院校任政治教员20余年,高级政工师。中华诗词学会发起人之一,现为湖北省社会科学联合会、省老年书画会、省楹联学会会员。著有《战士诗歌集》《潇湘吟》。

七律·骊山(二首)

其一 骊山行

骊山矗立翠微中,竞上攀援碧绿丛。
兵谏亭中留小影,华清池内沐愚翁。
弹痕功记西安变,烽火台存焦土红。
万代江山留古迹,斑斑点点辨奸忠。

其二 秦兵马俑

秦皇彩塑万千姿,出土仪容世叹奇。
奋勇挺胸凝远望,威严迈步向前追。
冲锋擂鼓兵如动,陷阵鸣金马似嘶。
褒贬纷纷千载事,中华统一树丰碑。

欧阳鹤

1927年生，字子皋，生于湖南长沙，清华大学毕业。长期从事电力生产建设和政策研究工作，曾获部级奖。现为局级离休干部、教授级高级工程师，享受国务院特殊津贴的专家。从小喜爱中华传统诗词，有作品2000余首。曾任中华诗词学会副会长，《中华诗词》顾问、编委，中国电力诗词学会常务副会长。现任中华诗词学会顾问。事迹入编《中国百科专家人物传集》《中华诗词学会名人辞典》等多种辞书。曾获首届华夏诗词奖一等奖、"轩辕杯"全国诗词大赛一等奖、国际炎黄文化研究会龙文化金奖及"金城杯"、"野草杯"等多种奖项，出版专著《欧阳鹤诗词选》《鸣皋集》等。

七绝·登华山（五首）

其一　苍龙岭

横空出世一苍龙，截断云天接两峰。
谁是懦夫谁好汉，请登吾背决雌雄。

其二　金锁关

紧扼咽喉一险关，横空高踞欲齐天。
何人胆敢开金锁，智取华山盛誉传。

其三　韩愈投书

岭过苍龙险境殊，人传韩愈此投书。
文章道德名千载，不信前贤是懦夫。

其四　老君炼丹炉

偷食金丹豪胆殊，深山犹见老君炉。
我呼大圣重抡棒，驱尽人间鼠与狐。

其五　劈山救母

姻合仙凡本有缘，华山底事压千年？

孝心救母惊神鬼，斧劈岩开又见天。

七律·参观炎黄艺术馆

中华肇始溯炎黄，古国文明四海扬。
艺苑奇葩堪独步，琼林瑰宝自无双。
千秋人物留清影，万里江山入画廊。
今日蛰龙重奋起，五洲拭目看朝阳。

七律·乾陵无字碑

一碑无字屹乾陵，旷古襟怀见圣明。
治国英才欣有女，兴邦睿主岂需铭。
春风冢上生新草，史论人间尚骂名。
但愿天公开慧眼，千秋功过待重评。

七律·秦始皇东巡

暴政淫威说祖龙，驱车万乘出秦中。
东临沧海天涯尽，西望长安帝业空。
泰岳封神神不佑，琅琊穰福福难逢。
坑灰未冷江山乱，二世难传路已穷。

七律·五到西安感赋

人文胜地九州荣，每到西安总动情。
武帝威仪加四海，杨妃艳史恨三生。
门开玄武今无迹，殿合昭阳旧有名。
往事千年如逝水，钟楼鼓巷见新城。

七律·陕西电力诗会

西京自古是诗乡，唐律周音韵史长。

人物已经桑海变，风骚犹播蕙兰香。
曲随流水情千结，歌遏行云酒满觞。
三度梅开欣雅集，中华瑰宝共弘扬。

七律·贺霍松林八十华诞

骚坛风雨赖扶持，树蕙滋兰一代师。
阁诵唐音扬古调，情萦时运唱新词。
育英绛帐公犹健，立雪程门我恨迟。
齿德俱尊桃李盛，神州祝嘏竞飞诗。

七律·戊子年长安雅集

华西开发鼓声隆，雅集名城趁好风。
卅载纾筹欣国富①，廿年执著喜诗丰②。
弘扬律吕群心聚，倡导人文大纛红。
瑰宝重辉肩重任，长江万里直流东

注释

①改革开放三十周年。
②中华诗词学会成立二十周年。

七律·过秦岭

纷纭青史说秦嬴，功过何人作定评。
统轨同文尧域合，焚书坑士罪名膺。
千秋兵马唯余俑，百代沧桑尚有陵。
细雨斜风新墓草，彷徨无语听虫鸣。

七律·杨贵妃墓

青史凭谁定是非，唐皇失道罪杨妃。
无边幽恨埋芳冢，一缕香魂绕翠微。

夏土"红颜皆祸水"，东瀛先祖认娥眉。①

离离墓草潇潇雨，千古诗人叹马嵬。

注释

①日本有人认为杨贵妃并未死在马嵬坡，而是出逃日本。

菩萨蛮·临潼华清池

杨妃春浴温泉水，华清池里芙蓉美。千载说玄宗，风流恨未终。
如今人变化，风景仍如画。月夜望骊宫，诗情又几重。

采桑子·坐缆车登华山

登山今岂一条路，天马行空，人坐春风，万丈悬崖索道通。　休流韩愈投书泪，①苍岭降龙，峭壁寻松，笑傲群峰肝胆雄。

注释

①传说韩愈过苍龙岭时，吓得大哭，将书投下悬崖。

踏莎行·西安赞

秦政周文，唐宗汉武。长安故国名如许。钟楼鼓巷万家春，龙吟凤唱传千古。　济济人才，堂堂学府。高新科技谁堪伍。西疆开发作先行，繁花如锦荣新路。

西江月·大雁塔

俯瞰间阁扑地，仰观日月经天。白云苍狗越千年，多少风霜雷电。　建塔高宗弘孝，译经玄奘修缘。人间逆子应羞颜，到此革心洗面。

西江月·黄陵、法门寺

始祖黄陵万古，法门佛指千年。重游旧地倍新鲜，为有山妻做伴。

人世匆匆过客，江山处处新颜。此生幸遇晚霞天，直欲天涯走遍。

水调歌头·登华山

湖海平生志，豪气尚依然。驰名胜迹华岳，今日幸登攀。两岸青峰翠岭，中有清溪佳境，云雾绕冈峦。天地钟灵秀，美景不胜看。

攀悬崖，登绝顶，望江山。神州万里春色，四化起狂澜。喜看前程似锦，更得知音如许，谈笑入云端。愿与长相励，壮业共风帆。

武　箭

女，陕西西安人。陕西省诗词学会会员，职业撰稿人。

莺啼序·骊山春行

披风又提石径，累山亭歇绿。看云起、渭水关中，一川烟草青玉。鸟啾处、铺天绣岭，任它闲壑清泠趣。此韶华颜色，何堪画笔闲续。

峡洞春秋，七十亦史①，记取家国辱。将生死、输与神州，张杨谈笑相嘱。至而今、夕阳黄土，卧石瘦，落花幽谷。问英雄，多少江山，梦牵魂属？　　拍云俯仰，意纵襟飞，看烽火远筑。犹记得、狼烟那日，万骑烈马，四野诸侯，笑唇轻馥②。刹间斗转，残书断册，芳华散尽传奇处，是千年、埋却倾城物，山歌满树，来仨笑语游人，换来岁岁春木。　　卧岩铺草，梦里乾坤，上古秦川麓。裂天阙、山危乱戮，炼石投身③，惊骇神妖，电劈雨覆。江河浴血，孤身何惧？赢来厚土承华夏④，女娲祠、霞火连峰宿。向天一借襟怀，送客清风，放云野牧！

注释

①峡洞指当年蒋介石藏身之洞。西安事变距今七十年。
②此处是写周幽王为得褒姒一笑，烽火戏诸侯的典故。

③叙述人祖女娲补天之丰功。
④此句有多种变格。

武复兴

1934年生,西安市人,研究员,享受国务院特殊津贴,获"有突出贡献专家"称号。现任陕西省图书馆名誉馆长,省文史研究馆馆员,陕西老年诗词学会名誉会长、陕西省诗词学会、西安诗词学会顾问、三秦文化研究会副会长。著有《汉唐长安风采》《故园新韵》等作品23种。

五律·游楼观台杂感

骑牛函谷关,紫气满秦山。
上善池荷醉,说经台树娴。
信言何必美,直步却如弯。
大道悬天地,高峰勇自攀。

五律·过黄帝陵

壮哉黄帝陵,千古仰云登。
柏海春潮碧,桥山宿雨澄。
悠悠龙影逝,漠漠露华凝。
客子风前祭,心香万里鹏。

五律·潼关看黄河

黄河天际落,呼啸过三秦。
壶口雷喷浪,龙门鱼跳频。
急流摇华岳,巨响震关津。
漭沆奔东海,花飞两岸春。

七律·骊山抒怀

骊山紫翠染明空，千古风情秀色中。
褒姒戏烽光远近，杨妃浴殿水西东。
皇家梦断芙蓉月，禁苑花飞杨柳风。
回首长安何处是？秦川夕照石榴红。

七律·至蓝田王维杜甫等诗人旧游地感怀

晴光流景醉群仙，杜甫王维铺彩笺。
柳暗花明春梦雨，烟孤村渺夕阳天。
几番桑海风神在，十里桃源古洞连。
蓝水远从千涧落，玉山高并两峰寒。

七律·雨中游勉县武侯墓

名传千古定军山，丘墓苍然汉水前。
国难陈情《出师表》，明心高唱梁甫篇。
三分天下声威震，五丈原头弓断弦。
此日仰瞻犹感慨，秋风细雨柏松寒。

七律·观看陕西省戏曲研究院演出表现杨贵妃之《梨花魂》

昨夜台前满目妍，容颜意态足堪怜。
梨花绽雪春经雨，舞袖飞霞步踩烟。
仙子乘风辞碧落，高歌合韵入琴弦。
悠扬乐曲声声恨，摇曳惊鸿倩影还。

七律·看陕西省歌舞团演出之唐长安乐舞

台上分明唐禁闱，琼楼碧树泛霞辉。
轻弹锦瑟春莺啭，漫舞霓裳乳燕飞。

天子骊山寻梦尽，杨妃蜀道断魂归。
千年旧事弦声外，情满长安月满衣。

七律·访仙游寺

闲来乘兴访仙游，塔影山前碧水头。
弄玉吹箫招凤地，滴泉声咽诉清秋。
白公曾此吟长恨，苏子当年久滞留。
空谷传音歌断续，心潮回荡意悠悠。

七律·游韩城太史公祠

少读"鸿门"惹梦思，今方得拜史公祠。
西来坡道云霞满，东望黄河龙口奇。
人杰地灵千古赞，光风霁月万年师。
高山仰止沉吟久，一炷心香表拙痴。

七律·太白山行

太白金星何处寻？圭峰西侧扫长云。
岩前素石明人眼，脚下紫烟牵客魂。
夹道冷杉凝翠岭，清流落峡浪迷津。
八仙台上天梯外，一览山河万里春。

七律·谒霍去病墓

坟山万古映祁连，丰世威名薄九天。
初夜飞沙驰铁骑，平明挥剑过长川。
匈奴未灭家何用，壮语方闻人竞传。
赫赫风标昭后世，松青草碧五云鲜。

七律·大雁塔上

百二河山一望收，扬眉指顾任神游。
终南翠嶂凌云起，渭水金波绕地流。
多少人行朱雀路，何方客至古城头。
斜阳淡抹浑如画，往事千年心底浮。

七律·过汉长安遗址区

建章长乐未央前，野草斜阳树树蝉。
宫阙泯消埋瓦砾，城垣断续接霜天。
汉皇挥剑排云地，庄稼迎风水绕田。
正是金秋收获日，秦腔合步荡平川。

七律·登西安城楼

层城迢递壮三秦，遥对终南俯渭滨。
万垛女墙明晓日，百寻楼阁出风尘。
汉唐陈迹晴云影，街市人家杨柳春。
身近烟霞诗兴远，关河不老意长新。

七律·瞻仰杨虎城纪念馆

风雨秦川赖虎城，横刀飞马向闻名。
一夫心碎骊山泪，万众扬眉渭水清。
骁将风神开曙色，严军号令走雷声。
汗青彪炳千秋义，气贯长虹佩剑鸣。

七律·秦始皇陵

陵台兀自耸高空，登览山河意不穷。
灞柳垂杨春色里，咸阳晓市画图中。

阿房百里成灰烬，一统丰盈起彩虹。
更有神兵藏地下，挥刀驰马四蹄风。

七律·游西安碑林

天下碑林唯此盛，一回游览一回情。
真书华幛凌空起，狂草云烟扑面生。
墨散芳香堪醉客，石漂光影素知名。
流连忘返迷宫里，夕照窗前辨竖横。

七律·西安行

信步长街满目春，晴云晓日景弥新。
万家花草摇疏影，九陌槐杨压细尘。
千载诗乡情韵在，一城醇俗里坊亲。
香醪未酌心先醉，浅唱低吟自取真。

七律·灞桥随感

长桥三月柳飘风，翠染晴空千载同。
项羽居功关外日，刘邦严阵霸陵东。
鸿门军宴弦歌毕，鼓角陈仓旌羽明。
毫发之间成败定，机缘把握敢相轻！

武瞻友

1947年生,笔名寒邦,河南省人。系陕西省书法家协会会员、省纺织书协常务理事。其书法诗文散见于《书法报》《中国书画报》等,并被专题介绍。作品被文化部、德国海德堡大学、郑州国际博览中心、乾陵博物馆、洛阳白马寺等收藏。2004年出版了个人诗书印专集。

五绝·眉县汤峪小景

龙凤千峦秀,清灵化圣泉。
村童来戏耍,紫峪起言烟。

五律·秋游楼观台

幽居墅麓间,暮鼓伴霞烟。
百品万竿翠[①],千林五峪寒[②]。
说经闻四海,论道至八埏。
登上丹炉顶,尽收楼观颜。

注释

①万竿:楼观台前有百竹园。
②五峪:指田峪、闻仙沟、东观峪、塔峪沟、山就峪。

七绝·黄河壶口夏景

黄雾弥空耳贯雷,撕天裂岸势如摧。
九重霄落底层狱,万里一壶尽锁归。

七绝·过华山苍龙岭

绝壁岚渊两界分,天河一线渡凡尘。
神仙不做空游此,我欲乘龙驾彩云。

七绝·骊山赏秋

云淡天高映黛山,红榴金柿赛星繁。
无言草木常新果,花甲未衰正少年。

罗　洛(1927—1998)

原名罗泽浦,四川省成都市人,中共党员。1949年后在上海任记者、编辑。1958年调青海,历任中国科学院西北高原生物研究所副所长,副研究员,中科院兰州图书馆馆长,青海省作协副主席。1984年调任中国大百科全书出版社副总编辑兼上海分社社长、总编辑、党组书记,编审。1989年调任上海市作协常务副主席、党组书记、主席,中国作协第五届全国委员会委员,中国上海笔会中心书记,上海市诗词学会名誉主席。中国韬奋基金会理事,上海市第九届人民代表。著有4卷本《罗洛文集》(诗歌卷)、(译诗卷)、(诗论卷)、(散文、译文、科学论著卷)。

五律·华清池

独爱骊山秀,榴花照眼明。
碧波擎翠盖,绿柳映浮萍。
歌舞何时歇?雕栏几度更?
新蒲萦旧径,未雨屐痕轻。

五律·自湟中至秦川途中作

春雨涨春江,千山尽改妆。
田畴争积绿,道路自蜿长。
风聚伏顽草,云开见华章。
神州除轭绊,万里任翱翔。

七律·西安兴庆宫公园

芳园筑向古城东，负郭背山气象雄。
借得西湖数顷水，添来东海百舷风。
亭台有幸迎朝日，杨柳何为忆彩虹。
桥畔树前留影处，明春相约赏千红。

罗　滨

1926年生，广东省兴宁县人，中共党员，毕业于广东省立文理学院中文系。中华诗词学会、中国作家协会会员，梅州市老区建设促进会常务副会长，嘉应诗社社长。著有《铁笔游击队》《洛川诗文集》等多部。

五律·参观咸阳博物馆

乘兴过咸阳，缤纷赏宝藏。
秦宫遗断阙，汉冢剩残墙。
文郁称周代，名勋显汉唐。
劫余文物见，三赞史流光。

七绝·延安碑刻

胸藏万甲留题在，风范当年镇守侯。
后乐先忧遗祖训，党人恪守砥中流。

七绝·法门寺

地宫挖掘见珍藏，千载难逢舍利光。
此是周原稀世宝，佛家文化史流长。

七绝·黄陵（二首）

其一　谒黄帝陵

森森古柏护桥山，万里来瞻老祖先。
华族绵绵先世界，年年俎豆祀陵前。

其二　登祈仙台

祈仙台下柏迷魂，今日登临晓雾沉。
汉武不知何处去，空遗坛岾在桥岑。

七绝·临潼杂咏（五首）

其一　杨贵妃塑像

池边玉立半含羞，一袭轻纱照水柔。
汝入名泉添丽质，骊山因汝更风流。

其二　火晶柿子

临潼红柿火晶名，自古而今万众称。
无核蜜甜一口吸，康熙余味梦三更。

其三　龙凤柏

龙飞天际碧云蟠，凤舞晴岚翙翙然。
似凤似龙终是柏，天然有致出桥山。

其四　古柏奇观

天狼地狗逐狐狸，海马河豚笑锦鸡。
古柏奇观观不尽，桥山造化感神奇。

其五　中华世纪柏

世纪翻新添一柏，八方水土共同栽。
莫嫌苗小枝还嫩，他日神州梁栋材。

七律·西安大雁塔

万里来寻一盏灯,关中绣景早闻名。
皇家尽孝无遗力,雁塔留题着意争。
几许庄严超世俗,多方稳重固楼层。
各超士子功名笔,怎及唐僧继晷檠。

七律·西安(二首)

其一

无际周原古意蕃,丝绸之路此东端。
群陵处处闻天下,渭水滔滔叹逝川。
雁塔碑林光史册,物华天宝耀江山。
诗家几代长安出,李杜高吟不朽篇。

其二

一派彤云拥古城,东风骀荡听歌声。
十三朝系归黄土,八百秦川照日明。
几处香烟儒道释,万园硕果柿榴苹。
我来骤增豪情感,啤酒三杯壮此行。

罗平基

1928年生,湖南省浏阳市人。北京大学毕业,西安电力机械制造集团教授级高级工程师。

七绝·游南五台紫竹林禅院①

无灯月照寺门联,不锁云封紫竹言。
色色声声五字体,氤氲缕缕盛香烟。

注释

①紫竹林禅院众联中,山门联为"古寺无灯凭月照,山门不锁待云封。"院内偏殿一联为"山色水色烟霞色,色色皆空;风声雨声钟磬声,声声有韵。"

七律·终南山

叠嶂南山如万骖,林深石隙掩祠庵。
青云转跻荫中庙,荦确通幽浅底潭。
古栗青松猿鹤伴,岩划汉渭两江含。
樗屏竞秀三秦断,尘外终南豫陕甘。

七律·天池寺

二龙岭上香烟盛,岁月沧桑历路崎。
暮鼓晨钟声送远,新门旧殿势呈奇。
青灯古佛经文伴,胜境清修贝叶诗。
塔影山光莲国境,烛台方外赏天池。

西江月·洽川处女泉

浩渺烟波碧静,青芦起伏微风。远飞鹭鸟驻晴空,疑是江南寻梦。

醉倒游人画里，茫茫苇海青葱。轻舟月下最朦胧，水影天光浴凤。

罗庆芳

1941年生，又名四维、施伟、岑芳等，侗族，中共党员。1964年毕业于贵州大学中文系，贵州人民广播电台高级编辑。中国广播电视学会、中国作家协会、中国诗歌学会会员，《贵州诗词》编委。已出版小说、诗歌作品集和其他文体作品集20余册，计800多万字，并有部分作品获国家和省部级奖。

七绝·阿房宫悬想

上林气势今何在？别馆离宫春梦酬。
跨谷弥巅三百里，空留渭水颤悠悠。

七绝·咏秦兵马俑

雄姿独特塑雕精，马俑秦兵威厉名。
活现活灵蓄势动，奇功盖世鬼神惊。

齐天乐·咏隋唐长安

壮观宏丽山河固，雄居巧思城府。凿广通渠，层楼递进，廊内皇宫棋布。三重依附。看百万民居，六坡新筑。浩瀚规模，更称壮举仰天竖。　　端庄厚朴翘楚，至高无上地，巍峨龙护。气势逼人，高低错落，大道直通无数。琳琅满目。看一统丘图，宛如雕塑。栩栩贞观，万国皆仰慕。

暗香·咏张骞

雄姿英武,誓分忧报国,艰危无阻。九死犹生,持节忠贞敢争赴。记得沙漠利箭,翻倒地、十年囚房。往西走、浩瀚流沙,断水绝炊黍。　　悬瀑,险无数。更峻岭崇山,隘流寒谷。"凿空"迹竖,刚毅坚强用心苦。驼道连绵往返,四面至、殊方韶舞。博望誉、青史著,异香千古。

声声慢·瞻仰霍去病墓

"匈奴未灭,无以家为",赤诚爱国心声。千古流传,功成画阁英名。高基校场湖畔,点将台、改唤霍城。赐御酒、倒清流共饮,世代交称。　　遥想河西征战,果敢多韬略,勇猛鲲鹏。一往无前,身先士卒精诚。英雄少年气概,寡言谈、天赋神灵。雄伟墓,寄哀思、铁马冠缨。

罗聪文

女,1937年生,洛阳大学退休副教授。河南省作协、中华诗词学会、中国古代文学研究会会员,中国乡土作协理事,中华诗词文化研究所研究员。作品、小传入编多部辞典。著书4部。

七绝·暑游西安翠华山

为睹天池世上奇,爬山十里汗淋漓。
谁知一入风冰洞,又畏寒肌出恐迟。

七绝·观华清池有感

嫔妃宠乐靠姿容，莫怪华清吸客踪。
可惜今人忘荔血，纵言奔蜀羡玄宗。

七绝·观诗书影视叙杨妃事有感

说甚蓬莱仙境见，参观一袜费千钱。
男儿重色胡编演，倒教红妆唾笑连！

七绝·昭君辞朝

绝色如灯照殿明，龙廷愧煞众公卿。
虽然乐得番邦顺，却让君王悔一生。

七绝·见有人为杨玉环喊冤（二首）

其一

莫为杨妃抱不平，须思诗圣《丽人行》。
一姝荣宠猪鸡贵，误国裙风岂可轻？

其二

一自娇妃死路边，传奇部部唱情缘。
无盐直谏兴齐国，几句诗文颂女贤？

七绝·哀江采苹（三首）

其一

才如李谢貌如仙，赐号梅妃帝最怜。
一自宫廷翁媳乱，便同纨扇被秋捐。

其二

耻与肥环争贵宠，还珠和泪赋《楼东》。
红颜不及庸人妇，玉碎安兵刃剑丛。

其三

自古君王宠爱偏，班姬避赵始安全。
千年帝制男权大，岂独诗妃抱恨眠？

七绝·西安行（五首）

其一　今胜昔

今日城非昔日宫，黎民有幸沐春风。
流光溢彩山河变，雁塔华清气象雄。

其二　迎宾

欣然奉命旧京行，得仰唐都与汉城。
盛世雄风扬雅意，迎宾喜振大秦声。

其三　铭感

取经献宝至长安，群燕钟楼正撒欢。
想是殷勤帮陕主，深情待客结文缘？

其四　两次观狮吼团豫剧

早失诗星李杜颜，堪夸俊旦态幽娴。
唐京自是迷人地，乐在此间不愿还。

其五　综合西安印象

人文胜景叹观止，业教成功排万难。
一曲《芙奴》留永念，天涯处处忆长安！

岳芳珍

女，1963年生，陕西西安人。陕西省诗词学会会员，陕西省老年诗词学会会员，太白诗社理事。

七律·杨凌览胜

曾是神农神圣地，教民稼穑奠中华。
花园药圃莺啼乱，杏谷桃山燕影斜。
移动森林惊古寂，太空异变誉奇葩。
杨凌生物工程路，富了农民富国家。

若 水

1942年生，笔名岩松，女，河北省沧县人，中共党员，大专学历。西安市冶金工业公司职工。《三秦书画报》编辑。陕西省老年诗词学会副会长，省美协会员。

七律·第一届长安雅集秋池饮唱得句

黄河古道十八湾，百里风调云锦天。
秦岭群峰宣骨气，长安八水润心田。
灞桥柳绿黄莺舞，钟鼓齐鸣战马前。
有梦今宵龙虎跃，嫣红姹紫竞娇妍。

范文通

上海市文史研究馆馆员。

七绝·昭陵访碑

紫气已陈塞外烟,残碑久湮迹斑斑。
秦王肯供《兰亭序》,还尔一千三百年。

七绝·秦兵马俑三号坑(二首)

其一

秦王纵马出函关,云水苍茫自等闲。
六合扫平天下定,尚余一翼驻骊山。

其二

手执虎符难速行,误迷大漠竟蒙情。
留侯枉授神仙诀,地下安知伏有兵。

七律·大唐芙蓉园笔会

似火榴红照灞桥,长安厚谊再相邀。
芙蓉出水精神在,雁塔题名日月昭。
情满华笺增瑞气,诗随彩笔起春潮。
曲江雅集今犹盛,我辈同赓颂舜尧。

范德甫

1945年生，字仁华，号渊林居士、龙泉山人，湖北省荆州市沙市区人，大学汉语言文学专业毕业。曾供职于荆州市公安局交警支队，任法制科科长，交通工程师，一级警督。系中华诗词学会、中国毛泽东诗词研究会、湖北诗词学会会员，荆州市诗词学会副会长，《荆州诗词》副主编。著有《心窗掠影》《风痕浪韵》等诗文专集。

七绝·途次马嵬坡

雾朦山影拱花墙，白傅长歌几断肠。
艳媚杨妃成圹冢，而今犹剩土尘香。

七律·登西安大雁塔

渭河汩汩润秦川，雁塔巍巍倚汉关。
醉舞酣歌鸳梦断，金戈铁马戍尸寒。
千秋霸业东流水，万载皇权过眼帆。
喜看而今民做主，百花争艳耀江山。

七律·谒轩辕黄帝庙

祖脉炎黄衍九州，天开垂拱砥中流。
蛮荒首启文明礼，勤谨播传尧舜猷。
兴盛衰亡潮滚滚，岁时盈缩史悠悠。
中华今日步新纪，堪慰先宗争上游。

七律·忆登西安骊山烽火台

残垣颓壁矗斜阳，春岁骊山更莽苍。
昔日烽烟妃子笑，今朝胜迹旅衣香。
鲜花遍野争开放，莺燕长空任翻翔。

蛇阵蚁人情已醉，老夫奋臂意昂扬。

七律·参观延安文艺座谈会旧址兼怀毛主席

延河碧浪荡心头，闪烁光芒耀九州。
"双百"方针清玉宇，"两为"原则导航舟。
文坛振奋开生面，艺苑争芬畅远流。
姹紫嫣红花烂漫，江山万里颂金瓯。

七律·车过秦始皇陵

烟树川原看莽苍，崇陵矗立显辉煌。
一夫朽骨归尘土，万姓愁肠哭大荒。
苛政难将山岳固，仁怀可致庶民昌。
今朝游客论功过，鉴史观光笑语扬。

七律·灞桥怀古

烁烁星光映碧霄，玉蟾弄影灞陵桥。
秦川荡荡长安柳，陕陇萧萧马鹿樵。
梦伴烟霞风韵壮，云翔鸿雁赛天高。
飞红溢翠蓬莱境，分袂何须叹寂寥！

七律·访唐大明宫遗址

残垣颓壁映苍穹，不见当年蜡炬红。
徒有流莺鸣翠柳，恨无金阙报晨钟。
荒川深隐千秋事，绿树空摇两袖风。
昨日丹墀朝"圣主"，可怜霸业逐沙虫。

七律·谒乾陵

泽被中原衍汉唐，秦川玉冢泣娲皇。

英明神女砥狂浪，亘古云烟笼禹疆。
泉路有门迎御辇，崇碑无字隐玄黄。
乾陵高耸识人主，一代风流是媚娘。

七律·谒黄帝手植柏

拓荒开宇五千年，浩气凌云四海延。
虬骨灵根滋舜壤，豪情雄韵动尧天。
劫波历尽葱葱翠，苦雨浇淋挺挺坚。
孕育文明光赤县，泱泱热血荐轩辕。

七律·吊杨妃墓

香消玉殒卧荒坡，梦里明皇叹奈何。
御苑深宫怜窈窕，渔阳鼙鼓荡洪波。
"雨淋铃"洒无情泪，"风入松"吟长恨歌。
岂有红颜为祸水，昏庸纲纪是沉疴！

七律·谒武侯墓

残阳衰草笼荒丘，冷月寒风伴水流。
鼎立三分梁甫叹，遗言两表卧龙愁。
荆州辟壤兼文武，赤壁鏖兵展壮猷。
未捷中原魂作古，定军山下梦悠悠。

七律·谒司马祠

千秋史笔誉英才，盖世文章播九垓。
汉帝堂前疑祸患，贤良身后饮忠哀。
江河夜夜哭荒冢，山岳年年赞墓台。
雾绕云遮寒又暑，至今忧愤尚盈怀。

七律·秦兵马俑览余（二首）

其一

祖龙霸业梦魂中，莽莽川原映碧空。
出土俑陶威猛勇，陪陵珍宝鉴峥嵘。
嬴秦苛政哀残照，楚汉河山歌大风。
一炬阿房悲瓦砾，穷兵黩武枉称雄。

其二

巍峨陵寝蔽天光，似诉秦皇镇八荒。
大泽旗开陈胜举，中原鹿逐项刘戕。
长戈玉辔戎装肃，利剑雕鞍战阵强。
泉下早知须自保，遂将武俑护身旁。

七律·茂陵（二首）

其一　谒茂陵

呼风叱雨涤尘埃，汉武豪雄六合开。
博采群言修吏治，首兴太学育人才。
千秋基业垂青史，万载英名耀禹陔。
国祚绵延多盛事，至今争颂柏梁台。

其二　谒霍去病墓

汉冢巍巍笼碧纱，名贤姓字震铜琶。
英灵永伴边城月，热血欣滋塞外花。
报国卫民驱虎豹，修身明志净胡沙。
满腔豪气冲霄宇，不灭匈奴岂有家！

鹧鸪天·临潼华清池怀古

檄报渔阳动地愁，马嵬黄土掩风流。三生石上双飞翼，化作南柯一梦游。　　缘已尽，爱何求，明皇无奈泪盈眸。莲花汤里音容杳，天上人间恨不休。

沁园春·西安忆游

朔雨纷飞，瑞雪飘扬，夜宇未央。望秦川古道，渭河流淌；骊山凝霭，云卷咸阳。兵谏亭中，犹闻传响，雁塔钟楼有秘藏。环城内，尽直街平路，兴旺荣昌。　　长安锦绣文章，引中外宾朋游览忙。赞唐碑汉碣，金人石马；半坡遗址，舞曲霓裳。胜迹堪夸，奇珍无偶，稀世文明誉五洋。回眸处，喜巍巍华夏，国富民强。

郏敬伟

1962年生，河南省宜阳县人，宜阳电视台台长。中华诗词学会、河南省作家协会会员。所撰《牡丹钟铭》获中华世纪坛牡丹钟铭文征稿一等奖。

七绝·华阴问岳（四首）

其一

华阴问岳高多少？一路挑夫一路谣：
人自高时山自矮，心能轻处重能消。

其二

华阴问岳高多少？歇店游人意气骄：
昨日峰巅朝下看，山平脚底我平霄！

其三

华阴问岳高多少？道观悠悠管乐调。
我向音头追雅意，山高不过一声箫！

其四

华阴问岳高多少？牵手媪翁皓首摇：
掐算此生艰险路，南峰只配半毫标！

苏幕遮·秦始皇陵

始皇陵，兵马俑。触目惊心，游步如铅重。千古能成多少梦？封土如崩，草木连根动。　　这阴宫，机巧控。自作聪明，弄个冤魂洞。只盼重孙生盗种，别坐朝廷，统统来开冢！

郑　正

笔名寒江，1941年入伍，1944年加入中国共产党，1985年离休。江苏党校中干哲学自修班毕业。曾任扬州市副市长、邗江县政协主席、党组书记、市政协常委等职。现任邗江诗协名誉会长、中华诗词学会会员、中国民间文艺组织研究会丛书副主编、中国乡土作家协会理事、中国文化名人研究会副会长等。

七律·缅怀张思德同志

烈士精神传万里，长征路上一雄鹰。
忠于革命忠于党，不为金钱不为名。
捧读名篇哀意寄，遥思陕北满怀情。
为民服务乃根本，公仆当成座右铭。

七律·重温毛泽东《在延安文艺座谈会上的讲话》

盛世清明景物妍，红光耀眼读斯篇。
箴言昔为文人宝，《讲话》今由骚客研。
普及提高须发展，人民群众应宣传。

诗词吟咏尤需鉴，文艺方针示大千。

郑凤林

1930年生，字龙川，黑龙江省呼兰县人，广西壮族自治区人民政府副秘书长。广西民族艺术对外交流协会副会长、广西诗词学会副会长、中华诗词学会会员。合著有《中华古今旅游诗词集萃》，著有《梅林风吟》《郑凤林诗词选》等。

七绝·汉中纪游（二首）

其一 陆游纪念馆揭幕

儒雅豪雄一放翁，秋风铁马战胡戎。
奸臣当道难酬志，至死不忘报国忠。

其二 参观拜将坛有感

汉中拜将统军戎，灭项兴刘盖世功。
驰骋疆场真国士，悠悠遗恨未央宫。

七律·过乾陵

女皇武曌卧高丘，六十王宾个个愁。
无字石碑龙九绕，有形华表兽千浮。
风云叱咤今何在？功过论评史自留。
谁敢当年亲咫尺，人民今日尽情游。

七律·秦兵马俑

整肃军容列阵雄，操戈握甲护冥宫。
威扬海宇收诸国，叱咤风云到碧穹。
铁骑萧萧千百载，奋蹄赫赫九州通。

秦时技艺今重现,想见当初书轨同。

郑光明

1945年生,陕西省岐山县祝家庄人,中共党员。大专学历,高级政工师,经济师。先后在宝鸡县、市学校、广播站、工厂和党委、政府机关及部门从事宣教、秘书和党务、经济工作。曾担任过市属企业、部门和县政府党委副书记、常务副县长、调研员等职。

五律·春雪太白行

二月阳春暖,瑶台欲觅仙。
谷溪偕物影,柳絮绿河边。
瑞雪纷秦岭,银花缀峭峦。
蜿蜒云雾路,似入九重天。

七绝·千阳老龙潭

鸟影飞稀人至罕,白云碧处觅深潭。
龙腾劲愕风雷电,阵雨霞晖洒峻峦。

郑孝武

1926年生于山东省莱芜市。1945年下半年脱产学习，1946年9月与200名同学投笔从戎，当兵20年。1966年转业从政，当过处长、厂长、党委书记，晚年调陕西省医药管理局，任局长、党组书记。1989年离休后，参与创办秦风诗词学会，任常务副会长，曾任陕西省诗词学会秘书长，现任陕西省老年诗词学会名誉会长。著有《草木之声》。

七律·登西安大雁塔逢阴雨

九九登高欲作歌，天公秉泪奈之何？
山川难辨失清影，泾渭合流少碧波。
远眺心潮凭起伏，细观世事几蹉跎。
深秋敛尽倾盆雨，雁叫长空盼什么？

七律·孙思邈赞

为医寒疾致家倾，誓做郎中志不更。
四拒黄袍研圣术，一心丹药济苍生。
绝殊人品千秋颂，奇著金方百代经。
紫诏已随烟雾去，但留青史载芳名。

七律·敬赠范明同志[①]

坎坷一生未足哀，潜身虎口破三台。
千军铁壁临边立，万杆红旗青藏排。
戎马难言无痛饮，解鞍不唱去归来。
耄年犹抱兴邦志，沥血呕心育栋材。

注释

[①]范明：西安市临潼区人，1955年授少将军衔，离休后创办孙思邈大学并任校长。

郑寿岩

1922年生,字昭父,笔名史沫。福建省福州市人,国立厦门大学本科、国立政治大学毕业。曾任中学教员,大学助教,报刊主编及特约撰述,政府官员;福建省文史研究馆馆员、文史组长,《福建文史》原主编、《福建丛书》原执行编委,中华诗词学会暨福建诗词学会会员。著有《新兴鼓吹》《寿岩词选》等。

七绝·雁塔感遇怀旧①(三首)

其一

雁塔鹏翱岂足矜,如磐风雨黯攀登。
龙门射策空余涕,忍问凌烟第几层。

其二

鹿鸣宴罢莫夸矜,虎战龙争孰首登。
梦断秦淮忘钓饵,蒲轮履薄险层层。

其三

钟山马度笑愚矜,任意权衡揽辔登。
不为生民心愧恧,机缘耻畏恋高层。

注释

①丁亥登十六届高等文官考试复试榜。典礼如仪,独缺雁塔题名。丁丑公出金陵,恍景如昨。而己卯郭君惠贶北行游草《登大雁塔》,觉今是而昨非矣。

沁园春·秦兵马俑怀古

六国芟夷,铸器销金,乃统九州。竟张良椎猛,阿房宫圮,祗延二世,率土归刘。书烬儒坑,民残政暴,应悔当年轻远谋。秦陵侧,出瓦兵乘骑,揭秘探幽。　　悠悠。欲说还休,问为甚游人拜冕旒?望肃威方阵,龙孙胜骥,边关铁甲,车剑殊尤。这等尊严,始登皇位,长伴江河天际流。凭谁说,数中华定一,或颂勋猷。

沁园春·华清池

丽质倾城，百媚娥眉，李佬买痴。念娇专春夜，光生门户，封侯裂土，跃犬飞鸡。鼙鼓渔阳，梦魂剑阁，始悔温泉凝滑脂。休嗟叹，凭霓裳舞歇，马嵬陈尸。　　伤时。一局残棋，怎继起千年王者师。乃犯颜兵谏，枕戈面折，批鳞倡御，负甲争随。谊系华清，盟联赤帜，共为中华兴奠基。空辜负，甚甘棠怨怼，袍泽恩归。

郑孟津

1913 年生，笔名西村，浙江省温州市人。浙江省文史研究馆馆员。平生潜心研究词曲，先后发表戏曲史、戏曲音乐论文约数十万字。曾为《词学大词典》"音律"部分及《曲学大词典》"南曲方言词"审稿；在南京昆剧院、上海戏剧学院、苏州昆剧传习所等访问教学。著有《词源解笺》《宋词音乐研究》等 4 部书及昆剧、京剧、瓯剧剧作 10 部，演出 9 部。

五律·己巳年夏末秋初游陕（二首）

其一　慈恩寺

塔高入远岑，铃铎发兰音。
黄鹤浮沉客，白云自在心。
虽无灵运屐，却有仲宣襟。
昔日题名处，青苍不可寻。

其二　潼关秦俑

白日寒云起，夜深杀气生。
三千军马俑，十万羽林兵。
回首潼关月，前瞻汉地城。

雄师能胜楚，包胥泣秦庭。①

注释

①春秋时期，诸侯混战，吴国进攻楚国。楚国大臣申包胥前往秦国求救，秦哀公举棋不定，迟迟不发兵救楚，申包胥"立依于庭墙而哭，日夜不绝声，勺饮不入口，"哭了七天七夜，秦哀公深受感动，答应出兵救援楚国。

郑欣淼

1947年生，陕西澄城人。当代著名学者，"故宫学"专家。曾任中华人民共和国文化部副部长，原北京故宫博物院院长。中华诗词学会会长，陕西省诗词学会名誉会长。著有《雪泥集》《陟高集》等多部。

鹧鸪天·参加第二届长安雅集有感

阆苑风光接翠微，芙蓉六月正芳菲。梨园又见胡旋舞，酒肆依稀太白杯。　波漾荡，殿崔嵬，大唐气象梦中回。绵绵千古文华地，更酝今朝奋翼飞。

金缕曲·半坡访古

河溪列堂宇。又依稀、草莱才辟，相呼邪许。人面鱼纹多趣味，符号竖钩待诂。逗玄想、抟泥栩栩。爱美当为人本性，骨笄横、静女添娇妩。创造始，文明曙。　半坡余韵谁承绪？六千年、周秦气概，汉唐风度；更有长安繁盛地，一脉分明步武。正春事、我来访古。浐水已非他日浪，算而今、夜月曾凭睹。新草绿，燕低语。

念奴娇·观法门寺出土佛指舍利

乍瞻舍利，蓦思想、佛祖灵山参悟。遗骨微黄质密细，隐隐血丝如缕。八道宝函，千年藏闭，一旦惊寰宇。周原空旷，古蓝新塔朝旭。　　且念三武皆空，六朝事杳，寂寂恒沙数。白马青牛争斗甚，都入尼丘方域。如是我闻，禅门理趣，文化曾光裕。真身影骨，合当盛世才遇。

蝶恋花·观仿唐乐舞咏唐玄宗

寥亮笛声长袖舞。雨骤风狂，羯鼓千军聚。内苑又传新曲谱，风流当数三郎著①。　　七夕才盟金钿固。惊破霓裳，肠断萦纡路。于纵难辞天下误，无心偏是开山祖②。

注释

①《羯鼓绿》："上（唐玄宗李隆基）洞晓音律，由是天纵，凡是丝管，必造其妙。若制作曲调，随意即成，不立章度，取适短长，应指散声，皆中点拍。……尤爱羯鼓、玉笛，常云八音之领袖，不可无也。"

②玄宗被民间艺人尊为开山祖师。

金　中

1975年生于西安。1岁起与学说话的同时开始背诗。1982年入小学。1983年获西安市青少年唐诗演诵比赛一等奖。1985年入西安市一中少年班。以7年时间读完从小学到高中的12年课程，1989年被全国少工委评为"中国好少年"，同年入西安交通大学外语系，1993年毕业。多次获省市围棋赛冠军，1995年赴日留学。1999年出版诗集《与君相爱五千年》，2000年获文学硕士学位，2002年出版诗集《青春现在进行时》。东京外国语大学博士，西安交大教授。

七绝·乘机过秦岭

座座峰峦遍皱纹，关中护守万年春。
苍苍积雪为华发，秦岭深沉一老人。

七律·辛巳初夏游慈恩寺大雁塔

圣像新成立寺门,众宾渐退访慈恩。
悠扬钟鼓菩提境,伟岸浮屠玄奘魂。
塔顶翩跹鸣紫燕,云中滴点润黄昏。
沧桑肃穆庄严相,一霎于心是永存。

金　辉

1948 年生,原名萧怀金,又名金菲,字高才,号山翁,江西省兴国县人,小学高级教师。诗联、书法、论文等多次获奖。现为中华、江西、赣南诗词学会会员。

五绝·咏唐

太宗兴盛世,唐代创辉煌。
李杜千秋唱,诗文万国香。

五绝·梦游西安

梦里逛西安,风情卷彩澜。
古今听妙曲,聆教不思还。

七绝·秦兵马俑

雄兵骏马伴君王,岁岁年年热也凉?
夜半风来闻耳语,不知何日上疆场。

七绝·西安大雁塔

雁塔擎天星月依,沧桑阅尽振雄威。
风刀霜剑声声笑,鼓舞英豪向上飞。

金元宝

1943年生,别署亦庐,号丰记后人,画屋名恒丰堂,世居乐清市,潜心收藏。

七绝·西安纪游(五首)

其一 钟楼

高楼百尺响晨钟,犹见都城旧壮容。
金顶朝辉更灿烂,诗思萦绕豁心胸。

其二 华清池

积翠华清太液池,李杨安在石胭脂。
如今滑水依然暖,百姓游人任所之。

其三 车中望华山

一出潼关惊旅梦,万千杨柳计吟程。
华山雄险闻天下,剑影岚光壮此行。

其四 秦兵马俑

仆仆风尘到古都,七千兵马更何图。
秦皇雄武原如此,文物于今证史书。

其五 大雁塔

吟心激荡入西安,扑面春风不觉寒。
喜我东来千里客,登临极目一凭栏。

鱼佩云

1942年生,陕西省长武县人,退休干部。现为省楹联学会理事、省诗词学会会员,长武县诗词、楹联学会常务副会长。

七绝·渭河大桥

古渡千年没梦尘,大桥飞架畅游人。
始皇朱辇如重过,惊羡蓬莱落渭滨。

七律·乾陵

斯文不必费心机,碑立梁山旷世奇。
七彩虹光通上界,千秋翁仲诵功绩。
有心难镂易周事,无字可铭兴武疑。
还是媚娘谙变术,任由褒贬后人题。

屈趁斯

1915年生,四川泸县人。重庆市文史研究馆馆员,中国书法家协会会员,四川省书法家协会名誉理事,中华诗词学会会员。出版有《行草宋词六十首》《书法选集》等。

七绝·长安雅集即兴

文史钩沉五十年,长安雅集挹高贤。
知音难得同声应,镂玉裁冰种砚田。

侯孝琼

女，1936年生，湖北教育学院中文系古典文学教授。中华诗词学会常务理事，湖北、武汉诗词学会副会长，中国炎黄文化研究会、中国女子诗书画家联谊中心理事，中国韵文学会理事。著有《流萤诗集》《少陵律法通论》等。

五律·华山

拔地涌芙蓉，参天太华雄。
玲珑弥四望，峻峭揖千峰。
径险排云上，松苍裂石中。
攀登秋万里，凭眺意无穷。

七绝·壶口（二首）

其一

梦越关山此瀑牵，遥闻流量减年年。
安能觅取回澜手，引得银潢作远源。

其二

滥伐青山树不存，天将时雨去难驯。
资源有限情无限，留得壶浆遗子孙。

西江月·西岳庙

竞秀千峰隐隐，争流一水滔滔。河山环抱矗云霄，好个雄奇庙貌！
汉柏唐碑明碣，几番劫火焚烧。肯教国宝卧蓬蒿，古迹青春不老！

临江仙·壶口观瀑

卷沫飞湍奔地陷，轰然跌落鸿沟。悬流高矗白云楼。龙门三级浪，壶口十分秋。　　怪底淋漓元气壮,乘鳌上下冥搜。滔滔长泻几时休?银潢来玉宇,星汉是源头。

临江仙·登华山南峰

斤斧何年工造化?初开大块鸿蒙。擎天拔地势豪雄。烟岚缠锦带,白玉琢芙蓉。　　满目清晖秋色外,振衣直上南峰。凝眸长啸揖三公。①千山低足下,人在五云东。

注释

①三公:华山南峰左侧有三公山。

俞星拱

1926年生,字维新,朱熹故里古徽州婺源县人。中共党员,退休干部。中华诗词学会会员,中华诗词文化研究所研究员。

六州歌头·西安事变六十周年纪念

东邻逼衅,华夏正同仇。流亡曲,关东恨,负春秋,岂容休。甘陕陈戈戟,阅墙对,燃萁豆,弛攘外,强安内,役奸谋。令下如山,节节求狼让,少帅颜羞。怅输忠无路,宝匣锈吴钩。愤令君侯,入笼囚。　　斡旋兵谏,达通变,临强敌,泯恩仇。谋大局,求联合,解悬忧,悟先谳。统战成于再,御狩寇,挽神州。戎帅狱,将军血,泯刚遒!盈得东方狮吼,随埋葬、暴戾貔貅。望长留浩气,双谢贯千秋,叠引回眸。

姚　平（1932—2013）

原名阙德音，号梅亭，笔名丁乙，斋名寒梅阁，江西省兴国县人。教授、诗人、作家。系中华诗词学会、中国楹联学会、陕西作家协会会员。全球汉诗总会理事，西安诗词学会顾问，陕西电大词学室研究员，雁塔诗词学会副会长，《雁塔诗词》主编。写作500余万字，出书30余种。其中写诗6000余首，已出版诗集《寒梅阁吟章》以及续吟、三吟、四吟四集。

七绝·仓颉庙留句（三首）

其一

鸟迹虫纹事渺茫，象形制字破天荒。
六书传后催开化，华夏文明此发祥！

其二

鸟迹虫纹事渺茫，唯留古柏郁苍苍。
当年造字崇仓圣，万代仍昭日月光！

其三

鸟迹虫纹事渺茫，文明功业耀炎黄。
至今汉字形音义，独特光辉照万邦！

七律·《三秦名胜新咏》编成感赋（四首）

其一

三秦名胜甲天下，四海争观秦俑魂。
秦墓草青含古韵，秦山树绿显新氛。
秦关百二招函气，秦岭三千阻陇云。
秦地倾斜西部变，秦腔唱处万民欣。

其二

三秦名胜甲天下，古墓成群气象雄。
黄帝陵前存巨柏，梁山顶上显罡风。
豪吟顿使诗生色，佳什偏教鱼化龙。
编就新声传华夏，应随旭日映长虹。

其三

三秦名胜甲天下，太白峰高触斗牛。
壶口霞飞三级浪，华山日照百层楼。
磻溪石上留陈迹，五丈原头有壮讴。
搜得佳篇光宇宙，一觞一咏自风流。

其四

三秦名胜甲天下，历汉经唐百代钦。
雁塔题名存雅韵，法门瞻佛助清吟。
明城四望鸣钟鼓，陕博一观通古今。
骚人处处留陈迹，新咏篇篇有好音。

七律·关中八景新咏（八首）

其一　雁塔晨钟①

雁塔晨钟自古鸣，催人醒悟是清声。
神开神合沧桑变，春去春来岁月更。
得失非关无报应，浮沉端赖有真情。
天涯游客来瞻仰，小雁风光享盛名。

其二　曲江流饮

三月三为上巳辰，曲江流饮可迎春。
寻桃崔护成娇客，观景杜公讽丽人。
古代繁华空忆旧，今朝沉寂待翻新。

黑河引水苏干涸，重蓄清池更有神。

其三　灞柳风雪

驴背寻诗腊月天，灞桥风雪正当年。
诗情画意浑闲事，秋月春风写锦篇。
折柳赠人为惜别，停车问路更流连。
至今试问河边草，依旧萋萋惹客怜。

其四　草堂烟雾

鸠摩罗什译经场，曾有轻烟罩草堂。
古井寻春无雾气，闲庭作客有花香。
人生常念忧和乐，历史终归沧变桑。
回首当年沿革事，五风十雨总难忘。

其五　咸阳古渡

渭水清流小得多，咸阳古渡已无波。
长桥直架东西赞，短笛横吹南北歌。
吊古凭谁抒感慨，颂今独自更吟哦。
阿房只剩秦都迹，地换新天改旧河。

其六　骊山晚照

骊山烽火戏诸侯，晚照红霞染素秋。
绿树有心凝爽籁，青峰无语对高楼。
华清池畔悲歌在，兵谏亭中史迹留。
千古是非谁论得，吟风弄月自风流。

其七　华岳仙掌

华岳莲花秀五峰，雄奇险峻古今同。
棋亭有局谁能下，仙掌无风我亦崇。
旭日东升沧海赤，彩霞西望夕阳红。
秦川八百舒青眼，朵朵祥云秀国中。

其八　太白积雪

秦岭主峰太白高，炎天积雪未能消。
琉璃世界山中秀，碧玉天池月下娇。
石径探幽常有得，冰川寻秘岂无聊。
峰巅云海神仙境，王母来迎宴紫霄。

注释

①小雁塔为公元 707 年建。1487 年因地震中裂尺许，称"神开"；1521 年再次地震裂缝合拢，称"神合"。塔内有 1192 年铸造的大铁钟，清晨敲钟，声闻全城，故称"雁塔晨钟"。

一剪梅·紫柏山张良庙

百级层楼一带山，树杂其间，鸟杂其间。天光云影不胜餐，风未阑珊，雨未阑珊。　　遁世归来辟谷还，尘外身闲，化外心闲。我今瞻拜莫怀惭，撰著来参，避暑来参。

水龙吟·壶口颂

洪荒天造黄河，自然流逝春光老。排空浊浪，放缰野马，水深舟小。泛滥成灾，万民奔命，恐惶昏晓。恰雄王大禹，开山凿石，神龙动，天风袅。　　奇巧。鸟飞不到，现长虹、共迎春早。激流峡锁，下垂飞瀑，雷鸣古调。老子西来，故人南莅，仰天长啸。更临流一瞥，浩然豪气，直冲云表。

水调歌头·拜扫司马墓（二首）

其一

太史衣冠冢，耸立在梁山。黄河脚下环绕，峻极贯芝川。古柏迎风含笑，大殿留碑相告，《史记》永其传。千古董狐笔，绝代最雄篇。　　藏名山，垂青史，斗牛寒。青山不老，绿水长漫满人间。文撰六经之外，事自三皇长载，传记已开端。后代同冯在①，拜祭寸心丹。

注释

①同冯二姓：同为司字加一竖，冯为马字加两点，传司马迁后代改姓避祸。

其二

亘古奇男子，旷代一英雄。顶天立地豪杰，浩气贯长虹。掌上千秋铁笔，眼底中华史迹，巨著映天红。无韵离骚誉，绝唱古今崇。

忍奇耻，担大任，对东风。永垂青史，华夏文化立奇功。名似泰山立极，魂比黄河流激，奔海更朝东。日月辉同在，万世照苍穹。

姚永福

1938年生于陕西省宁强县黄坝驿乡姚家沟。祖上三代办私学。读私学5年，后毕业于四川广元中学。1956年参加教学工作，在家乡汉源山村任第一代教师并任负责人35年。1998年退休。

七律·汉源新村二女桂芳所建新楼落成

汉源村落建新楼，翠映层高满目收。
四处青山环果树，双流绿水绕沙洲。
墙前玉栋回巢燕，院角飞檐待哺鸥。
车水马龙人嚷嚷，深山遍处话金秋。

七律·家园秋色

枫红偶见叶金黄，松海环山映艳阳。
紫燕轻梭穿碧海，黄莺展翅下横塘。
赤黄丹桂添秋色，墨绿香樟更暑彰。
幽趣院东分界土，川原飞地树阴墙。

七律·咏东山将帅柏①

东山古柏过三围，铁甲霜皮鱼脊辉。
巨臂擎天飞紫雨，高枝垂地映金梅。
黄莺绕树穿枝舞，白鹭归山越岭追。
玉带环城飘绢练，将军战马岭前飞。

注释

①1935年徐向前司令部前拴马之柏。

七律·初游西秦第一关

幼读诗文梦陕关，初游果诧七盘寒。
艰车古道攀岩过，踞隘流云共五盘。
落水山花同绽锦，重崖藤蔓异复缠。
飞泉动人入新梦，聆此清声醉凤弦。

姚仲孝

　　1935年生，笔名遥橹，陕西省澄城县业善乡西南村人，延安大学毕业。先后在小学、中学任教，后调宜君县广播站。1970年回澄城县工作，先后任县委宣传部副部长，县政府、县委办主任，县委常委，县政协常务副主席。现为陕西省老年诗词学会副会长、渭南市诗词学会常务理事、澄城县诗词协会会长、《澄城诗词》主编。部分作品曾被收入《中国诗人新作》等，著有《诗书画选集》。

七律·车过秦岭

车驰秦岭雾云浓，一路虹桥一洞风。
绿树如烟藏背后，红花似锦映山丛。
峰穿云顶夕晖照，龙绕江津春雨濛。

虎啸龙飞腾世外，神州天府醉诗翁。

七律·秋登华山

乘索扶摇向北峰，犹临幻境坐云中。
路无攀链登天磴，径有凌台越紫龙。
金锁关前青岭秀，南天门外籁声雄。
今朝登极身心爽，西岳晴空露峭容。

七律·壶口新吟

怒吼黄河天地悠，九州雷雨一壶收。
崖倾两岸石山耸，涛涌一川今古流。
浪织白绫千幅锦，云垂银幛万年秋。
界分秦晋遥相望，车越长空震地球。

七律·谒司马祠

止步梁山到九霄，仰观史圣涌心潮。
怀猷察俗天涯迹，访古采风海角漂。
遭罪骨身含重辱，著文玉鉴耀今朝。
神州多少英才子，司马功齐泰岳高！

七律·谒黄帝陵

车飞情滚仰高风，古柏森森万代雄。
大庙殿堂威武像，高山墓冢气昂虹。
归根港澳标宏范，接踵台澎盼大同。
追忆五千华夏史，人文始祖盖天功！

七律·桥陵

杨花起舞又春红，一片闲心览帝宫。

巍冠桥山笼雾霭，宏门狮石壮唐风。
道铺御毯千寻绿，柏接夕岚万点红。
导女伶言词丽秀，何时皇苑再修容？

七律·听曹马潼关大战后

滚滚黄河拍岸寒，潼关大战漫尘烟。
军屯万马藏天将，师出千车壮旆幡。
曹氏割须抛甲铠，马超刺树误机缘。
兵家胜负虽常有，一举三思莫等闲！

七律·登澄城精进寺塔远眺

浮屠飞峙挽彤云，历尽沧桑几度春。
南眺华山吟美景，北思黄帝颂英魂。
大河东去肥千顷，洛水西流荫兆民。
燕舞凌空穿夕照，风铃雅韵映唐痕。

七律·喜赋赵庄西沟柏油公路通车

云崖峭壁陡山坡，举步行人愁满河。
俯视心寒飞鸟少，仰观身栗乱尘多。
茫茫草棘覆流水，渺渺轻烟侵雾罗。
今日英雄排万险，驱车大道任穿梭。

七律·庆祝石堡川水库除险加固工程奠基感赋

一泓碧水映天蓝，两岸青山玉影悬。
大坝人腾如海沸，彩旗招展似云翻。
威风锣鼓连天响，艳丽烟花遍地旋。
除险固堤千载业，宏图再展尽欢颜。

七律·赴尧头斜井途中

诗人情满笑声多,一路春风一路歌。
沟壑天连盘曲道,矿区井架布山坡。
黄花灿灿翻金浪,绿叶苍苍卷碧波。
天赐尧头煤宝地,富民利国是金窝。

东风齐着力·今日西安

历史名都,女墙高耸,纵目西安。高新景域,十万玉楼连。高架长桥畅绕,车飞驶、一路花园。明窗内、才情竞涌,电子高端。大智创奇观,红日出,地平线上流丹。山川沃野,富丽在今天。百代兴邦志士,翩翩梦、俱现身边。嗟秦岭、苍苍一脉,浩气蜿蜒。

姚昆田

1927年生,上海人。上海大学教授,上海市文史研究馆馆员,春潮诗社社长。著有《流霞集》《三万楼诗词选钞》等。

七绝·长安雅集赞

盛世重开继大唐,长安雅集聚文光。
曲江喜唱流觞曲,唤起诗魂万古香!

姜国宪(1927—2002)

字公度,号老辣,江苏省滨海县人。曾任新华社摄影记者,《雁塔诗词》主编。陕西省文联副研究员,中华诗词学会理事,西安诗词学会顾问。

七绝·兴庆宫花萼相辉楼

相辉楼畔馨香溢,寂寞琼花款款开。
已是春深三月暮,冷风犹自袭人来。

七绝·登榆林镇北台

沙龙俯伏莽苍苍,隐约秦城万里长。
未料山东刘项起,空知塞上固边防。

七律·游西安碑林

书法园中放百花,碑林碣石五洲夸。
钟王自古为高士,颜柳由来是大家。
籀篆周秦跃蝌蚪,草行唐宋走龙蛇。
琳琅满目难暇接,留得游人到日斜。

满庭芳·谒太史祠

拔地扶星,凌云挽日,古祠相与天高。大河东下,千里浪滔滔。翠柏虬枝劲干,横空出、一顶狂飙。风波静,神州万物,今日正妖娆。　　文章,夸太史,千秋绝唱,无韵离骚。更寰宇传名,独树风标。道是无情史笔,人间事、褒贬昭昭。怀先哲,高山仰止,浩气贯云霄。

姜洪章

生平阙略。

七绝·华山玉女峰

玉女峰头雪乱飞,整妆弄玉出宫帷。
深宫寂寞三千载,欲乘缆车随凤归。

七绝·张良庙授书楼

授书楼上读书声,博浪椎闻天地惊。
辟谷常怀青宇外,远离恶腐得全生。

七绝·登药王山远眺

遥望锦阳云海潮,踏平大浪挽狂涛。
春风扶我登高处,我拥春风自觉豪。

姜鸿谟

1924年生,湖北省浠水县人。曾任县教育局副局长。陕西省文学研究会会员,中华诗词文化研究所研究员、东坡赤壁诗社理事、清泉诗社副社长。著有《枣林诗钞》《半园诗联》。

七绝·过秦岭

峡道行车不见天,盘旋万仞出云端。
抬头遥望峰高处,一缕炊烟绕日边。

七绝·观秦兵马俑

地下长城兵马俑,纵横布阵卫灵宫。
生前威武震天下,死后何须作鬼雄?

七绝·游华清池

浴沐相依共一池,柔情百转任由之。
痴心只为君王宠,岂料招来赐死时!

七绝·登西安大雁塔

曲步旋登塔七层,飞眸溢兴瞰名城。
秦宫汉阙今何在?千古风流万代名。

施蛰存(1905—2003)

原名施德善,浙江杭州人。我国"五四"以来蜚声中外的小说家、散文家、诗人、翻译家和编辑家,被誉为"中国新文学大师"。华东师范大学教授,上海市文史研究馆馆员。著有《北山楼诗》《唐诗百话》等。

水调歌头

1972年听黄河大合唱而壮之,为赋一词,实亦奉命歌颂也,近闻《黄河颂》,知此曲犹不废,因出旧稿改定之,为今用。1989年6月。

天上黄河水,万古海东寻。排山折岳涤秽,浩气震雷金。封建独裁专政,民主自由孤愤,并作浪声涔。十亿黎元志,都写入瑶琴。

起廉懦,奋壮烈,鼓雄心。黄钟大吕铿,不许郑声淫。落叶哀蝉低唱,秋月春花艳曲,一扫尽消沉。民族高歌起,华夏复元音。

星 汉

1947年生,姓王,字浩之,山东省东阿县后王集村人。12岁随父母进新疆谋生。17岁参加铁路工作,为学徒工、信号工,历时13年。后考入新疆师范大学中文系,毕业后留校任教。现为新疆师范大学人文学院教授,硕士研究生导师。系中华诗词学会副会长,新疆诗词学会常务副会长,中国散曲研究会理事,《中华诗词》编委。著有《清代西域诗辑注》等10余种。

五律·登西安大雁塔

东风春色里,送我到苍穹。
眼底长安绿,掌中残日红。
石碑成旧墨,秦汉付征鸿。
拔树蘸河水,驰心书碧空。

七绝·秦岭农家

竹篱小院隐林间,又歇耕歌背日还。
石上清泉敲绿水,风中红树舞青山。

七绝·汉中拜将坛感怀

但凭知己报君王,休去哓哓说热凉。
倘使雄才能一展,藏弓烹狗又何妨!

七绝·夜宿褒河萧何追韩信处

两岸秋风月色多,英雄事业付流波。
汉家四百年天下,一半功劳在此河。

七绝·登华山过苍龙岭

雪横日暮绝人踪，两眼苍茫两耳松。
匍匐不羞休弄险，山灵未许我骑龙。

七绝·骊山烽火台与刘理存道士闲话

酒壶竹杖遍山游，自道归时月满头。
烽火古台闲话罢，白云一片自悠悠。

七绝·吊霍去病

剑锋西指鼓鼙喧，百万轮蹄塞月寒。
死去豪情犹未尽，祁连神韵近长安。

七绝·独登西安小雁塔

已知高处不胜寒，仰看苍穹剩几竿？
难舍人间天上去，烟云轻拨认长安。

七绝·雨中游华清池

柳去花来暗复明，幽思更比白云生。
悠悠千古几多事，都作打荷疏雨声。

七绝·秦始皇陵雨中石榴花

刑徒昔日野魂寒，化作榴花万点丹。
纵是无情泼暴雨，难冲血色满骊山。

七绝·灞桥柳

灞水新桥烟柳齐，柔条荡荡拂长堤。
今人西去无离恨，留与黄鹂枝上啼。

七律·马嵬驿

又值东风绿满坡，明皇不见旧山河。
倘能一语来承罪，未必三军敢倒戈。
栈道梦魂悲路远，墓门杨柳带情多。
当时我是唐天子，定代阿环系素罗。

七律·药王山感怀

五台秀色起城东，别样情怀一曲躬。
沿路春塍初布雨，守门石马尚嘶风。
茫茫商海存心黑，沸沸官场有耳聋。
祈得当今医国手，驱除病患济民穷。

西江月·探汉水源入农家

屋挂松林百里，院围藤葛千年。山家长饮汉江源，敬客清泉一碗。
　　已见凉风落影，久谈斜日敲山。听完故事带身边，免得归程困懒。

扬州慢·武侯祠

东望南阳，峻山遥水，昔庐甚日归耕？拭残碑断碣，见北战南征。想当日、褒中献表，沔阳屯垒，斜谷分兵。五丈原、泪涌三军，川马悲鸣。　　已酬屡顾，鼎三分、宏业初成。废阿斗庸才，行遵故帝，应是忠贞。荡荡汉江如旧，清波里、淘尽群英。叹巴山坡下，斜阳荒冢青青。

水调歌头·三登华山

偏爱华山秀，三到碧霄中。天风净扫云海，红日嵌苍穹。远敞中原春色，近送黄河声浪，人在最高峰。笔向秦川抹，太白挂图雄。

崖黝面，花吐蕊，瀑飘虹。明朝只恐离去，有梦也寻踪。愿借沉香神斧，直欲翻开山腹，彼我两相融。再唤陈抟醒，酣弈对青松。

水龙吟

参观秦俑馆，拟秦俑言。

历经火炼刀加，骊山我在秦皇圬。地中叵耐，常于月夜，马嘶人吼。隐迹千年，今逢盛世，显形彰首。望秦川千里，东风得意，接天锦，神难绣。　　幸与乾坤同寿，赖当时、人民能手。军容威壮，长戈犹记，血凝山岫。如此江山，再宣宏愿，金瓯长守。有吾侪在此，驾车横剑，看谁来寇！

柳　芸

女，1950 年生，笔名柳明，字碧云，号果贞居士，一署紫莲斋主。陕西省韩城市人，大专文化。甘肃省政协县职干部，省作协、中华诗词学会会员，中华诗词文化研究所研究员、省诗词学会秘书长。作品、小传入编《中华女诗人大辞典》等。曾获"鹿鸣杯"诗词大赛佳作奖、"伏羲杯"诗书画大展二等奖。

五律·华山行（八首）

其一

冲霄端月雪，匝地沍寒风。
避乱长安道，寻幽华岳峰。
华清惊沐浴，昭应释尘封①。
但恨佳期短，依依对烛红。

其二

抖落嚣尘土，来登五岳巅。

才披瀛海雾，又捧紫霞烟。
陇右飞天舞，长安雁塔妍。
沉浮凭际会，终古仰尧天。

其三

骋目青霄近，凌云剑气冲。
神工天地柱，物造九原风。
一脉连今昔，三元结碧穹。
长河轻舸逝，我欲叩鸿蒙。

其四

思攀华岳久，无处不瑶台。
紫气眉前合，浮云足底来。
登天红雨伴，委地秀帘开。
岭岭通佳境，青阳入素怀。

其五

笑别回心石，援梯上碧空。
山花迎远客，灵鸟绕青松。
万壑擎彤日，千山唱大风。
冰轮悬广宇，伴我赴天宫。

其六

惊心千尺幢，直上五云峰。
落雁相依寐，莲花结玉蓬。
朝阳金瀑泻，玉女碧霞融。
云海翻千色，苍龙入梦中。

其七

摩天穿玉宇，剑出秀芙蓉。
净念听山语，清心问塞鸿。
陈抟英气在，圣母慧灵通。

摄魄南天阙，乾坤一袖中。

其八

极目秦天外，澄心海岳间。
灵霄云物好，沃野碧流旋。
迓得东君早，邀来玉镜先。
依依同命鸟，燕尔共华年。

注释

①昭应：即骊山，为俗称。唐玄宗天宝七年遂改会昌山为昭应山。

七律·雨中谒黄帝陵

心期已久谒轩辕，烟雨桥山泽九川。
古柏纷披宣德化，尧钟悠远启群贤。
长河福祉千秋业，华夏源流万古传。
手捻心香诚拜愿，炎黄一脉早团圆。

桂枝香·谒史圣司马祠（二首）

其一

云峰映日，看故土韩城，阡陌凝碧。跌宕龙门雪浪，伟人精魄！沧桑风雨千秋史，问凌虚、怀霜谁敌！负屈蒙辱，九摧十戮，植花人泣①！　听秋风、飘来远笛。似苍山凄语，心旌难扼。盛世江天朗月，政清民泽。何须北望愁苏李②，赞随姑素志情赤③。倩娘贤德④，清才灵慧，柏青莲立。

其二

登临八极，仰太史丰功，谁人堪匹！廿里芝川烟雨，满塬华硕。西风古道尘烟锁，漫沾襟水清流激。拿云绝唱，经天纬地，永超尘域！　喜春来、春花浥浥。赏翠柏翁郁，爱花人集⑤。海角天涯萍聚，抚今追昔。清明队队冲霄鼓⑥，任声挞彻遥夕。溉沾嘉澍，举山扛鼎，寸阴当惜。

注释

①④⑤植花人、倩娘、爱花人：系司马迁夫人柳倩娘。倩娘和血拌泪，含悲葬夫，且亲植松柏，广植迎春花于史圣墓围。赋有《植花词》："手植春花待宾客，……后世自有爱花人。"

②苏李：即汉使北海牧羊之苏武与飞将军李广之孙李陵。太史公切切盼二公早回长安为己湔雪谏言，但致死未遂。

③随姁：即司马太史公侍妾随清娱。公祠壁前嵌一《故汉太史司马公侍妾随清娱墓志铭》，系唐代大书法家褚遂良亲撰并书之墨宝名胜，亦即传说中的"梦碑"。

⑥行行鼓：韩城独有的社火鼓。刚勇强悍。

柳　烟

1933年生，本名杨兆麟，湖北省孝感市人。西北电力设计院高级工程师。1994年在主任工程师岗上退休。系中华、中国电力、陕西省诗词学会会员，陕电诗会理事，电花诗社秘书长。诗词联曲作品及其论文在系统内外专集期刊发表数百首（篇）。

五律·西安香积寺

神禾悬古寺，宝塔耸云峰。
净土门僧众，扶桑教派崇。
石灯传面相，法会仰真宗。
千载光庭院，弘扬善导功。

七绝·翠华山休闲山庄

冰风洞怪傍天池，瀑布吼雷盘道迤。

赏雪林泉犹避暑，山床一梦伴酴醾。

七绝·西安东二环金花高架路段

悬桥纵架立交融，玉柱金栏挂彩虹。
上下两层双向驶，辚辚箭镞驭长风。

七绝·韩城

禹伸巨擘劈洪荒，钟毓史公文德长。
椒野妖娆申教化，韩塬翰藻蕴诗乡。

七绝·蓝田流峪梅豆基地（二首）

其一

携酒来寻洗玉岩，公王岭护石人猿。
大巴上峪尘嚣隔，飞峡三层瀑布悬。

其二

门前屋后野花香，山柿核桃水峪旁。
梅豆追肥担日月，云中石脊对歌场。

七律·华阴西岳庙

皇家驻跸岳神庙，人道陕西淹故宫。
古柏参天崖峭伟，棂星匝地殿堂宏。
金光昭瑞飞霞绮，仙掌凌云映彩虹。
唐宋名家遗翰墨，赏玩吟唱醉诗翁。

七律·谒司马祠

龙门突兀禹王穿，黄土高丘护圣棺。
百步石阶文曲仰，千秋庙宇岫云环。

名山矢志刑甘受，纪传倾心业更专。

呜咽大河难释恨，殊勋峻德永流传。

抛球乐·春游浐灞生态区

吟诗过客戏花丛，三坝四桥滨路通。春色多情蝴蝶梦，阳光惬意杜鹃红。靓丽清新境，水域生机欧亚融。

临江仙·韩城发电厂

史圣韩塬文采地，黄河巨浪奔流。明珠闪映象狮头。禹门兴大厂，强电燎星眸。　　供水勘查征战激，芝川渍地寻搜。赢来两厂耸山陬。盛情迎客访，祝捷举杯讴。

行香子·韩城党家村

遍野椒香，古寨康庄。黄河畔、宝塔秋阳。雕楼四合，藻井龙骧。赏明留墅，清留宅，世留芳。　　居民院落，麟祉石坊。重耕读、祖德昭彰。槐荫滴翠，照壁珠光。喜采风游，民风朴，景风煌。

鹧鸪天·渭北采风（三首）

其一　三原城隍庙

吟友采风慈善乡，髯翁故里拜城隍。磨砖照壁门腾鲤，铸铁旗杆龙绕镶。　　花藻井，石牌坊，岳飞华翰灿碑廊。雄祠肃穆殚形巧，暮鼓晨钟李靖彰。

其二　于右任纪念馆

落落乾坤一巨人，生平许国庶黎亲。伤鳞叹凤忧天下，茅店荒鸡渡五津。　　遭胁迫，憾终身，国殇乡恋玉山坟。馆藏草圣真书迹，奇伟雄浑艺品珍。

其三　汉阳陵

"文景之治"奏凯章，轻徭薄赋利农商。陵园广袤穷型制，封建奢华重葬丧。　人畜俑，木箱装，刑徒血泪役天皇。旅游文化丰西汉，异穴同茔胜迹芳。

柳成栋

1948年生，笔名松驿，别号驿马山人。黑龙江省巴彦旗人，大专文化，编审。中华诗词学会、中国楹联学会会员，黑龙江省诗词协会副主席，省作协、书协会员。编有《东北方志序跋辑录》《修志吟》等，著有《长铗归来斋诗草》《长铗归来斋文稿》。

七绝·过马嵬坡

盛唐何故变衰唐？莫怨明皇莫怨杨。
比翼难飞连理断，马嵬坡已坠斜阳。

七绝·参观半坡遗址

仰韶文化内涵丰，房屋窖藏墓葬清。
人面鱼身伴奔鹿，犹从远古说文明。

七绝·观扶风法门寺

宝物千年藏法门，地宫揭后有奇闻①。
若非佛祖神灵显，华诞安迎舍利身？

注释

①法门寺地宫揭开时为夏历四月初八日，恰逢佛祖释迦牟尼生日。

七绝·过潼关

轻车重负过雄关，一阵秋风思绪牵。
成败如今皆作土，长安早已变西安。

七绝·游汉鸿门宴遗址

楚旗斜矗壮军魂，舞剑之声犹耳闻。
刘项当年争智处，千秋一宴载鸿门。

七绝·参观秦始皇帝陵博物院

深埋地下二千秋，渭水河边军阵稠。
嬴政雄威今又见，犹存兵马壮神州。

七绝·登西安大雁塔

凌空大雁落慈恩，历尽千年壮三秦。
把酒登临忘宠辱，唐风犹在说晨昏。

七律·读《黄帝与黄帝陵》

读志犹如拜帝陵，绵绵思绪骤然生。
开篇墨浸炎黄血，展卷书凝华夏情。
膜拜千秋存盛典，缅怀万古载文明。
萦怀始祖神思远，公祭何时共举行？

七律·读《茂陵志》

志苑新花绽茂陵，三秦帝墓一书成。
图文并重汉皇传，章节犹陈文物名。
堆土如山寻伟业，论评似案载佳城。
招魂方士今何去，唯有秋风最动听。

七律·重游华山

十载芳踪何处寻,太华有幸又登临。
汽车盘越通途曲,索道滑行幽谷深。
玉树琼花洒飞雪,红绸金锁系游心。
北峰起始增奇景,云霁斜阳满岭金。

七律·谒秦始皇陵

依山傍水壮临潼,楚火无情毁寝宫。
大海江河疑未见,兵车铜马喜重逢。
数千秦俑三军魄,百万民夫卅载功。
考古揭开新秘密,墓台几度石榴红。

七律·游华清池(二首)

其一

华清池畔水涔涔,天宝辉煌何处寻。
好色君王留逸史,迷人妃子醉诗心。
海棠汤冷门扉热,长恨歌飞舞袖沉。
千载温泉流不尽,还同来客说当今。

其二

骊山脚下旧踪寻,一代奢豪犹有痕。
岭上寒烟遮碧树,池间绿柳缀浮云。
皇家园内石方冷,公浴场中水尚温。
昔日王妃游乐处,今朝早已属人民。

段国超

1940年生,字宗汝,号国超,笔名郭超。湖北省罗田县人,渭南师范学院中文系教授。陕西省文艺评论家协会理事,中国作家协会会员,西安诗词学会顾问。发表论文300余篇,1996年应邀赴美国考察讲学。著有《鲁迅家世》《段国超文集》等。

蝶恋花·路歇韩城盘龙泡前村所见

红柿香椒秋色悦。岭上黄昏,挥汗无人歇。男女携筐忙采撷,丰收美景心头热。　　笑语欢声天黑彻。树上悬灯,夜战心犹切。村里晨鸡啼落月,无眠宿客同欢捷。

江城子·渭南师院建校志贺

风摧霜叶气不凉,畅心房,志昂扬。学校门中,处处着新装。一抹朝阳光大地,人灿灿,景旸旸。　　未来放眼兴殊狂,爆花香,共传觞。跃跃群情,热语话衷肠。谁领高歌歌一曲,春季好,共兴邦。

段振华

1948年生,笔名星翰,陕西省礼泉县人。博士,教授,博士生导师。1982年和1987年在西北大学先后获得计算机科学学士和硕士学位。1989年到英国留学,1996年和1997年先后获得英国Newcastle大学理学博士和Sheffield大学工学博士学位,并在Sheffield大学从事博士后研究。2003年1月回国到西安电子科技大学工作,从事计算机科学理论和软件的研究。西安诗词学会会员。

满江红·西京怀古

千里秦川,望不尽、皇家陵阙。空怅望、南山北水,旧宫残缺。周阙秦楼铜钺去,唐玄汉武雄兵发。五千载、龙帜卷城头,风云烈。

美人泪,豪杰血。将相去,繁华歇。问谁人哀恨,玉娥箫咽?汉帝知营强国梦,曲江流饮杏园结。待重整、秦汉旧山河,长安越。

祝注先

生平阙略。

七律·秦兵马俑

四海车书尽扫清,祖龙业绩慨雄英。
三山仙药长生梦,一命沙丘骊下陵。
兵俑七千何暴戾,鬼魂去国不安宁。
设防地底徒虚拟,斩木陈吴举义兵。

七律·半坡村

半坡村落启思寻,母系遗踪件件存。
构造井然惊布局,文明胚孕感先民。

长壕足可防凶暴，草屋唯凭避雨淋。
余烬火塘犹熠熠，中华风物恰凌晨。

禹锦洲

南昌市劳动局干部。江西诗社社员。

七绝·过灞桥

东郊市井人如海，塞巷充衢货物饶。
绿柳秋来无翠色，灞桥一带石榴娇。

七绝·西行吟草（四首）

其一

三秦风物夙魂牵，千里来游近日边。
莫道长安居不易，关中自古得天先。

其二

雁塔崔嵬接九天，拾阶旅伴竞登先。
纵眸八百秦川地，渭水华山到眼前。

其三

石人肃立雁行开，似候武皇御驾来。
无字碑前人笑语，是非功过费疑猜。

其四

开天辟地女为王，尚武崇文轶大唐。
无字碑刊缘底事，诗人瞻仰费评章。

胡　绳（1918—2000）

江苏省苏州市人。笔名卜人等，原名项志逖，历史学家、哲学家。曾任中共中央党史研究室主任，中国社会科学院院长，第四、五届全国人大常务委员，中共十二大中央委员，全国政协副主席。著有《从鸦片战争到五四运动》等。

七绝·霍去病墓

茂陵原上草萧萧，大将还思霍骠姚。
顽石千年生气在，卧牛伏虎立何骄。

胡之锦

1935年生，曾用名孺牛，晚号湖天逸叟，安徽省芜湖市人。退休于芜湖县供电局。中华诗词学会、中国楹联学会、中国电力诗词学会会员。江南诗词学会芜湖市联络站站长。

七绝·华清池吊古

汤泉幸浴暖春帷，底事君恩难久垂。
倾国偏教为国误，徒遗长恨影凄凄。

七绝·咏吕不韦（二首）

其一

政及秦王两代功，尊封仲父享恩隆。
权倾朝野如珍爱，何致招来饮毒终。

其二

著书广集杂家言,吕氏春秋资治诠。
文笔生风精叙说,千金一字未虚传。

七绝·参观秦始皇帝陵博物院感赋(二首)

其一

兵马车乘列阵雄,整齐步武壮军容。
披坚执锐威严甚,显尽秦皇一世风。

其二

铜马铜车雕铸精,陶兵陶将塑如生。
千人千貌扬神采,一展辉煌古艺馨。

七律·参观秦始皇帝陵博物院

生前死后俱争雄,地下深宫列戍戎。
泥土挖来千岭瘦,金铜敛尽万民穷。
长城固筑防胡寇,大业空图勒石功。
一帝千秋开厚葬,只今博取旅游荣。

七律·骊山咏胜

骊山晚照灿霞天,胜列关中八景妍。
翠柏苍松笼绣岭,龙泉凤阙绕环园。
戏侯烽火周纲坠,御寇兵诤民意宣。
一掬华清池水暖,是非兴替鉴常悬。

七律·参加西安全国电力诗词交流研讨会感赋

诗都千古仰长安,盛会欣临参鹤鸾。
酣畅纵歌怀李白,殷勤扫榻感陈蕃。

十朝胜迹添吟兴，一代耆英奋雅坛。
开发西陲风正劲，频教电力韵花繁。

七律·黄帝陵（二首）

其一　轩辕庙

庄严肃穆庙堂皇，华构恢宏金碧煌。
功德巍巍尊九五，碑文历历记祠堂。
丹庭古柏参天翠，宝鼎香烟绕殿芳。
谒祖寻根瞻圣像，毋忘一统振家邦。

其二　轩辕黄帝手植柏

二十米高十米围，姿雄群柏冠称魁。
参霄挺翠五千载，换代更朝廿六回。
龟裂缘经风雨刻，鳞皴惯御雪霜摧。
根蟠黄土枝迎露，荫茂人文祖德巍。

七律·西安行（三首）

其一　登城楼

千秋帝阙赏遗踪，一览皇城气象雄。
汉苑唐宫无觅处，钟楼鼓殿尚凌空。
宽衢交织穿棋局，大厦参差灿市容。
八百秦川丝路起，重光西域盛时风。

其二　访碑林

碑林艺术赏琳琅，翰苑精华万世芳。
鸟迹虫形源远古，金文甲骨溯周商。
篆书隶体开秦汉，真楷草行盛晋唐。
章法流风诚浩瀚，珍奇国粹耀辉煌。

其三　登大雁塔

拾级盘梯上塔巅，襟风纵目意翩翩。
蚁穿闹市人车攘，烟绕梵宫钟磬喧。
地沃秦川晴宇廓，山崇华岳彩云旋。
终南渭北关中胜，古道芳原翠色妍。

胡迎建

　　1953年生于江西省星子县南康镇，祖籍江西省都昌县。1985年考入江西师范大学中文系攻读唐宋文学，师从胡守仁、陶今雁先生学诗。1988年获硕士学位，分配到江西省古籍整理办公室工作，现为副主任（正处级）、研究员。江西省社科院学术委员会委员兼江西诗词学会副会长、秘书长，《江西诗词》主编，中华诗词学会常务理事，省作协会员。著有《近代江西诗话》《江西山水旅游诗话》和诗集《帆影集》《湖星集》等多部。

五律·游西安兴庆宫

空瞻唐殿址，不见汉宫墀。
丹阁薰香散，浅堤新柳垂。
蝶翻留客处，水涨泛舟时。
坠萼谁能拾，凄凉读杜诗。

五律·秦俑馆铜车马

蹴踏五湖春，嘶奔六国嗔。
蹄敲疑裂地，辐转不沾尘。
皇位裔传梦，威风铜铸身。
可怜终覆土，不得九州巡。

五律·乾陵永泰公主墓室壁宫女捕蝉图

蝉鸣午昼嘈，梦破鹊桥迢。
开锁娥眉舞，出宫绿袖飘。
捕来愁不响，睹久恨无聊。
何若放归去，庶无梦九霄。

七律·夜登西岳华山观日出

黝黝岩身活活溪，越桥穿峡上天梯。
群峰匍匐脊梁骨，高岳擘开仙掌枝。
风浸似冰青女近，日升如璧紫霞低。
微茫千里秦川小，我坐琳宫白帝西。

七律·陕西历史博物馆观感

殿宇巍峨倚碧霄，焕乎宏丽占头鳌。
万年文物归橱壁，百代风云恍昨朝。
鼎革当从民众意，维新有赖圣贤劳。
人间岂止求温饱，更看文明跨步高。

七律·荐福寺瞻小雁塔

万劫犹存此塔雄，待谁维护振宗风。
凌霄莫逐依依雁，弥缝重敲寂寂钟。
尘世纷纭真相现，祇园清净法门通。
乾坤今古无穷事，都付牟尼一笑中。

胡宗彦

陕西省西安市长安区人,师范毕业。曾任完小校长、区委秘书、省委组织部干事、西安 614 信箱科长、国家物资总局西北办事处人事处副处长、陕西财贸干部学院组织部长等职。作品、小传入编《陕西秦风诗词钞》等书。

七绝·白鹿原(二首)

其一　游原

掩卷依稀驰白鹿,驱车直上古塬头。
无边春野美如画,心旷神怡任性游。

其二　鲸鱼沟

摇头摆尾何方去?此地欣留碧水沟。
飞坝横空天堑远,平湖云影映红楼。

胡爱云

女,1946 年生,河南省许昌市人,大专文化。退休前任安康铁路分局汉中线桥段车间工会主席。陕西省诗词学会、汉中市老年大学诗文研究会会员。

五律·秦岭行(二首)

其一

秦峰刺碧霄,峡谷雾萦缭。
芳树飘香味,青山绿水娇。
涧泉飞瀑布,庄户住山腰。
天地灵光集,山河神韵高。

其二

开发大西北，贫穷变富饶。
峰峦通铁路，车笛响山腰。
陇海穿河岳，宝兰架岭桥。
中央方略好，黎庶乐陶陶。

胡焕章

1925年生，广东省五华县人，字十之，号洑溪之子，中共党员。重庆大学中文系毕业，二野军政大学毕业。曾任四川省奉节师范学校副校长，奉节县人大常委会副主任。中华诗词学会会员，中国艺术研究院文研中心特邀创作员，四川省诗词学会、重庆诗词学会、新加坡新风诗协会、三峡诗社顾问，夔州杜甫研究会会长兼《秋兴》杂志主编。著有《洑溪吟稿》《胡焕章诗词集》等。

五绝·登西安大雁塔题留

独上慈恩塔，秦川入望深。
西安风物好，不负此登临。

七绝·骊山（二首）

其一　贵妃池

芙蓉汤迹尚依稀，想见阿环出浴时。
如此温泉如此夜，管他安史入京畿。

其二　华清池兵谏亭

池边一幕惊心史，哭谏不成兵谏成。
假使先生能雅量，骊山何致有斯亭？

七律·秦始皇陵

平川烟树莽苍苍，百丈崇陵葬始皇。
只为一夫藏朽骨，曾教万姓恸愁肠。
恩深自得民心固，虐极应难祚运长。
今日西都游客盛，俑坑门外听秦腔。

胡喜成

1955年生于甘肃省秦安县，1981年12月毕业于甘肃农业大学，获学士学位。秦安县志办公室副主任，副编审。中华诗词学会、中国楹联学会会员，中华青年诗词学会、省诗词学会、天水诗词学会理事，谪仙诗社副社长，市跨世纪科技拔尖人才。作品、小传入编《当代诗词点评》、法国《山水情唱和集》等。著有《啸海楼诗词集》，编有《甘肃青年诗词选集》等。

五律·西安（四首）

其一 西京漫游

昔日吟风去，今朝乘晓来。
钟楼方携手，雁塔共登台。
休诵长生殿，颇高济世才。
他年应永忆，照影但徘徊。

其二 钟楼

宛在青天上，遥观渭水流。
方街错锦绮，有美拥琼楼。
才略惜文武，丝绸通亚欧。
汉唐恍如昨，今古此同游。

其三　大雁塔

赫赫慈恩寺，文明古迹存。
何时知法相？此地识师尊。
高塔藏龙虎，烈风鸣昼昏。
唐贤如我待，吟咏小乾坤。

其四　兴庆宫公园

嘉树绿如染，微波湖水平。
人游兴庆苑，亭见牡丹名。
珠露涌香雪，残荷作雨声。
古今歌舞地，回首若为情？

茹　桂

1936年生，西安市长安区人，西安美术学院教授。陕西省书协副主席，省政协委员，中国书协学术委员，日本京都造型艺术大学客员教授，美国世纪大学特聘艺术家。著作和论文曾获中国书展优秀奖、陕西科技成果奖、亚太华文教学成果奖及美国世界著名艺术家金帆奖。小传入编《中国大百科人物传集》、美国纽约传记中心《世界艺术家名人录》等。著有艺术散文随笔《砚边絮语》及《茹桂书自作诗〈长安好〉》等多部。

五绝·笔会即兴题赠送日本每日书道代表团

君来旭日边，兴会在长安。
泼墨连三斗，开怀万里天。

七绝·观于右任书法展

凌云健笔数髯公，行草新开一代风。

浩荡雄姿何洒落，长天气吐贯霓虹。

七绝·谒黄帝陵

桥陵古柏郁苍苍，海会集云谒帝黄。
飞驾玉龙留永冢，人文千载德恩长。

七绝·咏黄河

落天奔海一长河，亘古炎黄豪杰多。
勇进急流堪细味，金涛万里纵情歌。

七绝·华山极顶感怀

登高何惧履危艰，险要才能壮肝胆。
上界容吾游物外，胸中别有数山川。

七绝·忆李白

举杯难消万古愁，放言高歌轻王侯。
天生君才若知遇，何故散发弄偏舟。

七绝·咏秦兵马俑

奋击百万胆气豪，横扫六合一代骄。
战尘千载留奇迹，侧耳犹闻马萧萧。

忆江南·西安

碑林长安好，碑林赏遗踪。石书万卷存经史，翰墨百代仰高风。临池兴更浓。

荣西安

1966年生,字三价,面壁堂主人。西安化工机械厂工人。西安诗词学会会员,雁塔诗词学会常务理事,会刊编委。曾发表小说、散文、诗歌。师承张怀民先生学习格律诗词的。

五律·合阳洽川

鹅鸭戏新雏,蒹葭万里铺。
龙门团北泽,华岳裹南涂。
朗目峰林伴,舒身莘野趋。
姬昌多辗转,到此得贤姝。

七律·大雁塔北广场

春近青郊恋出游,朋邀雁塔篦人流。
水喷云朵拚红紫,书躺岩冈异雅遒。
八个先贤惊俗世,一篇书石讶神州。
徘徊细品唐诗注,忽省真魂弃自由。

七律·韩城党家村

葫芦沟谷立山门,宝塔巍巍宝寨敦。
四合人家兄悌弟,五朝风俗碟亲盆。
祠堂一座尊贤哲,匾额千楣省子孙。
拴马桩前丁字路,农桑日日泌河根。

七律·过韩城闯王行宫

两度韩城顺逆身,龙门进退易头巾。

年年饺子天天馅，座座辕门个个臣。
举义之时挥义帜，屠龙以后漆龙鳞。
偶过李闯行宫审，斑驳窗棂志甲申。

西江月·华山下棋亭

陡壁凌空一耸，悬松择石无移。苍亭独秀势高奇，恰似莲花蓓蕾。　　百日陈抟假寐，千年华岳玄机。一嘲赢得虎狼棋，赵祖揖山叹气。

卜算子·忆翠华泛舟

遥忆少年时，得意春风绮。桨迫帮轻醉泛舟，湖阔山围美。　　笑看那人痴，浪白冲锋喜。对岸鲜花折一枝，彩蝶腾腾起。

鹧鸪天·蓝田水陆庵

葱岭阑干溪水驰，青杨绿竹赤松枝。红门碧瓦青岩道，艳女洋裙照相机。　　真佛像，假丹墀，如来朽骨老君尸。仲尼伤忆周公世，尘俗悠悠礼信非。

木兰花慢·灞柳今昔

到东城灞上，望洲渚、读唐诗。叹昔日关楼，今无丝草，岸柳参差。分离。是人去后，怕梅州百越瘴欺时。分别天涯寂寞，柳条两赠相思。　　徘徊。世事多迷。依旧有、别声悲。但信息、今日天南地北，处处通媒。芳菲。柳欢荡处，已无人摘叶盼归期。惊叹乾坤巨变，古桥两送车飞。

贺新郎·看电视连续剧《延安颂》颖悟

莽莽黄原囮。血方刚、铜墙铁壁，火堆烽聚。九曲黄河来天上，滚滚南流泄怒。沟壑老、山丹花誉。绥德男儿江西汉，信天游一曲东方曙。延水岸，枣园路。　　苍茫大地谁张主？数英雄、昆仑一座，矗天神柱。彭老丁玲横刀笔，朱总毛公朝暮。窑洞外、江山营布。荡寇太行埋忠骨，蒋家军一夕无呵护。先站直，再求富。

沁园春·西安火车东编组站

百轨蛛连，旭日朝编，晚组夕阳。载钢机铁械，木材粮种；乌煤赤漆，电脑桥桩。手握呼机，高台调度，搬道无人自合张。全天候，任霜侵雪堵，不卸钟簧。　　拉推撞隔连镶，为民族腾飞建设忙。正北通包集，西临青藏；南追闽粤，东撵京杭。似箭离弦，一声铃响，出发隆隆到四方。经济路，肯穿云破雾，提速超强。

贺　琪

1941年生，字琢之，号尚彬，别名崇义，陕西省澄城县冯原镇太极村人。1965年毕业于陕西师大汉语言文学系本科。参加工作后，一直在高中任教，任教研组长多年，2001年退休。中学高级教师。业余创作电影文学剧本、电视剧剧本、秦腔剧本、方言小品、快板、快书等30余部。现为澄城县诗词协会理事。

七律·掠影楼观台

耀眼山丘开翡翠，层林着色映幽篁。
一河秀水蟠龙踞，几块清岩卧虎藏。
斗拱飞檐幽道观，浅潭细瀑静仙堂。
老君悟道骑牛去，此处空留教祖房。

七律·大雁塔北广场感赋

七层宝塔矗云天，拨动八流绕四山。
往日描真包谷地，而今摄影广台前。

天翻地覆沧桑变，斗转星移岁月迁。
少壮无缘观胜景，暮年幸览赏音泉。

贺晓东

1950年生，陕西省洛川县人。毕业于陕西师范大学政教系，北京师范大学教育基本理论助教班结业，高级讲师。原陕西广播电视大学延安分校校长，延安鲁艺书画院副院长，陕西书法家协会会员，延安书法家协会理事。

七律·题清凉山范公祠

太守知延政望高，文章武略领风骚。
筑城固寨招兵马，免赋开田有妙招。
一代儒勋风范在，八方才俊念英豪。
羌戎破胆威名盛，壮我河山盖世娇。

七律·谒耀县药王山

在世无心称圣王，终生劳碌病疫防。
煎尝百草救人命，著写《千金》谢上苍。
情系渭泾除恶症，身牵寨院治新伤。
心碑不倒高风在，术业精诚美誉扬。

七律·乾陵吟

无字碑前细品量，谤多赞少女中皇。
俗风敢破推新政，众口难防道短长。
仗剑情深兴盛世，挥毫潇洒写瑶章。
梁山默默牵青史，智慧圆长一梦香。

永遇乐·延安颂

宝塔昂头,姿辉嘉岭①,延水东去。凤鸟腾空②,祥呈圣地,屏展云中舞。狭川窄谷,清凉遥顾③,新开范公祠宇。大风留、先忧后乐,直教后人能瞽? 延安土洞,运筹帷幄,赢得同仇抗侮。浩史常翻,伤痕仍在,仇火心头聚。汇杨家岭,旗幡高举,赤县曙光欲吐。雄鸡唱、新元正始,众民做主。

注释

①宝塔山原名嘉岭山。
②延河南侧山为凤凰山,毛泽东主席当年曾在山下居住。
③延河北侧为清凉山,该山腰有北宋时开凿的万佛洞,有为北宋延州知府范仲淹修建的祠宇。

沁园春·富县

贞观钟存,钟楼无迹,①州新颜。幸犹存古塔②,沧桑历尽;大桥飞架,弯道方迁。教场兵息③,新居连栋,访旧难寻画里旋。流年改,赞富民政策,日月才甜。 葫芦河畔出拳,直罗战牛帅飞上天④。叹蒋氏中正,相煎何怨?宗南奉命,又点狼烟。强降红旗,恨埋心里,学会游击敌匪歼。记历史,有英雄儿女,富县荣繁。

注释

①该铜钟铸造于唐贞观三年,重1500公斤,高1.55米,口径1.5米。
②县城北山腰存唐塔一座。
③县城南北各有古时操练兵马的教场,现仍称南北教场。
④1935年11月,毛泽东在直罗镇亲自指挥中央红军和红15军团,与阻截红军的国民党军队作战。此次战役,歼敌109师,师长牛元峰被击毙。

念奴娇·登宝塔山

登塔远望,欲穷目览尽,千年图卷。仲淹吟词今尚在①,烽火狼烟难见②。嘉岭书声③,讲经明礼,胜况碑中断。拾阶林径,摘星何虑寒暖④。　红日新跃山头，金光万道，天地新颜换。拳舞正迎晨色里，银鬓青山谁倩？岁月有赠，时光流逝，功过光阴算。壮怀还在，一声豪气喊断。

注释

①范仲淹在延州知州任上所做词《渔家傲》(塞下秋来风景异)已刻石立碑于宝塔山。
②烽火台在宝塔山东边，1993年复修。
③重修的嘉岭书院在宝塔山东北山腰处，书院南边不远处有乾隆年间重修书院石碑一通。
④重修的摘星楼在宝塔山最高处。

沁园春·甘泉漫吟

秦置雕阴①，天宝定名，美称至今。叹神林遭难②，隋炀游猎，偶尝此水，定贡颁钦。美水川流，隋唐宫用，寒暑民夫累苦深。众生计，铸铁沉泉眼，智骗皇心。　干泉原是甘泉，叹一股清凌几多吟。记劳山战役③，徐刘联手，全歼敌匪，师左归阴。途过九沿④，伟人遇险，彭总催骑总理寻。洛河畔，有毛公窑洞⑤，牵挂人心。

注释

①甘泉县秦朝称雕阴，唐天宝元年始称甘泉。
②神林在县城西南五公里处，美水泉出此山下。史称隋炀帝狩猎到此，赐名"美水"。
③1935年10月1日，红15军团在劳山与国民党东北军110师作战，全歼该师，击毙师长何立申。时15军团军团长徐海东，副军团长兼参谋长刘志丹。
④1937年5月25日，周恩来乘汽车赴西安与国民党谈判，途经九沿山，突遭伏击。随行25人，陈有才等20人先后牺牲，张云逸、孔石泉等人掩护周恩来突围。听到枪声，彭总急命中央直属骑兵连火速赶往出事地点救援。
⑤1935年11月2日，毛泽东由保安(今志丹县)到甘泉下寺湾，住白云德家窑洞两孔。

望海潮·壶口

晋秦相望，以河为界，壶口日夜喧腾。奔马放缰，雄狮耸鬣，涌涛谷撼石崩。险境自天成。水烟出奇彩，美比瑶琼。傲嵌神州，民族魂魄展鹏程。　　治黄禹像新成，颂千年佳话，载录民情。飞跃驾车，人欢两岸，受良世界扬名。特色旅游兴。新栋三星耀，鸟唱山迎。携手东邻，明朝此地更峥嵘。

贺润坤

1953 年生，陕西省蓝田县人，历史学硕士，陕西广播电视大学教授，云梦秦简《日书》研究专家。历任陕西电大教学处副处长、校学术委员会副主任、教学督导室主任、教务长等职。中国秦汉史和唐史研究会、西安作协、西安诗词学会会员。编著《秦政治思想述略》（合著）、《中国经济简史》、《中国传统文化概论》（副主编）等 8 部。

七绝·王翦

倾疆灭楚建奇勋，屡乞田宅富子孙。
为稳君王猜忌意，自损不污猛将身。

七绝·杨贵妃

事帝恶名贯古今，风流奢侈八方闻。
明皇可笑废纲纪，马嵬冤充替罪身。

七绝·黄巢

天补均平浮众望，长安九月看黄花。
迷情歌舞唐皇走，梦幻大齐一抹霞！

七绝·杜牧

风流谋士誉声高,寺曰寒山钟夜敲。
霜叶更如春叶好,酩酊大醉味无聊。

七绝·李绅

《悯农》诗就意深沉,耕作贫寒做嫁人。
居贵尚能怜鄙贱,真言岂悔辨君魂。

七绝·丁亥年元宵节大雁塔南广场观风筝

上下翻飞假乱真,千姿百态各传神。
唐都宫阙余晖照,依旧繁华醉煞人。

七律·题咏历史人物(八首)

其一　秦始皇

严刑御众扫六合,立制建章万世兴。
郡县废封后王利,急功损政事难行。
邦为军监民成隶,书焚儒坑误众生。
公子扶苏遭谪贬,沙丘身死国无终。

其二　汉文帝

诸吕乱邦扰京兆,代王登极正当年。
入粟拜爵固边守,免税利民削外藩。
勤政农桑强国本,朴真节俭敢为先。
肉刑虽去毙囚命,薄待功臣少厚宽。

其三　汉武帝

文治武功著汗青,用臣使将重才能。
骠骑功著亲无避,丞相哭辞岂有卿。

仙道祈求谋永寿，俗凡巫蛊逐神星。
大风台上儿孙累，皇苑唯权是至情！

其四　卫青

为奴何晓图云阵？托贵入朝著高勋。
沙漠长驱小烈寇，封侯靖宇大将军。
性柔顺旨固储位，身后卫家顿失魂。
巫蛊惑飞毙太子，茂陵衰草伴烟云。

其五　霍去病

少年义气军前发，昂首杀敌不顾家。
漠北河西风雪劲，饥寒士卒勇厮杀。
英雄将帅声威壮，歌舞美人饮黑沙。
射将猎场私报怨，寿夭臧否怎评价！

其六　张良

搏浪击椎始帝惊，拜师黄石醒鸡鸣。
鸿门设计脱君困，帷幄决赢促霸成。
身退避祸真智慧，辅邦四皓难论评。
同艰异乐创王道，弃贵知机胜二卿。

其七　李靖

身贵奇才美誉荣，锁身上变叹愚忠。
长安逃劫效新主，平定江南建首功。
铁骑三千擒颉利，督军华发北西宁。
相随功罪心常惧，出将英豪入相终。

其八　白居易

雅语俗言抒世风，南山怜惜卖炭翁。
别离似藕横刀断，野火如春杂草疯。
雁塔题名听竹笛，歌传长恨恼襟胸。
诗成讽喻无终始，权贵尽闻富贵钟。

七律·题延安万花山花将军墓及跑马梁

木兰辞颂万花容,剑舞马腾犹带风。
替父从军忠孝义,金戈沙石俊豪雄。
功成身隐复红袖,素手弃兵操女红。
巾帼千年一个美,长春万岁弃秋冬。

七律·唐太宗(二首)

其一

谋划建唐虚构功,起兵图远父凭兄。
攻城略地臣工事,辅政居中太子聪。
玄武门前兴政变,夺嫡逼父化天龙。
违章窥史定基调,成败无非胜者雄。

其二

贞观盛世尚高声,图治励精少始终。
心系忧危勤纳谏,诚依房杜疑魏公。
奢靡重色为尔戒,误信偏听审靖翁。
又惹廷争天下乱,武周已在孽缘中。

七言排律·五十感怀

城乡各半五十春,荣辱如常赤子亲。
寒族寒窗磨远志,至情至性待贤人。
悲怜严父登仙阁,忍将浮名付紫云。
文字无功空叹息,迷津圣地懒推门。
幽篁渭水沙坡雨,药主洒金风月神。
击桌如歌茶胜酒,追攀蝶梦滤烟尘。

赵文友

1922年生,辽宁省抚顺市人,满族。陕西省老年大学古典文学班毕业,中共党员。原任省煤炭局副局长等职,离休后出任华能精煤公司常务董事,曾任省煤炭系统关心下一代工作委员会主任。省老年诗词学会、省诗词学会顾问。

七绝·游大唐芙蓉园

满园山色半园湖,雅士挥毫才艺抒。
留得时吟千古唱,诗书画意曲江殊。

七律·法门寺怀古

太白巍巍千载立,法门寺塔出云端。
世人遗骨埋郊野,舍利稀珍入锦棺。
百姓烧香求吉利,帝王迎佛乞长年。
大唐皇室今何在?不胜韩公留巨篇。

渔家傲·延安

塞下风光今昔异,飞鸿依恋频回睇。四面群山披绿翠。楼耸起,夕阳入海观灯丽。　　近百年间风雪历,江山铁打功臣绩。油炭奔腾香溢济,延水急,五湖四海思齐地。

江城子·参加陕西省关心下一代工作会议

老夫奉命急匆匆,整行装,赴咸阳。春光明媚,喜看菜花黄。培育如花新一代,年已耄,又何妨!　　十年小树长成行,抗风霜,沐朝阳,建成大厦,全赖栋和梁。喜看神州新变化,吾虽老,亦荣光。

满江红·神木府谷巨变

电掣风驰,赴陕北、时近仲秋。舒望眼、蓝天高旷,气爽云流。夹道浓阴摇碧树,漫空新厦傍红楼。二十年、巨变看神东,迎浪舟。

当初事,伤运筹。历艰险,路必由。纵赴汤冲火,岂肯回头?开放风云连广宇,腾飞宏业壮神州。看今朝、塞外看神华,名满球。

赵必成

1930年生,字璧城,号天贶,湖南省湘潭市人。中共党员,离休干部。中国书画函授大学毕业。中华诗词学会、湖南诗词协会会员,中国武陵书画家协会名誉主席、湘潭白石诗社常务理事。著有《浪花集》《浪花续集》。

七绝·秦兵马俑(二首)

其一

陪葬无辜骨已摧,秦陵十里用金堆。
临潼处处民膏血,哪用银钱赎得回?

其二

六千兵马驻临潼,列队戎装气势雄。
一代秦皇多显赫,死犹地下逞威风。

七绝·乾陵无字碑

有碑无字绕蟠龙,众说缘由各不同。
功过是非谁与论,真情要问主人公。

七绝·游华清池怀张学良将军

为民为国岂贪生？一缚苍龙举世惊。
抗日竟成笼里鸟，人间公愤总难平。

七绝·参观八路军西安办事处旧址（二首）

其一

七贤庄上溯源长，此地曾经赤帜扬。
无数先驱留业绩，满庭兰桂吐芬芳。

其二

当年国难叹沦亡，热血同胞志气昂。
革命摇篮输火种，延安路上笑声扬。

七律·登西安大雁塔

巍峨雁塔耸长安，忘我攀登漫倚栏。
七级浮屠呈四角，九州古道绕千峦。
立身池畔楼台近，放眼秦川天地宽。
风雨沧桑更岁月，人间换代看奇观。

七律·西安碑林

千秋刻石展碑廊，万块纷呈汇海洋。
历代名家留胜迹，今朝珍品吐芬芳。
观摩已见龙蛇动，细读犹闻翰墨香。
进得迷宫凭指点，书林精艺放光芒。

赵玉林

1917年7月生于福州。当代著名诗人、书法家,国家一级美术师。别署佛子明璧,前国立政治大学高等科财经系毕业,福建省文史研究馆馆员,高级美术师。中华诗词学会发起人之一,福建省诗词学会顾问,省逸仙艺苑名誉理事长,省楹联学会名誉会长。英国剑桥大学国际传记中心收入《中国名人录》,《福州百科全书》载入《当代人物》栏。著有《灵响居诗文存》《佛子明璧词选》。

七绝·游西安登大雁塔

因何到此不题名,矰缴曾教创雁惊。
五十年前争一榜,几生几死几枯荣。

七绝·大慈恩寺拜玄奘法师像

慈恩寺里瞻玄奘,涉想西行法乳深。
我自荒唐惭佛子,无端苦海总浮沉。

七绝·登长安古城见有"千古雄风"横匾

池深城厚誉金汤,千古雄风重设防。
却笑渔阳鼙鼓动,玄宗无奈太张皇。

七绝·车中遥望灞桥

岂似伧夫记怨恩,侧身何世已忘亲。
灞桥依旧青青柳,合是诗人系国魂。

七绝·啖荔诗会忆泾渭

泾渭当年不合流,晶丸万里事怀柔。
无端割席从何说,永记新州爽约羞。

七绝·观秦兵马俑后至始皇陵

霸业长随土俑存，雄威熠熠尚推尊。
车书一统光华夏，碧眼来仪满墓门。

七绝·华清池

恍惚杨妃芗泽浓，游人千载醉东风。
至今砾砾皆香软，雾鬟云鬓想象中。

七绝·登乾陵哀武则天

玄武陈兵徒束手，上阳老病欲谁呼？
早知终合一抔土，何必横摧六尺孤。

七绝·宁夏归途路过西安重登大雁塔

萧然登塔一身轻，可笑耄龄重此行。
世事匆匆泯往迹，题名虽暂不虚生。

七绝·悯坠雁

据传古印度摩揭陀国曾有众僧掩埋坠雁，并建灵塔，小雁塔以是得名。

渡将秋水忍千饥，紫塞迥翔万里归。
影入平沙难寄恨，寒宵雾重尚孤飞。

七绝·汉中南湖宾馆晨兴楼远望（二首）

其一

南湖仿佛俊西湖，水水山山入画图。
探胜却逢连日雨，波平不动客窗孤。

其二

寒山远近白云齐,瘴气和烟水面低。
一片翠林遮望眼,风光倘在翠林西。

七绝·骊山(二首)

其一　秦兵马俑

帝业巍巍誉望高,死犹战备重兵曹。
祖龙却是仁慈主,不殉生人用俑陶。

其二　再到华清池

华清池境闹春姿,争向海棠汤馆驰。
游女如云多袒露,杨妃莫起斗凝脂。

七绝·汉中(三首)

其一　南郑陆游纪念馆揭幕

皇皇华馆立波心,好听蛟龙入夜吟。
报国一身甘万死,深孚吾抱此登临。

其二　勉县谒武侯祠

六出祁山因国事,三分大势渐难存。
天心不肯延西蜀,空遣星沉五丈魂。

其三　汉中古汉台

汉中殿阁郁嵯峨,阵上分羹记得么?
不是沛公佳胃口,那能比仲有成多。

赵石麟

1932年生,湖南湘潭人。中共岳阳市委宣传部原副部长。中华诗词学会会员,湖南省诗词协会常务理事,岳阳市诗词协会会长,岳阳市楹联学会副会长。著有《清芬斋集》等诗词文集。

七律·咏西安碑林

碑林浩瀚源远长,历代精华汇一堂。
书体纷呈皆上品,名流荟萃耀华光。
文风飘逸龙飞舞,勒石同辉凤展煌。
胜迹奇观惊世界,名标万代竞流芳。

赵朴初(1907—2000)

1907年11月5日生于安庆,中国民主促进会创始人之一,佛教领袖,著名书法家、社会活动家,安徽省太湖县人。新中国成立前一直从事佛教及社会救济福利事业。新中国成立后历任中国佛教协会副会长、会长,中日友协副会长、民进中央副主席、全国政协副主席等职。著有《滴水集》《片石集》等。

七绝·次韵和叶副主席①《重游延安》(三首)

其一

岩穴重寻忆昔年,山花迎笑焕童颜。
元戎随兴留鸿迹,便作人间瑰宝看。

其二

何须高议动云台②,再造山河静劫灰。

华岳松高毁倚畀，不矜不伐是真才。

其三

忠爱拳拳诗味真，弥天仰望老成人。
祝公身似苍松健，马首群魔向日奔。

注释

①叶副主席：指叶剑英。
②云台：汉宫中台名。汉明帝图功臣28人于此。李义山诗："云台高议臣纷纷"。言议功也。

俳句·秋色焕长安（三首）①

其一

秋色焕长安，一时海会集群贤，千载两邦欢。

其二

栋宇俨中堂，青龙腾起赤霞光，天地接金刚。

其三

遗像仰英姿，恍见当年得法时，甘露护孙枝。

注释

① 1984年9月8日，作者随同日本国日中友好访问团来西安南郊青龙寺参加惠果、空海纪念堂落成庆祝会，写了此组俳句。

百字令·延安礼赞

欣奔驰道，望迎前一塔，延安来到。山上延园遥指点①，山下延河微笑。洞吐虹霓，树喧猿鸟，想见风云闹。英雄儿女，归心天下多少。　　争话薪胆坚心，江河浩气，岩穴神州小。旋转乾坤无尽愿，终把魔氛尽扫。下笔飞龙，燃犀烛怪，一卷人争宝。循墙抚案，壮心腾跃祛表。

注释

①延园：毛泽东暨中央领导同志住处，亦名枣园。

赵仲才

1923年生，湖南省衡阳市人。湖南大学毕业，一生从教，教授。系中国训诂学会、中国逻辑学会、中华诗词学会会员，陕西省诗词学会副会长，陕西老年诗词学会名誉会长。著有《诗词写作概论》《诗歌学通论》等11种，发表论文约百篇。

七绝·西安碑林博物馆

华夏文明载体刊，悠悠奂衍示流源。
宏开建设须参证，魏碣唐碑莫漫观！

七绝·洽川瀵泉苇滩

蒹葭万顷大河沿，七瀵清清注碧泉。
白紫金秋花似海，归来鸿雁好团圆。

七绝·黄帝陵古柏

桥山劲柏早成林，苗绪同根此处寻。
大地春回熏气暖，新枝茂叶益森森。

赵兴华

女，1939年生，笔名露莹，号梅瘦斋人。退休前在西安仪表厂工作。省诗词学会、老年书画会、市美协、市楹联学会会员，省老年诗词学会理事。长安重阳画会副秘书长。1999年曾举办个人书画展。作品、小传入编《三秦巾帼诗词选》《中华田园当代诗精选》等。著有《崇雅集》(一、二)、《赵兴华书画集》。

七绝·为楼观台老子青牛石雕前留影题句

东来紫气绕琼楼，布道传经万古流。
难了尘缘心事重，怎随老子牧青牛？

七绝·曲江聚会

百花齐放散清香，志士仁人荟曲江。
泼墨挥毫风雅颂，长安自古是诗乡。

七绝·游兴庆宫公园

诚邀挚友逛公园，赏柳观花侃大山。
振奋精神消百病，切磋画艺共登攀。

七律·游春晓园

春晓园中翠竹幽，风光逗引上坡头。
画亭飞角留诗意，仙境奇葩尽兴游。
一棵石榴红似火，几多游客醉凝眸。
清泉若奏迎宾曲，美景良辰何所求！

赵安志

1942年生，号风雅斋主，西安市长安区人。先后供职于细柳中学、县教育局、市委组织部、市卫生局。西安市文史研究馆馆员，市文史艺术研究院副院长。省诗词学会副会长、省书协会员，中国新西部艺术网（www.xbys.net）艺术顾问。作品、小传入编《中国当代边塞诗词精选》等。著有《偷闲集》《赵安志篆书百寿百联集》等。

七绝·半坡遗址观陶甑

蒸汽作功驰火车，发明问世百年多。
秦川渭岸观陶甑，知用最先在半坡。

七律·楼观台

道观神光耀九陔，景暄阴岭紫烟徊。
松屏竹幔清流绕，梅径兰阶碧瓦挨。
观象周夫先结草，说经李耳后修台。
千年胜迹踪朝野，倾慕海天远近来。

七律·登西安钟楼

穷目登临哪有愁，东风浩荡感神州。
映天琼阁连仙阁，拔地高楼接海楼。
燕舞莺歌欢绿夏，龙腾虎跃庆红秋。
古今欲问荣昌事，星箭追飞日月流。

七律·谒黄帝陵步张三丰原韵

情差意遣谒桥陵，五岳朝宗紫气轻。
物换星移山不老，云蒸霞蔚柏长青。

仙灵渺渺迎凤阙，玉冢巍巍壮龙城。
奋翮雄鹰搏云翳，神州光射斗牛明。

七律·马嵬驿

安史乱军战火焚，明皇御驾走西门。
帝王辇下兵谏主，黄土坡前玉遗魂。
长恨悲歌讽自古，香塚毁誉语延今。
一朝宫阙兴衰事，读作千秋警世文。

七律·过秦始皇陵有感

依骊傍渭面洪钧，黄土冢埋祖龙身。
横扫六合兴国轨，筑城万里御烟尘。
文衡币制留功赫，暴虐焚坑落怨真。
历史审评知辩证，敢凭好恶论人文。

七律·咏黄河壶口瀑布

亘古横空汇瀑奇，辞天访地醒神祇。
声惊大野千雷震，势动洪钧万马驰。
溅玉拥金强志画，凝光聚气壮怀诗。
格山悟水开灵府，咏啸临风不自卑。

水调歌头·西安鼓楼巨制闻天鼓落成庆典于丁丑大年初一

盛世接丁丑，一典看新番。名楼今岁欢庆，巨鼓又高悬。诚请嘉宾相会，点点锤锤擂动，鞳韸上闻天。韵向六维寄，情逾九州传。

报佳讯，播宏绩，越城垣。风迎电贺雷迓，歌舞遍人寰。宛若二驹驰迈，亦似黄河咆哮，奔涌势空前。引吭天星谱，伴奏地河弦。

念奴娇·延安杨家岭

登临圣地，杨家岭追忆，缅怀英雄人物。七大群英开会后，铸就铜墙铁壁。华夏骄儿，气吞山岳，国恨民仇雪。翻江倒海，造成千古豪杰。　　浩荡正义之师，驱驰征战，理制冲冠发。所向无前除腐恶，外患内忧消灭。物换星移，宏图再展，箭弹银星发。刻心铭腑，更酬来日年月。

赵树芗

1930年生，山东省龙口市人。中共党员，教授。1953年毕业于中国人民解放军通讯工程学院雷达系。长期在西安电子科技大学任教，1987年任教授，1995年退休。先后培养硕士研究生近50名。在国内外刊物、会议上发表学术论文50余篇。系中国电子学会、计算机学会、人工智能学会会员。曾任陕西省人工智能学会副理事长，2002年加入陕西西安诗词学会，在《陕西诗词》《西安诗词学会会员作品选》等刊物有多篇作品发表。

五律·游兴教寺

天寒值假日，志远好行游。
客乘驰空野，山川映晚秋。
临原三藏塔，掩柏圣经楼。
可叹尘俗辈，焉识此比丘。

五律·赞西安环城高速

古城新美事，百里路环城。
街展平如镜，车行急似鹰。
虽逢十字口，未遇绿红灯。

君见天桥立，高低三四层。

七绝·题照骊山东眺

山外青山峰外峰，远山淡抹近山浓。
长安帝子今何在？无限风光烟霭中。

七绝·题盆景园小照

咫尺芳庭别样幽，竹枝数本露墙头。
一年四季春长在，不惧风霜与晚秋。

七绝·眉县乡村冬景（二首）

1969 至 1970 年余下放眉县西电五七干校，务农一年有余。

其一　记下坡①

溪绕翠竹水磨旋②，小渠堵引灌农田。
鱼出始见苔石穴，雁过又闻渭水滩。

其二　记北兴③

倒影疏枝树几行，竹林簇簇缀溪旁。
稻田一满江南色，鱼动荇浮春日光。

注释

①下坡：眉县一生产大队名。
②指渭河南一支流小溪，当地称之为"清水河"，溪水清澈，中多水草，与渭河之混浊截然不同。
③北兴：眉县一生产大队名。

七律·春游曲江春晓园

雁塔美名天下传，塔东造景亦不凡。

花开鸟语花香处,春至曲江春晓园。
涧下竹摇疑辋水,风拂花落思茫然。
行吟名句随石刻,咏罢唐诗兴未完。

菩萨蛮·忆游华山

病中读毛主席诗词,仿《黄鹤楼》习作。

黄河漫漫由天降,高峰平地拔千丈。一线渭河洪,中条雾雨蒙。
香火何时灭?剩有神仙歇。何惧路一条①,神兵智勇高。

注释

①指人民解放军智取华山事。

赵棣浩

1949年生,号法精、云飞,别号山阳食气士,江苏省淮安市人。小学失学,复转军人。原市诗协常务理事,市老干诗协会员。作品、小传入编《华夏吟友》等多部典籍。

五言排律·祭黄帝陵

龙驭美桥山,虹霞黄紫蓝。
沮河辉日月,圣德育儿男。
廉石雪羞落,净心官耻贪。
大贤才似拙,众昧梦犹酣。
推策忧民苦,藏私必自惭。
一株亲手植,万柏太空参。
冰水云如一,天地人共三。
衣冠明宝鉴,山水托晴岚。
医圣内经著,德章高论谈。

字形仓颉造，凤岭竹音谙。
一字金光闪，双肩道义担。
弯弓成满月，迎日出征骖。
驱雾斗辉北，灭妖车指南。
鼓擂军奋勇，术破敌难堪。
业绩歌今古，民心颂苦甘。
三皇皆授意，一统孕摇篮。
宗庙轩辕氏，丝绸嫘祖蚕。
碑林先圣颂，浩气大千含。
华裔承风范，名祠赛佛龛。
飞船航玉宇，申奥灿文坛。
港澳辉圆月，台澎悦快函。
真君知本末，拜祖岂延耽？

赵德成

1933年生，1953年汉中师范学校毕业，1956年调文科任视导员，1972年调县广电局任副主任科员。1993年退休后，收集农村民间诗歌千余首，创作诗歌200余首，报刊上发表百余首。

七绝·关山春色

关山雨过云开后，四野稻田绿色稠。
红日凌空松涧照，潺潺溪水荡清流。

七绝·金城观

宝观楼阁碧玲珑，林海森森映殿中。
阶石高悬人罕见，时闻钟鼓语空濛。

七绝·栈道行

山如巫峡出奇峰，水似平湖碧玉宫。
搭起悬梯三百步，凿开石洞接陇东。

赵慧文

女，1934 年生，北京市人，首都师大中文系毕业，副教授。中华诗词学会理事，北京诗词学会副会长。有 300 多万字文章发表于《文学评论丛刊》《全唐诗鉴赏辞典》《全宋词鉴赏辞典》等。编著有《历代名家词赏析》《郑板桥诗词选析》等。

五律·读李义山诗

满纸伤情泪，寂凉一颗心。
秋风残柳折，斜日暮蝉吟。
霜月嫦娥泣，长天只雁寻。
抚琴弦又断，何处觅知音？

七律·咏西安碑林

古碑石库闻天下，书海翱翔上碧空。
颜鲁端雄扬浩气，柳公遒劲显英风。
颠张狂啸泼云墨，醉素笔飞走玉龙。
我欲因之寥廓梦，翰香绍继树青峰。

七律·咏华清池海棠汤

海棠半睡洗凝脂，一笑回眸百媚时。

面似芙蓉身似柳，舞如仙子醉如痴。
渔阳鼙鼓惊春梦，剑道风铃惹痛思。
千古吟家挥翰墨，亦褒亦讽尽诗词。

花自落·灞桥烟柳

灞桥柳，古道长安雨骤。流水落花春去后，又见秋菱藕。　　自古折杨樽酒，冷岸晓风霜露，残月轻移惊玉漏，谁共天长久。

风入松·咏刘禹锡

江州司马赞诗豪，恨佞小尘嚣。二王挥剑看刘柳，廿年挫、何惧寂寥。前度刘郎重到，排云一鹤晴霄。　　沉舟侧畔起惊涛，病树又抽梢。《竹枝》《杨柳》《浪淘》调，唱民间、桃李妖娆。意境高超辞妙，诗坛千载天骄。

最高楼·咏李贺

骑蹇马，背负破行囊，呕血踏晨霜。少年心事当擎日，何曾握剑赴遥疆。鬼仙情，魂魄冷，铸华章。　　曳梦翼、羲和呈异彩，点幽烛、苏娘孤影待。蛟夜舞，凤朝翔。虚荒诞幻凄迷色，天乡素女乐声昂。世奇才，骚后胄，叹天殇！

瑶台聚八仙·咏王维

壮志挥鞭，飞瀚海、胡天雁影盘旋。如椽巨笔，白雪覆漫关山。大漠孤烟观落日，疾驰骉骑保边安。天狼烟，帜幡万里，锣鼓声喧。　　终南辋川遁隐，坐看云起处，心意悠然。月明松间，清泉石上潺。空山但闻雀语，漠漠水田鸥鹭漫旋。多才艺，诗书兼音画，万古流传。

潇湘夜雨·咏李商隐

少患飘零，老忧铜骆，故园暮柳秋蝉。欲回天地，壮志变飞烟。珠有泪、月明沧海，蓬山远，水碧无边。恨无限、青袍永系，何日报心丹！　　似行云缱绻，回肠荡气，情致缠绵。思深遥忆，墨涌如泉。奇造化、风云变幻，开新境、满纸绮纨。丝难尽，春蚕到死，璀璨驻人寰。

永遇乐·咏王勃

傲志烟霞，命乖圣代，幽忧孤愤。羽翮摧颓，诗书落拓，檄一终身顿。寒松涧底，才高位下，睥睨王侯如粪。石金质、穷途千里，天地不仁谁论。　　初唐四杰，王杨卢骆，不废江河佳韵。秋水长天，渔歌唱晚，暮卷闲云隽。天涯若比，海内知己，浩气凌云如沌。骨风存、苍然千古，雄风永振。

望海潮·咏高适

少年寒塞，渔樵为伍，志高王霸骑鲸。斑首气酣，横刀立马，智收蕃契连营。喜区脱风清。战渔阳割据，蜀地骄兵。再挫王，威名赫赫誉京城。　　诗人戎帅闻名。赞骅骝开道，鹰隼搏星。情自肺胸，民心永志，雷霆千鼓声声。月魄系雕鹰。看长风万里，鸾凤齐鸣。慷慨昂扬悲壮，皆化一盈。

望海潮·咏岑参

相门裔胄，中衰家运，少年凄苦伶仃。经史子集，嵩山脚下，孤灯闭户三更。结发赴京城。至北庭跃马，四镇功名。塞外腾龙，丈夫志在匡君廷。　　岑诗瑰丽沉凝。览寒岩似斗，热海如蒸。奇鸟百寻，梨花万树，沙场白骨膻腥。风骤野云横。继楚骚磅礴，乐府清灵。韶歌行盈耳，青简永留名。

疏帘淡月·长安怀古

登临雁塔，望古国长安，风景如画。西岳巍巍壁峭，六龙飞跨。凤楼皇阙依周柏，谒轩辕、秦陵唐拓。曲池流水，华清荡漾，正争风雅。　　忆往昔、兴衰沓沓。叹盛汉强唐，灰消烟化。飞燕莲、霓裳舞，尽成佳话。朝朝旧事如流水，但花红絮白飘洒。倚栏凭问，谁闻商女，后庭闲话？

郝一匡

1945年生，北京第二外国语学院1965届本科毕业生。退休前是中国电影出版社外国电影编辑室主任，编审。野草诗社副秘书长，《野草诗辑》主编。译著有《好莱坞大师谈艺录》《外国电影中的性问题》等理论著作及评论、剧本。著有《西廊下诗稿》《西廊下诗话》。

七律·秦始皇陵及兵马俑观后

千古始皇通末皇，独夫一死霸图亡。
誉称世界奇观大，都是人民为国殇。
百里寝陵奢欲尽，十年浩劫圣环光。
若能现发坑儒址，切齿深思勿断肠。

钟生文

1928 年生,号耕夫,湖北省武汉市黄陂区人。全国优秀科技工作者。中华诗词学会、湖北诗词学会会员,黄陂区文学艺术界联合会理事。著有《田园诗集》《耘窗杂记》。

七绝·西安腾飞

古城锐气起征尘,西部腾飞处处新。
归鸟难寻栖旧地,康庄锁在绿杨津。

七律·游西安兴庆宫公园怀古

浓抹韶光两岸新,小舟轻桨起涟漪。
将升东海一轮月,未尽西湖百舸人。
四面物华怜胜迹,一碑耸立纪晁臣。
千山隔望非殊俗,万水蓬莱堪比邻。

七律·重游西安兴庆宫公园

古城兴庆草萋萋,正好春晖花盛时。
万点群芳观蝶舞,千行柳浪听莺啼。
凭栏兴韵清平乐,漫桨吟哦杨柳枝。
满目风光看不足,东风唤我滞归期。

杨柳枝·兴游兴庆宫公园

雁塔迎君无所有,聊将车笛当胡笳。今缘有幸古城乐,话到投机日影斜。

清平乐·兴游西安兴庆宫公园

凭栏语漫,夜幕游人散。多少春秋轮与换,历尽英雄羽扇。　　月圆水里影颠,银河天地牵连。碧宇神舟桂树,今朝换了人间。

钟成睿

1936年生于广东省徐闻县社长村。大学文化,高级工程师。曾在中共中央西北局工作,后下放到陕西省南五台林场,曾任书记。系陕西省诗词学会、陕西老年诗词学会、陕西省于右任书法学会会员。书画曾在日本东京和国内西安、南京等地展出。

七律·咏长安南五台山

万里长空日影斜,枝头喜鹊叫喳喳。
东风送暖松舒叶,春雨方晴橡吐芽。
柳树青青藏翠鸟,山潭湛湛映红霞。
终南神秀如仙境,胜宝泉清润万家。

钟家佐

  1930 年生于广西壮族自治区贺州市，历任中国书协理事，广西书协主席、名誉主席，广西壮族自治区党委常委、秘书长，自治区政协副主席等职。中华诗词学会顾问、广西诗词学会会长。曾在北京、桂林、南宁等地举办《钟家佐诗书展》。作品散见于大型书画集，收藏于文博单位，勒铭于名胜碑林。作品、小传入编数部大型辞书。著有《钟家佐诗书》《醉石斋诗稿》。

七绝·壶口瀑布

黄河怒吼触山开，骇浪排空卷地来。
华夏龙腾云雾涌，惊涛霹雳起风雷。

七绝·延河

年少常吟延水谣，梦中北望战旗飘。
心潮更逐延河水，汇入黄河激浪高。

七绝·骊山温泉

艳说瑶池洗凝香，惊天鼙鼓破霓裳。
风流销尽泉犹热，万众今朝共暖凉。

七绝·秦兵马俑（二首）

其一

兵马战车出地宫，二千余载气犹雄。
阿房烟灭长城在，一任纷纭说罪功。

其二

一世称雄二世亡，诸多因果费评章。
游人未解千秋事，兵马书坑论始皇。

七绝·马嵬驿（二首）

其一

惹得倾危名更传，生民涂炭有谁怜。
骚人故作多情客，偏咏鸳鸯孤冢前。

其二

艳说衣冠冢土香，游人竟拾理红妆。
荒坟撩动佳人梦，却道太真情意长。

七绝·游骊山遥见幽王烽火台（二首）

其一

耻谈烽火戏诸侯，一笑酿成万古羞。
太息荒唐悲浩劫，空留烟燧立山头。

其二

回首二千七百年，其间几度起狼烟。
帝妃多少温柔梦，碎在刀兵烽火前。

七绝·鸿门宴故地（三首）

其一

小小村庄负盛名，由来樽俎好谈兵。
席间犹见双飞剑，天下鸿沟何日平？

其二

霸王权重汉王轻，白马奔趋谒楚营。
剑影舞姿原有意，乾坤倒转却无情。

其三

世上妇孺知此村，至今犹畏说鸿门。

但祈天下兵家事，沥沥血痕化酒痕。

钟振振

1950年生，文学博士。南京师范大学教授，复旦大学等校兼职教授，博士生导师。中国韵文学会会长，中华诗词学会副会长。陕西电大词学室顾问。

五绝·华山诗会

华山休论剑，渭水好吟诗。
一例风流处，千杯海饮时。

五律·登华山（二首）

甲申三月，华山雅集。缆车登临，如驭天风，来去仅半日顷。追惟昔游，穷一日足力始得至，信宿乃返，乐此不以为疲也。汗发未晞，诸峰无恙，不觉已十五年矣。

其一

华山论剑处，我辈袖诗来。
预约锋芒露，如期鸿洞开。
登天真一步，下界幸重回。
饱得私囊赂，松声万壑雷。

其二

山形壮西北，魂梦悸东南。
聊假抟风翼，来寻卧海颔。
梯天路无二，傍斗峰有三。
诗在星辰上，捋归浸酒坛。

七绝·华山（二首）

其一　莲花峰

百丈莲苞千瓣霞，愁云惨雾莫能遮。
人间菡萏经秋谢，亘古不凋唯此花。

其二　苍龙岭

男儿履险只如平，竞向苍龙脊上行。
传语退之抬泪眼：①奇峰一一走来迎。

注释

①或谓韩愈与客登华山绝峰，度不可返，乃作遗书，发狂恸哭。华阴令百计取之，乃下。说见唐李肇《国史补》卷中。相传此岭即韩公投书处也。

七律·长安雅集（二首）

其一　效兰亭故事为流觞之饮

饮罢兰亭饮曲江，觞流千古意何长。
永和笔挟冰霜气，天宝诗争日月光。
多士无私能献替，匹夫有责管兴亡。
扬清激浊吾侪事，莫学晋人逃醉乡！

其二　大唐芙蓉园分韵得"灰"字

心扉门扇一时开，吟向芙蓉园里来。
长短香排风雅阵，尖叉韵斗纵横才。
莫将游戏为文字，要借云霞试剪裁。
留得琼琚三斗在，明春妆点万株梅。

闻楚卿

  1925年生，自号大别山人，湖北省英山县人，大专学历。新中国成立前参加革命，1985年离休。中国楹联学会顾问，湖北省楹联学会名誉会长，中华诗词学会会员，《中国对联集成·湖北卷》编委会副主任兼编辑部执行副主编。中南大学楹联研究所特约研究员。曾任省第五次文代会特邀代表。作品、小传入编《当代诗词家辞典》等，先后荣获"联坛十老"、"荆楚联坛耆宿"称号。著有《楚卿诗词选》《楚卿对联选》等。

七绝·黄土高原路上

绿荫蝉叫一声闻，窗外山头草木新。
且喜群山纠合处，平原景色更宜人。

七绝·车上望潼关

春秋战国说纷纭，七国纷争让暴秦。
当日若无关隘险，咸阳安得铸金人。

七绝·西安半坡遗址

半坡上溯七千年，远古文明见一斑。
狩猎穹庐居聚族，石陶作器木耕田。

七绝·西安碑林

千年石刻如林立，龟座经文更动人。
昭示山河图物像，文明古国有谁伦。

七绝·到渭南（二首）

其一

一代诗豪出渭南，乐天名句古今传。
阳春白雪难兼美，老少能吟最受怜。

其二

千首风情众口夸，一篇《长恨》朴而华。
秦中山水钟灵秀，笔下生成不败花。

七绝·过灞桥（二首）

其一　灞桥

千丝万缕指征尘，西出阳关易断魂。
记取唐人诗一句，灞桥折柳赠行人。

其二　新丰镇

新丰美酒当金龟，李贺曾经几醉归。
地近长安招客饮，八仙同举夜光杯。

七绝·华清池

传说玉环汤浴处，芙蓉出水侍儿扶。
天生丽质君王宠，粉黛三千总不如。

七绝·西安杂咏

长安曾是帝王都，唐代声威播九州。
城郭尚存宫柳在，幽情思古看钟楼。

七绝·华山（二首）

其一　望华山

闻说华山路一条，奇峰独秀上灵霄。
须知世上无难事，只要攀登可踏高。

其二　过华阴

诗仙过此禁骑驴，李白当年醉有余。
天子殿前容走马，华阴小县欲何如？

七绝·临潼（三首）

其一　秦俑馆

扫清六合自称皇，叱咤风云孰敢当。
死后欲传千万世，满坑兵马向东方。

其二　秦始皇陵

骊山脚下起高冢，中卧东方一巨人。
身后兴衰谁管得？斜阳荒草早亡秦。

其三　有感

骊姬取乐看烽火，周室荒淫致犬戎。
莫谓兴亡无足训，古为今鉴益无穷。

七律·马嵬驿杂咏（二首）

其一

艳史风流众口传，至今吟咏尚新鲜。
六宫粉黛无颜色，一代君王有夙缘。
酒醉海棠花更媚，驿传荔果笑尤甜。
何如誓罢长生殿，惊破霓裳梦不圆。

其二

倾国倾城说太真,褒褒贬贬到如今。
天香自是邀殊宠,盐母焉能爱半分。
色好唐皇伦竟乱,祸连妃子岂无因。
六军不发谁之过?未可全推一妇人。

倪士毅

1919年生,浙江省乐清市人。浙江省文史研究馆馆员、浙江大学教授。擅长历史、文学、诗词,著有《浙江古代史》《赵宋宗室中之士大夫》等。

七绝·游乾陵

崇陵屹立梁山上,双乳峰前气势雄。
万国朝宗翁仲在,碑名无字意无穷。

七绝·参观秦始皇帝陵博物院

秦皇六合世称雄,营寝骊山劳百工。
累万甲兵鱼贯列,八奇名震寰球中[1]。

注释

[1] 八奇:秦始皇陵兵马俑被称为"世界第八大奇迹"。

倪长贵

　　1936 年生，笔名耕夫，陕西省洛南县人。大学文化，中学高级教师，历任校长、督学等职。中国楹联学会、陕西省诗词学会会员，陕西楹联学会常务理事，长安诗钟社副社长，洛南县诗词楹联学会会长，中华对联文化研究院、北京诗联书画院研究员。作品、小传入编多种典籍。编著有《校园对联集萃》《洛南古今对联选》等。

五律·黄河魂

壮观何处寻？且赏大河魂。
龙洞飘皮筏，游船度贵宾。
九龙抽福水，万鸟舞青云。
千亩休闲地，风光更醉人。

七绝·咏仓颉

仓颉造字五千年，胜迹留于元扈山。
华夏文明凭记载，炎黄世代仰先贤。

七绝·洛南新貌

馒头银塔耸云霄，橡坝清波映五桥。
白玉栏杆七彩阁，洛城今日更妖娆。

七绝·秦始皇帝陵博物院（二首）

其一

一统六邦评始皇，长城万里固疆防。
秦陵秦俑铜车马，名胜千秋浩气扬。

其二

嬴政冥军气势豪,兵车滚滚马萧萧。
尊尊士卒呈英武,最赏龙人手艺高。

七绝·页山古柏(二首)

其一

伟岸昂然屹页山,横空翠盖抚蓝天。
龙身虎首形神俏,毓秀钟灵柏镇庵。

其二

页山古柏傲千年,密叶虬枝翠色鲜。
墨客骚人围树下,吟联绘画写诗篇。

七律·华山

华岳巍巍耸世间,攀登一览不思还。
苍龙岭峭惊韩愈,仙掌崖高挂碧天。
玉女亭亭迎落雁,朝阳艳艳照青莲。
南天门外长空栈,哪位游人敢近前!

七律·橡坝

橡坝截流湖水清,玉栏绿柳伴凉亭。
九天红日潜湖底,两岸高楼映水明。
霞蔚云蒸呈画意,波悠影荡蕴诗情。
往来百姓都称颂,千载川河媲洞庭。

渔父词·纪念白乐天

爱国忧民白乐天,愤挥椽笔著诗篇。诛恶吏,诉黎冤,绝唱千秋耀韵坛。

西江月·洛南新貌

水秀山清林茂,桃红李白禾香。条条大路贯城乡,农副工商兴旺。
科技扶贫致富,家家喜盖新房。电灯电视电冰箱,户户康庄在望。

谒金门·商洛山城

湖水湛,亭榭玉栏为畔。七彩游船相戏撵,笑声飞两岸。 栉比高楼店面,市貌繁华绚烂。商洛山城今大变,众人夸口赞。

渔家傲·兴建新洛邑

水秀山清杨柳暗,梨花雪白桃花炫。碧树浓阴穿紫燕,舒望眼,九龙银塔凌霄汉。 科教工商同发展,琼楼栉比交通便。党政工农齐奋战,同兴建,繁荣洛邑文明县。

党化民

1922年生,陕西省合阳县人。西北设计研究院副院长。陕西省诗词学会、江南诗词学会会员。

望海潮·西安赋

天朝都邑,牵骊依岳,丝绸路贯双洲。高塔入云,钟楼耸峙,熙攘百万人稠。名水绕城周。有宽敞街道,迢递高楼。太液池边,九龙汤畔话温柔。 寻根认祖如流。忆唐宫汉阙,秦俑勾留。兴庆泛舟,碑林赏字,半坡考古探幽。胜迹更堪游。近织环城路,新轨开头。引我长安迅进,今昔誉全球。

党宝玉

1964年生，大学肄业。西安市临潼区博物馆工作人员。高级工。

五绝·游太白山

人间已汗颜，仙境尚披棉。
寒雪群峰耀，浑忘是暑天。

凌朝祥

1933年生，字吉臻，四川省阆中市人，中共党员，大专文化，转业军人。历任编辑、记者、宣传处副处长，办公室主任等职。中华诗词学会会员，新疆诗词学会常务副会长，新疆生产建设兵团诗联家协会常务副主席兼《绿韵诗刊》主编。著有《天山明月歌》《尘海屐印录》等。

五律·参观碑林

石卷篇篇秀，琳琅串玉珠。
文呈诗律赋，墨绽柳王苏。
博大穷诸子，精深老百儒。
流光三万秒，胜读十年书。

七绝·秦兵马俑

未作人囚作土囚。两千年后变名优。
秦川吸得新空气，胜似皇家万户侯。

七绝·参观半坡遗址

刀耕火种仰先民，女作大酋事觉新。
莫笑当年人太傻，傻中处处见真纯。

七绝·重登西安大雁塔

十里长街一望收，终南秀色眼前流。
佛光塔影招游客，夕照归鸿送晚秋。

七绝·西安大雁塔[①]（二首）

其一

翠柏苍松满院栽，浮屠七级出云台。
落鸿有幸埋东土，引得西天百鸟来。

其二

宝塔临空望眼开，新楼旧宇巧安排。
秦川春色灞桥柳，别意留情拥满怀。

注释

[①]据《三藏法师传》载：摩揭陀国有一佛寺，一日群雁飞过，忽一雁离群落羽，摔死地上，众僧惊异，认为雁乃菩萨，遂埋雁建塔，故名大雁塔。

七绝·秦始皇陵（二首）

其一

雄才大略胜尧唐，六合车书共轨章。
刘项深知同一贵，尸鞭未忍动秦皇。

其二

骊山脚下古陵高，眼底荒丘蔓草茅。
千古中华称一帝，黄泉白骨偃蓬蒿。

七绝·骊山行吟（二首）

其一　骊山

名山胜境少忧愁，竹翠梅红露未收。
人主如知花溅泪，当年岂肯戏诸侯。

其二　华清池

只道瑶池玉液清，柔情蜜意过三更。
渔阳鼙鼓惊泉水，泉水无心洗骂名。

七绝·春过秦川（三首）

其一

一马平川尽是霞，身临佳境问谁家。
劝君莫折桥边柳，留取青枝挽落花。

其二

阳光底下降甘霖，羞煞龙王气煞云。
科技兴农科学事，开心最是种田人。

其三

麦苗喷水绿汪汪，油菜青青杏子黄。
满目春光看不够，桐花香里过咸阳。

唐尚诚

1925年生,兰州大学文学院中文系毕业,高级教师。原任乌鲁木齐市盲聋哑人学校校长兼党委书记。中华诗词学会会员,新疆诗词学会顾问。

五律·秋游长安少陵原①

少岑新雨后,飒飒雁行秋。
唐柏绀宫翠,樊川碧野流。
将军陵众吊,诗圣殿民修。
同是忧邦哲,名山正气留。

注释

①原上有牛头寺、唐柏、杜甫祠、杨虎城陵。

五律·己卯春赠长安少陵原牛头寺老方丈

绀宇尽灵氛,参禅礼白云。
春风吹古寺,宝筏导芳津。
游客香烟盛,高僧誓愿深。
同祈瀛海靖,永葆九州新。

五律·游长安兴教寺

清晨入古寺,旭日照云林。
弘法莲台在,涅槃宝塔森。
取经茹尽苦,译叶见虔忱。
千载悠悠下,景行仰止岑。

五律·游西安卧龙寺

漫步城南内,卧龙寺独幽。

松篁清露滴，香烛静烟浮。
碑载唐皇敕，铭传宋帝游。
转逢方丈语，半日意悠悠。

七绝·己卯春西安参观纪念于右任先生诞辰一百二十周年书展（二首）

其一

昔日违心觅路宽，弥留宝岛恋家园。
清风两袖深情在，独看龙蟠天地间。

其二

北碑南帖尽探研，独辟幽蹊恢翰园。
继往开来成大集，先生书道永流传。

七律·访延安

梦魂夜夜入延安，今日幸临不尽欢。
宝塔连云环宇仰，凉山亘地九州绵。
天兵杨岭苍龙缚，神算枣园蟊贼煎。
禹甸今朝繁似锦，全凭圣地指挥贤。

七律·游长安华严寺

驱车偕眷上高陵，双塔巍然矗九层。
缭绕香烟熏法相，庄严古刹筑危嶒。
攀登绝顶吟怀阔，寻访丛林俗虑澄。
有幸今朝幽景揽，缘分不浅乐斯程。

七律·游骊山

骊山烟景十分幽，此日登临兴倍悠。

兵马俑军惊四海，堞池迹胜鉴千秋。
嬴陵甫测人争睹，索道竣工众抢游。
待到明年重至此，预占新境百花稠。

七律·游扶风法门寺

朊朊周原冒雨临，梵宫清净柏森森。
骨迎天竺西方远，法结扶风东土深。
自昔香烟绵不断，至今贝叶讽犹忱。
迩来邻国和平颂①，不顾长征华夏寻。

注释

①近年泰国等国派使来我国请舍利。

七律·参观西安碑林

神州翰苑首碑林，漫步恍临翡翠淫。
历代珍书镌碧玉，诸家宝墨值黄金。
龙飞凤舞形神备，铁画银钩功力深。
更睹二皇联璧灿①，迎来四海大椽寻。

注释

①二皇：指唐高宗、肃宗。

七律·秋游西安化觉巷清真寺

金风阵阵拂三秋，漫步城中古寺游。
苍柏十围谙岁久，危楼百尺省心幽。
名教安息传经至，胜迹盛唐载碣修。
回汉千年鱼水合，中华共建史悠悠。

七律·冬游曲江寒窑

长安六出漫天飘，信步曲江寻古峣。
老圃千枝翻玉白，寒窑百代慕松高。
双全岂是丈夫事，三不纯由巾帼超。
亮节贞操岑仰止，煞羞世俗弄花姣。

七律·再游西安兴庆宫公园

一别名园春五回，无边光景满眸来。
沉香亭畔繁花艳，兴庆湖中画舫洄。
新塑杨妃娴舞传，迩雕太白醉吟杯。
更巡花萼危楼上，棠棣之情触客怀。

七律·游乐游原

饭罢初晴意不烦，携筇漫步乐游原。
峥嵘宝塔扬高谊，清净丛林结善缘。
三径樱花春意盎，千篇贝叶友情绵。
雅声四壁师徒赞，功德无量中日传。

唐昭学

　　1930年生，湖南省衡阳市人，中共党员。原中国第一冶金建设公司会计师，《长江》《野笛》诗歌编辑。中华诗词学会、湖北省作协会员，省诗词学会常务理事，中华诗词文化研究所研究员。作品、小传入编多种辞典。著有《骥园杂咏》《野战军来了新一代》等。

七绝·黄陵怀古（三首）

其一　黄帝陵

万壑烟霞拥玉冢，雄风逸韵播寰瀛。
桥山沮水春长在，卫我中华第一陵。

其二　挂甲柏

轩辕古柏势凌云，铁铠霜根振国魂。
挂甲枝头余剑气，龙鳞千载灼乾坤。

其三　祈仙台

汉武当年罢远征，旌旗十万祭黄陵。
仙台明月今何在，不照刘郎照土茔。

七绝·关中行吟（七首）

其一　八路军办事处

虎穴运筹虎帐中，战云弥漫尚从容。
感人最是办公处，布被犹存陕北风。

其二　赞电子城

宏观在宇摘新星，电子城高烁古城。
计算机声来夜半，音音都是最强声。

其三　半坡遗址

部族群居浐水东，半坡立柱作窝棚。
石陶器具般般在，游人如沐远古风。

其四　题华清池贵妃塑像

温泉汩汩洗凝脂，带雨梨花映碧漪。
浴罢秋波频眷顾，华清池畔柳依依。

其五　吊马嵬坡

鼙鼓渔阳动地来，六军驻马玉山摧。
誓言空绕长生殿，剩有孤坟泣马嵬。

其六　题乾陵无字碑

无字碑中日月空，是非功过任人评。
不凭帝业铭恩德，巾帼千秋第一名。

其七　游法门寺

香烟篆袅五洲云，为谒佛光到法门。
九级浮屠藏舍利，今朝重见意惇惇。

七律·轩辕庙

经纶创建启鸿蒙，虎变洪荒第一功。
律吕协和迎彩凤，河图献瑞涌神龙。
弯弓仗剑诛强虏，勤政爱民致大同。
今日庙前长景仰，莫教白发负秋风。

七律·登西安大雁塔

巍巍雁塔矗苍穹，信步登临四顾雄。
车走高塬通陕北，机翔朔漠向辽东。
云连广厦新城起，雾锁骊山帝梦空。

莽莽秦川来眼底，中天日照大旗红。

夏胜千

1932年生，名运筹，号金香，湖南省桃江县人。中共党员，离休干部，大专文化。中华诗词学会、中国楹联学会会员，湖南省楹联家协会顾问，沅江市楹联学会会长兼《洞庭联艺》主编。著有《夏胜千选集》等。

七绝·陕西行

秦中自古皇都地，霸业王图转眼空。
一代风流今胜昔，改天换地百花荣。

七绝·过秦始皇陵

貔貅列阵守孤坟，一任游人咒暴君。
善恶评章公论在，岂容篡史惑人神。

徐 元

1925年生，浙江省浦江县人，中共党员。浙江大学毕业，原浙江古籍出版社副编审。中华诗词文化研究所研究员，浙江省诗词与楹联学会常务理事、《浙江诗词楹联》主编，三江诗社、西湖诗社顾问，浦江仙华诗社名誉社长，省写作学会名誉理事，中国写作学会、省作协会员。著有《历代讽喻诗选》《三余集》等。

七绝·过乾陵无字碑

危碑无语立斜阳，女帝金轮独放光。

敬业宾王成底事？游人翘首漫评章。

七绝·华清宫

温泉何处洗凝脂，乍见莲形一小池。
叵奈君王恩义绝，马嵬坡下断肠时。

七绝·谒杨虎城将军故居

小楼曾驻将军身，当日张杨举世闻。
可叹遭囚渣滓洞，红岩何处吊忠魂。

七绝·秦始皇帝陵博物院

队列戎装气势雄，祖龙社稷早成空。
赵高胡亥皆尘土，不及泥雕兵马功。

七绝·《在延安文艺座谈会上的讲话》发表五十周年

延水逶迤岸柳长，烽烟窑洞出华章。
至今遗泽春风暖，指点江山艺苑香。

徐　英

湖北省汉川县人。变风社社友。曾在沪主办《归纳杂志》，并执教于安徽大学、中央大学、复旦大学。任职上海市文史研究馆。著有《天风阁诗》《徐英国学论文集》等。

七律·将赴天山过华阴望西岳

嵯峨天半起危峰，高锁秦关百二重。

仙掌初晴唐代雨，灵祠犹峙汉家松。
中条北望哀贞隐，太华西来豁素容。
明日祁连山上雪，白头相对一枝筇。

徐子开

1930年生，湖北省团风县人，中共党员。1950年参加工作，1960年毕业于湖北函授大学，副研究员。历任黄冈专署工商行政管理局负责人、农会副主任、地委农工部调研员。中华诗词学会、中国老年书画研究会、海南省诗联艺术家协会会员，省书画研究会理事。著有《松涛吟稿》。

七绝·由长安抵成都途中

西行又复过秦关，八百平川瞬息间。
直抵蓉城寻"李杜"，车驰怎不忆长安。

七绝·谒黄帝陵（二首）

其一

翠柏苍松绕帝坟，凌云博览锦乾坤。
五千年纪丰碑立，不负炎黄好子孙。

其二

不见西来黄帝陵，衣冠巷陌已成塍。
轮台一诏嗟迟暮，多少春归恨不平。

七绝·咏西安大雁塔（四首）

其一

周秦明月汉唐风，千古长安气势雄。

雁塔高擎凌碧落，天涯海角望归鸿。

其二

雁塔钟声久不闻，依然昂首耸青云。
凭栏回望千峰绿，莽莽秦川尽是春。

其三

拔地惊天气势骄，漫寻雪爪认前朝。
江山处处留雄迹，华夏子孙受惠饶。

其四

雁塔孤高耸入云，盛名玄奘享清芬。
千秋自有遗风在，多少流言不可闻。

徐中秋

黄岩市教师进修学校教师，黄岩诗词学会会长，著有《古代诗歌导读》。

七绝·西安兴庆宫公园沉香亭前李白醉卧像

长安酒肆醉青莲，天子呼来不上船。
岂让文章成点缀，诗人铁骨傲皇权。

七绝·中国西安卫星测控中心

一闪电波谁见形，瞬间信息到荧屏。
西安有只千里眼，盯住遨游天外星。

七绝·秦俑馆

一闪流星谁肯怜，暴君毕竟太横专。

纵然冥将三千万,能免阿房一炬燃?

七绝·霍去病墓

立马祁连敌寇惊,汉天不敢入胡鹰。
老臣一片忠心在,生保江山死守陵。

七绝·车过潼关

此地当年古战场,山峦沟壑自秋霜。
潼关果是坚如铁,百万雄师随处藏。

徐文仲

1936年生,1959年毕业于贵阳师范学院中文系,历任仁怀市史志办主任、文联主席、政协副主席兼文史委主任等职。省政协委员。中国近代史史料学学会理事,中华诗词学会会员,贵州省诗词学会理事,遵义地区民间文艺家协会、曲艺家协会副主席,仁怀市文学协会主席、诗词楹联学会名誉会长。著有《国酒之乡》等4部专著。

七绝·游骊山兵谏亭

仲夏遨游兵谏亭,褒张抑蒋众同声。
是非功过存公论,历史无情亦有情。

七绝·过秦始皇陵

九州一统业勋殊,屠士焚书反自诛。
君若有魂当省悟:一棋下错满盘输。

七绝·延安即兴

延水河边巧运筹,铁军挥剑斩貔貅。
驱妖逐怪建新国,有口皆碑颂不休。

七绝·《在延安文艺座谈会上的讲话》发表四十周年感赋（四首）

其一

四十年前延水边,一篇讲话震山川。
春风化雨滋文苑,花满人间霞满天。

其二

学习雄文永不休,立场坚定弄潮头。
讥评丑恶抒真感,歌颂光明看主流。

其三

农村工厂去安家,深处扎根枝叶华。
常饮源泉甘露水,文思潮涌笔生花。

其四

群众语言百炼金,认真采撷不辞辛。
诗文朴实含深味,满纸芬芳格调新。

徐志诚

　　1943年生，字诗开，号老八，西安市人。中共党员，高中高级教师。1964年7月至2004年9月任中学团委书记、西安市雁塔区成人教委办公室主任、陕西省农业广播电视学校雁塔区分校校长。自1988年以来，先后任雁塔诗词学会会长、陕西毛泽东诗词研究会常务副会长兼秘书长、西安诗词学会常务副会长、顾问，被聘为陕西电大中华词学研究室研究员、新加坡新风诗社名誉社长。在国内外报刊发表诗词楹联680余首（副），著有诗词集《徐老八词选》《雁鸣新声》《教苑风华》等。

五律·黄陵古柏

龙柏势腾天，春晖瑞气旋。
根盘丰地脉，叶展蔚霞烟。
四序贞常翠，千秋泰永贤。
轩辕亲手植，荫福惠人间。

五律·雨后翠华山行

鸟语怡魂醒，山幽悦水喧。
岚清澄碧树，气爽冷秋泉。
绝岭斜犹险，诗心独旷宽。
翠华新雨后，万绿霁光间。

五律·宝鸡夕照

翠绕陈仓秀，周原展郁葱。
丰禾披绿锦，岚蔚染苍松。
畅道车驰快，夕阳霞映红。
心潮翻渭水，诗韵荡秦中。

五律·谒司马祠

瑞气笼祠空，威仪出汉风。
潜心书《史记》，沥血镌青筇。
处逆知勤奋，趋时尽智忠。
贤名昭日月，千载颂殊功。

五律·西安绿叶花卉鲜果示范园[①]

园圃盈佳气，杏林雨后新。
露凝千叶玉，菊绽万丛金。
香郁添芳意，心怡绝俗尘。
客惊生态美，花韵荡诗魂。

注释

①该示范园系荣获"中央农业广播学校优秀学员标兵"称号的雁塔区农业科技示范专家张民虎建立。

五言排律·韩城党家村

民居瑰宝村，天下久传闻。
幽谷通灵脉，熏风惠福门。
院深藏典雅，厅敞兆嘉祯。
石刻奇惊客，楣雕妙入神。
兴文尤育德，治学贵修身。
秀特文星塔，盛隆商贸春。
人勤家业旺，气爽物华新。
同照尧天日，因何殊受尊！

七绝·龙门

治水功成禹甸兴，大河从此不骄横。
嘉谟誉世垂青史，来轸方遒共仰承。

七律·南五台

五台高耸彩云间，古刹盈辉映蔚天。
舒望千峰来眼底，欣观万壑出岚烟。
石亭惹客思佳句，松笔牵情绘锦笺。
胜景妙成消俗气，神怡心旷韵翩翩。

七律·重游五丈原

登临自觉钟灵气，忠贯云霄万古松。
神策兵挥曾踞虎，恭行天伐独骧龙。
卦图指点出师路，渭水追寻兴汉功。
武穆墨痕同溅泪，千秋文字颂高风。

七律·姜子牙钓鱼台

太公何隐坐磻溪，谁晓胸藏万斛机。
有志兴周熊梦现，得璜发迹壮猷挥。
诸侯八百归仁政，皓首一竿钓姓姬。
千古功名多盛誉，依然璞石耿秋晖。

七律·曲江寒窑

彩阁望亭耿素光，宝钏仍著旧时裳。
原坡荠菜济贤妇，杨柳寒门待薛郎。
贫贱志存松柏树，糟糠德镌洞扉墙。
游人感念当年事，难得诚心信可央。

七律·终南山即兴

登临处处现灵虚，更觉春来万象苏。
险境扶危怀远志，霞光消雾显通途。

倚天心旷虬松静，放眼情怡云浪舒。
利禄不争尘不染，清泉飞瀑涤潢污。

七律·重访王家坪

钟灵毓秀聚贤英，延水犹歌正气萦。
八路军魂昭史册，九天祥瑞兆家坪。
礼堂往事激人奋，先哲故居励志诚。
革命摇篮迎万客，继承传统跨新征。

七律·重访枣园

丁香迎客惹萦思，红日耿光映绿晖。
窑洞千秋盈正气，枣园万树发新枝。
当年策划摧顽旅，今日振兴趁契机。
先哲英风垂典范，故居遗物感心脾。

七言排律·孟秋日蓝关行

南山兀兀摩天宇，蓝水淙淙下石川。
峭壁惊魂成异趣，青峰叠翠启云帆。
飞泉飞鸟声随籁，幽谷幽岚韵脱凡。
岭向险流寻锦彩，景从怪树展奇妍。
草荒古道绿堪染，霞灿蓝桥秀可餐。
秦岭云横嗟往事，昌黎诗咏叹残年。
眼前大道车驰快，坳上新村夕照斓。
壮览秋光增逸兴，怡游骚客去忧烦。
萦纡几度迷佳境，陶醉千畴赋玉篇。
况是山乡图改革，恰逢书记说攻坚。
有情更觉民风朴，一片生机思勃然。

踏莎行·游洽川芦苇荡

芦荡悠悠,青蒹簇簇,泛舟乐在开新路。夏风习习意融融,雎鸠声妙呼何处? 爽气清清,旅情愫愫,心随波涌添奇趣。诗魂幸自绕河川,一时难赋桃源句。

柳梢青·曲江春晓园

春草芊芊,通幽清涧,翠柳翩翩。鸟语林间,牡丹艳艳,竹韵娴娴。 悠悠天趣灵泉,石门外、奇松瑞烟。大雅天成,情怀万绿,顿觉欣然。

东风第一枝·西安钟鼓楼广场

气象清新,燕飞欢语,广场淑景雕铸。彩幡辉映月霞,激光眩晕楼宇。水龙吟咏,怡神游、花盈芳圃。霓虹耀、地下商城,时兴琳琅夺目。 看市井、车驰有序。更名昭、晨钟暮鼓。明清文武胜地,劫难何曾几度?而今安定,蕙风畅、已消尘腐。登斯楼、逸韵骋怀,一幅画图难足。

徐秋生

1959年生,祖籍山东省济宁市。中共党员,大学文化,工学学士,高级工程师。陕西省诗词学会、省楹联学会会员,雁塔诗词学会理事。著有《长啸亭诗词》《秋水集》等。

七绝·过华清池

乐曲霓裳久不闻,华清今古两秋春。

梨花因雨君常醉，眼送晴波也带尘。

七绝·题怀素书法石刻

轻似游龙惊若鸿，淋漓酣畅贯长虹。
疾风劲草铜丝硬，欲醉霜天枫叶红。

七绝·怀太史公

何当铁笔究天地，斗雪梅花心有春。
且向文章争傲骨，王侯无数做埃尘。

七绝·忆登华山

眼来秋色迎山尽，绝顶登临松柏空。
如线渭河还北望，万千感慨正凌风。

七绝·题榆林镇北台

满目苍茫映夕阳，千秋豪气始堪伤。
阵前曾伴青春火，风卷黄沙入夜凉。

七绝·沉香亭

淡淡白云鸟没空，柳垂桃绽忆春风。
沉香亭畔牡丹好，不是去年枝上红。

七绝·题荆卿墓

一剑孤身闯虎狼，千秋侠骨野花香。
英豪六国皆尘土，易水至今犹觉凉。

七律·拜将台怀古

拜将台边飞断蓬，相争楚汉此鹏程。
天教韩信回风雪，计度陈仓耀日星。
巨鹿沉舟空盖世，鸿门纵虎有沽名。
新丰歌起群英散，绛灌眼中无贾生。

七律·龙门

何日禹门望此惊，声涛万马去无踪。
呼天敢问长鲸绝，旋地岂教怀剑空。
变幻阴晴伤斗水，沧桑风雨混鱼龙。
神州由此源头起，满眼朝霞似血红。

七律·鸿门怀古

旌旗猎猎项王营，破釜沉舟豪气横。
钓誉乌江埋尔恨，走魔白璧损吾情。
八千弟子如云散，四百乾坤同日升。
酒醉鸿门飘霸业，未思高帝发诗情。

七律·题孙髯翁墓

放眼滇池远浪翻，大观楼上有名传。
残阳古冢飘零苦，直道青天坎坷酸。
喜让布衣夸铁骨，终留联语壮湖山。
心通似线寄明月，万里云烟两世间。

七律·题班超墓

掷笔作声撼九州，书生豪气也千秋。
辞家定远一身胆，跃马安边万户侯。

造物有情收病骨,丹心无路入扁舟。
孤坟我吊空挥泪,怨向春风不自由。

七律·秦始皇陵

晚照骊山草木青,年年风雨始皇陵。
寂寥荒冢收王气,伤感金人聚甲兵。
百二秦关难永固,万千车马总含情。
可怜一炬成焦土,见说兴亡叹落零。

七律·秦岭

山高秦岭没云中,雾绕天梯百二重。
不度春风存煞气,自来日月蕴神功。
飘蓬万里一肝胆,秋雨九霄两鹄鸿。
叠嶂重峦来入眼,忧思无限古今同。

徐耿华

1947年生,陕西省周至县人。曾任陕西省文史研究馆文史研究处处长、研究员,省诗词学会常务副会长兼秘书长,中华诗词学会会员,《三秦文史》杂志副主编。曾发表《中国亲属称谓概论》等学术性文章多篇,出版个人专著《文史拾零》,主编出版诗词集《终南拾翠》等十余部书刊。

五绝·陕西省文史研究馆建馆五十周年志贺(二首)

其一

古今倡敬老,盛世重崇文。
藏典兰台第,集贤翰苑门。

其二

史贵董狐笔，诗崇李杜吟。
文章皆锦绣，耆宿尽贤人。

五律·夏居孟塬铁路公寓有感

思家最感伤，无意卧胡床。
悒悒离亭站，徐徐步远庄。
池中芦苇岛，树下冬藏场。
何事忽迷惘，恍如到我乡。

五律·登华山

壮丽太华哉，巨灵仙掌开。
山高通帝座，气爽少浮埃。
毛女索奇树，陈抟布道台。
悠然尘世外，冷眼看兴衰。

七绝·赞抗日县长续约斋[1]

临危受命铁肩挑，斩木建旗聚众曹。
抗日渡河成壮举，谁言七品似鸿毛？

注释

[1] 续约斋，名俭，字约斋，山西崞县人。"七七事变"后任陕西省平民县县长。1938年夏，日寇掠晋南，占永济。他组织民众渡河抗日，收复永济城。

七绝·赞平民县渡河抗日民众[1]

满目黄沙地不毛，弹丸小邑毓英豪。
貔貅十万何须惧，杀向河东血染袍。

注释

①平民县,冯玉祥督陕时所设,与山西永济隔黄河相望。1938年时仅有25个村庄,5000人口。今并入大荔县。

七绝·黄河岸凭吊抗日故战场

英雄墓冢草如蒿,往事如烟兵气销。
短垒长壕浑不见,唯闻呐喊涌洪涛。

七绝·咏太白酒

斗酒百篇信也无,搜肠刮肚佳章谋。
甘醇清爽写难尽,太白酒香飘五湖。

七律·桃园遐想

春风送暖到桃园,叠彩重绯树树繁。
施粉施朱深且浅,倾城倾国美还娴。
去年崔护方留憾,前度刘郎复慨言。
难怪陶潜官不做,此情此景我依然。

七律·咏毕沅

毕沅,字秋帆,清乾隆庚辰科状元,曾任陕西巡抚,官至总督。崇文好古,体恤黎庶。一生著述颇丰,最为重要的有《续资治通鉴》等。因镇压苗民起义不力,死后夺其世封。

盛朝能有几魁元,天子门生御笔圈。
凿空方知西域险,赈灾更解桑稼难。
牧民万里封疆吏,著作一生锦绣编。
获罪焉期尸骨冷,用人失当是非颠。

七律·灞苑咏樱桃（二首）

其一

驱车灞苑访仙姑，百媚千娇画不如。
灼烁容光夸似火，玲珑体态赞为珠。
红颜许睹情方重，佳果初尝爱更殊。
若我痴心无二有，疑人疑物总糊涂。

其二

瑶池仙品降尘凡，近似明珠远似燃。
惭汗韩郎承雨露，①破愁老杜写匀圆。②
民间自古珍馐少，灞苑如今佳果繁。
我识樱桃缘一语：朱唇小口讨人怜。

注释

①唐代韩愈有《和水部张员外宣政衙赐百官樱桃诗》曰："岂是满朝承雨露，共看传赐出青冥。"又云："食罢自知无所报，空然惭汗仰皇扃。"

②唐代杜甫《野人送朱樱》诗曰："数回细写愁乃破，万颗匀圆讶许同。"

鹧鸪天·神木红碱淖

定是仙童守不严，瑶池走水泄人间。千丛沙草遗鸥舞，万顷烟波锦鲤翻。　　忘俗事，洗忧烦，观鱼狎鸟觅诗篇。平生每恨寰尘小，来到神湖天地宽。

阮郎归·秋雨家乡行

潇潇秋雨九天低，蓑翁钓碧溪。御洪堤直净无泥，村头见菊篱。　　游水乐，摸鱼嬉，旧朋尽远离。无聊檐下看群鸡，胸中甚冷凄。

鹧鸪天·除夕归家

凛冽寒风卷雪花,归人趋步畏冰寒。旧宅扉侧拴黄犬,枯树枝头卧黑鸦。　　红对子,绿窗纱,泥泞庭院撒新沙。殷勤子侄牵衣袖,白发亲娘泪满颊。

菩萨蛮·诗友会周至

驱车无意观新柳,故城欢会同窗友。邀我论诗骚,老颜如火烧。　　韶华难再有,阅历成浓酒。不必细花雕,人贤诗品高。

徐圆圆

女,1945年7月生,号天球,江苏无锡人。上海市政协办公厅干部。上海市文史研究馆馆员,中国书法家协会首批会员,中华诗词学会会员,中华炎黄女诗书画家联谊中心理事。

浣溪沙·参加长安雅集

雅集名城惬素心,汉唐胜迹尚堪寻,当风远目一披襟。　　白雪阳春新咏叹,高山流水获知音,"芙蓉园"里赋长吟。

敖普安

  1942年生，湖南省湘潭市人。曾任《齐白石全集》编委，《湖南省志·美术篇》撰稿人。湖南省文史研究馆馆员，中国书协、中华诗词学会、省美协会员，省书协理事，湖南书画研究院特聘书画家，湘潭市文联副主席，市书协名誉主席，《齐白石辞典》主编。著有《攻玉室诗词稿》及书法篆刻作品集《真水无香》等。

五律·谒西安碑林

习书四十春，今日谒碑林。
古木千秋绿，昔贤何处寻？
功夫由点化，学问贵精深。
慎独成新格，风尘万里心。

七绝·过潼关

万簇奇峰拥此关，层云飞渡古城闲。
风高日丽烽烟靖，笑把江山作画看。

七绝·过华山

朦胧岳色倚天偎，雾嶂千重拨不开。
栈道飞车惊一啸，奇峰万仞压窗来。

翁维谦

1917年生,陕西西安人。中学教师,曾供职于西安碑林博物馆。陕西省文史研究馆馆员,著有《陕西西安钟楼门扉雕图内空解说》《旧体诗作法》和《维谦诗草》。

五律·忆西乡

终南无捷径,文物夏书传。
子午峰南指,牧河水北旋。
人才欣济济,文史乐翩翩。
江上清风拂,巴山壮邑前。

殷立孝

生平阙略。

七律·游翠华山

太乙源头起九天,满川白石道幽延。
潺潺碧水珍珠练,闪闪荧光翡翠泉。
玉女嬉潭长袖舞,银龙入海浪花旋。
穿岩引得潺爰水,润泽西京促梦圆。

鹧鸪天·贺陕西省文史研究馆建馆五十周年

雅士名流聚曲江,挥毫泼墨咏诗章。崇文尚史千秋鉴,敬老尊贤三代扬。　华夏脉,帝王乡,雄风再振创辉煌。得天独厚秦中地,妙笔生花万古芳。

莫顺生

1942年生，出生于怡保，祖籍广东省东莞市。理大社会科学系荣誉，大马作家协会永久会员。曾任师范学院华文组主任，大马作协副财政、福利主任，山城诗社副社长，全球汉诗总会名誉理事。现任《清流》文艺季刊及中国四川盐亭嫘祖文化研究会顾问。2002年荣获大马作家协会颁赠"马华资深作家"荣誉，2003年被委任《中国西部开发诗词大典》顾问，中华诗词文化研究所研究员、世界华文文学家协会永久会员。著有诗词集《驿旅萍踪》及续辑。

七律·西安怀古

莽莽神州异彩旄，风骚各领远扬褒。
筑城建阙埋秦俑，烁古震今出杰豪。
周至隋唐朝代起，云翻日月历年滔。
碑林经典游龙笔，翰墨琳琅不胜陶。

袁炳义

1931年生，陕西省勉县人。1954年毕业于西北大学政教系，中学高级教师。曾在汉中师范、西乡师范任教，后任西乡白龙中学副校长，西乡三中、二中、教师进修学校校长及教研员，正科级督学。编著有《新编对联选萃》。

七绝·开发茶山吟

野岭山坡绿带盈，秦巴沃土茗香萦。
茶园开发盈丰果，云雾千层见逸情。

七绝·咏午子山

午子山巅鹅项岭,天工巧造傲苍穹。
鹰鸣松翠峡河净,足下白云绕俊峰。

七绝·咏张良庙(二首)

其一

子房年少志高远,博浪一椎秦胆寒。
黄石授书功业建,事成身退隐南山。

其二

功勋卓著风云淡,睿智远筹赛信韩。
楼阁庙台排胜境,留侯永驻誉仙山。

七绝·谒武侯墓(二首)

其一

定军山麓武侯墓,叠嶂层峦龙起伏。
古冢庄严逾万秋,景观秀美九州誉。

其二

古柏园林掩翠殊,千年汉桂世间无。
英名显赫垂寰宇,胜迹秦巴极目舒。

袁朗华

云南《大理报》编辑。大理白族自治州诗词楹联学会顾问,会刊《点苍山诗词楹联集》主编。

五绝·过秦始皇陵

不待长生药,威名千载留。
同文同轨业,功列第一流。

七绝·参加长安行吟诗会有感

八月西安参盛会,古都新貌美无垠。
一堂济济探诗艺,吟府浪涛涌海神。

七绝·参观西安秦兵马俑有感

成列纵横兵马雄,俨然一统大秦风。
瓦雕泥塑成奇迹,万古难磨不世功。

袁泰鲁

1921年生,别号窥园,湖南省涟源县人,武汉大学经济系毕业。一直从事政法和政府机关工作,在区司法局离休。现系中华、湖北、武汉诗词学会暨省楹联学会名誉理事。著有《窥园吟稿》。

五绝·登翠华山

联袂翁携妪,相扶上极峰。

翠华高处立，几欲驾长风。

五律·游华清池感怀

亭榭锁烟霞，丛林噪暮鸦。
登高怀义勇，吊古戒骄奢。
海上仙山渺，人间直道赊。
溶溶斜照里，汤液漾飞花。

七绝·赴西安陇海线列车上

一望黄云遍地开，秦川八百豁襟怀。
耕夫不洒辛勤汗，怎得麦香扑鼻来。

袁第锐

1923年生，别署怡园主人，四川省永川市人。国立中央政治大学毕业，曾任新闻记者、编辑，甘肃省临泽县县长，甘肃省政协第4、5、6、7届委员暨5、7届常委，中华诗词学会副会长。现任甘肃省文史研究馆馆员，中华诗词学会顾问，甘肃省诗词学会会长，西北师大兼职教授。著有《怡园诗话》《诗词创作艺术丛谈》等。

七绝·骊山

寒霜散尽又春阳，一览群山势莽苍。
天宝开元成隔世，斯人功过怎评量？

七绝·马嵬驿吊杨玉环（五首）

其一

渔阳鼙鼓动地来，千古由人谑浪谐。
不信汉宫传盛事，将军当得洗儿来。

其二

一垒青坟系众心，华清池畔费沉吟。
女儿入浴寻常事，艳说风流直到今。

其三

玉殒香销不计年，何曾阆苑作天仙。
怜她一袜留人世，赚得游人泪几千。

其四

数声鼙鼓动渔阳，不见雄师赴战场。
自是风流天子误，妾身何事与兴亡。

其五

宛转娥眉惨淡容，难将一语诉天公。
寿王若是长相聚，锦袜何由落土中。

七绝·谒汉大将军韩信拜将坛（六首）

其一

拜将登台识俊雄，韩王当日建奇功。
刘邦事事堪评说，独此犹宜百代风。

其二

莫信刘邦唱大风，自摧梁栋自为雄。
留侯已去齐王死，空见萧何得善终。

其三

兔死狐烹走狗哀,西风残照草侵阶。
早知刘季无情甚,应悔轻趋拜将台。

其四

灭赵亡齐震八方,三分鼎足亦何妨。
刘邦未必真龙种,怪底将军乞假王。

其五

世事由来半假真,何曾才智主浮沉。
存身无术空嗟叹,自古皇家重妇人。

其六

百战兴刘到底空,千秋肠断未央宫。
成名臣子知多少,枉自临刑忆蒯通。

七绝·秦始皇陵(八首)

其一

祖龙功过费评量,泾自清清渭自黄。
酷虐贪残栾后鉴,八纮一宇颂雄王。

其二

人间天上两无踪,空向秦陵哭祖龙。
筑得长城过万里,何曾一日御强戎。

其三

学馆兴亡事本诬,祖龙何事错坑儒。
揭竿斩木陈王反,传世文章一帛书。

其四

征得咸阳十万兵,如何不向阵前行。

祖龙心事无人识，奇迹留夸第八名。

其五

谁云祸福兆星辰，东郡人愁刻字新。
陨石销焰成底事，楚虽三户可亡秦。

其六

明王到处便封禅，刻石铭勋垒万千。
知否铸金人十二，到头化作五铢钱。

其七

阿房宫殿起咸阳，飞阁流丹接上苍，
试问刑徒七十万，及身犹得见兴亡。

其八

偃得雄风卧土丘，珍奇机弩伴春秋。
祖龙遗椟秦姬血，一倒成肥沃石榴。

贾 漫

生平阙略。

七律·中华青史重秦川（四首）

其一

诗词歌赋恋长安，翠岭秋原笔墨寒。
碧水落天争入海，文涛动地欲吞山。
成双司马传千古，绝代开元唱万年。
天下豪雄谁占尽，中华青史重秦川。

其二

华山昔日我攀登,作手长弓唱大风。
千尺幢前留旧影,三峰顶上展新容。
高扬玉宇超然气,俯瞰神奇造化功。
记得夜深云蔽月,甘霖点点化苍龙。

其三

世说貂蝉万古花,玉环飞燕续朝霞。
千秋美女遭灾难,六代繁华变土沙。
李杜诗声烧不尽,炎黄旺势阻难加。
春风普度全球日,烽火台边长嫩芽。

其四

半部唐诗在陕西,龙飞凤舞更瑰奇。
秦砖汉瓦儒和道,周粟商标金缕衣。
骄傲休提当日勇,谦虚应向未来迷。
太公应作鲲鹏钓,制止大鱼吃小鱼。

郭 堡

湖南省邵东县两市镇中学教师。邵东县诗词协会会员,著有《桃园墨叟诗词选》。

七绝·深圳子夜飞赴西安诗会

古都鸿雁唤诗缘,八百秦川为探看。
银燕新秋深圳夜,星星照我向长安。

七绝·登西安钟楼

南横秦岭渭河流,百里长安一望收。
千古悠悠兴废事,景云遗响荡心头!

七绝·西安大雁塔

耸立秦川形胜地,凌云瞩世焕雄姿。
当年士子标名姓,今日我题雁塔诗。

七绝·秦俑

自古帝王宁有种?始皇何事竟无知。
虐民苛政天心逆,兵俑几千安可持?

七律·乾陵

高后坟茔何处寻,梁山山上柏森森。
威仪华表列陵道,零乱玄岩散棘林。
治政永徽黎庶足,竖碑无字武皇心。
二王合葬空今古,风月千秋韵入琴。

郭 琳

女,1940年生,又名郭素贤,号娴雅仙子。西安市人,中共党员,中学高级语文教师,兼陕西电大词学室研究员。有教育教学论文在有关刊物发表,部分诗词被收入《当代巾帼诗词大观》《当代中国咏花诗词选》。著有《雅娴山庄词选》(入编《圣代词库丛书》)、诗集《四季花》《群芳谱》。

七绝·慈恩寺塔

千年宝塔傲苍穹,阅尽沧桑负盛名。

佛圣西回经卷在，长孙懿德久传行。

采桑子·蓝田

青山绿水蓝田好，宝玉流辉，春草蕤葳，遥见鸡鸣羊自归。　独行白石滩前立，雨细风微，树黛村灰，白鹭成行山上飞。

采桑子·水陆庵

依山傍水藏名寺，花草为营，树木成城，如醉如痴仙域宁。　每年游人蜂拥香烟盛，黄卷金经，佛祖尊荣，但愿神灵福众生。

郭　鹏

1946年生，陕西省洋县人。1969年毕业于陕西师范大学，汉中市地方志办公室主任，编审。陕西省作协会员，省史志协会常务理事，汉中诗词学会常务副会长。主编《汉中地区志》《汉中四千年丛书》等20余部。

七绝·汉中登拜将坛感怀

莫恃当年竭寸丹，谁知一反众心寒。
英雄不可违时动，留得千秋说将坛。

七律·南郑龙冈寺

千年古刹卧冈南，绿树荫中别有天。
新屋朱门珍宝锁，颓檐破庙鼓钟悬。
泥胎彩塑应犹在，石斧陶壶皆惘然。
何日游人能接踵，但闻黄犬吠村前。

郭义福

1933年生,福建省闽清县人,中华诗词文化研究所、赤壁文学院诗联研究所终身研究员。北京、陕西省诗词学会会员。

七绝·汉族

明修栈道度陈仓,收取三秦楚霸亡。
汉水汉朝成汉族,至今汉字更辉煌。

七绝·汉高祖刘邦

古今奸险数高皇,兔死狗烹弓箭藏。
逼走张良韩信死,犹呼无士守边疆。

七绝·悼张学良

马君诗句污英名,义举西安举国惊。
换得全民齐抗战,遭囚半纪见忠诚。

七绝·中央奠定延安根据地

雪山草地又如何,炼出雄师捣直罗。
从此深根盘陕北,分兵抗战过黄河。

七绝·保卫延安

中央不肯弃延安,运动敌疲谈笑间。
青化砭沟拼一战,险些捉住匪宗南。

郭文元

1933年生，笔名蓝丹，辽宁省本溪市人。1949年9月参加革命工作，1950年9月参加抗美援朝，曾在中国人民志愿军独四团和工程总队任参谋、文教干事等职。1953年底胜利归国后，曾先后在《新线建设》等报刊担任编辑部主任、主编等职，后期曾任铁一局文化部长兼文工团长、文协秘书长。陕西省作协会员，发表过报告文学、小说、诗歌、散文、史稿等达百余万字。合著有《闪光的人生》《铁流千里铸通途》。

五绝·青冢拥黛（四首）

久仰西汉王昭君自请出塞，远嫁匈奴和亲安邦的胆识和精神。戊午年夏，因公务到呼和浩特市，得暇去往市南拜谒昭君青冢。有幸一睹碣石诗刻，更深一层了解昭君出塞时的背景和情节，颇感欣慰。昭君墓坐落在大青山（又名秦山）下，黑水河畔，占地数十亩。相传地多白草，此冢独青，故称"青冢"。观之，颇生感触，作组诗以祭之。

其一

节比秦山峻，名同黑水长。
深陵埋玉骨，万世谒天香。

其二

绝色自宫禁，难酬报国心。
毅然陈请命，愿嫁去乌孙。

其三

别亲无省日，相送断肝肠。
跨骏红颜女，忍悲辞未央。

其四

战乱殃黎众，干戈损将兵。
姻亲仇解怨，国母显奇情①。

注释

①当地居民称王昭君墓为国母墓。

七律·金台观咏怀

金台古刹低飞雁，遥望云山寂寞闲。
文物遭摧碑纪碎，狂澜已逝渭波寒。
秦公祀雉霸难久，嬴政登基巡未还。
莫笑范蠡辞仕禄，五湖泛舸伴忠媛。

七律·乾陵无字碑

武曌山陵云雾腾，空碑千载照英灵。
当知功过难期许，且把是非任后评。
立传有章犹毁迹，树碑无字却扬名。
心怀天地包容大，敢效当空日月明。

郭庆华

1964年生，字天放，号南周卦人。南开大学本科生，清华大学研究生，曾师从国学大师张岱年、词学大家叶嘉莹等先生。系中华诗词学会理事，河北省诗词协会副会长，《燕赵诗词》编委。现供职于河北省人民政府参事室。著有《中国超人术》等。

七律·长安之梦

读罢唐诗口尚馋，飘然一梦醉长安。
只将青眼垂杯底，不使红尘落目前。
野草无情偏夹道，名花有意更凭栏。

何从检点风流迹，且弄扁舟觅谪仙。

七律·登西安大雁塔有寄

三十年来类楚囚，苍茫何处可淹留。
一身栖息浮屠上，两眼放开江海头。
日月其间无日月，神州之外有神州。
心诚莫恨西天远，更向西天做远游。

鹧鸪天·长安

每到皇都暗琢磨，当年我也好行歌。神交雅士惭诗少，路遇佳人酒喜多。　　唐气象，汉山河，满街美女胜宫娥。何妨伴醉偷偷看，不管芳名叫什么。

郭怀瑾

1928年生，原籍甘肃省通渭县，大专毕业，曾任党政处级干部近30年，长安大学退休干部。陕西省诗词学会、省老年诗词学会会员，中国、省、市楹联学会会员，市楹联学会名誉理事。在全国诗联竞赛中多次获奖。著有《弖亭诗文集》。

七绝·重谒黄陵

十有三年再谒陵，桥山滴翠复盈青。
今朝截沮添新景，云影天光一镜平。

七绝·春游秦岭大坝沟森林公园

难得休闲沣峪游，山庄处处眼帘收。

景观还数这边好，春意盎然大坝沟。

七律·延安行

八月良辰圣地游，多年夙愿一朝酬。
三山成鼎千秋固，二水环城百世流。
宝塔巍巍天下壮，雄文卷卷洞中筹。
艰辛创业丰功在，重振中华共戚休。

七律·洽川黄河魂风景区九龙汲水

雄峙河边虎踞蹲，东雷灌溉壮河魂。
九龙共汲流光水，四县同沾润物恩。
西望长安憧八景，南瞻华岳冠三秦。
曾勘渭北"黑腰带"，今做山川秀美人。

七律·元宵喜游西安大雁塔北广场

倚傍慈恩北广场，巍巍雁塔喜呈祥。
莲池吐玉相辉映，火树开花竞闪光。
胜境八贤盈地脉，祖庭三藏破天荒。
熙熙攘攘人潮涌，再现千年盛世唐。

七律·慈恩寺前看风筝

好风凭借上青天，童叟争高各自牵。
百态千姿相媲美，五光十色竞斑斓。
中西游客任评说，父老乡亲指笑谈。
收罢游丝鸢落地，手提宠物喜回还。

七律·颂玄奘兼寄海外学子

千秋盛誉夸玄奘，大寺曾将贝叶藏。

经取西天夙愿偿,法归东土喜唐王。
留洋海外融文化,深造他邦图富强。
骄子莫遭香气醉,学成早日即回乡。

七律·杨凌行

立冬吉日赴杨凌,雕像先农后稷迎。
适值高新成果展,恰逢集贸市场兴。
层楼上下如潮涌,摊位纵横相竞争。
姹紫嫣红呈锦绣,堪称"硅谷"早驰名。

七律·游鄠邑区太平山庄

闹市喧嚣寻净土,太平河畔一山庄。
碧湖见底无鱼跃,绿树成荫有鸟翔。
敬母亭前观墨宝,好娃山下读华章。
诸多胜景待开辟,他日芳名必远扬。

七律·纪念西安事变六十五周年(二首)

其一

西安兵谏仰张杨,一举冲天震八方。
耿耿丹心多勇气,铮铮铁骨最刚强。
期颐驾鹤归天国,半世羁留思故乡。
赫赫大名光史册,功臣千古永传扬。

其二

悼罢良翁悼虎公,将军非与汉卿同。
救亡有罪理何在,报国无门身不容。
白馆松林谋害惨,红岩巴水寄情浓。
魂归故里少陵畔,百世流芳歌大功。

七言排律·巾帼治沙连礼赞①

飞尘为害久绵延，古塞遭侵数度迁。
补浪河呼防暴事，毛乌素建治沙连。
满腔热血身经险，一片丹忱情挂牵。
种草造林平野漠，修渠引水灌农田。
天翻地覆成新貌，燕舞莺歌去旧颜。
播雨耕云多致富，修文练武久承欢。
青春永葆身心健，正气如虹意志坚。
三十年来频更替，铁肩撑起半边天。

注释

①补浪河是毛乌素沙漠南缘的一条河流，也是榆林市榆阳区的一个乡。30多年来，补浪河乡女子民兵连在茫茫沙漠中，营造了33条25公里长的防护林带和3900多亩环滩防林带，把人退沙进的历史变成了人进沙退的现实，被陕西省委、省政府、省军区授予"治沙英雄女民兵连"，其代表受到党和国家领导人的接见。

满庭芳·模范村支书任宏茂

昔日荒烟，高山洪庆，栗沟尤是贫村。长期关闭，乡外不知君。世代耕云种雨，丰收事、美梦难真。齐期盼，支书率众，苦战铲穷根。　凭勤，奔富裕，宵衣旰食，三十三春。水电路皆通，直达家门。兴教扶危济困，身残损、事必躬亲。资源足，交流引进，殷富迩遐闻。

江城子·电视剧《郭秀明》（二首）

其一

穷乡僻壤惠家沟，汗挥流，不丰收。恶性循环，叹气枉生愁。解放行将成半世，温与饱，愿难酬。　年年岁岁望田畴，小山丘，树无留。异口同声，支部是车头。期盼廉官能出现，偕大众，上层楼。

其二

原来还是本村庄,岑青苍,谷盈仓。要问何因?郭氏可撑梁。医病多年为致富,试解己,为家乡。 造林修路几成狂,改危房,扩操场。磊落光明,委屈又何妨?尽瘁工程无视死,旗一面,泪千行。

郭芹纳

1945年生,陕西大荔人,陕西师范大学文学院教授,博导,陕西省人大常委。

七绝·谒五丈原武侯祠

五丈原高秋气凉,武侯故地有祠堂。
民心自系元良祭①,亘古忠魂盖帝王。

注释

①元良:谓忠贞辅弼之臣。

七绝·雨中游汉中拜将坛

汉室业成良将烹,空台寂寂雨蒙蒙。
刘邦非是萧丞相,岂有真情拜俊雄!

七绝·陕西师大图书馆前春日

缘壁青藤映丽天,图书馆外百花繁。
春深学海读书处,绿树红亭畅志园。

七绝·长安国庆

钟楼西畔鼓楼东,音乐泉喷翠宇红。

尽道长安佳节盛，菊花香淡桂花浓。

七绝·西安植物园秋日偶成

绿荷池外粉墙边，一路花篱隔小园。
应有匠心常独运，菊花更比李花繁。

七绝·喜春

细雨入怀乐万家，原田生绿柳生芽。
长安三月城南好，一缕春风一树花。

七绝·桥陵喷灌

宏阔秋原连远山，新村绿树见红檐。
晴空降雨喷云雾，浇灌桥陵万亩田。

七绝·西安贾三包子

长安贾氏技堪夸，包子灌汤香万家。
四海高朋来品味，流芳载誉到京华。

七绝·西安老孙家羊肉泡馍

长安城里老孙家，羊肉飘香逐彩霞。
海碗好迎天下客，泡馍吃罢走天涯。

七绝·灞桥留题

灞水扬波两岸花，垂天杨柳带霓霞。
一坡黄土成林海，白鹿原新千万家。

七绝·杨贵妃墓

专宠承欢伴帝王，沉香亭下舞霓裳。

皇恩浩荡今何在？但见马嵬秋草长。

七绝·寻得马融墓

才高博洽授群经，今世谁知绛帐营。
纵有帝王重儒术，美人依旧好留名。

七绝·游大唐芙蓉园

拂面柳丝醉晓风，一湖碧水出芙蓉。
游人欲尽曲江美，更上层楼入九重。

七绝·长安雅集速写

秦女霓裳御酒香，曲江斜卧待流觞。
碧波逐得诗情远，遗梦追风思汉唐。

七律·喜迎台湾大海洋诗社访问陕西代表团诸诗友

秦地瓜香桃李鲜，有朋来自海云边。
诗融阿里山中雾，文染澎湖水上烟。
华岳峰巅吟秀句，长安城阙咏新篇。
古都风物动高兴，佳作吟成惊谪仙。

七律·庆祝西安解放五十周年

家国鼎昌多盛事，古都华诞又春风。
雪飞灞柳拂唐苑，水绿曲江明汉宫。
大道连天四海外，高楼接日九霄中。
今朝喜降融融雨，花艳长街处处红。

郭沫若（1892—1978）

原名郭开贞，字鼎堂，号尚武。四川省乐山县人。作家、诗人、戏剧家、历史学家、考古学家和社会活动家，新诗奠基人之一。曾任政务院副总理、全国人大常委会副委员长、全国政协副主席、全国文联主席、中国科学院院长等职。著有《郭沫若旧体诗词系年注释》《沫若文集》等。

五律·题司马迁墓

龙门有灵秀，钟毓人中龙。
学识空前古，文章百代雄。
怜才膺斧钺，吐气作霓虹。
功业追尼父，千秋太史公。

七绝·题西安人民大厦

大厦巍峨立道中，庶民今日有雄风。
阿房长乐今何在？唯见红旗映日红。

七律·游乾陵

岿然没字碑犹在，六十王宾立露天。
冠冕李唐文物盛，权衡女帝智能全。
黄巢沟在陵无恙，述德纪盛世不传。
待到幽宫重启日，还期翻案续新篇。

七律·华清池

骊山云树郁苍苍，历尽周秦与汉唐。
一脉温汤流日夜，几坯荒冢掩君王。
已驱硕鼠歌麟凤，定复台澎系犬羊。
捉蒋亭边新有路，游春士女乐而康。

七律·重游华清宫读董老和诗①因再用旧韵奉酬

华清池水色青苍,此日规模越盛唐。
不仅宫池依旧制,而今民庶尽天王。
秦皇汉武遗荒冢,老母长生剩吉羊。
读罢和章怀董老,期颐预卜国同康。

注释

①和董必武诗《游华清池步郭老韵》。

七律·访霍去病墓

马踏匈奴虎搏牛,石雕浑朴纪炎刘。
祁连山上摩天石,长乐宫中万户侯。
年少将军才廿四,无名巨匠足千秋。
欣看祠宇成黉舍,学子莘莘意气遒。

七律·吊章怀太子墓

春至渭滨我亦来,郊原四处杏花开。
歧途旧毁灞桥路,公路新栽国际槐。
保卫均田思武后,注笺汉史吊章怀。
乾陵陪葬恩殊渥,母爱浅深莫漫猜。

七律·颂延安

二十余年心向往,光天之下我飞来。
崇山遍布英雄窟,革命长垂司令台。
延惠渠开功在眼,秧歌舞罢笑盈腮。
欣闻煤铁同丰产,工业新城已结胎。

七律·访杨家岭毛主席所住窑洞

窑洞三间光欲燃,明辉一片照山川。
长征二万五千里,领导京垓亿兆年。
在昔艰难成大业,于今跃进着先鞭。
杨家岭下低回首,风卷红旗分外鲜。

七律·谒延安烈士陵园

星徽遥望耸江皋,长使山川不寂寥。
血浣绮霞开曙色,泪翻红浪洒农郊。
为山九仞当增篑,接力千秋警惮劳?
拜罢黄垆闭笑语,英雄人物看今朝。

七律·在西安参观工厂

东风吹放百花枝,机械高歌跃进诗。
三敢三勤三结合,一心一意一盘棋。
阿房遗址成场厂,鲁圣前规见表仪[①]。
春在红旗生力满,工人智慧与天齐。

注释

① "鲁圣"指鲁班,民间称为圣人。

郭崇智

1942年生，陕西省华县人。中专毕业，中共党员。渭南诗词学会、陕西省诗词学会、中国诗歌学会会员，中国乡土作家协会理事。作品散见于《中华诗词通鉴》《近五十年环球汉诗精选》等180余部典籍和报刊中。"中国乡土文学奖"等奖项获得者。

五律·磻溪

雨落秋山后，风光秀色柔。
平湖飞瀑布，高峡荡轻舟。
松柏参天翠，鱼台跪石留。
姜翁垂钓处，驻足热心头。

七绝·西安

畴昔王朝作帝都，遗存风物世称殊。
三千景点开心界，万国游人梦幻初。

七绝·咸阳游吟

层楼林立入金秋，五彩缤纷车辆稠。
指说阿房宫里事，古今思绪共兼收。

七绝·西安碑林

一进碑林忘日时，琳琅满目自狂痴。
纵将情感神思尽，攀折桂冠几叶枝。

七绝·西安大雁塔

极目登临百感兴，霞光染我一身明。

莫将岁月蹉跎过,取道西天万里行。

七绝·兴庆宫公园

沉香亭上倚阑干,遗事千秋何必怜。
俊骨不为人所爱,穷途犹感气如仙。

七绝·登华山

险哉西岳忆英雄,激励攀登力不穷。
浩渺凌虚宜我意,风云叱咤伏苍龙。

七绝·华山老君挂犁处口占

仰望铁犁热肚肠,老君故事未能忘。
悬崖欲取磨红锈,走遍人间耕大荒。

七绝·翠华山游

荡桨天池狂放歌,群峰舞翠晓风和。
仙娥探望云间里,伤却春怀怎奈何?

郭道鉴

1926年生,字渔子,福建省福州市人。曾任《福州晚报》诗词和文史编辑,福州新闻志编辑。现任福建省诗词学会常务理事,福州三山诗社社长,中国俗文学学会诗钟研究委员会委员,新加坡新风诗协会名誉会长。中华诗词学会发起人之一。著有《湖山楼吟草》等。

七绝·登西安大雁塔

题名巍塔亦堪矜,我纵寒微此一登。

不有当年风雨恶，跻身也欲到高层。

七绝·咏秦兵马俑

九泉料想未安眠，陵寝空教护卫坚。
十万貔貅森剑戟，揭竿难阻起荒阡。

顾钦雍

江苏省邳州市诗词协会会员。

七绝·颂长安行吟诗会

寻珠诗海起狂澜，万水千山岂畏难。
辽阔神州多雅聚，海南吟罢又长安。

七绝·忆长安酒家

长安城上日西斜，诗醉琼楼感物华。
历代章台多酒馆，不知李白恋谁家？

七绝·参观中国西安卫星测控中心

女娲炼石补苍天，遗迹骊山生紫烟。
今日挟天山脚下，星辰遥控任吾牵。

七绝·观秦始皇焚书坑儒处

安民自古赖英明，暴政坑焚祸国倾。
不畏销金揭竿起，兵家何止溯儒生？

七绝·观半坡遗址

半坡文化六千年,生息分明变革沿。
智慧勤劳是真谛,石刀石斧创坤乾。

高 扬

1925年生,原名李春义,陕西省淳化县人。系陕西省诗词学会会员。

五绝·鸿门宴遗址

事临当决断,机遇实难求。
竖子如遵计,江山岂姓刘?

高传杰

字陆远,号茅庄书甸主人,笔名晨曲。毕业于西南师大中文系,重庆机械电子技师学院高级讲师。中华、江南、重庆诗词学会会员,中国艺术研究院文研中心特邀研究员,中国当代作家代表作陈列馆专栏作家,重庆《巴渝诗词选》《新醅诗丛》主编,重庆高教晚晴诗社副社长,重庆中等职业教育通用教材《语文》《就业指导》主编。

七律·黄帝陵胜迹(二首)

其一 黄帝陵

名山圣地柏长青,千古神州第一陵。
逐鹿中原华夏立,封禅泰岳梓桑兴。

地灵人杰文明灿,恩重德高业绩荣。
历代子孙先祖祭,今朝盛世正飞腾。

其二 轩辕庙

人文初祖轩辕庙,雅殿苍碑代代崇。
九五台阶含义重,五千古石汗青融。
印池水静风光映,帝像容慈后裔恭。
虎跃龙腾传捷报,振兴华夏誓言雄。

七律·黄陵八景新咏(六首)

其一 桥山夜月

皓月临空沐柏株,波光荡漾九州趋。
难忘始祖开荒绩,犹记群雄逐鹿图。
社稷兴隆人世敬,中华屹立亚东殊。
清风夜静闻佳笛,四海频传锦绣书。

其二 沮水秋风

追思黄帝泪成河,桥国臣民感戴多。
红叶金秋千载伴,碧波倩影万山过。
淡妆彩墨英灵喜,画意诗情圣地歌。
一脉相承亲骨肉,再兴春景莫蹉跎。

其三 南谷黄花

祖陵景色世间奇,南谷黄花展丽姿。
翠柏年年迎挚友,乡亲代代宴秋时。
世人尽沐清明雨,远客同吟月夜诗。
仙女送香朝圣地,凋零季节胜佳期。

其四 北岩净石

千山万水怪岩丰,净石黄陵四海雄。
原始补天仙界敬,洪荒刻字世间崇。

除污却垢惊神鬼，傲雪驱霜愧疥痈。
天地精灵扬正气，春风扑面更兴隆。

其五　龙湾晓雾

紫雾蒸腾龙首罩，瑞云缠绕圣山迷。
桃源桑梓移佳地，仙境昆仑驾密梯。
阮客神游幽丽界，刘郎情醉幻虚溪。
霞光照耀晨珠灿，雨后初晴景色奇。

其六　凤岭炊烟

龙吟大海凤鸣山，缭绕炊烟翠顶攀。
放眼人间风景好，对歌岭上燕莺欢。
采来西夏多情竹，造就神州妙律坛。
从此《诗经》音乐伴，千秋万代赞人寰。

七律·关中吟（九首）

其一　西安

火车鸣告长安到，举目城楼赤县骄。
古老文明惊世界，光辉历史励华苗。
周宫秦殿千秋景，汉苑唐碑万代韶。
盛世遍游名胜地，满腔热血建今朝。

其二　茂陵

古木森森陵墓肃，威严武帝笑安魂。
雄才盖世江山阔，业绩超前史册尊。
万里异邦崇赤县，多家名将感君恩。
至今四海遗佳话，百姓千秋汉俗存。

其三　乾陵

一陵二帝夫妻寝，两代君皇合葬奇。
石刻扬威排大道，雄碑无字映华辞。

则天执政神州旺，李治弛纲社稷疲。
改革创新关后代，大周盛世古今知。

其四　阿房宫遗址

未见阿房壮丽宫，眼前遗址沐春风。
华堂宝殿邯郸梦，艳阁香楼稻谷丰。
暴政民憎房获罪，怒兵火旺史非功。
复修胜景秦川画，更喜长安气势雄。

其五　华清池

女娲骏马化骊山，翠岭雄峰万众攀。
嘲笑幽王烽火戏，喜迎贵客沐泉潺。
身临亭洞谈兵谏，赋颂张杨斗蒋顽。
华殿温汤人爱慕，侨宾翁妪尽开颜。

其六　秦始皇陵

秦皇千载汗青题，宏壮陵园今古谜。
《史记》语详称巧丽，人传墓盗变污泥。
惊观兵马威风阵，叹忆中原战鼓凄。
一统江山歌伟业，神州世代护疆堤。

其七　西岳华山

华岳三峰天地屹，险梯一道万人惊。
山奇壁峭神仙恋，碑记禅封圣帝情。
毛女升仙嘲乱世，沉香救母蔑权名。
当年智取红旗舞，浩荡东风处处荣。

其八　西安碑林

雕刻碑林屹古京，历朝荟萃万人倾。
草行隶篆琳琅耀，柳赵苏怀灿烂盈。
墓志千年伤旧梦，昭陵六骏迈新程。
文明宝库书家史，鉴赏熏陶世代荣。

其九　法门寺

经历沧桑古寺雄，西来佛骨俗僧崇。
殿碑壮雅朝霞沐，钟鼓悠扬夜雨蒙。
高塔观光千里外，素堂览宝万人中。
又逢盛世呈开放，万象更新国运隆。

高兆鸿

1932年生，陕西省大荔县人。少小参军，1980年任省劳动厅处长，1992年离休。陕西省诗词学会理事、副秘书长，西安诗词学会顾问，中华诗词学会会员。

七绝·鸿门宴遗址

此门小宴宴中兵，吊胆悬心故事惊。
得手项庄能舞剑，何来垓下楚歌声？

高振儒

1941年生，祖籍陕西省米脂县，生于城固县。1966年毕业于陕西师范大学。先后在西安铁路工程职工大学、陕西科技商贸学院、西安欧亚学院等校任教，副教授。现任中华诗词文化研究所研究员、省数学史研究会秘书长、炎黄诗词研究会会长等职。著有《琴剑诗词》《数学家诗词选》等。

七律·元末农民起义将领高庆①

中原烽莽塞风悲，侠士雕弓智略奇。
汉锦已残犹拭泪，匈奴未灭总横眉。

剑驱胡虏千山乐，鞭指黄龙万马驰。
更喜朱明齐北伐，神州一统举金卮。

注释

①高庆，原名高福十一，字庆，又字彦庆，以字行。元末由安徽合肥迁居陕西米脂，在城北高家山聚众数万起义，与元将交兵，雄踞一方。洪武九年春，中山王汤和、颖川侯傅友德在西安传檄陕北各县归顺大明，结束割据，共同把抗元斗争进行到底。高庆率部归明，功封殿前指挥使（正三品）。

七律·纪念陕西女子教育先驱高佩兰女士①

文屏独秀百花妍②，咏絮奇才育俊贤。
闺阁开天争放足，裙钗秉烛漫题笺。
红颜抗命移婚俗，碧玉离经索女权。
难得娥眉能报国，风流未必逊貂蝉。

注释

①高佩兰（1903—1976），陕西省米脂县人，毕业于北京师范大学，是陕西女子教育的先驱。1919年首创米脂女校（1949年该校并入米脂中学），宣传新文化、新思想，大力提倡妇女放脚、剪发、上学和婚姻自主。她的学生有知名人士杜瑞兰（陕西省政协副主席）、杜岚（澳门濠江中学校长），以及革命先烈杜焕卿和张慧明等人。

②文屏：山名，在米脂县。

七律·缅怀杜斌丞先生依林伯渠原韵

银州卓立一英豪，桃李天涯搏海涛。
德辅杨公砭弊政，情融延水蕴雄韬。
骊山进谏终囚蒋，虎帐筹谋且放曹。
敢向刀丛伸正义，血凝枫叶满秋皋。

七律·游翠华山

苍峰环抱彩云横，怪石林林瀑布惊。
冰洞垂凌奇凛洌，天池倒影更峥嵘。

翠华避世千人叹，汉武封禅万古评。

处处蝶飞花烂熳，游人不忍动离情。

望海潮·古城长安

十朝都邑，风流神采，凭骊傍渭潜龙。烽火戏言，荆轲喋血，鸿门剑舞飞琮。惊世忆唐宫。叹贞观纳谏，武媚降骢。比翼云天，香魂含恨溢鲛绫。　　游人吊古寻踪。看塬坡石斧，雁塔晨钟。陵卫俑兵，莺啼灞柳，昆明水碧烟蒙。名胜妙无穷。但凭楼纵目，丝路垂虹。欧亚情深，九州开放必昌隆。

望海潮·华山

莲峰千仞，刀雕绝险，西望神圣西京。仙掌迹深，松涛骤啸，云帘雾境猿鸣。敲石鬼神惊。看苍龙洑霭，旭日东升。栈道凌空，摘星岩畔数峰青。　　骚人自古多情。有昔朝逸事，娓娓详评：观弈烂柯，沉香救母，博台智斗纹枰。华夏露峥嵘。愿青牛俯首，沃野春耕。玉女乘鸾，故乡欢聚夜吹笙。

高爱辰

1948年生，山西省定襄县人。山西师院中文系毕业，副编审。山西省作家协会、书法家协会会员，忻州市文联常委。曾任定襄县文联主席、《花蕾》主编。现为定襄县关心下一代工作委员会副秘书长。发表小说、散文、报告文学、新旧体诗等各类作品百余万字，著有诗集《纳脥集》。

七绝·华山纪游（十四首）

1975年4月6日（农历三月十五日），偕同学十余人赴华山一游。时恰值西岳庙会，天雨初霁，仍游人如织。归来得七绝一组，聊纪见闻感触云尔。

其一　王猛台

扪虱而谈辅弼才，至今王猛有遗台。
君王不纳临终谏，鹤唳风声草木哀。

其二　毛女洞

越石穿林避暴秦，餐霞饮露得仙身。
琴声已杳道姑在，洞内传经满聚人。

其三　石阶路

层层石级盘丝绕，自古华山道一条。
翁媪相扶尤助护，登攀勉力上云霄。

其四　回心石

欲上高峰观胜景，回心石下莫沉吟。
相携互励同挥汗，脚踏嶙峋向远岑。

其五　老君犁沟

危崖峭石树难立，谁信老君能着犁？
神话神奇任尔去，天然造化自离奇。

其六　千尺㠉百尺峡

千尺㠉连百尺峡，仄阶壁立蚁难爬。
游人上下如蜂拥，铁索牢抓静不哗。

其七　惊心石

险途狭峡勇登攀，斗石当头若等闲。
胆壮只缘宏愿在，峰高界阔破天关。

其八　鱼头石

此地若非为古海，鱼头何事上峰台？

青山腾涌望难断,巨浪连天滚滚来。

其九　苍龙岭

蜿蜒一岭走苍龙,见说文公怯意浓。
深壑千寻回首看,悬崖郁郁立青松。

其十　道士坟

头顶汗流知日近,回眸来路断飞云。
离尘莫醉真仙境,林下垒垒道士坟。

十一　劈山石

挥斧英雄安在哉?犹存裂石向天开。
贪观圣母身痕迹,老媪虔诚匐碧苔。

十二　拴马柱

千寻绝壁鸟无路,拴马谁人栽此柱?
亘古何曾闻马嘶,云缠雾绕终朝暮。

十三　鹞子翻身

峭削流云难着根,灵如鹞子亦惊魂。
手牵铁索从容下,谈笑凌空留爪痕。

十四　峰顶远眺

叠嶂群峦奔渴骥,入云飞瀑撕山坠。
绝巅日下望长安,泾渭笼烟岚染翠。

钱明锵(1935—2012)

浙江苍南人,现居杭州。经济师。中华诗词学会理事,浙江省老年书画研究会副会长,新时代诗社社长,西湖诗社副社长,西溪文化研究会会长。著有《钱明锵赋集》《盘龙城湖》等。

七律·华山览胜

缘崖跻险越云关,峪道龙腾出宇寰。
壁绘丹青开九面,峰环紫翠郁千盘。
峥嵘豪溢英雄气,秀拔威昭壮士颜。
登览犹欣诗骨健,娱游激赏不知还。

钱俊瑞(1908—1985)

经济学家,江苏省无锡市人。曾任左翼文化同盟宣传委员、新四军政治部宣传部长、党中央秘书等。建国后历任教育部、文化部党组书记、副部长,中国社会科学院经济研究所所长、中国世界经济学会会长等职。

七绝·骊山

骊山一笑三千年,百代兴亡云雨间。
却喜温泉一股水,而今不洗帝王颜。

七绝·华清池

独有华清池水清,飞霜殿下泛舟轻。
游人争说张杨好,笑指半山兵谏亭。

钱家骧

1928年9月生,祖籍浙江杭州。原西北电管局副总工,教授级高工。中华诗词学会名誉理事,中国电力诗词学会副会长,陕西省诗词学会顾问,陕西电力诗词学会会长。著有诗集《清宵吟》。

七绝·西安过重阳节

时逢十六届六中全会闭幕,胡锦涛总书记提出新的长征中要建设和谐社会的伟大号召,得到全党和全民的拥护,有感吟成绝句一首。

秋叶凝丹秋菊黄,长征万里启新航。
登高展望前行路,一派和谐向小康。

商世平

1932年生,大学毕业,退休前在河北科技大学任教研室主任。中华诗词学会会员。曾任河北省诗词协会常务理事、副秘书长兼会刊副主编。著有《离边瓜豆》《咏物吟风集》等。

五律·华山道情

峰高居岳首,险入白云乡。
玉女凝情久,莲花绽笑长。
南攀惊落雁,东上喜朝阳。
自古一条路,如今已配双。

七绝·登古长城遗址

残城难再御胡尘,仍系中华民族魂。

草木为兵披绿甲，不教沙暴搅天昏。

七绝·秦陵咏

历朝陵寝竞恢宏，哪个君王不姓嬴？
留得碑文行隙看，尽书奴隶创文明。

七绝·华清池感事

先为兵谏后成因，统战局开内战休。
老在他乡人不忘，骊山一举颂千秋。

七绝·黄帝陵（三首）

其一　黄帝手植柏

苍苍古木五千春，舒卷乾坤浩荡魂。
万世垂阴家谱树，枝荣叶茂好寻根。

其二　北岩净石

大雪傲霜拒不沾，补天遗落惜其闲。
望廉生畏谁轻用？石重难移且镇山。

其三　汉武挂甲柏

一朝挂甲侍君王，千载犹荣励自强。
贯地通天神作柱，春生百感泪沾裳。

七律·重阳桥山祭祖寄怀

九九凭高问上苍，遗袍弃冕驾何方？
桥山植柏垂阴久，沮水成河纪念长。
龙驭未回昏寄籍？神舟堪载早还乡。
归来顾问兴衰事，召唤儿孙聚一堂。

七律·潼关怀古

地险沟深鬼见愁，黄河至此急东流。
三郎北阙霓裳醉，一诏西京锁钥抽。
烽火频仍皇室乱，干戈四起庶黎忧。
雄关旦被胡儿破，盛世升平梦即休。

七律·重温毛主席《在延安文艺座谈会上的讲话》

讲话传扬六十春，重温宝卷意犹新。
轻拂字面光辉见，深味文思主义真。
教我洞明人类爱，挺胸敢讲阶级亲。
高吟合为工农唱，鞭笞邪魔岂顾身？

巫山一段云·想延安

静静延河水，巍峨宝塔山。人心昔日向延安，回首忘情难。　　云水东流去，浮屠挺傲然。擎天神柱不容弯！祸福系中原。

巫山一段云·枣园

恍惚回窑洞，伟人夜未眠。心潮滚滚泻毫端，旭日上东山。　　怀旧萦长梦，思新想枣园。花开花谢咒流年，心事对谁言？

鹧鸪天·马嵬驿

古冢荒园几块碑，行人至此吊杨妃。能歌善舞安为过，美貌多才算罪魁？　　安史乱，李唐危，六军哗变更堪悲。一条白练悬环颈，何处鸣冤辨是非？

商怀祯

笔名诗梦,1936年生。咸阳供电局退休干部。中华诗词学会、中国电力诗词学会会员,陕西电力诗词学会会员。

七律·西安钟楼

千古帝都风雨楼,蝉联日月共春秋。
凭栏华岳五峰近,俯瞰长安八水流。
金顶朱檐凝紫气,晨钟暮鼓醒神州。
适逢雅兴登高处,万里河山一望收。

七律·秦腔

高亢激昂韵味长,秦风秦地铸秦腔。
气运丹田一挺腹,情凝肺腑九回肠。
脱缰野马奋蹄跑,断链雄狮盆口张。
黄土高坡粗犷汉,一声怒吼震天罡。

寇志明

1944年生,陕西省耀县人,大专文化,退休干部,原西安市灞桥区人民检察院高级检察官。陕西毛泽东诗词研究会、陕西省诗词学会会员,省老年诗词学会理事。作品百余首先后在《陕西诗词》《东方红》等期刊上发表,并分别入选《当代中华诗词集》等几十部专集。

五律·诗友诸老游鄠邑区太平峪

一到太平峪,忧忘吟兴添。

小溪飞瀑布，粉蝶舞花间。
野草没幽径，白云浮碧天。
耆年身尚健，试足每登先。

七绝·长安八景新咏（八首）

其一　华岳仙掌

傍河雄踞镇关中，砥柱擎天赖五峰。
侥幸敌顽凭峻险，英雄奇袭建殊功。

其二　太白积雪

玉龙六月卧峰巅，远望银光耀大千。
索链横空羞鸟道，缆车飞过赏奇观。

其三　草堂烟雾

烟雾香飘万古芳，皈依记录佛门昌。
而今信息新时代，仍旧泥胎人跪香。

其四　咸阳古渡

渭水滔滔激浪东，千年古渡觅无踪。
虹桥铁轨穿南北，陆路航空四海通。

其五　骊山晚照

骊山渭水夺天光，韵笔从来咏夕阳。
举目今朝花锦绣，楼台林立果清香。

其六　曲江流饮

团团流饮觅遗踪，沽酒无楼醉少陵。
可喜蓝图新绘就，明朝待咏丽人行。

其七　雁塔晨钟

古塔飞声幽韵长，延绵千载共沧桑。
余音缥缈环城上，更伴新潮越汉唐。

其八　灞柳风雪

"飞雪"依然扑面飘，古桥遗迹伴新桥。
折枝伤别前朝事，轻抚柔条任梦遥。

七律·《秦风》期刊二十周年

秦韵铿锵二十庚，新枝老干沐秦风。
抒情我写灞桥柳，咏史他敲雁塔钟。
唱仄吟平心不老，乐翁笑媪貌如童。
树旌太白腾云海，声振骚坛气贯虹。

忆江南·西安好（五首）

其一

西安好，八水绕城垣。地处崔嵬秦岭下，卧身肥沃渭川边。灵秀自天然。

其二

西安好，雁塔入云端。泉水华清妃子醉，骊山晚照古今传。灞柳意缠绵。

其三

西安好，先祖半坡人。小巧针钩磨兽骨，玲珑瓶甑绘鱼纹。文化仰韶根。

其四

西安好，文化底蕴藏。科技领先兴教育，以人为本育忠良。西部学黉强。

其五

西安好，声誉满神州。十代古都留胜迹，千年秦俑震环球。开发展宏猷。

寇养厚

西安市长安区人。山东大学教授。

五律·兴教寺并序（八首）

兴教寺为唐代高僧玄奘（欲姓陈，名祎，洛州偃师人）葬骨之地，位于今西安城东南郊少陵原南畔，即樊川北坡，因地处韦村西北侧，当地人或称韦村寺，1961年3月4日被国务院公布为首批全国重点文物保护单位。玄奘自天竺取经归国，先后于长安弘福寺、大慈恩寺、西明寺译经，后以京城人众竞来礼谒，乃奏请逐静移于宜君山玉华宫（在今铜川市郊）。唐高宗麟德元年（664）二月初五圆寂，归葬长安城东郊白鹿原。总章二年（669）迁葬今址并建寺立塔。后唐肃宗游寺，并题"兴教"二字为塔额，遂名兴教寺。寺内除南北中轴线之三大殿堂外，东西各有跨院。东为藏经院，建有藏经楼，内藏《大藏经》《续藏经》等佛经万余卷及"贝叶经"、"巴利文"数篇。西为塔院，建有玄奘及其弟子圆测（新罗王之孙）与窥基（名将尉迟敬德之侄）3座灵骨塔。玄奘与窥基开创中国佛教"唯识宗"，因该宗阐释佛理，多从法相入手，故亦称"法相宗"。又因玄奘与窥基均曾久住大慈恩寺（今西安城南大雁塔所在之寺），窥基更被尊为慈恩大师，故唯识宗又称"慈恩宗"。兴教寺又称小慈恩寺，与大慈恩寺同为"唯识宗"祖庭。余家世居韦村，与兴教寺咫尺为邻，余自幼年即戏于斯，游于斯，1950年至1953年又就学于兴教寺。中年以后虽远离桑梓，谋事齐鲁，然心仪释典，向慕佛理，故每逢返乡，必重游斯寺。兹以新声新韵，赋诗8首，不务文辞雅驯，但求情事真切耳。

其一　兴教寺述评

樊川多古寺，兴教擅头名。
塔葬唐僧骨，楼藏梵字经。
唯宗开正派，法相有新称。
千载东瀛客，犹来拜祖庭。

其二　谒寺内玄奘塔

五重灵骨塔，气势压禅庭。
玄奘为僧号，陈祎是本名。
取经穷异域，兴教振唐声。
事衍西游记，实虚务辨明。

其三　谒寺内三塔

玄奘浮屠座，庄严位正中。
窥基恭侍右，圆测敬陪东。
粪土王公贵，云烟将府封。
师徒研奥义，法相创新宗。

其四　忆童年就学寺中

吾乡初解放，校舍最艰难。
暂借朝佛地，权开授课班。
顽童虽犯忌，长老自参禅。
回首昔年事，犹然在眼前。

其五　元日游寺中庙会

元日游萧寺，阳和正午天。
秦腔萦殿外，梵呗绕龛前。
守戒僧尼静，随心士女喧。
黄昏人散尽，暮色笼寒烟。

其六　盛夏游寺

夏游兴教寺，凉气顿时生。
树密经楼暗，花鲜塔院明。
清池通细水，幽径隐孤僧。
向晚将归去，忽闻暮鼓声。

其七　晚秋山门伫望

古寺山门外，台高视野宽。

南临潏水渡，北倚少陵原。
秦岭千重嶂，樊川万户烟。
西风残照里，归雁过长天。

其八　雪中游寺

严冬来古寺，寥落少游人。
遍地铺银练，周天洒玉尘。
气寒僧舍静，云暗法堂尊。
暮见残垣外，红梅已报春。

七律·儿时故乡樊川四季印象（四首）

其一　春

岁始阳回万物新，樊川春色最宜人。
山青水碧云腾岫，草绿花红树绕村。
双燕衔泥寻旧舍，群莺戏柳拂新茵。
农家自有田园乐，不向桃源去问津。

其二　夏

春花谢尽景尤青，盛夏樊川入画屏。
潏水泛波消暑酷，南山当户送风清。
荷塘鹭起排云上，柳岸人归沐雨行。
更喜晴空明月夜，数声犬吠伴蛙鸣。

其三　秋

菊淡荷残野径幽，樊川露冷已深秋。
风中黄叶萧萧下，雨后清泉汨汨流。
长阵穿云鸣塞雁，远滩漫水戏沙鸥。
何当退隐还乡日，闲看陶诗卧小舟。

其四　冬

秋尽冬来凛气凝，樊川草木俱凋零。

排空雪絮连天舞,刺面风刀卷地鸣。
寒夜无灯凭照月,古村有路任封冰。
向阳日暖茅檐下,闲话桑麻笑语声。

七律·咏帝王陵(八首)

其一　毕原周文王陵

毕原纵目望文陵,昭穆森严序武成。
益卦排爻拘羑里,伐崇扩地徙丰京。
农夫让畔行仁义,贤士归心颂圣明。
窃恨纣王烹爱子,韬光忍痛故食羹。

其二　毕原周武王陵

夕阳渐下近黄昏,遥望崇陵感慨深。
问罪盟津成太誓,摧敌牧野赖同心。
亡殷灭纣称南面,裂地封爵拱北辰。
文武周公皆大圣,毕原有幸葬三人。

其三　渭城汉高祖长陵

雾气迷茫笼渭城,行人指点向长陵。
斩蛇兆汉潜芒砀,诛令伐秦起沛丰。
忍性鸿门甘赴宴,矫情广武愿分羹。
威加海内今何在,怅望秋原咏大风。

其四　兴平汉武帝茂陵

荒原向晚起秋风,雁阵惊寒过茂陵。
北定匈奴归禹甸,南平闽越入尧封。
尊儒重法杂王霸,炼药求仙问死生。
万里黄沙通汉使,千年丝路响驼铃。

其五　长安汉宣帝杜陵

闲看班史叹刘询,武帝嫡传四世孙。

祸起亲亡沉日月，时来运转御乾坤。
明察善恶人心古，细考刑名吏治新。
汉室中兴成往事，杜陵寂寞向黄昏。

其六　九嵕山唐太宗昭陵

昭陵高耸主峰头，拱卫群山拜冕旒。
举义伐隋平乱世，诛凶继位御神州。
尊贤每用人为镜，纳谏常防水覆舟。
赐葬公卿陪两翼，君臣际会炳千秋。

其七　梁山唐高宗与武则天乾陵

乾陵神道近千寻，对列石雕数百尊。
武后多才堪作帝，高宗少智枉为君。
临朝明主碑无字，废政庸人纪有文。
聚讼女皇因底事，拘牵礼教议纷纭。

其八　金粟山唐玄宗泰陵

泰陵正史有明文，凤翥龙盘地势尊。
尽灭武韦除乱政，独擢姚宋任贤臣。
开元奋志山河壮，天宝耽情日月昏。
白傅作歌传韵事，回肠荡气恨长存。

崔廷剑

生平阙略。

七绝·豫陕途中吟

遥望华山烟雾蒙，群峰藏匿有无中。
长龙驰骋壑川过，瞬息飞奔在陕东。

七律·游华清池

骊岭山泉溢万秋,幽王始建戏诸侯。
从前帝相常游幸,是日杨妃任乐幽。
兵谏临潼惊世界,和谈国共抗夷猴。
山河面貌添奇秀,快乐余年任我游。

常省三

1938年生,四川省叙永县人,大学文化。湖北、武汉诗词学会会员,赤壁文学院研究员。出版过诗词集及合集文学作品多部,作品多次获奖。

七绝·杜甫吟

春秋笔墨写春秋,写尽兴亡未尽愁。
"风疾舟中"仍系国,权门重价买歌喉!

七绝·延安革命纪念馆观感

星星之火助风行,渭水泾河浊与清。
试看尧天悬北斗,何愁天下不归盟?

七绝·《杨贵妃》观后(二首)

其一

君王重色古来多,一己江山奈若何。
圣主娥眉谁误国?千秋遗恨马嵬坡!

其二

一人身贵合家欢,美色江山两顾难。

极尽繁华秋已老,西风落叶满长安。

梁　东

1932年5月生于安徽省安庆市。人事部中国人才研究会艺术家学部委员会授予"一级书法艺术学部委员"。曾任中华诗词学会常务副会长,中国煤矿文联主席,中国作家协会全国委员。现任中华诗词学会顾问,中华诗教工作委员会常务副主任,中国煤矿书法家协会主席。

五律·五丈原

岐山秋色早,故垒不闻喧。
旗隐三刀岭,魂归五丈原。
舍生安战伐,无力振坤乾。
大野孤云暗,哀师听暮猿。

七绝·黄河古渡

清风夕照看飞流,霞彩浓妆古渡头。
青史神州谁与论,须听黄水逆行舟。

七绝·泼墨山

诗家莫谓不从心,泼墨山前酣畅霖。
点墨浑含诗百首,一行足令万年吟。

七律·泼墨山

山前泼墨笑人痴,只见岩痕不见诗。
为报天开铺锦绣,敢将玉溅写淋漓。
思飘雷电三千界,笔挟风云百万师。

但有佳酿浑一醉,朝朝应手得心时。

七律·太白山

太白山前太白风,霞飞五色日融融。
冰川高挂峰峦外,冻瀑常悬烟雨中。
素净忽如千嶂白,葱茏却见一枝红。
传神最是天开处,①揽月披云斗柄东。

注释

①李白有"太白与我语,为我开天关"句。

鹧鸪天·铜墙铁壁

脊柱炎黄太白峰,屏风御雨镇寰中。天梯石阵凌云立,栈道雄关伴雪封。　杉作箭,月为弓,铜墙铁壁岁时同。中分二水洗兵甲,铁马冰河入梦通。

鹧鸪天·骊山情思

唐韵秦风扑面开,骊山东望总萦怀。烟霞明月昏和晓,风雨江山盛复衰。　烽火路,荔枝来,霓裳鼙鼓自堪哀。千秋忠义凌烟阁,应属张杨兵谏台。

梁　柳

女,广西壮族自治区土肥站职员。

七绝·赴长安行吟诗会满载而归

长安八月桂花开,毕集群贤测控台。

琢句论章诗兴盛,深情满载喜归来。

七绝·华清池

出水芙蓉分外娆,三郎赐浴惜阿娇。
长生比翼成空梦,倾国香魂上九霄。

七绝·秦兵马俑

仙丹难救暴秦皇,兵马如林守墓旁。
泉下惊魂犹未定,却闻刘汉入咸阳。

七绝·永泰公主、章怀太子墓

深深墓道一长廊,壁画精新看盛唐。
栩栩如生风格在,千年人物尚留光。

七绝·西安碑林

碑林今古大奇观,飞动龙蛇壁上盘。
篆隶草行留墨迹,欲观国宝去西安。

梁 常

韶关诗社成员。

七绝·望太华

削壁危峰绽碧莲,巍峨西岳扼秦川。
悠悠一梦随飞鸟,直驾长云览九天。

七绝·车过灞桥

灞桥折柳总销魂,把手依依别语温。
古道今开高速路,车流迎送日纷纷。

七绝·半坡遗址

黄河远祖六千春,骨石陶窑母族痕。
文字雏形存笔画,慎宗可溯半坡村。

七律·参观中国西安卫星测控中心

火箭升空创始人,千秋梦想已成真。
卫星转播传声讯,气象云团报旱湮。
测控期探银汉系,航天盼作太空人。
浑茫宇宙无穷尽,织女牛郎待问津。

七律·游华清池书感

倾国名花帝座薰,芙蓉出水玉泉温。
秋风飒飒宜春苑,落叶萧萧侍夜门。
驿道已无妃子笑,渔阳犹恨羯胡尘。
山盟莫问长生殿,千古娇羞一怨魂。

梁文源

1960年生,陕西洋县人,陆军大校。师从启功先生学习书法20年。现为中国书法家协会会员、(国际)中国书法家协会名誉主席、中国书画家协会新疆分会常务副主席、中国书画名家协会理事、新疆军旅书画院副院长、新疆瀚海书画院执行院长、中国河朔书画院名誉院长。

五绝·陕北之秋

高原秋色浓,万壑雨蒙蒙。
谷子新香远,高粱似火红。

五律·过宝鸡大散关

秦山转苍翠,渭水渐清涟。
孤鸟云端没,高流天际悬。
秋风念铁马,夜雪忆楼船。
谁似放翁句,能题大散关?

七绝·关中秋景

八月关中秋正忙,家家户户碾新场。
迷人最是川原上,谷老椒红柿子黄。

七绝·华清池

骊山脚下华清池,松柏森森秋色浓。
羽曲霓裳成故事,空余墙外石榴红。

七绝·秦兵马俑

六军整肃列沙场,车马驰驱神色扬。

黄土难埋王霸气，千年一帝是始皇。

七绝·观壶口瀑布

大河之水势雄哉，万里涛声吼地来。
华岳石峰何敢挡，太行运气为之开。

七律·巴山道中

重上巴山忆旧游，秋风落叶出洋洲。
青山远入陕川路，红日斜晖汉水流。
鸿雁过时山色晚，征车宿处旅人愁。
多年棠棣各分散，今夜围炉饮一筹。

七律·登拜将坛

独寻胜迹上兴元，云雨深藏汉水边。
高祖登坛初拜将，萧何乘月夜追韩。
拔城踏阵功勋著，围楚灭秦青史传。
鸟尽弓藏烹走狗，英雄成败太凄然。

梁安仁

广东省梅县诗社社长,会刊《梅风》主编。

七绝·登兵谏亭

西安事变忆当年,杨虎将军血史篇。
兵谏临潼为抗战,英雄豪气撼骊山。

七绝·登西安钟楼

极目钟楼望旧京,长街四面似砻形。
终南渭水来眸底,秦汉唐陵起若城。

七绝·登西安城墙

西安城上望西安,万亩平畴景壮观。
十三王朝都建此,帝陵尽坐古秦川。

梁建邦

1953年生,笔名秦晋豫,陕西省潼关县人。西北大学中文系77级毕业,渭南师范学院中文系、艺术系原主任、教授,兼任陕西省司马迁研究会副会长、陕西广播电视大学中华词学研究室研究员、中国史记研究会常务理事、渭南诗词学会副会长、西安诗词学会顾问、渭南师范学院史记研究所所长等职。主要编著有《咏潼关诗词选析》(专著)、《渭南诗声》《月人词鉴赏(1—5)》(主编)等十多部,发表学术论文近百篇。

五律·雨中游金堆城

细雨层林染,岚空嶂更青。
双龙留胜迹,万壑蕴幽明。
钼矿驰寰宇,石鸡镇霓旌。
心随翠峰远,霁后必重行。

五律·潼关观十二连城烽火台

潼关天下险,烽火谱春秋。
秦草新枝落,唐墩旧貌悠。
争雄列云际,倨傲遍田畴。
十二连城在,炊烟处处柔。

五律·题高冠瀑布

山涧飞湍急,镌崖荡九垓。
凌天千练舞,落地万珠开。
穿石无潭底,吞涛有浪来。
汉唐游乐处,胜境列仙裁。

五律·游韩城魏长城

西河争战地，风雨历千年。
迤逦连西岳，巍峨耸昊天。
树笼秦汉月，草漫夏商烟。
驻足空吁叹，梁山落日圆。

七绝·潼关黄河第一湾

潼关奇秀美名传，九曲黄河第一湾。
寥廓苍茫风景画，豪雄尽在不言间。

七绝·吊潼关烽火台

戍鼓刀光伴汉唐，血凝芳草续青黄。
燃烟将士今何在？独剩荒墩向夕阳。

七绝·游蓝田王顺山

玉山叠翠峰如画，蓝水拥关映彩霞。
叶茂花繁林木秀，鸡鸣隔岸有人家。

七绝·入韩城即闻椒香

百里椒园吐异香，山沟地畔换红妆。
三千万棵摇钱树，争送家家到小康。

七绝·车过鸿门

指点车前项籍营，危城雉堞向天横。
重开当日鸿门宴，可放刘邦间道行？

七绝·游九龙潭

苔碧林阴涧鸟鸣,飞泉瀑布荡雷声。
龙潭个个皆如画,攀到鹤场钟磬迎。

七律·读《月人长短句》

五百玑珠润玉喉,洋洋艺苑任遨游。
丹田取血同窗会,天设仙乡佳丽沟。
塞北风光男子韵,江南山水女儿柔。
问君宿愿何时了,写尽苍穹志不休。

七律·秋游合阳玄武青石殿

举步云梯揽日辰,凌风环眺雁声频。
枝枝红柿连沟壑,滚滚乌煤结比邻。
北石南金皆有托,神工鬼斧更无伦。
不知玄武今何在,犹有焚香乞子人。

七律·谒黄帝陵

沮水萦环玉带新,绿岚巨柏圣山春。
凤龟日日钟灵秀,龙虎时时驭驾频。
圣德芳馨成造化,鸿恩深远泽人民。
炎黄一脉传千古,祭祖黄陵华夏亲。

七律·戊寅夏游华山玉泉院

南依华岳踞河东,景色迷人秀气融。
廊洞石泉扶翠绿,宫亭殿观吐青红。
鸟溪钟磬鸣弦管,匾柱碑磐舞凤龙。
玉女金簪犹在否,井泉自古脉相通。

七律·登华山落雁峰

仰天池畔数烟村，卧抚群峰叩帝阍。
玉女献莲歌盛世，萧郎引凤荡离魂。
笑驱八水朝东海，遥想三秦起虎贲。
景莫醉人人已醉，捞星采月掬乾坤。

七律·游司马祠感赋

司马文章万古雄，挽河掩岳贯苍穹。
惨遭酷腐轻生死，隐忍回肠重泰鸿。
九曲云烟萦怨恨，龙门杜宇号悲风。
高山仰止钟灵秀，世代千秋颂史公。

七律·游渭南沈河水库

沈河横断平湖现，林秀鱼肥画满川。
两岸梯田翻麦浪，百顷碧水映山巅。
彩船破雾逐波去，游客寻幽尽兴还。
假日阖家垂钓乐，蓬莱胜境有神仙。

浪淘沙·潼关怀古

雄险锁三秦，关峙河滨。刀光千载塞烟频。魏武绕槐韩马走，古木曾新。　　叹伯起廉臣，义拒金银。石碑尚在墓何存。旧地空余唐草砾，迁治吴村。

满庭芳·观合阳东王乡处女泉

北国江南，魂游几度？幸睹珠翠癫狂。数池春水，飘溢妊妃香。环岸村姑浣绢，羞远客、笑语频藏。茵堤柳，垂丝嬉钓，鹭点碧波翔。　　难忘！佳丽地，朝阳醉卧，画绣牛羊。惊三两顽童，水溜成双。探赏草丛信步，迷归径、鞋袜汪汪。肥泉涌，稻丰莲郁，恩泽万年长。

梁诗颐

1959年生，笔名良一，中共党员，湖北省咸宁市人，大学文凭，现为某公司总经理。曾获中国乡土文学奖、国家一级文学金质奖章。历任新疆部队某部秘书、咸宁市作协副主席、市诗词学会会长兼《金桂》报总编、市楹联学会副会长，市专业技术拔尖人才。中国乡土作协、中华诗词学会、中国乡土诗人协会会员。作品、小传入编《当代中华诗人志》等，著有《香港诗一百首》《好女人万岁》等。

七绝·赴西安

举世闻名一古都，奇珍异宝尽风流。
崇观八景辉煌处，最是今朝雁塔游。

曹伯庸（1930—2011）

陕西礼泉人。著名书法家，陕西师范大学教授。中国书法家协会会员，陕西省书法家协会理事，西安终南印社顾问，陕西省文史研究馆馆员。

七律·登金台观

久慕陈仓金台观，今朝始上翠冈巅。
粼粼渭水成一带，郁郁终南列嶂峦。
广厦巍峨光禹甸，庶民熙攘乐尧天。

夕阳一抹无限好，凝望悠悠云水间。

屠　岸（1923—2017）

原名蒋璧厚，笔名叔牟，江苏省常州市人。上海交通大学肄业。曾任人民文学出版社总编辑、党委书记。现为中国诗歌学会副会长、中国作家协会全国委员会名誉委员。

七律·访西安七贤庄八路军办事处纪念馆感赋

万黛丛中一点红，七贤庄里火熊熊。
求真何惮路千里，为国甘当困万重。
不坏长城还本色，成仁烈士驻芳踪。
先贤事迹堪垂教，铁铸钢浇百炼功！

章介平

1924年生，又名士衡，浙江省金华市人。中共党员，医专毕业。原任市中心医院口腔科主任，副主任医师。退休后任市诗词学会副会长，中华诗词学会会员，新加坡新风诗协会顾问。著有《过雨集》。

七绝·马嵬坡怀古

绿树昏鸦游客稀，马嵬坡下照斜晖。
六军不整盟终负，何用君王再悼妃。

七律·西安赠别

何用灞桥柳折菁，亲情谊胜古人情。
云开共访周秦迹，日暮同驰唐汉城。
几度随君关阙望，全家送我月台行。
依依惜别慕高节，爱国功多淡利名。

七律·游华清宫

骊山脚下碧波前，回望长安万户鲜。
御苑当年歌玉树，温汤昔日浴芙莲。
千门此刻民游乐，百水而今众濯妍。
历代君王奢逸处，群黎观赏众摩肩。

七律·法门寺怀古（二首）

其一

岐山渭北法门钟，舍利深藏在龛宫。
十代豪华弘妙谛，千年盛事续圆通。
雷音入地多珍宝，梵塔摩天旷世功。
昔日唐皇情带泪，谏迎佛骨有韩公。

其二

恭迎佛骨到京华，锦绣通衢连驷车。
烛地歌天三百里，幡头梵指几千家。
宫廷珍宝倾箱库，黔首资财罄米茶。
韩愈违君辞殿阙，蓝关诗赋令人嗟。

萧宜美

1946年生，福建人。高级经济师，苏州大学兼职教授。现任苏州工业园区管委会调研员。中华诗词学会理事，苏州诗词学会副会长。著有《萧宜美绝句选集》。

七绝·黄河（二首）

其一 壶口瀑布

黄水黄沙呈本色，无波无浪比文弱。
养神千里惊雷落，地陷深沟更不休。

其二 岸边遐想

站在陕北一县城的山头，脚下黄河滔滔，眼前的山村，用水却只能靠天下雨……

滔滔东去自闲悠，两岸千山望秃头。
用水靠天何日了，黄河当解万村愁！

七绝·夜宿延安

书中见面几十年，今夜窗临圣地山。
头枕延河怀抱塔，梦连风雨叹新颜。

七绝·红枣树

屹立高坡貌不扬，忍饥耐渴已如常。
金花笑傲春光里，秋捧丹心馈四方。

七绝·心意

苏州工业园区与陕西省吴堡县结对，援建多所农村小学。

光山深处读书声，新校窗前亮眼晴。
破洞且留堆旧物，水乡心意好收成。

七绝·黄帝陵（二首）

其一　宝岛游子祭陵

千里奔寻始祖根，祭文切切是乡音。
余生不断中华梦，无愧炎黄游子心。

其二　黄帝手植柏

风霜雨雪五千年，壮体繁枝抱绿团。
统率桥山三万众，守陵护祖永平安。

七绝·西安城墙漫步

万家灯火伴东流，漫步城墙探古悠。
汉瓦秦砖回首望，茫茫史海月如舟。

七绝·秦兵马俑

纵横华夏建奇功，又率精兵藏地宫。
谁料一朝初亮相，惊天动地起狂风。

七绝·华山（二首）

其一　感怀

谁持刀斧劈功绝，处处天梯铁索阶。
爬上儿时惊险梦，白云围日已西斜。

其二　夜幕

手电星星共夜空，峭颜峻貌尽消融。
谷成深洞峰留影，抓索下山踢冷风。

七绝·乾陵无字碑

十里梁山睡女皇，光碑巨立亦称王。
千秋功过留身后，无字谜团添史章。

萧浪平

  1931年生，湖北省英山县人，中共党员，经济师，退休干部。曾任英山职工学校校长，《英山县志》副主编，政协二、三届委员，英山文史委员会副主任，县文联、诗联协会顾问。

七绝·客居西安

客寄长安暂易居，古都浏览借轻车。
前朝顾况今何在，太傅文章我不如。

七绝·乾陵无字碑

古今几见碑无字，独出心裁武则天。
功过是非凭众论，看穿身后万千年。

七绝·马嵬坡

六军不发马嵬坡，承宠君前亦奈何？
三尺绮罗终丧命，不教玉帛化干戈。

七绝·华清池

华清池水尚流温，曾浴杨妃朝至尊。
钱赐洗儿成大错，明皇误在老来昏。

七绝·慈恩寺

忠孝从来聚一身,将登九五念慈恩。
君王不失纲常体,祠庙良知共塔存。

七绝·望定军山怀诸葛亮

武略文韬一代雄,中原六伐气如虹。
出师两表酬三顾,主懦臣谋不奏功。

七绝·谒昭陵评唐太宗(十二首)

其一

弑兄诛弟叹秦王,刀斧情留太上皇。
玄武阋墙谋玉玺,似曾遗臭却流芳。

其二

身登大宝悬三鉴,从谏如流慎十思。
杨广龙舟观载覆,不忘前事后之师。

其三

欲斩廷争田舍翁,得人卓识悟宫中。
只今犹颂贞观治,内助当分一半功。

其四

纵鹊固辞臣贺瑞,吞蝗有愿灭虫灾。
或生或杀由人主,爱物怜民见圣裁。

其五

明君坐卧对屏风,善恶臣僚指掌中。
升擢谪迁皆有据,赏功伐罪必亲躬。

其六

或因狂放罪刘恭，审实原来假且空。
不计"胜"文宽释去，海天胸次在能容。

其七

既诺固辞诛祖尚，幡然自责愧文宣。
复宫袭荫恩其后，明主丹心可照天。

其八

侍郎持节岭南驰，能抵貔貅百万师。
智戴入朝疑尽释，君明臣直会心时。

其九

百万人归服四夷，靖边岂尽恃轻骑。
恩威并重咸推仰，德政民心两不离。

其十

垂拱君王镇八荒，不修障塞重人防。
英雄入彀谋韬略，万国衣冠拜盛唐。

十一

为重江山轻女色，三千佳丽出宫来。
窃窥神器难防范，错在偏怜武媚才。

十二

生纳忠言死送丧，金鞍玉辇泪浪浪。
君臣地下犹相伴，千古昭陵证共襄。

雪 松

1949年生,本名张郁兵。西安市灞桥区新合街道办事处党家村人。中共党员,大专学历,国家公务员。历任乡、镇、街道办事处领导职务。西安诗词学会会员。

满庭芳·游黄巢堡

翠盖层峦,山幽径曲,正是黄帅兵场。黛骊青色,林海柏飘香。绿树千枝竞展。似检阅、列阵疆场。房前垩,游人笑语,说古道今详。　　难忘,游胜地,山庄错落,瀑布清塘。有山色湖光,舟马旗扬。石峡谷幽景丽,呼唤处、靓妹情郎。登山顶,人文相辅。眼底尽收藏。

水龙吟·眉县红河谷

红河谷畔飘云,林森水碧周天翠。黄羊奔走,锦鸡飞舞,草团花卉。一峡深长,崖头声里,意游心志。把山情水势,纵情尽览,眼开阔,堪欣慰。　　更有一帘瀑布,百千尺、汇流聚水。林间深处,绿藏古寺,伴游我你。索道腾空,峰回路转,险惊无畏。峻峰生景秀,寄情物景,令神仙醉!

黄 钟

1938年生,原名黄国苹,湖南省宁乡县人。1960年毕业于湖南师范学院,1980年调入高校任教,副教授。2000年湖南商学院退休。作品、小传入编多种典籍。

七律·太史公颂

学际天人通史变,首倡纪传焕新章。
雄奇独数千秋笔,高古常抒九曲肠。
序事图形人自立,求真悖圣道弥张①。
鸿毛一霎凌霄舞,泰岱巍巍耸昊苍。

注释

①班彪、班固父子指责司马迁"是非颇谬于圣人。"

七律·王昌龄

孤洁忧时长扼腕,九畴慷慨论明光①。
怀冰一世遭谗谤,联璧千秋誉李王②。
塞曲雄才扬气骨,宫歌幽怨判齐梁。
玉颜不及寒鸦色,美丑相颠奕代伤。

注释

①王昌龄:《箜篌引》:"仆本东山为国忧,明光殿前论九畴。"
②指李白、王昌龄。

汉宫春·秦兵马俑

渭水骊山,看彪贲凛凛,战骑骞骞。堂堂东向,六国风卷云烟。长城万里,尽销锋、谁敢弓弯。兼六合、琅琊勒石,祖龙带励河山。

燔典以愚黔首,竟为兵斩木,地覆天翻。千秋土中再起,杀气犹酣。冥顽怙恶，纵恣睢、但壮游观。皆笑傲、披坚执锐，期门待命征鞍！

扬州慢·长城

千载横空，万年雄世，据凭垛堞堪惊。记弓刀掣电，杀气恁凭陵。卫疆土、苍生骨肉，疆成峻伟，威敌强嬴。镇遐荒、千百关山，永保秦庭？　　始皇得鹿，踞咸阳、秦国峥嵘。便肆虐焚坑，征徭擢发，民骨长横。妄觊久传皇祚，终难料、斩木为兵。问阿房安在？沧桑何奈长城！

黄人仁

1935年生，又名黄野，江西省靖安县政协文史科科长，已退休。中华诗词学会、省诗词学会会员，县诗词学会副会长。合著有《清风集》《靖安旅游风光集》等，独著有《吟中乐》《赟湖吟稿》等。

七律·癸亥年中秋过秦岭

列车向着远山行，飞越秦巴势若平。
曲曲弯弯蛇状路，高高矮矮驼形程。
中秋细点窗前月，隧洞连穿心里明。
万里无云天朗夜，欢欣笑语满厢情。

七律·临潼游（二首）

其一　华清池

骊山众岭沐晴晖，极目层林染翠微。
褒姒何曾危社稷，杨妃未必乱风徽。
五间厅内听余怨，兵谏亭边证是非。

千百年来多少事，游人指点话宫闱。

其二　秦俑馆

临潼俑馆显雄风，信是秦王战阵隆。
个个宫兵披铠甲，排排车马列长龙。
三军昔日天威壮，六国今朝王气空。
世界八奇观仰止，中华文物在关中。

黄千麒

　　1932年生，湖南省湘乡市人，九三学社社员。曾任益阳地区茶叶学会理事长，省茶叶学会常务理事。原益阳市政协委员，现为中华、省、市诗词学会会员，中华诗词文化研究所研究员，益阳桃花仑诗社副社长，市老干诗协理事。作品、小传入编多种大型辞书。

七绝·西安行吟（二首）

其一　登大雁塔

千年古塔此登临，孝报慈恩感悟深。
新貌古城奔眼底，高楼名胜簇如林。

其二　参观碑林

三学街前大殿堂，碑林千载射光芒。
草行隶篆留真迹，满目琳琅尽宝藏。

七绝·临潼杂咏（二首）

其一　观秦兵马俑有感

浩大工程举世惊，万千兵马卫秦陵。

妄图专制终成梦，今日江山不姓嬴。

其二　华清池抒怀

玉环出浴色倾城，兵谏骊山举国惊。
魂断马嵬悲往事，是非留与后人评。

黄玉奎

祖籍广东省深圳市客家人，现为马来西亚公民。原为跨国石油公司高级工程师。1991年游中国后开始诗词创作。1995年至今，每年受邀参与中华诗词学会活动，遍游中国大江南北，结交诗友无数。作品常见于中国以及海外诗词专刊。诗词作品被收入多种大型诗词家、艺术家典籍，为中国多家诗词学会顾问。著有《兼善集》《跨越黄河第一桥》等。

七绝·观韩信拜将坛有感

慨叹功臣变弃弓，古今依旧赞英风。
虽无霸业传人世，有此名台笑沛公。

七绝·游紫柏山张良庙得句（二首）

其一

同知鸟尽即弓藏，各把名君立帝王。
若论功成身退事，陶朱那及俏张良。

其二

紫柏名山雨夜留，清新宁静景难求。
山珍美食虽兼得，亮节高风还待修。

七绝·汉中往留坝途中所见（二首）

其一

人饥车累夕阳迟，清水淙淙灌小池。
不见山中归鸟急，喜闻幼稚背唐诗。

其二

紫柏名山画不如，我来探密觅仙庐。
而今车困褒河道，借问张公有计乎？

七绝·咏西安（二首）

其一

都建十朝千一载，周秦刘汉又隋唐。
古时繁盛今何在，复旦还期政绩良。

其二

长安旧迹易西安，盛世难寻物已残。
胜景秦唐今在否？幸存古迹足游观。

七绝·秦始皇陵（二首）

其一　望秦陵

面水依山气势雄，沧桑历尽帝皇风。
当年残暴生民苦，学者今崇绝代功。

其二　咏兵马俑

将帅兵车拥万乘，千秋地府护秦陵。
原为佑主迷神术，国宝今成外汇凭。

七绝·由西安往汉中途中所见（三首）

其一

秦岭翻山道路斜，车窗野外是农家。
摩多新款身边过，俊俏村姑衣带花。

其二

半路停车有酒家，午餐野味足堪夸。
前门锣鼓叮咚响，路上游行在卖瓜。

其三

拥挤颠簸席不安，盘旋九曲十三弯。
车中久坐腰酸痛，我解诗仙《蜀道难》。

江城子·谒黄帝陵（效韦庄体）

沿阶拾级苦登临，柏森森，日阴阴。暮景秋凉，身感巨龙吟。华夏族魂红彩带，天涯去，五湖心。

江城子·谒黄帝陵

秦川百里泛金光，桂飘香，菊呈黄。南来西域，赶路上龙岗。远道驱车前祭祖，经国道，碾斜阳。　　桥山沮水伴轩皇，看沧桑，历冰霜。帝佑中华，名列首三强。古柏林中圆宿梦，骄继汉，傲称唐。

黄正襄

1923年生,台湾淡水人。北京市文史研究馆馆员。海峡两岸书画家联谊会副会长,全国侨联文学艺术家协会副会长。出版有《黄正襄画选》《黄正襄诗画》等多部。

七律·贺陕西省文史研究馆建馆五十周年

辉煌建馆五十年,敬老崇文一脉传。
磅礴诗文夸万世,淋漓书画继先贤。
弘扬传统匡时弊,表正革新永向前。
今日龙钟身犹健,会当鼍铄醉琼筵。

黄存仁

生平阙略。

七绝·秦兵马俑

中华统一始皇雄,马俑陈兵百万容。
岂怕荆轲锋剑出,阵严以待慰孤忠。

七绝·西安事变

西安事变早闻名,将领张杨播远声。
抗日建勋遭暗害,是非功过世人清。

七绝·西安行（五首）

其一　古都

建都享誉古名城，少小已闻神自倾。
极目方圆翻绿浪，新颜如画尽文明。

其二　城墙

城墙纵目极山川，今日西安别样天。
古迹犹存新貌美，千红万紫耀于前。

其三　碑林

西安幽雅古碑林，真迹珍藏何处寻。
历代名家精品在，方方碑刻值千金。

其四　半坡遗址

半坡遗址溯源头，原始中心是女流。
学者研磨舒健笔，畅游赏景识兼收。

其五　大雁塔

雁塔凌空可摘星，风霜雨雪立亭亭。
炎黄辈辈多奇俊，远古文明垂史青。

七律·临潼华清池

骊山脚下出名池，翠绿芳华美四时。
中外游人多赞赏，古今墨客好诗题。
温泉冷暖舒皇浴，雅室幽闲乐蒋栖。
胜迹真存犹可贵，兴游仰慕寄情思。

黄金肖

女,陕西华县人,就职于华能秦岭发电厂人力资源部。世界汉诗协会、中华诗词学会、陕西省诗词学会、中国电力诗词学会会员,陕西电力诗词学会理事。

清平乐·骊山

云山叠秀,霜染舒红袖。满地嫣然宫锦透,一夜风吹雨骤。　　褒姒回笑堪怜,烽台几度狼烟?千古幽幽长叹,至今渭水犹寒。

黄宪章

湖北省英山县教委干部。鸡鸣诗社社员。

七绝·临潼华清池

绚丽华清浪接天,皇妃览胜乐无边。
当年智慧工程地,今日游人笑语甜。

七绝·中国西安卫星测控中心感赋

高楼耸立入云端,测控中心设此间。
科技领先兴大业,卫星发射国威严。

七绝·西安碑林博物馆

博物深渊意义长,碑林陈列两千方。
高超技艺流芳远,石刻诗书百万章。

黄曾命

1939年生,笔名梦泽居士。中共党员,高级讲师。1998年曾宪梓教育基金会全国中等师范优秀教师奖获得者。中华诗词学会、中国硬笔书协、省音协会员,当代师生书协副会长,洞庭诗社副秘书长。小传入编《中国专家辞典》等,著有《云梦轩诗文集》《云梦轩墨迹》等。

七绝·关中杂咏(十首)

其一　雁塔拜佛

大雁浮屠气势雄,慈恩寺内火香隆。
祈求圣佛平安保,览胜长安表寸衷。

其二　钟楼留影

飞檐走壁琉璃翠,金碧辉煌宝顶金。
珠溅喷泉添雅趣,古城留影在丹心。

其三　秦俑探奇

马俑秦兵世八奇,雄威军阵万千姿。
车骑步弩高超艺,瑰宝精华古冠之。

其四　骊山晚照

神奇瑰丽御山游,晚照楼台景更幽。
枫掩西阳红烂熳,秦风唐韵溢歌喉。

其五　翠华山眺

秀丽风光景致优,水湫荡漾碧波浮。
吕祠太殿黄龙洞,如织游人庙会讴。

其六　法门寺感

宝塔真身立法门,关中始祖美名存。

释迦舍利亲肢骨，史料珍奇四海春。

其七　太白山游

峥嵘山势奇峰秀，林海茫茫草木殊。
怪兽珍禽频出没，深山太白自欢娱。

其八　乾陵访古

武帝高宗合冢存，城垣两道广陵门。
名碑圣碣留遗迹，陪葬墓多不可云。

其九　华山秀色

西岳华山伟岸奇，高峰五大画中诗。
朝阳玉女莲花峙，落雁云台庙宇随。

其十　壶口瀑布

唯一黄河瀑布垂，奔腾直泻入槽池。
波涛汹涌骄阳映，卧镇狂流大禹碑。

七律·咏黄陵八景

桥山夜月照人来，沮水秋风心境开。
南谷金花香馥馥，北岩净石洁皑皑。
龙湾晓雾重重绕，凤岭炊烟袅袅追。
汉武仙台添雅韵，黄鼍古柏翠嵬嵬。

七律·陕西饮食八大怪

西安膳饮怪奇餐，扯面犹同裤带宽。
酥脆锅盔圆盖状，油淋辣子晚霞丹。
酸汤水饺超鱼翅，羊肉泡馍胜凤肝。
老碗会开蹲地上，饼中腊汁令君欢。

苏幕遮·秦俑馆

俑前锋,兵后卫。主体冲拼,侧翼旁敲锐。威武之师能进退。方阵三千,刀器青铜利。　击回还,弩立跪。步战车骑,大小包营垒。武略文韬军吏帅。气宇轩昂,百态千姿美。

黄福文

曲江风度诗书画社副社长。

五律·中华诗词创作经验交流会暨长安行吟诗会开幕式上即席赋得

西安雅会开,骚客八方来。
畅览名都秀,高歌济世才。
寻根传统继,开拓壮途催。
同踏繁荣路,行吟尽敞怀。

五律·西安碑林

碑林萦梦久,今日喜躬身。
驻足摩挲细,入心收获真。
九宫俊气溢,多宝墨书陈。
面壁嫌时逼,何当再度亲?

七绝·乾陵无字碑前口占

一代女皇真卓识,敢将无字立名碑。
千秋功过任评说,泉下则天自展眉。

七绝·中华诗词创作经验交流会上即赋（二首）

其一

三日西安获益深，秦中犹记乐天吟。
时人时语写时事，一代当歌一代音。

其二

东西南北聚贤才，词织百花斗艳开。
魏紫还须苔藓衬，莫因一叶障楼台。

黄耀武

1933年生，笔名武日光，湖北省黄梅县人。原黄冈地区科委副主任，科协主席，高级工程师，东坡赤壁诗社副社长。现为东坡赤壁诗社名誉社长，《东坡赤壁诗词》编委会顾问。主编有《科技扶贫诗抄》等，著有《晋梅轩诗词》。

七绝·过华清池

毓秀骊山流碧玉，华清池内浴芙蓉。
渔阳鼙鼓声高起，正是轻歌曼舞中。

七绝·半坡遗址

秦川胜地先民踞，原始人群母系尊。
源远流长千万载，仰韶文化见遗痕。

七绝·骊山五间厅感赋（二首）

其一

厅舍当年曾踞虎，骊山石窟缚元凶。

西安一举匡危局，抗日图存建伟功。

其二

馆舍依然列五间，玻璃犹见弹痕穿。
张杨义愤陈兵谏，虎将威名四海传。

七绝·西安兴庆宫公园即兴（三首）

其一

金碧辉煌映画廊，牡丹更比旧时芳。
沉香亭上烹新茗，似觉青莲翰墨香。

其二

唐宫旧址变公园，绿树红花处处妍。
酒不醉人人自醉，漫游到此似飘然。

其三

重温古调清平乐，遥想当年卧醉仙。
览胜同俦添雅兴，沉香亭下照容颜。

七律·西安碑林

精华荟萃古都魂，翰墨奇观世代珍。
汉魏隋唐留石刻，清元明宋立碑林。
银钩铁画传神采，凤舞蛟腾透笔痕。
书圣楷模中外仰，继承发展赖新人。

七律·过乾陵怀武则天

乾陵不废历沧桑，千古中华一女皇。
治国安邦施伟略，选材取士采新方。
唐家天子多难匹，巾帼名流独逞强。
无字高碑传后世，是非功过任评章。

七律·过杨贵妃墓感赋

黄土无声掩玉环，是非恩怨话般般。
人称盛世君无道，鬼混春宫国岂安！
漫说香痕生祸水，须知昏朽是灾渊。
风流皇帝荒唐案，历史尘封也合翻。

临江仙·西汉人物点评（四首）

其一　刘彻

历史回眸思汉武，千秋霸业风云。雄才大略几人伦？神疆开拓者，大国奠基人。　讨伐匈奴平外患，休言黩武精神。攻防屯垦靖边尘。运筹纤妙策，将帅树奇勋。

其二　霍去病

敢打敢拼尤善战，挥师直捣龙门。骠骑千里扫残云。神奇惊四野，智勇冠三军。　胜绩酒泉传轶事，豪言赤胆惊人：匈奴未灭不完婚。英年悲早逝，大汉失骁将。

其三　卫青

善出奇兵精战略，指挥若定从容。刀丛箭雨显英雄。远征筹妙策，夜战斩元凶。　戎马一生肝胆赤，功高总不居功。竭诚报国寸心忠。三军隆德望，千古慕高风。

其四　张骞

一往无前开拓者，精忠智勇双全。艰难曲折路漫漫。通商联异域，拓展活边关。　雪压冰摧经数载，雄心不改依然。奔驰辗转节尤坚。丹忱归汉室，青史颂张骞。

喝火令·西安大雁塔

宝塔巍峨耸，凌虚逼太空。历经千载雨和风。好一似擎天柱，独占古城雄。　　仰望神思远，登临韵味浓。畅怀环视兴无穷。极目关中，极目觅遗宫，极目咸阳故道，此日吐长虹。

黄耀南

1933年生，笔名共由，湖北省武汉市新洲区外经贸委退休干部，经济师。省、市诗词学会会员，东坡赤壁诗社、新洲诗社社员。著有《黄耀南诗词集》。

七绝·咏李自成

腐败昏庸易丧邦，甲申年祭好文章。
谁能逃得周期律？掩卷沉思叹闯王。

七绝·延安颂（四首）

其一

宝塔巍巍聚巨星，全凭北斗指航程。
毛公"一论"惊天下，不亚雄师百万兵。

其二

封锁边区事事难，千辛万苦敢登攀。
兵民响应大生产，足食丰衣战敌顽。

其三

延安"抗大"育精英，威勇神奇八路军。
敌后游击惊贼胆，百团大战建奇勋。

其四

人间圣地数延安，卧虎藏龙气凛然。
延陕精神春永驻，中华革命一摇篮。

多丽·纪念西安事变六十九周年

忆当年，铁蹄践踏吾邦。国中枢、不思抵抗，操戈同室偏忙。两将军、祈求抗日，停内战、共赴疆场。危急关头，忠肝义胆，冒危兵谏挽危亡。共产党、前嫌何计？合作奏华章。齐欢跃、功臣千古，盛赞张杨。　　一时欢、中华大族，展现无限风光。大中华、旷前阵线，抗强敌、情气高昂。国共同心，军民协力，全民参战志如钢。浴血斗、八年鏖战，驱走野豺狼。休忘却、张杨伟绩，万古流芳。

龚　群

1931年生，湖北省蕲春县人。1951年在中南军政大学湖北分校和中南通讯学校毕业，1949年12月参加工作，中共党员。黄冈市公安局交警支队副支队长级监理员，湖北交通安全报黄冈地区记者站站长，高级工程师。中华、湖北诗词学会、交通工程协会会员，市新四军历史研究会、诗词学会、东坡赤壁诗社理事，市书画研究会常务副会长。著有《心灵吟稿》《古稀酬唱》等。

七绝·西安览胜（六首）

其一　忆周公

起程扬子抵秦河，渭水滔滔逝绿波。
遥想子牙垂直钓，访贤千载受讴歌。

其二　秦始皇陵

骊山脚下访临潼，百里方圆有帝陵。
工艺精深堪莫测，机关留待后人明。

其三　温泉

骊山脚下访名城，龙口流泉温又清。
曾是当年妃子浴，而今献给众人情。

其四　老母殿

骊山脚下访斯城，峰顶来回索道横。
圣母女娲曾在此，补天炼石献真情。

其五　兵马坑

骊山脚下古名城，卓越非凡兵马坑。
秦帝军威雄地府，阎罗怎敢与他争。

其六　观大雁塔

宝塔巍巍腾大雁，慈恩钟鼓惦高僧。
古城古寺藏经典，历尽艰辛鉴后生。

龚光戎

1929年生，湖南省澧县人，高中文化。曾任湖南省华容县人民银行行长、县人民委员会秘书，在司法局离休。华容县章台诗社社长兼主编，湖南诗词协会理事，中华诗词学会会员，《霜叶》诗书画刊主编。著有《晚霞集》《晚霞续集》。

七绝·秦兵马俑（二首）

其一

车马轩昂势欲行，士兵威武态如生。
两千年后观遗物，陶艺珍奇举世惊。

其二

生前暴戾惹人憎，枉费心机造俑陵。

未绿松楸函谷举，祚基难为子孙绳。

七绝·咏西安碑林（二首）

其一

排列如林宝石花，焕然千瓣泛清霞。
楷行篆草龙蛇舞，一部奇书誉海涯。

其二

百方石刻十三经，首尾绵连似画屏。
华夏辉煌文化史，千秋风雨永留馨。

七绝·游华清池（二首）

其一

佳人受宠足销魂，水滑温泉正沐恩。
鼙鼓南来天地动，池宫一炬荡无存。

其二

唐宫早毁御园存，依阁沿台觅旧痕。
最是惹人遐想处，浴池舒适沐汤温。

七律·登西安大雁塔

千年突兀耸云空，登览情怀各不同。
工部哀鸣黄鹄去，嘉州了悟胜因宗。
春秋更替开新意，文化交流忆伟功。
三藏取经藏寺塔，东西儒佛愈相融。

七律·夜过西安呈吴尊文教授

窗外凝眸夜色沉，萦怀乡友意尤深。
洛阳花下初留影，沱水岸边重叙心。

风雨征途鸿爪印,沧桑往事梦痕吟。①
一声笛号车行远,来日专程踏雪寻。

注释

①吴先生著有《梦痕纪略》一书。

画堂春·题西安大雁塔

几经毁损越千年,唐都古塔岿然。高标涌出曲江边,旧貌新颜。
车辆星驰云集,衣冠鱼贯龙蜒。登临一览惬心田,春满秦川。

盖秀荣

女,1942年生,字若水,聋哑斋主,河北沧县人。陕西省诗词学会会员,三秦文化研究会研究员,太白诗社理事,陕西省老年诗词学会副会长。著有诗集《国画之魂》。

七绝·咏陕西省少年武术

刀枪棍棒响长空,醉剑长拳起骤风。
神气如同狮虎豹,冲锋奥运小英雄。

储 农

1930年生,江苏省泰州市人,大学文化,副主任药师,射阳县卫生局离休。中华诗词学会、中国毛泽东诗词研究会、省诗词协会会员,中华诗词文化研究所研究员,县诗词楹联协会副会长,鹤鸣诗社社长。编著有《中华当代咏鹤诗词选》《黄海吟声》。

五绝·黄陵八景新咏(八首)

其一 桥山夜月

仰望桥山月,清辉照碧空。
良宵期共度,两岸此心同。

其二 沮水秋风

始祖乘龙去,民思泪涌河。
秋风吹沮水,华夏奏新歌。

其三 南谷黄花

抱节居幽谷,坚贞世所称。
愿偕苍翠柏,千古灿黄陵。

其四 北岩净石

廉石来天外,飞尘拒不沾。
世间贪利者,对此可惭然?

其五 龙湾晓雾

紫雾腾霄汉,群芳展笑颜。
满山笼瑞气,仙境誉龙湾。

其六 凤岭炊烟

胜地曾栖凤,烟云绕碧峰。

人间弦管奏,无处不春风。

其七　汉武仙台

祈寿仙台筑,岂知寿有穷。
台存人久杳,惆怅对西风。

其八　黄陵古柏

八万森森柏,护陵各有功。
风霜何所惧,挺立傲苍穹。

五律·访西安兵谏亭[①]

抗日波澜涌,风云起古都。
国危民奋救,兵谏世惊呼。
智勇钦双将,刁顽斥独夫。
一亭名数易,历史证荣枯。

注释

[①]此亭新中国成立前名正气亭,新中国成立初期名捉蒋亭,现名兵谏亭。

五律·宝成线上

蜀道欣修好,毋吟太白篇。
景云腾脚下,秦岭绕身边。
雨细征尘少,神怡俗虑蠲。
嘉陵江水急,淘尽古今贤。

五律·访勉县武侯墓

沔水东流去,南郊访定军。
古碑增肃穆,野草吐清芬。
真伪疑双冢,忠贞报一君。
位尊崇俭葬,正气壮风云。

五律·眉县张载祠重建喜赋

志远功名淡,南山隐此身。
哲思光一代,桃李育三秦。
祠宇欣重建,横渠庆再春。
《全书》传后世,千载颂张君。

七绝·参观洛川苹果基地

秋高云淡野飘香,佳果盈枝采摘忙。
味美价廉销四海,老区农户笑声扬。

七绝·在西安文物市场购《清明上河图》仿制品一轴

上河图卷誉奇珍,妙手临摹可乱真。
昔日繁华今幸睹,民间工艺祝长春。

七律·赠西安大慈恩寺佛教文化苑

汉苑唐宫不易寻,名城宝刹景添新。
弘扬佛学功追古,耀显慈怀泽后人。
释典搜藏辉两馆,①艺珍陈列耀三秦。
何为几度沧桑变,宏愿欣成合畅春。

注释

① 两馆:佛教图书馆、佛教艺术陈列馆。

寓　真

　　1942年生，本名李玉臻，山西省武乡县人，1966年毕业于北京政法学院。长期从事政法工作，山西省高级人民法院院长，国家二级大法官，第十届全国人大代表。中国作家协会会员，中华诗词学会常务理事，中国诗歌学会理事兼法律顾问。著有诗集《四季人生——寓真抒情诗选》、散文集《远行集》《观瀑集》等。

清平乐·镇北台速写

风呼高亢，犹似征人唱。塞马秋肥驰骋壮，往日何多猛将！　　黄沙万里平平，绿洲一片青青。云汉高悬白月，长风远去苍鹰。

清平乐·红石峡石刻

方方汉字，熔铸英豪气。血雨腥风经磨洗，红石尤彰壮丽。　　榆溪碧水南流，边城游客方稠。咏叹前贤大义，几多国是民忧！

长相思·无定河边小景

玉米田，稻谷田，北国农家南国园，风光两俱全。　　水涟涟，情绵绵，米脂姑娘美似仙，袅娜摇小船。

渔家傲·秦兵马俑

席卷八荒雄盖世，始尊万乘秦皇帝。死葬犹将兵马备。千百骑，出征号角犹吹起。　　北筑长城成藩垒，凶奴退却成千里。遣子扶苏亲戍卫。秦将士，满身铠甲持弓矢。

浪淘沙·乾陵

红粉领江山，颠倒坤乾。娥眉不让自昂然。可叹宾王辞藻美，一檄空传。　　列拜石人残，萧瑟陵园。碑无字处愈霜寒。却待寝宫开启日，再现斑斓。

八声甘州·访延安

望朝暾渐薄凤凰巅，塔影启云烟。倚延河桥畔，楼堂相接，一带新颜。名震瀛寰圣地，何处觅当年？幽美杨家岭，恬静名园。　　嘉岭高峰登览，见晴川宛转，烟嶂回环。忆成功伟业，卓绝历艰难。莫消沉、升平歌舞；史犹新、纵侈坠江山。瞻窑洞、导师犹在，挥写鸿篇。

八声甘州·米脂杨家沟访毛主席旧居

借夏风伴我旅乡山，野芳醉人鲜。见弯弯山道，高高窑洞，淡淡炊烟。回想当年景物，应若此悠然。云水盈胸臆，谈笑如闲。　　强敌汹汹压境，又随身数骑，辗转周旋。点一支烟卷，睿智决坤乾。就从兹、杨家沟里，挟风雷、潇洒上天安。重寻问、遗踪长在，民众心间。

满庭芳·司马迁墓与祠

绝唱乾坤，荡回亘古，斯人心魄何雄！当时遭遇，争忍垢和穷！人格文章永在，本无意、炫耀陵宫。高茔上，苍虬古柏，默默数长风。　　蒙蒙，春望处，龙门镇北，芝水流东。照旧大黄河，杳隔难逢。石砌长安驿道，想当日、车马隆隆。空留得，洼洼凸凸，怎觅汉时踪？

水调歌头·米脂李自成行宫

逝者杳难见，来者更何瞻？偶经豪烈桑梓，遗恨满苍山。忘却干戈万死，却剩传奇一段，名妓说圆圆。仰目旧宫在，踏上石阶寒。　　天翻覆，民不死，总繁衍。鸡鸣不已，国事何故总多艰？大祭名文郭写，小说长篇姚著，教训诫人间。富贵莫淫逸，振古道如然。

水调歌头·游法门寺

舍利粲然现,世界客来频。何疑神话奇遇,试看宝真真。偶发浮屠地室,越时空隧道,幸会大唐人。迎骨灿煌日,盛典恍如新。腊未尽,春甫立,渭河滨。游车熙攘,满熏风地荡轻尘。欲唤昌黎重返,共话长安灿烂,莫再苦吟身。可贵奏章后,文物却殊珍。

扬州慢·华清池感怀

仙乐骊宫,温泉水滑,春寒赐浴华清。觅海棠汤址,今犹睹残形。忽忆得、清平歌调,凝香红艳,倾国欢情。纵诗才、却遭疑忌,逐出京城。　　更生恨事,五间厅、是夜枪声。任风雨难销,弹痕旧壁,狼狈山亭。报国男儿血气,竟换了、囚禁终生。览古来青史,一样荒诞不经。

沁园春·谒黄帝陵

壮丽桥山,弥野苍松,古柏接天。念轩辕繁衍,五千文化;中华荣盛,十亿家园。沧海桑田,风樯阵马,万国唐人同祖源。逢年节,共焚香献礼,敬拜陵前。　　熏风弥漫高原,跃腾下、长河通九环。叹开疆拓境,创基立国;披坚执锐,驱猛安澜。富贵如今,浮华吾辈,岂敢昏昏忘祖传!祠亭畔,问梅花消息,望断春烟。

彭文扬

1935年生,江西省吉安市人。大专学历,历任地委秘书、地区纪委委员、行署副局长、副主任等职。中华诗词学会、中国楹联学会会员,中华对联文化研究院研究员、江西庐陵诗词学会副会长兼秘书长、《庐陵诗词》编委。曾数十次荣获诗词对联大赛特、一、二、三等奖及金、银、铜奖。

七绝·西安城墙

长安自古帝王家,漫步城墙送晚霞。
古迹新城延盛世,五千历史耀中华。

七绝·西安碑林

碑立西安气势雄,精工雕刻走蛇龙。
篇篇字字皆珍品,万古千秋艺术宫。

七绝·华清池

骊山温水古华清,唐帝恩荣别有情。
赐浴贵妃池尚在,杨花弄影魄飘零。

七绝·西安事变

西安兵谏张杨胆,抗日宣言浩气篇。
一片丹心昭日月,个人恩怨化云烟。

七绝·黄陵古柏

黄陵雄伟两千年,古柏参天展眼前。
壮丽桥山八万树,守陵护祖永平安。

七绝·马嵬驿

人心大乱马嵬边,四处声声诛玉环。
被缢红颜何罪有,奇冤错案几时翻?

七绝·观电视剧《宝莲灯》忆登华山

小小沉香志气高,劈山救母显英豪。
宝莲灯引华山路,旅客纷纷找旧巢。

七律·西安大雁塔

千里风尘上塔楼,佛经宝典著千秋。
西安古迹真经在,华夏名师法号留。
阁向云天高处耸,人从佛地景中游。
朝霞灿烂行天马,满目风光汇万流。

七律·登华山

北瞰黄河落雁峰,南连秦岭起天嵩。
奇悬峭壁冠天下,俊秀危岩绝顶中。
自古华山唯一路,如今索道架云空。
平生喜爱登山旅,五岳当中此最雄。

七律·韩城遗址

韩城古邑多遗址,开凿龙门大禹施。
汉代史官司马墓,唐朝雅士白公祠。
农民起义兵家盛,抗日战争将帅师。
历史悠悠华夏灿,人才辈出九州知。

七律·延安颂

久梦延安瞻圣地,今朝旅友喜相逢。
山城景色增新貌,延水桥边换旧容。
宝塔当年招志士,枣园今日育英雄。
承前启后千秋业,革命精神万世荣。

彭俊中

湖北省英山县石油总公司干部。鸡鸣诗社社员。

七绝·贵妃池

泉水长流未计年,玉环遗迹总情牵。
君王倘若重游此,定说今朝胜昔年。

七绝·乾陵

无字碑前忆女皇,是功是过费思量。
改朝称帝行天令,巾帼豪雄史册扬。

七绝·贵妃墓

果真此地贵妃眠,宫史传奇事迹玄。
若不当初生绝色,岂留长恨在人间。

曾 刚

1924年生,陕西省米脂县人。原中国音乐家协会西安分会副主席兼《群众音乐》主编,中国音协理论委员会委员。曾任陕西省诗词学会副会长,现为中国作家协会会员。著有《钟吕集》《心声录》等多部。

五绝·回乡偶书

不见榆林久,桃花水暗流。
归来难辨路,沙地起高楼。

五绝·张寒晖墓碑重修记①

满腹忧民恨,松江一曲情。
同胞皆激愤,众唱也成城。

注释

①1947年胡军进占延安,将人民音乐家张寒晖墓碑捣毁。1987年10月20日,延安人民将之重建落成。

五律·吊马健翎①

急雨潇潇下,翎翁饮恨终。
操觚噙血泪,执导袒心胸。
不忘穷人恨,常思百姓功。
赤诚光永照,史册自仁公。

注释

①马健翎,陕西省米脂县人,当代著名戏剧家。1965年社教中,因不堪极"左"路线之批判而饮恨终天。

五律·汉江听歌

壬戌年秋,笔者陪同吕骥同志亲临汉江,聆听船歌号子,赋此。

船歌天地动,恶水古今忙。
霹雳惊归雁,风流咏大江。
豪情源造化,妙手谱宫商。
北客长吟醉,眉飞眼笑扬。

五律·石鲁逝世十周年祭

君走丹青在,盈怀谈笑闻。
山河抒正气,人物见精神。
泼墨神州地,寄情延水滨。
十年谁与共?到处有传人。

七律·致亡友李若冰

踏遍延安风雨路,玉门关外觅嘤鸣。
文思冬夜湖山笑,笔动春晨草木惊。
大漠荒原全换貌,长天落日更多情。
驼铃又系叮咚响,五月榴花耀眼明。

七律·登宝塔山

别久重登宝塔游,延安五月似新都。
凤凰展翅千山笑,嘉岭翻身万木苏。
故土疮痍难复见,新居栉比又重铺。
天灾人祸何须论?一代风流绘彩图。

点绛唇·贺首届长安音乐会

气爽秋高,长安十月群英会。乐声清脆,共赞今朝美。　　汉韵秦声,唐乐重生味。缘材荟,谱情心醉,无愧华新辈。

水调歌头·神（木）府（谷）情

窟野桥头望，极目向南方。迢迢千里来访，故土总牵肠：桃枣糜粱壮否？兄弟爷娘可好？岁岁盼还乡。天雨怎归去，憾比水流长。

数十载，一弹指，事茫茫。忽闻故旧寻访，中夜叙家常。神府山川换貌，渠道纵横流淌，户户有余粮。悉此心犹慰，百尺更图强。

曾云湘

1923年生，笔名曾病树、万木春。湖南省株洲市人，副教授。中华诗词学会会员，海南《曾氏历代诗词选集》编委，郴州市诗词协会顾问。作品曾获全国大赛奖，著有《风雨集》《水云楼诗稿》。

五律·长安古道行

渭水东流远，秦山西耸高。
田园林果茂，沃野麦粮饶。
雁塔千年迹，碑林万世标。
泡馍羊肉美，风味胜佳肴。

七绝·灞桥

水涸堤荒柳已凋，路牌徒把地名标。
如潮车马嘈声乱，可有诗情到灞桥。

七绝·华清池

一坑青石水含沙，名噪华清实不华。
孰料神州千载后，平头百姓浴桑拿。

七绝·秦兵马俑

嬴政原知死后哀,设防施计保遗骸。
痴将泥塑充陵卫,始有今天俑阵来。

七绝·登骊山烽火台

骊山秀拔枕嬴丘,汉瓦秦砖一望收。
烽火佯燃褒姒笑,幽王腐败丧西周。

曾有才

1928年生,笔名明丁,别号广,曾用名育才,湖南省沅江市人,大专毕业,历任中学教师、宣传科长等职,高级政工师。现为中华诗词学会、中国楹联学会会员,西塞山诗社名誉理事。诗词多次获奖,作品入编《当代诗词六百家代表作精选》等,主编有《哀挽诗联》,著有《明丁词选》《明山诗词选》等。

蝶恋花·西安碑林

何处风光迷翠柳,碑石成林,点缀花枝守。今古名家珍品秀,千秋艺刻龙蛇走。　翰墨馨香新胜旧,一脉源流,史话盈诗酒。泾渭分明情自厚,月云长共碑文寿。

渔家傲·乾陵

翠柏苍松唐代冢,石狮石马神娇纵。艺术风光千载颂。风幡动,一抔黄土埋清梦。　无字碑前人语众,生前巧作龙吟弄。媚得君王无限宠。临终奉,无言却比多言重。

一丛花·紫阳茶都情

南山茶树笑相迎,飞上九霄层。朝阳秀女霞辉映,画眉唱、引玉扬清。绿叶鳞鳞，青枝艳艳，犀角鹤头横。　雨前新绿雨前情，小径满欢声。茶鹏展翅看千里，誉中外、色翠葱灵。锦上添花，云中谱曲，短袖采茶兵。

洞仙歌·西岳华山

悬岩千仞，看日从何去？今上华山几条路？曙无边、霞彩群鸟追嬉，神女笑、落到莲花峰处。　极巅人乐蹈，指点诸峰，试看谁高比天宇。更议石仙人，昔有行僧，凭岩上、飘然禅悟。向无际、翔来五祥云，闯海雨天风，闪菩提炬。

八声甘州·华清池

正骊山九九艳阳天，黄菊闹三秋。问而今安在？长生殿座，兴庆宫楼。且看三秦新景，游客乐难休。最是温泉水，缓缓长流。　国际友人来访，到公园漫步，眼福丰收。更青年男女，游泳每神留。喜张杨、胸怀鸿志，捉蒋亭、曾放济时舟。谁知蒋、一生临死，未解乡愁。

温祖荫

1934年生，福建师范大学文学院教授，福建比较文学学会副会长，福建作协和诗词学会会员。发表文章320篇，参加《鲁迅全集》（新16卷本）和《世界文学史》（上、中、下）编撰工作，著有《世界名家创作论》《鲁迅论中外小说》等40本。

七绝·西安大雁塔

雁塔高天接彩霞，唐民智巧足堪夸。
沧桑千载容无改，凭眺长安百万家。

七绝·过秦岭

雪封秦岭白皑皑,万壑千峰玉砌陔。
险道穿山车倚电,若龙出洞破空来。

七绝·过华山

车临华县远潼关,叠嶂连绵北地寒。
跃出莲峰晴日暗,旅人遥指是华山。

七绝·华清池

泉清池碧柱栏红,垂柳依依几处宫?
烽火连天妃子笑,兵戈满地哭声中。

七绝·秦兵马俑

江山一统六王归,不见英容见武威。
将士如云矛戟立,八奇名世日同辉。

七绝·黄帝陵

古柏葳蕤亲手栽,桥山龙驭向阳开。
沮溪环抱真仙境,华胄纷纷拜谒来。

七绝·过褒城听传说即兴

碧水滩头濯浣纱,女儿佳丽出良家。
君王好色臣民怨,从此含苞不放花①。

注释

①褒姒在河中浣纱被大臣瞧见,惊其美貌,献与幽王。褒姒死后,其家乡每隔三、五年出生一美女,但均未成年便夭折了。

七律·谒昭陵

玉寝犹存石碣残,神州隆盛慕贞观。
泾河波涌一轮满,峻岭丘连百冢寒。
将帅同心平五岳,君臣共德壮秦关。
驱风六骏今何在,留得雄蹄四海安。

七律·夜游兴庆宫公园

八月西安晚载凉,熏风拂面夜茫茫。
相辉花萼思情事,冷对湖山忆紫黄。
数处幽园藏画阁,一弯明月照沉香。
当年唐帝迎宾处,今建东瀛学士堂。

七律·延安清凉山

凤凰宝塔暨清凉,鼎峙三山二水长。
石上云霞呈异彩,诗湾佳作望琳琅。
琵琶桥上琴声缈,万佛堂前墨迹香。
印月亭谈今古事,延安圣地永流芳。

程三快

1937年生,陕西省华阴市人。1963年毕业于陕西师大中文系,中学高级教师。中国语文现代化学会、陕西省语言学会、省楹联学会、西安市楹联学会会员。曾任西安市语协常务理事,著有《容易写错的字》。

七绝·游仓颉庙

记事结绳意愿难,虫形鸟迹字开源。
摹描勾画时增减,创造文明新纪元。

七绝·丰镐遗址

创业周原重稼耕,访贤治国渭边行。
灵台殿宇今何在,文武典章千古明。

七绝·郑国渠遐想

引水东流上旱原,滋荣万顷米粮川。
秦王纳士兴农业,郑国渠成益万年。

七绝·汉阳陵感怀

抑末重农崇节俭,剪枝强干削篱藩。
无为而治民生息,文景相承国泰安。

七绝·题华山北峰

攀崖越壑无途径,又勇又谋袭北峰。
以少胜多八勇士,华山智取建奇功。

七绝·观合阳洽川纤夫塑像

大汗淋漓夏日炎,冬来足冻朔风寒。
岸边四季留行迹,纤索一根长在肩。

七绝·参观杨凌农科城

佳果优禾新种育,良蔬好木创丰盈。
推崇绿色重科技,赢得杨凌中外名。

七绝·参观八路军西安办事处纪念馆

几多英烈赴黄泉,创建共和经苦艰。
激起后人抒壮志,富民强国慰前贤。

七律·谒周公庙

兄王灭纣多襄助,幼侄承传赖保全。
礼乐制成才出众,民邦安定智非凡。
多能多艺留青史,大德大名垂地天。
八节四时香火旺,千秋万代敬英贤。

七律·重游华岳庙

汉武当年修此庙,如今已逾两千年。
城垣宫殿何其壮,御道重门甚肃然。
汉柏唐槐花木茂,碣碑牌匾典章繁。
帝王驻跸优游地,小故宫名自古传。

程亚林

武汉大学文学院教授。多年来一直从事中国古代文学和文学理论的研究,著有《诗与禅》《近代诗学》等多部。

七律·华山咏

渭浊泾清东复东,峬然一岳矗晴空。
三峰影倒黄河里,仙掌花开翠壁中。
虞舜巡游承远古,秦皇祭祀拜苍穹。
国名华夏因山出,永铸文明造化功。

程稚逵

1924年生,笔名鸿飞,湖北省武汉市新洲区人,大学毕业。曾任广水市税务局办公室主任,经济师、税务师。中华诗词学会、中国楹联学会、中华当代民间艺术家协会会员,中国对联集成湖北卷广水分卷编委。诗词歌赋曲联文诗钟等作品,曾发表于海内外,著有《鸿飞诗词楹联选集》3卷。

七律·咸阳

并吞六国建中央,统一神州颂始皇。
函谷古关雄陇省,阿房旧址壮咸阳。
两朝都会秦和汉,百代遵循帝与王。
历史名城文物地,陕西枢纽创辉煌。

七律·秦兵马俑

埋藏文物几千龄,发掘西安废变兴。

栩栩如生兵马俑，巍巍若岱帝秦陵。
文明古老人矜伐，鬼斧神工世颂称。
百代遵循嬴政制，鼎湖痛悼始皇崩。

七律·黄河

发源青海白云间，活水源头来自天。
浩浩漫漫流不息，弯弯曲曲浪回旋。
银河万里史诗灿，金带一条绘画妍。
亿纪地行长勿废，中华毓秀大名川。

七律·华山

巍巍华岳冠衡嵩，奇绝犁沟伴卧龙。
落雁朝阳雄拔地，莲花玉女壮横空。
关中八景称仙掌，天下一山赞险峰。
影倒黄河妍彩画，自然美境巧天工。

瑶台月·黄帝

轩辕黄帝，颂伟大，中华民族宗祖。蚩尤作乱，涿鹿阵列军旅。讨逆贼、铁马金戈，伸正义、尤张旗鼓。英雄气，威如虎。大一统，定寰宇。苍生济济，凭歌载舞。　论制造、嚆矢盛誉。记为人贡献卓巨。忆衣鲜帽丽，文明初举。度量衡、甲胄舟车，普应用、今来承古。留胜迹，西安墓。松柏翠，壮林圃。辉煌一座，丰碑永驻。

江城子慢·炎帝

祖宗颂炎帝，恩德大、哪个与伦比？耒田器，凭制造、稼穑教民耘耔。自原始，辟地开天开垦野，田园建、文明翻历史。初祖贡献辉煌，农师独绝才艺。　推崇持筹握算，把行商牙贾，分设廛肆。活街市，经营序、进化洪荒人类。广交实，相互流通成贸易，雏形定、功丰和绩伟。闪光典范，神州耀千纪。

水调歌头·秦始皇

一代始皇帝，百世仰英明。诸侯六国吞并，统一整寰瀛。锦绣河山奠定，神器庄严秉政，大业已初成。用武和文治，赢政获双赢。

筑长城，御夷狄，世震惊。国防巩固，天下安乐享升平。一统量衡度律，县郡分封新制，秦后历朝行。万纪祖龙颂，史册耀芳名。

童庆启

1926年生，笔名诗农、湖东一民，生于湖北省新洲县。中共党员，任新洲县农业局正、副局长13年，任副县长20年。中华诗词学会会员，新洲老年大学校长。著有《援外诗词集》《随地哼成集》等。

七绝·刘邦约法

问鼎关中二世亡，一军捷足入咸阳。
废除苛政三章约，赢得民心属汉王。

七绝·汉初三杰

秦庭失鹿逐中原，垓下悲歌壮士寒。
良去信亡萧相在，容人终比用人难。

七绝·司马迁

述往思来创大音，因言得祸愤寒心。
自将生死权轻重，无韵《离骚》照古今。

七绝·王昭君

琵琶乐抱马蹄新,国士情怀处子魂。
一自春风吹朔漠,和谐民族慰明君。

七绝·华清池

前事如烟后事师,马嵬幽草贵妃池。
早知深积军民怨,何必飞骑送荔枝。

七绝·初到西安

唐代齐安望杜陵,悠悠七十五长亭。
当年两月崎岖路,缩作今时一日程。

七绝·兵谏亭

骊山腰半访遗址,岩缝犹存不见人。
共挽狂澜同抗日,中华千古颂功臣。

七绝·从西安赴延安

秦起阿房楚炬烧,帝王都市十三朝。
长安历代千般景,怎抵延安北斗高。

七绝·毛泽东同儿子毛岸英谈话处

只图奉献不图官,教子新篇代代传。
改革不忘崇国本,共扬廉政继延安。

七绝·延安(二首)

其一 宝塔山

人民事业得真传,五岳同尊宝塔山。

学到老时无止境，重新补课上延安。

其二　枣园幸福渠

圣地追寻幸福根，前人栽树后人阴。
后人饮水甜如蜜，莫负前人掘井恩。

七绝·陈云担粪

只当公仆不当官，鱼水深情世代传。
禾稼栽培亲运粪，先驱榜样在延安。

七律·张骞

人间万事贵开头，涉外常思博望侯。
报国有心先出使，还朝无畏两羁留。
联军策略成虚影，通道功劳见远谋。
经济交流光史册，至今沿路唱丝绸。

满江红·西安大雁塔

千古雄姿，惊寰宇、风檐霜壁。登临处、门衔南斗，户迎北极。天竺西行云路远，扶桑东渡风涛急。攘熙熙、花雨忆丝绸，终陈迹。

人民起，王朝毕。建新制，今超昔。看神州英俊，九衢新辟。中外觞流开拓酒，城乡弩送腾飞镝。指弹间、鳞次起高楼，歌弦激！

沁园春·春望步毛泽东《雪》韵

万里冰消，梅笑花丛，众蕊香飘。望天南地北，金光灿灿；江河湖海，碧浪滔滔。火炬高擎，雄风远播，跃上层楼步步高。开新史，把今同昔比，更显妖娆。　　糖衣弹袭骄娇，敢面对强权自挺腰。任春寒倒起，雀儿叽噪，西风情薄，山水牢骚。反腐防骄，中华儿女，共护雏鸡逐老雕。还廉政，让千秋万代，同乐花朝。

童怀章

1934年生，湖北省黄冈市人。高级经济师，大专文化。曾任黄冈地区外事、侨务办、地方志办主任和《东坡赤壁诗词》主编。中华诗词学会发起人、首届代表，湖北省诗词学会副会长，省作协会员，市诗词学会名誉会长、东坡赤壁诗社名誉社长，市楹联学会会长，中华诗词学会、中国楹联学会会员等。合著有《全国诗社社员作品选集》《相思草》，总纂《鄂东人物志》，著有《散柴什积》。

七绝·西安大雁塔纪事

佛塔巍巍势接天，乾坤四望渺云烟。
取经西界留鸿爪，不世工程托雁传。

七绝·茂陵

武帝雄才绝代夸，暮云吞日噪归鸦。
风流一代埋黄土，陵上春深掩落花。

七绝·半坡遗址

接天云树影婆娑，社会人伦迹未磨。
一部先民术业史，好从进化导前河。

七绝·霍去病墓

才气纵横大丈夫，髫年将领古来殊。
骠骑一部安邦曲，长使匈奴悸有余。

七绝·乾陵

则天才气胜须眉，一代坤纲实可师。
最是令人崇肃处，陵碑无字动遐思。

七绝·过潼关

雄关自古帝王争，道是能防百万兵。
险隘何妨成霸业，崤山终不障秦京。

七绝·未央宫怀古①

大将常驱百万兵，依刘克项鬼神惊。
须眉愧被娥眉误，多少英雄眼不清。

注释

①未央宫为汉刘邦皇宫，公元前196年韩信在这里被吕后诱杀。

七绝·兴庆宫公园①（三首）

其一

花萼楼前景万千，红梅含蕊待芳妍。
清平曲调悠悠奏，湖上鸳鸯自在眠。

其二

碧水湖边杨柳垂，前朝佚事足堪悲。
游人识得清平调，也怨明皇扶醉归。

其三

沉香亭外景清幽，太白三题万古留。
此日园中花树好，几回离去几回眸。

注释

①兴庆宫为唐玄宗的离宫，内有沉香亭，相传为李白被召赋诗处。

七律·骊山

幽王烽火起风波，细数临潼胜概多。

秦汉离宫何处是,隋唐苑树已消磨。
芙蓉汤外垂杨柳,兵谏亭前挂薜萝。
曾是帝王游乐地,春风吹沸旧关河。

七律·昭陵

明暗安危青史留,唐王勋业壮千秋。
和谐百族开边土,降服刁酋庇九州。
薄赋轻徭多建树,崇耕启智展宏猷。
功臣先慰安朝野,经国安邦独善谋!

七律·过关中平原

小阳春日费哦吟,千里秦川送好音。
泾渭清源输乳汁,村原育秀绕芳林。
畦畦麦菜翻青浪,串串珍珠缀玉琳。
五谷丰登六畜旺,宏微昌炽暖人心。

浣溪沙·参观西安微机展览

时尚西安耳目新,微机展览满园春。国强民富喜驱贫。　　科技祥光巢引凤,微机电脑价连城。经邦治国尚新英。

临江仙·秦始皇陵

落尽层林秋叶,招来宇内千车。仇深恨重付琵琶。苍生多少骨,陵上息昏鸦。　　一自陈吴兵举,更兼郡县声哗。急风骤雨卷流沙。咸阳浮日暮,汉树吐新葩。

童明伦

1930年生,重庆市人。副教授,重庆市文史研究馆馆员,中华诗词学会会员,四川诗词学会理事。

七律·过秦始皇陵

柳花三月占天光,车过骊山谒始皇。
拓土建邦兴霸业,安边治乱造宏疆。
集权定字成一统,筑道通渠耀四荒。
欲梦千秋非汝意,任由针砭太荒唐。

童炳文

1927年生,湖北省鄂州市人,大学文化,高中高级教师。中华、湖北、江南、武汉诗词学会会员。著有《春蚕吟草》《国魂吟》等。

七律·西安

关中莫道帝王州,白骨堆成五凤楼。
过海瞒天嗟陷马,凿河陆地炫行舟。
乐寻褴褛曾倾李,笑倩烽烟竟覆周。
极侈穷奢家国误,几人血训记从头。

七律·秦兵马俑

骊山营墓苦黎民,加速秦亡此亦因。
未死空虚心怕鬼,在生威武乞尊神。
六千陶俑膏凝马,两辆铜车血滑轮。
万世皇基毁一炬,可知为政要施仁。

七律·延安

宝塔巍巍矗彼苍，延河东去汇汪洋。
王窑令肃貔貅奋，杨岭文雄日月光。
胡长官蚩思豕突，大将军忆显鹰扬。
昭昭圣地传中外，射斗明灯导雾航。

七律·南泥湾

艰难岁月忆当年，自力更生敢胜天。
主席严寒忙纺线，将军酷暑力耕田。
米粮川代荒凉地，风雨舟连胜利篇。
斩棘披荆驱虎豹，征途展望曙光前。

七律·磻溪

直钩把钓坐矶头，基奠周朝八百秋。
渭水波翻如诅纣，岐山环拱似朝周。
飞熊入梦嘉猷展，鸣凤来仪胜迹留。
伐罪吊民调鼎鼐，《阴符》巧运治平谋。

七律·临潼华清池

温泉稽史溯周朝，代建离宫悦窈娆。
烽火台烟褒姒笑，长生殿月太真娇。
阿房宫伏亡秦兆，兵谏亭连抗日潮。
一失足成千古恨，春秋斧钺岂轻饶。

七律·李自成墓

覆明登殿庆龙飞，忽说听谗事日非。
造入葫芦迷捷径，荡临落印陷重围。

岩尖俯首披青氅，岭咀低眉列翠扉。
胜利得来轻巩固，英雄愤恨壮心违。

七律·刘志丹

保安改作志丹县，纪念将军革命情。
稽颡未能容矮贼，洞胸不忘救编氓。
凯歌高唱直罗镇，捷报飞呈大本营。
圣地披荆劳创建，烛天灯塔指航程。

七律·神农

坂泉兄弟结联盟，涿鹿蚩尤一战平。
神化乘时操耒耜，民宜因地事翻耕。
药材采集能除病，谷物铺陈可易盈。
南北炎黄华夏胄，五洲流泽启文明。

董奇义

西安市作家协会会员，陕西省秦风诗词学会会员。

七绝·登华山（二首）

其一

夜听松涛唱大风，昼瞻弄玉俏娇容。
仙坛花雨说慈禧，引凤亭前觅旧踪。

其二

升表台前紫燕飞，仰天池上映斜辉。
朝阳峰顶观云海，大斧劈山显圣威。

七律·谒太史祠

一夜春风雨不停,芝川祠庙草青青。
鸟啼树冠歌新曲,蝶舞花丛伴众行。
犯上直言铭大志,无私何惧受宫刑。
离骚无韵千秋赞,重若泰山死亦生。

焦万利

1948年生,陕西鄠邑区人。陕西省诗词学会常务理事,著有《诗吟天地》三集。

鹧鸪天·颂女娲

地老天荒玉女生,补天炼石立头功。滚磨成婚开始祖,造人抟土做神龙。　　瞻绣岭,觅仙踪,骊山古迹世人惊。寻源溯脉六千载,老母春晖远照明。

蒋 菁

本名蒋肇钦，广西壮族自治区桂平县人。高级工程师，解放初曾任村农会宣教委、小学教师、代校长。后修业工科，1958年大学毕业统分进广西机械工业厅，支援大跃进下到桂林市企业工作，历任设计员、科长。1995年在水泵厂退休。中国机械工程学会、中华诗词学会会员，桂林诗词楹联学会顾问。合著有《桂林文城子诗丛》等。

五绝·咏黄陵八景（二首）

其一　南谷黄花

土德昭南谷，黄花耀帝魂。
千枝摇锦簇，喜看后来春。

其二　黄陵古柏

一翘出林表，昂昂柏至尊。
万俦低举笏，朝奏九重阍。

七绝·乾陵无字碑感咏

大周万国颂天枢，岂是青碑只字无。
临桂运河馨泛远，烟霞一道万行书！

七绝·大雁塔漫咏（三首）

其一

千年突立压重楼，直入青云势未休。
四角飞檐摩日月，会当顶阁览神州。

其二

十级浮屠矗碧空，盘桓磴道上天宫。

风来四面观畿甸,百二关山气象雄。

其三

飞鸿落处起经楼,四壁青砖冲斗牛。
碑刻门雕相衬美,仰钦玄奘足良谋。

七绝·咏黄陵八景(四首)

其一　桥山夜月

桥巅龙驭转冰轮,沮涧空明映淡云。
水色山光抬望眼,川峦俯仰俱迷人。

其二　龙湾晓雾

龙驭殡天龙首观,晨明缭绕碧纱岚。
昨宵定是飞天宴,朝醒尚留梦魄酣。

其三　沮水秋风

天高云淡沮江秋,风动涟漪爽气浮。
忽洒桥山中夜月,银辉万点更宜眸。

其四　汉武仙台

高台构筑帝陵前,汉武祭天祈欲仙。
林海苍茫归去渺,空余一坫祀轩辕。

七律·咏秦始皇

秦皇毕竟是豪雄,一统神州万古功。
罢黜藩封民解放,推行郡治政亨通。
书文车轨八方共,币制量规九域同。
不是祖龙垂典范,哪能华夏国长隆。

七律·茂陵怀古

拓土开疆帝业兴，中华远播汉家声。
通西斥北金汤固，靖越绥滇玉宇清。
崇举儒簧才广出，修行律令政昌明。
秋风一咏思雄主，长使今人吊茂陵。

高阳台·咏轩辕黄帝

诸夏联盟，英雄首领，麾兵涿鹿争锋。诛灭蚩尤，横戈东扫夷凶。山河鼎定中华盛，核心成、百氏凝同。德承尊、团结神农，帝业圆功。　　当年政绩千秋颂，造舟车宫室，庶沐恩隆。度统量衡，六书货币流通，内经立论新医药，染色丝、民旺衣丰。乐升平、律吕兴昌，九域歌融。

蒋松亭

1910年生，上海市金山县人。1934年毕业于光华大学中文系，任中学语文教师40余年，1979年退休。著有《松亭诗稿》3册。

七律·西安大雁塔

七层突兀欲摩天，四面开门景色妍。
西北群楼如栉比，东南丛岭极绵延。
回梯盘入虚空里，绝顶攀登落日边。
千载而今留胜迹，唐僧此地贮经篇。

蒋碧昆

1927年生,笔名毕奋,湖南省宁乡县人。中国人民大学法律系首届本科毕业,中南财经政法大学法学院教授,高级律师。中华诗词文化研究所研究员,湖北诗词学会顾问,武汉诗词联学会常务理事兼法律顾问,青松诗社名誉社长。传入《中国法学家词典》。

五绝·骊山华清池

周王烽火举,唐帝幸华清。
不顾江山谊,徒为儿女情。

五绝·马嵬驿杨贵妃墓

红颜倾国貌,臣妾恋君王。
祸起无辜女,魂销薄幸郎。

五绝·乾陵无字碑

无心宣圣德,有意立丰碑。
底事何须问,千秋土一堆。

五律·西安怀古

长安神圣地,自古帝王家。
秦汉遗荒冢,周唐葬落花。
碑林藏史册,雁塔挂袈裟。
来日登西岳,临天览物华。

菩萨蛮·法门寺

君迎佛指来天竺,如来舍利尊仙骨。日夜向长安,可怜行路难。

劳民生谏檄，圣怒韩公谪。意念莫相违，殊途同异归。

临江仙·入潼关望华山

楚汉争雄留史迹，名篇约法三章。风云际会信无常。潼关依旧在，时势话沧桑。　西岳蚕丛逾蜀道，齐天万仞宫墙。望山兴叹赋诗狂。流年催白发，豪气拔华冈。

谢　瑜

1944 年生于福建省，作家、诗人，中华诗词学会发起人之一。1997 年应邀赴香港观光写作，著有《谢瑜旅游诗词集》《谢瑜诗词论文集》等 8 部专集。

五律·华清池

赐浴初寒日，华池沐圣恩。
娇情生两靥，醉态媚卮樽。
起舞谁倾倒，欲歌君断魂。
安知烽火起，兵变锁春痕。

五律·黄陵轩辕柏

何事桥山上，柏青锁残垣。
惟君高古最，不愧号轩辕。
帝庙承天赐，山川忆祖先。
方知春住处，万世福黎元。

七绝·霍去病墓

挥师六出雁衔霜，放马青山靖北疆。
赢得功成千骨朽，夕阳无限暮烟凉。

忆王孙·秦兵马俑

千年马俑出泥坑，似见风云平地生，功过秦皇任你评。望长城，华夏腾飞万里程。

忆秦娥·秋登西安大雁塔

城南忆，题名雁塔真神气。真神气，五陵年少，好生高意！　华清池畔阿环丽，秦川秋色归来倚。归来倚，夕阳无限，朔风凌厉！

鹊桥仙·西安碑林

百家书法，千秋文采，荟萃长安一地。名师真迹勒群碑，更胜却、三经六艺。　人间刀笔，叹为观止，纯是古都瑞气。高山流水会知音，最难得、传神写意。

谢子言

1924年生，字文涛，号笃石老人。大专文化，离休干部。中华诗词学会、中国楹联学会会员，中华诗词文化研究所研究员，宿州诗词楹联学会会长。作品、小传入编《中国当代楹联艺术家大辞典》《世界名人录》等多种大型辞书。合编有《中华女诗人辞典》等，著有《笃石书房诗联集》《中华巾帼名流咏》等。

五绝·延安清凉山月儿井

皎皎天边月，溶溶井底蟾。
遥遥辉照映，玉镜看双圆。

七绝·华岳晓雾

玉女晨妆羞露容,湘帘半卷坐瑶宫。
屏开明镜轻盈出,腰系长绫舞晓风。

七绝·华清池怀古

荒淫废政不思还,乱起渔阳动地天。
七夕徒然明誓愿,马嵬悲剧泪潸潸。

七绝·西安大雁塔咏怀

四面雄关锁要津,西都帝业早沉沦。
风流应数凌空雁,漫染红霞醉丽春。

七绝·马嵬坡凭吊杨贵妃

善舞能歌绝代颜,明皇淫乱误江山。
渔阳鼙鼓惊春梦,千载马嵬悲玉环。

七绝·谒延安毛主席旧居

展现千秋事业宏,十年窑洞运筹精。
光辉著作连篇出,照亮中华解放程。

七绝·延安万花山

万花山上万花鲜,最俏花枝数木兰。
代父从军前线去,豪雄淑女志非凡。

谢绍麟

1933 年生，湖北省武汉市新洲区民政局退休干部。省、市诗词学会会员，新洲诗社秘书长，《新洲诗词》副主编。著有《枥下吟草》。

七绝·西行杂咏（十首）

其一　车过华山北麓

长龙呼啸过潼关，西岳嵯峨入眼帘。
壁立危岩云雾绕，果然一柱可擎天。

其二　华清池

喷薄蒸腾汩汩泉，绵延不绝越千年。
而今已改从前制，一任平民享禁脔。

其三　骊山

奋蹄昂首欲腾空，远近高低泼黛浓。
烽火诸侯博一笑，江山由此付秋风。

其四　兵马俑

葬禁人陪祖令明，始皇无计不尊行。
生前行止铺张惯，死拥坑陶百万兵。

其五　灞桥

北流灞水绕城东，昔别长安饯此中。
今日临歧谁折柳？依依两岸郁葱葱。

其六　西安大雁塔

拾级丛林百尺楼，古都新貌一眸收。
踟蹰塔内惭形秽，岂敢题名在上头。

其七　西安碑林

经刻琳琅满目碑，龙飞凤舞各争辉。
宝山不愿空归去，几度流连失伴回。

其八　壶口

澎湃波涛阻故关，腾挪呼啸卷狂澜。
弥空雾雨遮人眼，始信银河落九天。

其九　延安

心仪已久愿终偿，宝塔山高延水长。
小米步枪堪制胜，中华史册永留芳。

其十　黄帝陵

桥山巨柏耸苍穹，画栋雕梁殿阁重。
初祖人文兴远古，子孙世代仰丰功。

谢觉哉（1884—1971）

又名焕南，湖南省宁乡县人。中国共产党的优秀党员、著名的法学家和教育家、人民司法制度的奠基人。曾参加新民学会，后参加长征。曾任中共中央党校副校长、西北局副书记、陕甘宁边区参议会副议长等。新中国成立后历任内务部部长、最高人民法院院长、全国政协副主席等职。

七律·重游华清池

二十年前藏狗洞，而今烟树已苍苍。
危岩铲去当时秽，活水沾来近代香。
乐岁穰穰弥华渭，丰功啧啧纪张杨。
春秋浴泳多佳日，从此骊山不帝王。

忆江南·参观搪瓷厂（二首）

其一

搪瓷好，花样大翻新。盘里游虾争戏水，瓶边飞鸟欲拿云，赛过小游春。

其二

搪瓷好，中外购销频。物美价廉称少比，心灵手巧又推新，今之席上珍。

韩　义

1964年生，又名吉儒慕图（蒙古名），字申克，笔名凡夫。大专文化。原任黑龙江省大庆市肇州县副县长，现任县人大常委会副主任。系中华诗词学会、省美协、诗协、书协会员，塞北书画院名誉院长。著有诗文书画集《尘海痕》。

七绝·叹骆驼山

肥身瘦颈两峰驼，正欲伸头探小河。
相距平波虽咫尺，至今未饮不抬脖。

七律·参观宝鸡市青铜器博物馆

独特造型古朴装，百千铜器馆中藏。
雕工隽美周朝鼎，铸技精良汉代觞。
玉嵌秦溥金柄剑，铜提梁卣玉蹄羊。
何尊石鼓皆珍宝，无愧青铜器故乡。

七律·参观法门寺

熠熠殿堂举世瞻，巍巍古塔耸云天。
黄金塑像耀双目，玛瑙雕盒撼寸丹。
千载地宫藏秘宝，真身舍利现奇观。
神灵佛事亦防盗，珠目相杂混匮间。

七律·游览太白山

驱车盘绕绿荫间，沿路风光最可观。
林海葱葱封雪顶，山峰兀兀耸云天。
前朝墨客遗陈迹，当代名流续锦篇。
最叹缆车风急住，只能翘首望极巅。

七律·叹秦兵马俑

死后仍思抖圣威，出巡仪仗耀光辉。
搭鞍战马披鞯镫，执刃雄兵戴甲盔。
百列队形军纪整，数方军阵气神飞。
焉知陶俑今成宝，八大奇观举世巍。

七言排律·宝鸡览胜

胜地宝鸡岁月绵，西周秦汉径相沿。
一条曲水穿千里，三面丛山护万田。
炎帝山陵供拜谒，周公灵庙任观瞻。
子牙垂钓渭河畔，仙道炼丹秦岭巅。
五彩神鸡时亮相，青铜宝藏尽争颜。
汉兵暗度陈仓道，诸葛悲歌五丈原。
天下奇观法门寺，神州美景太白山。
民丰物阜灵杰地，堪为人间极乐园。

韩心荣

1946年生，毕业于安徽大学中文系。现任安徽省宿州市政协委员，市广电局调研员。中华诗词学会、省作协会员，市作协名誉主席，宿州诗词楹联学会副会长。作品多次获国家级及省级文学大奖，并入选多种文学专集。著有《山重水复》《柳暗花明》等。

七绝·延安（四首）

其一 宝塔山

宝塔巍巍上九霄，蜚声四海壮东皋。
三山五岳抬头望，潇洒英姿数最高。

其二 枣园灯

闪闪油灯如火种，点燃华夏八荒风。
若非窑洞油灯亮，哪有神州旭日红？

其三 延河水

一条玉带碧澄澄，鼓浪兴波大地行。
荡涤千年陈与腐，赢来四海颂清明。

其四 壶口瀑布

九曲黄河走陌阡，追风鼓浪到山前。
万千烈马投壶口，奔窜咆哮撞破天。

七绝·赞杨凌区

平沙漠漠浪波翻，凸凸凹凹展沃原。
万顷春晖风色动，红楼亮处是家园。

七绝·黄帝陵

隐隐桥山弄紫烟,寻宗千里墓园前。
中华国脉承龙脉,太极黄陵是祖先。

七绝·华清池

怀抱温床一水涡,华清池暖洗娇娥。
若非沉醉鸳鸯浴,哪会魂销索命坡!

七绝·马嵬坡

威武六军皆愤怒,马嵬坡下缢娇姝。
帝王作乐臣妃罪,公理人间可有无?

七绝·长生殿

渔阳鼙鼓连天吼,惊破霓裳舞未休。
最是殿前流泪月,化为长恨写风流。

七绝·乾陵

梁山斜对夕阳红,端坐千年一女雄。
功过任人常论列,墓碑无字树尊崇。

七律·乾陵无字碑

残碑无字胸宽广,留给他人道短长。
铁腕能降狮子马,娥眉可夺两唐王。
奖耕励织孚黔首,诛逆求贤振国纲。
曲直无非张薛议①,风流女杰应称皇!

注释

①张薛:指女皇武则天的三个面首张易之、张昌宗、薛怀义。

高阳台·祭黄帝陵

虎踞苍林,龙盘翠岫,朝晖尽染桥峰。飞碧龙湫,长桥卧影浮虹。半池山色流连处,踏莎阶、直上苍穹。意拳拳、千里寻根,三拜陵宫。　　前朝百代兴亡事,惟炎黄社稷,万代称雄。指点云烟,先人恩泽鸿蒙。中华国脉承龙脉,领风骚、塑我尊崇。盼神州、一统江山,四海归宗。

韩方才

广东省梅县诗社社员。

七绝·秦兵马俑

称雄七国数秦嬴,固筑长城万世名。
黩武何曾勋帝业,那凭兵马显忠精。

七绝·华清池

八月临潼草木新,华清池净广迎宾。
温汤曾为杨妃浴,今与黎民万众亲。

七绝·过秦川

绿叶红花千里浪,萋萋芳草是秦川。
曾闻黄土不毛地,历览方知实误传。

韩志宽

陕西省蓝田县人,西安市作家协会会员,退休干部。

七绝·蓝田篑山祝国寺

今日篑山昔"贿山",汉军巧计取秦关。
误邦将士恨遗处,呜咽辋河流水潺。

韩景明

1945年生,陕西咸阳人。中华诗词学会会员,陕西省诗词学会理事,咸阳市诗词学会副会长,《咸阳诗词》《咸阳诗刊》副主编。

临江仙·大雁塔

穿透浮云多少度,千年尽显雄风。遂良手迹序碑铭。[①]清风说往事,经卷话唐僧。　　古寺门前垂柳老,塔旁几树桃红。白鸽展翅戏蓝空。喷池翻碧浪,广场焕娇容。

注释

① 禅院内置《雁塔圣教序碑》为褚遂良手迹。

韩曙东

1943年生,陕西省渭南市人。中华诗词学会、陕西省诗词学会会员,中华诗词文化研究所研究员,渭南诗词学会理事。作品见于《回归颂·中华诗词大赛获奖作品集》《中华诗词年鉴》等数十部书刊中。

行香子·华山临眺兴感

艳溢香融,鬼斧神工。问何年、削出芙蓉?雍容仪态,笑拥熏风。似中华骨,炎黄魄,傲苍穹。　　山河百二,关塞重重,看今朝、亿万愚公。兴邦潮涌,开发图雄。倩黄河清,荒沙绿,展新容。

水调歌头·史官仓颉庙

仰慕史皇久,来做利乡游。雕梁画栋多少?古意动高秋。苍柏虬槐遮日,危冢藤萝自碧,毛骨栗深幽。为有鸟虫迹,无语也风流。　　风飒飒,粟簌簌,鬼啾啾。至今犹见,飞鸟奔兽舞碑头。圣哲天工神力,莫道无人猜得,后世枉凝眸。赫赫五千载,流泽被神州。

鲁　言

1940年生,本名焦多福,甘肃省张掖市人。中国语言文学自修大学结业,长期从事农业水利工作。原任甘肃省引大入秦工程指挥部文史办主任。中华诗词学会理事,省作协会员,省诗词学会常务理事,省诗书画联谊会、省陇风诗书画顾问。著有《水龙吟》《怡清轩诗稿》等。

七律·扶风法门寺

才经天水沐甘霖,又度陈仓拜法门。
九级浮屠花馥馥,半分舍利玉臻臻。

功因养善方成果,绩为蠲邪始觉深。
投路无缘追智慧,高山仰止慰斯心。

七律·参观陕西历史博物馆①

西京故地势煊煌,亘古烟云一馆藏。
马负河图惊四鼎,鱼纹人面彩三唐。
石头万岁干戈密,甲骨千层汉简香。
莫叹白驹忽过隙,骊山花郁水流长。

注释

①陕西历史博物馆是我国第一座大型现代化博物馆,拥有各类文物37.5万余件,其中有汉代玉玺,商代四足铜鼎,唐代三彩驼、女立俑、兽首玛瑙杯,新石器时代人面鱼纹盆,战国虎符,宋代提梁倒流壶等18件国宝,762件一级文物。

七律·谒黄帝陵

桥山故垒气氤氲,凭藉高车沮水滨。
古柏千丛迎赤子,心香一瓣祭黄尊。
敢推恩德酬良善,已遣长矛斗煞神。
欣慰中兴宏业壮,开来继往振雄魂。

七律·访三边

三边莽莽访农家,黄土高原细品茶。
半拱新窑明艳艳,两园苹果翠桠桠。
往来方士夸皮相,左右村姑绣锦花。
不信斗天能得水,南风送雨济荒遐。

七律·秦始皇陵

秋风送客访临潼,岭上高丘葬祖龙。
六合诸侯真武霸,一颁文字亦枭雄。

埋尸不用土千尺,襟水何妨浪万重。
曲直是非谁可定,唯凭日月论穷通。

七律·重游长安

携云又访乐游原,独爱唐都故事鲜。
出土秦坑昭帝祸,临风窑洞奠民安。
碑林尽显风云气,雁塔宁为佛释缘。
俯视仰观楼栉比,万千新景映池寒。

七律·再赋秦兵马俑(三首)

其一

残头断臂太阴森,铁血独裁不二闻。
嬴政贪生心脑腐,李斯钳口士书焚。
皇权早与文明绝,青史难和法理分。
鉴古休忘陶作俑,新王旧帝猛于禽。

其二

金车铁马玉辚辚,耗尽脂膏垒一坟。
白骨千堆黎庶死,皇权二世庙堂昏。
临朝颐旨终嫌短,崩驾逞威望更深。
俯瞰骊山山几座,难埋暴敛帝王魂。

其三

九朝天子太披猖,瑰宝连城土里藏。
死后不知龙是鬼,生时岂信凤为蝗。
民膏万吨黎民血,国步千钧法运纲。
鉴古察今归实用,兴由至正败由诳。

七律·访延安（六首）

其一

清凉山下延河水，世外奇踪塞上寻。
窑洞星光思救国，宁都火树敢愚民。
狂飙猛电摧胡马，瑞雨和风染邓林。
弱可胜强经典在，枣园兵策运如神。

其二

谁凭圣地主浮沉，大壑深沟计密频。
北岭采樵新战士，南湾种谷老将军。
捐躯报国怀先烈，卫冕擎旗赖后昆。
红枣清香涵正气，粗衣高洁长精神。

其三

延河宝塔著奇勋，造访三边道未贫。
果木连畴车辘辘，油田辟野马辚辚。
开源敢借高科力，置本长怀学士心。
莫使老区衣食据，宜将甘露报功人。

其四

三边过后访榆林，野有荒塬未脱贫。
希望工程消囿陋，阳光技术拨乌云。
家殷楚楚孚强国，地靖陶陶享上民。
莫谓西陲开发晚，棋争一步动筹新。

其五

深沟绝壑忒神奇，云路回环眼界迷。
小米养元肩似铁，大刀诛寇骨成泥。
兵家自摆常山阵，霸主偏输一步棋。
欲问枣园真奥秘，民心向背足为师。

其六

清凉山下延河畔，斯诺当年识要津。
探路逶迤征万里，挖山磅礴斗千寻。
纺车辘辘兵符在，石磨吱吱箕斗存。
大海洋中观骇浪，小窑洞里运乾坤。

鲁　速

本名余永刚，中学高级教师。中华诗词学会会员，中华诗词研究所研究员，安庆诗词学会理事，明堂诗社副社长。主编有《二十世纪诗词大观》，著有《遏云楼诗词存》等。

七律·题西岳华山

奇峰如剑插苍天，览日高登华岳巅。
一泻黄河龙入海，九分禹域地开莲。
雄关虎视东南北，壮气鲸吞楚赵燕。
我欲乘鸾呼玉女，彩云同驾会诸仙。

斐　智

1944年生，女，字一然，号循惠斋主，山东省平原县人。国家公务员。出版诗集《啼笑集》《奈何集》等多部。

虞美人·兴庆宫公园一瞥

鸟鸣叶底林阴道，花下携翁媪。清澄波映绿丝飘，岸倚柳眉微锁坐吹箫。　　华亭彩柱雕栏护，太白吟诗处，登台群玉大唐装，似见贵妃身影舞霓裳。

江城子·长安

千年文化蕴长安，碧波环，古城垣。暮鼓晨钟，雁塔傲云天。钟鼓楼台天上举，红日捧，白云衔。　　芙蓉誉世大唐园。路标端，似棋盘。时代广场，音乐响喷泉。双向绝尘林荫护，咸阳道，乐游原。

春从天上来·大雁塔北广场

天上人间，列古色凌空，镂柱雕檐。碑刻诗句，像塑群贤。呼应欲步翩然。更东西相对，巧修筑，彩瓦琉砖。树成荫，喜花团簇锦，燕舞莺穿。　　旋空乐声飞处，突错落纵横，万幻喷泉。高射凌霄，低回平地，倒海龙戏云烟。借银帘留影，飘然去，隐约天仙。任流连，这古风佳景，当胜贞观。

蓝礼文

湖北省鸡鸣诗社社员。

七绝·半坡遗址

历史长河不计年，半坡遗址五洲传。
炎黄儿女文明史，追溯渊源到此间。

七绝·观秦兵马俑

谁是当年作俑人，陶兵陶马守荒坟。
焉知百二秦关险，难免阿房一炬焚。

七绝·登西安大雁塔

七级浮屠紫气腾，我登雁塔未题名。
蓝桥不觅神仙路，且趁优游逛古城。

七律·长安行吟

求取真经不畏难，迢迢千里上西安。
前天跃马咸阳市，昨日驱车五丈原。
且喜骊山烽火熄，何愁渭水钓竿添。
诗情画意随收拾，一路行吟献草篇。

裘惠楞

1936年生，字心方，号衣人，大学本科毕业。浙江师范大学副教授。发表有《中国诗论中的虚实理论》《论含蓄——中国诗论研究之二》等论文，编有《塘边斋诗词存稿》。

七绝·西安宾馆闻鸟鸣

一鸟窗前晨暮来，鸣声清婉胜佳醅。
古城为客心情异，似听唐音阿滥堆。

七绝·骊山

天半骊山绣似屏，温泉自古帝王庭。
如今开放游人众，笑语争看兵谏亭。

七绝·秦始皇陵

秦皇陵寝硕无朋,当是刑徒汗血凝。
封土一堆陵穴闭,榴花似火伴人登。

七绝·秦兵马俑

已无兵器已无车,士气沉沉静不哗。
军马地宫千载盛,秦天二世日西斜。

七绝·半坡遗址

遗址无言迹似笺,一坑一洞渺人烟。
我来观此惊犹敬,迈步过门隔万年。

七绝·碑林

石骨铮铮比铁坚,千年文化托身传。
碑林辉映中华史,一脉炎黄续伟篇。

七绝·昭陵六骏

北战南征帝主乘,冥冥俊骨卫昭陵。
六龙今已空双骏,国弱无忘强国凌。

路毓贤

1951年生,陕西周至人,中国民主促进会会员,陕西省文史研究馆馆员兼太华诗社副社长,陕西省诗词学会常务理事,陕西省、西安市书法家协会副主席。陕西师范大学美术学院暨陕西省社会主义学院兼职教授。其诗词散见《长安新韵》《三秦文史》等书刊中。著有《路毓贤书法集》等。

五绝·集石鼓文字

花好灵禽乐,水清鲤子游。
平原来走马,古树导归舟。

五绝·题朱拓汉十六字砖(六首)

其一

汉时瓴与甓,始有篆文铭。
此亦为鸿制,拓之瘗秘庭。

其二

平生惟所好,尤喜翰田耕。
赏此稀存物,忽为老眼明。

其三

壁悬朱墨拓,吉语喜随生。
鸿运连三至,来年景更荣。

其四

此砖宫殿物,传世品中精。
一纸虽为拓,古风字里生。

其五

今人临古篆,多效汉金文。

揣透其真旨，创新自不群。

其六

砖铭行笔朴，劲健古风存。
悟得其中意，不临李少温。

七绝·陕西地矿物化探队国庆书画、摄影展赠贺

月到中秋似玉盘，凯旋未等卸雕鞍。
写真挥翰舒豪气，联袂同欢兴艺坛。

七绝·三清山

奇境三清翠霭中，嶙峋万笏耸苍穹。
仙踪缥缈元无路，本是清玄上帝宫。

七绝·勉县农居

沔上湖山似画图，池中鱼鸟戏新蒲。
花围农舍炊烟起，直令游人忘路途。

七绝·太华南峰

画里西峰入碧霄，白云引领众山朝。
今登绝顶方知晓，更仰天池救旱苗。

七绝·和"秋池吟唱"

秋高气爽菊花香，曲水池边古韵扬。
妙语连珠歌盛世，清平岁月续华章。

七绝·和"腾龙泼墨"

建馆欣逢五十春，腾龙阁里荟仁人。

云烟满纸多豪气，共颂神州日月新。

七绝·和"雨林谈艺"

雨林谈艺邀高贤，借古颂今叙史传。
趣事奇闻堪共赏，神游故国在文渊。

七律·仙游寺

神游佛寺历千秋，水绕山环翠霭浮。
象岭西盘腾紫气，狮山东踞护清流。
仙桥古渡龙潭碧，玉女垂帘石洞幽。
于此乐天曾吐凤，一歌长恨誉神州。

七律·西岳览胜

太白西来地脉长，岩峣华岳是仙乡。
朝阳胜迹棋盘在，落雁灵踪碧水香。
玉女滴泉冲石马，苍龙飞驾怯韩郎。
莲花宝相长春境，灵澍知时乐万康。

七律·曲江盛会感怀

秦地淳风雅颂传，曲江盛会启新篇。
雨林谈艺同春雪，池岸吟诗伴古弦。
画手妙思见奇境，书家大笔如巨椽。
群贤喜谱崇文曲，共乐神州舜日悬。

忆江南·怀古赏今（二首）

其一

关中好，美景志书传。渭北五陵连汉苑，终南八水绕长安。紫气满秦川。

其二

西安好,环保凯歌旋。街道浓阴闻啼鸟,园区花圃响秋蝉。绿梦谱新篇。

鹧鸪天·秋游终南山

九月终南似画屏,层峦山色动诗情。白云深处藏茅舍,红叶枝头有鸟鸣。　　潭里水,镜般明,矶边倚石望清泓。山高不语成雄峻,人杰何图身外名。

雍双全

1945年生,笔名芳泉、涌泉,西安人。1969年毕业于陕西中医学院,获学士学位。陕西医学高等专科学校副教授,西安诗词学会会员。诗作多次见诸报刊,并被收入《历代咏黄陵诗选》与《人民心中的邓小平》等书。

五绝·骊山情

览胜至临潼,观山气象雄。
神驰骊马去,勋建振兴中。

五律·咏太史公

龙门造化功,钟毓秀灵通。
学富观沧海,才雄咏彩虹。
柏松难萎谢,贤圣可尊崇。
勋业传千古,伟哉太史公。

七绝·咏长安

长安自古帝王州,天府金城八水流。
情系五洲传友谊,路通万国走丝绸。

七绝·青龙寺

乐游原景惹人怜,古寺青龙别有天。
春鸟含情鸣婉转,樱花吐蕊斗芳妍。

七绝·楼观台

经名道德意深玄,气化阴阳法自然。
庄老终归何处去?精灵离散岂登仙。

七绝·药王山

五台青史美名留,四海苍生雅兴游。
神妙方书传万代,光辉医德耀千秋。

七绝·红石峡

陶醉榆林红石峡,名人题刻壁生花。
悬崖对峙溪流唱,古塞风光映彩霞。

七绝·乾陵

杨妃倾国惑英明,武后专权乱太平。
虽道浮云能蔽日,江青一枕梦难成。

七绝·太白遗风

太白名山太白游,吟诗泼墨显风流。

只缘醉饮山中酿，美酒飘香万古留。

七绝·张良庙吟

运筹帷幄显才华，辅佐刘邦建汉家。
贤哲缘何归隐去？寻思从道寄幽遐。

七律·秦始皇

群雄横扫逞豪强，伟烈丰功数始皇。
万里长城哀白骨，三千佳丽恨阿房。
九泉不吝资财耗，六合难容竹帛藏。
治国由来因顺逆，权衡失准必衰亡。

七律·游周公庙

孔圣相思夜梦多，吾游岐邑岂无歌？
皇天见瑞闻鸣凤，后土呈祥起卷阿。
吐哺归心传美誉，涌泉润德化清波。
借来灵水除尘垢，民朴官廉乐若何。

七律·谒黄帝陵

文明华夏五千年，历史长河自有源。
创业轩辕垂宇宙，腾芳兰桂壮家园。
苍苍古柏钟灵秀，霭霭桥山引凤鸾。
共望残冰消海峡，良辰同祭唱团圆。

雍文华

1938年生，湖北省公安县人，入籍湖南省湘阴市。先后毕业于湖南师范大学中文系、中国社会科学院研究生院文学系唐宋诗词专业，获硕士学位。历任中共中央宣传部文艺局文学处处长、中国作家协会创作研究部副主任，研究员，中华诗词学会副会长。著有《民族历史问题》（理论评论集）、《潇湘云水楼诗词》等。

七绝·骊山（三首）

其一　有感

骊山明皇贵妃故事，千古流传，人多兴亡盛衰之感，亦有欣赏凭吊之情。

骊山歌舞几时休？鼙鼓渔阳动地愁。
长恨人心多昧误，兴亡声里话风流。

其二　飞霞阁

飞霞阁，又名晾发台，建于贵妃池上。相传杨妃每出浴，必倚台观景晾发。余见杨妃池所陈阎立本《杨妃出浴图》，身着素色轻纱，大有娇柔不胜衣之态，而风情婉然，颇动人浮想。

初试轻罗倚玉台，人间天上月华开。
几回侧耳宜春殿，隐约笙歌入阁来。

其三　咏古

楼阁重重次第开，霓裳羯鼓紧相催。
伤心一片骊山月，曾照潼关烽火来。

七绝·南湖公园

青山抱水水初平，水上寒烟翠霭生。

沉醉一湖幽似梦，群凫惊起满天星。

七绝·咏乾陵

飞檄扬州逞骂词①，却怜才士尚栖迟。
则天皇帝多雄略，无字碑前有所思。

注释

①徐敬业起兵讨武后，骆宾王作《讨武檄》。《资治通鉴》卷二百三《唐纪》九十云：太后见檄问曰："谁所为？"或对曰："骆宾王。"太后曰："宰相之过也。人有如此才，而使之流落不偶乎？"

七绝·延安万花山牡丹园（二首）

其一

延安万花山，牡丹独盛。余感而赋之。

云合长空雁字斜，边城四月少芳华。
东风寂寞谁为主，开遍高原烈火花。

其二

欧阳修《洛阳牡丹记》云："牡丹出丹州、延州……"又云："牡丹初不载文字，唯以药载草本，然于花中不为高第。大抵丹、延以西及褒斜道中尤多，与荆棘无异，土人皆取以为薪。"明代以后已经灭绝，唯万花山牡丹幸存至今。

上苑天香举世夸，灵根原本在天涯。
时人不识真情性，误作人间富贵花。

七绝·延安万花山杜甫夜宿处（二首）

天宝十五年（756）八月，杜甫试图北上延州，出安塞芦子关，往甘肃灵武投奔肃宗，时洛阳、长安均已陷落。

其一

仓皇龙驾走千车,谁道长安是帝家?
遥望灞桥烟柳色,满城羯鼓杂胡笳。

其二

麻衣杖履走天涯,四野苍茫落日斜。
试看牡丹枝上泪,梦中都作洛阳花。

七绝·韩信拜将坛(二首)

随中央赴陕整党试点小组诸君访韩信拜将坛。坛在汉中市南,高丈余,前有牌楼,上悬"忍辱负重"横匾。后有飞檐四角方亭,中有石碑,刻有"汉大将韩信拜将坛"八字,背刻七绝一首云:"辜负孤忠一片丹,未央宫月剑光寒。沛公帝业今何在?不及淮阴有将坛。"

其一

蹶项亡秦势绝伦,也曾虎帐听三分。
可怜衣食推恩语[1],不敌高皇社稷心。

其二

天下为私岂可宁?一朝鸟尽欲藏弓。
未央宫里凄凉月,曾照高皇唱《大风》。

注释

[1] 武涉、蒯通均说齐王韩信反汉,与楚连和,三分天下。信答以汉王解衣衣我,推食食我,谢而不用。事见《史记·淮阴侯列传》。

雷 岳

1927年生，号铨生，名茂棠，学（书）名摄东，笔名庄溪人、锺陵子、冯翊铎、田山。江西省进贤县人，私塾学历。曾任县文教科副科长，县政府秘书，县人大、政协委员。离休后创办县老年大学，任副校长主持工作。创建县楹联诗词协会，任会长，黔东南州诗社理事、省诗词学会理事、省楹联学会顾问，中华诗词学会、中国楹联学会会员。著有《中国历史文化名城镇远胜迹追踪》和《中国历史文化名城镇远妙联荟萃》。

七律·延安颂

宝塔巍巍矗碧空，延河滚滚浪潮汹。
红星闪闪辉天地，圣域葱葱藏虎龙。
每每神机操胜券，滔滔伟略著奇功。
煌煌思想昭千代，呆呆雄文万世宗。

沁园春·轩辕庙

华夏人文，百代昌明，万载流芳。溯根源本末，轩辕发轫，传承后世，光大弘扬。远播全球，普天景仰，盛赞神州德教彰。看今日，更闻鸡起舞，科技兴邦。　　追思我祖玄堂，寝福地桥山吉且祥。有层峦拱卫，沮河环绕，千年古柏，浩瀚汪洋。遒劲苍松，葱葱郁郁，一派菁林赛帝乡。谁堪比，此庄严圣域，永耀东方。

雷明尧

1928年生，号显勋，笔名雨田、盛水叟。四川省盐亭县人，中师毕业，中学退休教师。中国文化信息会、省老年诗词创作研究会、绵阳市诗词学会会员。作品曾荣获多种奖项。

七绝·观秦兵马俑

巧匠能工博古今，技精艺湛术超群。
敢将妙手创奇迹，璀璨明珠启后人。

七绝·悲鸿门宴

范增巧设亡刘计，项羽无知自逞功。
亚父奇谋真得手，乌江怎会霸王终。

七绝·渭水流芳

渭水清清日夜流，子牙垂钓不弯钩。
胸藏枢策冲霄汉，开创周基八百秋。

七律·长安女皇帝

一代女皇胆气豪，鼎新革故帝中佼。
量如沧海开言路，腹蕴经纶见识高。
任用贤能纲目举，推行仁政国基牢。
亲忠远恶乾坤靖，华夏一人青史标。

七律·讴歌刘志丹

舍身救国挽狂澜，赤胆忠心载史篇。
侦察敌情挑碗担，动员群众帮种田。

深谋远虑拒胡马,履险如夷敌蒋阁。
奉命西征鲜血溅,黄河呼啸寸心丹。

七律·长安特使

雄心勃勃勇张骞,热气蒸蒸不畏难。
出使月氏扬汉国,沟通西域拓江山。
经霜历雪开丝路,顶碛披沙闯险关。
凛凛威风单于服,堂堂正气返长安。

鲍传鲁

1922年生,中共党员,历任中学和师范教师、教导主任,行署教育局教研室副主任。1986年离休,曾任安徽省太白楼诗词学会理事,皖西诗词学会副会长兼《皖西诗词》主编,现为皖西诗词学会顾问。曾获中国文艺学会文艺金爵奖。

七律·游秦王宫

翼然直欲接云天,拾级登临乐似仙。
华厦万千蹲足下,金人十二列台前。
目眩殿宇流光彩,耳觉人声杂管弦。
莫谓此皆非旧物,雄风犹可想当年。

七律·参观西安事变旧址张公馆

楼台风物似从前,往事回头感万千。
救国军民思奋起;同根萁豆苦相煎。
英雄壮举惊寰宇,杰士宏谋著史篇。
功过岂容随倒置,国人亿万辨奸贤。

廖宇阳

江西省文史研究馆馆员。

七绝·题咏三秦美食

千载皇都两度临,当筵素手正调琴。
人生百味都尝遍,不坠青云白首心。

廖绍禹

广东省陆丰县电大校长,陆丰诗社社长,《陆丰诗词》主编。

五绝·八月六日晚长安行吟诗会即就

我生何有幸,诗友月宫攀。①
折桂嗟才浅,附骥到长安。

注释

①友指月人。

慕俞超

生平阙略。

七律·川口渡

主席东征渡此川,山容水色喜开颜。

船装红日光驱雾,桨拍黄河浪洗天。
小树葱葱朝北绕,长堤岌岌向南延。
人民自有回天力,五里荒滩变水田。

沁园春·吴堡巨变步毛泽东《雪》韵

八亿人民,志乘风扬,气遏云飘。令千山换貌,林遮草覆;枣园万顷,红浪滔滔。劳务远输,城乡遍布,经济腾飞士气高。奔小康,看穷荒渐富,前景妖娆。　　如今到处多娇,引无数商家竞折腰。看横沟矿产,物华天宝;乌金滚滚,独领风骚。龙山遗址,四通高速,宏伟蓝图精细雕。同心力,为这般美景,奋斗今朝。

熊　政

1933年生,学名德方,号清泉,笔名箕山、鄂东南人。大专文化,原任黄石市冶金研究所所长,冶金分析化学工程师。省、市楹联、诗词学会会员,《西塞山诗社》名誉理事,《大箕诗词》副主编。

七绝·咏西安碑林

夜坐飞车午抵秦,满怀兴趣到碑林。
炎天酷暑忘劳累,细读碑文醉入神。

七绝·登西安大雁塔

巍巍雁塔彩云中,万转千旋入太空。
八百秦川收眼底,江山秀丽锦重重。

七绝·参观秦兵马俑有感

功罪何如且不评,万千铁甲世人惊。

江山一统秦皇始，二世为何天下更？

七绝·过鸿门有感

千年历史说人间，车到鸿门仔细看。
逐鹿中原成往事，王朝帝制似飞烟。

七绝·参观扶风县法门寺

平生不信鬼和神，何故无端到法门。
却为远来寻古迹，中华文化显奇珍。

七绝·过马嵬驿（二首）

其一

长恨歌词韵味长，香山笔墨断人肠。
千年倾国留荒冢，村妇犹怜土尚香。

其二

千年往事帝王妃，留得马嵬土一堆。
多少风流文彩笔，苍生不念写娥眉。

七律·参观陕西历史博物馆

博物馆开入眼帘，文明历史五千年。
秦皇变法图强业，唐帝用贤敢纳言。
四海文明称上国，五洲发达可为先。
长期封建闭关后，民族兴衰始不前。

熊 鉴

1923 年生，湖南沅江人，著有《路边吟草》。

七绝·乾陵无字碑

玉颜弱质敢兴邦，千古英雄武媚娘。
李治功归碑一块，则天难以尺来量。

七绝·法门寺

孔孟衰微佛道存，释家舍利独称尊。
鼠蛇自有通幽路，徒向人间立法门。

七绝·灞桥柳

灞桥垂柳万千条，送往迎来甘怨劳。
怎奈行人多别恨，折残我亦恨难消。

七绝·观秦兵马俑

生前力可使天回，死后英雄安在哉？
嬴政自知民愤大，万千兵马卫泉台。

熊　熊

1946年生，曾用名熊柏纯，湖北省浠水县人。北京大学国际政治系毕业。黄冈市人大民族宗教侨务外事委员会主任，副研究员。市诗词学会常务理事兼副秘书长。

五律·谒勉县武侯墓

景仰武侯陵，胸中浩气生。
精诚输蜀汉，帏幄运奇兵。
长卧军山麓，萦怀白帝城。
英名垂宇宙，千里蜀江清。

七绝·过秦岭

盛世休嗟蜀道难，轻车代步彩云间。
苍苍秦岭抛身后，抖擞精神下四川。

西江月·瞻仰延安毛泽东旧居

宝塔岿然耸立，延河碧水连空。窑中灯火映天红，革命燎原火种。
　　巨手乾坤扭转，人民真正英雄。英明领袖建奇功，日月光华与共。

桃园忆故人·谒黄帝陵

桥山高处轩辕宿，翠柏苍松云簇。呜咽江河哀沐，福我多民族。
　　而今崛起新中国，举世人皆投目。海峡两边台陆，无不期和睦。

熊中炽

1945年生,字能火,号文石山人,江西省立高安师范毕业,奉新县罗市镇兰田小学教导主任,高级教师。中华、江西诗词学会、中国楹联学会会员,奉新诗社常务理事。

五绝·紫阳茶香

生态天然净,紫阳出好茶。
香浓醇味厚,饮罢尽称佳。

五律·访宝鸡种烟大户

广辟生财路,宝鸡喜种烟。
人勤春更早,利大志弥坚。
陌上千斤叶,家中万贯钱。
饭余香袅袅,赛过活神仙。

七绝·品咸阳"外婆鸡"

关中壮士思佳食,川北外婆献美肴。
四溢芳香飘满座,尝鲜饮誉谢厨庖。

七绝·饮凤翔西凤酒

"西凤"飘香入万家,透明清亮味尤佳。
名扬遐迩销华夏,饮后神怡个个夸。

七绝·谒桥陵咏黄帝(三首)

其一

轩辕黄帝正登基,作乱蚩尤大雾迷。

建造指南车一辆，交兵涿鹿杀夷魁。

其二

出游河洛天文见，龙马驮图授帝书。
伐木作舟车始造，陆通水渡变衢途。

其三

阴阳甲子立周全，律吕调和奏管弦。
礼乐从兹行教化，无为而治享高年。

熊汉川

1931年生，江西省德安县人。曾任中共江西省委党校讲师、瑞昌县人民政府县长。现为中华诗词学会、江西省作协会员，省诗词学会、楹联学会理事，九江市诗词联学会副会长兼《匡庐诗词》编辑，九江市老同志大学《浔阳晚霞》主编。著有《汉川呋吟》《往事随笔》等。

五绝·姜子牙钓鱼

独隐秦山谷，持竿渭水头。
垂纶凭直取，不向曲中求。

七绝·秦兵马俑感咏

一窑兵马悉泥胎，全赖能工巧剪裁。
黄土千层埋不住，今朝仍叫墓门开。

七绝·黄陵"北岩净石"

谁云净石自天来，我谓神人费剪裁。
许是娘娘心大意，竟将仙果坠尘埃。

七律·今日西安

西安不与昔时同，岁稔人和淑气融。
绿树参天楼阁隐，长街古色画图中。
艺坛竞唱新声曲，胜境争留旧景容。
全市喜膺全国奖，敢超强手越高峰。

熊德邻

1924年生，湖南省宁乡县人。先后毕业于湖南大学中国文学系、中共中央高级党校理论班。离休前为湖南科技大学马列主义教研室主任、高教六级教师。中国毛泽东诗词研究会、陕西秦风诗词学会会员，湘潭白石、嘤鸣诗社社员。作品、小传入编《湘潭文艺家辞典·诗词楹联卷》等。

七绝·骊山烽火台

登上骊山烽火台，幽王无道点干柴。
为伊一笑诸侯戏，误了军机祸惹来。

七绝·秦兵马俑

始皇业绩谁堪比？一统车书量度衡。
兵马俑坑今古绝，长留文物史家评。

七绝·西安碑林

西安文物数碑林，代代增刊直至今。
装点古城今胜昔，书林荟萃觅知音。

七绝·八路军西安办事处纪念馆

抗日新编八路军，西安当日起风云。
从兹走上延安路，只为江山哪顾身。

七绝·玉泉院华佗墓

玉泉院内存斯墓，中国医宗永不磨。
孟德雄才多卓识，难逃罪责杀华佗。

七绝·半坡村遗址

走进半坡遗址馆，彩陶石斧眼前呈。
先民智勇勤劳动，赢得中华古国名。

七绝·马嵬坡

六军不发马嵬坡，赐死杨妃莫奈何。
误国殃民非旦夕，明皇怎不唱悲歌？

水调歌头·乾陵无字碑

唐世夹周代，不是两三年。则天武后称帝，摄政大唐权。超越须眉难说，守土安民无误，捍卫我江山。不老乾陵墓，功过史家言。

骆宾王，讨武氏，檄文篇。武皇一见，长叹周相失斯贤。不计尊卑恩怨，难得唯才是举，风范誉人间。无字碑千古，有待后人镌。

水调歌头·茂陵怀古

汉武帝当政，业绩史昭彰。独尊儒术思想，罢黜百家腔。打击富商大贾，治理盐铁铸币，国富又民强。击溃匈奴犯，巩固汉边疆。

张骞使，赴西域，友邻邦。铲除割据，统一邦国创辉煌。骄傲居功自恃，掩过文非独断，邪说乱朝纲。汉武茂陵筑，今日旅游乡。

水调歌头·鸿门宴遗址抒怀

结义称兄弟,项羽与刘邦。亡秦天下谁主?先进主咸阳。秦败沛公先入,羽攻进关已闭。怒气自难当。力量悬殊大,剑舞胜沙场。

鸿门宴,未流血,系兴亡。项庄舞剑,深谋远虑是张良。未有雄才大略,自恃兵强士众,失策败回乡。一览鸿门坂,历史费思量。

水调歌头·华山苍龙岭

险道神工造,华岳路艰难。相传韩愈临此,艰苦备尝焉。一岭横陈霄汉,两侧深岩峭陡,胆小不能攀。自古多文士,留下有诗篇。

"韩老哭","赵老笑","李柏言"。登高览胜,苍龙背上步云天。美丽神奇故事,独特苍龙传说,夜走好通关。不过苍龙岭,不算到华山。

水调歌头·华山玉女峰抒怀

玉女一传说,沿袭历千年。相传弄玉萧史,圆梦系前缘。一个温文娴静,一个眉清目秀,同道两心牵。八月中秋节,天地庆团圆。

经数载,精技艺,乐怡然。志同道合,萧郎一曲到华山。从此箫笙上达,引凤招凰来此,得道自成仙。留下佳谈诵,一览扣心弦。

水调歌头·西安古城吟

世界大都市,自古有长安。当时昌盛繁荣,文化亦居先。贸易畅通中外,来往行商客户,汇兑创"飞钱"①。非只经商者,更把友邦联。　　龟兹人,回纥族,吐蕃焉;五洲四海,相继来到古中原。邻国朝鲜日本,还有"波斯""大食",盛况忆当年。往昔丝绸路,欧亚史当编。

注释

①飞钱:指一种早期的汇兑制度。

水调歌头·华清池抒怀

山麓温泉水,自古颇闻名。华清池里秀丽,唐代有名声。好色明皇情种,美女杨妃绝艳,故事世相承。安史渔阳乱,唐室不安宁。

为抗日,张少帅,杨虎城。临潼兵谏,弹飞穿过五间厅。在昔李杨悲剧,当代张杨壮举,民族史光荣。解决西安事,周叶展才能。

满江红·秦兵马俑

秦始皇陵,兵马俑、一墙之隔。形胜地、骊山渭水,非常出色。兵马雄姿千古绝,"教科文组"名牌立,在今天、载誉及全球,龙中国。　　始皇帝,谋统一,文物在,宣真力。看军威壮勇,守边防敌,六国烟消平百越,千秋业绩垂芳册。赞祖龙、大略并雄才,称难得。

满江红·谒黄帝陵

自古黄陵,群峦拥、轩辕庙立。传说是、炎黄二帝,国家统一。黄帝出巡龙托去,衣冠埋葬桥山脊。迄而今、香火几千年,唯中国。

清明节,祖宗忆;初祖殿,参天柏。祭人文初祖,念先思昔。赤子他乡怀故里,黄河哺育儿孙裔。年复年、世界大华人,沾光泽。

沁园春·登华山抒怀

西岳华山,直插云间,险峻动人。有危峰峭壁,惊心动魄;幽林深谷,怪石嶙峋。绝径天梯,苍龙脊背,踏上天门妙入神。南峰上,望茫茫大地,万里风云。　　神奇故事犹新。况都道人间骨肉亲。看劈山救母,事传千古;晨来暮往,游客纷纷。结队成群,前呼后应,笑语欢声处处闻。欣来者,竞凌峰览胜,放眼乾坤。

沁园春·延安抒怀

宝塔山高，地窟琼窑，日夜明灯。自红军抵达，旌旗军号；枣园云集，闪闪红星。全国人民，延安争赴，荟萃群雄大本营。忆畴昔，看黄河咆哮，四海翻腾。　　八年抗战全经，在陕北艰难岁月程。适"亚欧"烽火，"法西斯蒂"；东方日寇，"屠杀南京"。灭绝人寰，多行不义，缴械投降上法庭。迄今日，改侵华历史，肆意蛮横。

念奴娇·西安大雁塔抒怀

千年"大雁"，展雄姿、经历沧桑年月。自古秦城文物地，且看唐僧先哲。佛教经文，各家各派，吸取精华说。取经回国，译经曾用斯塔。　　多少风雨春秋，巍然高耸，今古称名刹。"褚写"两通碑碣在，完整保存无缺。中外游人，南来北往，一见都称绝。"西游"原始，怎分真假豪杰？

碧玉箫

1943年生，又名李玉清，大专文化。曾任解放军某部政委，湖南省湘乡市政协主席等职（已退休）。中华诗词学会发起人、筹备委员会委员、第一届理事会成员，甘肃诗词协会副会长。现为湖南诗词协会常务理事，湘潭白石诗社副社长。著有《碧玉箫诗词选》。

五绝·秦岭日出

暖日驱寒夜，千峰紫雾迷。
山村无觅处，隐隐有鸡啼。

五律·留凤关

地险能留凤，峰高雁翅回。
路从山挤出，车似日拖来。
岭树生云气，溪流喷雪雷。
神州成一统，关塞喜为开。

五律·我爱秦川

我爱秦川好，无边望眼收。
风翻平野麦，日落大河流。
文物藏千古，游人汇五洲。
华山凌绝顶，直上月宫游。

七绝·麦尖山[①]

冬如白笔写蓝天，春似青螺走碧田。
若向云边修小室，居人便作月中仙。

注释

① 在秦岭火车站附近。

七绝·陈仓杂咏

大散关前蜀道难，乱山堆里驻征鞍。
参谋笑指南边岭，细说当年大将韩。

七绝·秦岭隧道

峭壁悬崖洞府连，电车飞疾似平川。
谪仙若是今朝出，诗史当无蜀道篇。

七绝·嘉陵江

碧水如油未染埃,巴山秦岭缝中来。
浪声但说长江好,流到长江送电回。

七绝·月涌秦关

碧嶂层峦涌玉环,依稀还在海波间。
须臾转到中天上,照彻千关与万关。

七绝·草凉驿①

一抹山光挂暮霞,平桥野水傍人家。
村前几树垂杨舞,春色三分见落花。

注释

① 在凤县境内,古代为川陕交通驿站。

七绝·秦岭所见(五首)

其一

七月炎天长不雨,蟒蛇出洞饮山溪。
须臾转向深林去,一路风飞草木嘶。

其二

秋老秦山景色奇,熊贪漆籽上高枝。
野猪更有翻山嘴,朝垦南陂暮北陂。

其三

深山好鸟未知名,麋鹿逢人也不惊。
最是鼠姑潇洒甚,雄追雌跑树梢鸣。

其四

隆冬整日大寒流，雪裹山冈玉塞沟。
觅食锦鸡迷去路，一双窜入办公楼。

其五

雪霁千山玉鉴开，寒光清气上楼台。
咚咚不是敲门客，鹊啄窗花报喜来。

七律·二到留侯祠

莫道男儿重纵横，英雄归隐列仙名。
丹炉夜气凝金液，石洞春风长药精。
立世何须官职老，做人最怕骨头轻。
秦亡楚灭韩彭死，一枕松涛伴鹤声。

七律·登周原

民生国计系桑农，假日田边察岁丰。
带露桃花红似血，套犁牛背曲如弓。
欲知理论真和假，还看人间富与穷。
问到如今新政策，老翁频说好春风。

七律·秦关话别

与君共服秦关役，苦辣酸甜整十年。
百里深山连铁索，千寻绝壁打钢钎。
陈仓古道吹晨角，诸葛荒台点暮烟。
明日辕门相揖别，哪堪杯酒佐离筵。

七律·题大散关

滚滚飞流崖畔泻，群峰矗立彩云间。

半山雾绕千秋雪，八百秦川一闭关。
我喜陆游留妙句，人传诸葛出祁山。
金城铁壁铜墙固，何惜军中两鬓斑。

七律·秦岭雪景

谁将碎玉泻山冈，万岫参差尽素装。
绿竹舞腰低粉面，梨花牵梦忆春光。
山间熊迹荞粑冷，溪畔雉鸣个字狂。
秦岭云横家不远，蓝关雪拥马蹄忙。

缪　英

1926年生，笔名流星，湖北省武汉市新洲区人，大专文化，副研究员，原黄冈市港航管理局副局长。东坡赤壁诗社、黄冈市诗词学会顾问。曾主持编辑《东坡赤壁诗词》季刊12载。著有《流星诗集》《流星诗词选集》。

七绝·霍去病（二首）

其一

马踏匈奴六出中，君王犹幸识英雄。
长留青冢标忠悃，不使人忘绝代功。

其二

匈奴未灭不为家，壮语豪情百代夸。
谁说年轻无重将，至今威誉满天涯。

七律·黄帝陵（二首）

其一

古国文明赖奠基，鼎湖龙去尚依依。
功高一统歼群丑，德极无伦抚九畿。
甲柏阴垂贻燕翼，桥山翠柏散春晖。
皇猷勿坠恢先绪，振我中华孰忍违。

其二

少典相传盛有熊，安良除暴继神农。
阪泉三战联姜水，涿鹿奇攻殄巨凶。
收拾金瓯臻圣域，宏开草昧树文宗。
绵绵瓜瓞延华裔，百代依然灵秀钟。

七律·茂陵（二首）

其一

五十三年一墓台，神工鬼斧费徘徊。
茂陵欲比秦茔胜，刘彻空为嬴政哀。
一死既知终不免，长生何用苦相猜。
汉家亦有前朝失，底事偏能息祸胎。

其二

轮台一诏悔前愆，亿万民苏转念间。
顿息刀兵深罪己，广开言路力除奸。
德敷五教熏风拂，法罢青苗暴政删。
难得帝王留此鉴，亦堪千古照人寰。

七律·马嵬坡（二首）

其一

罗巾系向马嵬坡，空使君王涕泪沱。
万乘虽尊终有尽，六军不发莫如何。
独行应悔双星誓，一死难逃百姓诃。
倾国倾城千古恨，试将历史镜新磨。

其二

生前享尽人间乐，死去还留身后名。
罗袜香尘争一撮，温泉脂水梦三更。
歌传妙句凝长恨，墓葬红颜饰古城。
重女重男皆有论，流芳遗臭任人评。

七律·西安大雁塔（二首）

其一

叠叠重楼耸碧霄，真经常引玉皇朝。
高悬星月辉长夜，漫卷风雷化逆潮。
四十门含多血泪，千余载历几笙箫。
游人每致殷勤意，莫让悲歌起渭桥。

其二

一雁离群此殒身，无端名塔被封神。
五丁肯为勤挥斧，三界从兹竞问津。
历尽沧桑成铁证，凭将兴废溯前因。
老夫当日登临处，可有诗潮洗劫尘。

翟致国

1947年生，号耐寂轩主，大专学历，吉林省政协办公厅调研员，主任编辑，长白山诗社秘书长。著有《耐寂轩诗稿》。

七绝·秦兵马俑

军阵庞然守墓陂，真龙祈借俑人威。
俑人奕奕重投世，一代真龙早化灰！

七律·壶口瀑布

黄水北来下白云，南行晋陕落龙门。
千狮聚作同时吼，万马争从一壑奔。
跳浪翻波撩目眩，飞花溅沫搅天昏。
久瞻不悔淋衣湿，为领雄奇华夏魂。

七律·雨中登华山（二首）

其一

五岳雄奇数华山，云门一过掣心弦：
绝岩削似沉香斧，飞瀑悬如杨戬鞭；
乍喜云开峰半露，旋惊雾漫岭全湮。
当年此路击狂房，想见英雄胆盖天！

其二

回心石畔未徘徊，举足躬身上险崖。
淋雨未妨披览兴，闻涛更壮旅人怀。
路从一削峰间插，瀑自半天云下来。
韩愈投书奇险处，追芳诵句代营斋。

翟增泽

1930年生,字春如,河北省霸州市人。原任国营4310厂党委书记,陕西省老年诗词学会会长、《秦风》诗刊编委。

五律·白居易故里

来访香山里,家居下邽村。
登临多古意,卜筑少今熏。
长恨歌千绕,秦中感百论。
浔阳秋水阔,万里故乡魂。

七绝·过马嵬驿

南山雾隐渭流浑,几点寒鸦噪墓门。
误国从来天子事,女儿终究是冤魂。

七绝·一代尊师吕赞襄

手种黉门智慧花,春风桃李遍天涯。
杏坛巨匠知多少,仁爱关中第一家。

七绝·青龙寺

樱花烂漫青龙寺,雨洗晨妆紫燕忙。
老友新朋诗酒会,俊游何必渡扶桑。

七律·谒太史祠

裁剪兴亡继世风,一言九鼎古今通。
推贤进义知良将,取辱衔仁显士忠。
无韵《离骚》千载唱,有名文笔万夫雄。

尔来脂粉临财健，经国尤思太史公。

七律·过五丈原

苦雨时晴稻谷收，沾泥坠锦伴人游。
谁怜曙色牵华岳，偏教秋风滞渭流。
五丈空吟梁甫泪，三分愁白老臣头。
山河重整身心碎，蜀汉兴亡万象浮。

七律·楼观台

老子骑牛入武关，楼观台上设香坛。
清心寡欲和为贵，顺应自然忍实难。
重税严刑官似盗，轻徭薄赋庶黎安。
烹鲜治国非无治，道德经书仔细看。

忆江南·延安（二首）

其一

延安好，革命大摇篮。抗日军兴雄陕北，红旗漫卷大江南。还我好河山。

其二

天然气，夹自陕三边。万里长空输燕赵，一厢情愿暖长安。雪夜好安眠。

忆秦娥·华阴抢险

蛩声切，急风暴雨长堤决。长堤决，华阴抢险，故园伤别。　　惊涛十里云月穴，今宵又是中秋月。中秋月，书声篷帐，师生愉悦。

念奴娇·郭子仪

渔阳鼙鼓,送明皇万里,蜀江留迹。河朔兴师收冀北,犄角相扶光弼。白日挥兵,夜间捣垒,横扫胡军戟。河东荡寇,两京重曜天日。　　三辅再陷西戎,京都惊恐,免胄分危厄。唐室中兴医国手,髀肉渐生心急。割据臣藩,国无宁岁,唯有汾阳德。四朝元老,一生身系家国。

烛影摇红·曲江池

天赐美缘,翠华巧饰山门口。新开南北曲江滨,烟霭摇池柳。早是闲僧执帚。趁朝阳、芳容拍就。古槐深处,扇舞鹅黄,琴扬笛奏。　　雁塔晨钟,丽人水气清明又。游人如织过寒窑,挑菜提篮售。人面桃花似旧。伫长廊、吟朋久候。牡丹开罢,紫燕来时,城南如绣。

三姝媚·石堡川水库

岚烟环水坝。瞰澄城风光,翠红如画。送绿摇青,捧一湖秋水,凤池情话。坝体加高,凭手笔、黎民迎迓。秀美山川,重造辉煌,渭南无价。　　残月芳林遥夜。有点点宾鸿,欲飞还罢。百二关河,致富千秋业,牧林渔稼。渭树江云,当自是、秦人风雅。更有苍龙浸晓,瑶池暗舍。

八声甘州·西安晨曲

问长安谁识好时光?银发染金秋。看熹微曙色,新城舞絮,歌荡钟楼。兴庆公园处处,无处不风流。撩起莲湖月,乐赏鱼游。　　莫叹啼鹃催老,叹竹城久坐,鲁酒难收。快携来俊侣,长袖卷温柔。懒相思、燕泥蝇利,乐逢时、体健复何求?频回首、请缨明志,健笔曾投。

桂枝香·骊山寄意

登临绣岭。看别馆离宫，楼观仙景。渭水东流舞带，远帆时映。雨飞烟锁云深处，遇仙桥、兰溪花径。蕙香盈路，鹃啼翠竹，帝乡仙境。　　念往昔，无辜女性。笑烽火诸侯，千金买幸。历乱江河日下，旧情谁省？脂流腻水鸳鸯浴，剩西风秋草烟影。夕阳云树，沧波梦老，翠华凝冷。

蔡山桂

广东省湛江诗社海康分社社员，著有《蔡山桂诗词选》。

七律·题秦兵马俑

莽莽骊山虎视雄，陵中兵马见军隆。
秦川八百真如铁，渭水三千浑若龙。
幻想千秋传帝业，梦萦百世建勋功。
谁知一炬阿房毁，唯叹残留战阵丰。

蔡圣波

1934年生。中华诗词学会、浙江省诗词学会会员。著有《问松诗草》《六五自嘲酬唱集》等多部。

五律·西安大雁塔

拾级似腾空，凌虚俯梵宫。

七层浮日上，数仞入云中。
纵目乾坤小，凭栏气象雄。
唐僧遗迹在，千古肃英风。

蔡丽水

全球汉诗总会名誉理事。

七律·咏黄陵

森森柏树凌空碧，古木寝陵石竹幽。
阴径曲湾浮晓雾，百龄松液积成球。
临池印影双桥白，旅客寻图八景优。
参拜乐歌讴肃敬，阁龙驭帝谒仙游。

蔡厚示

1928年生，字佛生，笔名艾特。江西省南昌市人，中共党员。1949年毕业于厦门大学中文系，1954年至1956年在北京大学中文系进修。福建社会科学院研究员，中华诗词学会顾问。

五律·登大雁塔最高层

倚槛迎风立，关山望若飞。
环周烟树碧，掠顶白云微。
酒醉难寻侣，诗豪莫赋归。
扪天试相问，孰可悟玄机？

五律·游香积寺怀王摩诘

喜结长安侣,终南访旧林。
碑文良莠列,塔寺蕴含深。
满殿皆光烛,素心唯好音。
深山钟尚响,诗佛已难寻。

七绝·赠西安友人

秋日凌云暑渐除,倾谈不觉酒樽虚。
谁人堪作长安侣,赖有扶风豪士书。

七绝·初游华山

轻车飞跃过秦川,岭白峰青翠霭连。
身入芙蓉开妙境,心浮阆阖觅仙缘。

七绝·五云峰口占(二首)

其一

岭奇隘险石玲珑,信是神州第一峰。
东揽两河西引渭,五云飘忽咏天风。

其二

五云峰上足淹留,红叶黄花灿素秋。
远接终南临渭水,江山为我闪明眸。

七律·登华山

险峻明妍孰可惊?丹青百幅尽天成。
岭苍石白松风凛,岚翠霞红鸟语清。

东引黄河萦远目,南招吟侣续长征。
我来正值枫林艳,遍野斑斓笑靥迎。

七律·华山颂

挺拔雄奇世所无,太华信可作天都。
嶙峋玉阙浮云海,起舞苍龙列画图。
擦耳崖边人鹄立,聚仙坪上众山呼。
茫茫尘表谁能及?索道凌空似坦途。

浣溪沙·杏园诗会分得"鱼"字

拂槛荷风暑渐消,杏园骚客兴何为,神思不觉意凌虚。　　酒醉长安谁可侣,诗兴华夏我为徒,曲江池畔尽辛苏。

蔡景文

1920年生,字公度,笔名阿兰,甘肃省秦安县人。国立兰州大学毕业,高级教师,从事教育工作40年。曾为法官,市政协委员,县老龄书画协会理事长。现为中华诗词学会、省诗词学会会员,被聘为湖北赤壁文学院诗词联研究所终身研究员。著有《辛味书屋吟稿》。

七绝·灞桥

一代词宗韵最娇,霸陵伤别苦魂销。
秋风又作飘零意,诗唱渔洋过灞桥①。

注释

①王渔洋《灞桥寄内》有"太华终南万里遥,西来无处不魂销"、"灞桥两岸千条柳,送尽东西渡水人"。

七绝·访西安半坡遗址（三首）

其一

炊烟甑爨久黄粱，空有寒灰压灶膛。
一段先民生息史，几多忧患几沧桑。

其二

围猎归来力尽消，平分狐兔众嚣嚣。
此时强弱成高下，未必人人尽舜尧。

其三

炊烟袅袅意闲闲，击壤歌高夕照残。
篝火熊熊前夜舞，村头腊祭祝来年。

七绝·华清池怀古（十五首）

其一

浓艳凝香别有情，龙灯珠翠照华清。
可怜寿邸空庭夜，九子金铃响到明。

其二

雨露恩深裾袖香，夜来初试内家装。
华清池上鸳鸯侣，笑煞人间帝与王。

其三

宫花御柳竞清华，春在贵妃只一家。
醉舞胡旋天子笑，禄儿初宠月初斜。

其四

南国佳人娇欲仙，芙蓉出水自天然。
暗香疏影当年好，到此君王爱牡丹。

其五

上元灯火按新声，丹凤楼高月正明。
羯鼓琵琶欢笑语，有人座上不胜情。

其六

舞罢霓裳兴未消，龟年歌板帝吹箫。
边庭漫道风雷急，自有哥舒夜带刀。

其七

诸姨襁褓锦云团，谑浪声中醉盛筵。
夜半内臣传圣谕，君王赐得洗儿钱。

其八

皇甫惟明朝帝京，风云边塞久知名。
权奸跋扈忠臣死，耿耿芳心抱不平。

其九

孔雀麒麟金步摇，珠光宝气压裙腰。
曲江宴罢青林晚，五队香车落翠翘。

其十

潼关不守正东开，鼙鼓渔阳胡马来。
华萼楼空春梦散，一轮明月照妆台。

十一

华钿委地总成空，剩有啼鹃怨未公。
龙驭归来空下泪，漫天风雨哭朦胧。

十二

魂断香飘剧可伤，铃声蜀道笑三郎。
太阿颠倒君王事，粉黛何曾说短长。

十三

月影空山转画廊,千门深锁九龙汤。
霓裳舞罢风流尽,蝉噪西风说盛唐。

十四

池上风清水槛回,骊山辇路掩青苔。
鸳鸯瓦冷长生殿,曾否游魂月夜来。

十五

望京楼奏雨霖铃,多感上皇涕泪零[①]。
血洗潼关二十万[②],可曾负疚哭亡灵。

注释

①玄宗为上皇,复幸华清宫,帝于望京楼令张徽奏《雨霖铃》,不觉凄怆流泪。

②哥舒翰将兵20万,据守潼关,欲坚守以待诸路兵马,帝听信国忠言促使出战,一败涂地,全军覆没。

七律·曲江

物换星移变海桑,曲江渺渺野茫茫。
空闻汉苑开芳甸,无复紫云映绿塘。
宝扇轻翻歌粉黛,翠华摇曳驻君王。
只今蝉唱西风里,禾黍离离照夕阳。

蔡期悟

　　1933年生，湖北省蕲春县人。大专文化，高级会计师，中共党员。原任黄冈市盐业公司财务科长、副经理。1995年退休。系黄冈市诗词学会会员、东坡赤壁诗社社员。著有《棠棣新篇》。

七绝·兵谏亭

一亭高建在山腰，应是中华民族骄。
亿万苍生求抗日，独夫却向此间逃。

七律·西安漫步

长安自古帝王都，此日偕亲有幸游。
一路和风登雁塔，满城瑞气上钟楼。
碑林翰墨辉三楚，历史文光耀九州。
胜迹万千观不尽，挥毫泼墨喜吟讴。

七律·骊山怀古

骊宫几废几重修，历史兴衰感未休。
西侧新区花似锦，南端旧址景如秋。
空寻七夕长生殿，无复千年羯鼓楼。
唯有温泉和灞水，源源不竭总长流。

七律·重游骊山华清池（二首）

其一

骊山云树几千秋，古属皇家林苑畴。
烽火台高褒妃笑，海棠汤阔贵妃羞。
君王尽日娱丝竹，兵俑终年守土丘。

今是旅游名胜地，朝朝暮暮客如流。

其二

十四流年再度来，忽疑风物胜蓬莱。
苍松翠竹千重绣，碧瓦丹墙次第排。
兵谏亭前新有径，虎斑石畔净无苔。
诗情画意浓如许，忙煞阿翁细剪裁。

蔡察草堂

1928年生，原名一夫蔡察，上海市人。

七绝·惜李白于长安

长安李白逐京后，历代无人爱四声。
忽有月人来召我，那能不到古都城。

裴　正

1982年生，字宗海，陕西省汉中市人，管理学硕士。在中共汉中市委办公室工作。曾任中华保健学会心理医生专业委员会副秘书长、陕西大唐美术研究院副院长。

七绝·汉江春行

春临汉水草青青，落日红霞照树明。
最爱舟行银浪里，鸥飞鹭舞梦思萦。

谭克平

祖籍广东省台山县。著有《天涯吟草》。

七律·项羽

重瞳无奈汉军何,尽去谋臣失策多。
匹马期平八角垒,独夫拟敌万人戈。
气吞九鼎神州梦,身陷重围楚地歌。
太息江东归不得,鸿门席上早蹉跎。

望海潮·边将

龙沙辽阔,阴山雄峙,绵绵势接云头。凭挽宝弓,常巡古堞,横空雁阵芦州。花甲力仍遒。览近郊景色,木落初秋。向晚边城,一弯新月似吴钩。　　霜须弹若银虬,有良驹做伴,雨雪兜鍪。多不计年,驱驰浩碛,曾将失地回收。乘兴在城楼。又重温战绩,酹酒胡骷。放咏豪情似昔,神赋大神州。

谭博文

1939年生，土家族，湖南省桑植县人。中共党员。1963年毕业于湖南师范学院中文系，曾在长沙中南矿冶学院工作。1969年调往内蒙古自治区，先后任包头二机部国营202厂宣传部长，中共包头市委副书记、书记，内蒙古纪检委副书记、自治区党委统战部长，自治区政协副主席，全国政协委员。中国世界民族学会副会长、内蒙古诗词学会会长。著有文集《实践与思考》、诗词集《长忆峰岚万里天》。

七律·延安

三山对峙护天罡，二水襟围捧玉皇。
宝塔巍峨垂史册，红军辗转打豺狼。
延安儿女功恩重，小米步枪情义长。
终使开基行大典，肯将陕北作摇床。

七律·参观毛泽东旧居

半坡营垒洞门开，但见东方紫气来。
陋壁蓝图描彩凤，鸿篇巨著赖灯台。
那堪昼夜烟云起，喜自疆场捷报来。
风景这边无限好，秋风落叶鬼神哀。

七律·参观延安凤凰山革命旧址①

凤凰山麓大鹏飞，万里长征入翠微。
葱岭枣园开盛会，雄文圣卷展芳菲。
十三转战英雄烈，千百来回鬼魅摧。
不朽功勋黄土地，谢翁东去暖流吹。

注释

①中共中央、中央红军在陕北转战13年，而凤凰山就有12年曾经作为中央和红军

机关的所在地,这里,召开过中共第七次全国代表大会、延安文艺座谈会等一系重要会议,毛泽东同志写成 93 篇论文。

七律·骊山

今古骊山风景秀,历朝御驾设金樽。
女娲炼玉补天阙,烽火戏侯为笑音。
最是华清比翼鸟,可堪坡地断头坟。
后人称道香山语,长恨歌词溅血痕。

七律·拜黄帝陵

黄陵亘古卧桥山,香火虔诚祭祖贤。
松柏葱茏遮曲锦,沮河绚丽绕星坛。
炎黄儿女峥嵘志,天地英雄世代传。
数典忘宗皆败类,图谋分裂罪当戬。

黄莺儿·重看老电影《智取华山》

秦关西岳唯单道,迤逦长廊,刀切岩峰,乌云排空,凄风咆哮。苍桧古柏森森,懒惹斜阳照。道僧曾几云游,只是传来,宗教玄妙。

堪恼,父老谷中嚎,匪犯山头笑。仗凭天险,血雨腥风,天天抢劫行暴。看勇士智无双,恰似穿云鹞。未借斗酒三杯,一举秋风扫。

潘炳煌

1950年生,字嗣敦,号吕山樵子,福建省永春县人。初中毕业,小学校长。中华诗词文化研究所研究员,中华诗词学会、中国楹联学会会员,建阳朱熹研究会顾问,市楹联学会理事,县桃源吟社副理事长。主编有《达理名山颂》,著有《吕山庐诗草》。

五绝·和武则天《腊月宣诏幸上苑》咏牡丹

艳色常遭妒,岁寒人岂知。
娇容生傲骨,一任朔风吹!

七绝·咏秦陵

万民血泪筑陵宫,虎踞龙盘气势雄。
野草荒坡今又绿,奈何美梦化为空?

七绝·半坡遗址展览馆

捕鱼狩猎力耕忙,禽畜圈栏筑土房。
伊甸园中无岁月,自由自在乐洋洋。

七绝·茂陵颂霍去病

箭雨枪林不惜身,西征万里扫胡尘。
倒观北斗方回马,盖世将军勇绝伦。

七绝·乾陵杂咏(二首)

其一 咏乾陵

帝王专制掌乾坤,赫赫皇权称至尊。
今日陵前何所有,残兵败马守晨昏。

其二　无字碑

女子专权世态惊，是非功过孰澄清？
但留无字石碑在，交与后人作定评。

七绝·西安行（三首）

其一　登大雁塔

孤高雁塔沐天风，极顶乘云探月宫。
蟾桂花香初绽蕊，携来载入翰林中。

其二　登古城墙

几许春秋始筑成？重垣深锁帝王京。
环城河险金汤固，何致江山改姓名！

其三　咏碑林

飞泻涧流幽韵扬，老藤古树劲苍苍。
闲云野鹤多飘逸，钢爪银钩龙凤翔。

七绝·临潼行吟（四首）

其一　秦兵马俑

虎视龙骧势若雷，扫清海宇大雄哉。
当年景象今重现，万马千军奏凯来。

其二　华清池

华清宫阙绕回廊，龙口淙淙吐御汤。
韵事风流随逝水，时人闲话说明皇。

其三　五间厅

五间厅里物依然，历史风云呈眼前。
天下兴亡肩上托，狂澜力挽试回天。

其四 烽火台

千金买笑事堪哀,不尽胡尘滚滚来。
烽火烟消遗迹在,游人笑指旧时台。

潘培咸

生平阙略。

七绝·游西安大雁塔

三游雁塔欲吟诗,难解佛经绝妙词。
佛子西天圆正果,中西璧合塔成时。

七绝·雨中祭拜黄帝陵

春祭寿丘秋祭陵①,桥山龙驭鬼神惊。
森森古柏陵园护,烟雨蒙蒙不了情。

注释

①据郭袁恒著《历代帝都考》说,黄帝出生寿丘,即河南新郑之轩辕丘。今年4月出席新郑市炎黄文化研讨会时,参拜始祖山、轩辕故里。

七绝·登延安宝塔山

巍巍宝塔耀长空,塞外边城浴日红。
拱月众星连九域,中原逐鹿定雌雄。

七绝·枣园、杨家岭毛泽东窑洞旧居

久仰延安圣地光,常思薯叶面条香。

故居瞻罢心潮涌，似见硝烟赤帜扬。

七绝·黄河壶口瀑布

滚滚黄河九曲湾，奔流壶口起波澜。
沸腾巨浪凌空降，壮丽雄浑天际看。

七绝·华清池

烽火华清相对望，千年史话任评章。
贵妃褒姒罪因美，误国祸根乃帝王。

七绝·参观秦始皇帝陵博物院

皇陵兵马长神威，步驽车骑皆入围。
手执戈矛思欲发，千军犹待祖龙归。

七绝·游凤翔东湖兼怀苏东坡

道德文章天下先，当官做吏食为天。
若无民字心中系，安得湖光喜雨连。

七绝·姜子牙钓鱼台

磻溪景色绝尘寰，秦岭苍苍渭水闲。
一自太公垂钓后，封神捉鬼起波澜。

七律·乾陵无字碑

绝代佳人女帝王，风流博学耐思量。
侍君两代盛唐续，执政卅年新制张。
重用人才开殿试，革新吏治奖农桑。
千秋功罪任评说，由尔空碑写短长。

樊　川

1926年11月生，原名樊玉俭，山西临猗人。西安市文史研究馆馆员，中国楹联学会名誉理事，陕西省楹联学会名誉会长，陕西省诗词学会顾问，1993年获全国文史馆员填词大赛唯一金奖。著有《樊川诗词选》《怎样欣赏和写作楹联》等11种。

七律·重阳节与陕西省文史研究馆诸老游园赏菊

秋正深时气正芳，迎来耆老笑声扬。
放怀吟唱花流韵，乘兴勾描笔带霜。
高雅原应仰彭泽，痴迷未必逊潇湘。
风神劲挺浑如菊，情满园林晚更香。

薛生德

1928年生，陕西省吴堡县人。大专文化，主任编辑。1948年8月参加工作，历任吴堡县委办公室主任、县大众日报和地区榆林报社社长、总编辑及党史研究室正处级调研员，陕西省新闻工作者协会理事等。现为省老年诗词学会会员。诗词入选《中国当代哲理诗词大观》《中华诗词大辞典》等。主编有《金秋抒怀》《夕阳风韵》等诗词集。

七绝·西安革命公园谒杨虎城塑像

举兵壮谏写春秋，篝火狐鸣何日休。
爱国也成千古罪，九泉遗恨志难酬。

七绝·壶口行

黄河咆哮势雄浑,巨浪奔腾下禹门。
落地惊雷传古韵,排空气势铸华魂。

七绝·榆林(二首)

其一 红石峡

悬崖对峙水横飞,巨刻雄辞耀北陲。
浩浩榆溪穿瀚漠,巍巍古塞沐朝晖。

其二 民间剪纸

纸艺春晖傲雪梅,飞龙舞凤世惊才。
人生彩丽手推出,锦绣山河一剪来。

七律·李子洲颂

地僻沙荒大气寒,侬携火种返村边。
莘莘学子怀宏志,闪闪星光耀浩原。
铁笔划穿魔世界,金戈劈破鬼门关。
塞空霹雳惊雷动,陕北云开换地天。

七律·赞全国造林模范牛玉琴

傲立鸿原烈女吟,披星沐雨卧云林。
万千乔灌长屏绿,一片葱茏大气森。
历代英雄巾帼将,有谁荒漠爱心深。
宏功盛誉名天下,金榜银章佩玉琴。

七律·赞剪纸能手郭佩珍

贫居苦搏僻村乡,纸艺林中出剪王。
巧手行云龙凤舞,随心令纸海湖扬。

古今万象图中现，内外千家箧里藏。
巾帼青春无枉度，玉花更贵晚来香。

七律·游佳县白云山感赋

高秋适遇雾空蒙，仰见烟云锁峻峰。
百庙毗连情纵目，千阶高叠耳呼风。
殿墙横诉千秋事，台畔兴持百岁松。
游罢关西名胜地，长留美景梦魂中。

长相思·刘志丹颂

烽火惊，寒夜惊，举戟挥师扫垢清，九边战鼓声。　忠烈情，赤子情，热血腾飞领袖惊，英雄志未平。

鹧鸪天·观《影像榆林》摄影艺术展有感

小镜头中开大窗，天人万物尽风光。波沙虬柳含诗韵，古院新楼骈射香。　农乐曲，塞华章，老人头上志沧桑。倒流日月殊怀旧，异彩纷呈耐品尝。

薛志君

1975年生，字原耕，号汉上逸少。陕西省洋县人。陕西省诗词学会会员。著有《白云阁吟稿》。

五律·今日新汉中

大道临江辟，高楼迥出尘。
笙歌通蜀鄂，商贸接京津。

人物尊博望，衣冠仰蔡伦。
群英今日较，美景焕星辰。

五律·阳平关杂咏（二首）

其一

迢迢三百里，足下御风抟。
欲契千金约，能违一面缘？
沧江分大块，茂树刺青天。
步入关头望，楼群枕碧峦。

其二

一灯红曳影，列宿碧摇天。
且以毡房酒，来开宾客颜。
江声吞古镇，山色抱雄关。
不觉成微醉，相将共倚栏。

七绝·临潼吊古（二首）

其一

问君何苦筑长城，拼破江山用尽兵。
却把恩波延四海，外夷百越俱输诚。

其二

依山作势造高坟，一把泥团葬六军。
谁解凄凉泉下意，人间不复旧乾坤。

七绝·汉中行（二首）

其一　张良庙

沙场百战劫余才，只有先生想得开。
彼此青山为客主，松风竹雨润苍苔。

其二 拜将坛

高台一丈君天汉，百二秦关指顾雄。
可叹藏弓烹狗后，凄凉帝业大江风。

七绝·洋州祖山（三首）

其一

两角山高拂锦云，天风浩荡四时春。
等闲识得名山面，一路松涛浴此身。

其二

忍撑残碑想旧踪，清皇有记辨朦胧。
香烟纸火千年盛，不愧洋州第一峰。

其三

仙山几度付狼烟，尚有茅坪劫外田。
千古是非谁管得，东风起处得春先。

七绝·洋州古迹（五首）

其一　筼筜谷竹①

千亩曾为太守师，纵横偃卧各参差。
一时倾倒东坡老，赋得洋州绝妙诗。

其二　清凉川②

逃难唐皇此扎营，清凉川上漫刀兵。
山南节度来迎驾，亲与孱王牵马行。

其三　汉王台

万马千军安在哉，山中只剩汉王台。
夕阳一点红今古，不尽苍茫眼际来。

其四　开明寺浮屠

开明古寺迹犹存，扫尽劫灰世共尊。
域外烽烟犹未靖，空余冷眼看乾坤。

其五　蔡伦墓

大殿高祠祀蔡侯，龙亭风雨几千秋。
寰球不有先生纸，人类文明何处留？

注释

①筼筜谷竹："胸有成竹"典故诞生地，在洋县城北5公里处，今薛家砭村附近。文与可知洋州时，曾邀其表弟苏轼、苏辙来此同游，赏竹作画，东坡有《洋州三十景诗》传世，见载《洋州志》。

②唐兴元元年（784）三月，德宗李适因朱泚兵变，逃难陕南，驻跸洋县四郎乡清凉村，山南节度使严震接驾时亲为牵马。

薛怀道

1933年生，笔名雪鸡，二酉斋主。安徽省来安县人。陕西省建筑构件公司政工师。

七绝·题东雷抽黄灌溉工程（二首）

其一

育我黄河胜母亲，西来九曲历艰辛。
东雷引尔浇田地，富庶关中此更殷。

其二

龙洞清流景象昂，抽黄灌溉九龙骧。
双收棉麦千乡富，万顷农田饮玉浆。

薛祖升

1937年生，江苏江阴人。陕西电力公司退休干部，中华诗词学会会员，中国电力诗词学会会员，陕西省诗词学会常务理事，陕西电力诗词学会副会长，主编《陕电诗友》《闪电集》。

七绝·神木红碱淖

神木神湖红碱淖，波平河绿鸟飞高。
水天一色连天远，塞上明珠诗兴高。

浪淘沙·西安城墙

六百载沧桑，雨骤风狂，城垣兵燹变残冈。补缺清淤植树草，换了新装。　　今日古城墙，神韵流芳，城河水秀荡花香。城上漫游凭寄畅，卅里回廊。

鹧鸪天·延安精神

宝塔巍巍延水长，枣园烛影逐晨光。一灯引领千秋照，九域春花百代芳。　　开盛世，步隆昌，继承传统气轩昂。鼎新革故鹏程远，自力更生奔小康。

念奴娇·杨凌农科城

龙盘虎踞，看多少俊彦，经天纬地。后稷教民司稼穑，耕作文明先启。于老①兴学，重农重水，七秩辉煌旅。育才示范，领航西部科技。　　湖上禽鸟翻飞，琼楼披彩，装点新城丽。柳绿桃红花吐艳，处处春随人意。盛会农博，群贤毕至，硕果苍生济。杨凌霞蔚，笑迎华夏雄起。

注释

①于老，即于右任先生，1934年在杨凌倡办西北第一所农业专科学校。

霍传慧

1930 年生,原空军电讯工程学院教员。系本单位诗词协会副会长,《老战士》杂志社特约通讯员。

五绝·咏陕西(二首)

其一

胜地居先祖,蓝田育古猿。
人文渊薮地,上下五千年。

其二

共仰炎黄业,同耕秦汉田。
春风催改革,古树万花妍。

七绝·登西安大雁塔偶感

古塔灵光浴世尘,青灯黄卷耀三秦。
高僧跋涉求真谛,普度苍生济众人。

七绝·忆日本飞机轰炸西安刻骨铭心

日寇疯狂炸古城,国人彻恸葬亲朋。
悲情惨景犹惊梦,刻骨深仇后世铭。

霍松林(1921—2017)

字懋青，斋名唐音阁。甘肃省天水市人。中国古典文学专家、文艺理论家、诗人、书法家。陕西师范大学中文系教授，博士生导师。中华诗词学会名誉会长，陕西省诗词学会名誉会长。著有《唐音阁吟稿》等多部。

五律·重游汉中

炎汉发祥地，维新起大潮。
雄楼连市镇，工厂遍村郊。
路坦车流急，田肥稻浪高。
鹏程初展翼，万里莫辞遥。

七绝·赴骊山道中

轻车飞过曲江隈，绿树红楼扑面来。
未到骊山心已醉，郊原处处画图开。

七绝·游钓鱼台

垂钓磻溪两鬓霜，一朝何幸遇文王！
兴周灭纣非吾事，溽暑来乘半日凉。

七绝·清明祭帝喾陵

洽川胜境久闻名，百劫犹存帝喾陵。
祖德弘扬新宇拓，中华文化播寰瀛。

七绝·蓝田猿人

茫茫一百万年前，谁辟洪荒混沌天？
崛起猿人磨石斧，曙光一线现蓝田。

七绝·偕王维学会诸公游辋川（二首）

其一

喜遇蓝田烟雨时，万峰隐隐现殊姿。
栗林深处黄鹂啭，劝觅王维画里诗。

其二

新波渺渺漾欹湖，北澜南川唤钓徒。
旧物幸留文杏在，凭君重绘辋川图。

七绝·咸阳怀古（二首）

其一

电扫雷轰毕六王，秦都壮丽世无双。
倘除暴政行仁政，一统山河万代昌。

其二

深憾阿房一炬焚，幸留秦墓出秦军。
秦人更创新奇迹，秀美山川起凤麟。

七绝·大雁塔北广场杂咏（二首）

其一

雁塔昂头喜欲狂，长安日夜换新装。
黄昏北瞰惊疑梦，七宝楼台落帝乡。

其二

千寻飞瀑泻琼浆，光带流金万米长。
雁塔凌霄复临水，自惊身影两辉煌。

七律·赞陕西山川秀美工程

唐宫汉殿掩黄埃,植被摧残万事乖。
生态岂容长破坏,家园真要巧安排。
嘉禾遍野夺高产,绿树连云献异材。
山秀河清财路广,南方孔雀竞归来。

七律·癸未清明恭谒黄帝陵

桥山柏翠鼎湖清,共献心香拜祖陵。
功继三皇开草昧,泽流四海创文明。
国基丕建千秋固,道统弘扬百利兴。
华胄龙翔新世纪,图强致富振天声。

七律·商山四皓祠

几陷秦坑胆尚寒,又逢汉溺命何艰。
为儒有愿须行道,济世无缘便入山。
丹水濯缨轻富贵,紫芝充腹鄙贪婪。
须眉白尽荒祠在,万壑松风奏管弦。

七律·华山放歌(二首)

其一

三峰挺秀壮关西,览胜惜无万仞梯。
遍履悬崖经万险,始凌绝顶赏千奇。
唐松汉柏连天碧,玉观琳宫与日齐。
欲采岩花簪两鬓,不知足已跨虹霓。

其二

万顷松涛泼眼凉,仙人掌上捧朝阳。
天池雁落重霄迥,玉井莲开四季香。

已讶呼吸通帝座，岂无咳唾化琼浆？

题诗更有奇峰待，试缚苍龙负锦囊。

减字木兰花·登延安《为人民服务》讲话台

一台突起，凭眺低回何限意！赤县春回，锦绣河山血换来。　　为谁服务？思德精神光万古。毋负平生，泰岳鸿毛比重轻。

水调歌头·题电视连续剧《司马迁》

史者赞唯唱，文士比《离骚》。发扬文化精蕴，光焰耀晴霄。穷究天人之际，洞察古今之变，褒贬别人妖。开卷照明镜，成败辨秋毫。　　持正义，陷冤狱，不屈挠。撰成旷代名著，功比泰山高。今喜荧屏重现，亿万人民瞻仰，豪气荡心潮。继往开新宇，前景更娇娆。

沁园春·三秦发展赞

华岳钟灵，太白雄苍，泾渭灌田。望唐都汉苑，花团锦簇；周原秦岭，林海粮川。银翼穿云，飙轮掣电，国际交流广富源。二十载，赖改革开放，换了新天。　　还须比美东南，正西部开发战鼓喧。要普施教育，群英兴陕；弘扬科技，万众攻关。厂溅钢花，地翻金浪，绿化黄沙硕果繁。迎新纪，更宏图大展，跃马扬鞭。

霍绍业

1928年生,陕西省吴堡县人。曾任陕甘宁边区人民政府文书,军队参谋、秘书,中共陕西省委政策研究室、省人委办公厅副处长、处长,省财贸办公室处长,省商业局、外贸局副局长,中共宝鸡市委副书记,省工商局副局长。现为省老年诗词学会常务副会长,省诗词学会会员。早年撰有战地新闻、通讯报道发表在边区报刊上。新中国成立后曾在各类报刊发表有关农业、经济、党史、军史等方面的论文、专稿百余篇,并主编10余种书刊。著有诗词集《感时录》。

五律·耀县照金薛家寨①

遐迩传名寨,峰高谷更幽。
溪流漂玉带,林鸟弄歌喉。
黄冢扶忠骨,青松搭彩楼。
山中今昔事,战史掩悲留。

注释

①薛家寨:1933年冬为陕甘边区根据地,边区党委书记李妙斋同志,就是在当时红军保卫该寨战斗中中弹牺牲的。

五律·圣地延安行

遗踪存万总,无处不葱茏。
圣岭三江晓,霞光四海宏。
山河依旧在,英烈气何雄。
俊鸟仰天过,神州一世功。

七绝·访延安联防军区、陕北军区司令部遗址①(二首)

其一

此处曾频唱战歌,似闻声浪荡延河。

倏分故地逾三九，手种杨桐叶纵波。

其二

忆昔墙头战表多，参谋今日教新歌。
学生不晓当年事，陋室曾容大将戈。

注释

①当年司令部的驻地，现为延安中学。陋室，曾是萧劲光将军的办公室。

七绝·宝鸡峡抒怀（二首）

其一

千载山间浊水流，今朝截取贵如油。
渠通地沃千家喜，八百秦川看绿洲。

其二

从来旱地赖神裁，降雨全由天定排。
积水通沟浇涸土，振兴科技灭荒灾。

七律·榆林和平解放祝捷盛况

两军镇北议和台①，顷化干戈玉帛来。
民众欢欣端午闹，三军雀跃乐开怀。
蒸豚煮酒赏功旅，磨剑擦枪笑满腮。
四十年中经月岁，赢来边塞尽新宅。

注释

①两军：指我警备2旅、榆林军分区部队39团、40团与国民党22军86师。1949年6月1日端午节，榆林国民党守军举起义旗，按《和平改编八项规定》编为中国人民解放军西北军区独立第二师。

七律·闻靖边天然气输入首都

亿方储量喜东游，千里宏图壮九州。

长庆高工思富矿,京华燃气锁摩楼。
当今唐地添新品,翌日银川收液流。
莫道僻无金凤落,平沙漠漠宝珍优。

七律·吴堡柳青图书馆开馆感赋①

吕家蹲点解民难,皇甫爱心捐稿钱。
远瞩曾陈金玉策,无私怎惧右倾嫌。
布衣胸有凌云志,椽笔书成创业篇。
柳老无踪留轶史,告知后辈效先贤。

注释

①柳青1943年在米脂县吕家村蹲点,任该乡政府文书。

七律·西安革命公园王泰吉烈士纪念亭前凭吊①

为消国祸与黎忧,喋血长安震禹州。
武略阵图燎野火,文词著作寄殷忧。
坐牢两折铮铮骨,举义三遭耿耿仇。
六九时光东逝水,英雄生死各千秋。

注释

①王泰吉烈士1934年任陕甘边区红26军42师师长,翌年3月3日就义。

鹧鸪天·喜赋山庄夕照明

万户千村喜满怀,欢迎电器下乡来。夜间无用油灯点,看戏无须再筑台。　　机械响,碾磨开,依人指拨待君裁。能源力量如春雨,润物无声广创财。

檀　儿

女，1970 年生，陕西西安人。陕西省诗词学会会员。

五律·丁亥仲春访周至杏园寄友

寂寂仙游寺，青青麦色新。
风回山气暖，蝶舞杏园春。
无意怜花影，有心寄远人。
遥知秋叶醉，共赏白云心。

戴巍光

生平阙略。

五绝·游化觉巷清真寺

贡巷通幽寺，清真建筑稀。
凤亭双翅展，木构汉风徽。

七绝·从北京飞抵西安

临潼一笑飞鸣过，万里河山指顾间。
远客如仙来碧落，春风夕照共开颜。

七绝·参观秦兵马俑

万千兵马向东开，似待秦皇检阅来。
一代规模雄意态，铜车铜马走风雷。

七绝·吊杨虎城将军陵园

一吊杨陵钦义举，花环敬献转乾人。
皇城决策惊天地，梅萼园边泣鬼神。

七绝·谒杜公祠

一日驱车韦曲游，杜陵野老迹犹留。
唐槐舒展苍龙态，千古诗人共一讴。

七绝·参观乾陵永泰公主墓

唐代衣冠见古风，袒胸侍女画深宫。
劝君休说西洋好，上国原来在陕中。

七绝·雨中游茂陵

茂陵今日雨中游，霍墓崔嵬孰与俦。
汉武雄才青史载，君臣相得建鸿猷。

七绝·吊霍去病墓

马踏匈奴人搏熊，擒龙伏虎见英雄。
将军杰出寿何短，天若与年功列隆。

七绝·观看陕西省歌舞团演出《仿唐乐舞》

龟兹舞蹈扶桑扇，万国衣冠百乐陈。
岂止宫廷巍气象，神州上国誉无垠。

七绝·由西安去黄陵途中

绿野平畴白雾笼，阳春陕北兆年丰。
高陵过后阳光露，金锁雄关在望中。

七绝·过金锁关

神川曲折山间绕，公路蜿蜒依傍行。
十里雄关鹰不过，一溪花树耀琼英。

七绝·参拜黄帝陵

黄帝陵高标万古，苍山柏海夕阳红。
泱泱华夏同声颂，挂甲登台汉武雄。

七绝·访革命遗址莲湖公园

缅怀茶社红亭畔，桢见风仪绿柳中。
梅子黄时思烈士，莲湖春暖忆英雄。

七绝·观看秦腔传统剧《盗虎符》

盗符救赵退秦兵，难得如姬深有情。
秦剧演来音激越，百花园内一和鸣。

七绝·昭陵（三首）

其一

万骑雄飞安漠北，虚怀纳谏胜长城。
中华一统河山丽，共说唐宗胆略英。

其二

唐宗警句传三鉴，上国英风震九寰。
李靖平西功盖世，魏徵敢谏墓登山。

其三

宝藏不尽谈陵墓，书画如林说古今。
六骏仅能称武勇，终须三镜服人心。

魏义友

1947年生,号毡房主人,陕西省安康市人。大学文化,铁道部第一工程局一处政工师。陕西工运研究会特约研究员,中华诗词学会、中国铁路作协会员,陕西省诗词学会常务理事,汉中诗词学会副会长。主编有《中国铁路诗词选》等,著有《毡房诗词选》《南疆诗稿》《铁路诗话》。

五律·读宁强史[①]

今日宁强县,昔年羊鹿坪。
深山藏虎豹,险壑过鲵鲸。
暂喜吴三桂[②],终悲田九成[③]。
后生贪逸乐,屡欲徙斯城。

注释

①宁强县治旧名羊鹿坪,明洪武三十年(1397)设卫,成化二十一年(1485)设州,民国改为县。

②1673年吴三桂反清,四川响应,攻占汉中。翌年清军夺取阳平关后,经略莫洛令陕西提督王辅臣进军宁羌,王乘莫不备击毙莫洛,宣告反清。吴得信大喜,赏银20万两,封王为平远大将军。到1679年才被平复。史称"宁略兵变"。

③田九成,羌人,1396年起义,自称汉明皇帝。陷略阳,杀官吏,攻徽州,终被镇压。其前其后,在此割据者多矣,不胜枚举。

五律·邀同道游龙门洞

莫道龙飞去,犹余未化鳞。
万灵思鼓铸,群品待陶甄。
甘露自天降,巨鳌凭石娠。
他年如再至,必见此门新。

七绝·五丁关致祭（三首）

其一

千重险阻万重关，天下交通肇此间。
一自五丁开蜀道，世人不再锁尘寰。

其二

云海松涛百里青，当年筑路感伶俜。
岩凿巉破一身血，终古何人念五丁。

其三

盘旋曲折入云巅，我到关前拜祖先。
不见坟茔不见庙，心香独向五丁燃。

七绝·骊山新咏（四首）

其一

烦恼难除亦可哀，美人枉自泪盈腮。
幽王放胆为游戏，敢用烽烟取笑来。

其二

世间何物可消愁，有女相陪亦带羞。
抛却江山争一笑，江山失去美人丢。

其三

励精图治十年成，马放南山享太平。
欢乐带头人不解，渔阳忽报鼓鼙声。

其四

人太风流韵太高，垂涎千里起兵刀。
情知一死消群怨，免得明皇日夜劳。

七绝·宁强即景(四首)

其一

六月宁强满眼青,万山滴翠一河明。
白云偶尔来天外,也似丝绸绿染成。

其二

不见蚊虫不点香,凉氛如水漫楼窗。
梦回枕上人初醒,小巷声声卖豆浆。

其三

三柏今余一柏青①,千秋古木动人听。
更兼元帅曾拴马,何日能修纪念亭?

其四

玉带河边玉貌多,牵儿偕侣沐霞波。
争奇斗艳环城下,风送清凉水送歌。

注释

①宁强县城东山有古柏1株,高约35米,粗逾三围,苍翠挺拔。当地人云,1935年徐向前将军曾住此半年,指挥陕南战役,在柏树上拴过马。原有3株,建礼堂时伐用2株。余此株堪称县宝,宜建纪念亭,作县民游憩之地,亦为县城添一景致也。

菩萨蛮·宁强集句(四首)

其一

乱峰碎石金牛路,金装宝阙重重树。东望汉王台,雨从嶓冢来。
登高三叹息,岭断天斜碧。浩荡赋西征,开山说五丁。

(分别集雍陶、李山甫、陈昌言、岑参、陆游、宋祁、王士祯、伍福句)

其二

云封蜀道无今古，阳平关下多雷雨。畏暑夜行多，悬流涨野河。重关归不易，汉相经营地。自古几英雄？停车问土风。

（分别集于右任、金玉麟、张问陶、王士禛、陆游句）

其三

凉风古驿中秋节，怀人两地情偏切。皮骨老山河，谁挥挽日戈？乡云回首隔，聚散都为客。愁绝古羌州，吟哦为小留。

（分别集方象瑛、于右任、张问陶、陆游、张问陶、陆游句）

其四

数声钟磬层峰外，行人仰视如悬盖。一枕熟黄粱，匆匆又束装。嵯岈生肺腑，言笑忘羁旅。回首意茫然，三秦及两川！

（分别集陈孜、况瀚、陆游、魏源、岑参、王士禛、郑日奎句）

水龙吟·鸡公山

鸡公山即阳平关镇所倚之山，因其形似雄鸡而得名，嘉陵江缘此山折身西流，史称西汉水，与东汉水一山之隔。

一山耸起雄关，拦教江水西流去。数峰揖让，百川与聚，万泉同赴。纵见波回，纵逢路险，最终难阻。把东川泽罢，西川溉了，穿重庆，奔吴楚。　　回首东流汉水，涌清波、荆襄浇注。有山相引，有河相抱，岂须同路！拥挤为灾，分流为利，各成其哺。让神州大地，生灵万物，共沾甘露。

魏长运

又名魏俊鑫,笔名子浩、常云等,书画题款署滋鹿野叟、霸原闲翁。一生从事教育工作,退休后笔耕不辍,系陕西省诗词学会、省毛泽东诗词研究会、省老年书画协会会员,秦风诗词学会编委,任省徐特立教育思想研究会老年分会副会长等职。曾在省内外多种刊物上发表文章、诗词、论文等近百篇(首)。

七绝·春游桃花园

花团锦簇正香浓,一夜繁枝尽粉红。
闪耀春荣高下树,畅游意境别陶公。

七律·赞冯致远先生书法兼谢赠墨宝[①]

游龙走凤任翩跹,纸贵君勤结翰缘。
学秉三宗研石鼓,师源十美效张迁。
雄浑壮伟求神韵,质朴平清追古贤。
墨宝言情公惠我,诗书学步谢忘年。

注释

①冯致远乃"关中大儒"冯从吾之后,继承先学,尤善隶书,可称一绝。

青玉案·游白鹿原

春来汉苑秦宫路,薄后冢、川前堵。白鹿鲸鱼原上晤。灞河汲引,终南环顾,风暖桃花吐。　　仙家灵气融花树,雪拥蓝关马难渡。满袖芬芳何处贮?玉山高矗猿人对舞,消尽尘寰苦。

魏本涛

1934年生,字质波,笔名无为柳。大学本科毕业,在西安电子科技大学任教。教研室主任,教授,硕士生导师。中华、陕西、西安诗词学会会员。

五绝·咏汉中米皮

柔肠滋水柳,辣口说家常。
开厣充饥腹,不思烤鸭香。

五律·春游朱雀森林公园

碧浪连银户,涝河洗旧愁。
车缘山脚走,水傍曲沟流。
峰耸云粘帽,石奇龟负琉。
挂天飞瀑落,朱雀伴人游。

五律·观黄河壶口瀑布

天河来日上,秦晋傍双湄。
铁骑追兵疾,悬河落雁飞。
媛摇七彩带,乌吐九华霏。
山水常牵手,炎黄展绣麾。

五律·游楼观台

心厌嚣尘久,身由车浪催。
清风襟袖展,翠竹烈阳裁。
小卧慵情起,长鼾蝶梦回。
倘无羁绊恼,何必恋斯台?

七绝·赏太白主峰六月雪

七女峰眠桦木疏，霰晶扑面上天都。
银屏太白伏天雪，鸢鸟猢狲有或无？

七律·清明节谒黄帝陵

黄河黄土更黄肤，沮水桥山太极图。
古庙千年苍柏掩，祭台百尺绿云浮。
栖松彩凤鸣西岭，驭雾黄龙升奠都。
初祖人文华夏育，秦陵汉庙拱天枢。

七律·西安高新校区秋雨即景

秋雨丝丝白帝吟，高科园内少游人。
金风隔岸皱池脸，苜蓿浸鞋铺地襟。
驰道广通龙八水，塔楼鬼耸雀三秦。
窈娘擎伞桥头读，枫叶嫩红染薄唇。

七律·雾晨参观杨凌示范区

朝登高速下杨凌，疑入混沌路不明。
彩蝶三千双翅舞，农民九亿半牛耕。
于杨旧学今何在？炎帝新功昨未成。
方凿镜湖秋雾锁，九天仙墅待嘉朋。

七律·游合阳处女泉夜宿农家小院

蝎子山中来去匆，盘陀蛇道入葱茏。
蛙鸣四野星空阔，客起五更日窟红。
风润苇香双眼碧，泉温沙软一身松。
农家小院聚餐晚，新钓乌鱼火正熊。

七律·谒太史公祠

傍崖石径不生苔，古柏清风伴夜台。
手捧殷肝芝水冷，眼含热泪冢山哀。
宫阑忍辱捉刀笔，醉醒沉吟开海怀。
鳃曝河津龙运气，高山风骨万年才。

七律·游药王山有感（二首）

其一

"妙应真人"早入仙，孙原香火直连天。
槐荫苦读千年树，栈道高攀万仞山。
博极医源查诰典，深穷症迹察倪端。
严究误诊尚科学，亲口先尝百草丹。

其二

不求硕富敢辞官，救死扶伤一寸丹。
采药行医风里乐，诊龙伏虎苦中甘。
捉鸡送米皆遭拒，莅疫临疯不惧传。
黄土一抔忠骨掩，光辉医德照人间。

念奴娇·参观秦兵马俑

马鸣车碌，望旌旗蔽日，金戈银钺。六国争雄曾虎视，一一尘飞烟灭。折戟销弩，火熔钟。十二金人列。长城莽莽，石栏姜女曾咽！

三十六郡花开，书同文字，衡统车通辙。骊北渭南陵岌岌，阵阵秋风萧瑟。不见秦皇，秦风沐浴，处处秦腔切。长城如故，九州同此凉热！

贺新郎·乾陵

御道穿陵阙。寻先踪、狄祠无迹，俑残碑折。对峙双峰丰乳矗，两峪神镌笑靥。一吻热、三魂化蝶。共历人间风与雨,拉手同览遍梁山月。忆往事,倍亲切。　　赴汤蹈火私情绝。笑谈间、檄文评读,海胸天阔。劝重农桑轻徭役,严治官宽民罚,凭德智、人才提拔。千古女皇论长短,让后人无字碑评说。巾帼卓,须眉怯!

魏俊斌

1945年生,字春来之,西安人,中共党员。西安石油勘探仪器总厂高级经济师。中国科协、中国石油学会、陕西、秦风诗词学会会员。著有网络版《魏俊斌文集》等。

五律·走亲甘家寨

驱车去走亲,猴岁又逢春。
西路织如网,北楼塔若林。
村乡犹闹市,农户即城民。
处处红灯挂,人人喜醉心。

七绝·大雁塔北广场观景

已是隆冬三九哉,闲情挤上景观台。
银花火树盛唐夜,水柱随歌舞起来。

魏荣章

1920年生,河南省确山县人。1938年参加革命,离休干部。系全国电力诗词学会、陕西省电力诗词学会、省诗词学会会员。西北电力设计院电花诗社名誉社长。诗词作品曾在《中国电力诗词选》《陕西诗刊》等刊物上发表。

七绝·宝鸡电厂颂歌(四首)

其一

宝电手持银线舞,人间无处不飞花。
文王地下如醒梦,巨变难寻旧宅家。

其二

宝电银花千户暖,南山方绿又秦川。
往来蜀道平常事,一觉醒来天府前。

其三

西部兴边闻击鼓,今天宝电站排头。
先行电力兴千业,戈壁沙滩耸玉楼。

其四

宝电风流人尽晓,唐诗故地新貌翻。
长歌短唱吟难足,盛会空前满厂春。

七律·列席延安文艺座谈会

五月延安初夏时,桃花开放柳摇枝。
空前盛会辟新局,曲折航程弃旧思。
茅塞顿开咸涌喜,笺言鼓励弥分歧。
莫云艺术花难放,处处笙歌唱赞词。

七律·谒太史公祠墓

高山翠柏围祠墓,澎湃黄河浪急流。
纪传名篇传后世,春秋椽笔震神州。
敢嗤侯爵存仁义,直谏朝廷遭腐羞。
太史英灵光百代,梁山树上鸟声啾。

七律·秦岭电厂勘测设计纪实

秦岭山坡柿叶红,罗敷景物自难同。
三同促使心胸阔,多辩不羞面色烘。
隧道潜钻污不畏,烟囱矗立险尤冲。
青山踏遍霜生鬓,银箭光芒耀太空。

魏新河

1967年生,号小荷,河北省河间县人,空军飞行员。著有词集《小春白团扇》《小红楼吹笛谱》等。

六州歌头·阿房宫怀古

五陵佳气,赢得霸图成。三百里,苍龙出,下华清,走咸京。其势障秦岭,阻泾渭,骄河外,限关内,镇京畿,割昏暝。对峙荒丘,金粉今安在,一例无凭。但兴亡满目,落日暮云平。一片蝉鸣,野烟横。　　有铜仙泪,铜驼棘,新亭景,使人惊。笑一炬,成焦土,乱鸦声,替箫笙。满地昆明墨,馆娃黑,黯销凝。黄昏候,吹寒角,入空城。荞麦离离,秋草斜阳里,野火荧荧。剩依依垂柳,官路自青青,犹护秦陵。